STEPHEN KING

LE BAZAR DES MAUVAIS RÊVES

Né en 1947 à Portland (Maine), Stephen King a connu son premier succès en 1974 avec *Carrie*. En une quarantaine d'années, on lui doit plus de cinquante romans et autant de nouvelles, certains sous le pseudonyme de Richard Bachman. Il a reçu de nombreuses distinctions littéraires, dont le prestigieux Grand Master Award des Mystery Writers of America pour l'ensemble de sa carrière en 2007. Son œuvre a été largement adaptée au cinéma et à la télévision.

STEPHEN KING

Le Bazar
des mauvais rêves

NOUVELLES TRADUITES DE L'ANGLAIS (ÉTATS-UNIS)
PAR OCÉANE BIES ET NADINE GASSIE

suivi de *Cookie Jar*, une nouvelle inédite

ALBIN MICHEL

Titre original :

THE BAZAAR OF BAD DREAMS
Chez Scribner, Simon & Schuster, Inc., à New York en 2015

© Stephen King, 2015.
Publié avec l'accord de l'auteur c/o The Lotts Agency.
© Éditions Albin Michel, 2016, pour la traduction française.
ISBN : 978-2-253-08340-5 – 1re publication LGF

I shoot from the hip and keep a stiff upper lip.

(Je dégaine mon flingue et je garde mon flegme.)

AC/DC

NOTE DE L'AUTEUR

Certaines de ces nouvelles ont déjà fait l'objet d'une publication, mais cela ne signifie pas qu'elles étaient achevées pour autant, ni même qu'elles le sont maintenant. Jusqu'à la retraite ou la mort d'un écrivain, son travail n'est pas terminé : il peut toujours recevoir un nouveau coup de polissoir et quelques révisions supplémentaires.

Il y en a aussi un lot de toutes neuves.

Et, autre chose que je voulais que tu saches, Fidèle Lecteur : comme je suis content qu'on soit encore là, toi et moi ! C'est cool, n'est-ce pas ?

S. K.

Introduction

*J'ai confectionné quelques petites choses pour toi,
Fidèle Lecteur ; elles sont là, disposées devant toi sous
la pleine lune. Mais avant que tu regardes de plus près
tous ces petits trésors artisanaux que j'ai à vendre,
parlons-en un instant, veux-tu ? Ça ne prendra que
quelques minutes. Viens, assieds-toi près de moi. Et
rapproche-toi donc un peu. Je ne mords pas.*

*Sauf que… nous nous connaissons depuis très long-
temps, toi et moi, et je me doute que tu sais que ce
n'est pas entièrement vrai.*

Hein ?

I

Vous seriez surpris – du moins je le pense – du
nombre de personnes qui me demandent pourquoi
j'écris encore des nouvelles. La raison est plutôt
simple : ça me rend heureux. Parce que je suis né
pour divertir. Je ne suis pas très bon à la guitare, je ne
sais absolument pas faire des claquettes, mais je *sais*
écrire des nouvelles. Alors je le fais.

Je suis romancier par nature, je vous l'accorde, avec une prédilection pour les longs romans qui créent une expérience d'immersion totale chez l'écrivain et le lecteur, où la fiction a la possibilité de devenir un monde presque réel. Quand un roman est réussi, l'écrivain et le lecteur n'entretiennent pas seulement une liaison : ils sont mariés. Quand je reçois des lettres de lecteurs me disant leur regret à la fin du *Fléau* ou de *22/11/63*, j'ai le sentiment d'avoir réussi le roman en question.

Mais les expériences plus courtes et plus intenses ont aussi du bon. Elles peuvent être vivifiantes, parfois même troublantes, comme une valse avec un inconnu que l'on ne reverra jamais, un baiser échangé dans l'obscurité, ou une splendide curiosité exposée sur une couverture bon marché dans un bazar de rue… Et, oui, quand mes histoires sont rassemblées, je me sens toujours comme un marchand ambulant, un marchand qui ne vend que le soir à minuit. J'étale ma marchandise, invitant les lecteurs – vous – à venir faire leur choix. Mais je veille toujours à ajouter la mise en garde appropriée : sois prudent, Cher Lecteur, car certains de ces objets sont dangereux. Ce sont ceux dans lesquels se cachent les cauchemars, ceux auxquels tu ne peux t'empêcher de penser quand le sommeil peine à venir et que tu te demandes pourquoi la porte du placard est ouverte, alors que tu sais pertinemment l'avoir fermée.

II

Je mentirais si j'affirmais avoir toujours aimé la discipline rigoureuse imposée par les œuvres de fiction plus courtes. Les nouvelles exigent une sorte d'habileté acrobatique qui requiert une intense et éreintante pratique. *Une lecture facile est le fruit d'une écriture laborieuse,* vous diront certains professeurs. Et c'est vrai. Des erreurs qui peuvent passer inaperçues dans un roman sauteront aux yeux dans une nouvelle. Adopter une discipline rigoureuse est donc nécessaire. L'écrivain doit réprimer son désir d'emprunter certains chemins de traverse enchanteurs et s'astreindre à rester sur la route principale.

Je ne ressens jamais aussi vivement les limites de mon talent que lorsque j'écris des nouvelles. J'ai dû lutter contre des sentiments d'incompétence, contre la peur viscérale de ne jamais parvenir à combler le fossé entre une idée géniale et la concrétisation de son potentiel. Ce que je veux dire, en clair, c'est que le produit fini ne semble jamais aussi bon que l'idée magnifique qui a un jour émergé du subconscient, accompagnée de cette pensée enthousiaste : *Mon gars, faut que t'écrives ça tout de suite !*

Quelquefois cependant, le résultat est plutôt bon. Et, de temps à autre, il arrive même que le résultat soit meilleur que l'idée originale. J'adore quand ça arrive. Le vrai défi est de se lancer, et je suppose que c'est pour ça que tellement d'aspirants écrivains, porteurs de formidables idées, ne se décident jamais à attraper leur stylo ou à taper sur leur clavier. Bien trop souvent, c'est comme essayer de démarrer une voiture par une journée froide. Au début, le moteur ne se lance même pas, il se contente de grogner. Mais si vous persistez (et que la batterie ne meurt pas), alors le moteur se met en marche… tourne péniblement… puis finit par ronronner.

Dans ce recueil, il y a des histoires qui me sont venues dans un éclair d'inspiration (« Le tonnerre en été » est l'une d'elles) et qui ont exigé d'être écrites immédiatement, même si cela impliquait d'interrompre un roman en cours. Il y en a d'autres, comme « Mile 81 », qui ont attendu patiemment leur tour des décennies durant. Et pourtant, la concentration rigoureuse que requiert la conception d'une bonne histoire est toujours la même. Écrire des romans, c'est un peu comme jouer au baseball : le match se prolonge autant qu'il est nécessaire, même si cela doit durer vingt manches. Écrire des nouvelles, c'est plutôt comme jouer au basket ou au football : on joue contre la montre en plus de jouer contre l'équipe adverse.

Quand il s'agit d'écrire de la fiction, longue *ou* courte, la courbe d'apprentissage ne s'interrompt jamais. Je suis peut-être un Écrivain Professionnel aux yeux du fisc lorsque je remplis ma déclaration d'impôts, mais, d'un point de vue créatif, je suis toujours un amateur, je continue d'apprendre mon métier. Nous le sommes tous. Chaque journée passée à écrire est une expérience éducative et une bataille pour se renouveler. La facilité n'est pas permise. On ne peut pas agrandir son talent – il est livré d'origine – mais on peut lui éviter de rétrécir. C'est du moins ce que j'aime à penser.

Et puis, eh ! j'adore toujours autant ça !

III

Alors voici la marchandise, mon cher Fidèle Lecteur. Ce soir, je vends un peu de tout : un monstre qui ressemble à une voiture (un petit air de *Christine*), un homme capable de vous tuer en écrivant votre avis de décès, un livre électronique ouvrant l'accès à des mondes parallèles et, le grand préféré parmi les classiques : la fin de l'espèce humaine. J'aime bien vendre ces babioles quand tous les autres marchands sont depuis longtemps rentrés chez eux, quand les rues sont désertes et qu'un croissant de lune froid flotte au-dessus des canyons de la ville. C'est dans ces moments-là que j'aime sortir *ma* couverture à moi et exposer *ma* camelote.

Bon, assez parlé. Tu aimerais peut-être m'acheter quelque chose, maintenant, non ? Tout ce que tu vois là est artisanal et, bien que j'aime chacun de ces objets, je suis heureux de les vendre, car je les ai confectionnés spécialement pour toi. Je t'en prie, jettes-y un œil, mais s'il te plaît, sois prudent.

Les meilleurs ont des dents.

6 août 2014

Quand j'avais dix-neuf ans et que j'étais étudiant à l'université du Maine à Orono, j'avais coutume de rentrer en voiture à Durham, la petite ville du Maine où j'habitais et qui reçoit généralement le nom de Harlow dans mes livres. Je faisais ce trajet toutes les trois semaines environ pour aller voir ma copine… et ma mère aussi, par la même occasion. Je conduisais à l'époque un break Ford de 1961 : six cylindres en ligne et double arbre à came en tête (et si tu sais pas, demande à ton papa), voiture que j'avais héritée de mon frère David.

L'I-95 était moins fréquentée à cette époque et quasi déserte sur de longues portions une fois le week-end de Labor Day[1] passé et les estivants retournés à leur vie de travail. Pas non plus de téléphone portable en ce temps-là. Si on tombait en panne, on avait deux possibilités : réparer soi-même ou attendre qu'un bon Samaritain s'arrête et nous conduise au garage le plus proche.

Au cours de ces trajets de 150 miles (environ 240 kilomètres), j'avais élaboré une fiction horrifique autour

---

1. Fête du Travail, premier lundi de septembre aux États-Unis. (*Toutes les notes sont des traductrices.*)

du Mile 85, qui se situait au milieu de nulle part entre Gardiner et Lewiston. Je m'étais convaincu que si mon vieux break me faisait le coup de la panne, c'était là qu'il le ferait. Je me le représentais, échoué sur la bande d'arrêt d'urgence, solitaire et abandonné. Quelqu'un s'arrêterait-il pour s'assurer que le conducteur allait bien ? Qu'il n'était pas, par malchance, affalé derrière son volant, en train de mourir d'une crise cardiaque ? Bien sûr que quelqu'un le ferait. Il y a des bons Samaritains partout, surtout en rase campagne. Les gens qui vivent loin de tout prennent soin de leurs semblables.

Mais, poursuivais-je, imaginons que mon vieux break soit un imposteur ? Un piège monstrueux pour les imprudents ? Je me suis dit que ça ferait une bonne histoire, et ça l'a fait. Je l'ai intitulée « Mile 85 ». Elle n'a jamais été retravaillée, et encore moins publiée, car je l'ai perdue. À cette époque, je me shootais régulièrement à l'acide et j'ai perdu tout un tas de trucs. Y compris, durant de courtes périodes, la raison.

Avance rapide… près de quarante ans plus tard. Bien que la longue portion de l'I-95 qui traverse le Maine soit beaucoup plus fréquentée en ce vingt et unième siècle, la circulation est toujours fluide après Labor Day et les coupes budgétaires ont obligé l'État à fermer de nombreuses aires de repos. La station-service doublée d'un Burger King (où j'ai avalé tant de Whoopers) située près de la sortie Lewiston a fait partie du lot. Elle est aujourd'hui abandonnée, chaque jour plus triste et plus envahie d'herbes folles derrière les barrières ACCÈS INTERDIT bloquant l'entrée et les rampes de sortie. Les rudes hivers ont défoncé l'asphalte du parking et les herbes folles se sont installées dans les fissures.

Un jour que je passais devant, je me suis souvenu de mon ancienne nouvelle et j'ai décidé de la réécrire. Comme mon aire de repos abandonnée se situe un peu plus au sud que mon redouté Mile 85, j'ai dû changer le titre. Tout le reste est à peu près identique, je crois bien. Cette oasis sur l'autoroute est peut-être de l'histoire ancienne – comme le sont mon vieux break Ford, ma copine d'alors et nombre de mes vieilles mauvaises habitudes –, mais ce récit demeure. C'est l'un de mes préférés.

Mile 81

1. PETE SIMMONS (HUFFY[1] 2007)

« Tu peux pas venir », lui répéta son grand frère.

George parlait à voix basse, même si le reste de la bande – un groupe de garçons du quartier âgés de douze à treize ans qui s'était choisi pour nom Les Pirates de l'Asphalte – l'attendait là-bas au bout de la rue. Et plutôt impatiemment.

« C'est trop dangereux. »

Pete répondit :

« J'ai pas peur. »

Il parlait avec assurance, même s'il avait peur, *un peu*. George et ses copains allaient à la sablière derrière le terrain de boules. Jouer à un jeu que Normie Therriault avait inventé. Normie était le chef de la bande des Pirates de l'Asphalte et le jeu s'appelait les Parachutistes de l'Enfer. Il y avait une piste défoncée qui menait jusqu'au bord de la carrière et le jeu était de foncer en vélo sur cette piste en hurlant de toutes ses forces : « *Les Pirates sont les champions !* » et en

---

1. Diminutif de Huffington : marque de vélo.

décollant de la selle de son vélo au moment du plongeon. Le plongeon habituel faisait environ trois mètres de haut et la zone d'atterrissage visée était souple, mais, tôt ou tard, quelqu'un atterrirait dans le gravier au lieu du sable et se casserait probablement un bras ou une jambe. Même Pete savait ça (mais il comprenait aussi en quoi ça pimentait le jeu). Alors les parents découvriraient le pot aux roses et c'en serait fini des Parachutistes de l'Enfer. Mais pour le moment, le jeu – pratiqué sans casque, évidemment – continuait.

Mais il n'était pas question pour George de laisser son petit frère y jouer ; il était censé surveiller Pete pendant que leurs parents travaillaient. Si Pete bousillait son Huffy à la sablière, George serait vraisemblablement puni pendant une semaine. Si son petit frère se cassait le bras, la punition durerait tout un mois. Et si – non pitié, pas ça ! – son frère se cassait le cou, George supposait qu'il risquait de compter les heures enfermé dans sa chambre jusqu'à être en âge d'aller à l'université.

Et puis, il l'aimait, son branleur de petit frère.

« T'as qu'à traîner dans le coin, dit George. On revient dans une heure ou deux.

— Traîner avec *qui* ? » demanda Pete.

C'étaient les vacances de printemps et tous ses amis *à lui*, ceux que sa mère aurait considérés d'un « âge adéquat », étaient partis ailleurs. Deux d'entre eux étaient à Disney World, à Orlando, et quand Pete y pensait, son cœur se gonflait d'envie et de jalousie – un mélange infect, mais étrangement savoureux.

« T'as besoin de personne, dit George. Va faire un tour au magasin, ou ailleurs. » Il farfouilla dans sa poche et en sortit deux billets chiffonnés à l'effigie de Washington[1] . « Tiens, un peu de fric. »

Pete regarda les billets.

« Ouah, je vais m'acheter une Corvette avec ça. Peut-être même deux.

— Dépêche, Simmons, ou on va partir sans toi ! gueula Normie.

— J'arrive ! » s'écria George. Et plus bas, à Pete : « Prends les sous et fais pas ton morveux. »

Pete prit l'argent.

« J'avais même emporté ma loupe. Je voulais leur montrer…

— Ils ont tous vu ce truc de bébé un millier de fois », dit George et, voyant les coins de la bouche de son frère s'abaisser, il tenta de rattraper le coup. « Puis, regarde le ciel, bêta. Tu peux pas faire du feu avec une loupe quand il y a des nuages. Attends-moi. On jouera à la bataille navale ou à un truc quand je reviendrai…

— OK, couille molle ! À t'à l'heur', branleur ! cria Normie.

— Faut que j'y aille, dit George. Sois gentil et fais pas de conneries. Reste dans le quartier.

— Je suis sûr que tu vas te casser la colonne vertébrale et rester paralysé toute ta putain de vie », dit Pete… puis il fit les cornes avec ses doigts et s'empressa de cracher au milieu pour annuler la malédiction. « *Bonne chance !* lança-t-il à son frère qui s'en allait. *Saute le plus loin !* »

George acquiesça en agitant la main mais ne se

---

1. Billets de un dollar.

retourna pas. Il pédalait en danseuse sur son propre vélo, un grand vieux Schwinn que Pete admirait mais sur lequel il ne pouvait pas monter parce qu'il était trop petit (il avait essayé une fois et s'était pris un gadin dans l'allée). Pete le regarda prendre de la vitesse pour rattraper ses copains, remontant à toute allure leur rue de banlieue à Auburn.

Puis il se retrouva tout seul.

Il sortit sa loupe de sa sacoche et la présenta au-dessus de son avant-bras mais aucune tache de lumière n'apparut ni aucune chaleur. Il jeta un coup d'œil morose aux nuages bas et rangea la loupe. C'était une bonne loupe, une Richforth. Il l'avait eue à Noël dernier pour l'aider dans son projet d'élevage de fourmis en cours de sciences.

« Elle finira au garage, à ramasser la poussière », avait prédit son père. Mais Pete ne s'était pas encore lassé de sa loupe, même si leur projet de sciences s'était terminé en février (Pete et son camarade Tammy Witham avaient récolté un A[1]). Il aimait tout particulièrement s'amuser dans le jardin de derrière à carboniser des trous dans des feuilles de papier.

Mais pas aujourd'hui. Aujourd'hui, l'après-midi s'étendait devant lui tel un désert. Il pouvait rentrer à la maison regarder la télé mais son père avait mis un contrôle parental sur toutes les chaînes intéressantes après avoir découvert que George enregistrait en cachette les épisodes de *Boardwalk Empire* qui étaient pleins de gangsters d'autrefois et de seins nus.

---

1. Note la plus élevée dans le système scolaire américain.

Il y avait un contrôle parental semblable sur l'ordinateur de Pete et il n'avait pas encore trouvé comment
le contourner, même s'il finirait par y arriver ; c'était
juste une question de temps.

Alors ?

« Alors quoi ? dit-il à voix basse en se mettant à
pédaler lentement vers le bout de Murphy Street.
Alors… merde… »

Trop petit pour jouer aux Parachutistes de l'Enfer
parce que c'était trop dangereux. Quelle tuile. Il
aurait bien aimé trouver quelque chose qui aurait
montré à George et Normie et à tous les Pirates de
l'Asphalte que même les petits savent affronter le
dange…

C'est là que l'idée lui vint, comme ça. Il pouvait
aller explorer l'aire de repos abandonnée ! Pete ne
pensait pas que les grands étaient au courant parce
que c'était un petit de son âge, Craig Gagnon, qui lui
en avait parlé. Il avait dit qu'il y était allé avec deux
autres, des garçons de dix ans, l'automne d'avant. Bien
sûr, c'était peut-être qu'un mensonge, mais Pete ne le
pensait pas. Craig avait donné trop de détails et c'était
pas le genre de gamin doué pour inventer des trucs.
Pas vraiment une lumière, comme aurait dit sa mère.

Ayant maintenant une destination en tête, Pete se
mit à pédaler plus vite. Au bout de Murphy Street, il
vira à gauche dans Hyacinth. Il n'y avait personne sur
le trottoir, et aucune voiture. Il entendit un mugisse-
ment d'aspirateur chez les Rossignol, mais, à part ça,
tout le monde aurait pu être endormi ou mort. Pete
supposa qu'ils étaient en fait au travail, tout comme
ses parents.

Il fila à droite dans Rosewood Terrace, dépassant le panneau jaune marqué IMPASSE. Il n'y avait pas plus d'une douzaine de maisons dans Rosewood. Le bout de la rue était fermé par une clôture en grillage. Au-delà s'étendait un fouillis de broussailles et de repousses d'arbres négligés. Alors qu'il approchait du grillage (avec son panneau CUL-DE-SAC complètement inutile), il s'arrêta de pédaler et continua sa course en roue libre.

Il comprenait – vaguement – que même s'il pensait à George et à ses potes Pirates comme à des Grands (et c'était assurément ainsi que les Pirates se voyaient), c'était pas *vraiment* des Grands. Les Vrais Grands, c'étaient des ados qui se la pétaient, avec le permis de conduire et des copines. Les Vrais Grands allaient au lycée. Ils aimaient boire, fumer de la beuh, écouter du heavy metal ou du hip-hop, et rouler des grosses pelles à leurs copines.

D'où l'aire de repos abandonnée.

Pete descendit de son Huffy et regarda autour de lui pour voir si on l'observait. Il n'y avait personne. Même les enquiquinantes jumelles Crosskill, qui aimaient sauter à la corde (en tandem) dans tout le quartier quand il n'y avait pas école, étaient invisibles aujourd'hui. Un miracle, selon Pete.

Pas très loin, il entendait le *whouf-whouf-whouf* régulier des voitures passant sur l'I-95, vers Portland au sud, ou vers Augusta au nord.

Même si Craig a dit la vérité, ils ont dû réparer le grillage depuis, pensa Pete. *C'est comme ça que ça se passe aujourd'hui.*

Mais quand il se pencha, il vit que le grillage *paraissait* intact mais ne l'était pas. Quelqu'un (probablement un Grand qui avait dû depuis longtemps rejoindre les rangs barbants des Jeunes Adultes) avait sectionné les mailles en ligne droite de haut en bas. Pete promena un autre regard alentour puis entrelaça ses doigts dans les losanges métalliques et poussa. Il s'attendait à rencontrer une résistance, mais non. Le morceau de grillage sectionné s'ouvrit comme un portail de ferme. Les Vrais Grands étaient passés par là, pas de doute. Et na !

Ça tombait sous le sens quand on y pensait. Ils avaient peut-être le permis de conduire mais l'entrée et la sortie de l'aire de repos Mile 81 étaient maintenant condamnées par ces gros blocs en plastique orange qu'utilisaient les équipes de maintenance des autoroutes. Le goudron du parking désert se craquelait et de l'herbe poussait dans les fentes. Pete l'avait vu de ses propres yeux des milliers de fois parce que le bus scolaire empruntait l'I-95 depuis Laurelwood, où il le prenait, jusqu'à Sabattus Street, trois sorties plus loin, où se trouvait l'École Élémentaire d'Auburn n° 3, connue aussi sous le nom d'Alcatraz.

Il se souvenait de l'époque où l'aire de repos était encore ouverte. Il y avait une station-service, un Burger King, un TCBY[1] et une pizzeria Sbarro's. Et puis elle avait été fermée. Le père de Pete avait dit qu'il y avait trop de ces aires de repos sur l'autoroute et que l'État ne pouvait plus les entretenir toutes.

---

1. *This Country's Best Yogurt* : chaîne américaine de vente de yaourts glacés.

Pete fit passer son vélo à travers l'ouverture dans le grillage puis repoussa soigneusement le portail improvisé jusqu'à ce que les mailles en losange se réajustent et que la clôture ait l'air de nouveau intacte. Il marcha vers le mur de broussailles en faisant bien attention de ne pas rouler sur du verre brisé (il y en avait beaucoup de ce côté-ci de la clôture). Et il se mit à chercher des yeux ce qui, il le savait, devait y être : le grillage découpé le disait.

Et oui, c'était là, signalé par des mégots de cigarettes et quelques bouteilles de bière et de soda : un sentier conduisant plus profondément au cœur du sous-bois. Poussant toujours son vélo, Pete l'emprunta. La haute végétation l'avala. Derrière lui, Rosewood Terrace rêvait sous le ciel couvert d'une nouvelle journée de printemps.

C'était comme si Pete Simmons n'avait jamais été là.

Le sentier entre la clôture grillagée et l'aire de repos Mile 81 était, d'après l'estimation de Pete, long d'un demi-mile, soit environ huit cents mètres, et il était balisé tout du long de traces de passage laissées par les Grands : une demi-douzaine de petites bouteilles marron (dont deux avec des petites cuillères à coke toutes croûteuses de morve encore attachées), des paquets de chips vides, une petite culotte bordée de dentelle suspendue à un buisson d'épines (Pete eut l'impression qu'elle était là depuis une éternité, genre cinquante ans), et – jackpot ! – une demi-bouteille de vodka Popov avec le bouchon encore vissé dessus. Après quelque débat intérieur, Pete la mit dans sa sacoche avec sa loupe, le dernier numéro de *Locke & Key* et quelques Oreo Double Épaisseur dans un sachet en plastique.

Il traversa un petit ruisseau paresseux en poussant son vélo et, bingo-bango ! voilà qu'il se trouvait à l'arrière de l'aire de repos. Il y avait une autre clôture en grillage mais celle-ci aussi était découpée et Pete se faufila au travers. Le sentier continuait parmi de hautes herbes jusqu'au parking de derrière. Où, supposa-t-il, les camions de livraison devaient avoir l'habitude de se garer. Plus près du bâtiment, il apercevait des rectangles plus sombres sur le ciment, là où étaient les bennes à ordures avant. Pete abaissa la béquille de son Huffy et le gara sur l'un de ces rectangles.

Son cœur cognait à la pensée de la suite logique des choses. *Entrée avec effraction, mon coco. Tu pourrais aller en prison pour ça.* Mais est-ce que ce serait entrer avec effraction s'il trouvait une porte ouverte ou une planche déclouée sur l'une des fenêtres ? Il supposait que ça serait seulement entrer, mais est-ce qu'entrer était en soi un délit ?

Au fond de son cœur, il savait que oui, mais il se disait que sans la partie *effraction*, l'*entrée* n'entraînerait pas la prison. Et puis après, est-ce que ce n'était pas pour prendre un risque qu'il était venu ici ? Faire quelque chose dont il pourrait se vanter par la suite auprès de Normie et George et les autres Pirates de l'Asphalte ?

Et, d'accord, il avait peur, mais au moins il ne s'ennuyait plus comme un rat mort.

Il essaya la porte avec un écriteau RÉSERVÉ AU PERSONNEL tout décoloré dessus et découvrit qu'elle n'était pas seulement verrouillée mais *grave* verrouillée : pas le moindre jeu. Il y avait deux fenêtres à côté mais, rien qu'à les regarder, il pouvait voir qu'elles étaient barricadées serrées. Puis il se souvint de la clôture grillagée qui avait l'air intacte mais ne l'était pas et essaya de faire bouger les planches. Raté. Dans un sens, ça le soulageait. Il pourrait s'en tirer sans aller au bout de son idée, s'il le voulait.

Oui, mais… les Vrais Grands y entraient bien, eux. Ça, il en était sûr. Alors comment ? Par-devant ? En pleine vue de l'autoroute ? Peut-être bien, s'ils venaient la nuit, mais Pete n'avait aucune intention de s'en assurer en plein jour. Pas quand n'importe quel automobiliste équipé d'un téléphone portable pouvait appeler le 911 et dire : « Je pensais juste que vous aimeriez savoir qu'un petit gosse est en train de jouer les MacGyver sur l'aire de repos Mile 81. Vous savez, à l'endroit de l'ancien Burger King ? »

Je préférerais me casser un bras en jouant aux Para-chutistes de l'Enfer plutôt que de devoir appeler mes parents depuis le commissariat de police. En fait, je préférerais me casser les deux bras et me coincer la bite dans la braguette de mon jean.

Enfin, non, peut-être pas ça.

Il déambula jusqu'au quai de chargement et là, de nouveau, jackpot ! Il y avait des dizaines de mégots de cigarettes au pied de l'îlot de béton plus quelques autres de ces minuscules bouteilles marron, éparpillées autour de leur roi : un flacon de NyQuil vert bouteille. La surface du quai de chargement, où les gros semi-remorques reculaient, arrivait à la hauteur des yeux de Pete mais, comme le ciment s'effritait, il y avait plein de prises pour les mains et les pieds, surtout pour un gamin agile chaussé de baskets Chuck Taylor. Pete leva les bras, trouva des prises pour ses doigts dans les trous du ciment… Et le reste : du gâteau, comme on dit.

Sur le quai, en lettres rouges décolorées, quelqu'un avait écrit à la bombe : EDWARD LITTLE[1] : CHAMPION, RED EDDIES[2] : VAINQUEURS. *Faux*, songea Pete. *Les champions, c'est les Pirates de l'Asphalte*. Puis, du haut de son perchoir, il promena un regard autour de lui, sourit largement et dit :

« En fait, c'est *moi*, le champion ! »

Et là, debout au-dessus du parking désert de l'aire de repos, il eut vraiment le sentiment de l'être. Pour le moment, en tout cas.

Il redescendit – juste pour être sûr que ça ne posait pas de problème – et puis se rappela les trucs dans sa sacoche. Des réserves, au cas où il déciderait de passer l'après-midi là, à explorer et tout le bordel. Il chercha à décider quoi emporter, puis décida de décrocher la sacoche et de tout prendre. Même la loupe pourrait être utile. Un vague fantasme commença à se former dans son cerveau : un jeune garçon détective découvre la victime d'un meurtre dans une aire de repos abandonnée et résout le crime avant même que la police ait été informée qu'un crime a

---

1. Lycée d'Auburn, Maine.
2. Équipe de baseball du lycée d'Auburn.

été commis. Il se voyait déjà en train d'expliquer aux Pirates qu'en fait, ç'avait été super facile. Élémentaires, mes chers zgegos.

Des conneries, évidemment, mais ça serait marrant de faire semblant.

Il hissa sa sacoche sur le quai de chargement (en faisant super attention à cause de la bouteille de vodka à moitié pleine), puis y remonta. La grande porte métallique rouillée qui donnait accès à l'intérieur faisait au moins quatre mètres de hauteur et elle était fermée en bas non par un mais par deux gigacadenas maousses costauds, mais il y avait une porte à taille humaine ménagée à l'intérieur. Pete essaya de tourner la poignée. Elle ne tourna pas, et la porte ne s'ouvrit pas quand il la poussa et tira, mais il y avait quand même un peu de jeu. Beaucoup, même. Il regarda à ses pieds et vit qu'un coin de bois avait été glissé en dessous de la porte : précaution complètement débile, à son avis. Mais d'un autre côté, à quoi s'attendre d'autre de la part de jeunes défoncés à la coke et au sirop pour la toux ?

Pete retira le coin et, cette fois, quand il essaya la petite porte à l'intérieur de la grande, elle s'ouvrit en grinçant.

Les grandes vitrines en façade de l'ancien Burger King étaient recouvertes de grillage au lieu de planches, de sorte que Pete n'eut aucune difficulté à voir ce qu'il y avait à voir. Toutes les tables et les banquettes avaient été retirées de la partie restaurant et la partie cuisine n'était plus qu'un trou sombre avec quelques câbles électriques rebiquant hors des murs et quelques plaques pendouillant du plafond, mais l'endroit n'était pas complètement vide de mobilier.

Au centre, entourées de chaises pliantes, deux vieilles tables de jeu avaient été rapprochées l'une de l'autre. Sur cette surface double étaient éparpillés une dizaine de cendriers crasseux, plusieurs jeux de cartes Bicycle graisseux et un carrousel de jetons de poker. Les murs étaient décorés de vingt ou trente posters de magazine porno. Pete examina ces derniers avec grand intérêt. Il savait ce que c'était qu'une chatte, il en avait aperçu plus d'une sur HBO et CinemaSpank (avant que ses parents pigent et bloquent l'accès aux chaînes câblées premium), mais ça c'étaient des chattes *rasées*. Pete n'était pas sûr de voir la différence que ça faisait – lui, il trouvait ça plutôt dégueulbif – mais il supposait qu'il serait bienvenu au club en grandissant. Et puis, les seins nus compensaient. Les seins nus, putain, c'était génial.

Dans le coin, il y avait trois matelas crados poussés les uns contre les autres comme les tables de jeu mais Pete était assez grand pour savoir que là, c'était pas au poker qu'on jouait.

« Laisse-moi voir ta chatte ! » ordonna-t-il à une des filles *Hustler* sur le mur et il pouffa de rire. Puis il dit : « Laisse-moi voir ta chatte *rasée* ! » et il rit encore plus fort. Il aurait aimé que Craig Gagnon soit là, même si Gagnon était une truffe. Ils auraient pu rigoler ensemble des chattes rasées.

Il commença à déambuler, en lâchant encore quelques petites bulles gazeuses de rire. Il faisait humide dans l'aire de repos mais pas vraiment froid. C'était l'odeur le pire, un mélange de fumée de cigarettes et de beuh, de vieille bière et de moisissure rampant dans les murs. Pete avait aussi l'impression de renifler une odeur de viande pourrie. Probablement des sandwichs achetés chez Rosselli's ou au Subway.

Au mur, à côté du comptoir où les gens commandaient autrefois des Whoppers et des Whalers, Pete découvrit un autre poster. Celui-là, c'était un de Justin Beeber quand le Beeb avait peut-être seize ans. Quelqu'un lui avait noirci les dents et on lui avait ajouté un tatouage de croix cramée nazie sur une joue. Des cornes de diable à l'encre rouge pointaient hors de la crête du Beeb. Il avait des fléchettes plantées dans la figure. Sur le mur au-dessus du poster, il y avait, écrit au marqueur : BOUCHE 15 PTS, NEZ 25 PTS, YEUX 30 PTS CHACUN.

Pete arracha les fléchettes et recula dans la grande pièce jusqu'à atteindre une ligne noire sur le sol marquée LIGNE BEEBER. Il se posta derrière et lança les six fléchettes dix ou douze fois. À son dernier essai, il marqua cent vingt-cinq points. Il trouva que c'était plutôt bien. Il s'imagina George et Normie Therriault l'applaudissant.

Il s'approcha d'une des fenêtres grillagées et contempla les îlots de béton vides où les pompes à essence s'étaient dressées, et la circulation au-delà. Une circulation fluide. Il supposait que cet été, ça serait de nouveau pare-chocs contre pare-chocs, avec tous les touristes et les estivants, sauf si son père avait raison et que le prix de l'essence montait jusqu'à sept dollars le gallon et que tout le monde restait à la maison.

Et maintenant, quoi ? Il avait joué aux fléchettes, il avait regardé assez de chattes rasées pour lui durer… ben, peut-être pas toute la vie mais au moins quelques mois, y avait aucun meurtre à élucider, alors maintenant, quoi ?

La vodka, décida-t-il. Voilà la suite logique. Il en goûterait quelques mini-gorgées, juste pour se prouver qu'il pouvait le faire, et que ça ait l'air vrai quand il s'en vanterait plus tard. Puis, supposa-t-il, il rembarquerait son bordel et retournerait à Murphy Street. Il ferait de son mieux pour rendre son aventure intéressante – excitante, même – quand il la raconterait mais en vrai, cet endroit valait pas un clou. C'était juste une baraque où les Vrais Grands pouvaient venir jouer aux cartes et tripoter leurs copines et se mettre à l'abri quand il pleuvait.

Mais de l'alcool… ça, c'était *quelque chose*.

Il emporta sa sacoche sur les matelas et s'assit (en faisant bien attention d'éviter les taches, et il y en avait beaucoup). Il sortit la bouteille de vodka et l'examina avec une sorte de fascination sinistre. À dix ans, bientôt onze, il n'avait pas particulièrement envie de goûter aux plaisirs des adultes. L'année d'avant, il avait fauché une des cigarettes de son grand-père et l'avait fumée derrière le 7-Eleven. En avait fumé la moitié, en tout cas. Puis il s'était penché et avait dégobillé son déjeuner entre ses baskets. Il avait récolté une information intéressante ce jour-là, quoique sans grande valeur : les haricots et les saucisses de Francfort n'avaient pas l'air spécialement appétissants quand ils entraient dans votre bouche mais au moins ils avaient bon goût. Quand ils en sortaient, ils avaient l'air horrible, putain, et leur goût était encore pire.

L'aversion vigoureuse et instantanée de son corps pour l'American Spirit de son grand-père lui suggérait que l'alcool ne vaudrait pas mieux, et serait peut-être pire. Mais s'il n'en buvait pas au moins un peu, toutes ses vantardises seraient des mensonges. Et son frère George avait un radar à mensonges, du moins quand c'était Pete qui mentait.

Je vais sûrement encore gerber, pensa-t-il. Puis il dit : « La bonne nouvelle, c'est que je serai pas le premier à gerber dans ce *dépotoir*. »

Ça le fit rire un peu plus. Il souriait encore quand il dévissa le bouchon et porta le goulot de la bouteille à son nez. Ça sentait un peu, mais pas beaucoup. C'était peut-être de l'eau et pas de la vodka, avec juste un petit reste d'odeur. Il approcha le goulot de sa bouche, espérant un peu que ça soit vrai, espérant un peu que non. Il ne s'attendait pas à grand-chose et il ne voulait sûrement pas se soûler et risquer de se casser le cou en redescendant du quai de chargement, mais il était curieux. Ses parents *adoraient* ce truc-là.

« C'est çui qui dit chiche qui commence », dit-il sans véritable raison, et il prit une toute petite gorgée.

C'était pas de l'eau, ça, c'était sûr. Ça avait un goût d'huile, chaude et fluide. Il avala, surtout par surprise. La vodka laissa une traînée brûlante dans sa gorge puis explosa dans son ventre.

« Putain de Dieu ! » hurla Pete.

Des larmes lui montèrent aux yeux. Il tendit la bouteille à bout de bras, comme si elle l'avait mordu. Mais la chaleur dans son ventre s'atténuait déjà et il se sentait plutôt bien. Pas soûl, et pas comme s'il allait vomir, non plus. Maintenant qu'il savait à quoi s'attendre, il essaya une autre minuscule gorgée. Chaleur dans la bouche… chaleur dans la gorge… et puis *boum* dans le ventre. C'était assez chouette, en fait.

Voilà maintenant qu'il ressentait un picotement dans les bras et les mains. Peut-être dans le cou, aussi. Pas comme les fourmis qu'on a quand un membre s'est endormi mais plutôt la sensation de quelque chose qui se réveille.

Pete porta de nouveau la bouteille à ses lèvres, puis la rabaissa. Il y avait pire que de s'inquiéter de tomber du quai de chargement ou d'avoir un accident de vélo en rentrant (il se demanda brièvement si on pouvait se faire arrêter pour conduite de vélo en état d'ivresse et supposa que oui). S'enfiler quelques gorgées de vodka pour pouvoir s'en vanter était une chose, mais s'il buvait assez pour être bourré, sa mère et son père le sauraient quand ils rentreraient. Il leur suffirait d'un coup d'œil. Faire semblant d'être à jeun n'y changerait rien. Ses parents buvaient, leurs amis buvaient, et ils buvaient parfois trop. Ils reconnaîtraient les signes.

Aussi, il y avait la redoutable GUEULE DE BOIS à considérer. Pete et George avaient souvent vu leur père et leur mère, les samedis et dimanches matin, se traîner à travers la maison, les yeux rouges et la figure pâle. Ils prenaient des comprimés de vitamines, ils vous disaient de baisser la télé, et la musique était strictement *verboten*. La GUEULE DE BOIS avait l'air tout sauf cool.

Quand même, peut-être qu'une petite gorgée de plus lui ferait pas de mal.

Pete en avala une légèrement plus grosse et s'exclama : « *Allô Houston ! Décollage réussi !* » Ça le fit rire. Il se sentait un peu étourdi, mais c'était une sensation totalement agréable. Qu'il n'avait pas eue en fumant. Mais en buvant, oui.

Il se mit debout, tituba un peu, retrouva son équilibre et rit encore.

« Sautez dans votre putain de sablière tant que vous voudrez, mes cocos, dit-il au restaurant désert. Moi, je suis torché putain, et torché putain c'est vachement mieux. »

Ça, c'était *super* drôle et il rigola super fort.

Est-ce que je suis réellement torché ? Juste avec trois gorgées ?

Non, il ne pensait pas, mais il était pompette, ça, c'était clair. Bon, stop. Ça allait comme ça.

« À consommer avec modération », dit-il au restaurant désert et il rigola.

Il allait traîner là un moment et attendre que ça se dissipe. Une heure, ça devrait suffire, peut-être deux. Disons jusqu'à trois heures. Il n'avait pas de montre mais il entendrait sonner trois heures au clocher de Saint-Joseph qui était seulement à un mile, quelque chose comme ça. Alors il s'en irait, en cachant d'abord la vodka (pour pousser plus loin l'expérimentation un autre jour) et en remettant le coin sous la porte. Son premier arrêt au retour dans le quartier serait le 7-Eleven où il achèterait de ces chewing-gums Teaberry[1] super forts pour chasser l'odeur d'alcool de son haleine. Il avait entendu dire que la vodka n'avait pas d'odeur et que c'était *le* truc à voler dans le placard à bouteilles des parents, mais Pete était maintenant un enfant plus avisé qu'il ne l'était une heure avant.

« En plus, déclara-t-il d'un ton professoral au restaurant démembré, je parie que j'ai les yeux rouges, comme papa quand il a bru tôt de matirnis. »

Il se tut. C'était pas tout à fait ça, mais on s'en fout.

Il rassembla les fléchettes dans une main, retourna à la Ligne Beeber et les lança. Il loupa Justin avec toutes sauf une et ça alors, c'était le truc le plus fendard de tous. Il se demanda si le Beeb pourrait faire un tube avec une chanson qui s'appellerait « My Baby Shaves Her Pussy[2] » et il trouva ça tellement poilant qu'il se tordit de rire, les deux mains posées sur les genoux.

La crise de rire passée, il essuya une double chandelle de morve de son nez, secoua la main pour s'en débarrasser (*désolé, Burger King*, pensa-t-il, *adieu ton classement Bon Restaurant*) et retourna à la Ligne Beeber d'un pas alourdi. Sa chance fut encore pire la deuxième fois.

Il y voyait pas double ni rien, c'est juste qu'il arrivait pas à viser le Beeb. En plus, il se sentait un peu mal, en fin de compte. Pas trop, mais il était content de pas avoir tenté une quatrième gorgée.

---

1. Parfumés à la gaulthérie.
2. Ma chérie se rase la chatte.

« Je me serais fait péter le Popov », dit-il.

Il rigola puis lâcha un rot sonore qui le brûla en remontant. *Bourp*. Il abandonna les fléchettes où elles étaient et retourna aux matelas. Il pensa se servir de sa loupe pour voir s'il n'y aurait pas des bestioles vraiment petites qui y cavalaient, puis décida qu'il ne voulait pas savoir. Il pensa manger quelques-uns de ses Oreo mais redouta l'effet qu'ils risquaient d'avoir sur son estomac. Car il était – faut voir les choses en face – un peu barbouillé.

Il s'allongea et noua les mains derrière sa tête. Il avait entendu dire que quand on est vraiment soûl, tout se met à tourner autour de vous. Rien de tel n'était en train de lui arriver donc il en conclut qu'il planait à peine. Mais il dormirait bien un peu.

« Mais pas trop longtemps. »

Non, pas trop longtemps. Trop longtemps serait un mauvais plan. S'il n'était pas à la maison quand ses parents rentreraient, et s'ils ne le trouvaient pas, il aurait des ennuis. Et probablement George aussi, pour être parti en le laissant tout seul. La question était : arriverait-il à se réveiller quand les cloches de Saint-Joseph sonneraient ?

Pete eut conscience, dans ces quelques ultimes secondes de lucidité, qu'il ne lui restait plus qu'à l'espérer. Parce qu'il perdait pied.

Il ferma les yeux.

Et s'endormit dans le restaurant abandonné.

Dehors, roulant en direction du sud sur l'I-95, une voiture break de marque et année indéterminées apparut. Elle roulait très au-dessous de la vitesse minimale requise sur autoroute. Un semi-remorque lancé à pleine vitesse derrière elle bifurqua sur la voie de dépassement en klaxonnant furieusement.

Le break, quasiment en roue libre à présent, s'engagea sur la rampe d'accès à l'aire de repos, ignorant les grands panneaux indiquant FERMÉ AUCUN SERVICE PROCHAIN RAVITAILLEMENT 27 MI. Il heurta quatre des blocs orange empêchant l'accès, les envoya rouler, et vint s'arrêter à une soixantaine de mètres du bâtiment abandonné. La portière côté conducteur s'ouvrit mais personne ne descendit. Aucun bip-bip hé-ducon-t'as-laissé-ta-portière-ouverte ne retentit. La portière resta juste ouverte dans le silence.

Si Pete Simmons avait observé au lieu de roupiller, il n'aurait pu apercevoir le conducteur. Le break était éclaboussé de boue et son pare-brise en était maculé. Ce qui était étrange, vu qu'il n'était pas tombé une goutte de pluie sur le nord de la Nouvelle-Angleterre depuis plus d'une semaine et que l'autoroute était parfaitement sèche.

Et la voiture resta là, arrêtée presque au bout de la rampe d'accès, sous un ciel d'avril couvert. Les blocs qu'elle avait percutés cessèrent de rouler. La portière du conducteur demeura ouverte.

2. DOUG CLAYTON (PRIUS 2009)

Doug Clayton était un agent d'assurances de Bangor en route pour Portland où il avait une réservation à l'hôtel Sheraton. Il prévoyait d'y être à quatorze heures, grand maximum. Ce qui lui laisserait plein de temps pour une sieste (luxe qu'il pouvait rarement se permettre) avant de se mettre en quête d'un restaurant dans Congress Street. Et demain, il se présenterait au Palais des Congrès de Portland à la première heure, se munirait d'un badge à son nom et rejoindrait les quatre cents autres agents d'assurances pour un colloque intitulé « Incendies, Tempêtes et Inondations : Assurance des Catastrophes au Vingt et Unième Siècle ». Alors qu'il dépassait la borne du Mile 82, Doug allait aussi au-devant de sa propre catastrophe personnelle, une qui ne figurait pas au programme du colloque de Portland.

Son attaché-case et sa valise étaient posés sur la banquette arrière. Couchée sur le siège baquet du passager, il y avait sa bible (la version du roi Jacques : Doug n'en aurait lu aucune autre). Doug était l'un des quatre prêtres laïcs de l'Église du Saint-Rédempteur et, quand venait son tour d'assurer la prédication, il aimait appeler sa bible « le *nec plus ultra* du manuel d'assurances ».

Doug avait reçu Jésus-Christ comme son sauveur personnel après dix années d'addiction à la boisson, lesquelles s'étaient étendues de la fin de son adolescence à quasiment la trentaine. Cette longue décennie de biture s'était terminée par une voiture accidentée et trente jours d'incarcération à la prison du comté de Penobscot. Dès sa première nuit derrière les barreaux, il s'était agenouillé dans sa cellule nauséabonde de la taille d'un cercueil, et s'était ensuite agenouillé toutes les autres nuits.

« Aide-moi à guérir », avait-il prié la première fois, et toutes les autres fois ensuite.

C'était une prière toute simple qui avait d'abord été exaucée au double, puis au décuple, plus au centuple. Il estimait que d'ici quelques années, il atteindrait le multiple de mille. Et le plus beau, dans tout ça ? C'est que le paradis l'attendait tout au bout.

Sa bible était bien écornée parce qu'il la lisait tous les jours. Il adorait toutes les histoires qu'elle contenait mais celle qu'il adorait par-dessus tout – celle sur laquelle il méditait le plus souvent – était la parabole du bon Samaritain. Il avait plusieurs fois prêché sur ce passage de l'Évangile de Luc et les fidèles du Saint-Rédempteur avaient ensuite toujours été généreux en louanges, Dieu les bénisse.

Doug supposait que c'était parce que cette histoire avait un écho tout *personnel* pour lui. Un prêtre croise le voyageur rossé et dévalisé étendu au bord de la route et passe son chemin ; un Lévite fait de même. Et là, qui rapplique ? Un affreux Samaritain haïsseur de Juifs. Mais c'est celui-là, haïsseur de Juifs ou pas, qui tend la main. Il lave les plaies du voyageur et les panse. Il charge l'homme sur son âne et lui loue une chambre à l'auberge la plus proche.

« Lequel de ces trois, à ton avis, s'est montré le prochain de l'homme tombé aux mains des brigands ? » demande Jésus au jeune super docteur de la loi qui l'interrogeait sur les conditions nécessaires pour gagner la vie éternelle. Et le jeune crack, pas bête, de répondre : « Celui-là qui a exercé la miséricorde. »

Si quelque chose faisait horreur à Doug Clayton, c'était bien de ressembler au Lévite de l'histoire. Ou de changer de trottoir quand quelqu'un avait besoin d'aide. Donc, lorsqu'il aperçut le break boueux garé presque au bout de la rampe d'accès à l'aire de repos désertée – avec les blocs de plastique orange renversés devant lui et la portière du conducteur entrouverte –, il n'hésita qu'une seconde avant d'actionner son clignotant et de tourner.

Il s'arrêta derrière le break, alluma ses feux de détresse et tendit la main vers sa portière. C'est là qu'il remarqua qu'il n'y avait visiblement pas de plaque d'immatriculation à l'arrière du break… mais avec toute cette saleté de boue, c'était difficile de vraiment savoir. Doug prit son téléphone portable dans la console centrale de sa Prius et s'assura qu'il était allumé. Être un bon Samaritain était une chose ; s'approcher inconsidérément d'une voiture bâtarde sans plaque d'immatriculation était carrément stupide.

Il marcha vers le break en tenant son portable dans la main gauche, sans le serrer. Non, pas de plaque, il ne s'était pas trompé. Il chercha à voir par la vitre arrière, sans succès. Trop de boue. Il se dirigea vers la portière du conducteur, puis s'arrêta, examinant la totalité du véhicule en fronçant les sourcils. Ford ou Chevrolet ? Du diable s'il aurait su le dire, ce qui était surprenant car il avait bien dû assurer des milliers de véhicules breaks dans sa carrière.

Customisé ? se demanda-t-il. Ouais, peut-être… mais qui s'embêterait à customiser un véhicule break pour en faire quelque chose d'aussi *anonyme* ?

« Hé, bonjour ? Tout va bien ? »

Il s'avança vers la portière, serrant un peu plus fort son téléphone sans s'en rendre compte. Il se surprit à penser à un film qui lui avait fichu une sainte trouille quand il était gosse, une histoire de maison hantée. Un groupe de jeunes s'approchait de cette vieille maison abandonnée, et l'un d'eux, apercevant une porte entrebâillée, murmurait à ses copains : « Regardez, elle est ouverte ! » T'avais envie de leur dire de pas entrer, mais évidemment ils le faisaient.

C'est stupide. Y a peut-être quelqu'un de blessé dans cette voiture.

Bien sûr, le gars avait pu descendre pour aller jusqu'au restaurant, chercher un téléphone public peut-être, mais s'il était *vraiment* blessé...

« Bonjour ? »

Doug tendit la main vers la poignée de la portière, puis se ravisa et se pencha pour regarder par l'entrebâillement. Ce qu'il vit était confondant. Le siège avant était couvert de boue ; idem pour le tableau de bord et le volant. Une substance brune gélatineuse dégoulinait des boutons à l'ancienne de la radio et les empreintes sur le volant ne semblaient pas exactement avoir été laissées par des mains. L'empreinte des paumes était monstrueusement grosse pour commencer, mais les empreintes de doigts étaient aussi minces que des crayons.

« Il y a quelqu'un là-dedans ? » Il transféra son téléphone portable dans sa main droite et saisit la portière du conducteur de la gauche dans l'intention de l'ouvrir plus grand pour pouvoir regarder sur la banquette arrière. « Vous êtes bles... »

Il eut à peine le temps d'enregistrer une puanteur infernale, puis une douleur explosa dans sa main gauche, si intense qu'elle lui sembla remonter en bondissant dans tout son corps, semant derrière elle une traînée de feu et emplissant d'une souffrance d'agonie tous les espaces vides en lui. Doug ne cria pas, ne put crier. Sa gorge s'était bloquée sous la soudaineté du choc. Il baissa les yeux et vit que la poignée de la portière s'était apparemment empalée dans la paume de sa main.

Ses doigts n'étaient presque plus visibles. Il apercevait juste des moignons au-dessous des phalanges reliées au dos de sa main. Le reste, il ignorait comment, avait été avalé par la portière. Alors que Doug regardait, son annulaire se brisa. Son alliance se détacha et tomba en tintant sur la chaussée.

Il sentit quelque chose, oh mon Dieu, doux Jésus, quelque chose comme des dents. En train de mâcher. La voiture était en train de lui manger la main.

Doug tenta de se dégager. Du sang gicla, dont une partie atterrit sur la portière boueuse et l'autre éclaboussa son pantalon à pinces. Les gouttes qui se posèrent sur la portière disparurent immédiatement, dans un léger bruit de succion : *sleurp*. Un instant, il faillit s'en sortir. Il eut la vision d'os de doigts luisants, dont la chair avait été sucée, et se revit, dans une image de cauchemar, en train de ronger des ailes de poulet du Colonel Sanders[1]. *Décortique-moi bien tout ça*, avait coutume de dire sa mère. *La chair près des os est la meilleure.*

Puis il fut de nouveau tiré en avant. La portière du conducteur s'ouvrit pour l'inviter à entrer : *Bonjour, Doug, je t'attendais, entre donc.* Sa tête heurta le haut

---

1. Fondateur de la chaîne de restauration KFC.

de la portière et il ressentit une barre de froid en travers de son front qui devint brûlante lorsque le toit du break lui entama la peau.

Il fit un dernier effort pour se libérer, lâchant son téléphone portable pour repousser la vitre arrière. La vitre s'enfonça au lieu de résister, puis enveloppa sa main. Il roula des yeux et vit que ce qui avait eu l'apparence du verre ondoyait maintenant comme la surface d'un étang sous la brise. Et pourquoi est-ce que cela ondoyait ? Parce que ça mastiquait. Parce que ça mangeait.

Voilà ce que je récolte à jouer les bons Sam...

C'est là que le haut de la portière du conducteur lui cisailla le crâne et s'enfonça comme dans du beurre dans la cervelle en dessous. Doug Clayton entendit un grand *POP* éclatant, comme quand un nœud de pin explose dans un brasier. Puis les ténèbres se refermèrent.

Un chauffeur-livreur roulant vers le sud tourna la tête et aperçut une petite voiture verte aux feux de détresse allumés rangée derrière un break couvert de boue. Un homme – sûrement celui de la petite voiture verte – était penché à la portière du break et semblait parler au conducteur. *Une panne*, songea le chauffeur-livreur, et il reporta son attention sur la route. Pas un bon Samaritain, ça.

Doug Clayton fut attiré à l'intérieur comme si des mains – des mains avec des paumes énormes et des doigts fins comme des crayons – avaient saisi sa chemise et l'avaient tiré en avant. Le break changea de forme et se contracta, telle une bouche goûtant quelque chose d'exceptionnellement aigre...

ou d'exceptionnellement doux. De l'intérieur parvint une série de craquements rapprochés – le bruit d'un homme écrasant des branches mortes sous ses lourdes bottes. Le break se contracta encore pendant une dizaine de secondes, ressemblant davantage à un poing serré et bosselé qu'à une voiture. Puis, avec un *pok*, comme une balle de tennis adroitement frappée par une raquette, il retrouva sa forme initiale.

Le soleil perça brièvement les nuages, se réverbérant sur le téléphone portable tombé à terre et dessinant un bref halo de lumière chaude autour de l'alliance de Doug. Puis il replongea sous sa couverture nuageuse.

Derrière le break, les feux de détresse de la Prius continuaient à clignoter. Avec un bruit d'horloge discret : *Tic… tic… tic.*

Quelques rares voitures passèrent. Les deux semaines autour de Pâques sont les plus calmes de l'année sur les autoroutes du pays et l'après-midi est la deuxième période la plus calme de la journée : seules les heures d'entre minuit et cinq heures du matin sont plus tranquilles.

Tic… tic… tic.

Dans le restaurant abandonné, Pete Simmons dormait.

3. JULIANNE VERNON (DODGE RAM 2005)

Julianne Vernon n'avait pas besoin du roi Jacques pour lui apprendre à être une bonne Samaritaine. Elle avait grandi dans la petite ville de Redfield, dans le

Maine (deux mille quatre cents habitants), où votre voisin était votre prochain – cela faisait partie du mode de vie – et tout inconnu était également votre prochain. Personne ne le lui avait jamais dit aussi expressément : elle l'avait appris de sa mère, de son père et de ses grands frères. Ils avaient peu à dire sur ces questions mais l'enseignement par l'exemple est toujours le plus efficace. Si on voyait un gars allongé au bord de la route, peu importait qu'il soit samaritain ou martien. On s'arrêtait pour lui venir en aide.

Jamais non plus l'idée de se faire dévaliser, violer ou assassiner par quelqu'un qui aurait juste fait semblant d'avoir besoin d'aide ne l'avait beaucoup inquiétée. Quand l'infirmière scolaire lui avait demandé combien elle pesait, en cours moyen deuxième année, Julie avait répondu fièrement : « Mon père dit dans les quatre-vingts tout habillée. Un peu moins toute mouillée. » Aujourd'hui, à trente-cinq ans, elle aurait plutôt fait dans les cent trente tout habillée et son truc n'était pas de se trouver un bon mari et d'être une bonne épouse. Elle était aussi gay que le ruban du chapeau de son vieux papa, et fière de l'être. Il y avait deux autocollants à l'arrière de son Dodge Ram. L'un disait DÉFENDEZ L'ÉGALITÉ DE GENRE. L'autre, rose vif, affirmait que GAY EST UN MOT GAI !

On ne voyait pas les autocollants en ce moment parce qu'elle tractait ce qu'elle aimait appeler « son porte-jument ». Elle venait, en effet, d'acheter une jument genet d'Espagne de deux ans dans la ville de Clinton et la ramenait maintenant à Redfield où elle vivait avec sa compagne dans une ferme située à deux miles à peine de la maison où elle avait grandi.

Elle était en train de penser, comme elle le faisait souvent, à ses cinq années de tournées avec les Twinkles, une équipe de catch féminin dans la boue. Ces années-là avaient été à la fois bonnes et mauvaises. Mauvaises parce que les Twinkles étaient en général considérées comme une attraction de foire (ce que, d'une certaine manière, elles étaient, Julie en convenait), bonnes parce que, grâce à elles, elle avait vu le monde. Surtout l'Amérique, il est vrai, mais une fois, les Twinkles avaient passé trois mois en Angleterre, en France et en Allemagne, où elles avaient été traitées avec une gentillesse et un respect quasi irréels. Comme de jeunes dames, en fait.

Elle avait encore son passeport, qu'elle avait fait renouveler l'an passé, même si elle soupçonnait qu'elle n'irait probablement plus jamais à l'étranger. Dans l'ensemble, ça lui allait. Dans l'ensemble, elle était heureuse à la ferme avec Amelia et leur ménagerie bigarrée de chiens, de chats et de bestiaux, même si ces jours de tournée lui manquaient parfois – les amours d'un soir, les matchs sous les lumières, la camaraderie bourrue des autres filles. Parfois, même les joutes avec le public lui manquaient.

« *Chope-la par la choune, c'est une gouine, elle aime ça !* » avait un soir crié un plouc avec de la merde à la place du cerveau – à Tulsa, si ses souvenirs étaient bons.

Elle et Melissa, la fille avec qui elle luttait dans la fosse remplie de boue, s'étaient regardées, avaient hoché la tête et s'étaient dressées face à la section du public d'où le cri avait jailli. Elles étaient restées plantées là, vêtues de leur monokini trempé, les cheveux et les seins dégoulinants de boue, et, à l'unisson, avaient fait un doigt d'honneur au provocateur. Des applaudissements spontanés étaient montés du public… pour se transformer en une ovation debout quand Julianne la première, Melissa ensuite, s'étaient retournées, avaient tendu les fesses, baissé leur culotte et montré leur cul à l'autre trou du cul.

Elle avait appris en grandissant qu'on tend la main à celui qui est tombé et ne peut se relever. Elle avait aussi appris en grandissant qu'on se laisse pas emmerder : ni sur le compte de ses juments, ni sur celui de sa taille, de son poids, de son boulot ou de ses préférences sexuelles. Si on se laisse emmerder un jour, on se fait emmerder toujours.

Le CD qu'elle écoutait se termina et elle allait enfoncer le bouton EJECT quand elle aperçut une voiture au-devant, garée presque au bout de la rampe d'accès à l'aire de repos abandonnée du Mile 81. Ses feux de détresse étaient allumés. Il y avait une autre voiture garée devant, un vieux break déglingué couvert de boue. Probablement un Ford ou un Chevrolet, c'était difficile à dire.

Julie ne prit pas de décision parce qu'il n'y avait aucune décision à prendre. Elle actionna son clignotant, se rendit compte qu'elle n'aurait pas assez de place sur la rampe, pas avec le van qu'elle tractait, et se rangea le plus loin possible sur la bande d'arrêt d'urgence sans mettre ses roues dans le sol plus meuble du bas-côté. La dernière chose qu'elle voulait, c'était renverser la jument pour laquelle elle venait de débourser mille huit cents dollars.

Ce n'était probablement rien de grave, mais ça ne coûtait rien d'aller vérifier. On ne pouvait jamais prévoir quand une femme décidait tout à coup de mettre son bébé au monde sur l'autoroute ou quand le gars qui s'était arrêté pour lui porter secours s'évanouissait sous le coup de l'émotion. Julie alluma ses propres feux de détresse mais ils ne se voyaient guère derrière le van.

Elle descendit, regarda en direction des deux voitures et ne vit pas âme qui vive. Peut-être quelqu'un avait-il pris les deux conducteurs en stop, mais il était plus probable qu'ils étaient allés jusqu'au restaurant. Julie doutait qu'ils trouvent grand-chose là-bas : le restaurant était fermé depuis septembre dernier. Julie elle-même s'était souvent arrêtée au Mile 81 pour un cornet de yaourt glacé, mais à présent son arrêt casse-croûte était le Damon's d'Augusta, vingt miles plus au nord.

Elle contourna le van et sa nouvelle jument – Dee-Dee de son prénom – passa le nez au-dehors. Julie la flatta.

« Là, bébé, là. J'en ai pour une minute. »

Elle ouvrit les portes arrière pour pouvoir atteindre le coffre intégré dans la paroi gauche du van. Dee-Dee décida que le moment était bien choisi pour descendre du véhicule et Julie la repoussa d'une épaule robuste en murmurant encore une fois :

« Là, bébé, là. »

Elle déverrouilla le coffre. À l'intérieur, posés sur les outils, il y avait quelques fusées éclairantes et deux mini-cônes de signalisation rose fluo. Julie passa les doigts dans le sommet creux des cônes (pas besoin de fusées éclairantes par un après-midi qui commençait lentement à s'éclaircir). Elle referma le coffre et le verrouilla pour éviter que DeeDee ne pose un sabot dedans et ne se blesse. Puis elle referma les portières arrière. DeeDee repassa la tête au-dehors. Julie ne croyait pas réellement qu'un cheval puisse avoir l'air anxieux, mais c'était un peu l'air qu'avait sa jument.

« Pas longtemps », dit-elle, puis elle plaça les cônes derrière le van et se dirigea vers les deux véhicules.

La Prius était vide mais pas verrouillée. Julie ne s'y attarda pas, d'autant qu'il y avait une valise et un attaché-case à l'aspect plutôt coûteux sur la banquette arrière. La portière du conducteur du vieux break était grande ouverte. Julie se dirigea vers elle puis s'arrêta, sourcils froncés. Par terre, à côté de la portière ouverte, il y avait un téléphone portable et ce qui devait être une alliance. Il y avait une grande fêlure en zigzag sur la coque du téléphone, comme si on l'avait laissé tomber. Et sur le petit écran de verre où les numéros s'affichaient… était-ce une tache de sang ?

Probablement pas, probablement juste de la boue – le break en était couvert –, mais Julie aimait de moins en moins ça. Elle avait fait faire un bon petit galop à DeeDee avant de la charger et ne s'était pas changée, gardant sa jupe-culotte pratique de cavalière pour le trajet de retour en voiture. Elle sortit son téléphone portable de sa poche droite et hésita à composer le 911.

Non, décida-t-elle, pas encore. Mais si le break couvert de boue était aussi vide que la petite voiture verte, ou si cette petite tache sur le téléphone était du sang, elle le ferait. Et attendrait là que le véhicule de patrouille de la police d'État arrive plutôt que de monter jusqu'au bâtiment abandonné. Elle était courageuse, et elle avait bon cœur, mais elle n'était pas stupide.

Elle se pencha pour examiner l'alliance et le téléphone fêlé. Le pan légèrement évasé de sa jupe-culotte frôla le flanc boueux du break et parut se fondre à lui. Julie fut brutalement tirée vers la droite. Une fesse charnue heurta le côté du break. La surface s'enfonça puis se referma sur deux épaisseurs de vêtements et la chair en dessous. La douleur fut immédiate et énorme. Julie hurla, lâcha son téléphone et essaya de repousser l'assaillant, un peu comme si la voiture était l'une de ses anciennes adversaires de catch. Sa main et son avant-bras droits disparurent à travers la membrane souple qui ressemblait à une vitre. Ce qui apparut de l'autre côté, vaguement visible à travers le voile de boue, n'était pas le bras robuste d'une grande et vigoureuse cavalière mais un os affamé d'où pendait de la chair en lambeaux.

Le break commença à se contracter.

Une voiture passa, roulant vers le sud, puis une deuxième. À cause du van, ils ne virent pas la femme qui se trouvait maintenant à moitié à l'intérieur, à moitié à l'extérieur du break difforme, comme Frère Lapin empêtré dans le Bébé de Goudron[1]. Ils n'entendirent pas non plus ses cris. L'un des conducteurs écoutait Toby Keith, l'autre Led Zeppelin. Chacun

---

1. Personnages de Joel Chandlar Harris (1845-1908), auteur des *Contes de l'oncle Rémus*.

son style de musique préféré, le son à bloc. Dans le restaurant, Pete Simmons l'entendit, mais seulement de très loin, comme un écho mourant. Ses paupières papillotèrent. Puis les cris se turent.

Pete roula sur le flanc sur les matelas crasseux et replongea dans le sommeil.

La chose qui ressemblait à une voiture mangea Julianne Vernon, bottes, jupe cavalière et tout. La seule chose qu'elle ne mangea pas fut son téléphone portable, qui gisait maintenant sur le sol près de celui de Doug Clayton. Puis elle reprit sa forme de voiture break avec ce même bruit de raquette de tennis frappant une balle.

Dans le porte-jument, DeeDee hennit et piaffa d'un sabot impatient. Elle avait faim.

4. FAMILLE LUSSIER (FORD EXPEDITION 2011)

La petite Rachel Lussier, six ans, s'exclama :

« Regarde, maman ! Regarde, papa ! C'est la dame du cheval ! Vous voyez sa remorque ? Vous la voyez ? »

Carla ne fut pas étonnée que Rachel, même assise sur la banquette arrière, ait été la première à repérer le van. Dans la famille, Rachou était celle qui avait la meilleure vue : personne ne lui arrivait à la cheville. Vision laser, disait parfois son père. C'était une de ces blagues qui ne sont pas tout à fait des blagues.

Johnny, Carla et Blake, âgé de quatre ans, portaient tous des lunettes ; tout le monde, des deux côtés de leur famille, portait des lunettes : même Bingo, le chien de la famille, en aurait probablement eu besoin.

Bingo avait le chic pour foncer dans la baie vitrée chaque fois qu'il voulait sortir. Seule Rachel avait échappé à la malédiction de la myopie. La dernière fois qu'elle était allée chez l'ophtalmologiste, elle avait lu tout le foutu tableau oculaire, ligne du bas et tout. Le Dr Stratton en avait été estomaqué.

« Elle pourrait se qualifier pour l'entraînement de pilote de chasse », avait-il dit à Johnny et Carla.

Johnny avait répondu :

« Un de ces jours peut-être. Elle est assurément dotée d'un instinct de tueur à l'égard de son petit frère. »

Carla lui avait donné un coup de coude, mais c'était vrai. Elle avait entendu dire qu'il y a moins de rivalité dans une fratrie entre un frère et une sœur qu'entre enfants du même sexe. Si c'était le cas, Rachel et Blake étaient l'exception qui confirme la règle. Carla se disait parfois que la phrase la plus courante qu'elle entendait ces temps-ci était *C'est… qui a commencé*. Seul le genre du pronom de la phrase variait.

Les deux enfants avaient été assez sages sur la première centaine de miles du trajet, en partie parce que les visites chez les parents de Johnny les mettaient toujours de bonne humeur et surtout parce que Carla avait veillé à remplir de jouets et de cahiers de coloriage le no man's land entre le siège rehausseur de Rachel et le siège auto de Blake. Mais après leur arrêt pipi-et-casse-croûte à Augusta, les chamailleries avaient repris. Probablement à cause des cônes glacés. Donner du sucre à des enfants pendant un long trajet en voiture, c'est comme asperger d'essence un feu de camp, Carla le savait, mais on ne peut pas *tout* leur refuser.

De désespoir, elle avait démarré une partie de Plastique Fantastique, jouant le rôle du juge et attribuant les points pour chaque nain de jardin, puits magique, statue de la Sainte Vierge, etc., aperçu. Le problème, c'est que sur une autoroute il y a beaucoup d'arbres mais peu de décorations de mauvais goût sur les bas-côtés. Sa fille de six ans à la vue perçante et son fils de quatre ans à la langue acérée venaient de recommencer les hostilités quand Rachel avait repéré le van équestre stationné juste avant la rampe d'accès à la vieille aire de repos Mile 81.

« Moi veux caresser cheval encore ! » s'écria Blake.

Il commença à se débattre dans son siège auto, ressemblant ainsi au plus petit break-dancer du monde. Il avait maintenant les jambes juste assez longues pour donner des coups de pied dans le dossier du siège du conducteur, ce que Johnny trouvait *très**[1] agaçant.

Que quelqu'un me redise pourquoi j'ai voulu des gosses, pensa-t-il. *Que quelqu'un me rappelle juste à quoi je pensais. Je sais que ça semblait sensé à l'époque.*

« Blakie, ne donne pas de coups de pied dans le siège de papa, dit Johnny.

— Moi veux caresser *cheeeevaaaal* ! » hurla Blake.

Et il en décocha un particulièrement appuyé dans le dossier du siège de son père.

---

1. En français dans le texte, de même qu'ensuite tous les mots suivis d'un astérisque.

« Ce que tu peux être bébé, alors », dit Rachel, à l'abri des coups de pied fraternels de l'autre côté de la zone démilitarisée qu'était la banquette arrière.

Elle avait dit ça de son ton de grande fille le plus magnanime, celui qui avait toujours le don d'exciter la fureur de Blake.

« *SUIS PAS UN BÉBÉ !*

— Blakie, commença Johnny, si tu n'arrêtes pas de donner des coups de pied dans le siège de papa, papa va devoir prendre son grand couteau de boucher pour amputer les jolis petits pieds de Blakie à la chev…

— Elle est en panne, dit Carla. Tu vois les cônes de signalisation ? Arrête-toi.

— Chérie, j'aime pas m'arrêter sur la bande d'arrêt d'urgence.

— Pas la peine, tourne et va te garer à côté des deux autres voitures, là. Sur la rampe. Tu as la place et tu bloqueras personne puisque l'aire de repos est fermée.

— Si t'y vois pas d'inconvénient, j'aimerais rentrer à Falmouth avant la n…

— Arrête-toi. »

Carla s'entendit utiliser le ton DEFCON-1[1], celui qui ne souffrait aucune réplique, même si elle savait qu'elle donnait le mauvais exemple : combien de fois, dernièrement, n'avait-elle pas entendu Rachel employer exactement le même ton pour s'adresser

---

1. Niveau d'alerte militaire le plus élevé des forces armées des États-Unis.

à Blake ? L'employer jusqu'à ce que le petit bonhomme fonde en larmes ?

Abandonnant sa voix de Celle-à-qui-on-obéit, Carla
dit d'un ton plus délicat :

« Cette femme a été vraiment gentille avec les
enfants. »

Johnny s'était rangé à côté du van équestre quand
ils s'étaient arrêtés au Damon's d'Augusta pour
prendre des glaces. Adossée à son van, la dame du
cheval (elle-même presque aussi grosse qu'un cheval)
léchait un cornet de glace tout en donnant quelque
chose à manger à un très bel animal. La friandise
ressemblait à une barre aux céréales Kashi, d'après
Carla.

Johnny, qui tenait un enfant par chaque main,
tenta de les entraîner plus loin, mais Blake ne se
laissa pas faire.

« Je peux caresser ton cheval ? demanda-t-il.

— Ça te coûtera un quart de dollar, avait dit la
grosse dame en jupe cavalière marron avant de sourire devant la mine déconfite de Blakie. Mais non, je
plaisante. Tiens, prends ça. »

Elle fourra son cornet de glace dégoulinant dans
les mains de Blake qui, de surprise, n'eut pas d'autre
choix que de le prendre. Puis elle le souleva pour
qu'il puisse caresser le nez du cheval. DeeDee considéra l'enfant aux yeux écarquillés calmement, renifla
le cornet de glace dégoulinant de la dame, décida que
ce n'était pas ce qu'elle voulait, et se laissa caresser.

« Ouah, c'est doux ! » dit Blake.

Carla ne l'avait jamais entendu s'exprimer avec un émerveillement aussi simple et pur. *Pourquoi n'avons-nous jamais emmené ces gosses dans une ferme pédagogique ?* se demanda-t-elle, et elle en prit immédiatement note sur sa liste mentale de choses à faire.

« Moi, moi, moi ! » claironna Rachel, qui dansait impatiemment autour d'eux.

La grosse dame reposa Blake.

« Lèche-moi cette glace pendant que je soulève ta sœur, lui dit-elle. Mais ne m'y mets pas des poux, hein ? »

Carla avait failli dire à Blake qu'on ne mange pas après les gens, surtout après des inconnus. Puis elle avait vu le sourire incrédule de Johnny et s'était dit, et merde. On envoie nos gosses dans des écoles qui sont littéralement des usines à microbes. On leur fait parcourir des centaines de miles sur des autoroutes où n'importe quel cinglé ivre ou adolescent en train de rédiger un texto peut faire une embardée et les supprimer. Et ensuite on leur interdit de lécher une glace déjà entamée ? C'était peut-être pousser la mentalité siège-auto-et-casque-à-vélo un peu loin.

La dame du cheval souleva Rachel pour qu'elle puisse caresser les naseaux de l'animal.

« Waouh ! Chouette ! dit Rachel. Comment il s'appelle ?

— Elle s'appelle DeeDee.

— J'adore ce nom ! Je t'aime, DeeDee !

— Moi aussi, je t'aime, DeeDee », avait dit la dame en claquant un gros bisou sur le nez de sa jument.

Ça les avait tous fait rire.

« Maman, on pourra avoir un cheval ?

— Oui ! avait chaleureusement répondu Carla. Quand tu auras vingt-six ans ! »

Rachel avait aussitôt fait sa mauvaise tête (front plissé, joues gonflées, lèvres cousues), mais quand la dame du cheval avait ri, Rachel avait capitulé et ri aussi.

La grosse dame se pencha vers Blakie, mains posées sur ses genoux couverts par la jupe cavalière.

« Je peux récupérer mon cornet de glace, jeune homme ? »

Blake le lui tendit. Quand elle le prit, il commença à se lécher les doigts qu'il avait couverts de pistache fondue.

« Merci, dit Carla à la dame du cheval. C'était très gentil à vous. » Puis à Blake : « Allez, viens, on va nettoyer tout ça à l'intérieur, et ensuite tu pourras avoir une glace.

— Je veux la même que la dame », dit Blake, et ça avait fait rire la dame du cheval encore plus fort.

Johnny avait insisté pour qu'ils mangent leurs cornets à une table parce qu'il ne voulait pas qu'ils décorent l'Expedition de glace à la pistache. Quand ils eurent fini et qu'ils sortirent, la dame du cheval était partie.

Juste une de ces personnes qu'on rencontre sur la route – parfois désagréables, souvent sympas, quelquefois même géniales – et qu'on ne revoit jamais.

Sauf qu'elle était là, du moins son véhicule était là, stationné sur la bande d'arrêt d'urgence avec des cônes de signalisation soigneusement placés derrière son van. Et Carla disait vrai, la dame du cheval avait été gentille avec les enfants. Avec cette idée en tête, Johnny Lussier prit la pire – et la dernière – décision de sa vie.

Il mit son clignotant et emprunta la rampe, ainsi que Carla l'avait suggéré, pour aller se ranger devant la Prius de Doug Clayton, dont les feux de détresse clignotaient toujours, et à côté du break boueux. Il mit la voiture en mode parking mais laissa le moteur allumé.

« Moi veux caresser cheval, dit Blake.

— Moi aussi, je veux caresser le cheval », déclara Rachel de ce ton de châtelaine qu'elle avait ramassé Dieu sait où.

Ça rendait Carla folle mais elle refusait de dire quoi que ce soit. Si elle disait quelque chose, Rachel prendrait encore plus souvent ce ton-là.

« Avec la permission de la dame, dit Johnny. Vous, les enfants, vous ne bougez pas de là pour le moment. Toi non plus, Carla.

— *Oui, maître*, dit Carla en prenant la voix de zombie qui faisait toujours rire les enfants.

— Très amusant, Frankenstein.

— L'habitacle de son camion est vide, dit Carla. Tous les véhicules ont l'air vides. Tu crois qu'il y a eu un accident ?

— J'sais pas, mais y a pas de casse apparemment. Attendez-moi, j'vais voir. »

Johnny Lussier descendit, contourna par l'arrière l'Expedition qu'il ne finirait jamais de payer et s'approcha de l'habitacle du Dodge Ram. Carla n'avait pas vu la dame du cheval à l'intérieur mais il voulait s'assurer que celle-ci n'était pas étendue sur son siège, essayant peut-être de survivre à une crise cardiaque. (Adepte du jogging depuis toujours, Johnny croyait secrètement qu'une crise cardiaque à l'âge de quarante-cinq ans au plus tard attendait quiconque pesait ne serait-ce que deux kilos de plus que le poids optimal prescrit par Medecine.Net.)

Elle n'était pas affalée sur le siège (*évidemment, une femme aussi grosse, Carla l'aurait vue même allongée*) et elle n'était pas non plus dans le van. Il y avait seulement le cheval qui passa la tête au-dehors et renifla le visage de Johnny.

« Et salut, toi… » Un instant, le nom de l'animal lui échappa, puis ça lui revint. « … DeeDee. Ça se passe bien ? ton sac de picotin est bien plein ? »

Il lui flatta le museau puis remonta la rampe pour aller enquêter du côté des deux autres véhicules. Il constata qu'il y avait eu *une sorte* d'accident, encore que très minime. Le break avait percuté quelques-uns des blocs orange qui bloquaient l'accès à la rampe.

Carla abaissa sa vitre, chose que les enfants à l'arrière ne pouvaient pas faire à cause de la fermeture centralisée.

« Tu l'as vue ?

— Non.

— Tu as vu *quelqu'un* ?

— Carla, laisse-moi le t… »

Il aperçut les téléphones portables et l'alliance par terre à côté de la portière entrouverte du break.

« Quoi ? »

Carla tendit le cou pour voir.

« Attends une seconde. »

L'idée lui vint de dire à Carla de verrouiller les portières, mais il la chassa. Ils étaient sur l'I-95, en plein jour, pour l'amour du ciel ! Avec des voitures qui passaient toutes les vingt ou trente secondes, parfois même deux ou trois en même temps.

Il se pencha et ramassa les téléphones, un dans chaque main. Il se tourna vers Carla, aussi ne vit-il pas la portière de la voiture s'ouvrir plus grand, comme une bouche.

« Carla, je crois qu'il y a du sang sur celui-ci. »

Il montrait le téléphone fêlé de Doug Clayton.

« Maman ? demanda Rachel. Y a qui dans la voiture toute sale ? La portière est en train de s'ouvrir.

— Reviens », dit Carla à Johnny. Elle avait soudain la bouche sèche et poussiéreuse. Elle avait voulu hurler le mot mais il lui semblait qu'elle avait une pierre sur la poitrine. Une pierre invisible mais très grosse. « Il y a quelqu'un dans cette voiture ! »

Au lieu de revenir, Johnny se retourna et se pencha pour regarder à l'intérieur. Dès qu'il le fit, la portière se referma sur sa tête. Il y eut un terrible son mat. D'un coup, la pierre sur la poitrine de Carla s'était soulevée. Elle inspira fort et hurla le nom de son mari.

« *Qu'est-ce qui est arrivé à papa ?* » s'écria Rachel. Sa voix était haut perchée et aussi grêle qu'un roseau. « *Qu'est-ce qui est arrivé à papa ?*

— *Papa !* » hurla Blake.

Il était occupé à inventorier ses tout nouveaux Transformers et voilà maintenant qu'il regardait frénétiquement autour de lui pour voir où pouvait bien être le papa en question.

Carla ne réfléchit pas. Le corps de son mari était là mais sa tête était à l'intérieur de ce break tout sale. Mais il était encore en vie : ses jambes et ses bras se débattaient. Déjà, elle était hors de l'Expedition sans avoir le souvenir d'avoir ouvert la portière. Son corps semblait agir de sa propre volonté, son cerveau sonné se contentant de suivre.

« *Maman, non !* hurla Rachel.

— *Maman, NON !* »

Blake n'avait aucune idée de ce qui se passait mais il savait que c'était mauvais. Il se mit à pleurer et à se débattre dans les sangles de son siège auto.

Carla saisit Johnny par la taille et tira avec la force insensée que décuple l'adrénaline. La portière du break se rouvrit un peu et une petite cascade de sang coula sur le marchepied. L'espace d'un horrible instant, elle vit la tête de son mari posée sur le siège boueux du break et bizarrement tournée sur un côté. Alors même qu'il tremblait encore dans ses bras, elle comprit (dans un de ces éblouissants éclairs de lucidité qui peuvent frapper même dans un orage de panique parfait) que c'est à ça que ressemblent les pendus quand on les décroche. Parce que leur nuque est brisée. Dans ce bref et fulgurant instant, elle lui trouva l'air stupide, surpris, et laid, tout ce qui le constituait intrinsèquement ayant été expulsé de lui, et elle sut que, tremblant ou pas, il était déjà mort. C'est à ça que ressemble un gosse après avoir heurté les rochers en plongeant. À ça que ressemble une femme empalée sur sa colonne de direction après avoir foncé dans un pilier de pont. C'est à ça qu'on ressemble quand la mort qui défigure, sortie de nulle part, s'avance vers nous, les bras grands ouverts.

La portière de la voiture se referma en claquant méchamment. Carla avait toujours les bras serrés autour de la taille de son mari et, quand elle fut brutalement tirée en avant, elle eut un autre de ces éclairs de lucidité.

C'est la voiture, tu dois t'éloigner de la voiture !

Elle lâcha la taille de Johnny une seconde trop tard. Une mèche de ses cheveux frôla la portière et fut aspirée. Son front heurta la voiture avant qu'elle ait pu se libérer. Soudain, le sommet de son crâne était brûlant tandis que la chose lui dévorait le cuir chevelu.

Sauve-toi, Rachel ! voulut-elle crier à sa fille souvent énervante, certes, mais indéniablement intelligente. *Sauve-toi et emmène Blakie avec toi !*

Mais, avant même qu'elle ait commencé à articuler cette pensée, sa bouche avait disparu.

Seule Rachel avait vu le break se refermer en claquant sur la tête de son père, telle une plante carnivore sur un insecte, mais les deux enfants virent leur mère passer à travers la portière boueuse comme à travers un rideau. Ils virent un de ses mocassins se détacher, ils aperçurent ses ongles de pied roses et, déjà, elle avait disparu. Un instant plus tard, la voiture boueuse changea de forme et se contracta comme un poing. Par la vitre ouverte de leur mère, ils entendirent un bruit de craquement.

« *C'est quoi ?* » hurla Blakie.

Ses yeux ruisselaient de larmes et sa lèvre inférieure était barbouillée de morve.

« *C'est quoi, Rachou, c'est quoi, c'est quoi ?* »

C'est leurs os, pensa Rachel. Elle n'avait que six
ans, elle n'avait pas le droit d'aller voir les films
déconseillés aux moins de treize ans ni de les regarder à la télé, mais elle savait que ça, c'était le bruit
des os qui craquent.

Cette voiture-là, c'était pas une voiture. C'était une
espèce de monstre.

« Où y sont papa et maman ? demanda Blakie en
tournant vers elle ses grands yeux – rendus encore
plus grands par les larmes. Où y sont papa et maman,
Rachou ? »

On dirait qu'il est redevenu un bébé de deux ans,
pensa Rachel et, peut-être pour la première fois de sa
vie, elle ressentit autre chose que de l'irritation (ou,
quand il l'irritait au plus haut point, de la haine pure
et simple) envers son petit frère. Elle ne pensait pas
que ce nouveau sentiment était de l'amour. Elle pensait que c'était quelque chose d'encore plus grand.
Sa mère n'avait eu le temps de rien lui dire à la fin,
mais si elle l'avait pu, Rachel savait qu'elle lui aurait
dit : *Prends soin de Blakie*.

Il se débattait dans son siège auto. Il savait comment détacher les sangles mais, dans sa panique, il
avait oublié.

Rachel détacha sa propre ceinture, se glissa à
bas de son rehausseur et essaya de le faire pour lui.
L'une de ses mains qui se débattaient la frappa à la
joue, lui administrant une gifle retentissante. Dans
des circonstances normales, ça aurait valu à Blakie

une bonne bourrade dans l'épaule (et à Rachel d'être punie dans sa chambre où elle serait restée assise à regarder fixement le mur en bouillonnant de fureur), mais là, elle attrapa juste la main de son frère et la rabaissa.

« Arrête ! Laisse-moi t'aider ! Je peux te détacher mais pas si tu fais ça ! »

Il cessa de se débattre mais continua de pleurer.

« Il est où papa ? Elle est où maman ? Je veux maman ! »

Moi aussi, pensa Rachel en détachant les sangles du siège auto.

« On va sortir de la voiture maintenant et on va… »

Quoi ? Ils allaient quoi ? Aller jusqu'au restaurant ? Le restaurant était fermé, c'est pour ça qu'il y avait les blocs orange. C'est pour ça que les pompes à essence n'étaient plus devant la station et qu'il y avait des herbes folles qui poussaient dans le parking.

« On va s'en aller d'ici », termina-t-elle.

Elle descendit de la voiture et la contourna pour rejoindre Blakie de l'autre côté. Elle ouvrit sa portière mais il se contenta de la regarder, les yeux noyés de larmes.

« Moi peux pas descendre, Rachou, moi vais tomber. »

Fais pas ta chochotte, faillit-elle dire, mais elle se retint. Ce n'était pas le moment. Il était assez perturbé comme ça. Elle ouvrit les bras et dit :

« Glisse. Je vais te rattraper. »

Il la regarda d'un air de doute, puis glissa. Rachel le rattrapa, oui, mais il était plus lourd qu'il en avait l'air et tous deux s'étalèrent de tout leur long.

Comme elle était en dessous, elle encaissa le plus gros du choc, mais Blakie se cogna la tête et s'écorcha la main, et il se mit à brailler très fort, de douleur cette fois autant que de peur.

« Arrête, dit-elle en se tortillant pour s'extraire d'en dessous de lui. Sois un homme, Blakie !

— H… hein ? »

Elle ne répondit pas. Elle regardait les deux téléphones par terre à côté du break. L'un des deux avait l'air cassé, mais l'autre…

Rachel se rapprocha d'eux à quatre pattes, sans quitter des yeux la voiture dans laquelle son père et sa mère avaient disparu avec une si terrifiante soudaineté. Comme elle tendait la main vers le bon téléphone, Blakie la dépassa, marchant vers le break en tendant devant lui sa main écorchée.

« Maman ? Maman ! Sors ! Je m'ai fait mal ! Y faut que tu sors pour faire un bisou magi…

— *Ne fais pas un pas de plus, Blake Lussier !* »

Carla aurait été fière : c'était sa voix la plus féroce de Celle-à-qui-on-obéit. Et ça marcha. Blake s'arrêta à quatre pas du break.

« Mais je veux maman ! Je veux *maman*, Rachou ! »

Elle l'attrapa par la main et le tira loin de la voiture.

« Pas maintenant. Aide-moi à faire marcher ce truc. »

Elle savait parfaitement comment faire marcher le téléphone, mais il fallait absolument qu'elle le distraie.

« Donne à moi, moi je sais faire ! Donne à moi, Rachou ! »

Elle lui passa le téléphone et, pendant qu'il examinait les touches, elle se leva, l'attrapa par son T-shirt des Wolverines et le tira trois pas en arrière. Blake le remarqua à peine. Il avait trouvé le bouton pour allumer le téléphone portable de Julianne Vernon. Le téléphone fit *bip*. Rachel le lui reprit et, pour une fois dans sa vie de petit mioche bébête, Blake ne protesta pas.

Elle avait écouté avec attention quand McGruff le Chien Policier était venu leur parler à l'école (même si elle savait parfaitement bien que c'était un monsieur sous le déguisement de McGruff) et donc elle n'hésita pas. Elle composa le 911 et colla le téléphone à son oreille. Ça sonna une seule fois avant qu'on décroche.

« Allô ? Je m'appelle Rachel Ann Lussier et...

— Cet appel est enregistré, dit une voix d'homme par-dessus la sienne. Si vous appelez pour une urgence, appuyez sur la touche 1 de votre téléphone. Si vous appelez pour signaler des difficultés de trafic routier, appuyez sur la touche 2 de votre téléphone. Si vous appelez pour signaler un automobiliste en panne...

— Rachou ? Rachou ? L'est où maman ? L'est où p...

— *Chhhut !* » dit sévèrement Rachel.

Et elle appuya sur la touche 1. C'était dur à faire. Sa main tremblait et ses yeux étaient tout brouillés. Elle réalisa qu'elle pleurait. Quand s'était-elle mise à pleurer ? Elle ne s'en souvenait pas.

« Bonjour, ici le neuf cent onze, dit une femme.

— Vous êtes une vraie dame ou une autre voix enregistrée ? demanda Rachel.

— Je suis une vraie dame, dit la femme sur un ton un peu amusé. Est-ce que tu appelles pour une urgence ?

— Oui. Une méchante voiture a mangé notre père et notre mère. Mon frère et moi on est…

— Je t'arrête tout de suite », dit la femme du 911. Elle paraissait plus amusée que jamais. « Quel âge as-tu, mon petit ?

— J'ai six ans, bientôt sept. Je m'appelle Rachel Ann Lussier, et une voiture, une méchante voiture…

— Écoute-moi, Rachel Ann, ou qui que tu sois, sache que je peux identifier cet appel. Tu le savais ? Non, j'imagine que tu ne le savais pas. Alors, tu vas raccrocher et je n'aurai pas besoin d'envoyer un policier chez toi pour te donner une tape sur…

— *Ils sont morts, stupide bonne femme du téléphone !* » hurla Rachel, et en entendant le mot commençant par *m*, Blakie se remit à pleurer.

Pendant un instant, la dame du 911 ne dit rien. Puis, d'une voix plus du tout amusée :

« Où es-tu, Rachel Ann ?

— Au restaurant abandonné ! Celui avec les blocs en plastique orange ! »

Blakie s'assit par terre, la figure entre les genoux et les bras par-dessus la tête. Ça fit mal à Rachel de voir ça, plus mal que jamais. Ça lui fit mal tout au fond de son cœur.

« Ça ne me suffit pas comme renseignement, dit la dame du 911. Est-ce que tu peux être un peu plus spécifique, Rachel Ann ? »

Rachel ne savait pas ce que voulait dire *spécifique* mais elle savait ce qu'elle voyait : le pneu arrière de la voiture break, celui qui était le plus proche d'eux, était en train de fondre un peu. Un tentacule fait de quelque chose qui ressemblait à du caoutchouc liquide était en train de glisser lentement sur la chaussée en direction de Blakie.

« Il faut que je m'en aille, dit Rachel. Il faut qu'on s'en aille loin de la méchante voiture. »

Elle remit Blake sur ses pieds et le tira encore un peu en arrière tout en regardant fixement le pneu en train de fondre. Le tentacule de caoutchouc se rétracta (*parce qu'il sait qu'on est trop loin pour nous attraper*, pensa-t-elle) et le pneu ressembla de nouveau à un pneu, mais ce n'était pas suffisant pour Rachel. Elle continua à traîner Blake vers l'entrée de la rampe, en direction de l'autoroute.

« On va où, Rachou ? »

Je sais pas.

« Loin de cette voiture.

— Je veux mes Transformers !

— Pas maintenant, plus tard. »

Elle continua à tenir fermement Blake et à battre en retraite, descendant vers l'autoroute où les voitures filaient à soixante-dix et quatre-vingts miles à l'heure.

Rien n'est plus perçant que le cri d'un enfant : c'est l'un des mécanismes de survie les plus efficaces mis au point par la nature. Le sommeil de Pete Simmons était déjà moins profond et il en était au stade de la somnolence quand le cri que Rachel poussa aux oreilles de la dame du 911 lui parvint et qu'il se réveilla enfin complètement.

Il se redressa et porta une main à sa tête. Elle lui faisait mal et il sut ce qu'était ce mal : la redoutable et redoutée GUEULE DE BOIS. Il avait un goût de plâtre sur la langue et l'estomac tout bizarre. Pas tout bizarre au point de gerber, mais tout bizarre quand même.

Heureusement que j'ai pas bu une gorgée de plus, pensa-t-il. Et il se mit sur ses pieds. Il s'approcha d'une des fenêtres grillagées pour voir qui criait. Et ce qu'il vit ne lui dit rien qui vaille. Quelques-uns des blocs orange bloquant l'entrée de l'aire de repos avaient été renversés et il y avait des *voitures* là-bas, sur la rampe. Et pas qu'un peu.

Puis il vit deux petits enfants : une petite fille en pantalon rose et un petit garçon en short et en T-shirt. Il n'eut que le temps de les apercevoir, mais cela lui suffit pour comprendre qu'ils fuyaient – comme si quelque chose les avait effrayés –, puis ils disparurent derrière ce qui, aux yeux de Pete, ressemblait à un van équestre.

Il y avait quelque chose qui clochait. Il y avait eu un accident, ou quelque chose, même si rien là-bas ne *ressemblait* à un accident. Sa première impulsion fut de ficher le camp en quatrième vitesse avant de se retrouver mêlé à ce qui était arrivé. Il attrapa sa sacoche et se dirigea vers la cuisine et le quai de chargement au-delà. Puis il s'arrêta. Il y avait des enfants là-dehors. Des *petits* enfants. Beaucoup trop petits pour être tout seuls si près d'une autoroute rapide comme l'I-95, et il n'avait vu aucun adulte dans les parages.

Y a forcément des adultes, t'as pas vu toutes ces voitures ?

Oui, il avait vu les voitures, et un van équestre attelé à une camionnette, mais pas d'adultes.

Il faut que j'aille voir. Même si ça m'attire des ennuis, faut que j'aille empêcher ces idiots de petits gosses de se faire aplatir sur l'autoroute.

Pete se hâta vers la porte d'entrée du Burger King, la trouva verrouillée, et se posa à lui-même la question que Normie Therriault aurait posée : *Eh, placenta, t'as été fini au pipi ou quoi ?*

Pete fit demi-tour et courut vers le quai de chargement. Courir aggravait son mal de tête mais il l'ignora. Il posa sa sacoche au bord de la plate-forme de béton, se laissa descendre, et sauta. Il atterrit mal, se cogna le coccyx et l'ignora aussi. Il se releva et jeta un regard d'envie en direction des bois. Il pouvait juste *disparaître*. Ça lui épargnerait sûrement pas mal d'ennuis par la suite. L'idée était misérablement tentante. On n'était pas dans un film où le héros fait toujours les bons choix sans réfléchir. Si quelqu'un reniflait son haleine de vodka…

« Seigneur Jésus, dit-il. Oh, Jésus Christ-Rice-Krispies ! »

Qu'est-ce qui lui avait pris de venir ici ? Parlons-en des idiots de petits gosses !

Tenant fermement Blakie par la main, Rachel le conduisit jusqu'à l'entrée de la rampe. Juste au moment où ils y parvenaient, un double semi-remorque passa en trombe à soixante-quinze miles à l'heure. Le souffle leur rabattit les cheveux en arrière, fit ondoyer leurs vêtements et faillit renverser Blakie.

« *Rachou, j'ai peur ! On a pas le droit d'aller sur la route !* »

Comme si je le savais pas, pensa Rachel.

À la maison, ils n'avaient pas le droit d'aller plus loin que le bout de l'allée, et il n'y avait quasiment pas de circulation dans Fresh Winds Way à Falmouth. La circulation sur l'autoroute était loin d'être constante mais les voitures qui passaient allaient super vite. Et puis, où pourraient-ils aller, de toute façon ? Ils pouvaient peut-être marcher sur la bande d'arrêt d'urgence mais ça serait horriblement risqué. Et il n'y avait aucune sortie visible ; que des bois. Ils pouvaient remonter jusqu'au restaurant, mais il leur faudrait repasser devant la méchante voiture.

Une voiture de sport rouge passa en coup de vent, le gars au volant klaxonnant dans un *WOOONNN* prolongé qui donna à Rachel l'envie de se boucher les oreilles.

Blake la tirait par la manche et Rachel se laissa tirer. D'un côté de la rampe, il y avait un garde-fou. Blakie s'assit sur l'un des gros câbles qui reliaient les poteaux en bois et couvrit ses yeux de ses petites mains potelées. Rachel s'assit à côté de lui. Elle était à court d'idées.

5. JIMMY GOLDING
(FORD CROWN VICTORIA 2011)

Un cri d'enfant est peut-être le mécanisme de survie le plus efficace mis au point par Dame Nature, mais s'agissant de trajets sur l'autoroute, rien ne vaut une voiture de police stationnée sur le bas-côté. Surtout si la face noire et vide d'un radar est orientée vers le flot des voitures surgissant. Les conducteurs qui faisaient du soixante-dix descendent à soixante-cinq ; ceux qui étaient à quatre-vingts enfoncent la pédale de frein et commencent mentalement à calculer combien de points ils vont perdre sur leur permis si les gyrophares bleus les prennent en chasse. (C'est un effet salutaire qui s'émousse vite : dix ou quinze miles plus loin, les fous du volant sont repris de folie.)

La beauté du truc, du moins de l'avis du policier d'État Jimmy Golding, c'était qu'en fait on n'avait *rien* à faire. On avait juste à se garer et à laisser la nature (la nature *humaine*, en l'occurrence) faire le reste. Par cet après-midi couvert d'avril, son radar de contrôle routier Simmons n'était même pas branché et la circulation dans le sens nord-sud sur l'I-95 n'était pour lui qu'un bourdonnement en fond sonore. Toute son attention était concentrée sur son iPad calé contre le demi-cercle inférieur de son volant.

Il était en train de jouer à un jeu du style Scrabble appelé Words With Friends grâce à son fournisseur de connexion Internet Verizon. Son adversaire était un vieux copain de caserne du nom de Nick Avery, aujourd'hui policier d'État en Oklahoma. Jimmy ne voyait pas ce qui pouvait pousser quelqu'un à échanger le Maine contre l'Oklahoma, ça lui semblait être une mauvaise décision, mais Nick était sans conteste un *excellent* joueur de Words With Friends. Il battait Jimmy neuf fois sur dix et menait dans cette partie. Mais son avance était inhabituellement faible et toutes les lettres avaient été sorties du sac électronique. Si lui, Jimmy, arrivait à jouer les quatre lettres qu'il lui restait, il remporterait une victoire durement gagnée. En ce moment, il était fixé sur FIX. Les quatre lettres qui lui restaient étaient A, E, S, et un autre F. S'il pouvait se servir du FIX, non seulement il gagnerait mais il ferait la pige à son vieux pote. Mais ça n'en prenait pas le chemin.

Il examinait le reste du plateau de jeu, où les possibilités semblaient encore moins fécondes, quand sa radio émit deux signaux aigus. C'était une alerte du 911 à toutes les unités de police de Westbrook. Jimmy rejeta son iPad de côté et monta le son.

« Toutes les unités, attention. Qui se trouve près de l'aire de repos Mile 81 ? Répondez. »

Jimmy tira son micro.

« Neuf cent onze, ici unité dix-sept. Je me trouve actuellement au Mile 85, juste au sud de la sortie Lisbon-Sabattus. »

La femme que Rachel Lussier avait traitée de stupide bonne femme du téléphone ne se fatigua pas à demander si quelqu'un d'autre était plus près : en Crown Vic, leurs nouvelles voitures de patrouille, Jimmy serait au Mile 81 en trois minutes, peut-être moins.

« Unité dix-sept, j'ai reçu un appel il y a trois minutes d'une petite fille disant que ses parents sont morts et, depuis, j'ai reçu de multiples appels de gens affirmant qu'il y a deux petits enfants non accompagnés en bordure de cette aire de repos. »

Il ne se fatigua pas à demander pourquoi aucun de ces multiples appelants ne s'était arrêté. Il avait déjà vu ça avant. Parfois, c'était la peur d'être pris dans un méli-mélo juridique. Le plus souvent, c'était juste un cas grave de je-m'en-foutisme. C'était une maladie très répandue de nos jours. Quand même... *des gosses*. Bon sang, on pourrait croire...

« Neuf cent onze, j'y vais. Dix-sept terminé. »

Jimmy alluma son gyrophare bleu, contrôla son rétroviseur pour s'assurer que la voie était libre puis déboucha en trombe du passage gravillonné entre les voies marqué DEMI-TOUR INTERDIT, VÉHICULES AUTORISÉS UNIQUEMENT. Le moteur V8 de sa Ford Crown Victoria bondit : le compteur de vitesse digital monta en flèche jusqu'à 92 où il se stabilisa. Les arbres défilaient vertigineusement des deux côtés de la route. Il rattrapa une vieille Buick qui refusa obstinément de se rabattre et la doubla. Lorsqu'il se revint sur la voie de droite, Jimmy aperçut l'aire de repos. Et autre chose. Deux petits enfants – un garçon en short et une fille en pantalon rose – assis sur les câbles du garde-fou bordant la rampe d'accès. Ils ressemblaient aux deux plus petits vagabonds du monde et le cœur de Jimmy se serra si fort qu'il lui fit mal. Il avait des enfants lui aussi.

Ils se levèrent en apercevant le gyrophare et, pendant une terrible seconde, Jimmy pensa que le petit garçon allait se jeter devant la voiture de patrouille. Dieu bénisse la petite fille qui le rattrapa par le bras et le ramena près d'elle.

Jimmy décéléra assez brutalement pour expédier en cascade sur le tapis de sol son carnet de contraventions, son journal de bord et son iPad posés sur le siège. L'avant de la Vic Crown se déporta un peu mais Jimmy redressa et s'arrêta en biais, bloquant l'accès à la rampe où plusieurs autres véhicules étaient déjà garés. Que se passait-il ici ?

Le soleil apparut à cet instant et un mot sans aucun rapport avec la situation présente étincela dans le cerveau du policier d'État Jimmy Golding : *AFFIXES. Je peux faire AFFIXES, et le tour est joué.*

La petite fille courait vers la portière du conducteur de la voiture de patrouille, traînant après elle son petit frère pleurant et trébuchant. Son visage, blanc et terrifié, paraissait plus vieux qu'il n'aurait dû et une grosse tache mouillée maculait le short du petit garçon.

Jimmy descendit, en faisant attention à ne pas les heurter avec sa portière. Il posa un genou à terre pour se mettre à leur niveau et les deux enfants se jetèrent dans ses bras, le renversant presque.

« Là, là, calmez-vous, tout va b...

— La méchante voiture a mangé papa et maman, dit le petit garçon et il tendit le doigt. La méchante voiture, là. Elle les a mangés tout crus comme le Grand Méchant Loup il a mangé le Petit Chateron rouge. Tu dois les ramener ! »

Il était impossible de savoir quel véhicule désignait le petit doigt potelé. Jimmy en voyait quatre :

un break qui semblait avoir été malmené sur neuf miles de piste forestière, une Prius immaculée, un Dodge Ram tractant un van équestre et une Ford Expedition.

« Petite, comment t'appelles-tu ? Moi, je suis le policier Jimmy.

— Rachel Ann Lussier, dit-elle. Et ça c'est Blakie. C'est mon petit frère. On habite 19 Fresh Winds Way, Falmouth, Maine, zéro-quatre-un-zéro-cinq. Allez pas près de cette voiture, policier Jimmy. Elle ressemble à une voiture, mais c'est pas une voiture. Elle mange les gens.

— De quelle voiture parles-tu, Rachel ?

— Celle-là, devant, à côté de celle de mon papa. Celle avec de la boue.

— La voiture avec de la boue a mangé papa et maman ! proclama le petit garçon – Blakie de son prénom. Tu peux les ramener, t'es un policier, t'as un pistolet ! »

Un genou toujours à terre, les enfants dans les bras, Jimmy épiait la voiture boueuse. Le soleil se cacha de nouveau derrière les nuages ; leurs ombres disparurent. Sur l'autoroute, les voitures continuaient à défiler, mais plus lentement maintenant, à cause du gyrophare bleu.

Personne dans l'Expedition, ni dans la Prius ni dans le Dodge. Il présumait qu'il n'y avait personne dans le van non plus, sauf bien sûr si quelqu'un s'y tenait accroupi, mais dans ce cas le cheval aurait probablement paru plus nerveux que ça. Le seul véhicule dont il ne pouvait pas voir l'intérieur était la voiture dont les enfants prétendaient qu'elle avait mangé leurs parents. Jimmy n'aimait pas la façon dont cette boue maculait toutes les vitres. Ça ressemblait beaucoup à de la boue étalée *exprès*. Il n'aimait pas non plus le téléphone portable fêlé gisant sur le sol à côté de la portière du conducteur. Ni l'alliance à côté du téléphone. Cette alliance donnait carrément la chair de poule.

Comme si tout le reste ne la donnait pas.

La portière du conducteur s'entrouvrit soudain légèrement, faisant monter le Quotient Chair de Poule d'au moins trente pour cent. Jimmy se raidit et porta la main à la crosse de son Glock, mais personne n'apparut. La portière resta juste comme ça, entrouverte d'une longueur de main.

« C'est comme ça qu'elle essaie de vous attirer, dit la petite fille d'une voix à peine plus haute qu'un murmure. C'est une voiture-*monstre*. »

Jimmy Golding ne croyait plus aux voitures-monstres depuis l'époque où il avait vu ce film, *Christine*, quand il était petit, mais il savait que parfois, des monstres peuvent se cacher *dans* des voitures. Et quelqu'un se trouvait dans celle-ci. Comment la portière se serait-elle ouverte, sinon ? Ça pouvait être l'un des parents des enfants, blessé et incapable de crier. Ça pouvait aussi être un homme allongé sur le siège avant, de façon à ne pas être vu à travers les vitres couvertes de boue. Peut-être un homme armé d'un pistolet.

« Qui est dans le break ? demanda Jimmy d'une voix sonore. Je suis policier d'État et je vous demande de décliner votre identité. »

Personne ne déclina son identité.

« Sortez. Mains en l'air. »

La seule chose à sortir fut le soleil, imprimant l'ombre de la portière sur la chaussée durant une seconde ou deux avant de retourner se cacher derrière les nuages. Puis ne resta que la portière entrebâillée.

« Venez avec moi, les enfants », dit Jimmy, et il les conduisit à sa voiture de patrouille.

Il ouvrit la portière arrière. Ils regardèrent la banquette jonchée de paperasse, avec le blouson doublé polaire de Jimmy (dont il n'avait pas besoin aujourd'hui) et le fusil accroché et verrouillé au dossier de la banquette avant. Surtout ça.

« Papa et maman y disent de jamais monter dans une voiture avec des étrangers, dit le petit garçon prénommé Blakie. Ils l'ont dit à l'école aussi. Étrangers-danger.

— C'est un policier avec une voiture de police, dit Rachel. Y a pas de danger. Monte. Et si tu touches à ce fusil, je te tape.

— Bon conseil pour le fusil, mais il est verrouillé, et la sécurité est enclenchée », dit Jimmy.

Blakie monta et regarda par-dessus le siège.

« Oh, t'as un iPad !

— Tais-toi », dit Rachel. Elle commença à monter, puis regarda Jimmy Golding avec des yeux fatigués et horrifiés. « Ne la touchez pas. Elle *colle*. »

Jimmy faillit sourire. Il avait une fille d'environ un an de moins que celle-ci et elle aurait pu dire la même chose. Il présumait que les petites filles se séparaient naturellement en deux groupes : les garçons manqués et les ennemies de la saleté. Comme sa petite Ellen, celle-ci était une ennemie de la saleté.

C'est sur cette méprise fatale de ce que Rachel Lussier entendait par *coller* qu'il referma sur eux la portière de la voiture de patrouille de l'unité 17. Il se pencha par la vitre avant et attira à lui son micro sans quitter une seule seconde des yeux la portière entrouverte du break, et c'est ainsi qu'il ne vit pas le jeune garçon debout près du restaurant de l'aire de repos, tenant contre sa poitrine une sacoche de vélo en simili-cuir tel un minuscule bébé bleu. Un instant plus tard, le soleil perça à nouveau les nuages et Pete Simmons fut avalé par l'ombre du restaurant.

Jimmy appela le quartier général de la police.

« Dix-sept, parlez.

— Je suis à l'aire de repos Mile 81. J'ai quatre véhicules abandonnés, un cheval abandonné, et deux enfants abandonnés. L'un des véhicules est un break. Les enfants disent… » Il se tut, puis se dit *et puis merde*. « Les enfants disent qu'il a mangé leurs parents.

— Parlez ?

— Je pense qu'ils veulent dire que quelqu'un les a attirés à l'intérieur. Je veux que vous m'envoyiez toutes les unités disponibles, reçu ?

— Reçu, toutes les unités disponibles, mais la première n'arrivera pas avant dix minutes. C'est l'unité 12. Code 73 à Waterville. »

Al Andrews… sans doute en train de bâfrer au Bob's Burgers tout en parlant politique.

« Bien reçu.

— Dix-sept, donnez-moi marque, modèle et immatriculation du break, que je lance les recherches.

— Trois fois négatif. Pas de plaque. Marque et
modèle impossibles à déterminer, le véhicule est couvert de boue. Mais véhicule américain, je dirais. »
Je pense. « Probablement Ford ou Chevrolet. Les
enfants sont dans ma voiture. Ils s'appellent Rachel
et Blakie Lussier. Fresh Winds Way, Falmouth. J'ai
oublié le numéro de rue.

— *Dix-neuf !* s'écrièrent ensemble Rachel et Blakie.

— Ils disent…

— J'ai entendu, Dix-sept. Et dans quelle voiture
sont-ils arrivés ?

— *L'esspédition de papa !* cria Blakie, heureux de
rendre service.

— Ford Expedition, dit Jimmy. Numéro d'immatriculation 3772 IY. Je vais m'approcher du véhicule
break.

— Bien reçu. Soyez prudent surtout, Jimmy.

— Bien reçu. Oh, et voulez-vous rappeler la régu-
latrice du 911 pour lui dire que les enfants vont
bien[1] ?

— Hé, Pete Townshend, c'est toi ? » *Très drôle.*
« Hé, Dix-sept. J'ai soixante-deux ans. »

Il fit le geste de remettre le micro à sa place, puis
le tendit à Rachel.

---

1. Littéralement : « The Kids Are All Right », chanson des
Who écrite par Pete Townshend.

« S'il arrive quelque chose – quelque chose de *pas bon* –, tu pousses ce bouton sur le côté et tu cries "Trente". Ça veut dire "Officier a besoin d'aide". Tu as compris ?

— Oui, mais vous devriez pas vous approcher de cette voiture, policier Jimmy. Elle *mord* et elle *mange* et elle *colle*. »

Blakie, qui tout à son émerveillement d'être dans une voiture de police en avait temporairement oublié ce qui était arrivé à ses parents, se souvint soudain et se remit à pleurer.

« *Je veux papa et maman !* »

Jimmy, malgré le caractère insolite et le danger potentiel de la situation, faillit éclater de rire devant la mine de Rachel Lussier, roulant des yeux comme pour dire *vous voyez à quoi j'ai affaire tous les jours.* Combien de fois n'avait-il pas vu cette même expression sur le visage de la petite Ellen Golding âgée de cinq ans ?

« Écoute-moi, Rachel, dit Jimmy. Je sais que tu as peur mais tu es en sécurité ici, et je dois faire mon travail. Si tes parents sont dans cette voiture, nous ne voulons pas qu'il leur arrive malheur, pas vrai ?

— *VA CHERCHER PAPA ET MAMAN, POLICIER JIMMY !* trompeta Blakie. *ON VEUT PAS QU'IL LEUR ARRIVE MALHEUR !* »

Jimmy vit l'espoir étinceler dans les yeux de la petite fille, mais pas autant qu'il l'aurait imaginé. Comme l'agent Mulder dans la vieille série *X-Files*, elle voulait y croire… mais comme le coéquipier de Mulder, l'agent Scully, elle n'y parvenait pas tout à fait. Qu'avaient donc vu ces enfants ?

« Soyez prudent, policier Jimmy. » Elle leva l'index. Un geste de maîtresse d'école rendu encore plus touchant par son léger tremblement. « *Ne la touchez pas.* »

Alors qu'il approchait du break, Jimmy tira son pistolet de service Glock automatique mais laissa la sécurité enclenchée. Pour le moment. Se postant légèrement derrière la portière ouverte, il invita encore une fois quiconque se trouvait à l'intérieur à sortir, les mains en l'air. Nul ne sortit. Il tendit la main vers la portière, puis se souvint de la dernière mise en garde de la fillette et hésita. Il avança le canon du pistolet afin de pousser la portière avec. Sauf que la portière ne bougea pas et que le canon du pistolet y resta collé. Oui, cette chose était un pot de colle.

Il fut tiré en avant comme si une main puissante avait saisi le canon du Glock et voulu le lui arracher. Il y eut une seconde où il aurait pu le lâcher, mais pareille idée ne lui vint même pas à l'esprit. L'une des premières choses qu'on vous apprend à l'école de police, c'est de ne jamais vous séparer de votre arme de poing. *Jamais.*

Donc il tint bon et la voiture qui avait déjà mangé son pistolet lui mangea la main. Et le bras. Le soleil sortit de nouveau de derrière les nuages, projetant l'ombre décroissante de son corps sur la chaussée. Quelque part, des enfants hurlaient.

Le break s'est AFFIXÉ au policier, songea-t-il. *Maintenant je sais ce qu'elle voulait dire par coll...*

Puis la douleur explosa et toute pensée s'arrêta. Il eut le temps de pousser un cri. Un seul.

6. LES ENFANTS (RICHFORTH 2010)

D'où il était posté, à une soixantaine de pas de distance, Pete avait tout vu.

Il vit le policier d'État tendre le canon de son pistolet pour ouvrir complètement la portière du break ; il vit le canon disparaître *dans* la portière comme si la voiture tout entière n'était qu'une illusion d'optique ; il vit le policier être projeté en avant et son grand chapeau gris dégringoler de sa tête. Puis l'homme fut brutalement tiré à travers la portière et ne resta de lui que son chapeau, gisant à côté d'un téléphone portable. Il y eut un temps d'arrêt, puis la voiture se contracta sur elle-même, comme des doigts se referment pour former un poing. Ensuite vint le bruit de raquette de tennis frappant une balle – *pok !* – et le poing serré couvert de boue redevint une voiture.

Le petit garçon s'était mis à sangloter ; la petite fille, pour une raison inconnue, hurlait sans arrêt *trente* comme si elle pensait que c'était un mot magique que J.K. Rowling avait bizarrement oublié de mettre dans ses livres d'Harry Potter.

La portière arrière de la voiture de police s'ouvrit. Les enfants en descendirent. Tous deux pleuraient comme des Madeleine et ça Pete pouvait le comprendre. S'il n'avait pas été aussi sidéré par ce qu'il venait de voir, lui aussi aurait probablement été en train de pleurer. Une idée folle lui vint : une petite gorgée ou deux de cette vodka pourrait un peu arranger la situation. Ça l'aiderait à avoir moins peur, et, s'il avait moins peur, il serait peut-être capable de décider quoi faire, merde.

Pendant ce temps, les gosses reculaient. Pete avait dans l'idée qu'ils risquaient de paniquer et de prendre leurs jambes à leur cou à tout moment. Il ne pouvait pas les laisser faire ça : ils se jetteraient droit sur la route et se feraient aplatir par la circulation.

« Hé ! cria-t-il. Hé, vous les petits ! »

Quand ils se retournèrent pour le regarder – grands yeux exorbités dans leurs visages blêmes –, il agita le bras et s'élança dans leur direction. Au même moment, le soleil reparut, avec autorité cette fois.

Le petit garçon s'élança. Mais la petite fille le retint. D'abord, Pete crut qu'elle avait peur de lui, puis il comprit que c'était la voiture qui l'effrayait.

Il fit le geste de la contourner avec la main.

« Faites le tour ! Contournez-la et venez par ici ! »

Ils se faufilèrent entre les câbles du garde-fou du côté gauche de la rampe, passant le plus loin possible du break, puis coupèrent à travers le parking. Quand ils rejoignirent Pete, la petite fille lâcha son frère, s'assit et posa la tête dans ses mains. Elle avait des tresses que sa maman avait dû lui faire. Les regardant tous les deux, et sachant que la mère de la petite fille ne lui ferait plus jamais de tresses, Pete se sentit horriblement mal.

Le petit garçon leva solennellement les yeux.

« La voiture elle a mangé papa et maman. Elle a mangé la dame du cheval et le policier Jimmy aussi. Elle va manger tout le monde, je crois. Elle va manger le *monde entier*. »

Si Pete Simmons avait eu vingt ans, il aurait pu poser tout un tas de questions à la con et complètement inutiles. Mais comme il avait la moitié de cet âge, et qu'il était capable d'accepter ce qu'il venait de voir, il posa une question plus simple et plus pertinente :

« Dis, petite fille. Est-ce que d'autres policiers vont arriver ? C'est pour ça que tu criais "trente" ? »

Elle laissa retomber ses mains et leva la tête pour le regarder. Elle avait les yeux rouges et meurtris.

« Oui, mais Blakie a raison. La voiture va les manger aussi. Je l'ai dit au policier Jimmy, mais il m'a pas crue. »

Pete la croyait parce qu'il avait *vu*. Mais elle avait raison. Les policiers ne voudraient pas le croire. Ils finiraient par y croire, ils seraient bien obligés, mais peut-être pas avant que la voiture-monstre en ait mangé quelques-uns de plus.

« Je crois qu'elle vient de l'espace, dit-il. Comme dans *Doctor Who*.

— Papa et maman veulent pas qu'on le regarde, dit le petit garçon. Ils disent que ça fait trop peur. Mais ça, ça fait encore plus peur.

— Elle est vivante. »

Pete se parlait davantage à lui-même qu'il ne parlait aux enfants.

« Sans blague ? » dit Rachel, et elle lâcha un long sanglot misérable.

Le soleil se cacha brièvement derrière un des nuages qui s'effilochaient. Quand il reparut, une idée parut avec lui. Pete avait espéré montrer à Normie Therriault et au reste des Pirates de l'Asphalte quelque chose qui les aurait assez impressionnés pour qu'ils le laissent faire partie de leur bande. Mais son grand frère George lui avait fait une piqûre de rappel : *Ils ont tous vu ce truc de bébé un millier de fois.*

Peut-être, mais peut-être que cette *chose* là-bas ne l'avait pas vu un millier de fois. Peut-être même pas une seule. Peut-être qu'ils avaient pas de loupe, là d'où elle venait. Ni même de soleil. Il se souvenait d'un épisode de *Doctor Who* qui parlait d'une planète où il faisait toujours nuit.

Il entendait une sirène au loin. Un flic arrivait. Un flic qui voudrait rien croire de ce que des petits enfants diraient, parce que, pour les adultes, les petits enfants, ça dit que des conneries.

« Vous deux, vous bougez pas de là. Je vais essayer quelque chose.

— Non ! » La petite fille saisit son poignet avec des doigts qui lui firent l'effet de serres. « Elle va te manger !

— Je crois pas qu'elle peut se retourner », lui dit Pete en dégageant sa main. La petite fille l'avait griffé et il saignait, mais il n'était pas fâché, il la comprenait. Il en aurait probablement fait autant si ç'avait été ses parents. « Je crois qu'elle est bloquée là où elle est.

— Elle peut *s'étirer,* dit la fillette. Elle peut s'étirer avec ses pneus. Ils fondent.

— Je ferai attention, dit Pete, mais il faut que j'essaye ça. Parce que t'as raison. Les flics vont arriver et elle va les manger aussi. Restez là. »

Il marcha vers le break. Lorsqu'il fut assez près (mais pas *trop* près non plus), il ouvrit la fermeture Éclair de sa sacoche. *Il faut que j'essaie ça,* avait-il dit aux enfants, mais la vérité était un peu moins noble :

il *voulait* essayer ça. Ça pourrait paraître bizarre s'il disait ça à quelqu'un, mais il n'avait pas besoin de le dire. Il avait juste besoin de le faire. Très... très... prudemment.

Il transpirait. Maintenant que le soleil brillait, il faisait plus chaud, bien sûr, mais c'était pas la seule raison, et il le savait. Il leva les yeux et la luminosité l'obligea à les plisser. Ça réveilla sa GUEULE DE BOIS, mais bon, et après ?

T'as pas intérêt à retourner derrière un nuage. T'as pas intérêt à faire ça. J'ai besoin de toi.

Il sortit sa loupe Richforth de sa sacoche et se baissa pour poser la sacoche par terre. Les articulations de ses genoux craquèrent et la portière du break s'ouvrit de quelques centimètres.

« *Fais attention !* » cria la petite fille. Elle et son petit frère étaient debout maintenant, dans les bras l'un de l'autre. « *Fais attention à elle !* »

Prudemment – comme un enfant passe la main à travers les barreaux d'une cage renfermant un lion –, Pete tendit sa loupe. Un cercle de lumière apparut sur le flanc du break, mais le cercle était encore trop large. Trop *faible*. Il rapprocha la loupe.

« *Le pneu !* hurla le petit garçon. *Fais attention au PEUUUU-NEUUUU !* »

Pete baissa les yeux et vit un pneu en train de fondre. Un tentacule gris suintait sur la chaussée en direction de sa basket. Comme il ne pouvait pas reculer sans renoncer à son expérience, il leva le pied et se tint debout comme une cigogne. Le tentacule gris et gluant changea immédiatement de direction et se dirigea vers son autre pied.

Pas beaucoup de temps.

Il rapprocha encore la loupe. Le cercle de lumière rétrécit à la taille d'un point blanc brillant. Pendant un instant, il ne se passa rien. Puis des volutes de fumée commencèrent à monter. En dessous du point lumineux, la surface blanche et boueuse noircit.

De l'intérieur de la voiture break lui parvint un grognement inhumain. Pete dut réprimer tous les instincts de son cerveau et de son corps pour ne pas prendre la fuite. Ses lèvres s'entrouvrirent, dévoilant des dents étroitement serrées en un rictus désespéré. Il tint la Richforth sans bouger, comptant les secondes dans sa tête. Il en était à sept quand le grognement monta dans les aigus pour atteindre un glapissement strident qui menaça de lui fendre le crâne en deux. Derrière lui, Rachel et Blake s'étaient lâchés pour pouvoir se boucher les oreilles.

Au pied de la rampe d'accès à l'aire de repos, Al Andrews, au volant de l'unité 12, stoppa dans un dérapage. Il descendit, grimaçant sous l'effet de ce terrible glapissement. *Ça ressemblait à une sirène d'alerte aérienne diffusée par l'ampli d'un groupe de heavy metal*, raconterait-il plus tard. Il aperçut un gamin en train de tendre quelque chose vers la carrosserie boueuse d'un vieux break Ford ou Chevrolet, à deux doigts de la toucher. Le garçon grimaçait de douleur, ou de détermination, ou les deux.

Le point noir fumant sur le flanc du break commença à s'étendre. Les serpentins de fumée blanche qui s'en élevaient commencèrent à épaissir. Ils virèrent au gris, puis au noir. Ce qui arriva ensuite arriva très vite. Pete vit de minuscules flammes bleues naître autour du point noir. Elles se propagèrent en semblant danser *au-dessus* de la surface de la chose-voiture. Comme sur les briquettes de charbon dans leur barbecue de jardin quand son père les arrosait d'essence à briquet puis jetait une allumette dessus.

Le tentacule gluant et gris, qui avait presque atteint sa basket, recula comme une lanière de fouet. La voiture se contracta de nouveau sur elle-même, mais cette fois les flammes bleues continuèrent à brûler en formant une couronne tout autour. La voiture se contracta de plus en plus jusqu'à devenir une boule de feu. Puis, sous les yeux de Pete, des petits Lussier et du policier d'État Andrews, la boule de feu se propulsa dans le ciel bleu printanier. Elle fut visible encore un petit moment, luisant comme une escarbille, puis elle disparut. Pete se surprit à penser aux ténèbres froides par-delà l'enveloppe atmosphérique de la Terre – ces confins infinis où n'importe quoi pouvait vivre et se cacher.

Je l'ai pas tuée, je l'ai juste chassée. Elle a dû s'en aller pour pouvoir s'éteindre, comme un bâton enflammé qu'on plonge dans un seau d'eau.

Le policier Andrews regardait fixement le ciel, éberlué. L'un des rares circuits en activité de son cerveau se demandait comment il allait pouvoir rédiger un rapport sur ce qu'il venait de voir.

On entendait d'autres sirènes approcher dans le lointain.

Pete retourna vers les deux petits enfants avec sa sacoche dans une main et sa loupe Richforth dans l'autre. Il regrettait vaguement que George et Normie n'aient pas été là, mais bon, et après, ça faisait quoi qu'ils soient pas là ? Il avait passé un super après-midi, tout seul sans ces deux-là, et il se foutait d'être puni ou pas. Ça ravalait les sauts en vélo dans une stupide sablière au niveau de *L'Île aux enfants*.

Vous savez quoi, les cocos ? J'assure un max !

Il aurait pu rigoler si les deux petits enfants n'avaient pas été en train de le regarder. Ils venaient juste de voir leurs parents se faire manger par une sorte de monstre extraterrestre – manger *vivants* – et ça l'aurait pas du tout fait de montrer qu'il était content.

Le petit garçon lui tendit ses bras potelés et Pete le souleva. Il ne rit pas quand le gosse lui fit une bise sur la joue, mais il sourit.

« Merci, dit Blakie. T'es un garçon bien. »

Pete le reposa. La petite fille l'embrassa aussi, ce qui était assez agréable, même si ça l'aurait été encore plus si ç'avait été une jolie nana.

Le policier accourait vers eux maintenant, ce qui rappela quelque chose à Pete. Il se pencha vers la petite fille et lui souffla au visage.

« Tu sens quelque chose ? »

Rachel Lussier le considéra un instant, la mine plus avisée que son âge ne l'indiquait.

« T'inquiète pas », dit-elle. Et même, elle lui sourit. Pas un grand sourire, non, mais… un vrai sourire. « Évite juste de lui souffler dans le nez. Et achète-toi peut-être des bonbons à la menthe ou quelque chose avant de rentrer chez toi.

— Je pensais plutôt à des chewing-gums Teaberry, dit Pete.

— Ouais, dit Rachel. Ça marchera. »

Pour Nye Willden et Doug Allen
qui ont acheté mes premières nouvelles

Ma mère avait un dicton pour chaque situation. (Et j'entends ma femme, Tabitha, dire en roulant des yeux : « Et Steve se les rappelle tous. »)

L'un de ses préférés était : « Le lait prend toujours le goût des aliments à côté desquels on le met au réfrigérateur. » Je ne sais pas si c'est vrai pour le lait, mais ça l'est certainement pour le développement stylistique des jeunes écrivains. Quand j'étais jeune, j'écrivais comme H. P. Lovecraft quand je lisais du Lovecraft, et comme Ross Macdonald quand je lisais les aventures du détective Lew Archer.

Ce mimétisme stylistique finit par s'estomper. Petit à petit, les écrivains développent leur propre style, chacun aussi unique qu'une empreinte digitale. Les écrivains lus pendant les années déterminantes de la jeunesse laissent des traces, mais le rythme des pensées propres à chaque écrivain – l'expression même de ses ondes cérébrales, selon moi – finit par l'emporter. Au bout du compte, personne n'écrit comme Elmore Leonard sinon Leonard, et personne n'écrit comme Mark Twain sinon Twain. Cependant, ce mimétisme stylistique resurgit de temps à autre, et ce, chaque fois que l'écrivain découvre un nouveau et formidable mode d'expression lui présentant une nouvelle façon de voir et de dire. *Salem* a été écrit sous l'influence de la poésie de James Dickey et, si *Rose Madder* ressemble par endroits à la prose de Cormac McCarthy, c'est qu'à l'époque où j'écrivais ce livre, je lisais tout ce que je pouvais trouver de McCarthy.

En 2009, un éditeur de la *New York Times Book Review* m'a proposé d'écrire un double compte rendu de *Raymond Carver, une vie d'écrivain* de Carol Sklenicka, et de l'œuvre complète de Carver lui-même publiée par les éditions Library of America. J'ai accepté, surtout pour pouvoir explorer un nouveau territoire. Car bien que je sois un lecteur omnivore, j'étais par je ne sais quel mystère passé à côté de Carver. Une grande lacune pour un écrivain entré sur la scène littéraire approximativement au même moment que Carver, me direz-vous, et vous aurez raison. Tout ce que je peux dire pour ma défense, c'est *quot libros, quam breve tempus* – tant de livres, si peu de temps (et, oui : j'ai le T-shirt).

Quoi qu'il en soit, je fus époustouflé par la clarté du style de Carver, et par la magnifique tension de sa prose. Tout est en surface, mais cette surface est si limpide que le lecteur peut voir tout un univers vivant juste en dessous. J'aime ses nouvelles, et j'aime ces Perdants de l'Amérique que Carver a dépeints avec tant de justesse et de tendresse. Oui, l'homme était un ivrogne, mais il avait une patte remarquable et un grand cœur.

J'ai écrit la nouvelle « Premium Harmony » peu de temps après avoir lu plus d'une vingtaine des nouvelles de Carver, il n'est donc pas surprenant qu'elle ait la saveur d'une histoire de Carver. Si je l'avais écrite à vingt ans, je pense qu'elle n'aurait été qu'une pâle copie d'un écrivain bien meilleur. Comme je l'ai écrite à soixante-deux ans, mon propre style transparaît, pour le meilleur ou pour le pire. Carver, comme beaucoup de grands auteurs américains (Philip Roth et Jonathan Franzen me viennent à l'esprit), semblait peu enclin à l'humour. En revanche, je vois de l'humour presque partout. Dans cette nouvelle, l'humour est noir, mais c'est souvent le meilleur, selon moi. Car – pensez-y – face à la mort, que faire sinon rire ?

Premium Harmony

Ils sont mariés depuis dix ans et, longtemps, tout a été bien – super même – mais maintenant ils se disputent. Maintenant ils se disputent beaucoup. Et vraiment, c'est toujours la même histoire. Circulaire. Comme un cynodrome, se dit parfois Ray. Quand ils se disputent, ils ressemblent à des lévriers pourchassant le lapin mécanique. Ils repassent devant le même paysage tour après tour mais ils ne voient pas le paysage. Ils voient le lapin.

Il se dit que ça aurait pu être différent s'ils avaient eu des enfants, mais elle ne pouvait pas avoir d'enfants. Ils avaient fini par faire des tests et c'est ce que le médecin avait dit. Son problème à elle. Quelque chose en elle. Environ un an après, il lui avait offert un chien, un jack russell qu'elle avait baptisé Biznezz. Mary l'épelle toujours pour les gens qui demandent. Elle veut que tout le monde comprenne la blague[1]. Elle adore ce chien, mais maintenant ils se disputent quand même.

---

1. Allusion aux parties intimes et à l'acte de faire ses besoins, pour un chien.

Ils vont au Walmart acheter des semences à gazon.
Ils ont décidé de vendre la maison – ils ne peuvent
pas se permettre de la garder – mais Mary dit qu'ils
n'iront pas bien loin tant qu'ils ne s'occuperont pas
de la plomberie et que la pelouse n'est pas jolie.
Elle dit que ces carrés pelés lui donnent un air de
bidonville irlandais. L'été a été chaud, sans pluie à
proprement parler. Ray lui dit que les semences ne
pousseront pas sans pluie, peu importe si ce sont de
très bonnes semences. Il dit qu'ils devraient attendre.

« Et puis on est encore là dans un an, dit-elle. On
peut pas attendre une année de plus, Ray. On sera
ruinés. »

Quand elle parle, Biz la regarde depuis sa place
sur la banquette arrière. Parfois il regarde Ray quand
c'est Ray qui parle, mais pas toujours. C'est surtout
Mary qu'il regarde.

« Qu'est-ce que tu crois ? dit-il. Qu'il va se mettre
à pleuvoir pour que t'aies plus à t'inquiéter d'être
ruinée ?

— On est censés être solidaires, je te rappelle »,
lui dit-elle.

Ils traversent Castle Rock à présent. C'est plutôt
mort. Ce que Ray appelle « l'économie » a disparu
de cette partie du Maine. Le Walmart est à l'autre
bout de la ville, près du lycée où Ray est concierge.
Le Walmart a son propre feu rouge. Les gens plai-
santent à ce sujet.

« Comment être à la fois radin et dépensier, dit-il.
On te l'a déjà faite, celle-là ?

— Oui, toi. Un million de fois. »

Il ronchonne. Il voit bien dans le rétroviseur comment le chien la regarde. Des fois, il déteste la façon qu'a Biz de faire ça. Il lui vient à l'esprit que ni l'un ni l'autre ne savent de quoi ils parlent. C'est une pensée déprimante.

« Arrête-toi au Quik-Pik, dit-elle. Il faut que j'achète un ballon pour l'anniversaire de Tallie. »

Tallie est la fille du frère de Mary. Ray suppose que ça fait d'elle sa nièce à lui aussi, bien qu'il n'en soit pas certain puisque c'est la lignée de Mary.

« Ils ont des ballons chez Walmart, dit Ray. Et tout est moins cher à Wally World.

— Ceux du Quik-Pik sont violets. C'est sa couleur préférée. Je suis pas sûre qu'ils en auront des violets au Walmart.

— S'ils sont pas violets, on s'arrêtera au Quik-Pik au retour. »

Il a l'impression qu'un énorme poids lui compresse la tête. Elle obtiendra gain de cause. Elle obtient toujours gain de cause pour ce genre de trucs. Le mariage, c'est comme un match de football américain, et lui il joue quart-arrière pour l'équipe partie perdante. Il faut qu'il repère les opportunités. Fasse des passes courtes.

« On sera du mauvais côté au retour », dit-elle – comme s'ils étaient pris dans un torrent de circulation au lieu de rouler dans une ville quasi déserte où la plupart des locaux commerciaux sont à vendre. « Je file à l'intérieur, je prends le ballon, et je reviens aussitôt. »

Avec tes quatre-vingt-dix kilos, chérie, il est loin le temps où tu filais, pense Ray.

« Ils coûtent que quatre-vingt-dix-neuf centimes, dit-elle. Sois pas aussi radin, mince. »

Il pense : Sois pas aussi dépensière, mais il dit :

« Achète-moi un paquet de cigarettes tant que t'es là-bas. J'en ai plus.

— Si t'arrêtais de fumer, on aurait quarante dollars de plus par semaine. »

Il économise pour qu'un ami de Caroline du Sud lui envoie une douzaine de cartouches à la fois. Les cartouches coûtent vingt dollars de moins en Caroline du Sud. Ce qui fait beaucoup d'argent, même de nos jours. C'est pas comme s'il faisait pas d'efforts pour économiser. Il le lui a déjà dit et le lui redira, mais à quoi bon ? Ça rentre par une oreille et ça ressort par l'autre. Rien à faire pour que ce qu'il lui dit s'arrête entre les deux.

« Je fumais deux paquets par jour, avant, dit-il. J'en suis à moins d'un demi-paquet, maintenant. »

En réalité, c'est souvent plus. Elle le sait, et Ray sait qu'elle le sait. C'est ça le mariage au bout d'un certain temps. Ce poids lui comprime plus fort la tête. Et puis, il voit Biz toujours en train de la regarder. C'est lui qui nourrit cette satanée bestiole, et c'est lui qui rapporte l'argent pour *payer* sa nourriture, mais c'est elle que le chien regarde. Et les jack russells sont censés être intelligents.

Il tourne dans le parking du Quik-Pik.

« Tu devrais les acheter à Indian Island s'il t'en faut absolument, dit-elle.

— Ça fait dix ans qu'ils vendent plus de cigarettes hors taxes sur la réserve, dit-il. Ça aussi, je te l'ai déjà dit. T'écoutes pas. »

Il passe devant les pompes à essence et se gare sur le côté du magasin. Il n'y a pas d'ombre. Le soleil tape à la verticale. L'air conditionné fonctionne à peine. Ils transpirent tous les deux. Sur la banquette arrière, Biz halète. On dirait qu'il sourit.

« Eh bien, tu devrais arrêter, dit Mary.

— Et toi tu devrais arrêter les Little Debbies[1] », lui dit-il.

Il n'a pas voulu le dire, il sait à quel point elle est complexée par son poids, mais c'est sorti tout seul. Il n'a pas pu se retenir. C'est un mystère.

« J'en ai pas mangé depuis un an, dit-elle.

— Mary, la boîte est sur l'étagère du haut. Un paquet de vingt-quatre. Derrière la farine.

— T'as *fouiné* ? » s'écrie-t-elle.

Ses joues s'empourprent et il la voit quand elle était encore belle. Ou du moins jolie. Tout le monde disait qu'elle était jolie, même la mère de Ray qui, à part ça, ne l'aimait pas.

« Je cherchais l'ouvre-bouteille, dit-il. J'avais une bouteille de soda mousse à ouvrir. Une à l'ancienne, avec une capsule.

— Tu cherchais un ouvre-bouteille sur l'étagère du haut du foutu placard !

— Va acheter le ballon, dit-il. Et ramène-moi des cigarettes. Sois sympa.

— Tu peux pas attendre d'être à la maison ? Tu peux vraiment pas attendre qu'on soit rentrés ?

— Tu peux prendre les moins chères, dit-il. La sous-marque. Premium Harmony[2], elles s'appellent. »

Elles ont un goût de vieille bouse défraîchie, mais

---

1. Marque de gâteaux américains.
2. Littéralement : Harmonie Suprême.

pas grave. Tant qu'elle la ferme. Il fait trop chaud pour se disputer.

« Et puis tu vas fumer où, d'ailleurs ? Dans la voiture j'imagine, pour que je respire ta fumée.

— J'ouvrirai la vitre, j'ouvre toujours la vitre.

— Je vais chercher le ballon. Et je reviens. Si t'as *vraiment* envie de dépenser quatre dollars cinquante pour t'empoisonner les poumons, *vas-y*. J'attendrai avec le bébé. »

Ray déteste quand elle appelle Biz le bébé. C'est un chien, et il a beau être aussi intelligent que Mary aime à le clamer, il chie quand même dehors et se lèche toujours à l'endroit où étaient ses coucougnettes.

« Achète quelques Twinkies[1] tant que t'y es, lui dit-il. À moins qu'il y ait une promo sur les Ho Hos[2].

— Ce que t'es méchant », dit-elle.

Elle descend et claque la portière. Il s'est garé trop près du cube en béton du bâtiment et elle doit se faufiler en biais jusqu'à l'arrière de la voiture. Il sait qu'elle sait qu'il la regarde et qu'il voit qu'elle est tellement grosse maintenant qu'elle doit se faufiler en biais. Il sait qu'elle pense qu'il a fait exprès de se garer trop près du bâtiment pour qu'elle ait à se faufiler, et peut-être bien qu'il l'a fait.

Il a envie d'une cigarette.

« Eh ben, mon vieux Biz, on dirait qu'on est plus que tous les deux. »

Biz s'allonge sur la banquette arrière et ferme les yeux. Il peut bien faire le beau et se dandiner pen-

---

1. Génoises fourrées à la crème.
2. Gâteaux roulés au chocolat.

dant quelques secondes quand Mary met un disque et lui dit de danser, et il peut bien aller au coin tout seul et rester assis en regardant le mur quand elle lui dit (d'une voix enjouée) qu'il est un *vilain garçon*, il chie quand même dehors.

Le temps passe et elle ne revient pas. Ray ouvre la boîte à gants. Il farfouille dans la pagaille de paperasse à la recherche de cigarettes qu'il aurait pu y oublier mais il n'y en a pas. En revanche, il trouve un Sno Ball[1] encore dans son emballage. Il le tâte du bout du doigt. Il est dur comme un cadavre. Il doit avoir mille ans. Peut-être plus. Peut-être qu'il est arrivé sur l'Arche de Noé.

« Chacun son poison », dit-il. Il sort le Sno Ball de son emballage et le jette sur la banquette arrière. « Tu le veux, Biz ? Vas-y, fais-toi plaiz. »

Biz dévore le Sno Ball en deux bouchées. Puis il entreprend de lécher les débris de noix de coco tombés sur le siège. Mary en ferait un caca nerveux, mais Mary n'est pas là.

Ray regarde la jauge d'essence et constate qu'elle est descendue de moitié. Il pourrait couper le moteur et ouvrir les vitres mais alors il cuirait pour de bon. Assis là en plein cagnard, à attendre qu'elle achète un ballon en plastique violet à quatre-vingt-dix-neuf centimes alors qu'il sait qu'ils pourraient en trouver un à Walmart pour soixante-quinze centimes. Sauf qu'il serait peut-être jaune, ou rouge. Pas assez bien pour Tallie. Que du violet pour la princesse.

---

1. Friandise au chocolat en forme de boule recouverte de guimauve et de noix de coco.

Il attend, assis là, et Mary ne revient pas.

« Nom de Dieu ! » dit-il.

De l'air frais enveloppe son visage. À nouveau, il se dit qu'il pourrait couper le moteur, économiser de l'essence, puis se dit, et merde. Elle lui rapportera pas de clopes, de toute façon. Même pas la sous-marque pas chère. Il le sait. Fallait qu'il sorte cette blague sur les Little Debbies.

Il aperçoit une jeune femme dans le rétroviseur. Elle arrive en courant vers la voiture. Elle est encore plus grosse que Mary ; ses énormes seins se baladent de haut en bas sous son tablier bleu. Biz la voit arriver et se met à aboyer.

Ray baisse la vitre.

« Est-ce que votre femme est blonde ? » Elle parle en haletant. « Blonde et elle porte des baskets ? » Elle a le visage luisant de sueur.

« Oui. Elle voulait un ballon pour notre nièce.

— Bon, y a eu un problème. Elle est tombée. Elle est inconsciente. M. Ghosh pense qu'elle a peut-être fait une crise cardiaque. Il a appelé les secours. Vous feriez mieux de venir. »

Ray verrouille la voiture et la suit dans le magasin. Il fait froid à l'intérieur par rapport à la voiture. Mary est allongée par terre, les jambes écartées et les bras le long du corps. Elle est à côté d'un cylindre grillagé rempli de ballons. L'écriteau au-dessus du cylindre dit C'EST L'ÉTÉ, AMUSEZ-VOUS AU SOLEIL. Elle a les yeux fermés. Elle pourrait être en train de dormir, là, sur le sol en linoléum. Trois personnes sont debout autour d'elle. L'une d'entre elles est un homme au teint basané en pantalon kaki et chemise

blanche. Le badge sur sa poche de poitrine indique
M. GHOSH MANAGER. Les deux autres sont des clients.
L'un d'eux est un vieil homme mince sans beaucoup
de cheveux. Il a au moins dans les soixante-dix ans.
L'autre est une grosse femme. Elle est plus grosse
que Mary. Plus grosse que la fille en tablier bleu. Ray
pense qu'en toute logique c'est elle qui devrait être
étendue par terre.

« Monsieur, êtes-vous le mari de cette dame ?
demande M. Ghosh.

— Oui », dit Ray. Ça semble insuffisant. « Oui,
bien sûr, c'est moi.

— Je suis désolé de vous dire ça mais je pense
qu'elle est peut-être morte, dit M. Ghosh. Je lui ai fait
un massage cardiaque et du bouche-à-bouche mais… »

Il hausse les épaules.

Ray pense à l'homme basané posant sa bouche sur
celle de Mary. L'embrassant, en quelque sorte. Soufflant dans sa gorge juste à côté du cylindre grillagé
rempli de ballons en plastique. Puis il s'agenouille.

« Mary ! Mary ! » dit-il comme s'il essayait de la
réveiller après une nuit difficile.

Elle n'a pas l'air de respirer mais on ne peut pas
vraiment savoir. Il approche son oreille de sa bouche
et n'entend rien. Il sent de l'air caresser sa peau mais
ce n'est probablement que l'air conditionné.

« Ce monsieur a appelé les secours », dit la grosse
femme. Elle a un paquet de Bugles[1] à la main.

« Mary ! » dit Ray. Plus fort cette fois, mais il ne
peut pas vraiment se résoudre à crier, pas à genoux

---

1. Chips en forme de petits cornets.

par terre avec des gens autour, dont un homme au
teint basané. Il lève la tête et dit, sur un ton d'excuse :
« Elle tombe jamais malade. Elle a une santé de fer.

— On ne peut jamais savoir », dit le vieil homme.
Il secoue la tête.

« Elle est juste tombée, comme ça, dit la jeune fille
en tablier bleu. Sans dire un mot.

— Est-ce qu'elle a serré sa poitrine ? demande la
femme au paquet de chips.

— Je sais pas, répond la jeune fille. Je crois pas.
J'ai pas vu, en tout cas. Elle est juste tombée. »

Il y a un présentoir de T-shirts-souvenirs près des
ballons. Ils disent des trucs comme MES PARENTS ONT
ÉTÉ TRAITÉS COMME DES PRINCES À CASTLE ROCK ET
TOUT CE QU'ILS M'ONT RAPPORTÉ C'EST CE T-SHIRT
POURRI. M. Ghosh en prend un et dit :

« Voulez-vous que je lui couvre le visage, monsieur ?

— Mon Dieu, non ! dit Ray, atterré. Peut-être
qu'elle est juste inconsciente. On est pas médecins. »

Derrière M. Ghosh, il aperçoit trois gosses, des
adolescents, qui regardent à l'intérieur par la fenêtre
du magasin. L'un d'eux prend des photos avec son
téléphone portable.

M. Ghosh suit son regard et se précipite vers la
porte en tapant dans ses mains :

« Fichez-moi le camp d'ici ! Allez-vous-en ! »

Les adolescents s'éloignent en reculant, hilares,
puis se retournent et dépassent les pompes à essence
en courant pour rejoindre le trottoir. Derrière eux,
le centre-ville quasi désert miroite. Une voiture
passe, rap plein pot. Aux oreilles de Ray, les basses

résonnent comme les battements de cœur volés de Mary.

« Où est l'ambulance ? demande le vieux monsieur. Pourquoi n'est-elle pas encore arrivée ? »

Ray reste agenouillé près de sa femme alors que le temps passe. Il a mal au dos, et aux genoux aussi, mais, s'il se lève, il aura l'air d'un spectateur.

L'ambulance s'avère être une Chevrolet Suburban blanche avec des bandes orange. Ses lumières de machine à sous clignotent en rouge. SECOURS CASTLE COUNTY est écrit en travers du capot, mais à l'envers. Pour pouvoir le lire dans le rétroviseur. Ray trouve ça plutôt futé.

Les deux hommes qui entrent sont vêtus de blanc. On dirait des serveurs. L'un d'eux pousse une bouteille d'oxygène sur un chariot. C'est une bouteille verte avec un autocollant du drapeau américain dessus.

« Désolé, dit-il. Un accident de voiture à dégager du côté d'Oxford. »

L'autre voit Mary étalée par terre, jambes écartées, les bras le long du corps.

« Ah, la vache », dit-il.

Ray n'en revient pas.

« Est-elle encore en vie ? demande-t-il. Est-elle inconsciente ? Si elle est juste inconsciente, vous feriez mieux de lui donner de l'oxygène ou elle va avoir des lésions cérébrales. »

M. Ghosh secoue la tête. La jeune femme en tablier bleu se met à pleurer. Ray a envie de lui demander pourquoi elle pleure, puis comprend. Elle s'est imaginé toute une histoire sur lui d'après ce qu'il vient de dire. Eh quoi, s'il revenait dans une semaine et qu'il jouait bien ses cartes, il se pourrait qu'elle lui propose un plan cul par compassion. Pas qu'il le ferait, mais il note que peut-être il pourrait. S'il voulait.

Les yeux de Mary ne réagissent pas à la lampe-stylo. L'un des ambulanciers prend son pouls inexistant, et l'autre sa tension artérielle inexistante. Ça dure un moment comme ça. Les adolescents de tout à l'heure reviennent avec des copains. Et d'autres gens aussi. Ray suppose qu'ils sont attirés par le gyrophare rouge de l'ambulance Suburban comme les insectes par la lumière d'une véranda. À nouveau, M. Ghosh se précipite vers eux en agitant les bras. À nouveau, ils s'éloignent en reculant. Puis, quand M. Ghosh rejoint le cercle qui s'est formé autour de Mary et Ray, ils reviennent se poster à la vitre.

L'un des ambulanciers demande à Ray :

« C'était votre femme ?

— Oui, c'est exact.

— Eh bien, monsieur, je suis désolé de vous dire qu'elle est morte.

— Ah. » Ray se redresse. Ses genoux craquent. « C'est ce qu'ils m'ont dit mais j'étais pas sûr.

— Sainte Marie mère de Dieu, bénissez son âme », dit la grosse dame au paquet de Bugles.

Elle fait le signe de la croix.

M. Ghosh propose à l'un des ambulanciers le T-shirt-souvenir pour couvrir le visage de Mary, mais l'ambulancier secoue la tête et sort. Il dit à la petite foule qu'il n'y a rien à voir, comme s'il allait leur faire croire qu'une femme morte au Quik-Pik n'est pas intéressante.

L'ambulancier tire un brancard de l'arrière du véhicule de secours. Un seul mouvement rapide du poignet suffit : les pieds se déplient tout seuls. Le vieux monsieur aux cheveux clairsemés lui tient la porte et l'ambulancier pousse son lit de mort à roulettes à l'intérieur du magasin.

« Ouh, quelle chaleur, dit-il en s'essuyant le front.

— Vous pouvez vous retourner si vous ne souhaitez pas voir ça, monsieur », dit l'autre, mais Ray regarde pendant qu'ils la hissent sur le brancard.

Un drap est soigneusement plié à l'extrémité de la civière. Ils le remontent sur son corps jusqu'à recouvrir son visage. À présent, Mary ressemble à un cadavre dans un film. Ils la poussent dehors dans la chaleur. Cette fois, c'est la grosse femme au paquet de Bugles qui leur tient la porte. La foule s'est repliée sur le trottoir d'en face. Ils doivent être une trentaine, debout sous le soleil de plomb du mois d'août.

Une fois Mary chargée, les ambulanciers reviennent. L'un d'eux a un porte-bloc à la main. Il pose à peu près vingt-cinq questions à Ray. Ray peut répondre à toutes sauf à celle concernant l'âge de Mary. Puis il se rappelle qu'elle a trois ans de moins que lui et leur dit trente-quatre.

« Nous allons l'emmener à Saint-Stevie's, lui dit l'ambulancier avec le porte-bloc. Vous pouvez nous suivre si vous ne savez pas où c'est.

— Je sais où c'est, dit Ray. Quoi ? Vous voulez faire une autopsie ? la découper ? »

La fille en tablier bleu étouffe un cri. M. Ghosh passe un bras autour d'elle et elle pose son visage contre sa chemise blanche. Ray se demande si

M. Ghosh se la tape. Il espère que non. Pas parce que M. Ghosh a la peau foncée, Ray se fiche de ça, mais parce qu'il doit avoir deux fois son âge. Un homme plus âgé peut abuser de la situation, surtout quand c'est le patron.

« Eh bien, ce n'est pas de notre ressort, dit l'ambulancier, mais probablement que non. Elle n'est pas morte sans témoins…

— *Moi*, je peux témoigner, le coupe la femme aux Bugles.

— … et c'est manifestement une crise cardiaque. Vous pourrez sûrement la faire transporter à votre funérarium sans trop attendre. »

Son funérarium ? Il y a une heure, ils étaient dans la voiture, à se disputer.

« J'ai pas de funérarium, dit-il. Pas de funérarium, pas d'emplacement au cimetière, rien. Et pourquoi est-ce que j'en aurais ? Elle a *trente-quatre ans*. »

Les deux ambulanciers échangent un regard.

« Monsieur Burkett, quelqu'un à Saint-Stevie's vous aidera avec tout ça. Ne vous inquiétez pas.

— Que je *m'inquiète* pas ? Non mais je rêve ! »

L'ambulance break quitte le parking avec son gyrophare toujours allumé mais la sirène éteinte. La foule sur le trottoir commence à s'éparpiller. La caissière, le vieux monsieur, la grosse dame et M. Ghosh regardent Ray comme s'il était quelqu'un de spécial. Une célébrité.

« Elle voulait un ballon violet pour notre nièce, dit-il. C'est son anniversaire. Elle va avoir huit ans. Elle s'appelle Tallie. C'est le nom d'une actrice. »

M. Ghosh prend un ballon violet dans le présentoir en grillage et le tend à Ray de ses deux mains.

« Cadeau de la maison, dit-il.

— Merci, monsieur », dit Ray.

La femme aux Bugles fond en larmes.

« Sainte Marie mère de Dieu », dit-elle.

Ils restent là un moment, à discuter. M. Ghosh prend des sodas dans le réfrigérateur. Cadeaux de la maison, eux aussi. Tous boivent leur soda et Ray leur parle de Mary, éludant les disputes. Il leur raconte qu'elle a confectionné une couverture matelassée qui a remporté le troisième prix à la fête de Castle County. C'était en 2002. Ou peut-être 2003.

« C'est si triste », dit la femme aux Bugles. Elle a ouvert le paquet et le partage avec les autres. Ils mangent et boivent.

« Ma femme est partie dans son sommeil, dit le vieil homme aux cheveux clairsemés. Elle s'est allongée sur le canapé et ne s'est jamais réveillée. Trente-sept ans de mariage. J'ai toujours pensé que je partirais le premier, mais Dieu en a décidé autrement. Je la vois encore, allongée là sur le canapé. » Il secoue la tête. « Je n'arrivais pas à y croire. »

Finalement, Ray ne trouve plus rien à leur dire, et ils ne trouvent plus rien à lui dire non plus. Les clients recommencent à affluer. M. Ghosh s'occupe de certains et la fille au tablier bleu s'occupe des autres. Puis la grosse femme dit qu'il faut vraiment qu'elle y aille. Elle embrasse Ray sur la joue avant de partir.

« Vous devez aller de l'avant, monsieur Burkett », lui dit-elle sur le ton de la réprimande et du flirt à la fois.

Ray se dit qu'elle aussi pourrait accepter de coucher avec lui par compassion.

Il regarde la pendule derrière le comptoir. C'est une pendule publicitaire pour une bière. Près de deux heures se sont écoulées depuis que Mary s'est faufilée entre la voiture et le mur en parpaings du Quik-Pik. Et pour la première fois, il pense à Biz.

Quand il ouvre la portière, il est assailli par la chaleur et, quand il pose la main sur le volant pour se pencher à l'intérieur, il la retire en poussant un cri. Il doit faire au moins cinquante degrés là-dedans. Biz est mort, allongé sur le dos. Ses yeux sont laiteux. Sa langue dépasse d'un côté de sa gueule. Ray voit l'éclat de ses canines. Il a des miettes de noix de coco dans les moustaches. Ça ne devrait pas être drôle, mais ça l'est pourtant. Pas suffisamment drôle pour en rire mais drôle d'une façon sur laquelle il n'arrive pas à mettre de mots savants.

« Mon vieux Biz, dit-il. Je suis désolé. Je t'ai complètement oublié. »

Une grande tristesse et une forte envie de rire l'envahissent alors qu'il regarde le jack russell rôti. Qu'une chose aussi triste puisse quand même être drôle est tout simplement scandaleux.

« Eh bien, tu es avec elle maintenant, n'est-ce pas ? » dit-il, et cette pensée est si triste – et cependant si douce – qu'il se met à pleurer. Il est secoué de sanglots. Pendant qu'il pleure, il lui vient à l'esprit qu'à présent il peut fumer tant qu'il veut et où il veut dans la maison. Il pourra fumer à la table de la salle à manger.

« T'es avec elle maintenant, mon vieux Biz », dit-il à travers ses larmes. Sa voix est étranglée et pâteuse. Il est soulagé de s'entendre réagir normalement à la situation. « Ma pauvre Mary, mon pauvre Biz. Et merde ! »

Pleurant toujours, et le ballon violet toujours coincé sous le bras, il retourne au Quik-Pik. Il dit à M. Ghosh qu'il a oublié de prendre des cigarettes. Il se dit que M. Ghosh lui offrira peut-être un paquet de Premium Harmony, cadeau de la maison lui aussi, mais la générosité de M. Ghosh a des limites. Ray fume sur tout le trajet jusqu'à l'hôpital, toutes vitres fermées, Biz sur la banquette arrière et l'air conditionné à fond.

En pensant à Raymond Carver

Parfois, une histoire arrive entière – terminée. En général, cependant, elles me viennent en deux parties : d'abord la tasse, puis l'anse. Et parce que l'anse peut ne pas se pointer avant des semaines, des mois, voire des années, j'ai une petite boîte dans un coin de mon esprit rempli de tasses inachevées, chacune d'elles protégée par cet emballage mental unique que l'on appelle la mémoire. Quelle que soit la beauté de la tasse, on ne peut pas partir à la recherche d'une anse : on doit attendre qu'elle apparaisse. Je me rends compte que la métaphore est plutôt minable, mais quand on parle de ce procédé qu'on nomme écriture créative, elles le sont quasiment toutes. J'ai écrit de la fiction toute ma vie, et pourtant je n'ai toujours pas pleinement saisi le mécanisme de la chose. Bien sûr, je ne sais pas non plus comment fonctionne mon foie, mais tant qu'il continue de faire son boulot, moi ça me va.

Il y a à peu près six ans, j'ai assisté à une presque-collision à un carrefour encombré de Sarasota. Un cow-boy au volant de son bigfoot – un 4 × 4 avec d'énormes roues – a essayé de se caler dans une voie de gauche où un autre bigfoot était déjà engagé. Le type qui se faisait piquer sa place a klaxonné, il y a eu un crissement de freins prévisible, et les deux mastodontes pompeurs d'essence se sont arrêtés à quelques centimètres l'un de l'autre. Le gars dans la voie de gauche a baissé sa vitre et brandi son doigt en direction du ciel bleu de Floride dans un salut aussi américain que le baseball. Celui qui avait failli lui rentrer dedans lui a retourné le compliment en l'accompagnant d'un martèlement de poitrine style Tarzan signifiant vraisemblablement : *Tu veux qu'on s'explique ?* Puis le feu est passé au vert, les autres automobilistes ont commencé à klaxonner et les deux ont poursuivi leur route sans en venir aux mains.

À la suite de cet incident, je me suis demandé ce qui aurait pu se passer si les deux conducteurs étaient descendus de leurs véhicules et avaient commencé à se castagner en plein milieu de la Tamiami Trail. Une idée tout à fait plausible : l'agressivité au volant est chose banale. Malheureusement, « chose banale » n'a jamais été la recette idéale pour une bonne histoire. Pourtant, j'ai gardé cet épisode dans un coin de ma tête. C'était une tasse sans anse.

Environ un an plus tard, je déjeunais dans un Applebee's avec ma femme quand j'ai vu un homme d'une cinquantaine d'années découper le steak haché d'un vieux monsieur. Il faisait ça soigneusement pendant que le vieil homme regardait dans le vide par-dessus sa tête. À un moment donné, le vieillard a semblé retrouver un peu ses esprits et essayé d'attraper ses couverts, sûrement pour pouvoir s'atteler lui-même à son repas. Le plus jeune a souri et secoué la tête. Le vieux monsieur a laissé tomber et recommencé à regarder dans le vide. J'ai décidé qu'ils étaient père et fils et voilà, je la tenais : l'anse pour ma tasse d'agressivité au volant.

Batman et Robin ont un accrochage

Sanderson voit son père deux fois par semaine. Le mercredi soir, après avoir fermé la bijouterie que ses parents ont ouverte il y a longtemps, il parcourt les cinq kilomètres jusqu'au Manoir de la Franche Rigolade pour rendre visite à Pop, généralement dans la salle commune. Dans sa « suite », si Pop est dans un de ses mauvais jours. Presque tous les dimanches midi, Sanderson l'emmène déjeuner en ville. L'établissement dans lequel Pop vit les dernières brumeuses années de sa vie s'appelle en réalité l'Unité de Soins Spécialisés des Moissons Dorées, mais Sanderson trouve Manoir de la Franche Rigolade plus adapté.

Le temps qu'ils passent ensemble n'est pas si pénible que ça finalement, et pas seulement parce que Sanderson n'a plus à changer les draps du vieux quand il pisse au lit. Ou à se lever au beau milieu de la nuit quand Pop se met à déambuler dans la maison en appelant sa femme pour qu'elle lui fasse des œufs brouillés ou en alertant Sanderson que les satanés fils Frederick sont dans le jardin de derrière en train de boire et de brailler (Dory Sanderson est décédée depuis quinze ans et les trois fils Frederick, devenus des hommes, ont déménagé depuis longtemps). Il y a une vieille blague qui dit : la bonne nouvelle, avec Alzheimer, c'est que tu rencontres des gens nouveaux tous les jours. Sanderson a découvert que la vraie bonne nouvelle, c'est que le scénario change rarement. Ce qui veut dire qu'on n'a pratiquement jamais à improviser.

Le restaurant Applebee's, par exemple. Bien qu'ils déjeunent dans le même tous les dimanches midi depuis plus de trois ans maintenant, Pop répète presque chaque fois la même chose : « C'est pas si mal, ici. Il faudra qu'on revienne. » Il commande toujours un steak haché, à point, et quand arrive le moment du pudding de pain, il dit à Sanderson que celui de sa femme est meilleur. L'année dernière, le pudding de pain ne figurait pas au menu de l'Applebee's de Commerce Way, alors Pop – après avoir demandé à Sanderson de lui lire la carte des desserts quatre fois et passé deux interminables minutes à se décider – avait commandé le crumble aux pommes. Quand le crumble était arrivé, Pop avait fait remarquer que Dory servait le sien avec de la crème fraîche épaisse. Puis il était resté assis là, à regarder la route derrière la vitre. La fois d'après, il avait fait la même remarque mais mangé tout le crumble et raclé l'assiette.

Il se souvient généralement du nom de Sanderson et de leur lien de parenté, mais il arrive qu'il l'appelle Reggie, le nom de son autre fils, mort il y a quarante ans. Lorsque Sanderson se prépare à quitter sa « suite », le mercredi – ou le dimanche – après avoir ramené son père au Manoir de la Franche Rigolade, Pop le remercie invariablement en lui promettant que la prochaine fois, il sera en meilleure forme.

Dans ses jeunes années – avant de rencontrer Dory Levin qui l'avait civilisé –, le futur père de Sanderson était ouvrier dans le pétrole au Texas et, parfois, il lui arrive de redevenir cet homme fruste qui n'aurait jamais imaginé devenir un jour un bijoutier prospère de San Antonio. En de telles occasions, il est confiné dans sa « suite ». Une fois, il avait renversé son lit et été récompensé de ses efforts par un poignet cassé. Quand l'aide-soignant de service – José, le préféré de Pop – lui avait demandé pourquoi il avait fait ça, Pop avait répondu que c'était parce que ce putain de Gunton voulait pas baisser sa radio. Il n'y a pas de Gunton, évidemment. Pas ici. Quelque part dans le passé, peut-être. Sûrement.

Récemment, Pop s'est mis à la cleptomanie. Les aides-soignants, infirmiers et médecins ont trouvé tout un tas de choses dans sa chambre : des vases, des couverts en plastique du réfectoire, la télécommande de la salle commune. Un jour, José a découvert sous le lit de Pop une boîte à cigares El Producto remplie de diverses pièces de puzzle et d'une centaine de cartes de jeu désassorties. Pop ne sait dire à personne, y compris son fils, pourquoi il prend ces choses et il nie généralement les avoir prises. Une fois, il a dit à Sanderson que Gunderson essayait de lui attirer des ennuis.

« Tu veux dire Gunton, Pop ? » avait demandé Sanderson.

Pop avait agité une main osseuse semblable à du bois flotté.

« Ce type a jamais été intéressé que par les gonzesses. C'était *le* chien en rut de Gonzesse-Ville. »

Mais la phase cleptomane semble passée – c'est du moins ce que dit José – et ce dimanche, son père est plutôt calme. Ce n'est pas un de ses jours de grande clarté, mais pas non plus un des plus mauvais. Ça suffit pour l'Applebee's, et s'ils peuvent terminer le repas sans que son père se pisse dessus, ce sera parfait. Il porte des couches pour incontinence mais il y a quand même l'odeur. C'est pour ça que Sanderson leur prend toujours une table d'angle. Ça ne pose pas de problème, ils déjeunent à quatorze heures et, à cette heure-là, la foule des fidèles sortant de la messe est déjà de retour à la maison, à regarder le baseball ou le football américain à la télé.

« Mais qui êtes-vous ? » demande Pop dans la voiture.

C'est une belle journée, mais froide. Avec ses lunettes de soleil surdimensionnées et son pardessus en laine, il ressemble pas mal à l'Oncle Junior, le vieux gangster dans *Les Soprano*.

« Je suis Dougie, dit Sanderson. Ton fils.

— Je me souviens de Dougie, dit Pop, mais il est mort.

— Non, Pop, no... non. C'est *Reggie* qui est mort. Il... »

Sanderson s'interrompt, attendant de voir si Pop finira sa phrase. Mais non.

« Il a eu un accident.

— Soûl, n'est-ce pas ? » demande Pop.

Ça fait mal, même après toutes ces années. C'est la mauvaise nouvelle, avec ce dont souffre son père : il est capable de cruautés passagères qui, bien qu'involontaires, peuvent terriblement blesser.

« Non, dit Sanderson, ça, c'est le jeune qui l'a renversé. Et qui s'en est sorti avec juste quelques égratignures. »

Le jeune en question doit avoir la cinquantaine à présent, et probablement les tempes grisonnantes. Sanderson espère que la version adulte du gamin qui a tué son frère souffre d'une scoliose, il espère que sa femme est morte d'un cancer des ovaires, qu'il a eu les oreillons et qu'il est devenu aveugle et stérile, mais il va sûrement très bien. Gérant de supermarché quelque part. Peut-être même – Dieu les en garde – d'un Applebee's. Pourquoi pas ? Il avait seize ans. De l'histoire ancienne. Erreur de jeunesse. Dossier certainement scellé. Et Reggie ? mis sous scellé lui aussi. Des os dans un costume sous une pierre tombale à Mission Hill. Certains jours, Sanderson n'arrive même pas à se rappeler à quoi il ressemblait.

« Dougie et moi, on jouait à Batman et Robin, dit Pop. C'était son jeu préféré. »

Ils s'arrêtent au feu à l'intersection de Commerce Way et d'Airline Road où, plus tard, les ennuis vont arriver. Sanderson regarde son père et sourit.

« Ouais, papa, bien ! On s'est même déguisés comme ça pour Halloween, une année. Tu te souviens ? J'avais réussi à te convaincre. Le Justicier Masqué et l'Enfant Prodige. »

Pop regarde à travers le pare-brise de la Subaru de Sanderson, il ne dit rien. À quoi pense-t-il ? Ou bien sa pensée est-elle devenue une onde plate ? Sanderson imagine parfois le son que pourrait produire cette onde plate : *mmmmmmmm*. Comme le bourdonnement de la vieille mire à la télé, bien avant le câble et le satellite.

Sanderson pose la main sur la manche de son pardessus et presse affectueusement son bras maigre.

« T'étais complètement bourré et m'man était folle de rage, mais je me suis bien amusé. Ça a été mon meilleur Halloween.

— Je n'ai jamais bu devant ma femme », réplique Pop.

Non, pense Sanderson alors que le feu passe au vert. Pas après qu'elle t'en a fait passer l'envie.

« Tu veux de l'aide avec le menu, Pop ?

— Je sais lire », lui répond son père.

Non, il ne sait plus, mais le coin où se trouve leur table est lumineux et il peut toujours regarder les images, même avec ses lunettes de soleil de gangster Oncle Junior sur le nez. De plus, Sanderson sait ce qu'il va commander.

Quand le serveur arrive avec leurs thés glacés, Pop dit qu'il prendra le steak haché, à point.

« Je le veux rose mais pas rouge, dit-il. S'il est rouge, je le renvoie. »

Le serveur hoche la tête :

« Comme d'habitude. »

Pop le dévisage d'un œil soupçonneux.

« Salade de blé ou salade de chou ? »

Pop renâcle :

« Vous plaisantez ? Les gens étaient fauchés comme les blés. On ne vendait même pas de bijoux fantaisie, je ne vous parle même pas du haut de gamme.

— Il prendra le chou, dit Sanderson. Et moi je prendrai…

— *Fauchés comme les blés !* » répète Pop avec emphase, et il jette un regard impérieux au serveur, sous-entendant : Oserez-vous me contredire ?

Le serveur, qui les a déjà servis plus d'une fois avant, hoche simplement la tête et dit :

« *Fauchés comme les blés* », avant de se tourner vers Sanderson : « Et pour vous, monsieur ? »

Ils mangent. Pop refuse de retirer son pardessus. Sanderson demande alors un bavoir en plastique et l'attache autour du cou de son père. Pop ne proteste pas, ne s'en rend peut-être même pas compte. Un peu de sa salade de chou atterrit sur son pantalon mais le bavoir rattrape la plupart des gouttes de sauce aux champignons. Alors qu'ils sont en train de terminer leurs plats, Pop informe la salle presque vide qu'il a tellement envie de pisser qu'il va exploser.

Sanderson l'accompagne aux toilettes pour hommes. Son père le laisse défaire sa braguette mais, quand Sanderson entreprend de baisser l'élastique de sa couche, Pop lui donne une tape sur la main.

« Ne t'occupe jamais de l'arrosoir d'un autre homme, mon garçon, dit-il, contrarié. On ne t'a donc pas appris ça ? »

Ça réveille un vieux souvenir : Dougie Sanderson debout devant les toilettes, son short sur les chevilles et son père à genoux à côté de lui, lui exposant la marche à suivre. Quel âge avait-il alors ? Trois ans ? Deux ans seulement ? Oui, peut-être deux seulement, mais le souvenir est limpide ; comme un brillant éclat de verre au bord de la route, si parfaitement positionné qu'il laisse une image résiduelle sur la rétine.

« Dégaine, vise, et quand t'es prêt, tu tires », dit Sanderson.

Pop lui jette un regard soupçonneux, puis lui fend le cœur d'un sourire :

« C'est ce que je disais à mes garçons quand je leur apprenais à faire pipi tout seuls, dit-il. Dory disait que c'était mon boulot, et Dieu sait que je l'ai fait. »

Il déverse un torrent, dont la majeure partie atterrit miraculeusement dans l'urinoir. L'odeur est aigre et sucrée. Le diabète. Mais quelle importance ? Sanderson pense parfois que le plus tôt sera le mieux.

De retour à leur table, le bavoir toujours autour du cou, Pop rend son verdict :

« C'est pas si mal ici. Il faudra qu'on revienne.

— Un petit dessert, Pop ? »

Pop réfléchit à la proposition, le regard perdu au-dehors, la bouche ouverte. Ou bien est-ce juste l'onde plate ? Non, pas cette fois.

« Pourquoi pas ? J'ai encore de la place. »

Ils commandent le crumble aux pommes. Pop considère la boule de glace à la vanille posée dessus, ses sourcils froncés se rejoignant en broussaille au milieu.

« Ma femme le servait avec de la crème fraîche épaisse. Elle s'appelait Dory. Le diminutif de Doreen.

Comme dans le *Mickey Mouse Club*. Miska Moska Mickey Mouse…

— Je sais, Pop. Mange.

— Tu es Dougie ?

— Ouaip.

— Vraiment ? Tu ne me fais pas marcher ?

— Non, papa. C'est moi, Dougie. »

Son père approche de sa bouche une cuillère dégoulinante de glace et de pommes.

« On l'a vraiment fait, n'est-ce pas ?

— Fait quoi ?

— Halloween, déguisés en Batman et Robin ? »

Sanderson rigole, surpris.

« Un peu qu'on l'a fait ! M'man disait que j'étais né idiot mais que toi, tu n'avais aucune excuse. Et Reggie voulait pas s'approcher de nous. Ça l'écœurait.

— J'étais soûl », dit Pop, puis il commence à manger son dessert.

Le crumble terminé, il rote, montre du doigt la fenêtre et dit :

« Regarde ces oiseaux, là-bas. C'est quoi déjà ? »

Sanderson regarde. Les oiseaux sont agglutinés sur une benne à ordures sur le parking. Il y en d'autres sur la clôture juste derrière.

« Ce sont des corbeaux, Pop.

— Seigneur, je suis au courant, dit Pop. Les corbeaux n'étaient pas un problème à l'époque. On avait un pistolet à billes. Bien, écoute-moi maintenant. » Il se penche vers lui, l'air sérieux. « Sommes-nous déjà venus ici ? »

Sanderson réfléchit aux possibles considérations d'ordre métaphysique inhérentes à la question, puis dit :

« Oui. On vient ici presque tous les dimanches.

— Eh bien, ma foi, ce n'est pas trop mal. Mais je crois que nous devrions rentrer. Je suis fatigué. Je veux faire une machin-chose, là.

— Une sieste.

— Une machin-chose, là », répète Pop en lui décochant ce regard impérieux.

Sanderson fait signe pour l'addition. Pendant qu'il est en train de payer au comptoir, Pop s'en va, les mains dans les poches de son pardessus. Sanderson récupère sa monnaie en vitesse et doit courir pour rattraper Pop à la porte avant qu'il ne parte en vadrouille sur le parking, ou carrément sur la quatre-voies encombrée de Commerce Way.

« C'était une bonne soirée, dit Pop alors que Sanderson lui attache sa ceinture.

— Quelle soirée ?

— Halloween, andouille. Tu avais huit ans, c'était donc en 1959. Tu es né en 51… »

Sanderson regarde son père, ahuri, mais le vieil homme fixe la circulation droit devant lui. Sanderson ferme la portière côté passager, contourne le capot de sa Subaru, s'installe au volant. Ils ne disent plus rien sur deux ou trois blocs et Sanderson présume que son père a déjà tout oublié, mais non.

« Quand on est arrivés chez les Forester en haut de la côte – tu te souviens de la côte, n'est-ce pas ?

— Church Street Hill, bien sûr.

— C'est ça ! Norma Forester a ouvert la porte et à toi, elle t'a dit – avant que tu le dises –, elle t'a dit : "Farce ou bonbons ?" Et puis elle s'est tournée vers moi et m'a dit : "Farce ou boisson ?" »

Pop émet un son de gond rouillé que Sanderson n'a pas entendu depuis un an, voire plus. Il se tape même la cuisse.

« Farce ou boisson ! Quelle comique ! Tu t'en souviens, n'est-ce pas ? »

Sanderson essaie, en vain. Tout ce dont il se souvient, c'est à quel point il était heureux d'avoir son père avec lui, même si le costume de Batman dudit père – confectionné à la va-vite – était plutôt nul. Un pyjama gris avec l'emblème de la chauve-souris dessiné au feutre sur le devant. La cape découpée dans un vieux drap. La ceinture utilitaire de Batman était une ceinture en cuir dans laquelle son père avait coincé un assortiment de tournevis et de burins – il y avait même une clé à molette – pris dans la caisse à outils du garage. Le masque était une cagoule mangée aux mites que Pop avait remontée sur son nez de manière à ce que l'on voie sa bouche. Avant de partir, debout devant le miroir du couloir, il avait tiré sur les deux côtés du sommet de la cagoule, les modelant pour en faire des oreilles, mais ça n'avait pas tenu.

« Elle m'a proposé une bouteille de Shiner », dit Pop.

Ils ont remonté Commerce Way sur neuf blocs à présent, et ils approchent de l'intersection avec Airline Road.

« Et t'as accepté ? »

Pop est lancé. Sanderson adorerait qu'il continue comme ça jusqu'au Manoir de la Franche Rigolade.

« Bien entendu. »

Il reste silencieux. Alors que l'intersection se rapproche, les deux voies de Commerce Way se séparent en trois voies. La plus à gauche est celle pour tourner. Le feu pour continuer tout droit est au rouge mais la voie de gauche est surmontée d'une flèche verte.

« Cette gonzesse avait les nichons comme des oreillers. C'est le meilleur coup que j'aie jamais eu. »

Oui, ça blesse. Sanderson le sait d'expérience, mais aussi parce qu'il discute avec les autres visiteurs qui ont de la famille au Manoir. La plupart du temps, ce n'est pas volontaire, mais c'est douloureux quand même. Le peu de souvenirs qui leur reste est en pagaille – comme les pièces de puzzle volées que José a trouvées dans la boîte à cigares sous le lit de Pop – et il n'y a personne pour les réorganiser, aucun moyen de séparer les souvenirs dont il fait bon parler de ceux qu'il vaut mieux taire. Sanderson n'a jamais eu la moindre raison de croire que son père a été autre chose que fidèle à sa femme pendant leurs quarante et quelques années de mariage. Mais n'est-ce pas là une supposition que font tous les enfants devenus adultes, surtout si leurs parents ont formé un couple paisible et convivial ?

Il quitte la route des yeux pour regarder son père, et c'est la raison pour laquelle survient un accident au lieu d'un de ces presque-accidents comme il en arrive toujours sur les artères encombrées de type Commerce Way. Néanmoins, ce n'est pas un accident très grave, et même si Sanderson sait qu'il a relâché son attention pendant une seconde ou deux, il sait aussi qu'il n'est pas en tort.

Un de ces pick-up rehaussés avec roues surdimensionnées et rangée de phares sur le toit de la cabine se rabat sur sa voie pour essayer de rejoindre celle de gauche avant que la flèche ne passe au rouge. Il n'a pas de clignotant arrière : ça, Sanderson le remarque juste au moment où l'avant gauche de son capot entre en collision avec l'arrière du pick-up. Lui et son père sont projetés vers l'avant, retenus par leurs ceintures bouclées, et une crête se soulève brusquement au milieu du capot auparavant intact de sa Subaru, mais les airbags ne se déclenchent pas. On entend un tintement de verre brisé.

« Connard ! hurle Sanderson. Nom de Dieu ! »

Puis il commet une erreur. Il appuie sur le bouton qui abaisse sa vitre, sort son bras et brandit son majeur en direction du pick-up. Plus tard, il se dira qu'il l'a fait uniquement parce que Pop était dans la voiture avec lui, et parce que Pop était lancé.

Pop. Sanderson se tourne vers lui.

« Ça va ?

— Qu'est-ce qui s'est passé ? demande Pop. Pourquoi on s'est arrêtés ? »

Il est désorienté mais il va bien. Une chance qu'il ait eu sa ceinture, même si Dieu sait qu'il est difficile de l'oublier de nos jours. Les voitures te l'interdisent. Roule quinze mètres en ayant oublié de la boucler et elles se mettent à hurler d'indignation. Sanderson se penche par-dessus Pop, ouvre la boîte à gants d'une pression du pouce et sort la carte grise et l'assurance de son véhicule. Quand il se redresse, la portière du pick-up est grande ouverte et le conducteur est en train de marcher vers lui, ne prêtant aucune attention aux voitures qui klaxonnent et font des embardées pour contourner le tout récent accrochage. Il n'y a pas autant de circulation qu'en semaine mais Sanderson ne considère pas ça comme une bénédiction, parce qu'il est en train de regarder le conducteur qui approche et pense : Je risque d'avoir des ennuis.

Il connaît ce type. Pas personnellement, mais c'est le Texan du Sud de base. Il est en jean et porte un T-shirt aux manches arrachées aux épaules. Pas coupées, arrachées, de telle sorte que des franges effilochées pendouillent sur les blocs de muscles de ses biceps bronzés. Son jean tombe sur ses hanches, exhibant ainsi la marque de son caleçon. Une chaîne accrochée à un passant de ceinture rejoint sa poche arrière, où se trouve sans aucun doute un gros portefeuille en cuir, peut-être bien estampillé du logo d'un groupe de heavy metal. Beaucoup d'encre sur les bras et les mains, et qui lui remonte même dans le cou. Quand Sanderson voit ce genre de type sur le trottoir devant sa bijouterie via les caméras de sécurité, il appuie sur le bouton qui verrouille la porte. Là tout de suite, il aimerait appuyer sur le bouton pour verrouiller la portière de sa voiture, mais bien sûr il ne peut pas faire ça. Il n'aurait jamais dû faire un doigt d'honneur à ce type, et il aurait eu le temps d'y réfléchir à deux fois puisqu'il a dû baisser sa vitre pour le faire. Mais c'est trop tard, maintenant.

Sanderson ouvre sa portière et descend de voiture, prêt à calmer le jeu, à s'excuser pour quelque chose dont il n'a pas à s'excuser – c'est ce type qui lui a coupé la route, pour l'amour du ciel ! Mais voilà autre chose, quelque chose qui lui hérisse la peau des bras et de la nuque – dégoulinante de sueur maintenant qu'il est sorti de la voiture climatisée – de petits piquants de désarroi. Les tatouages du type sont grossiers et brouillons : des chaînes autour des biceps, des épines encerclant ses avant-bras, un poignard sur le poignet avec une goutte de sang perlant au bout de la lame. C'est pas des tatouages de studio, ça. C'est des tatouages de prison. Le Tatoué doit faire au moins un mètre quatre-vingt-dix dans ses bottes et peser dans les quatre-vingt-dix kilos. Sanderson mesure un mètre quatre-vingts et pèse soixante-douze kilos.

« Écoutez, je suis désolé de vous avoir fait un doigt d'honneur, dit Sanderson. J'ai pas réfléchi, c'est sorti tout seul. Mais vous avez changé de voie…

— Regarde ce que t'as fait à ma caisse ! dit le Tatoué. Ça fait pas trois mois que je l'ai !

— Il faut qu'on échange nos assurances. »

Il leur faut aussi un flic. Sanderson regarde autour de lui mais ne voit que des badauds, ralentissant pour évaluer les dégâts, puis réaccélérant.

« Je peux à peine rembourser le crédit de cette chienne de bagnole, tu crois vraiment que j'ai une assurance ? »

T'es obligé d'avoir une assurance, pense Sanderson, c'est la loi. Sauf qu'un type comme lui se croit obligé de rien. Les testicules en caoutchouc qui pendent sous sa plaque d'immatriculation en sont la preuve ultime.

« Putain, pourquoi tu m'as pas laissé passer, connard ?

— Y avait pas le temps, dit Sanderson. Vous m'avez coupé la route, vous avez pas mis votre clignotant…

— J'ai mis mon cligno !

— Alors pourquoi il y est pas, là ? lui fait remarquer Sanderson.

— Parce que t'as niqué mon putain de feu arrière, crétin ! Qu'est-ce que je vais dire à ma copine, moi ? C'est elle qui a avancé l'acompte, bordel ! Et vire-moi cette merde de sous mon nez. »

Il balance un coup dans l'assurance et la carte grise que Sanderson lui tend toujours. Sanderson regarde par terre, sidéré. Ses papiers sont éparpillés sur la chaussée.

« J'y vais, dit le Tatoué. Je m'occupe de réparer ma bagnole, tu t'occupes de réparer la tienne. C'est comme ça que ça va se passer. »

Les dégâts sur la Subaru sont bien pires que ceux du pick-up absurdement surdimensionné, une différence de probablement mille cinq cents ou deux mille dollars, mais ce n'est pas ce qui pousse Sanderson à répliquer. Ce n'est pas le risque que l'abruti s'en sorte en toute impunité non plus – tout ce que Sanderson a à faire, c'est de noter le numéro de la plaque au-dessus des testicules qui pendouillent. Ce n'est même pas la chaleur, qui est accablante. Non, c'est la pensée de son père assis là, shooté aux médocs sur le siège du passager, n'ayant aucune idée de ce qui se passe et ayant besoin d'une sieste. Ils devraient être à mi-chemin du Manoir de la Franche Rigolade à l'heure qu'il est, mais non. Non. Parce que ce trou du cul qui se prend pour le roi de la

route s'est cru obligé de me faire une queue de poisson. Pour se dépêcher de passer avant que la flèche
passe au rouge, sans quoi le monde s'obscurcirait et
les vents du Jugement dernier s'abattraient sur lui.

« Non, c'est pas comme ça que ça va se passer, dit
Sanderson. Vous êtes en tort. Vous m'avez coupé la
route sans mettre votre cligno. J'ai pas eu le temps
de m'arrêter. Je veux voir votre carte grise et votre
permis de conduire.

— Nique ta mère », dit le gros costaud, et il
balance un coup de poing dans l'estomac de Sanderson.

Sanderson se plie en deux, expulsant d'un seul
coup tout l'air de ses poumons. Il aurait dû se douter
que provoquer le conducteur du pick-up n'était pas
une bonne idée, il s'en était douté d'ailleurs, un seul
coup d'œil à ces tatouages d'amateur et *n'importe qui*
s'en serait douté, mais il l'avait quand même ramenée
parce qu'il n'imaginait pas s'en prendre une en plein
jour, au beau milieu de Commerce Way et d'Airline
Road. Il est membre des Jaycees[1]. Il n'a pas reçu de
coup de poing depuis le cours élémentaire deux,
quand il s'était bagarré pour des cartes de baseball.

« La voilà, ma carte grise », dit le Tatoué. De
grosses coulées de sueur dégoulinent de ses tempes
et le long de ses joues. « J'espère qu'elle te plaît.
Quant à mon permis de conduire, j'en ai pas, OK ?
J'en ai pas ! Je suis dans la merde, putain, et tout ça
c'est ta faute, enculé, parce que t'étais en train de te

---

1. JCs : Junior Chamber, organisation de promotion sociale
par le service civique et communautaire.

branler au lieu de regarder où t'allais. Putain de trou du cul ! »

C'est là que le Tatoué pète complètement les plombs. Peut-être que c'est l'accident, peut-être que c'est la chaleur, peut-être que c'est l'obstination de Sanderson à vouloir voir des papiers qu'il n'a pas. Il se peut même que ce soit le son de sa propre voix. Sanderson a entendu plein de fois la formule « il a pété les plombs », mais il réalise qu'il n'en avait jamais pleinement saisi le sens. Le Tatoué est son professeur, et c'est un bon professeur. Il noue ses deux mains, formant ainsi un poing double. Sanderson a juste le temps de voir deux yeux bleus sur les phalanges du Tatoué avant de recevoir un coup de masse sur le côté du visage qui le propulse contre le flanc droit fraîchement esquinté de sa voiture. Il glisse contre la carrosserie, une dent de métal déchire sa chemise et la peau en dessous. Du sang coule le long de ses côtes, chaud comme la fièvre. Puis ses genoux se dérobent et il atterrit sur la chaussée. Il regarde fixement ses mains, n'arrivant pas à croire que ce sont ses mains. Sa joue droite chauffe et semble lever comme de la pâte à pain. Son œil gauche pleure.

Puis arrive le coup de pied dans ses côtes blessées, juste au-dessus de la ceinture. La tête de Sanderson heurte l'enjoliveur avant droit de sa Subaru et rebondit. Il essaie de ramper hors de l'ombre du Tatoué. Le Tatoué lui hurle dessus, mais Sanderson n'arrive à décrypter aucun mot : ça fait juste *ouah-ouah-ouah*, le bruit que font les adultes quand ils parlent aux enfants dans les dessins animés de *Snoopy*. Il a envie de dire au Tatoué, OK, OK, y a pas de lézard, on lâche l'affaire. Il a envie de dire, C'est bon, y a pas mort d'homme (même s'il a l'impression que ça pourrait bien arriver), reprends ton chemin, je reprends le mien, bon vent et à demain, les Mouseketeers[1]. Sauf qu'il n'arrive pas à reprendre son souffle. Il pense qu'il va faire une crise cardiaque, peut-être qu'il est déjà en train d'en faire une. Il a envie de lever la tête – s'il doit mourir, il aimerait autant le faire en regardant quelque chose de plus intéressant que la surface de Commerce Way et l'avant de sa propre voiture meurtrie – mais il semble en être incapable. Son cou est aussi flasque qu'un spaghetti.

Il reçoit un autre coup de pied, dans la partie charnue de sa cuisse gauche cette fois. Puis le Tatoué pousse un cri guttural et des gouttes rouges commencent à éclabousser le béton composite de la chaussée. Sanderson pense d'abord que c'est son nez – ou peut-être ses lèvres à cause du coup de masse qu'il a reçu –, puis un jet de chaleur asperge sa nuque. C'est comme une averse tropicale. Il rampe un peu plus loin, contourne le capot de sa voiture, puis réussit à se retourner et à s'asseoir. Il regarde en l'air, plissant les yeux contre la luminosité aveuglante du ciel, et voit Pop debout à côté du Tatoué. Le Tatoué est plié en deux comme quelqu'un souffrant de sévères crampes d'estomac. Il est aussi en train de tâtonner, cherchant à attraper le côté de son cou dans lequel a poussé un morceau de bois.

D'abord, Sanderson ne comprend pas. Puis il se rend compte que le morceau de bois est le manche

---

1. Petits chanteurs des émissions du *Mickey Mouse Club*.

d'un couteau qu'il a déjà vu avant. Qu'il voit presque toutes les semaines. Pas besoin de couteau à steak pour couper la viande hachée que Pop commande à chacun de leurs déjeuners dominicaux, une fourchette suffit amplement, mais on vous en apporte quand même un. Ça fait partie du service. Pop ne se rappelle peut-être plus quel fils lui rend visite, ou que sa femme est morte, il ne se souvient probablement plus de son deuxième prénom, mais il semblerait qu'il n'ait pas perdu toute l'ingénieuse férocité qui lui a permis de s'élever de la condition de rustre sans instruction dans les champs de pétrole du Texas à celle de bijoutier de la petite bourgeoisie de San Antonio.

Il m'a fait me retourner pour regarder les oiseaux, pense Sanderson. Les corbeaux sur la benne à ordures. C'est là qu'il a pris le couteau.

Le Tatoué a perdu tout intérêt pour l'homme assis sur la chaussée et il ne jette pas un seul regard au vieux monsieur debout à côté de lui. Il s'est mis à tousser. À chaque expectoration, une fine pulvérisation de sang sort de sa bouche. Il a une main sur le couteau planté dans son cou, qu'il essaie d'extraire. Du sang coule sur le côté de son T-shirt et éclabousse son jean. Il commence à marcher vers l'intersection de Commerce Way et d'Airline (où toute circulation a cessé), toussant toujours, plié en deux. Il agite sa main libre en un petit geste désinvolte : *Salut, m'man !*

Sanderson se lève. Ses jambes tremblent mais il tient debout. Il entend des sirènes approcher. Bien sûr, c'est maintenant que les flics arrivent. Maintenant que tout est terminé.

Sanderson passe un bras autour des épaules de son père.

« Ça va, papa ?

— Cet homme était en train de te rouer de coups, dit Pop d'un ton pragmatique. Qui est-il ?

— Je l'ignore. »

Des larmes coulent le long des joues de Sanderson. Il les essuie de la main.

Le Tatoué tombe à genoux. Il a arrêté de tousser. Il émet à présent un grognement sourd. La plupart des gens restent en retrait mais quelques âmes courageuses s'approchent de lui, voulant lui porter secours. Sanderson pense que le Tatoué n'en a probablement plus besoin, mais ils peuvent toujours essayer.

« On a déjà mangé, Reggie ?

— Oui, Pop, on a déjà mangé. Mais moi c'est Dougie.

— Reggie est mort. C'est pas ce que tu m'as dit ?

— Oui, Pop.

— Cet homme était en train de te rouer de coups. »
Le visage de son père grimace, prenant les traits d'un enfant horriblement fatigué qui a besoin d'aller se coucher. « J'ai mal à la tête. Foutons le camp d'ici. J'ai besoin de m'allonger.

— Il faut qu'on attende la police.

— Pourquoi ? Quelle police ? Qui *est* ce type ? »
Sanderson sent une odeur de merde. Son père s'est chié dessus.

« Allons dans la voiture, papa. »

Son père se laisse conduire autour du capot froissé de la Subaru et dit :

« C'était un sacré Halloween, pas vrai ? »

— Oui, papa, c'est vrai. »

Sanderson aide le Justicier Masqué de quatre-vingt-trois ans à monter dans la voiture et referme la portière pour garder la fraîcheur à l'intérieur. La première voiture de police est là. Ils vont vouloir voir ses papiers. L'Enfant Prodige de soixante et un ans, les mains pressées contre son flanc douloureux, se traîne côté conducteur pour les ramasser sur la chaussée.

Pour John Irving

Comme je l'ai dit dans le préambule à « Batman et Robin », il arrive parfois – très rarement – que la tasse vienne avec l'anse. Bon Dieu, j'adore quand ça arrive. Tu es là en train de vaquer à tes petites affaires, tu ne penses à rien en particulier, et puis soudain, *boum*, une histoire t'arrive, parfaite et entière, en livraison express. La seule chose que tu as à faire, c'est de la transcrire.

J'étais en Floride, je promenais notre chien sur la plage. Comme on était en janvier, et qu'il faisait froid, il n'y avait personne d'autre que moi. Un peu plus loin devant, j'ai vu ce qui ressemblait à des écritures dans le sable. En me rapprochant, j'ai vu que ce n'était qu'une illusion due à la lumière du soleil et aux ombres, mais l'esprit d'un écrivain est un dépotoir d'informations bizarres et une vieille citation m'est revenue, sans le nom de son auteur (il s'avéra que c'était Omar Khayyam) : « Le Doigt mouvant écrit et, ayant écrit, passe. » Ce qui, à son tour, m'évoqua un endroit magique où un Doigt mouvant invisible écrirait des choses terribles dans le sable, et voilà, la nouvelle qui suit était là. Sa fin est l'une de mes préférées. Peut-être pas du même calibre que celle de « Chaleur d'août », de W. F. Harvey – celle-là est un classique –, mais dans la même veine.

La dune

Alors que le Juge monte dans le kayak sous un ciel matinal éclatant – une entreprise lente et maladroite qui lui prend près de cinq minutes –, il médite sur le fait que le corps d'un vieil homme n'est qu'une charge de douleurs et d'affronts. Il y a quatre-vingts ans, quand il avait dix ans, il sautait dans un canoë en bois et larguait les amarres, sans gilet de sauvetage encombrant, sans souci et assurément sans urine gouttant dans son slip. Chaque traversée jusqu'à la petite île sans nom, étendue là comme un sous-marin à moitié immergé à deux cents mètres au large dans les eaux du Golfe, s'accompagnait d'une immense et inconfortable excitation. À présent, ne reste que l'inconfort. Et la douleur, comme irradiant dans tout le corps depuis un centre profondément enfoui dans son ventre. Mais il continue d'y aller. Beaucoup de choses ont perdu de leur attrait en ces années obscures de fin de vie – la plupart des choses –, mais pas la dune de l'autre côté de l'île. Non, jamais la dune.

Aux premiers jours de ses explorations, il s'attendait à la trouver disparue après chaque grosse tempête et, après l'ouragan de 1944 qui avait fait sombrer l'*USS Warrington* au large de Vero Beach, il en était persuadé. Mais lorsque le ciel s'était éclairci, l'île était toujours là. La dune aussi, alors que les vents soufflant à cent soixante kilomètres-heure auraient dû balayer tout le sable, ne laissant que les rochers à nu et des boules de corail. Au fil des années, il n'a cessé de se demander si la magie était en lui ou dans l'île. Peut-être les deux, mais une chose est sûre, elle réside principalement dans la dune.

Depuis 1932, il a traversé cette courte étendue d'eau des milliers de fois. La plupart du temps il ne trouve là-bas que des rochers, des broussailles et du sable, mais parfois il y a autre chose.

Enfin installé dans le kayak, il pagaie lentement de la plage à l'île, ses frisottis de cheveux blancs voletant autour de son crâne quasiment chauve. Quelques vautours auras tournoient dans le ciel en se livrant à leur horrible conversation. Autrefois, il avait été le fils de l'homme le plus riche de tout le golfe de Floride, avant de devenir avocat, puis juge assigné au comté de Pinellas, et enfin d'être nommé à la Cour suprême de l'État à Tallahassee. Du temps de l'administration Reagan, il avait été question d'une nomination à la Cour suprême des États-Unis mais ça n'avait jamais abouti et, une semaine après l'élection à la présidence de cet imbécile de Clinton, le juge Harvey Beecher – juste le Juge pour ses nombreuses connaissances (il n'a aucun véritable ami) de Sarasota, Osprey, Nokomis et Venice – avait pris sa retraite. Bigre, il n'avait jamais aimé Tallahassee, de toute façon. Il fait trop froid là-haut.

Et puis, c'est trop loin de l'île et de sa dune sin-
gulière. Lors de ces sorties matinales en kayak,
pagayant sur la petite étendue d'eau calme, il est prêt
à admettre qu'il y est accro. Mais qui ne serait pas
accro à une chose pareille ?

Du côté oriental rocheux de l'île, un arbuste
noueux émerge d'une fente dans un rocher couvert
de guano. C'est là qu'il accoste, en veillant toujours
à bien s'amarrer. Ça ne serait pas une mince affaire
de rester coincé ici ; la propriété de son père (c'est
encore en ces termes qu'il y pense, bien que le vieux
Beecher soit mort depuis quarante ans maintenant)
s'étend sur près de quatre kilomètres de front de mer
en bordure du golfe, mais la maison principale est
plus loin à l'intérieur des terres, côté baie de Sarasota,
et il n'y aurait personne pour l'entendre appeler à
l'aide. Tommy Curtis, le gardien, pourrait remarquer
son absence et venir voir ; mais, plus vraisemblablement, il supposerait que le Juge est enfermé dans son
bureau, où il passe souvent des jours entiers, à prétendument travailler sur ses Mémoires.

Il fut un temps où Mme Riley aurait pu s'inquiéter s'il n'était pas sorti de son bureau pour déjeuner
mais, à présent, il ne mange pratiquement plus le midi
(elle dit, bien que jamais devant lui, qu'il est « maigre
comme un clou »). Il n'y a pas d'autre employé, et
Curtis et Mme Riley savent tous deux qu'il n'aime
pas être interrompu dans son travail. Non pas qu'il y
ait grand-chose à interrompre ; en deux ans, il n'a pas
ajouté la moindre ligne à ses Mémoires et, au fond de
lui, il sait qu'il ne les finira jamais. Les Mémoires ina-
chevés d'un juge de Floride ? Rien de bien tragique

là-dedans. La seule histoire qu'il *pourrait* raconter est celle qu'il n'écrira jamais.

Il est encore plus lent à s'extraire du kayak qu'à s'y installer, il chavire même une fois, mouillant sa chemise et son pantalon dans les petites vagues qui lèchent la plage de galets. Il n'en est pas incommodé. Ce n'est pas la première fois qu'il tombe à l'eau et personne n'est là pour le voir. Il s'imagine qu'il est fou de continuer ces traversées à son âge, même si l'île est toute proche du continent, mais les interrompre est une solution inenvisageable. Une addiction est une addiction, point.

Beecher lutte pour reprendre pied et étreint son ventre le temps que la douleur s'atténue. Il balaie le sable ainsi que quelques petits coquillages de son pantalon, vérifie une dernière fois sa corde d'amarrage, puis repère l'un des vautours perchés sur le plus gros rocher de l'île, le regard fixé sur lui.

« Ouste ! s'écrie-t-il de cette voix qu'à présent il déteste – cassée et tremblotante, la voix d'une vieille mégère en robe noire. Ouste, ouste, salopiot de malheur ! Va t'occuper de tes affaires ! »

Après avoir brièvement ébouriffé ses ailes déguenillées, le vautour reste exactement où il est. Ses yeux perçants semblent dire : *Mais, monsieur le Juge... aujourd'hui c'est* vous *mon affaire.*

Beecher se penche, ramasse l'un des plus gros coquillages et le lance vers l'oiseau. Cette fois-ci le vautour s'envole, le bruit de ses ailes évoquant un froissement de tissu. Il survole la courte étendue d'eau et va se poser sur son débarcadère de l'autre côté. *Mauvais présage*, se dit le Juge. Il se souvient de Jimmy Caslow, de la police d'État de Floride, lui racontant que les vautours ne savent pas seulement où se trouve une charogne, mais où la charogne *va* se trouver.

« Si vous saviez le nombre de fois, lui avait dit Caslow, où j'ai vu ces affreuses bestioles tournoyer au-dessus de la Tamiami Trail pile à l'endroit où, un jour ou deux plus tard, on a eu un accident mortel. Ça semble fou, je sais, mais demandez à n'importe quel flic de Floride, tous vous diront la même chose. »

Ici, sur la petite île sans nom, il y a presque toujours des vautours. Le juge Beecher présume que pour eux elle doit sentir la mort. Et pourquoi pas ?

Il s'engage sur le petit sentier qu'il a si souvent emprunté au fil des années. Il va aller vérifier la dune de l'autre côté, là où la plage est de sable fin et non pas de galets et de coquillages, et puis il retournera au kayak et boira sa petite gourde de thé froid. Il s'assoupira peut-être sous le soleil du matin (il s'assoupit souvent ces temps-ci, comme la plupart des nonagénaires, présume-t-il), et, quand il se réveillera (*s'*il se réveille), il attaquera le trajet du retour. Il se dit que la dune ne sera qu'une colline de sable lisse et vierge, comme elle l'est la plupart du temps, mais il n'est pas tombé de la dernière pluie.

Le maudit vautour non plus.

Il reste un long moment du côté sablonneux de l'île, ses doigts tordus par la vieillesse noués derrière lui. Son dos le fait souffrir, ses hanches le font souffrir, ses genoux le font souffrir ; son ventre plus que

tout le fait souffrir. Mais il n'y prête aucune attention. Peut-être plus tard, mais pas maintenant.

Il regarde la dune, et ce qui y est écrit.

Anthony Wayland arrive à Pelican Point, la propriété de Beecher, à dix-neuf heures pétantes, comme
promis. Une chose que le Juge a toujours appréciée
– autant dans la salle d'audience qu'au-dehors –, c'est
la ponctualité, et ce garçon est ponctuel. Le juge Beecher se répète qu'il doit éviter d'appeler Wayland
garçon en sa présence (encore que, puisqu'ils sont
dans le Sud, *fils* conviendrait). Wayland ne compren-
drait pas que, quand on a quatre-vingt-dix ans, tout
individu de moins de soixante ans ressemble à un
garçon.

« Merci d'être venu », dit le Juge en conduisant
Wayland dans son bureau.

Ils sont seuls : Curtis et Mme Riley sont depuis
longtemps rentrés chez eux à Nokomis Village.

« Vous avez apporté les documents nécessaires ?

— Tout à fait, monsieur le Juge. »

Wayland ouvre sa grande mallette carrée d'avocat et en sort un épais dossier fermé par une grosse
pince en métal. Les pages ne sont pas en papier vélin,
comme elles l'auraient été dans le temps, mais elles
sont tout aussi soyeuses et épaisses. En haut de la première page, en lettres larges et sinistres (qui ont toujours évoqué pour le juge Beecher des lettres de stèle
funéraire), figurent les mots TESTAMENT de HAR-
VEY L. BEECHER.

« Pour tout vous dire, je suis un peu étonné que
vous ne l'ayez pas rédigé vous-même. Vous en avez

sûrement oublié davantage en matière de droit des successions que je n'en ai jamais appris.

— Ça se pourrait, en effet, répond le Juge de son ton le plus sec. Les vieux de mon âge ont tendance à oublier pas mal de choses. »

Wayland rougit jusqu'à la racine des cheveux.

« Ce n'est pas ce que…

— Je sais, fils, dit le Juge. Il n'y a pas de mal. Mais puisque vous soulevez la question… Vous connaissez ce vieux dicton qui dit qu'un homme qui décide d'être son propre avocat a un imbécile pour client ? »

Wayland arbore un large sourire.

« Je l'ai non seulement entendu mais utilisé plein de fois quand je porte ma casquette de commis d'office et qu'un pauvre type accusé de violence conjugale ou de délit de fuite me dit qu'il veut se la jouer solo au tribunal.

— Je n'en doute pas une seconde, mais voici la version complète : un *avocat* qui décide d'être son propre avocat a un *gros* imbécile pour client. C'est valable pour le pénal, le civil et les successions. Alors mettons-nous au travail, voulez-vous ? Le temps presse. »

Et c'est quelque chose qu'il pense bien plus qu'il n'y paraît.

Ils se mettent au travail. Mme Riley a laissé du café décaféiné, que Wayland décline pour lui préférer un Coca. Il prend de copieuses notes pendant que le Juge lui dicte de son ton sec de salle d'audience les modifications à apporter, rectifiant de vieux legs et en ajoutant de nouveaux. Le plus conséquent – quatre millions de dollars – ira à l'Association de Protection

de la Faune et de la Flore Côtières du Comté de Sarasota. Afin de pouvoir bénéficier de cette donation,
l'association en question devra obtenir de la législa-
ture de l'État de Floride qu'une certaine petite île au
large de Pelican Point soit déclarée réserve naturelle
permanente.

« Ils n'auront aucun problème à l'obtenir, dit le
Juge. Vous pourrez vous occuper de l'aspect juridique pour eux. Je préférerais que ce soit *pro bono*,
mais, bien entendu, c'est vous qui décidez. Ça devrait
être réglé en un aller-retour à Tallahassee. Ce n'est
qu'une petite bande de terre, il n'y pousse rien
d'autre que des buissons. Le gouverneur Scott et ses
petits copains du Tea Party seront ravis.

— Et pourquoi cela, monsieur le Juge ?

— Parce que la prochaine fois que la Protection
de la Faune et de la Flore viendra leur quémander de
l'argent, ils pourront dire : "Le vieux juge Beecher ne
vient-il pas de vous donner quatre millions ? Foutez-
moi le camp d'ici et faites attention à ne pas vous
prendre la porte dans le cul en sortant !" »

Wayland convient qu'il en ira probablement ainsi,
et les deux hommes passent aux legs moins importants du testament.

« Une fois que j'aurai mis ça au propre, il nous
faudra deux témoins et un notaire, dit Wayland
lorsqu'ils en ont terminé.

— Je vais garder cette version-là, juste par précaution, dit le Juge. S'il m'arrive quoi que ce soit
entre-temps, ce document devrait faire l'affaire. Il n'y
aura personne pour le contester : je suis le dernier de
la lignée.

— C'est une sage précaution, monsieur le Juge.
Il serait même bon de s'occuper de ça dès ce soir.
Mais j'imagine que votre gardien et votre femme de
ménage…

— … ne reviendront pas avant huit heures demain
matin, dit Beecher, mais j'en ferai ma priorité. Harry
Staines, sur Vamo Road, est notaire et il se fera un
plaisir de passer ici avant d'aller à son bureau. Il me
doit quelques faveurs. Donnez-moi ce document, fils.
Je vais le mettre en lieu sûr dans mon coffre.

— Il faudrait au moins que j'en fasse… »

Wayland regarde la main noueuse tendue vers lui
et s'interrompt. Quand un juge de la Cour suprême
d'État (même retraité) tend la main, toute objection
est vaine. Et puis après, ce n'est qu'un brouillon
annoté, de toute façon, qui sera bientôt remplacé
par une version propre et définitive. Il remet donc le
testament non signé à Beecher et le regarde se lever
(douloureusement) et faire pivoter une photo des
Everglades de Floride sur un gond invisible. Le Juge
entre la combinaison du coffre, sans faire le moindre
effort pour cacher l'écran tactile, et dépose le testament au sommet de ce qui semblerait être une montagne désordonnée de billets. *Gloups.*

« Et voilà ! dit Beecher. Une bonne chose de faite !
Si l'on excepte la signature, bien sûr. Et si l'on arrosait ça ? J'ai un excellent scotch single malt.

— Ma foi… j'imagine qu'un petit verre ne peut
pas faire de mal.

— Ça ne m'a jamais fait de mal, quoique ce ne
soit plus le cas aujourd'hui, vous m'excuserez donc
de ne pas me joindre à vous. Ce que je bois de plus

fort désormais, c'est le café décaféiné et le thé sucré. Problèmes d'estomac. Glaçons ? »

Wayland lève deux doigts et Beecher ajoute deux glaçons à son verre avec la méticuleuse lenteur de la vieillesse. Wayland en boit une gorgée et le rouge lui monte immédiatement aux joues. C'est là le teint d'un homme qui aime bien picoler, se dit le juge Beecher. Reposant son verre, Wayland dit :

« Vous permettez que je vous demande ce qui presse autant ? Vous vous portez bien, si je ne m'abuse. Problèmes d'estomac mis à part. »

Le Juge doute que le jeune Wayland s'abuse. Il n'est pas aveugle.

« Comme un charme », répond-il en agitant une main et en se rasseyant avec un grognement et une grimace. Puis, après réflexion, il dit : « Vous voulez vraiment savoir ce qui presse ? »

Wayland réfléchit à la question, ce que Beecher apprécie. Puis il acquiesce.

« C'est en rapport avec cette île dont nous venons juste de nous occuper. Vous ne l'avez probablement jamais remarquée, n'est-ce pas ?

— On ne peut pas dire le contraire.

— La plupart des gens ne la remarquent pas. C'est à peine si elle dépasse de l'eau. Même les tortues de mer ne s'enquiquinent pas avec cette vieille île. Et pourtant, elle est spéciale. Saviez-vous que mon grand-père a fait la guerre hispano-américaine ?

— Non, monsieur, je ne le savais pas. »

Wayland parle avec un respect exagéré et Beecher sait que le garçon croit qu'il s'égare. Le garçon a tort. Beecher n'a jamais eu les idées aussi claires et, maintenant qu'il est lancé, il se rend compte qu'il souhaite raconter cette histoire au moins une fois avant…

Eh bien, avant.

« Si. J'ai une photo de lui sur les collines San Juan. Elle est quelque part par là. Grampa affirmait avoir fait la guerre civile également, mais mes recherches – pour mes Mémoires, vous comprenez – ont prouvé que c'était tout bonnement impossible. Il aurait été un bambin, à supposer qu'il eût été né. Mais c'était un gentleman tout à fait fantasque, et il avait le don de me faire croire aux histoires les plus folles. C'est que je n'étais qu'un enfant, pas loin de croire encore au père Noël et à la petite souris.

— Était-il avocat comme vous et votre père ?

— Non, fils, il était voleur. Le vrai pickpocket Harry[1]. Il faisait main basse sur tout ce qu'il pouvait. Seulement, comme la plupart des voleurs qui ne se font pas attraper – notre gouverneur actuel en est peut-être un parfait exemple –, il se disait homme d'affaires. Sa spécialité en matière de business et d'escroquerie, c'était la terre. Il achetait des terrains infestés de moustiques et d'alligators pour une bouchée de pain et les revendait à prix d'or à des gens probablement aussi naïfs que moi quand j'étais petit. Balzac a dit : "Derrière chaque grande fortune se cache un crime." C'est assurément vrai de la famille Beecher, et je vous rappelle que vous êtes mon avocat. Tout ce que je vous dis doit rester confidentiel.

— Oui, monsieur le Juge. »

---

1. Allusion à Harry « Light Fingers » Scalia, *The Second Coming*, Gene Camerik.

Wayland prend une autre gorgée de scotch. C'est de loin le meilleur qu'il ait jamais goûté.

« C'est Grampa Beecher qui m'a parlé de cette île. J'avais dix ans. J'étais sous sa garde pour la journée et je suppose qu'il avait envie d'un peu de calme et de répit. Ou peut-être que ce qu'il désirait était légèrement plus bruyant. Nous avions une jolie bonne et il se peut qu'il ait caressé l'espoir d'aller explorer sous ses jupons. Alors il m'a raconté qu'Edward Teach – plus connu sous le nom de Barbe Noire – y avait prétendument enterré un grand trésor. "Personne ne l'a jamais trouvé, Havie, m'a-t-il dit – c'est comme ça qu'il m'appelait –, mais peut-être que toi tu le trouveras. Une fortune en bijoux et en doublons d'or." J'imagine que vous savez ce que j'ai fait ensuite.

— Vous y êtes allé et vous avez laissé votre grand-père remonter le moral de la bonne ? »

Le Juge hoche la tête en souriant.

« J'ai pris le vieux canoë en bois que nous gardions attaché au débarcadère. J'ai filé comme si j'avais le feu au derrière. Il ne m'a pas fallu plus de cinq minutes pour pagayer jusqu'à là-bas. Je mets trois fois plus de temps aujourd'hui, et encore… quand l'eau est calme. L'île n'est que rochers et broussailles côté terre, mais il y a une dune de sable fin côté golfe. Elle ne disparaît jamais. Depuis quatre-vingts ans que je me rends là-bas, elle n'a pas bougé d'un iota.

— Et vous n'avez pas trouvé de trésor, j'imagine ?

— Si, d'une certaine manière, mais ce n'étaient ni des bijoux ni de l'or. C'était un nom, tracé dans le sable de la dune. Comme avec un bâton, voyez-vous, sauf que je n'ai aperçu aucun bâton. Les lettres étaient profondes, et le soleil, en les emplissant d'ombre, les faisait ressortir. Presque comme si elles flottaient.

— Quel nom, monsieur le Juge ?

— Je pense que vous devriez le voir écrit pour comprendre. »

Le Juge prend une feuille de papier dans le premier tiroir de son bureau, écrit soigneusement puis tourne la feuille pour que Wayland puisse lire : ROBIE LADOOSH.

« Je vois…, dit Wayland prudemment.

— N'importe quel autre jour, c'est avec ce garçon-là que j'aurais été à la chasse au trésor, parce que c'était mon meilleur copain, et vous savez comment sont les meilleurs copains.

— Inséparables, répond Wayland en souriant, se rappelant peut-être lui-même le bon vieux temps.

— Comme les doigts de la main, ajoute Beecher. Mais c'était l'été et il était parti avec ses parents voir la famille de sa maman quelque part en Virginie ou dans le Maryland, ou sous d'autres cieux plus au nord. J'étais donc tout seul. Mais écoutez-moi bien, maître. Le *véritable* nom de mon ami était Robert LaDoucette.

— Je vois… », répète Wayland.

Le Juge pense que son *je vois* traînant, genre stratégie visant à laisser un témoin s'enliser, pourrait finir par devenir énervant à la longue, mais, comme il n'aura jamais vraiment à le découvrir, il laisse passer.

« C'était mon meilleur ami et j'étais le sien, mais nous étions toute une bande de copains et tout le monde l'appelait Robbie LaDoosh. Vous me suivez ?

— Je crois, oui », répond Wayland.

Mais le Juge voit bien que non. Et c'est compréhensible. Beecher, lui, a eu beaucoup plus de temps pour réfléchir à tout ça. Souvent lors de nuits d'insomnie.

« Souvenez-vous bien, j'avais dix ans. Et si l'on m'avait demandé d'épeler le surnom de mon ami, c'est exactement comme ça que je l'aurais écrit. »

Il tapote ROBIE LADOOSH du doigt. Se parlant presque à lui-même, il ajoute :

« Donc une partie de la magie vient de moi. Elle vient *forcément* de moi. La question, c'est : jusqu'à quel point ?

— Vous êtes en train de me dire que vous n'avez pas écrit ce nom dans le sable ?

— Non. Je pensais avoir été clair.

— Un autre de vos copains, alors ?

— Ils étaient tous de Nokomis Village et aucun d'eux ne connaissait l'existence de cette île. Et jamais nous n'aurions eu l'idée de pagayer jusqu'à un bout de rocher aussi inintéressant. Robbie la connaissait, lui aussi était de Pelican Point, mais il était à des centaines de kilomètres au nord.

— Je vois…

— Mon copain Robbie n'est jamais revenu de vacances. Environ une semaine plus tard, nous avons appris qu'il avait fait une chute de cheval. Et qu'il s'était brisé la nuque. Mort sur le coup. Ses parents étaient dévastés. Et moi aussi. »

Il y a un moment de silence pendant que Wayland réfléchit à ce qu'il vient d'entendre. Pendant qu'ils réfléchissent tous les deux. Au loin, un hélicoptère balaie le ciel au-dessus du golfe du Mexique.

La DEA à la recherche de passeurs de drogue, se dit le Juge. Il les entend tous les soirs. C'est le monde d'aujourd'hui et, d'une certaine façon – de *bien* des façons –, il sera content de le quitter.

Enfin, Wayland dit :

« Est-ce que vous êtes en train de dire ce que je pense que vous êtes en train de dire ?

— Eh bien, tout dépend, répond le Juge. Que pensez-vous que je sois en train de dire ? »

Mais Anthony Wayland est avocat, et refuser de se laisser influencer est une habitude tenace chez lui.

« Vous en avez parlé à votre grand-père ?

— Il n'était pas là le jour où le télégramme au sujet de Robbie est arrivé. Il ne restait jamais longtemps au même endroit. On ne l'a revu que six mois plus tard, peut-être plus. Non, j'ai gardé ça pour moi. Et comme Marie après avoir donné naissance au fils unique de Dieu, j'ai médité ces événements dans mon cœur.

— Et qu'en avez-vous conclu ?

— J'ai continué à pagayer jusqu'à cette île pour aller voir la dune. Ça devrait répondre à votre question. Mais, chaque fois que j'y allais, rien. Rien de rien. Je suppose que j'étais sur le point d'oublier tout ça quand j'y suis retourné un après-midi après l'école, et il y avait un autre nom écrit dans le sable. *Tracé* dans le sable, pour être aussi précis qu'en salle d'audience. Et cette fois-là non plus, pas trace de bâton, même si j'imagine que quelqu'un aurait pu le jeter à l'eau. Le nom était Peter Alderson. Ça ne me disait rien. Jusqu'à quelques jours plus tard. C'était ma corvée d'aller chercher le journal au bout de la route et j'avais pris l'habitude de parcourir la une tout en remontant l'allée – qui, comme vous le savez, fait bien quatre cents mètres de long. L'été, je vérifiais aussi comment se débrouillaient les Washington Senators parce qu'à l'époque, c'était la seule équipe plus ou moins du Sud que nous avions.

« Ce jour-là, un gros titre en bas de la première page a attiré mon attention : UN LAVEUR DE VITRES TUÉ DANS UNE EFFROYABLE CHUTE. Le pauvre bougre était en train de laver les vitres au troisième étage de la bibliothèque municipale de Sarasota quand son échafaudage s'est effondré. Il s'appelait Peter Alderson. »

Le Juge voit bien à la tête de Wayland qu'il prend ça, ou pour un canular, ou pour une espèce de délire sophistiqué que le Juge s'amuse à faire traîner en longueur. Il constate aussi que Wayland savoure son verre et, quand il va pour le resservir, Wayland ne dit pas non. Et franchement, que ce jeune homme croie ou ne croie pas à son histoire n'est pas la question. C'est déjà un tel luxe de pouvoir la raconter.

« Vous comprenez pourquoi je n'arrive pas vraiment à comprendre d'où vient la magie, reprend Beecher. Je *connaissais* Robbie, et le surnom dans le sable était le surnom que je lui donnais. Mais ce laveur de vitres, je ne le connaissais ni d'Ève ni d'Adam. Toujours est-il que c'est à partir de ce moment-là que la dune a commencé à exercer une réelle emprise sur moi. Je me suis mis à y aller presque tous les jours, une habitude qui ne m'a jamais lâché. Je respecte cet endroit, je crains cet endroit et, surtout, j'y suis acccro.

« Au fil des années, quantité de noms sont apparus sur cette dune, et les gens auxquels les noms appartiennent meurent toujours. Souvent dans la semaine, ou les deux semaines qui suivent, mais ça ne prend jamais plus d'un mois. J'en connaissais certains et, si c'est par leur surnom que je les connaissais, c'est le surnom que je voyais. Un jour, en 1940, j'ai pagayé jusqu'à la dune et c'est GRAMPA BEECHER que j'ai vu tracé dans le sable. Il est décédé à Key West trois jours plus tard. D'une crise cardiaque. »

Avec la mine de quelqu'un qui se prête au jeu d'un homme mentalement déséquilibré mais par ailleurs inoffensif, Wayland demande :

« Avez-vous déjà essayé d'interférer avec ce… ce processus ? Appeler votre grand-père pour lui dire d'aller voir un médecin, par exemple ? »

Beecher secoue la tête.

« Je n'ai su que c'était une crise cardiaque que lorsque nous en avons été informés par le médecin légiste du comté de Monroe, n'est-ce pas ? Il aurait pu s'agir d'un accident, ou même d'un meurtre. Il existait bel et bien des gens qui avaient des raisons de détester mon grand-père : ses transactions n'étaient pas des plus honnêtes.

— Quand même…

— Et puis, j'avais peur. J'avais le sentiment, j'ai *toujours* le sentiment, que là-bas sur cette île, une trappe est entrouverte. De ce côté-ci de la trappe, il y a ce que nous nous plaisons à appeler "le monde réel". Et de l'autre côté, il y a toute la machinerie de l'univers, tournant à plein régime. Seul un imbécile voudrait passer la main dans un tel rouage pour tenter de le stopper.

— Monsieur Beecher, à votre place, je ne dirais rien de tout ça si vous voulez que votre dossier soit validé par le tribunal des successions. Vous pensez peut-être qu'il n'y a personne pour contester votre testament, mais quand d'importantes sommes d'argent sont en jeu, les cousins au troisième et quatrième degré ont le don d'apparaître comme des lapins dans le chapeau d'un magicien. Et vous connaissez le critère consacré : "Être sain d'esprit".

— J'ai gardé ça pour moi pendant quatre-vingts ans », dit Beecher. Et dans sa voix, Wayland entend *objection rejetée*. « Pas un mot jusqu'à aujourd'hui. Et – peut-être ai-je besoin de le signaler à nouveau, même si je ne devrais pas – tout ce que je vous dis tombe sous le sceau du secret professionnel.

— Je vois, dit Wayland. Entendu.

— J'étais toujours excité les jours où un nom apparaissait dans le sable – une excitation malsaine, sans aucun doute –, mais je n'ai été terrifié par le phénomène qu'une seule fois. Ce jour-là, j'ai été si *profondément* terrifié que je suis reparti à Pelican Point en pagayant comme si j'avais le diable aux trousses. Voulez-vous que je vous raconte pourquoi ?

— Je vous en prie. »

Wayland soulève son verre et en boit une petite gorgée. Et pourquoi pas ? Après tout, des heures facturables restent des heures facturables.

« C'était en 1959. J'habitais encore Pelican Point. J'ai toujours vécu ici, sauf les années où j'étais à Tallahassee, et je préférerais que l'on évite de parler de celles-là… même si je pense aujourd'hui qu'une partie de ma détestation pour ce trou perdu de province, peut-être même la plus grande partie, était simplement une nostalgie masquée pour l'île et pour la dune. Je n'arrêtais pas de me demander ce que je ratais, vous comprenez. *Qui* je ratais. Pouvoir lire des nécrologies à l'avance procure un sentiment de puissance extraordinaire. Peut-être trouvez-vous cela déplaisant, mais c'est comme ça.

« Donc. 1959. Harvey Beecher était avocat à Sarasota et vivait à Pelican Point. S'il ne pleuvait pas des trombes quand je rentrais le soir, j'enfilais de vieux habits et je partais jeter un coup d'œil à l'île avant le souper. Ce jour-là, j'avais été retenu au bureau particulièrement tard et, le temps que j'arrive à l'île, que j'attache le canoë et que je marche jusqu'à la dune, le soleil était en train de se coucher, énorme et rouge, comme souvent sur le golfe. Ce que j'ai vu m'a stupéfié. J'étais littéralement pétrifié.

« Ce soir-là, il n'y avait pas qu'un nom écrit dans le sable, mais beaucoup, et, avec cette lumière rouge du couchant, on aurait dit qu'ils baignaient dans le sang. Agglutinés, entremêlés, écrits les uns sur les autres, en haut, en bas. La dune tout entière était tapissée de noms. Ceux qui se trouvaient en bas près de l'eau étaient à moitié effacés.

« Je pense que j'ai crié. Je ne me rappelle pas exactement mais oui, je pense que oui. Ce dont je suis *sûr*, c'est d'être sorti de ma paralysie et d'avoir couru comme un dératé jusqu'à mon canoë. Ça m'a semblé prendre une éternité de le détacher et, quand j'y suis enfin parvenu, je l'ai poussé dans l'eau avant même de monter dedans. J'étais trempé de la tête aux pieds et c'est un miracle que je n'aie pas chaviré. Même si à cette époque j'aurais facilement pu nager jusqu'au rivage en poussant mon canoë devant moi. Plus maintenant ; si je passais par-dessus bord aujourd'hui, ma fin serait écrite. » Il esquisse un sourire. « Puisque nous parlons d'écriture.

— Alors je suggère que vous restiez à quai, au moins jusqu'à ce que votre testament soit signé, et notarié. »

Le juge Beecher gratifie le jeune homme d'un sourire sombre.

« Ne vous inquiétez pas pour ça, fils », dit-il.

Il se tourne vers la fenêtre et le golfe au-delà. Son visage est allongé et pensif.

« Ces noms… je les vois encore, se bousculant sur cette dune écarlate. Deux jours plus tard, un avion de la TWA à destination de Miami s'est écrasé dans les Everglades. Les cent dix-neuf âmes qui étaient à bord ont péri. La liste des passagers a été publiée dans le journal. J'ai reconnu certains noms. J'ai reconnu *beaucoup* de noms.

— Vous les avez *vus* ? Vous avez vu ces noms ?

— Oui. À la suite de ça, je suis resté loin de l'île pendant plusieurs mois et je me suis juré de ne jamais y retourner. J'imagine que les toxicomanes se font le même genre de promesses, n'est-ce pas ? Et, comme les toxicomanes, j'ai fini par craquer et par reprendre ma vieille habitude. Alors, maître, vous comprenez maintenant pourquoi je vous ai fait venir pour boucler mon testament, et pourquoi ce soir ? »

Wayland ne croit pas un traître mot de tout ça mais, comme beaucoup de récits fantasmagoriques, celui-ci a sa propre logique interne. Il est assez facile à comprendre. Le Juge a quatre-vingt-dix ans, son teint autrefois rougeaud est aujourd'hui terreux, sa démarche jadis assurée est maintenant traînante et hésitante. Il est manifestement souffrant et il a perdu plus de poids qu'il ne peut se le permettre.

« Je présume qu'aujourd'hui, vous avez vu votre nom dans le sable », dit Wayland.

Le juge Beecher paraît momentanément surpris, puis il sourit. C'est un rictus terrible, qui transforme son visage étroit et blafard en une tête de mort grimaçante.

« Oh, non, dit-il. Pas le *mien*. »

En pensant à W. F. Harvey

La vie regorge de Grandes Questions, pas vrai ? Sort ou destinée ? Paradis ou enfer ? Amour ou attirance ? Raison ou pulsion ?

Beatles ou Stones ?

Pour moi, ça a toujours été les Stones – une fois qu'ils ont pris la place de Jupiter dans le système solaire de la musique pop, les Beatles sont tout simplement devenus trop doux. (Ma femme avait l'habitude d'appeler sir Paul McCartney « regard de chien battu » et ça résume assez bien ce que je ressentais.) Mais les Beatles du début... ah ! ils jouaient du vrai rock et j'écoute toujours leurs vieux morceaux – des reprises pour la plupart – avec amour. Parfois, je suis même électrisé au point de me lever pour danser un peu.

L'une de mes préférées était leur version de « Bad Boy[1] », le tube de Larry Williams, avec John Lennon chantant d'une voix fiévreuse et éraillée. J'aimais tout particulièrement la punchline qui exhortait Junior à bien se conduire : « *Now Junior,* behave *yourself* » : « Et maintenant, Junior, tiens-toi *bien*. » Et un jour j'ai décidé que je voulais écrire l'histoire d'un

---

1. Mauvais garçon.

méchant petit garçon qui emménage dans le quartier. Pas un garçon qui serait le rejeton du diable, ni un garçon qui serait possédé par une espèce de vieux démon comme dans *L'Exorciste*, non, un gosse juste méchant pour le plaisir d'être méchant, mauvais jusqu'à la moelle, la personnification de tous les sales gosses qui ont jamais existé. Je le visualisais en short, avec un petit bonnet à hélice sur la tête. Je le voyais causant toujours du tort autour de lui et ne se conduisant absolument *jamais* bien.

Voici l'histoire qui s'est construite autour de ce petit garçon : une version maléfique de Sluggo, le copain de Nancy dans la page des bandes dessinées du journal du dimanche. Une édition numérique a été publiée en exclusivité en France et en Allemagne, où « Bad Boy » figurait sans nul doute au répertoire du Star Club des Beatles.

Sale gosse

1

La prison était située à trente kilomètres de la petite ville la plus proche sur une étendue de prairie déserte où le vent soufflait pratiquement en continu. Dressé sur l'horizon, le bâtiment principal était une horreur en pierre perpétrée contre le paysage au début du vingtième siècle. Sur ses deux flancs, des cellules en béton avaient poussé l'une après l'autre au cours des quarante-cinq dernières années, principalement grâce au flot d'argent fédéral qui avait commencé à couler durant les années Nixon et ne s'était jamais tari depuis.

Un peu à l'écart du corps principal de la prison s'élevait un bâtiment plus petit. Les détenus appelaient cette annexe le Manoir de l'Aiguille. Délimité par une forte clôture grillagée, un corridor extérieur de quarante mètres de long sur six de large saillait sur l'un des côtés : la Basse-Cour. Chacun des détenus du Manoir – actuellement au nombre de sept – avait droit à deux heures de Basse-Cour par jour. Certains marchaient. D'autres couraient. La plupart restaient

simplement assis, adossés au grillage, à fixer le ciel
ou à observer le petit versant herbeux qui barrait le
paysage à quatre cents mètres en direction de l'est.
Des fois, il y avait quelque chose à regarder. Le plus
souvent il n'y avait rien. Presque toujours il y avait
le vent. Pendant trois mois de l'année, la Basse-Cour
était étouffante. Le reste du temps, il y faisait froid.
Et l'hiver, elle était glaciale. Généralement, les détenus demandaient à sortir quand même. Après tout,
il y avait le ciel à contempler. Les oiseaux. Parfois
des chevreuils pâturant le long de la crête de ce petit
versant herbeux, libres d'aller où bon leur semblait.

Au centre du Manoir de l'Aiguille se trouvait une
pièce carrelée contenant une table en forme de Y
ainsi qu'un équipement médical rudimentaire. L'un
des murs était percé d'une fenêtre aux rideaux tirés.
Lorsqu'on les ouvrait, ils dévoilaient une salle d'observation pas plus grande que le salon d'un modeste
pavillon de banlieue et nantie d'une douzaine de
chaises en plastique rigide d'où les invités avaient vue
sur la table en forme de Y. Sur le mur était placardé
l'avertissement suivant : SILENCE – PAS UN MOT PAS
UN GESTE DURANT LA PROCÉDURE.

Il y avait exactement douze cellules dans le Manoir
de l'Aiguille. Au bout de la rangée de cellules, un
poste de garde. Après le poste de garde, une salle
de contrôle occupée 24 heures sur 24, 7 jours sur 7.
Et, après la salle de contrôle, un parloir dans lequel
la table du détenu était séparée de la table du visiteur par une épaisse paroi en plexiglas. Il n'y avait
pas de téléphone ; les détenus conversaient avec
leurs proches ou leurs représentants légaux à travers

un cercle de petits trous ménagés dans le plexiglas, comme dans un combiné de téléphone démodé.

Leonard Bradley s'assit de son côté de ce dispositif de communication et ouvrit sa mallette. Il déposa un bloc-notes à feuilles jaunes sur la table ainsi qu'un stylo-bille. Puis il attendit. À sa montre, l'aiguille des minutes effectua trois tours de cadran et elle entamait le quatrième lorsque la porte menant aux régions internes du Manoir de l'Aiguille s'ouvrit dans un bruyant claquement de verrous. Bradley connaissait tous les surveillants à présent. Celui-ci était McGregor. Pas un mauvais bougre. Il tenait George Hallas par le bras. Hallas avait les mains libres mais une chaîne, comme un serpent d'acier, raclait le sol entre ses chevilles. Par-dessus sa combinaison orange de prisonnier, il portait une large ceinture de cuir et, lorsqu'il s'assit de son côté de la vitre, McGregor attacha une autre chaîne entre un anneau métallique riveté à cette ceinture et un anneau métallique fixé au dossier de la chaise. Il la verrouilla, vérifia sa solidité d'une secousse et salua Bradley de deux doigts levés.

« Bonjour, maître.

— Bonjour, Mr McGregor. »

Hallas ne dit rien.

« Vous connaissez la procédure, dit McGregor. Aussi longtemps que vous voulez, aujourd'hui. Ou du moins aussi longtemps que vous pouvez le prendre.

— Je sais. »

D'ordinaire, les consultations entre avocat et client étaient limitées à une heure. Un mois avant le petit voyage organisé du client dans la pièce à la table en forme de Y, le temps de visite était allongé à quatre-vingt-dix minutes au cours desquelles l'avocat et son protégé, rendu de plus en plus nerveux par cette valse de la mort mandatée par l'État, discutaient à propos d'un nombre réduit de recours merdiques. La dernière semaine, il n'y avait plus aucune limitation de temps. Cela était valable aussi bien pour les proches que pour les avocats, mais la femme de Hallas avait divorcé quelques semaines seulement après sa condamnation et le couple n'avait pas d'enfants. Exception faite de Len Bradley, Hallas était seul au monde et il avait semblé faire peu de cas des appels – et retards consécutifs de procédure – que Bradley lui avait suggérés.

Jusqu'à aujourd'hui.

Il vous parlera, lui avait assuré McGregor le mois dernier, après une brève visite de dix minutes ponctuée surtout, côté Hallas, de *non*, *non* et encore *non*.

Quand le jour approchera, il vous parlera sans s'arrêter. C'est qu'ils commencent à avoir peur, figurez-vous. Ils en oublient qu'ils se voyaient entrer dans la salle d'injection la tête haute et les épaules carrées. Ils commencent à réaliser qu'ils ne sont pas dans un film, qu'ils vont vraiment mourir, et là ils veulent tenter tous les recours possibles.

Hallas ne semblait pas avoir peur, pourtant. Il paraissait lui-même : un petit bonhomme qui se tenait mal, le teint cireux, la chevelure clairsemée et des yeux qu'on aurait dits comme peints sur un visage de poupée. Il ressemblait à un comptable – ce qu'il était dans sa vie d'avant –, un comptable ayant perdu tout intérêt pour les chiffres qui naguère avaient été si importants pour lui.

« Bonne visite, les gars », leur dit McGregor, puis il se dirigea vers une chaise dans un coin de la pièce. Là il s'assit, alluma son iPod et se colmata les oreilles avec de la musique. Sans les quitter un seul instant des yeux, cependant. Les trous de l'hygiaphone étaient trop petits pour y faire passer ne serait-ce qu'un crayon, mais une aiguille n'était pas exclue.

« Qu'est-ce que je peux faire pour vous, George ? »

Hallas ne répondit pas tout de suite. Il examinait ses mains, petites et faibles d'aspect – on n'aurait absolument pas dit des mains d'assassin. Puis il leva la tête.

« Vous êtes un type bien, Mr Bradley. »

Pris au dépourvu, Bradley ne sut que répondre.

Hallas confirma de la tête, comme si son avocat avait contesté ses dires.

« Si, si. Vous l'êtes. Vous avez persisté même quand je vous ai clairement fait comprendre que je voulais renoncer à toutes les procédures et laisser les choses suivre leur cours. Y a pas beaucoup de commis d'office qui feraient ça. La plupart diraient, *OK, comme tu veux*, et passeraient au raté suivant que le juge leur aurait refilé. C'est pas ce que vous avez fait. Vous m'avez informé de toutes les démarches que vous envisagiez et, quand je vous ai dit de ne pas vous fatiguer, vous y êtes allé quand même. Sans vous, je serais mort et enterré depuis déjà un an.

— On n'a pas toujours ce qu'on veut, George. »

Hallas esquissa un sourire.

« Ça, personne ne le sait mieux que moi. Mais ça n'a pas été si mauvais que ça : je le reconnais aujourd'hui. Surtout grâce aux promenades dans la

Basse-Cour. J'aime la promenade. J'aime sentir le
vent sur mon visage, même quand il est froid. J'aime
sentir l'odeur de la prairie, de l'herbe, et voir briller
la lune dans le ciel en plein jour. Et les chevreuils.
Des fois, ils viennent gambader sur la crête là-haut et
se courir après. J'aime ça. Ça me fait rire tout haut,
des fois.

— La vie peut être belle. Ça peut valoir le coup
de se battre pour elle.

— Certaines vies, oui. Pas la mienne. Mais j'apprécie la façon dont vous vous êtes quand même battu
pour moi. Je vous remercie pour votre dévouement.
C'est pourquoi je vais vous dire ce que je n'ai jamais
dit à la cour. Et pourquoi j'ai toujours refusé de faire
appel… même si je ne pouvais pas vous empêcher de
le faire pour moi.

— Un appel sans la participation de l'appelant ne
pèse pas bien lourd dans la balance de cette juridic-
tion d'État. Ni des juridictions les plus hautes.

– Vous avez aussi été très généreux dans vos
visites et je vous en remercie également. Peu de gens
accepteraient de témoigner de la bonté à un homme
reconnu coupable du meurtre d'un enfant, mais vous
l'avez fait. »

Encore une fois, Bradley resta sans voix. Hallas
en avait déjà dit plus au cours de ces dix dernières
minutes qu'en trente-quatre mois de visites.

« Je ne peux pas vous rétribuer, mais ce que je
peux faire, c'est vous raconter pourquoi j'ai tué
ce gosse. Vous n'allez pas me croire mais je vais
vous le raconter quand même. Si vous voulez bien
m'écouter. »

Hallas épia le visage de Bradley à travers les petits trous dans le plexiglas rayé et sourit.

« Vous voulez, hein ? Parce qu'il y a des détails qui vous chiffonnent. Qui n'ont pas chiffonné l'accusation, mais vous, si.

— Eh bien, certaines questions me sont venues… oui.

— Mais je l'ai tué. J'avais un colt 45 et je l'ai vidé dans la peau de ce gosse. Il y avait plein de témoins et vous savez bien que toutes les procédures d'appel n'auraient fait que repousser l'inévitable de trois ans – cinq, six au plus –, même si je m'étais investi pleinement. Les questions que vous vous posez pâlissent devant l'écrasante réalité du meurtre avec préméditation. J'ai pas raison ?

— Oui, mais nous aurions pu plaider la capacité mentale réduite au moment des faits. » Bradley se pencha en avant. « Et c'est encore possible. Il n'est pas trop tard, même maintenant. Pas totalement.

— L'aliénation mentale est rarement défendable après les faits, Mr Bradley. »

Il ne m'appellera jamais Len, pensa Bradley. *Même après tout ce temps. Il ira à la mort en m'appelant Mr Bradley.*

« Rarement ne veut pas dire jamais, George.

— Non, mais je ne suis pas fou aujourd'hui et je n'étais pas fou lors des faits. Je n'ai jamais été plus sain d'esprit, en fait. Êtes-vous sûr de vouloir entendre ce que je n'ai pas voulu dire au tribunal ? Si vous ne voulez pas, ce n'est pas grave, mais c'est tout ce que j'ai à vous offrir.

— Bien sûr que je veux l'entendre », dit Bradley.

Il prit son stylo mais n'en eut finalement pas l'usage. Sans prendre aucune note, il se contenta d'écouter, hypnotisé, le récit que lui fit George Hallas avec son léger accent du Sud.

2

Ma mère, qui avait été en bonne santé toute sa courte vie, est morte d'une embolie pulmonaire six heures après ma naissance. C'était en 1969. Sans doute une cause génétique parce qu'elle n'avait que vingt-deux ans. Mon père avait huit ans de plus qu'elle. C'était un homme bien et un bon père. Il était ingénieur des Mines et, jusqu'à mes huit ans, il a travaillé principalement dans la région Sud-Ouest.

Nous avions une gouvernante qui nous accompagnait partout. Elle s'appelait Nona McCarthy, mais moi je l'appelais Mama Nonie. Elle était noire. J'imagine qu'il couchait avec elle, même si, chaque fois que je venais me glisser dans son lit – ce que je faisais souvent le matin –, Mama Nonie était toujours seule. Qu'il couche avec elle ou pas, peu m'importait. Je ne savais même pas ce qu'être noir signifiait. Nonie était la bonté même, elle me préparait mes casse-croûte pour l'école, elle me lisait des histoires le soir avant d'aller me coucher quand mon père n'était pas là pour le faire, et pour moi c'était tout ce qui comptait. Ce n'était pas le schéma familial traditionnel, je devais bien m'en rendre compte, mais j'étais heureux comme ça.

En 1977, nous avons déménagé dans l'Est, Talbot, Alabama, pas loin de Birmingham. Ville de garnison – Fort John Huie – mais région minière aussi. Mon père avait pour mission de rouvrir les mines Good Luck – numéros Un, Deux et Trois – et de les mettre aux normes environnementales, ce qui impliquait le percement de nouveaux puits et la mise en place d'un nouveau système de traitement des déchets pour éviter les rejets polluants dans les cours d'eau locaux.

On habitait une jolie petite banlieue, dans une maison de fonction prêtée par la société Good Luck. Mama Nonie s'y plaisait parce que mon père avait transformé le garage en deux pièces habitables pour elle. J'imagine que ça faisait un peu moins jaser. J'aidais papa aux travaux le week-end, je lui tendais les planches, les clous, tout ça. C'était le bon temps pour nous. J'ai pu rester dans la même école pendant deux ans, assez longtemps pour me faire des amis et connaître un peu de stabilité.

Une de mes amies était la petite voisine d'à côté. Dans un feuilleton télé ou un magazine, nos destins auraient été tout tracés : on aurait échangé notre premier baiser dans une cabane en haut d'un arbre, on serait tombés amoureux, et une fois au lycée on serait allés au bal de fin d'année ensemble. Mais ça ne devait pas se passer comme ça pour Marlee Jacobs et moi.

Papa ne m'avait jamais laissé croire que nous resterions à Talbot, il disait qu'il n'y a rien de plus cruel que d'entretenir de faux espoirs chez un enfant. Oh, peut-être que je pourrais aller à l'école primaire Mary Day jusqu'en septième, peut-être même passer en sixième, mais Good Luck et papa, ça finirait un jour et il nous faudrait repartir. Peut-être pour retourner au Texas ou au Nouveau-Mexique ; peut-être pour monter jusqu'en Virginie-Occidentale ou dans le Kentucky. Je comprenais bien tout ça, et Mama Nonie aussi. Et on l'acceptait. C'était mon père le chef, c'était un bon chef et il nous aimait. Ce n'est que mon humble avis, mais franchement je doute qu'on puisse trouver mieux.

La deuxième raison, c'était Marlee elle-même. Elle était… disons que de nos jours, le terme officiel serait « retardée mentale », mais, à l'époque, les gens du quartier disaient juste qu'elle était « simple d'esprit ». On pourrait trouver ça méchant, Mr Bradley, mais en y repensant, je trouve ça vraiment juste. Poétique, même. C'est comme ça qu'elle voyait le monde, simplement. Et quelquefois – souvent même – c'est peut-être mieux. Là encore, ce n'est que mon humble avis.

On était en classe de neuvième quand on s'est connus, sauf que Marlee avait déjà onze ans. On est passés en huitième tous les deux, mais, dans le cas de Marlee, c'était juste pour qu'elle suive le mouvement. C'est comme ça que ça marchait dans des petits endroits comme Talbot à l'époque. Et puis, c'était pas comme si elle était l'idiote du village. Elle savait un peu lire et faire quelques additions, mais la soustraction la dépassait complètement. J'ai essayé de la lui expliquer de toutes les façons que j'ai pu imaginer mais y avait pas moyen.

On s'est jamais embrassés dans un arbre – on s'est jamais embrassés du tout –, mais on se tenait toujours par la main pour aller à pied à l'école le

matin et au retour l'après-midi. On devait avoir l'air
franchement comiques, moi comme une crevette
à côté de Marlee déjà grande et costaud : elle me
dépassait de dix bons centimètres et elle avait déjà
ses petits seins qui pointaient. C'est elle, pas moi, qui
voulait qu'on se tienne la main, mais je m'en fichais.
Je me fichais aussi qu'elle soit simple d'esprit. Avec
le temps, peut-être que ça m'aurait ennuyé, mais je
n'avais que neuf ans quand elle est morte, un âge où
les gosses acceptent encore les choses telles qu'elles
sont. Je trouve que c'est un don du ciel. Si tout le
monde était simple d'esprit, pensez-vous qu'on aurait
encore des guerres ? Moi pas.

Si on avait habité un kilomètre plus loin, on aurait
pris le bus, Marlee et moi. Mais comme on était tout
près de Mary Day – six ou huit pâtés de maisons –,
on y allait à pied. Mama Nonie me donnait mon
casse-croûte, elle aplatissait une dernière fois l'épi
qui se dressait sur ma tête et m'accompagnait à la
porte en disant : Tu seras bien sage, mon Georgie.
Marlee m'attendait devant chez elle, en robe ou en
salopette, avec des couettes nouées par des rubans,
sa boîte à déjeuner à la main. Je la revois encore,
cette boîte à déjeuner. Elle était décorée d'un portrait de Steve Austin, l'Homme qui valait trois milliards. Sa mère restait sur le pas de la porte et elle
me disait : Et bonjour, Georgie, et je lui disais : Et
bonjour, Mrs Jacobs, et elle : Vous serez bien sages,
les enfants, et Marlee : On sera bien sages, maman,
et elle me prenait la main et on s'en allait le long
du trottoir. On avait les premiers pâtés de maisons
rien que pour nous, mais ensuite les autres gosses

commençaient à débouler de Rudolph Acres. C'est là que beaucoup de familles de militaires habitaient : les logements étaient bon marché et Fort Huie n'était qu'à huit kilomètres au nord en passant par la 78.

On devait être vraiment rigolos tous les deux – le moustique avec son sac à casse-croûte donnant la main à l'asperge qui faisait rebondir sa boîte à déjeuner Steve Austin contre son genou croûteux – mais je n'ai pas le souvenir que nos petits camarades se soient jamais moqués de nous ou nous aient taquinés. Oh, ils ont bien dû le faire une fois ou l'autre, sinon les gosses ne seraient pas des gosses, mais ça devait être plutôt gentillet et sans conséquence. Le plus souvent, une fois que le trottoir grouillait d'écoliers, on entendait plutôt les garçons s'écrier : Hé, George, si on se faisait une partie de balle après l'école, et les filles : Hé, Marlee, t'as mis des jolis rubans dans tes cheveux aujourd'hui. Personne n'a jamais été méchant avec nous. Personne, avant ce sale gosse.

Un jour après l'école, Marlee n'est pas sortie. Ça ne devait pas être longtemps après mon neuvième anniversaire parce que j'avais mon Tap Ball avec moi. C'est Mama Nonie qui me l'avait offert mais il n'a pas fait long feu – je tapais trop fort et l'élastique en caoutchouc a fini par lâcher – mais je l'avais encore ce jour-là et je m'amusais à taper la balle d'avant en arrière en l'attendant. Personne m'avait jamais dit que je *devais* l'attendre, je le faisais naturellement.

Et puis elle est enfin sortie, en pleurant. Elle avait le visage tout rouge et de la morve lui coulait du nez. Je lui demande ce qu'elle a et elle me dit qu'elle a pas retrouvé sa boîte à déjeuner. Comme d'habitude, elle me raconte, elle a mangé avec à midi, et puis comme d'habitude elle l'a rangée sur l'étagère du vestiaire à côté de la boîte Barbie rose de Cathy Morse, mais quand la sonnerie pour rentrer à la maison a retenti, sa boîte avait disparu. C'est *un* quelqu'un qui me l'a *volée*, qu'elle me dit.

Mais non, voyons, quelqu'un a dû la déplacer, elle sera là demain matin, je lui réponds. Alors, arrête de pleurnicher et calme-toi, maintenant. T'es toute cochonnée.

Mama Nonie veillait toujours à ce que j'aie un mouchoir sur moi quand je quittais la maison, mais comme tous les autres garçons, je m'essuyais le nez sur ma manche parce qu'un mouchoir ça faisait un peu fifille. Il était donc tout propre et bien plié quand je l'ai sorti de la poche arrière de mon pantalon pour essuyer la morve sur sa figure. Là, Marlee s'arrête de pleurer et me sourit ; ça chatouille, qu'elle me dit. Puis elle me prend la main et on s'en va vers la maison, comme on le faisait tous les jours, elle jacassant comme un moulin à paroles. Ça ne me dérangeait pas parce que, au moins, elle en avait oublié sa boîte à déjeuner.

Les autres enfants ont pas tardé à disparaître même si on pouvait toujours les entendre rigoler et chahuter sur la route de Rudolph Acres. Marlee, comme à son habitude, n'arrêtait pas de parler, de tout et de rien, ce qui lui passait par la tête. Moi, je laissais ses paroles glisser sur moi en plaçant parfois un Ouais, un Mmh-mmh ou un C'est vrai ? mais en pensant surtout comment, une fois à la maison, je sauterais dans mon vieux pantalon en velours côtelé et – si

Mama Nonie n'avait aucune corvée pour moi – j'attraperais mon gant de baseball pour courir rejoindre les autres sur le terrain de jeu d'Oak Street où on improvisait des parties tous les jours jusqu'à ce que les mamans crient à l'heure du souper.

Et là on entend quelqu'un aboyer dans notre direction de l'autre côté de School Street. Sauf qu'on aurait plutôt dit un âne en train de braire qu'un chien qui aboyait.

OUH ! LÉ-ZA-MOU-REUX ! GEORGE ET MAR-LEE !

On s'arrête et on voit un petit gosse debout près d'un bosquet de micocouliers de l'autre côté de la rue. Je l'avais jamais vu avant, ni à Mary Day ni ailleurs. Il mesurait pas plus d'un mètre trente et il était rondouillard. Il portait un short gris qui lui descendait jusqu'aux genoux et un pull vert à rayures orange qui boudinait son ventre grassouillet et ses petits seins de garçon. Il avait un bonnet sur la tête, de ces bonnets ridicules avec une hélice en plastique fixée sur le dessus.

Sa figure était potelée et dure à la fois. Et ses cheveux de la même couleur que les bandes orange de son pull – du genre rouquin que personne n'aime. Et ils rebiquaient dans tous les sens au-dessus de ses oreilles en feuilles de chou. Son nez faisait juste une petite tache ronde sous ses yeux, les plus verts et les plus luisants que j'aie jamais vus. Il avait une petite bouche de Cupidon boudeuse, avec des lèvres tellement rouges qu'on aurait dit qu'il s'était mis du rouge à lèvres de sa maman. C'en était pas, bien sûr, j'ai vu des tas de rouquins avec des lèvres rouges comme ça, mais jamais aucun avec des lèvres aussi rouges que cet horrible garçon-là.

On est restés plantés à le regarder. Le moulin à paroles de Marlee s'est arrêté. Elle avait des lunettes œil de chat avec des montures roses et, derrière ses verres, ses yeux ahuris étaient grands comme des soucoupes.

Et le petit gosse – il devait pas avoir plus de six ou sept ans –, il avance ses grosses lèvres rouges et il se met à faire des bruits de bisous. Puis il met les mains sur ses fesses et il commence à se trémousser d'avant en arrière devant nous.

GEORGE ET MARLEE ! QUI BAISENT AU LIT !

Il brayait comme un âne. Nous on le fixait, sidérés.

T'as intérêt à mettre une capote pour te la taper, il nous crie, avec un petit sourire impudent sur ses lèvres rouges. À moins que tu veuilles te retrouver avec une chiée de débiles mentaux comme elle.

Tu la fermes, je lui dis.

Sinon quoi ? il me dit.

Sinon c'est moi qui te la ferme, je lui réponds.

Et je ne plaisantais pas. Mon père aurait été furieux s'il avait su que je menaçais de frapper un plus petit que moi, mais ce gosse-là n'avait pas le droit de dire des choses comme ça. Il ressemblait à un petit garçon mais c'étaient pas des paroles de petit garçon qui sortaient de sa bouche.

Suce ma bite, tête de cul, il me fait, et puis il disparaît derrière les micocouliers.

J'avais envie de traverser mais Marlee me serrait la main fort, à me la broyer.

J'aime pas ce garçon, elle me dit.

Je lui dis que moi non plus, je l'aime pas, mais qu'il faut pas faire attention. Rentrons à la maison.

Mais avant qu'on puisse se remettre en route, le gosse ressort de derrière les micocouliers et il tient à la main la boîte à déjeuner Steve Austin de Marlee. Il la brandit.

Hé, neuneu, t'as perdu quelque chose ? il lui crie. Et il se met à rigoler et son rire lui déforme la figure – on aurait dit celle d'un cochon. Il renifle la boîte et il dit : Ça doit être la tienne pasqu'elle sent la chatte. La chatte de débile mentale.

Rends-moi ça, c'est à moi ! se met à hurler Marlee. Et là, elle me lâche la main. J'ai essayé de la rattraper mais elle m'a échappé, on avait la paume toute moite de sueur.

Viens la chercher ! il lui fait en la narguant avec la boîte.

Avant de vous raconter la suite, il faut que je vous parle de Mrs Peckham. C'était l'institutrice de onzième à Mary Day. Moi je l'ai jamais eue parce que j'avais fait mon année de onzième au Nouveau-Mexique, mais presque tous les enfants de Talbot l'avaient eue – Marlee y compris – et tous l'adoraient. Même moi, je l'adorais, et pourtant je l'avais que pendant les récréations, quand c'était son tour de nous surveiller. Quand on jouait au kick-ball, les filles contre les garçons, elle faisait toujours lanceur pour l'équipe des filles. Des fois, elle feintait avec la balle en la passant derrière son dos, et elle faisait rire tout le monde. C'est le genre de maîtresse dont on se souvient encore quarante ans après, parce qu'elle savait faire tenir tranquilles et intéresser même les élèves les plus insupportables tout en restant gentille et joviale.

Elle avait une vieille Buick Roadmaster bleu ciel et on s'amusait à l'appeler Mémé Peckham parce qu'elle ne dépassait jamais les cinquante kilomètres-heure, raide comme la justice derrière son volant, les yeux plissés par la concentration. Bien sûr, on ne la voyait conduire que dans le quartier, qui était une zone scolaire, mais je parie qu'elle conduisait exactement pareil sur la 78. Et même sur l'autoroute. Elle était prudente et vigilante. Elle n'aurait jamais fait de mal à un enfant. Du moins pas exprès.

Donc Marlee se précipite sur la route pour aller récupérer sa boîte. L'affreux jojo rigole et la lui lance. La boîte tombe par terre et s'ouvre. Le thermos de Marlee roule sur la chaussée. Et c'est là que je vois la Buick bleu ciel arriver et que je crie à Marlee de faire attention, mais j'étais pas tellement inquiet parce que c'était rien que Mémé Peckham et qu'elle était encore à un pâté de maisons de nous et qu'elle roulait toujours comme un escargot.

T'as lâché sa main, donc maintenant c'est ta faute ! C'était le sale gosse. Il me regardait en souriant et je voyais toutes ses petites dents blanches sous ses lèvres retroussées. Et il rajoute : T'arrives à *rien* garder, trou du cul. Il me tire la langue et me fait un gros bruit de pet. Et puis il disparaît à nouveau derrière les micocouliers.

Mrs Peckham a déclaré que sa pédale d'accélérateur s'était bloquée. Je ne sais pas si la police l'a crue. Tout ce que je sais, c'est qu'elle n'a plus jamais enseigné à Mary Day.

Alors Marlee se baisse, ramasse son thermos et le
secoue. Il est tout cassé à l'intérieur, elle dit, et elle
se met à pleurer. J'avais bien entendu le bruit de ferraille qu'il faisait. Elle se baisse encore pour ramasser
la boîte et c'est là que la pédale de Mrs Peckham a
dû se bloquer parce que le moteur a grondé et la
Buick a carrément *bondi* en avant. Comme un loup
sur un lapereau. Marlee s'est redressée, sa boîte à
déjeuner dans une main serrée contre sa poitrine et
son thermos dans l'autre ; elle a vu la voiture arriver
mais elle n'a pas bougé.

Peut-être que j'aurais pu me jeter sur elle et la sauver. Ou peut-être que si j'avais couru sur la route,
moi aussi je me serais fait renverser. Je ne sais pas,
parce que j'étais aussi paralysé qu'elle. Je suis resté
cloué sur place. Même quand la voiture l'a renversée,
je n'ai pas bougé. Pas même la tête. Je l'ai seulement
suivie des yeux quand elle s'est envolée et qu'elle est
retombée sur sa pauvre tête de simplette. Aussitôt
après, j'ai entendu crier. C'était Mrs Peckham. Elle
descend de sa voiture, elle tombe, elle se relève, elle a
les genoux en sang, et elle court vers Marlee, allongée
sur la route avec du sang qui lui sort de la tête. Alors
moi aussi, je cours. Je m'enfuis et, quand je suis assez
loin pour pouvoir regarder derrière le bosquet de
micocouliers, je tourne la tête. Et il n'y a personne.

3

George Hallas se tut et couvrit son visage de ses
mains. Enfin, il les retira.

« Ça va, George ? demanda Bradley.

— Oui, juste un peu soif. J'ai pas l'habitude de parler autant. On n'a pas tellement l'occasion de faire la causette dans le couloir de la mort. »

Bradley fit signe à McGregor. Le maton retira ses écouteurs et se leva.

« Fini, George ? »

Hallas secoua la tête.

« J'ai à peine commencé.

— Mon client désirerait un verre d'eau, Mr McGregor, dit Bradley. C'est possible ? »

McGregor se dirigea vers la porte de la salle de contrôle et parla brièvement dans l'interphone. Bradley en profita pour interroger Hallas sur la taille de l'école Mary Day.

Hallas haussa les épaules.

« Oh, petite ville, petite école. Pas plus de cent cinquante gamins, je dirais, de la onzième à la septième. »

La porte de la salle de contrôle s'ouvrit. Une main apparut tenant un gobelet en papier. McGregor le prit et l'apporta à Hallas qui but avidement puis le remercia.

« Y a pas de quoi », dit McGregor.

Il retourna à sa chaise, remit ses écouteurs et se replongea dans sa musique.

« Et ce gosse – ce sale gosse –, c'était un petit rouquin ? Un *vrai* rouquin ?

— Plutôt, oui. Presque orange fluo.

— Donc, s'il avait fréquenté la même école que vous, vous l'auriez reconnu ?

— Oui.

— Mais vous ne l'avez pas reconnu, et Marlee non plus ?

— Non. Je l'avais jamais vu à l'école avant et je l'y ai jamais vu après.

— Dans ce cas, comment a-t-il pu se procurer la boîte à déjeuner de la petite Marlee ?

— J'en sais rien. Mais c'est pas ça le plus important.

— C'est-à-dire, George ?

— Comment il a fait pour disparaître du bosquet de micocouliers ? Il n'y avait qu'une étendue de pelouse dégagée tout autour. Il s'est tout bonnement volatilisé.

— George ?

— Oui.

— Êtes-vous sûr qu'il y avait *vraiment* un petit garçon ?

— La boîte à déjeuner de Marlee, Mr Bradley. Elle était sur la route. »

Ça, je n'en doute pas, pensa Bradley en tapotant son bloc-notes avec son stylo-bille. Si Marlee l'avait avec elle depuis le début…

Ou bien (ça, c'était une pensée malsaine, mais qu'y a-t-il de surprenant à avoir des pensées malsaines quand on écoute les histoires à dormir debout d'un assassin d'enfant ?) peut-être que c'est *toi* qui avais la boîte, George ? Peut-être qu'après la lui avoir piquée, c'est *toi* qui l'as jetée sur la route pour l'embêter ?

Bradley leva les yeux de son bloc-notes et, à l'expression de son client, il vit que ce qu'il était en train de penser aurait aussi bien pu défiler en travers de son front, imprimé sur la bande d'un téléscripteur. Il se sentit rougir.

« Vous voulez entendre la suite ? Ou vous avez déjà tiré vos propres conclusions ?

— Pas du tout, dit Bradley. Je vous en prie, poursuivez. »

Hallas termina son verre et reprit le fil de son récit.

4

Pendant cinq ans ou plus, j'ai rêvé de cet horrible petit garçon avec ses cheveux poil de carotte et son bonnet à hélice, et puis les rêves ont fini par cesser. Et moi par me convaincre de ce dont il faut bien se convaincre, Mr Bradley : que ce n'était qu'un accident, que l'accélérateur de Mrs Peckham s'était bel et bien bloqué, comme ça arrive parfois, et que, s'il y avait vraiment un gosse dans les micocouliers... eh bien, les gosses sont parfois cruels, on le sait.

Mon père a terminé sa mission pour les mines Good Luck et nous avons déménagé dans l'est du Kentucky où l'attendait le même type de travail que celui qu'il avait en Alabama, mais à une plus grande échelle. C'est pas les mines qui manquent dans cette partie du monde, vous savez. Nous sommes restés suffisamment longtemps à Ironville pour que je puisse terminer le lycée. En première, juste pour m'amuser, je me suis inscrit au club théâtre. Les gens se marreraient s'ils savaient. Un petit type effacé comme moi, qui gagnait sa vie en remplissant des déclarations de revenus pour des petites entreprises et des veuves,

jouer dans des pièces comme *Huis clos* ? Vous parlez d'un Walter Mitty ! Et pourtant si, et j'étais bon.
Tout le monde le disait. J'ai même envisagé une carrière de comédien. Je savais que les premiers rôles
seraient jamais pour moi, mais il faut bien quelqu'un
pour jouer le conseiller économique du Président, ou
le bras droit du méchant, ou encore le mécano qui
meurt dans la première moitié du film. Je savais que
j'étais capable de jouer des rôles comme ça et je pensais vraiment qu'on pourrait m'engager. J'ai annoncé
à mon père que je voulais étudier le théâtre à l'université. Il m'a dit OK, génial, vas-y, prévois juste une
issue de secours. Je suis donc allé à l'université de
Pittsburgh où j'ai fait une spécialisation théâtre tout
en étudiant la gestion des entreprises.

La première fois que j'ai décroché un rôle, c'était
dans *Elle s'abaisse pour triompher*, et c'est comme
ça que j'ai rencontré Vicky Abington. J'étais Tony
Lumpkin et elle était Constance Neville. C'était une
belle fille, très mince et hypersensible, avec de magnifiques cheveux blonds et bouclés. Beaucoup trop
belle pour moi, je pensais, mais j'ai finalement pris
mon courage à deux mains et je l'ai invitée à prendre
un café. Et c'est comme ça que ça a commencé. On
passait des heures chez Nordy's – c'est le fast-food de
Pitt Union – et elle me confiait tous ses problèmes,
principalement liés à sa mère dominatrice, et me
parlait de ses ambitions, toutes en rapport avec le
théâtre, et plus spécialement New York… Broadway.
Il y a vingt-cinq ans, le théâtre de Broadway représentait encore quelque chose.

Je savais qu'elle se procurait des médicaments au centre de santé de Nordenberg – pour l'anxiété ou la dépression, ou peut-être les deux –, mais je me disais : C'est parce qu'elle est ambitieuse et créative, la plupart des grands acteurs et des grandes actrices doivent prendre ce genre de cachets. Je suis sûr que Meryl Streep aussi en prend, ou du moins qu'elle en prenait avant que *Voyage au bout de l'enfer* ne la rende célèbre. Et vous savez quoi ? Vicky avait un formidable sens de l'humour, quelque chose qui semble manquer à beaucoup de belles filles, surtout si elles souffrent de troubles nerveux. Elle savait rire d'elle-même et elle ne s'en privait pas. Elle disait que c'était la seule chose qui l'empêchait de devenir folle.

On a joué Nick et Honey dans *Qui a peur de Virginia Woolf ?* et on a reçu de meilleures critiques que ceux qui jouaient George et Martha. Après ça, on n'a plus été seulement des copains de café, on est devenus un couple. On se tripotait parfois dans un coin sombre de Pitt Union, mais Vicky finissait souvent par fondre en larmes en disant qu'elle savait qu'elle n'était pas assez douée et qu'elle échouerait au théâtre, exactement comme sa mère le prédisait. Un soir – c'était en année de licence, après la fête avec la troupe de *Piège mortel* –, on a fait l'amour. Pour la seule et unique fois. Elle avait aimé, ça avait été merveilleux, à ce qu'elle m'a dit, mais j'imagine qu'en fait, non. Pas pour elle en tout cas, parce qu'elle n'a jamais voulu le refaire.

L'été 2000, on est restés sur le campus : une grosse production de *The Music Man* allait être montée à Frick Park. C'était un truc énorme, avec Mandy Patinkin comme metteur en scène. Vicky et moi, on a donc tenté notre chance. Moi, j'étais pas du tout nerveux, je ne m'attendais pas à grand-chose, mais pour Vicky, ce spectacle était devenu sa raison de vivre. Son premier pas vers la célébrité, comme elle disait en ayant l'air de rigoler mais elle ne rigolait pas du tout. On est passés par groupes de six, chacun de nous présentait un carton indiquant le rôle qui l'intéressait le plus. Vicky tremblait comme une feuille pendant qu'on attendait à l'extérieur de la salle de répétition. J'ai passé mon bras autour d'elle, ça l'a calmée un peu. Elle était tellement pâle que son maquillage ressemblait à un masque.

J'entre, je tends mon carton avec écrit Mayor Shinn, un rôle plutôt modeste, et au final je décroche celui de Harold Hill, l'escroc charmeur. Le rôle principal, quoi. Vicky se lance pour le rôle de Marian Paroo, la bibliothécaire qui donne des cours de piano. Le premier rôle féminin. Elle lit bien son texte, selon moi ; c'est pas extraordinaire, pas le meilleur d'elle-même, mais correct. Puis vient le moment de chanter.

La chanson phare de Marian. Si vous ne la connaissez pas, c'est cette chanson si douce et si simple : « Goodnight, My Someone ». Elle me l'avait déjà chantée – *a cappella* – une demi-douzaine de fois, et elle avait toujours été parfaite. Douce, triste et pleine d'espoir. Mais ce jour-là, dans la salle de répétition, elle a tout foiré. Elle a été carrément épouvantable, à vous faire grincer des dents. Elle n'arrivait pas à placer sa voix et elle a dû s'y reprendre à deux fois. Patinkin s'impatientait, il avait encore une demi-douzaine de filles à faire passer. La pianiste commen-

çait à lever les yeux au ciel. J'avais envie de flanquer
un gnon dans sa stupide tête de cheval.

À la fin de son audition, Vicky tremblait de tous
ses membres. Mr Patinkin la remercie, elle le remercie, tout ça très poli, et puis elle détale. Je la rattrape avant qu'elle ait quitté le bâtiment et je lui dis
qu'elle a été géniale. Elle me sourit, me dit merci, et
ajoute qu'on sait très bien l'un comme l'autre qu'elle
n'a pas été géniale. Je lui dis que si Mr Patinkin est
à la hauteur de sa réputation, il saura déceler son
talent derrière sa nervosité. Elle me serre dans ses
bras et me dit que je suis son meilleur ami. Et puis,
il y aura d'autres pièces, elle rajoute. La prochaine
fois, je prendrai un Valium avant l'audition. J'avais
juste peur que ça change ma voix, j'ai entendu dire
que certains cachets font ça. Là-dessus, elle rigole et
me dit : Mais ça n'aurait vraiment pas pu être pire !
Je lui propose de lui offrir une glace chez Nordy's,
elle accepte et nous voilà partis.

On marchait sur le trottoir, main dans la main, et
ça me rappelait tous les allers et retours à pied que
j'avais faits avec Marlee Jacobs pour aller à Mary Day.
Je n'affirmerais pas que c'est d'y penser qui *l'*a fait
revenir, mais je n'affirmerais pas le contraire non plus.
Je n'en sais rien. Je sais seulement que certains soirs
je me pose la question, et j'arrive pas à m'endormir.

Je pense que Vicky se sentait un peu mieux parce
qu'elle s'extasiait sur mon rôle, elle me disait quel
formidable Professeur Hill je ferais quand, tout d'un
coup, on entend quelqu'un nous interpeller du trottoir d'en face. Sauf que c'était pas une voix qui appelait : c'était un âne en train de braire.

GEORGE ET VICKY ! QUI BAISENT AU LIT !

C'était lui. L'horrible petit garçon. Même short, même pull, même tignasse rousse débordant du même bonnet à hélice. Près de dix ans s'étaient écoulés et il n'avait pas pris *un seul* jour. J'ai eu l'impression d'être catapulté dans le passé, sauf que, cette fois, j'étais avec Vicky Abington et pas Marlee Jacobs, et on était dans Reynolds Street à Pittsburgh et pas dans School Street à Talbot, Alabama.

C'est quoi ce *cirque* ? me fait Vicky. Tu le connais, George ?

Qu'est-ce que je pouvais bien répondre à ça ? Je réponds rien. J'étais tellement effaré que je pouvais même pas ouvrir la bouche.

T'es une actrice de merde qui chante de la grosse merde ! le gosse lui crie. Les CORBEAUX chantent mieux que toi ! En plus, t'es *VILAINE ! VICKY LA VILAINE, BOUH !*

Elle met la main devant sa bouche et je me rappelle comment ses yeux se sont agrandis et remplis de larmes à nouveau.

Pourquoi tu lui suces pas la bite ? il continue. C'est leur seule chance de décrocher un rôle, aux grosses vaches vilaines et sans talent comme toi !

J'ai fait le geste de me lancer à sa poursuite, sauf que ça me paraissait irréel. J'avais la sensation que tout se déroulait comme dans un rêve. C'était la fin de l'après-midi et la circulation était dense, mais ce détail m'avait échappé. Heureusement que Vicky m'a saisi par le bras pour me ramener à elle. Je pense qu'elle m'a sauvé la vie parce qu'une seconde plus tard, un énorme autobus me frôlait en klaxonnant.

Arrête, m'a dit Vicky. Ce gosse n'en vaut pas la peine. Peu importe qui c'est.

Un camion suivait l'autobus de près et, une fois qu'ils nous ont dépassés tous les deux, on a vu le gosse remonter la rue en courant de l'autre côté avec son gros cul qui rebondissait. Avant de tourner au coin, il a baissé son short et il s'est penché pour nous montrer ses fesses.

Vicky s'est assise sur un banc et je me suis assis à côté d'elle. Elle m'a redemandé qui était ce gosse et je lui ai dit que je n'en savais rien.

Alors comment il connaissait nos noms ? elle me demande.

J'en sais rien, je lui répète.

Au moins, il avait raison sur un point, elle dit. Si je veux un rôle dans *The Music Man*, je ferais mieux d'y retourner et de tailler une pipe à Mandy Patinkin. Et là-dessus elle éclate de rire, un vrai rire cette fois, du genre qui monte du ventre et roucoule dans la gorge. Elle renverse la tête en arrière et elle s'en donne à cœur joie. T'as vu son vilain petit cul ? qu'elle me dit. Deux petites miches prêtes à mettre au four !

Et moi aussi je suis parti d'un fou rire. On est tombés dans les bras l'un de l'autre, joue contre joue, et on a carrément hurlé de rire. Je pensais alors qu'on allait bien, mais à la vérité – on s'en rend jamais compte sur le moment, pas vrai ? –, c'était une crise d'hystérie qui nous avait saisis. Moi parce que c'était *le même gosse*, après toutes ces années, Vicky parce qu'elle croyait à ses bêtises : qu'elle était mauvaise, et que, même si elle ne l'était pas, elle n'arriverait jamais à surmonter son stress pour le prouver.

Ensuite, je l'ai raccompagnée à Fudgy Acres, un vieil immeuble d'appartements loués exclusivement à des filles, je l'ai serrée dans mes bras et elle m'a redit que je ferais un formidable Harold Hill. Quelque chose dans sa façon de le dire m'a inquiété, alors je lui ai demandé si ça allait. Bien sûr que ça va, idiot, elle me dit, et elle remonte l'allée en courant. C'est la dernière fois que je l'ai vue vivante.

Après l'enterrement, j'ai invité Carla Winston à prendre un café. C'était la seule fille de Fudgy Acres avec qui Vicky était intime. Ses mains tremblaient tellement que j'ai fini par transvaser sa tasse de café dans un verre, de peur qu'elle se brûle. Carla n'avait pas seulement un chagrin épouvantable : elle s'en voulait de ce qui était arrivé. Tout comme Mrs Peckham devait s'en vouloir pour Marlee, j'imagine.

Cet après-midi-là, elle avait trouvé Vicky dans la salle commune du rez-de-chaussée, rivée à la télé. Sauf que le poste était éteint. Carla disait qu'elle lui avait semblé lointaine et confuse. Elle avait déjà vu Vicky dans cet état quand elle s'embrouillait dans le compte de ses cachets et qu'elle en prenait un de trop ou qu'elle les prenait dans le désordre. Carla lui demande si elle veut aller au centre de santé pour consulter un médecin mais Vicky dit non, qu'elle va bien, dure journée, c'est tout, mais ça ira mieux sous peu.

Y avait un sale gosse, elle dit à Carla. J'ai foiré mon audition et puis ce gosse est venu me provoquer.

Quel dommage, dit Carla.

George le connaissait. Il m'a dit que non, mais ça se voyait. Tu veux savoir ce que je pense ?

Oui, bien sûr, lui dit Carla. À ce stade, elle était sûre que Vicky s'était plantée dans ses cachets ou qu'elle avait fumé de l'herbe, ou les deux.

Je pense que c'est George qui a monté le coup. Pour s'amuser. Mais quand il a vu à quel point j'étais bouleversée, il l'a regretté et il a essayé de faire taire le gosse. Sauf que le gosse s'arrêtait jamais.

Carla lui dit : Mais c'est insensé, Vick. George ne te ferait jamais une chose pareille. Il t'aime.

Et Vicky lui répond : Il avait pourtant raison, ce gosse. Je ferais mieux de laisser tomber.

Là, j'ai arrêté Carla pour lui dire que ce gosse n'avait rien à voir avec moi. Carla m'a dit que je n'avais pas besoin de le préciser, elle savait que j'étais un gars bien et combien je tenais à Vicky. Et puis elle se met à pleurer.

C'est *ma* faute, George, pas la tienne, elle me dit. J'ai bien vu qu'elle était pas dans son état normal et j'ai rien fait. Et tu sais comment c'est arrivé. Ça aussi, c'est ma faute parce que je suis sûre qu'elle voulait pas le faire. J'en suis sûre.

Carla avait laissé Vicky devant la télé et elle était remontée réviser. Deux heures plus tard, elle redescend frapper à la porte de Vicky.

Je me disais qu'elle aimerait peut-être sortir manger un bout, m'explique Carla. Peut-être même prendre un verre de vin si l'effet des cachets s'était dissipé. Mais elle n'était pas dans sa chambre. Alors Carla retourne dans la salle commune, Vicky n'y était pas non plus. Il y avait deux filles qui regardaient la télé et l'une d'elles lui dit qu'elle croyait avoir vu Vicky descendre un peu plus tôt, probablement pour faire une lessive.

Parce qu'elle avait des draps, lui dit la fille.

Ça inquiète un peu Carla mais elle ne s'interroge pas plus que ça. Elle descend au sous-sol mais il n'y a personne dans la buanderie et aucune des machines à laver n'est en route. La pièce à côté était le débarras où les filles entreposaient leurs bagages. Carla entend du bruit derrière la porte et, quand elle entre, elle voit Vicky, de dos, debout sur une petite pile de valises. Elle avait noué deux draps ensemble pour en faire une corde. Une extrémité était attachée à la tuyauterie du plafond. L'autre extrémité, elle en avait fait un nœud coulant qu'elle s'était passé autour du cou.

Mais il n'y avait que trois valises empilées, m'explique Carla, et du mou dans la longueur de drap. Si elle avait voulu en finir pour de bon, elle aurait pris un seul drap et elle serait montée sur une malle placée verticalement. C'était seulement une répétition générale, tu vois, comme au théâtre.

Tu ne peux pas en être sûre, je lui dis. Tu ne sais pas combien de cachets elle avait pris ni à quel point elle avait l'esprit confus.

Je sais ce que j'ai vu, me répond Carla. Elle aurait pu descendre de ces valises sans que ça resserre le nœud coulant. Mais je n'ai pas pensé à ça sur le moment. J'étais trop choquée. J'ai juste crié son nom.

Ça l'a fait sursauter et, au lieu de descendre de sa pile de valises, elle a perdu l'équilibre en avant et les valises sont parties en glissade vers l'arrière. Elle aurait atterri à plat ventre par terre s'il y avait eu assez de mou dans sa corde de fortune, mais il n'y en avait pas tant que ça. Elle aurait encore pu s'en sortir si le nœud entre les deux draps avait cédé. Mais au contraire, le poids de son corps a resserré le nœud et sa tête a été violemment projetée en arrière.

J'ai entendu craquer son cou, m'a dit Carla. Un bruit tellement fort. Et c'était ma faute.

Et puis elle a pleuré, pleuré, pleuré.

Je l'ai entraînée hors du café jusqu'à l'arrêt de bus en lui répétant sans cesse que non, ce n'était pas sa faute, non, non, non, et enfin, elle s'est arrêtée de pleurer. Elle a même souri un peu.

Tu es très persuasif, George, elle m'a dit.

Ce que je ne lui ai pas dit – parce qu'elle ne m'aurait pas cru –, c'est que ma force de persuasion provenait d'une certitude absolue.

5

« Le sale gosse s'en prenait aux gens que j'aimais », dit Hallas.

Bradley hocha la tête. Il était clair que Hallas y croyait et, si cette histoire avait fait surface au procès, elle aurait pu valoir à l'homme la prison à vie au lieu d'un aller simple pour le Manoir de l'Aiguille. Le jury n'aurait vraisemblablement pas été convaincu à l'unanimité, mais ça lui aurait au moins donné une raison d'écarter la peine de mort. Il était probablement trop tard maintenant. Une requête en sursis appuyée sur cette histoire de petit voyou ferait figure de tentative désespérée. Il fallait voir Hallas pour le croire, lire la certitude absolue sur son visage. L'entendre dans sa voix.

Le condamné, cependant, l'ombre d'un sourire aux lèvres, considérait son avocat à travers le plexiglas légèrement embué.

« Ce gosse n'était pas seulement méchant, il était gourmand. Il fallait toujours qu'il ait son lot de deux : un mort et un laissé-pour-compte, mis à mariner dans un bain bien chaud de culpabilité.

— Vous avez pu convaincre Carla, dit Bradley. Elle vous a épousé, après tout.

— Elle n'a jamais été entièrement convaincue. Et elle n'a jamais cru à l'existence de ce sale gosse. Sinon, elle serait venue au procès et nous serions encore mariés. » Sans ciller, Hallas fixait Bradley à travers la paroi de sécurité. « Et elle aurait même été contente que je le tue. »

Dans son coin, McGregor – le maton – consulta sa montre, enleva ses écouteurs et se leva.

« Je ne veux pas vous presser, maître, mais il est onze heures trente et votre client doit être revenu dans sa cellule pour l'appel de midi.

— Je ne vois pas ce qui vous empêche de procéder à son appel ici », dit Bradley… courtoisement.

Il n'était pas recommandé de réveiller le côté obscur d'un maton, et, même si McGregor faisait partie des meilleurs, Bradley ne doutait pas qu'il eût un côté obscur. C'était un prérequis pour des hommes chargés de surveiller des taulards endurcis.

« Vous l'avez sous les yeux, après tout.

— Le règlement, c'est le règlement », dit McGregor. Puis il leva la main comme pour contrer une protestation que Bradley n'avait pas proférée. « Je sais que vous avez droit à tout le temps que vous voulez si près de la date, donc, si vous voulez attendre, je vous le ramène dès que l'appel est terminé. Mais il ratera le déjeuner, et vous aussi, probablement. »

Ils regardèrent McGregor retourner à sa chaise et replacer ses écouteurs dans ses oreilles. Lorsque Hallas se tourna vers la séparation en plexiglas, il avait plus qu'une ombre de sourire sur les lèvres.

« Oh, et puis j'imagine que vous pouvez sans doute *deviner* la suite. »

Bradley avait beau être sûr de la deviner, il posa les mains sur son bloc-notes toujours vierge et dit :

« Pourquoi ne pas me la raconter quand même ? »

6

J'ai refusé le rôle d'Harold Hill et laissé tomber le théâtre. J'avais perdu l'envie de jouer. Ma dernière année à Pitt, je me suis concentré sur les cours de commerce, surtout la comptabilité, et sur Carla Winston. Avant la remise des diplômes, nous étions mariés. Mon père était mon témoin. Il est mort trois ans après.

L'une des mines qu'il supervisait se trouvait dans la ville de Louisa, un peu au sud d'Ironville où il vivait toujours avec Nona McCarthy – Mama Nonie –, sa « gouvernante ». La mine s'appelait Fair Deep. Un jour, il s'est produit un effondrement dans le deuxième puits, à une soixantaine de mètres de profondeur. Rien de bien grave, tout le monde s'en était sorti sain et sauf, mais mon père est descendu avec deux employés de l'administration pour estimer les dégâts et le temps qu'il faudrait pour remettre les choses en route. Il n'est jamais remonté. Les autres non plus.

Ce garçon n'arrête pas d'appeler, m'a dit plus tard Mama Nonie. Ç'avait toujours été une belle femme, mais l'année qui a suivi la mort de mon père, elle s'est couverte de rides et sa peau est devenue toute flasque. Elle ne marchait plus, elle traînait les pieds et, dès que quelqu'un entrait dans la pièce, elle voûtait les épaules comme si elle s'attendait à être frappée. Ce n'était pas la mort de mon père qui lui faisait ça : c'était ce sale gosse.

Il arrête pas de m'appeler. Il me traite de salope de négresse, mais ça m'est égal. J'ai entendu pire. Ça me fait autant d'effet que de l'eau sur les plumes d'un canard. Ce qui me fait mal, c'est de l'entendre dire que c'est la faute au cadeau que j'ai fait à ton père. Cette paire de bottes, là. C'est pas vrai, hein, Georgie ? C'est pas possible, y a forcément eu autre chose. Ton père, il avait forcément mis ses feutres par-dessus ses bottes. Jamais il aurait oublié de mettre ses feutres après un accident de mine, même un qui paraissait pas trop grave.

J'ai approuvé, mais je voyais bien que le doute la rongeait comme de l'acide.

Ces bottes-là, c'étaient des Trailman Specials. Mama Nonie les avait offertes à papa pour son anniversaire, à peine deux mois avant l'explosion de Fair Deep. Elle avait dû y mettre au moins trois cents dollars, mais elles les valaient. Tige haute jusqu'au genou, cuir souple comme de la soie mais solide. Le genre de bottes qu'un homme peut porter toute sa vie et léguer ensuite à son fils. Mais c'est des bottes à semelles ferrées, vous comprenez. Et sur une surface adéquate, des fers comme ça peuvent provoquer des étincelles, comme le silex sur l'acier.

Mon père n'aurait jamais porté de souliers ferrés pour entrer dans une mine avec la présence possible de méthane ou de grisou, et n'allez pas me dire qu'il a pu simplement oublier, pas quand lui et les deux autres bonshommes se trimballaient avec des masques à gaz et des bouteilles d'oxygène. Et même s'il avait ses Specials aux pieds, Mama Nonie avait raison – il aurait porté ses feutres de protection pardessus. Elle n'avait pas besoin de moi pour le lui dire, elle savait comme il était précautionneux. Mais même l'idée la plus folle peut s'insinuer dans votre esprit si vous êtes seul et rongé par le chagrin et que quelqu'un n'arrête pas de retourner le couteau dans la plaie. Elle peut se tortiller comme un ver de vase là-dedans et y pondre ses œufs. Et bientôt, c'est tout votre cerveau qui grouille d'asticots.

Je lui ai conseillé de changer de numéro de téléphone et elle l'a fait, mais le petit voyou a obtenu le nouveau numéro et il a continué à l'appeler, et c'était toujours la même chanson : il lui disait que mon père avait oublié ce qu'il avait aux pieds et qu'une de ses bottes ferrées avait provoqué une étincelle.

Ça serait pas arrivé si tu lui avais pas offert ces bottes, salope de négresse idiote. Voilà le genre de choses qu'il lui disait, et probablement pire, mais elle ne voulait pas me le répéter.

Elle a carrément fini par faire couper son téléphone. Je lui ai dit que, vivant seule, elle *devait* avoir le téléphone, mais elle ne voulait rien entendre. Il appelle en plein milieu de la nuit des fois, Georgie, elle me dit. Tu sais pas ce que c'est d'être allongée là, à écouter le téléphone sonner en sachant que c'est ce gosse. Quel genre de parents il a pour le laisser faire des choses pareilles, je n'imagine même pas.

Débranche-le pendant la nuit, je lui ai suggéré.

Et elle m'a dit, Je l'ai fait. Mais des fois, il sonne quand même.

Je lui ai dit que c'était juste son imagination. Et j'ai essayé de m'en convaincre moi-même, Mr Bradley, mais je n'ai jamais réussi. Si ce sale gosse avait pu s'emparer de la boîte à déjeuner de Marlee et savoir pour l'audition ratée de Vicky et pour les Trailman Specials de papa – *s'il pouvait rester jeune, année après année* –, alors oui, il pouvait très bien faire sonner un téléphone débranché. La Bible dit que le diable a été lâché sur terre pour errer en toute liberté, que même la main de Dieu ne peut l'arrêter. Je ne sais pas si ce sale gosse était *le diable*, mais c'était *un diable*, ça oui.

Je ne sais pas non plus si un appel aux urgences aurait pu sauver Mama Nonie. Tout ce que je sais, c'est que, lorsqu'elle a fait sa crise cardiaque, elle n'avait plus de téléphone pour appeler une ambulance. Et elle est morte toute seule dans sa cuisine. C'est une voisine qui l'a trouvée le lendemain.

Nous sommes allés à son enterrement, Carla et moi, et ensuite nous avons passé la nuit dans la maison de mon père et de Mama Nonie. Je me suis réveillé juste avant le lever du jour à cause d'un mauvais rêve et je n'ai pas pu me rendormir. Quand j'ai entendu le journal atterrir sur le perron, je me suis levé pour aller le chercher et j'ai vu que le fanion de la boîte aux lettres était levé. J'ai descendu l'allée en robe de chambre et en chaussons pour aller l'ouvrir. Dedans, il y avait un bonnet avec une hélice en plastique sur le dessus. Je l'ai saisi et il était *tout chaud*, comme si la personne qui venait de le retirer était brûlante de fièvre. Rien que de le toucher, j'ai eu l'impression d'être contaminé, mais je l'ai quand même retourné et j'ai regardé à l'intérieur. Le tissu était tout gras d'huile pour les cheveux, le genre démodé que presque plus personne n'utilise aujourd'hui. Il y avait aussi un mot, écrit d'une main enfantine – des lettres toutes de traviole et penchées qui disaient : *GARDE-LA, J'EN AI UNE AUTRE !*

J'ai rapporté cette saloperie de truc à l'intérieur – pincé entre le pouce et l'index, des fois que ça serait vraiment contagieux – et je l'ai fourré dans la cuisinière à bois. J'y ai jeté une allumette et le bonnet s'est embrasé d'un coup : *flouf.* Les flammes étaient verdâtres. Quand Carla est descendue, une demi-heure plus tard, elle a reniflé en demandant : C'est quoi cette puanteur ? On se croirait à marée basse !

Je lui ai dit que c'était plus probablement la fosse septique dehors qui avait besoin d'une bonne vidange, mais je n'étais pas dupe. C'était la puanteur du méthane, ça, la dernière chose que mon père a dû sentir avant qu'une déflagration l'expédie au paradis, avec les deux hommes qui l'accompagnaient.

À l'époque, je travaillais dans un cabinet d'expertise comptable – l'une des plus grosses boîtes indépendantes du Midwest – et je gravissais les échelons plutôt rapidement. J'ai découvert que si on arrive avant l'heure, qu'on repart après l'heure, et qu'on garde toujours l'œil sur la balle entre-temps, c'est forcé d'arriver. On voulait des enfants, Carla et moi, et on en avait les moyens, mais il n'y avait rien à faire, les Anglais débarquaient tous les mois, réglés comme du papier à musique. On est allés voir un obstétricien à Topeka, il a fait tous les examens de routine et dit que tout était normal, qu'il était encore trop tôt pour parler de stérilité et de traitement. Il nous a dit de rentrer chez nous, de nous détendre et de jouir de notre vie sexuelle.

Ce que nous avons fait et, onze mois plus tard, les Anglais ont cessé de débarquer. Carla avait reçu une éducation catholique mais, une fois entrée à l'université, elle avait arrêté d'aller à l'église. Quand elle a été sûre d'être enceinte, elle a recommencé à y aller et elle m'a traîné avec elle. On allait à Saint-Andrews. Peu m'importait. Si elle voulait attribuer à Dieu tout le mérite de son polichinelle dans le tiroir, ça ne me dérangeait pas.

Elle en était à son sixième mois de grossesse quand elle a fait une fausse couche. À cause de l'accident qui n'en était pas vraiment un. Le bébé a vécu quelques heures et il est mort. C'était une fille. Il lui fallait un prénom alors on l'a appelé Helen, comme la grand-mère de Carla.

L'accident s'est produit après la messe. Il était prévu qu'on aille déjeuner en ville avant de rentrer à la maison, où je regarderais le foot à la télé. Carla s'allongerait pour se reposer et savourer sa grossesse.

Et elle l'a savourée, Mr Bradley. Tous les jours, même au début quand elle avait ses nausées matinales.

On était à peine sortis de l'église que j'ai aperçu le sale gosse. Même short ample, même pull à rayures, même petit ventre grassouillet et seins rondouillards de garçon. Le bonnet que j'avais trouvé dans la boîte aux lettres était bleu et celui qu'il portait à notre sortie de l'église était vert mais il avait le même genre d'hélice en plastique fixée sur le dessus. Moi, de petit garçon, j'avais grandi pour devenir un homme avec mes premières touches de gris sur les tempes, mais cet affreux jojo avait toujours six ans. Sept à tout casser.

Il se tenait un peu à l'écart. Un autre gosse lui faisait face. Un gosse *normal*, le genre qui grandirait. Il avait l'air abasourdi et effrayé. Il tenait quelque chose à la main. Ça ressemblait à la balle fixée à la raquette du Tap Ball que Mama Nonie m'avait offerte quand j'étais petit.

Allez, vas-y, j'ai entendu le sale gosse dire à l'autre. Sauf si tu veux que je reprenne les cinq dollars que je t'ai donnés.

Je veux plus le faire, disait le gosse normal. J'ai changé d'avis.

Carla n'a rien vu de tout ça. Elle était debout en haut des marches en train de bavarder avec le père Patrick, elle lui disait combien elle avait apprécié son sermon qui l'avait beaucoup inspirée. C'étaient des marches en granite, très raides.

Je crois que je me suis avancé pour la prendre par le bras, mais peut-être pas. Peut-être que j'étais juste paralysé, comme le jour où ce sale gosse avait débarqué après l'audition ratée de Vicky pour *The Music Man*. Avant que je puisse sortir de ma tétanie ou prononcer un seul mot, l'affreux jojo a fait un pas en avant. Il a plongé la main dans la poche de son short et a dégainé un briquet. Dès qu'il l'a allumé et que j'ai vu l'étincelle, j'ai su ce qui était arrivé au fond de la mine de Fair Deep, et ça n'avait rien à voir avec les fers aux semelles de mon père. Quelque chose a commencé à crépiter et à fuser sur la balle rouge que le gosse normal avait dans la main. Il l'a jetée pour s'en débarrasser et le sale gosse a rigolé. Sauf que c'était un gros rire gras et glaireux – *grra-grra-graa*, comme ça.

La balle a frappé le côté de l'escalier, sous la rampe en fer, et elle a rebondi juste avant d'exploser dans un *bang* assourdissant et un éclair de lumière jaune. C'était pas un simple pétard, ni même un gros Demon Decibel. C'était un énorme M-80. Le bruit a fait sursauter Carla exactement comme son cri avait fait sursauter Vicky dans le débarras de Fudgy Acres. J'ai tendu la main pour la rattraper, mais je n'ai réussi qu'à lui effleurer l'épaule. Comme elle tenait la main du père Patrick dans les siennes, ils sont tous les deux tombés à la renverse dans les escaliers. Il a eu un bras et une jambe cassés, Carla une cheville. Traumatisme crânien aussi. Et elle a perdu le bébé. Elle a perdu Helen.

Le lendemain, le gosse qui avait jeté le M-80 s'est présenté au poste de police avec sa mère et il a tout avoué. Il était bouleversé, bien sûr, et il a dit ce que la plupart des enfants disent quand quelque chose tourne mal, et la plupart du temps ils en sont persuadés : c'était un accident, on voulait faire de mal à personne. Il a dit qu'il n'aurait jamais jeté le pétard si l'autre garçon n'avait pas allumé la mèche, mais il avait eu peur d'y laisser les doigts. Et non, il ne connaissait pas l'autre gamin, il ne l'avait jamais vu avant et il ne savait pas son nom. Et puis il a remis au policier les cinq dollars que l'horrible gosse lui avait donnés.

Après ça, Carla n'a plus tellement eu envie de fricoter avec moi dans la chambre et elle a cessé d'aller à l'église. Moi, j'ai continué et je me suis impliqué dans le Club Conquête. Vous savez ce que c'est, Mr Bradley, non pas que vous soyez catholique, mais c'est là que vous êtes entré en scène. Je ne m'enquiquinais pas avec l'aspect religieux, ils avaient le père Patrick pour ça, mais ça me plaisait bien d'entraîner les équipes de baseball et de touch football. J'étais toujours là pour les sorties pique-nique et camping ; et j'ai passé le permis D pour pouvoir conduire le bus de l'église et emmener les garçons à des compétitions de natation, des retraites, des journées gratuites dans des parcs d'attractions. Et j'emportais toujours mon revolver avec moi. Le Colt 45 que j'avais acheté au mont-de-piété Wise Pawn and Loan : vous savez, la pièce à conviction A de l'accusation. Je l'ai trimballé avec moi pendant cinq ans, tantôt dans la boîte à gants de ma voiture, tantôt dans la caisse à outils du bus Conquête. Pendant les entraînements, je l'avais dans mon sac de sport.

Carla a commencé à désapprouver mon implication dans le Club Conquête parce que ça monopolisait beaucoup de mon temps libre. Quand le père

Patrick demandait des bénévoles, j'étais toujours le premier à lever la main. Je crois bien qu'elle était jalouse. T'es pratiquement plus jamais à la maison le week-end, elle me disait. J'en viens à me demander si t'aurais pas un penchant pour ces garçons.

C'est sûr, ça devait sembler un peu louche car, en plus du reste, j'avais pris l'habitude de me choisir des chouchous et de leur accorder une attention particulière. De gagner leur sympathie et de leur venir en aide. C'était pas difficile. La plupart d'entre eux venaient de milieux modestes. Un parent seul, le plus souvent la mère, obligé de bosser au salaire minimum pour assurer le gîte et le couvert. S'il y avait une voiture à la maison, maman en avait besoin, aussi je me faisais un plaisir de passer prendre mon petit chouchou du moment pour l'emmener aux réunions du Club Conquête du jeudi soir et de le ramener ensuite. Si j'avais un empêchement, je leur donnais des tickets de bus. Mais jamais d'argent – j'ai appris de bonne heure que donner de l'argent à ces gamins n'est pas une bonne idée.

Et j'ai remporté quelques belles victoires. Je pense à un gosse – il avait peut-être deux pantalons et trois T-shirts en tout et pour tout quand je l'ai connu –, c'était un prodige en maths. Eh bien, j'ai réussi à lui décrocher une bourse pour une école privée et maintenant il est en première année à l'université du Kansas, avec une bourse à taux plein. D'autres touchaient à la drogue, un au moins s'en est sorti. Enfin, je crois. On peut jamais être vraiment sûr. Un autre a fugué après une dispute avec sa mère, il m'a appelé d'Omaha un mois plus tard, alors que sa mère s'était faite à l'idée qu'il était mort ou parti pour ne jamais revenir. C'est moi qui suis allé le rechercher.

Travailler avec ces garçons, ça m'a donné l'occasion de faire le bien. Beaucoup plus qu'en remplissant des déclarations d'impôts ou en montant des sociétés-écrans dans le Delaware pour échapper au fisc, ça, c'est sûr. Mais c'était pas pour ça que je le faisais, c'était secondaire. Des fois, Mr Bradley, j'emmenais un de mes chouchous pêcher à Dixon Creek ou au pont sur la grande rivière. Moi aussi, j'y allais pour pêcher, mais pas la truite ni la carpe. Longtemps, je n'ai pas senti la moindre petite touche au bout de ma ligne. Et puis est arrivé Ronald Gibson.

Ronnie avait quinze ans mais il en faisait moins. Il était borgne et donc il pouvait pas jouer au baseball ni au football américain, mais c'était un génie aux échecs et à tous les jeux de société auxquels les garçons jouaient les jours de pluie. Personne ne le brimait : il était comme qui dirait la mascotte du groupe. Son père avait quitté le foyer quand il avait dans les neuf ans et il était très en manque d'attention masculine. Bien vite, il m'a pris pour confident. Son plus gros souci, c'était sa vue : une anomalie congénitale qu'on appelle le kératocône, une malformation de la cornée. Un médecin leur avait dit qu'une greffe de la cornée était possible, mais ce serait cher et sa mère n'avait pas les moyens.

Alors je suis allé trouver le père Patrick et, à nous deux, nous avons organisé une demi-douzaine de collectes de fonds pour un projet intitulé « Un nouveau regard pour Ronnie ». On est même passés à la télé : aux infos locales sur la 4. On nous voyait,

Ronnie et moi, marchant dans Barnum Park, mon bras autour de ses minces épaules. Carla a reniflé avec dédain quand elle l'a vu. Si t'as pas le béguin pour eux, elle m'a dit, c'est pas ce que les gens vont croire en voyant ça.

Je me fichais pas mal de l'opinion des gens parce que peu de temps après ce petit reportage, il a enfin mordu à mon hameçon. Je le sentais, là, en plein dans ma tête. Le sale gosse. J'avais enfin attiré son attention et je le *sentais* qui regardait.

Ronnie a été opéré. Son œil n'a pas retrouvé entièrement la vue mais presque. Ensuite, pendant un an, il était censé porter des lunettes spéciales qui foncent au soleil, mais ça lui était égal ; il disait que ça lui donnait un air plutôt cool.

Un après-midi, pas longtemps après l'opération, sa mère et lui sont venus me trouver après l'école dans mon petit bureau du Club Conquête au sous-sol de Saint-Andrews. Sa mère me dit : S'il y a quoi que ce soit que nous puissions faire pour vous remercier, Mr Hallas, vous n'avez qu'à demander.

Je leur dis que non, ils ne me devaient rien, que ça avait été un plaisir. Et puis je fais semblant d'avoir une idée.

Si, vous pouvez peut-être faire quelque chose pour moi, je leur dis. Oh, une petite chose.

Bien sûr, Mr H, dites-moi, me dit Ronnie.

Alors j'ai raconté : un jour, le mois dernier, je me suis garé derrière l'église et j'avais presque descendu l'escalier quand je me suis rendu compte que j'avais oublié de verrouiller ma voiture. J'y suis retourné et j'ai vu un gamin à l'intérieur en train de farfouiller.

J'ai crié et il a filé comme une flèche, seulement il avait pris ma réserve de petite monnaie que je garde dans la boîte à gants pour le péage. Je lui ai couru après mais il était trop rapide pour moi.

Tout ce que j'aimerais, je dis à Ronnie et sa mère, c'est le retrouver et lui parler. Lui dire ce que je vous dis à tous : que voler n'est pas une bonne façon de commencer dans la vie.

Ronnie m'a demandé à quoi il ressemblait.

Plutôt petit et rondouillard, j'ai dit. Cheveux poil de carotte presque fluo, un vrai rouquin. Le jour où je l'ai vu, il portait un short gris et un pull vert avec des rayures de la même couleur que ses cheveux.

Mrs Gibson s'est exclamée : Bonté divine ! Est-ce qu'il portait un petit bonnet avec une hélice dessus ?

Eh bien, oui, en effet, j'ai dit en gardant un ton calme et posé. Maintenant que vous le dites, il me semble que oui.

Je l'ai vu de l'autre côté de la rue, a dit la mère de Ronnie. Je me suis dit qu'il devait venir d'emménager dans un des lotissements.

Et toi, Ronnie ? j'ai demandé.

Moi non, il m'a dit, jamais vu.

Eh bien, si jamais tu le vois, ne lui dis rien. Viens juste me chercher. Tu ferais ça pour moi ?

Il m'a dit que oui et j'ai été satisfait. Parce que je savais que ce sale gosse était de retour et que je serais là quand il ferait son prochain coup. Il *voulait* que je sois là, c'était tout l'intérêt pour lui. Parce que c'était moi qu'il voulait blesser. Tous les autres – Marlee, Vicky, mon père, Mama Nonie –, c'étaient juste des dommages collatéraux.

Une semaine a passé, puis deux. Je commençais à croire que le gosse avait senti ce que je tramais. Et puis un jour – *le* fameux jour, Mr Bradley –, un des garçons est arrivé en courant sur le terrain de jeu derrière l'église où j'étais en train d'aider à installer le filet de volley-ball.

Y a un gosse qu'a fait tomber Ronnie et qui lui a piqué ses lunettes ! crie le garçon. Il s'est enfui dans le parc et Ronnie le poursuit !

J'ai pas hésité une seule seconde ; j'ai attrapé mon sac de sport – je l'emportais partout avec moi toutes ces années où j'avais mes chouchous – et j'ai couru jusqu'au parc. Je savais que c'était pas le sale gosse qui avait piqué les lunettes de Ronnie, c'était pas son style. Le voleur de lunettes, ça serait un enfant tout aussi normal que celui qui avait jeté le gros pétard, et il serait tout aussi désolé une fois que le mauvais tour que l'autre avait en tête serait accompli. *Si* je le laissais s'accomplir.

Ronnie n'était pas un garçon athlétique, il ne pouvait pas courir très vite. Le voleur de lunettes a dû s'en rendre compte parce qu'il s'arrête au bout du parc, les lunettes brandies au-dessus de la tête, et il se met à crier : Viens les chercher, Ray Charles ! Viens les chercher, Stevie Wonder !

J'entends la circulation sur Barnum Boulevard et je comprends tout de suite ce que ce méchant garçon a en tête. Il pense que ce qui a marché une fois marchera une deuxième fois. Ce sont des lunettes photochromiques au lieu d'une boîte à déjeuner Steve Austin, mais l'objectif est le même. Plus tard, le gosse qui a fauché les lunettes pleurera et jurera qu'il ne savait pas ce qui allait arriver, il pensait que ce n'était qu'une blague, un bizutage, ou alors une punition infligée à Ronnie pour avoir bousculé le petit rondouillard poil de carotte sur le trottoir.

Je pourrais facilement rattraper Ronnie mais je ne le fais pas tout de suite. Ronnie est mon hameçon, vous voyez, et je ne veux surtout pas le remonter trop vite. Quand Ronnie est suffisamment près, le garçon que l'affreux jojo a manipulé pour faire le sale boulot à sa place s'engouffre sous l'arche en pierre qui débouche de Barnum Park dans Barnum Boulevard en agitant toujours les lunettes au-dessus de sa tête. Ronnie est toujours à sa poursuite, moi pas loin derrière. Je ralentis pendant que j'ouvre mon sac de sport mais une fois que j'ai le revolver en main, je lâche le sac et je pique un sprint.

Reste où tu es ! je crie à Ronnie en le dépassant. Ne fais pas un pas de plus !

Ronnie s'est arrêté et je remercie le bon Dieu pour ça. S'il lui était arrivé quelque chose, je ne serais pas ici à attendre la piqûre, Mr Bradley : je me serais suicidé.

Quand je passe sous l'arche, j'aperçois le sale gosse qui attend sur le trottoir. C'est toujours le même, il n'a pas changé. L'autre garçon lui tend les lunettes de Ronnie et l'affreux jojo lui tend un billet en échange. Quand il me voit arriver, il perd pour la première fois le vilain petit sourire impudent qu'il a sur ses bizarres petites lèvres rouges. Parce que c'est pas ça son plan. Son plan, c'est Ronnie d'abord, moi ensuite. Ronnie est censé le courser de l'autre côté de la rue et se faire renverser par un camion ou un bus. Moi, je suis censé arriver en dernier. Et voir ça.

Poil de Carotte s'élance dans Barnum Boulevard. Vous savez comment est le boulevard à la sortie du parc – du moins vous devriez, après la vidéo que l'accusation nous a montrée trois fois au cours du procès : trois voies dans les deux sens, deux pour la circulation, une de dégagement, avec un séparateur en béton au milieu. Quand il arrive au séparateur de voies, Poil de Carotte regarde en arrière et là, je vois qu'il est plus qu'étonné. Il est carrément effrayé. Et ça, pour la première fois depuis la dégringolade de Carla sur le perron de l'église, ça m'a rendu heureux.

J'ai à peine le temps de l'entrevoir qu'il fonce pour traverser les voies sud sans même faire attention à la circulation. Je fonce pour traverser les axes nord comme lui. J'ai conscience du danger mais je m'en fiche. Au moins, si je me fais renverser, ça sera un véritable accident cette fois, pas une histoire d'accélérateur mystérieusement bloqué. Appelez ça du suicide si vous voulez, mais ce n'était pas le cas. Je ne pouvais vraiment pas le laisser filer. J'aurais pu ne pas le revoir avant une vingtaine d'années et alors j'aurais été un vieillard.

Je ne sais pas exactement combien de fois j'ai manqué me faire écraser, mais j'ai entendu un concert de klaxons et de crissements de pneus. J'ai vu une voiture faire un écart pour éviter le gosse et accrocher une camionnette. J'ai entendu quelqu'un me traiter de putain de taré. Un autre a gueulé : Qu'est-ce qu'il fout, bordel ? Mais tout ça n'est qu'un bruit de fond pour moi. Toute mon attention est fixée sur le sale gosse : la récompense, vous voyez.

Il court aussi vite qu'il peut. Je sais pas quel genre de monstre c'est à l'intérieur, mais, en dehors, c'est qu'un mioche avec des petites jambes et un torse rondouillard, et il a aucune chance. Tout ce qu'il peut espérer, c'est qu'une voiture me renverse, mais ça se passera pas comme ça.

En arrivant de l'autre côté, il trébuche sur le bord du trottoir. J'entends une bonne femme – une costaud teinte en blonde – hurler : Cet homme est armé ! C'était Mrs Jane Hurley. Elle a témoigné au procès.

Le gosse va pour se relever. Et alors je lui fais : Ça, c'est pour Marlee, espèce de petit fils de pute, et je lui tire une balle dans le dos. Balle numéro un.

Il commence à ramper à quatre pattes. Y a du sang qui goutte sur le trottoir. Je lui dis : Ça, c'est pour Vicky, et je lui en tire une autre dans le dos. Balle numéro deux. Et enfin je dis : Et ça, c'est pour papa et Mama Nonie, et je lui en colle deux derrière les genoux, juste au ras de son short gris. Numéros trois et quatre.

Y a des tas de gens qui hurlent à ce moment-là. Un type crie : Prenez-lui son flingue, plaquez-le au sol ! Mais personne ne bouge.

Le sale gosse roule sur le dos et me regarde. Quand je vois son visage, j'ai un temps d'arrêt. Il n'a plus l'air d'avoir six ou sept ans. Apeuré, terrassé par la douleur, il a tout juste l'air d'en avoir cinq. Son bonnet est tombé, il gît à côté de lui. L'une des pales de l'hélice en plastique est toute tordue. Mon Dieu, je pense, j'ai tiré sur un petit enfant innocent, et il est là, à mes pieds, mortellement blessé.

Oui, il a bien failli m'avoir, Mr Bradley. C'était bien joué, digne d'un Oscar, et puis le masque est tombé. Il pouvait faire prendre à son visage l'air aussi blessé et apeuré qu'il voulait, ses yeux le trahissaient. Il y avait toujours *cette chose* dans ses yeux. Et ses yeux disaient : Tu peux pas m'arrêter. Tu *m'arrêteras* pas tant que j'en aurai pas fini avec toi, et je suis loin d'en avoir fini.

Que quelqu'un lui prenne son arme ! j'entends crier une femme. Avant qu'il n'achève cet enfant !

Un grand gaillard court vers moi – je crois qu'il a témoigné aussi –, mais je braque mon revolver sur lui et il a vite fait de reculer en mettant les mains en l'air.

Je me retourne vers le sale gosse et je lui tire une balle dans la poitrine en disant : Pour la petite Helen. Balle numéro cinq. Maintenant, il a du sang qui lui sort de la bouche et qui lui coule le long du menton. Mon Colt 45 était un vieux six-coups, il ne me restait donc plus qu'une seule balle. Je mets un genou à terre, dans la mare de sang. Il était rouge mais il aurait dû être noir. Comme le liquide visqueux qui sort d'un insecte venimeux quand on l'écrase. J'applique le canon de mon colt pile entre les deux yeux.

Et ça, c'est pour moi, je lui dis. Retourne de l'enfer d'où tu viens, espèce de petit enfoiré. Et je tire, et c'est la balle numéro six. Mais juste avant que j'appuie sur la détente, il a plongé ses petits yeux verts dans les miens.

J'en ai pas fini avec toi, disaient ses yeux. Et j'en aurai pas fini tant que tu continueras à respirer. Peut-être même que je t'attendrai de l'autre côté.

Sa tête retombe en arrière. Un pied tressaille puis se fige. Je pose mon arme près de son corps, je lève les mains en l'air et je commence à me redresser. Deux types m'empoignent avant que j'aie pu me relever complètement. L'un me flanque un coup de genou dans les parties, l'autre un coup de poing dans la figure. D'autres les rejoignent. Dont Mrs Hurley, elle m'en a collé au moins deux bonnes. Elle a rien dit de *ça* au procès, je crois bien ?

Oh, je ne lui en veux pas, maître. Ni aux autres. Ce qu'ils ont vu, allongé sur le trottoir ce jour-là, c'était un petit garçon tellement défiguré par les balles que même sa mère ne l'aurait pas reconnu.

À supposer qu'il en ait eu une.

7

McGregor remmena le client de Bradley dans les entrailles du Manoir de l'Aiguille pour l'appel de midi en promettant de le ramener juste après.

« Je vous rapporterai une soupe et un sandwich, si vous voulez, proposa McGregor. Vous devez avoir faim. »

Mais Bradley n'avait absolument pas faim. Pas après ce qu'il venait d'entendre.

Il resta assis de son côté de la séparation en plexi-glas, les mains refermées sur son bloc-notes resté vierge. Il méditait sur le gâchis de certaines vies.

De la ruine des deux espèces en présence, celle de Hallas était certes plus facile à accepter, car il était clair que l'homme était fou. Si, lors de son procès, il avait pris la parole et raconté cette histoire – de cette même voix raisonnable et avec une sincérité si désarmante qu'elle vous mettait au défi de la mettre en doute –, Bradley était persuadé que Hallas serait à l'heure qu'il était enfermé dans l'une des deux institutions psychiatriques de haute sécurité de l'État au lieu d'attendre ses injections successives de thiopental sodique, bromure de pancuronium et chlorure de potassium : le cocktail létal que les détenus du Manoir de l'Aiguille appelaient Bonne nuit, maman.

Mais du moins Hallas, qui avait dû atteindre les limites de la santé mentale à la perte de son bébé, avait-il vécu la moitié d'une vie. Une moitié de vie malheureuse, certes, assaillie par des délires de persécution et des fantasmagories paranoïaques, mais – pour détourner un vieil aphorisme –, faute d'une vie, on se contente de la moitié d'une. Le cas du petit garçon était nettement plus tragique. Selon le médecin légiste, l'enfant qui avait eu le tort de se trouver sur Barnum Boulevard au mauvais moment n'avait pas plus de huit ans, plus probablement à peine six ou sept. On ne pouvait pas parler de vie mais de prologue.

McGregor ramena Hallas, l'attacha à sa chaise et demanda s'ils en avaient encore pour longtemps.

« Il a pas voulu de son déjeuner, mais moi, je serais pas contre.

— Nous ne serons pas longs », répondit Bradley.

Pour être honnête, il n'avait qu'une seule question, et une fois Hallas installé, il la posa.

« Pourquoi vous ? »

Hallas haussa les sourcils.

« Je vous demande pardon ?

— Ce démon – car je présume que c'est ainsi que vous le voyez –, pourquoi vous a-t-il choisi, vous ? »

Hallas sourit, moins un sourire qu'un simple étirement des lèvres. « Plutôt naïf comme question, non ? C'est comme si vous me demandiez pourquoi un bébé naît avec une malformation de la cornée, comme Ronnie Gibson, alors que les cinquante suivants venus au monde dans le même hôpital sont parfaitement normaux. Ou pourquoi un type bien qui a toujours mené une existence correcte se voit frappé d'une tumeur au cerveau à l'âge de trente ans alors qu'un monstre qui a contribué à superviser les chambres à gaz de Dachau vivra jusqu'à cent ans. Si vous voulez savoir pourquoi des trucs moches arrivent à des gens bien, vous avez frappé à la mauvaise porte. »

T'as tiré six fois sur un enfant en fuite, pensa Bradley, et les trois ou quatre dernières balles à bout portant. En quoi ça fait de toi un type bien, pour l'amour du ciel ?

« Avant que vous partiez, dit Hallas, laissez-moi *vous* poser une question. »

Bradley attendit.

« Est-ce que la police l'a identifié ? »

Hallas avait demandé ça d'un ton nonchalant, comme un prisonnier qui fait la conversation dans l'unique but de rester hors de sa cellule un peu plus longtemps, mais, pour la première fois depuis que cette longue visite avait commencé, ses yeux brillaient d'un regain de vie et d'intérêt.

« Je n'en ai pas la certitude », répondit Bradley prudemment.

Mais il savait très bien que non. Il disposait d'une source dans le bureau du procureur qui lui aurait communiqué le nom et l'origine de l'enfant bien avant que les journaux ne s'en emparent et ne les publient, comme ils étaient bien sûr impatients de le faire : le Petit Inconnu Assassiné était un fait divers d'une touchante humanité qui avait bénéficié d'une couverture nationale. Ces quatre derniers mois, l'intérêt pour cette histoire était un peu retombé mais l'exécution de Hallas ne manquerait pas de le raviver.

« Je vous dirais bien de réfléchir à ça, dit Hallas, mais ai-je vraiment besoin de le faire ? Vous y avez *déjà* réfléchi. Pas au point d'en avoir des insomnies, mais oui, vous y avez réfléchi. »

Bradley ne dit rien.

Cette fois, le sourire de Hallas était large et sincère.

« Je sais bien que vous ne croyez pas un traître mot de ce que je vous ai raconté et, après tout, qui pourrait vous blâmer, hein ? Mais faites marcher votre cerveau bien huilé juste une minute. C'était un enfant blanc de sexe masculin. Quand cette catégorie d'enfant vient à disparaître dans une société qui place encore la vie d'un enfant blanc mâle au-dessus de toutes les autres, tous les services de recherche sont mobilisés. On relève les empreintes digitales des tout-petits dès leur entrée à l'école de nos jours, ça facilite l'identification en cas de disparition, d'assassinat ou d'enlèvement. Je pense même que c'est une loi dans notre État. Ou bien je me trompe ?

— Vous ne vous trompez pas, répondit Bradley avec réticence. Mais vous auriez tort d'y accorder trop d'importance, George. Cet enfant est tout simplement passé à travers les mailles du filet. Ça arrive. Le système n'est pas infaillible. »

Le sourire de Hallas s'élargit encore pour atteindre sa plénitude.

« Continuez de croire ça, Mr Bradley. Continuez de le croire. »

Il se tourna et fit signe à McGregor qui retira ses écouteurs et se leva.

« Fini ?

— Oui », dit Hallas.

Comme McGregor se penchait pour détacher ses chaînes, il se tourna de nouveau vers Bradley. Son sourire – le seul que Bradley lui eût jamais vu – avait disparu sans laisser de traces. « Vous viendrez ? Quand ce sera l'heure ?

— Je serai là », répondit Bradley.

8

Et, en effet, il était là six jours plus tard quand, à 11 h 52, les rideaux de la salle d'observation furent tirés, dévoilant la chambre d'exécution avec ses petits carreaux blancs et sa table en forme de Y. Seuls deux autres témoins étaient présents. L'un d'eux était le père Patrick de l'église Saint-Andrews. Bradley s'assit au dernier rang avec lui. Le procureur était au tout premier rang, les bras croisés sur la poitrine, le regard fixé sur la pièce de l'autre côté de la vitre.

Le peloton d'exécution (car c'était bien ce qu'ils étaient, songea Bradley) était en place. Il se composait de six membres : Toomey, le directeur de la prison ; McGregor et deux autres gardiens ; deux représentants de la profession médicale en blouse blanche. La vedette du spectacle était allongée sur la table, les bras écartés retenus par des sangles Velcro, mais, lorsque les rideaux s'ouvrirent, ce fut la tenue du directeur qui attira d'abord l'attention de Bradley. Chemise bleue au col déboutonné : une allure sportive plutôt incongrue qui aurait été plus appropriée sur un terrain de golf.

Avec sa ceinture abdominale et son harnais de sécurité à trois points, George Hallas semblait davantage prêt à décoller pour l'espace qu'à mourir par injection létale. À sa demande, il n'y avait pas d'aumônier, mais, quand il aperçut Bradley et le père Patrick, il souleva sa main aussi haut que son poignet sanglé le lui permettait, dans un signe de reconnaissance.

Le père Patrick leva la main en retour, puis se tourna vers Bradley. Son visage était livide.

« Vous avez déjà assisté à ça ? »

Bradley secoua la tête. Il avait la bouche sèche et ne se sentait pas capable de répondre d'une voix normale.

« Moi non plus. J'espère que je vais supporter. Il… » Le père Patrick déglutit. « Il était si bon avec les enfants. Tous l'adoraient. Je n'arrive pas à y croire… même maintenant je n'arrive pas à y croire… »

Bradley non plus. Et pourtant il devait bien.

Le procureur se retourna, sourcils froncés comme Moïse, bras croisés sur la poitrine.

« On se tait, messieurs. »

Hallas parcourut du regard la dernière pièce qu'il habiterait jamais. Il paraissait abasourdi, comme s'il ne savait pas trop où il se trouvait ni ce qui allait se passer. Dans un geste de réconfort, McGregor posa une main sur sa poitrine. Il était 11 h 58.

L'une des blouses blanches – un spécialiste de la transfusion, présuma Bradley – noua une sangle en caoutchouc autour de l'avant-bras droit de Hallas, puis glissa une aiguille dans ce même bras et la scotcha. L'aiguille fut reliée à un cathéter lui-même relié à un tableau de commande mural où trois voyants rouges brillaient au-dessus de trois interrupteurs. La deuxième blouse blanche se rapprocha de la console et attendit, mains jointes. À présent, le seul mouvement perceptible dans la chambre d'exécution venait de Hallas qui clignait rapidement des yeux.

« Ils ont commencé ? chuchota le père Patrick. Je ne vois pas…

— Moi non plus, chuchota Bradley. Peut-être, mais… »

Un déclic amplifié les fit sursauter (le représentant légal de l'État resta aussi immobile qu'une statue). Le directeur demanda :

« Vous m'entendez correctement là-bas ? »

Le procureur leva les deux pouces en l'air puis recroisa les bras sur sa poitrine.

Le directeur se tourna vers Hallas.

« George Peter Hallas, vous avez été condamné à mort par un jury de vos pairs, une sentence approuvée par la cour de l'État et par la Cour suprême des États-Unis d'Amérique. »

Tu parles, comme si on leur avait demandé leur avis, songea Bradley.

« Auriez-vous quelque ultime déclaration à faire avant l'application de la sentence ? »

Hallas commença par secouer la tête puis sembla changer d'avis. Il tourna les yeux vers le panneau vitré et scruta la salle d'observation.

« Bonjour, Mr Bradley. Je suis content que vous soyez venu. Écoutez-moi bien, d'accord ? Je ferais attention si j'étais vous. Vous êtes le seul à connaître toute l'histoire. J'aurais peut-être pas dû vous la raconter, mais il fallait que je la raconte à quelqu'un. C'était devenu un poids trop lourd à porter pour moi seul. Souvenez-vous, *ça revient sous les traits d'un enfant.*

— C'est bon ? » s'enquit le directeur, presque jovial.

Hallas le regarda.

« Attendez, encore une chose. De *Dieu*, c'est quoi cette chemise ? »

Toomey cligna des yeux comme si quelqu'un lui avait brusquement éclaboussé le visage d'eau froide, puis il se tourna vers le médecin.

« Prêt ? »

La blouse blanche postée près du tableau de commande fit oui de la tête. Le directeur débita encore un peu de son baratin juridique, vérifia l'horloge, fronça les sourcils. Il était 12 h 01 ; ils étaient en retard d'une minute. Il pointa son doigt sur la blouse blanche comme un metteur en scène donnant le signal à un acteur. La blouse blanche remonta les interrupteurs et les trois voyants rouges passèrent au vert.

L'interphone était toujours branché. Bradley entendit Hallas paraphraser le père Patrick :

« C'est commencé ? »

Personne ne répondit. Ça n'avait pas d'importance. Ses yeux se fermèrent. Il émit un bruit de ronflement. Une minute s'écoula… une autre respiration longue et éraillée. Puis deux. Puis quatre. Plus de ronflement, plus de mouvement. Bradley regarda autour de lui. Le père Patrick avait disparu.

9

Le vent froid de la prairie soufflait quand Bradley quitta le Manoir de l'Aiguille. Il ferma son manteau et inspira à longues bouffées, tâchant de faire entrer le maximum d'air dans ses poumons, et le plus vite possible. Ce n'était pas l'exécution *à proprement parler* : à l'exception de la chemise bleue du directeur, la procédure avait semblé aussi banale qu'un vaccin contre le tétanos ou le zona. C'était précisément là qu'était l'horreur de la chose.

Du coin de l'œil, il vit quelque chose bouger dans la Basse-Cour où les condamnés faisaient leur promenade. Sauf qu'aujourd'hui, il était censé n'y avoir personne dehors. Les promenades étaient annulées les jours d'exécution. McGregor le lui avait dit. Et, en effet, quand il tourna la tête, la Basse-Cour était vide.

Bradley pensa : *Ça revient sous les traits d'un enfant*.

Et il se mit à rire. Il se faisait rire lui-même. C'était rien qu'un bon coup de frousse bien mérité, un point c'est tout. Et comme pour se le prouver, il frissonna.

La vieille Volvo du père Patrick était partie. Il ne restait plus que sa voiture dans le petit parking visiteurs adjacent au Manoir de l'Aiguille. Bradley fit quelques pas dans cette direction puis se retourna brusquement vers la Basse-Cour, l'ourlet de son pardessus lui battant les genoux. Personne. Bien sûr que non, bon dieu. george hallas était fou et, même si son sale gosse avait existé, il était mort maintenant. Plus que mort, avec six balles de Colt 45 dans la peau.

Bradley se remit en marche, mais, quand il arriva à la hauteur du capot de sa voiture, il s'arrêta de nouveau. Une vilaine rayure courait sur toute la longueur de sa Ford, du pare-chocs avant au feu arrière gauche. Quelqu'un lui avait rayé sa voiture d'un coup de clés. Dans une prison de haute sécurité où l'on devait passer trois murs et autant de postes de contrôle, quelqu'un lui avait rayé sa voiture !

Bradley pensa d'abord au procureur, qui était resté assis là sans broncher, les bras croisés sur la poitrine, incarnation de la piété ostentatoire. Mais cette idée n'avait pas la moindre logique. Le procureur avait eu ce qu'il voulait, après tout : il avait assisté à la mort de George Hallas.

Bradley ouvrit sa portière, qu'il n'avait pas pris la peine de verrouiller – on était dans une *prison*, que diable – et resta cloué sur place pendant quelques secondes. Puis, comme commandée par une force extérieure, sa main monta lentement à sa bouche et se plaqua dessus. Là, posé sur le siège du conducteur, il y avait un bonnet avec une hélice en plastique sur le dessus. L'une des deux pales était tordue.

Il se pencha enfin et le ramassa, pincé entre deux doigts, comme George Hallas naguère. Bradley le retourna. Un mot avait été glissé à l'intérieur. Les lettres, de traviole et toutes serrées, penchaient vers la droite. Une écriture enfantine.

GARDE-LE, J'EN AI UN AUTRE !

Il entendit un rire d'enfant, vif et enjoué. Il regarda en direction de la Basse-Cour, mais elle était toujours vide.

Il retourna le mot. Un autre message, encore plus bref, y figurait :

À BIENTÔT !

Pour Russ Dorr

Dans *The Hair of Harold Roux*, probablement le meilleur roman sur l'écriture jamais publié, Thomas Williams nous explique par le biais d'une métaphore saisissante, peut-être même une parabole, comment naît une histoire. Il imagine une plaine obscure où brûle un petit feu. Un à un, des gens sortent de l'obscurité pour venir se réchauffer. Chacun apporte un peu de combustible et le petit feu finit par devenir un brasier avec les personnages debout tout autour, leurs visages vivement éclairés et chacun beau à sa manière.

Un soir, dans un demi-sommeil, j'ai vu un tout petit feu – une lampe à pétrole, en fait – et un homme essayant de lire un journal à sa lueur. D'autres hommes sont arrivés avec leurs propres lanternes, projetant davantage de lumière sur un morne paysage qui se révéla être le Territoire du Dakota.

J'ai des visions de ce type assez fréquemment, même si ça me gêne de l'admettre. Je ne raconte pas toujours l'histoire qui va avec : quelquefois le feu s'éteint. Mais celle-ci, je devais la raconter, parce que je savais exactement le genre de langage que je voulais employer : sec et laconique, pas du tout mon style habituel. Je n'avais aucune idée de la direction que prendrait mon histoire mais j'avais parfaitement confiance dans le langage pour me guider. Et il l'a fait.

Une mort

Jim Trusdale avait une cabane sur la partie ouest du ranch maintenant abandonné de son père, et c'est là que le shérif Barclay et la demi-douzaine de villageois assignés le trouvèrent, assis sur l'unique chaise, près du poêle froid, vêtu d'un cache-poussière sale et lisant un vieux numéro du *Black Hills Pioneer* à la lueur d'une lanterne. Le regardant, en tout cas.

Le shérif Barclay se planta à l'entrée, emplissant presque tout le chambranle. Il tenait à la main sa propre lanterne.

« Sors de là, Jim, et les mains en l'air. J'ai pas dégainé mon pistolet et je tiens pas à le faire. »

Trusdale sortit. Il tenait toujours le journal dans l'une de ses mains levées. Il resta là, à regarder le shérif de ses yeux gris inexpressifs. Le shérif le regardait aussi. De même que les autres, quatre à cheval et deux sur la banquette d'une vieille calèche avec MORGUE HINES peint sur le côté en lettres jaunes fanées.

« Je remarque que t'as pas demandé pourquoi on est là, dit le shérif Barclay.

— Pourquoi vous êtes là, shérif ?

— Où est ton chapeau, Jim ? »

Trusdale posa sa main libre sur sa tête comme pour chercher son chapeau, un chapeau de cow-boy marron à bord plat, qui n'y était pas.

« À l'intérieur, il serait ? » demanda le shérif.

Une bise froide se leva, balayant la crinière des chevaux et aplatissant l'herbe sous une onde qui se déroula vers le sud.

« Non, fit Trusdale. Je crois pas qu'il y soit.

— Où, alors ?

— J'ai dû le perdre.

— Tu vas monter à l'arrière de la charrette, dit le shérif.

— J'ai pas envie de rouler dans une charrette funéraire, dit Trusdale. Ça porte la poisse.

— T'es rempli de poisse, dit l'un des hommes. T'en es recouvert. Monte. »

Trusdale alla à l'arrière de la calèche et monta. La bise souffla à nouveau, plus fort, et il releva le col de son cache-poussière.

Les deux hommes assis à l'avant descendirent et se postèrent de chaque côté de la calèche. L'un d'eux sortit son arme, l'autre non. Trusdale connaissait leurs visages mais pas leurs noms. C'étaient des villageois. Le shérif et les quatre autres entrèrent dans sa cabane. L'un d'eux était Hines, le croque-mort. Ils y restèrent un petit moment. Ils ouvrirent même le poêle, qui était éteint malgré la nuit froide, et fouillèrent dans les cendres. Enfin ils ressortirent.

« Pas de chapeau, dit le shérif Barclay, et on l'aurait vu. C'est un foutu grand chapeau. T'as quelque chose à dire là-dessus ?

— C'est dommage que je l'aie perdu. C'est mon père qui me l'avait donné quand il était encore bien dans sa tête.

— Il est où, alors ?

— Je vous l'ai dit, j'ai dû le perdre. Ou me le faire voler. Ça se peut aussi. Dites, j'allais pas tarder à aller me coucher.

— Oublie ça. T'étais en ville cet après-midi, n'est-ce pas ?

— Pour sûr il y était, dit l'un des hommes en remontant à cheval. Je l'ai vu de mes propres yeux. Et avec ce chapeau.

— Ferme-la, Dave, dit le shérif Barclay. Est-ce que t'étais en ville, Jim ?

— Oui, m'sieur, j'étais en ville, répondit Trusdale.

— Au Chuck-a-Luck ?

— Oui, m'sieur, au Chuck-a-Luck. J'y suis allé à pied, j'ai bu deux verres et je suis rentré à pied. J'imagine que c'est au Chuck-a-Luck que j'ai perdu mon chapeau.

— C'est ton histoire ? »

Trusdale leva la tête vers le ciel noir de novembre.

« C'est la seule histoire que j'ai.

— Regarde-moi, fils. »

Trusdale le regarda.

« C'est ton histoire ?

— Je vous l'ai dit, la seule que j'ai », dit Trusdale en le regardant.

Le shérif Barclay soupira.

« Très bien, allons en ville.

— Pourquoi ?

— Parce que t'es en état d'arrestation.

— L'a pas de cervelle dans sa putain de tête, fit remarquer l'un des hommes. Le papa a l'air intelligent, à côté. »

Ils repartirent en ville. Il y avait six kilomètres. Trusdale fit la route à l'arrière de la charrette funéraire avec son col de manteau relevé. Sans se retourner, l'homme qui tenait les rênes dit :

« Tu l'as violée en plus de lui avoir volé son dollar, espèce de chien ?

— Je sais pas de quoi vous parlez », dit Trusdale.

Le reste du trajet se fit dans le silence et le bruit du vent. En ville, la rue était bordée de gens. Ils restèrent d'abord silencieux. Puis une vieille femme enveloppée dans un châle marron courut après la charrette en boitillant et cracha sur Trusdale. Elle le manqua mais récolta quelques applaudissements.

Arrivé à la prison, le shérif Barclay aida Trusdale à descendre. Le vent était vif à présent et il sentait la neige. Des touffes d'herbe-qui-roule dévalaient la rue principale en direction de la citerne d'eau de la ville où elles s'entassaient et restaient là, à trépider contre les pieux d'une clôture.

« Qu'on pende ce tueur d'enfant ! » cria un homme, et quelqu'un lança une pierre.

La pierre passa entre la tête de Trusdale et son épaule droite et alla ricocher sur le trottoir en planches.

Le shérif Barclay se retourna et brandit sa lanterne pour éclairer la foule qui s'était rassemblée devant le magasin général.

« Pas de ça, dit-il. N'agissez pas stupidement. Nous avons la situation en main. »

Tenant Trusdale par le bras, le shérif lui fit traverser son bureau pour rejoindre la prison. Il y avait deux cellules. Barclay fit entrer Trusdale dans celle de gauche. Il y avait une couchette, un tabouret et un seau à immondices. Trusdale alla pour s'asseoir sur le tabouret mais Barclay lui dit :

« Non. Reste debout. »

Le shérif se retourna et vit son détachement d'hommes attroupés dans l'entrée.

« Sortez tous de là, dit-il.

— Otis, dit celui qui s'appelait Dave, et si il t'attaque ?

— Alors je l'immobiliserai. Je vous remercie d'avoir accompli votre devoir mais je vous demande de dégager maintenant. »

Quand ils furent partis, il dit :

« Enlève ton manteau et donne-le-moi. »

Trusdale enleva son cache-poussière et se mit à frissonner. En dessous, il ne portait rien d'autre qu'un tricot de corps et un pantalon en velours côtelé tellement râpé que les côtes étaient presque effacées et un genou était troué. Le shérif Barclay fouilla dans les poches du manteau et y trouva une carotte de tabac enroulée dans une page du catalogue J. W. Sears ainsi qu'un vieux billet de loterie promettant une récompense en pesos. Il y avait aussi une bille noire.

« C'est ma bille porte-bonheur, fit Trusdale. Je l'ai depuis que je suis petit.

— Vide les poches de ton pantalon. »

Trusdale vida ses poches. Il avait un penny, trois pièces de cinq cents et une coupure de journal pliée, parlant de la ruée vers l'argent du Nevada, qui paraissait aussi vieille que le billet de loterie mexicain.

« Enlève tes bottes. »

Trusdale enleva ses bottes. Barclay les prit et passa la main à l'intérieur. Il y avait un trou de la taille d'une pièce de dix cents dans l'une des semelles.

« Tes chaussettes maintenant. »

Barclay les retourna sur l'envers et les jeta de côté.

« Baisse ton pantalon.

— J'ai pas envie.

— Pas plus que moi j'ai envie de voir ce qu'y a dedans mais baisse-le quand même. »

Trusdale baissa son pantalon. Il ne portait pas de caleçon.

« Tourne-toi et écarte les fesses. »

Trusdale se tourna, attrapa ses fesses et les écarta. Le shérif Barclay grimaça, soupira, et enfonça un doigt dans l'anus de Trusdale. Trusdale grogna. Barclay sortit son doigt, grimaça à nouveau au léger *pop,* et s'essuya sur le tricot de corps de Trusdale.

« Il est où, Jim ?

— Mon chapeau ?

— Tu crois que je serais allé chercher ton chapeau au fond de ton cul ? Ou dans les cendres de ton poêle ? Tu fais le malin ? »

Trusdale remonta son pantalon et le reboutonna. Puis il resta planté là, frissonnant et pieds nus. Il n'y avait pas si longtemps, il était chez lui à lire son journal et à penser à allumer le poêle, mais ça semblait faire très longtemps.

« J'ai ton chapeau dans mon bureau.

— Alors pourquoi vous m'avez demandé où il est ?

— Pour voir ce que t'allais dire. C'est pas le chapeau, la question. Ce que je veux vraiment savoir, c'est où t'as mis le dollar d'argent de la fillette. Il est pas dans ta maison, pas dans tes poches, et pas non plus dans ton trou de balle. Tu t'es senti coupable et tu l'as jeté ?

— Je sais pas de quel dollar d'argent vous parlez. Je peux avoir mon chapeau ?

— Non. C'est une preuve. Jim Trusdale, je t'arrête pour le meurtre de Rebecca Cline. T'as quelque chose à répondre à ça ?

— Oui, monsieur. Que je connais pas de Rebecca Cline. »

Le shérif quitta la cellule, ferma la grille et prit une clé sur le mur pour la verrouiller. La serrure grinça. La cellule, qui hébergeait surtout des ivrognes, était rarement verrouillée. Barclay regarda Trusdale à travers les barreaux et dit :

« J'ai pitié pour toi, Jim. L'enfer est pas trop chaud pour un homme capable de faire une chose pareille.

— Quelle chose ? »

Le shérif s'éloigna d'un pas lourd sans répondre.

Trusdale resta enfermé pendant une semaine, à manger la pitance de chez Mother's Best, à dormir sur la couchette et à chier et pisser dans le seau, qui était vidé tous les deux jours. Son père ne lui rendit pas visite parce que son père était sénile depuis ses quatre-vingts ans, et soigné par deux squaws, une Sioux et une Lakota, depuis ses quatre-vingt-dix ans. Parfois, les squaws allaient à sa cabane abandonnée et chantaient des cantiques en chœur, debout sous le porche. Son frère était chasseur d'argent dans le Nevada.

Parfois, des enfants venaient se planter dans la ruelle devant sa cellule pour scander *Bourreau, bourreau, au boulot*. Parfois, c'étaient des hommes qui se tenaient là et menaçaient de lui couper ses parties intimes. Un jour, la mère de Rebecca Cline vint lui dire qu'elle le pendrait elle-même, si on l'y autorisait.

« Comment avez-vous pu tuer mon bébé ? demanda-t-elle par la fenêtre à barreaux. Elle n'avait que dix ans, et c'était son anniversaire.

— M'dame, dit Trusdale debout sur la couchette pour pouvoir regarder son visage blanc levé vers lui. J'ai pas tué votre bébé ni personne.

— Sale menteur », dit-elle avant de s'en aller.

Presque tout le monde en ville assista aux obsèques de l'enfant. Les squaws y assistèrent. Même les deux putains qui tapinaient au Chuck-a-Luck y assistèrent. Trusdale entendit les chants depuis sa cellule, accroupi au-dessus du seau dans le coin.

Le shérif télégraphia à Fort Pierre et le juge qui sillonnait le district arriva enfin. Il venait d'être nommé et il était jeune pour le poste : un dandy avec de longs cheveux blonds qui lui tombaient dans le dos comme Wild Bill Hickok. Il s'appelait Roger Mizell. Il portait de petites lunettes rondes et, tant au Chuck-a-Luck que chez Mother's Best, il se montra entreprenant avec la gent féminine, bien qu'il portât une alliance.

Comme il n'y avait aucun avocat en ville pour défendre Trusdale, Mizell désigna George Andrews, propriétaire du magasin général, de l'auberge et du Good Rest Hotel. Andrews avait suivi deux ans d'instruction supérieure dans une école de commerce à Omaha. Il déclara qu'il représenterait Trusdale seulement si Mr et Mrs Cline acceptaient.

« Alors, allez les voir », lui dit Mizell. Il était chez le barbier, renversé dans le fauteuil pendant qu'il se faisait raser. « N'attendez pas que l'herbe vous pousse sous les pieds. »

« Bon, dit Mr Cline lorsque Andrews eut exposé la situation. J'ai une question : s'il y a personne pour le représenter, est-ce qu'ils peuvent quand même le pendre ?

— Ce ne serait pas digne de la justice américaine, dit George Andrews. Et bien que nous ne fassions pas encore partie des États-Unis, ça ne saurait tarder.

— Est-ce qu'il a une chance de s'en tirer ? demanda Mrs Cline.

— Non, m'dame, dit Andrews. Je ne vois pas comment.

— Alors faites votre devoir et que Dieu vous bénisse », dit Mrs Cline.

Le procès débuta un matin de novembre et dura jusqu'au milieu de l'après-midi. Il se tint dans la salle municipale. Ce jour-là, il y avait des bourrasques de neige aussi fine que de la dentelle de mariée et des nuages gris ardoise roulaient vers la ville, laissant présager une plus forte tempête. Roger Mizell, qui s'était familiarisé avec l'affaire, exerçait à la fois les fonctions de procureur et de juge.

« Comme un banquier qui se ferait un prêt et qui se paierait ensuite des intérêts », commenta l'un des jurés pendant la pause déjeuner chez Mother's

Best. Et bien que personne ne le contredît, personne ne suggéra non plus que c'était une mauvaise idée. Après tout, c'était plutôt économique.

Le procureur Mizell appela une demi-douzaine de témoins à la barre et le juge Mizell n'objecta pas une seule fois à sa série de questions. Mr Cline témoigna en premier et le shérif Barclay vint en dernier. La version des faits qui en ressortit était simple. À midi, le jour du meurtre de Rebecca Cline, il y avait eu une fête d'anniversaire avec du gâteau et de la glace. Plusieurs amies de Rebecca étaient présentes. Vers quatorze heures, alors que les petites filles jouaient à la Queue de l'Âne et aux Chaises Musicales, Jim Trusdale entra au Chuck-a-Luck et commanda une rasade de whisky. Il portait son chapeau de cow-boy. Il fit durer son verre et, une fois le premier terminé, en commanda un second.

Avait-il, à un moment ou à un autre, enlevé son chapeau ? L'avait-il peut-être pendu à l'une des patères près de la porte ? Personne ne s'en souvenait.

« Mais je l'ai jamais vu sans, dit Dale Gerard, le serveur. Il y était attaché à ce chapeau. S'il l'a enlevé, il l'a probablement posé sur le comptoir à côté de lui. Il a bu son deuxième verre et il est parti.

— Son chapeau était-il sur le comptoir quand il est parti ?

— Non, monsieur.

— Était-il sur l'une des patères quand vous avez fermé pour la nuit ?

— Non, monsieur. »

Autour de quinze heures, ce jour-là, Rebecca Cline avait quitté sa maison à l'extrémité sud de la ville pour se rendre chez l'apothicaire dans Main Street. Sa mère lui avait dit qu'elle pouvait aller s'acheter des bonbons avec son dollar mais pas les manger car elle avait eu assez de sucreries pour la journée. Quand, à dix-sept heures, elle n'était toujours pas rentrée, Mr Cline et d'autres hommes étaient partis à sa recherche. Ils l'avaient trouvée dans Barker's Alley, entre le dépôt de diligences et le Good Rest. Elle avait été étranglée. Son dollar d'argent avait disparu. C'était seulement lorsque le père endeuillé l'avait prise dans ses bras que les hommes avaient vu le chapeau en cuir à large bord de Trusdale. Il était caché sous la robe d'anniversaire de la fillette.

Pendant la pause déjeuner du jury, des coups de marteau retentirent derrière le dépôt de diligences, à moins de cent pas de la scène du crime. C'était la potence en construction. Les travaux étaient supervisés par le meilleur charpentier de la ville, Mr John House, lequel portait plutôt bien son nom[1]. Le blizzard se rapprochait et la route de Fort Pierre serait bientôt impraticable, peut-être pendant une semaine, peut-être tout l'hiver. Il n'était pas question de garder Trusdale au trou jusqu'à l'arrivée du printemps. Il n'y avait rien d'économique là-dedans.

« C'est rien de bien méchant à construire, une potence, disait House aux gens qui venaient regarder. Un enfant saurait le faire. »

Il leur expliquait comment une poutre actionnée par un levier passerait sous la trappe et comment

---

1. *House* signifie maison en anglais.

l'essieu serait graissé pour éviter toute résistance de dernière minute.

« Si vous devez accomplir une chose pareille, vous avez envie de faire ça bien du premier coup », disait House.

L'après-midi, George Andrews appela Trusdale à la barre, ce qui déclencha quelques sifflets que le juge Mizell fit taire à coups de maillet, promettant d'évacuer la salle si les gens n'étaient pas capables de bien se tenir.

« Vous êtes-vous rendu au Chuck-a-Luck Saloon le jour en question ? demanda Andrews lorsque l'ordre fut rétabli.

— J'imagine que oui, dit Trusdale. Sinon je serais pas là. »

Il y eut quelques éclats de rire que Mizell fit taire aussi, bien qu'il eût lui-même le sourire et n'émît pas de second avertissement.

« Avez-vous commandé deux verres ?

— Oui, monsieur. Deux verres, c'est tout ce que je pouvais me payer.

— Mais tu t'es vite trouvé un autre dollar, hein, espèce de chien ? » s'écria Abel Hines.

Mizell pointa son maillet d'abord sur Hines, puis sur le shérif Barclay, assis au premier rang.

« Shérif, faites sortir cet homme, et inculpez-le pour trouble à l'ordre public, voulez-vous. »

Barclay escorta Hines à l'extérieur mais ne l'inculpa pas. Il lui demanda plutôt ce qui lui avait pris.

« Désolé, Otis, dit Hines. C'est de le voir assis là, à tirer sa tronche de six pieds de long.

— Va voir si John House a besoin d'aide avec son chantier, dit Barclay. Et reviens pas ici tant qu'on n'en a pas fini avec ce bordel.

— Il a déjà toute l'aide qui lui faut, et y neige fort, là.

— Tu t'envoleras pas. Vas-y. »

Pendant ce temps, Trusdale continuait de témoigner. Non, il ne portait pas son chapeau quand il était parti du Chuck-a-Luck, mais il ne s'en était rendu compte qu'une fois arrivé chez lui. Et alors, dit-il, il était trop fatigué pour retourner en ville le chercher. En plus, il faisait nuit.

Mizell intervint :

« Êtes-vous en train de nous faire croire que vous avez marché six kilomètres sans réaliser que vous ne portiez pas votre foutu chapeau ?

— J'imagine que puisque je le porte tout le temps, j'ai tout simplement pensé qu'il devait être là », dit Trusdale, ce qui suscita de nouveaux éclats de rire.

Barclay revint et reprit sa place à côté de Dave Fisher.

« Pourquoi ils rigolent ?

— L'idiot a pas besoin de bourreau, dit Fisher. Il se passe la corde au cou tout seul. J'imagine que ça devrait pas être drôle, mais quand même, c'est plutôt comique. »

« Avez-vous rencontré Rebecca Cline dans cette ruelle ? » demanda George Andrews d'une voix forte. Avec tous les regards braqués sur lui, il s'était découvert un talent jusqu'ici caché pour les effets de manches. « L'avez-vous rencontrée et lui avez-vous volé sa pièce d'anniversaire ?

— Non, monsieur, répondit Trusdale.

— L'avez-vous tuée ?

— Non, monsieur. Je la connaissais même pas. »

Mr Cline se leva de son siège et cria :

« Espèce de salopard de menteur !

— Je mens pas », fit Trusdale, et c'est là que le shérif Barclay le crut.

« Je n'ai pas d'autres questions », dit George Andrews, et il retourna s'asseoir.

Trusdale commença à se lever mais Mizell lui dit de se rasseoir et de répondre à quelques questions supplémentaires.

« Monsieur Trusdale, persistez-vous à prétendre que quelqu'un vous a volé votre chapeau pendant que vous étiez au Chuck-a-Luck, que ce même quelqu'un l'a mis et s'est rendu dans cette ruelle, a tué Rebecca Cline, et l'a laissé là pour vous incriminer ? »

Trusdale garda le silence.

« Répondez à la question, monsieur Trusdale.

— Monsieur, je sais pas ce que veut dire incriminer.

— Pensez-vous nous faire croire que quelqu'un essaie de vous faire porter le chapeau, si je puis dire, pour ce crime odieux ? »

Trusdale réfléchit en se tordant les mains. Enfin, il dit :

« Peut-être que quelqu'un l'a pris par erreur et l'a jeté. »

Mizell regarda l'auditoire captivé.

« Est-ce que quelqu'un ici présent a pris le chapeau de Mr Trusdale par erreur ? »

Le silence régna. À part le vent, qui soufflait plus fort. La neige ne tombait plus à petits flocons. La première grosse tempête de l'hiver était arrivée. L'Hiver du Loup, comme le baptisèrent les gens de la ville, car cet hiver-là les loups descendirent en meutes des Black Hills pour venir manger dans les poubelles.

« Je n'ai pas d'autres questions, dit Mizell. Et en raison du mauvais temps, nous allons nous dispenser des conclusions des deux parties. Le jury va se retirer pour établir un verdict. Vous avez trois possibilités, messieurs : innocent, homicide involontaire ou meurtre au premier degré.

— Au dernier, oui, observa quelqu'un. Tuer une petite fille… »

Le shérif Barclay et Dave Fisher se retirèrent au Chuck-a-Luck. Abel Hines les rejoignit en secouant la neige des épaules de son manteau. Dale Gerard leur offrit une tournée de bière.

« Mizell n'a peut-être plus de questions, dit Barclay, mais moi j'en ai une. Oublions le chapeau. Si Trusdale l'a tuée, comment se fait-il qu'on ait pas retrouvé ce dollar d'argent ?

— Parce qu'il a pris peur et qu'il l'a jeté, dit Hines.

— Je pense pas. Il est trop idiot. S'il avait eu ce dollar, il serait retourné le boire au Chuck-a-Luck.

— Qu'est-ce que t'es en train de dire ? demanda Dave. Tu penses qu'il est innocent ?

— Je dis simplement que j'aurais aimé qu'on trouve cette pièce.

— Peut-être qu'elle est tombée par un trou de sa poche ?

— Il avait pas de trou dans ses poches, répondit Barclay. Juste un dans sa botte, et il était pas assez gros pour laisser passer un dollar. »

Il but un peu de bière. Le vent soufflait et des touffes d'herbe-qui-roule remontaient Main Street, pareilles à des cerveaux fantomatiques dans la neige.

La délibération dura une heure et demie. « On a voté pour la pendaison dès le premier tour, dirait Kelton Fisher plus tard, mais on voulait que ça ait l'air correct. »

Mizell demanda à Trusdale s'il avait quelque chose à dire avant que la sentence soit prononcée.

« Je vois pas, dit Trusdale. Juste que j'ai pas tué cette fille. »

La tempête souffla pendant trois jours. John House demanda à Barclay à combien il estimait le poids de Trusdale et Barclay répondit qu'il pensait que l'homme devait avoisiner les soixante kilos. Avec des sacs en toile de jute, House confectionna un mannequin qu'il remplit de pierres, le pesant sur la balance de l'auberge jusqu'à ce que l'aiguille indique pile soixante. Puis il pendit le mannequin sous les regards de la moitié de la ville, debout au milieu des congères. L'essai de pendaison fut concluant.

Le soir précédant l'exécution, la tempête se calma. Le shérif Barclay informa Trusdale qu'il pouvait avoir ce qu'il voulait pour dîner. Trusdale demanda un steak et des œufs avec des frites baignant dans le jus de viande. Barclay paya le tout de sa poche et resta assis à son bureau, à se curer les ongles en écoutant le tintement régulier des couverts de Trusdale contre l'assiette en porcelaine. Quand le bruit cessa, il s'approcha. Trusdale était assis sur la couchette. Son assiette était tellement propre que Barclay présuma qu'il avait dû lécher les restes de sauce comme un chien. Il pleurait.

« Je viens de penser à quelque chose, dit Trusdale.

— À quoi, Jim ?

— Si on me pend demain matin, j'irai dans ma tombe avec du steak et des œufs dans mon ventre. J'aurai pas le temps d'évacuer. »

Pendant un instant, Barclay ne dit rien. Ce n'était pas l'image qui l'horrifiait mais le fait que Trusdale ait pu y penser. Puis il dit :

« Essuie-toi le nez. »

Trusdale s'essuya le nez.

« Maintenant tu vas m'écouter, Jim. Parce que c'est ta dernière chance. T'étais dans ce bar en plein milieu de l'après-midi. Vous étiez pas nombreux à cette heure-là. C'est pas vrai ?

— J'imagine que si.

— Alors qui a pris ton chapeau ? Ferme les yeux. Réfléchis. Revois la scène. »

Trusdale ferma les yeux. Barclay attendit. Enfin, Trusdale rouvrit ses yeux, rouges d'avoir pleuré.

« J'arrive même pas à me rappeler si je l'avais. »

Barclay soupira.

« Donne-moi ton assiette, et attention au couteau. »

Trusdale passa l'assiette à travers les barreaux avec le couteau et la fourchette posés dessus et ajouta qu'il aimerait bien boire une bière. Barclay y réfléchit puis enfila son lourd manteau, mit son Stetson et marcha jusqu'au Chuck-a-Luck où il se procura un petit seau de bière auprès de Dale Gerard. Le croque-mort

Hines terminait tout juste un verre de vin. Il sortit dans le vent et le froid avec Barclay.

« Grand jour demain, dit Barclay. On n'a pas eu de pendaison depuis dix ans et, avec un peu de chance, on n'en aura pas d'autre d'ici dix ans de plus. Je serai plus shérif d'ici là. J'aimerais déjà ne plus l'être. »

Hines le regarda.

« Tu crois vraiment qu'il l'a pas tuée.

— S'il l'a pas tuée, dit Barclay, alors celui qui l'a fait court toujours. »

La pendaison était prévue pour neuf heures le lendemain matin. Il faisait du vent et un froid mordant mais la majeure partie du village se déplaça. Le pasteur Ray Rowles était debout sur l'échafaud à côté de John House. Tous deux frissonnaient malgré leurs écharpes et manteaux. Les pages de la bible du pasteur Rowles claquaient au vent. Dans la ceinture de House, claquant aussi au vent, était coincé un capuchon de toile artisanale teint en noir.

Barclay conduisit Trusdale, mains menottées dans le dos, à la potence. Trusdale se tint bien jusqu'au pied des marches, mais là, il commença à se cabrer et à pleurer.

« Faites pas ça, dit-il. S'il vous plaît me faites pas ça. S'il vous plaît me faites pas de mal. S'il vous plaît me tuez pas. »

Il avait de la force pour un homme de petite taille et Barclay fit signe à Dave Fisher de venir lui prêter main-forte. À deux, ils forcèrent Trusdale, se débattant, esquivant, les repoussant, à monter les douze marches en bois. Il se cabra une fois si violemment que tous trois manquèrent tomber, et des bras se tendirent pour les rattraper en cas de chute.

« Cesse donc et meurs comme un homme ! » cria quelqu'un.

Quand ils atteignirent la plate-forme, Trusdale se calma un instant, puis, lorsque le pasteur Rowles entonna le psaume 51, il se mit à hurler. « Comme une femme avec la mamelle coincée dans l'essoreuse », raconta plus tard quelqu'un au Chuck-a-Luck.

« Aie pitié de moi, ô Dieu, selon Ta bonté, lisait Rowles, élevant la voix pour être entendu par-dessus les cris du condamné implorant d'être relâché. Selon Ta grande miséricorde, efface mes transgressions. »

Quand Trusdale vit House retirer le capuchon noir de sa ceinture, il se mit à haleter comme un chien. Il secouait la tête d'un côté à l'autre, tentant d'esquiver le capuchon. Ses cheveux voltigeaient. House suivait patiemment chaque mouvement, comme un homme essayant de brider un cheval nerveux.

« Laissez-moi regarder les montagnes ! » mugit Trusdale. Des coulées de morve pendaient à ses narines. « Je serai sage si vous me laissez regarder les montagnes une dernière fois ! »

Mais House lui enfila d'un coup le capuchon sur la tête et le tira jusqu'à ses épaules tremblantes. Comme le pasteur Rowles n'en finissait plus de soliloquer, Trusdale tenta de s'écarter de la trappe. Barclay et Dave Fisher l'y repoussèrent. En contrebas, quelqu'un cria : « Accroche-toi, cow-boy ! »

« Dites *amen*, ordonna Barclay au pasteur Rowles. Pour l'amour du ciel, dites *amen*.

— *Amen* », dit le pasteur Rowles, puis il se recula et referma sa bible d'un claquement sec.

Barclay hocha la tête en direction de House. House abaissa le levier. La poutre graissée se retira et la trappe tomba. Trusdale aussi. Il y eut un craquement lorsque sa nuque se brisa. Ses jambes remontèrent presque jusqu'à son menton puis retombèrent, inertes. Des gouttes jaunes tachèrent la neige sous ses pieds.

« Prends ça, espèce de salopard, cria le père de Rebecca Cline. Mort en pissant comme un chien sur une bouche d'incendie. Bienvenue en enfer. »

Quelques personnes applaudirent.

Les spectateurs restèrent jusqu'à ce que le cadavre de Trusdale, portant toujours le capuchon noir, fût allongé dans le même corbillard qui l'avait emmené en ville. Puis ils se dispersèrent.

Barclay retourna à la prison et s'assit dans la cellule que Trusdale avait occupée. Il resta là dix minutes. Il faisait assez froid pour qu'il voie son haleine se condenser. Il savait ce qu'il attendait, et qui finit par arriver. Il ramassa le petit seau qui avait contenu la dernière bière que Trusdale avait bue et vomit. Puis il retourna dans son bureau et chargea le poêle.

Il était toujours là huit heures plus tard, à essayer de lire un livre, quand Abel Hines entra et dit :

« Faut que tu viennes à la morgue, Otis. Y a quelque chose que je veux te montrer.

— Quoi ?

— Non, faut que tu viennes voir ça par toi-même. »

Ils marchèrent jusqu'à la Maison Funéraire Hines. Dans la salle du fond, Trusdale gisait nu sur une table à refroidir. Il y avait une odeur de produits chimiques et de merde.

« Ils font dans leur froc quand ils meurent de cette façon, dit Hines. Même les hommes qui y vont la tête haute. Ils y peuvent rien. Le sphincter se relâche.

— Et ?

— Approche. J'imagine qu'un homme de loi comme toi a vu pire qu'une paire de pantalons pleins de merde. »

Le pantalon était par terre, retourné sur l'envers. Quelque chose brillait dans les excréments. Barclay se pencha plus près et vit que c'était un dollar en argent. Il se baissa et le préleva du tas de merde.

« Je comprends pas, dit Hines. Le fils de pute est resté enfermé pendant près d'un mois. »

Il y avait une chaise dans le coin. Barclay s'assit si lourdement qu'on entendit le souffle de l'air.

« Il a dû l'avaler pour la première fois quand il a vu nos lanternes arriver chez lui. Et, chaque fois qu'il la chiait, il la nettoyait et la ravalait. »

Les deux hommes se regardèrent.

« Tu l'as cru, finit par dire Hines.

— Je l'ai cru, imbécile que je suis.

— Peut-être que ça en dit plus long sur toi que sur lui.

— Il a persisté à clamer son innocence jusqu'au bout. Je te parie qu'il continuera à dire la même chose devant le trône de Dieu.

— Oui, dit Hines.

— Je comprends pas. Il allait être pendu. D'un côté comme de l'autre, il allait être pendu. Tu comprends, toi ?

— Je comprends même pas pourquoi le soleil se lève. Qu'est-ce que tu vas faire de cette pièce ? Tu vas la rendre aux parents de la petite ? Peut-être que tu ferais mieux pas, parce que... » Hines haussa les épaules.

Parce que les Cline savaient depuis le début. Tout le monde en ville savait depuis le début. Il était le seul à ne pas avoir su. Imbécile qu'il était.

« Je sais pas ce que je vais en faire », dit-il.

Le vent soufflait, apportant de l'église des bruits de chants. C'était la doxologie.

En pensant à Elmore Leonard

J'écris de la poésie depuis que j'ai douze ans et que je suis tombé amoureux pour la première fois (classe de cinquième). Depuis lors, j'ai écrit des centaines de poèmes, généralement gribouillés sur des bouts de papier ou dans des carnets à moitié remplis, et j'en ai publié moins d'une demi-douzaine. La plupart sont rangés dans divers tiroirs, Dieu sait où – moi pas. Il y a une raison à cela : je suis un piètre poète. Et ce n'est pas de la modestie, juste la vérité. La plupart du temps, quand j'arrive à écrire quelque chose qui me plaît, c'est par accident.

Si j'ai inclus le poème qui suit dans ce recueil de nouvelles, c'est qu'il est (comme l'autre présent dans ce recueil) plus narratif que lyrique. J'en ai écrit le premier jet – depuis longtemps perdu, tout comme ma première version de l'histoire qui est devenue « Mile 81 » – à l'université, et sous l'influence certaine des monologues dramatiques de Robert Browning, notamment « Ma dernière duchesse ». (Un autre poème de Browning, « Le chevalier Roland s'en vint à la Tour noire », est devenu la matrice d'une série de livres que nombre de mes Fidèles Lecteurs connaissent bien.) Si vous avez lu Browning, vous risquez d'entendre sa voix plutôt que la mienne. Et si vous ne l'avez pas lu, c'est pas grave : c'est avant tout une histoire, comme n'importe laquelle, c'est-à-dire faite pour être appréciée plutôt que déconstruite.

Ce premier jet perdu, un ami à moi, Jimmy Smith, l'a lu lors d'une Heure de Poésie à l'université du Maine un mardi après-midi de 1968 ou 1969, et le poème fut bien accueilli. Et pourquoi pas ? Jimmy avait tout donné, s'était carrément époumoné. Et les gens sont toujours captivés par une bonne histoire, qu'elle soit en vers ou en prose. Et c'était plutôt une bonne histoire, surtout compte tenu du format, qui m'avait permis de réduire au minimum tout le développement fastidieux. Au cours de l'automne 2008, je me suis surpris à repenser à la performance de Jimmy et, comme j'étais entre deux projets, j'ai décidé d'essayer de recréer ce poème. Voici le résultat. Quant à savoir s'il ressemble beaucoup à l'original, je ne peux vraiment pas dire.

Jimmy, j'espère que t'es dans les parages et que tu tomberas dessus. T'as cassé la baraque, ce jour-là.

Église d'ossements

Si tu veux l'entendre, paie-moi un autre verre.
(Ah, c'est de la lavasse, mais bah ! qu'est-ce qui n'en
   est pas ?)
Nous sommes partis trente-deux dans cette plaie verte,
Trente jours dans le vert et seulement trois s'en rele-
   vèrent.
Trois s'élevèrent au-dessus du vert, trois parvinrent
   au sommet,
Manning, Revoy et moi. Et que dit ce livre déjà ?
Le livre célèbre ? « Il ne reste plus que moi pour
   raconter. »
Je mourrai de la boisson dans mon lit, comme tant
   de fils de putes hantés.

Est-ce que je pleure Manning ? Mon cul ! C'est son
   fric
qui nous avait foutus là, sa volonté qui nous faisait
   avancer, mort après mort.
Si *lui* est mort dans son lit ? Pas lui, non ! J'y ai
   veillé !
Il prie maintenant dans cette église d'ossements pour
   l'éternité. Grandiose est la vie !

(Qu'est-ce que c'est que cette lavasse ? Allez – paie-
m'en quand même un autre. Paie-m'en deux !
Je parlerai pour du whisky : et si tu veux que
je la ferme, passe au champagne.
Parler ne coûte rien, c'est le silence qui est cher, mon
cher.
Qu'est-ce que j'étais en train de dire ?)

Vingt-neuf morts pendant la traversée, dont une
femme.
Beaux nichons qu'elle avait et un cul comme une selle
anglaise !
On l'a retrouvée à plat ventre un matin,
aussi morte que le feu dans lequel elle gisait,
poupée de cendre, joues et gorge fumées.
Non point brûlée : ce feu devait être froid quand elle
y est entrée.
Elle avait parlé tout le voyage, elle est morte sans un
bruit :
être humain, quoi de mieux ? Tu trouves aussi ?
Non ? Alors va te faire foutre, et ta mère aussi :
si elle en avait eu une paire, ç'aurait été un putain
de roi.

Anthropologue, ha ! qu'elle disait. N'avait point l'air
d'une anthropologue quand on l'a sortie
des cendres avec du charbon sur les joues et le blanc
des yeux
gris poudré de suie. Aucune trace sur elle à part ça.
Dorrance a dit que c'était peut-être une crise cardiaque
et comme docteur on n'avait pas mieux

que ce merdique salopard. Pour l'amour de Dieu,
    envoie le whisky,
car la vie est un chemin de croix sans lui !

Jour après jour, le vert les décima. Carson mourut
    d'un pieu
planté dans sa botte. Son pied enfla et quand on
    trancha
le cuir, il avait les orteils aussi noirs que
l'encre de calmar que charriait le cœur de Manning.
Reston et Polgoy furent piqués par des araignées
plus grosses que ton poing ; Ackerman mordu par
    un serpent qui
se laissa choir d'un arbre où il pendait comme une
    étole de fourrure
enroulée à une branche. Injecté son venin dans le
    nez, à Ackerman.
Quelle agonie de souffrance, tu demandes ? Essaye
    voir ça :
Il s'est arraché son propre pif ! Oui ! Arraché
comme une pêche pourrie d'un pêcher, et mort
en punissant sa face agonisante ! Maudite vie, moi
    je dis,
et si tu sais pas rire, tu ferais mieux de rire quand
    même.
C'est ma maudite façon à moi, et je m'y tiens :
ce monde-ci n'est triste que pour les sains d'esprit.
Bon, j'en étais où ?

Javier tomba d'un pont de planches et lorsqu'on
l'a tiré de l'eau, il ne pouvait plus respirer,
aussi Dorrance lui fit du bouche-à-bouche

et aspira de sa gorge une sangsue aussi grosse
qu'une tomate de serre. Elle a sauté comme le bouchon
d'une bouteille et éclaté entre eux : les a éclaboussés
   tous deux du rouge
dont on vit (car nous sommes tous alcooliques en ce
   sens, si tu vois ce que je veux dire)
et lorsque l'Espagnol est mort en délirant, Manning
   a dit
que les sangsues lui étaient montées au cerveau.
   Quant à moi, je n'ai aucune opinion là-dessus.
Tout ce que je sais, c'est que les yeux de Javy ne
   voulaient pas rester fermés et qu'ils ont continué à
palpiter, lui entrant et sortant des orbites, encore une
   heure après sa mort.
Y avait bien là quelque chose d'affamé, ah, ça oui,
   je te le dis !
Et tout le temps les aras hurlaient après les singes
et les singes hurlaient après les aras et tous
hurlaient après le ciel bleu qu'ils ne voyaient pas,
vu qu'il était enseveli dans ce vert maudit.
C'est du whisky, ça, ou de la diarrhée dans un verre ?
Y avait une de ces ventouses dans le pantalon du
   Français…
je te l'avais dit ? Tu sais ce que celle-là a mangé, pas
   vrai ?

Ce fut Dorrance lui-même qui y passa après ; on était
   alors
en train de grimper, mais toujours dans le vert. Il est
   tombé
dans une gorge et nous avons entendu son cou se
   briser.

Vingt-six ans d'âge, fiancé bientôt marié, affaire classée.
Rhaaa, est-elle point grandiose la vie ? La vie est une
    sangsue dans la gorge,
la vie est la gorge dans laquelle on tombe tous, c'est
    une soupe
où on finit tous légumes. Suis-je point philosophe ?
Peu importe. Il est trop tard pour compter les morts,
et je suis trop soûl. On a fini par arriver au bout.
Disons juste ça.

Émerger par le haut de tout ce vert grésillant,
après avoir enterré Rostoy, Timmons,
le Texan – j'ai oublié son nom –, Dorrance
et quelques autres. À la fin, la plupart furent emportés
par une fièvre qui leur a bouilli et verdi la peau.
Au final, il est plus resté que Manning, Revoy et moi.
On a attrapé la fièvre nous aussi, mais on l'a tuée
    avant qu'elle ne nous tue.
Sauf que je m'en suis jamais vraiment remis. À pré-
    sent ma quinine
c'est le whisky, ce que je prends pour les frissons,
    alors
paie-m'en un autre avant que j'oublie mes bonnes
    manières
et te tranche ta putain de gorge. Je pourrais même
boire ce qui en sort, alors sois prudent, fils,
et nom de Dieu, ramène-le-moi au trot.

On est arrivés à une route, même Manning était d'ac-
    cord
pour le dire, et assez large pour des éléphants si les
    chasseurs d'ivoire

avaient pas nettoyé les jungles et les plaines au-delà
du temps où l'essence valait encore dix sous.

Elle tenait le coup, cette route, et on a tenu le coup
avec elle

sur des dalles de pierre inclinées jaillies de la Terre
Mère il y a un million d'années,

sautant de l'une à l'autre comme grenouilles au soleil,
Revoy

toujours brûlant de fièvre et moi – oh, j'étais léger !

comme des aigrettes de pissenlit dans la brise, vois-tu.

J'ai tout vu. J'avais l'esprit aussi clair alors que de
l'eau propre,

étant aussi jeune alors qu'affreux aujourd'hui – oui,
je vois bien

comment tu me regardes, mais pas la peine de froncer ainsi tes sourcils,

c'est ton propre avenir que tu vois de ce côté-ci de
la table.

Nous avons grimpé au-dessus des oiseaux et c'était
là le bout,

une langue de pierre tirée à la face du ciel.

Manning s'est mis à courir et nous avons couru aussi,
Revoy

trottant bigrement, tout malade qu'il fût.

(Mais il l'est pas resté longtemps – ha-ha !)

On a regardé en bas, et vu ce qu'on a vu.

Manning s'empourpra, et pourquoi pas ?

L'avidité aussi est une fièvre.

M'attrapant par ma chemise en loques,

il me demanda si c'était juste un rêve. Et quand j'ai
dit voir

ce qu'il voyait, il s'est tourné vers Revoy.

Mais Revoy n'eut le temps de dire ni oui ni non que
nous entendions le tonnerre

monter du plafond vert que nous avions laissé derrière,

pareil à un orage à l'envers. Ou disons,

comme si toute la terre, ayant attrapé la fièvre qui
nous traquait,

avait les entrailles retournées. J'ai demandé à Manning ce qu'il entendait et Manning n'a rien dit. Il
était hypnotisé par

cette crevasse, le regard plongé dans trois cents
mètres d'air séculaire

vers l'église en contrebas : la valeur d'un million
d'années de défenses et de squelettes,

un sépulcre blanchi d'éternité, une fosse emplie de
crocs

tels que vous en verriez si l'enfer, jusqu'aux scories
de son chaudron, se calcinait.

On s'attendait à voir des corps empalés sur les

antiques dards de ce tombeau ensoleillé. Il n'y en
avait point,

mais le tonnerre approchait, ses roulements montant
du sol

au lieu de descendre du ciel. Sous nos talons, les
pierres

tremblaient alors qu'*eux* s'arrachaient au vert

qui avait pris tant d'entre nous – Rostoy et sa guim-
barde,

Dorrance l'accompagnant au chant, l'anthropologue
au cul comme une selle anglaise, et vingt-six autres.

Ils arrivaient, ces spectres décharnés, secouant le plafond vert
de sous leurs pieds, déferlant en une vague frémis-
   sante :
une débâcle d'éléphants montant du berceau vert des
   temps.
Les dominant de toute leur taille (crois ce que tu
   veux),
il y avait des mammouths de l'âge révolu où l'homme
n'était point, défenses en tire-bouchon, yeux
rougis plus que les fouets du chagrin ;
des lianes enroulées autour de leurs pattes fripées.
L'un d'eux – parole ! – avait une fleur piquée
dans un repli de peau de sa poitrine comme à une
   boutonnière !

Revoy poussa un cri et mit sa main devant ses yeux.
Manning dit : « Non, je ne vois pas ça. » (On aurait
   dit
un homme s'expliquant face à un putain de flic préposé à la circulation.)
Je les ai tirés sur le côté et trébuchant, les trois on
   s'est glissés
dans une fente pierreuse du bord. De là,
on les a regardés déferler : une marée défiant la réalité
qui vous faisait aspirer à la cécité et vous rendait
   contents d'y voir.
Ils nous ont dépassés, sans jamais ralentir,
ceux de derrière poussant ceux de devant,
et ils sont passés par-dessus bord, courant au suicide
   en barrissant,

pour aller s'écraser dans leurs ossements d'oubli
   mille cinq cents mètres de poussière en contrebas.
Des heures cela dura, cette interminable procession
   de mort cabriolante ;
trompetant dans leur chute, orchestre de cuivres
faiblissant. La poussière et l'odeur de leur merde
nous suffoquaient, et à la fin Revoy est devenu fou.
Se leva, pour fuir ou se joindre à eux,
j'ai jamais bien su quoi, mais rejoints il les a,
tête la première et ses talons de bottes au ciel,
toutes les têtes de clous miroitant.
Un bras nous salua. L'autre… un de ces énormes
   pieds plats
l'arracha de son corps, et le bras suivit en agitant
   les doigts :
« Au revoir ! », « Au revoir ! », « À la revoyure, les
   gars ! »
Ahh !

Je me suis penché pour le voir partir et ce fut une
   vision mémorable :
comme il se vaporisa en roues à vent qui planèrent
   dans l'air
une fois lui disparu, puis virèrent au rose et déri-
   vèrent
sur une brise qui sentait les œillets pourris.
Ses os sont avec les autres à présent et, où est mon
   verre ?
Mais – écoute ça, imbécile ! – les seuls ossements
   neufs étaient les siens.
T'as noté ce que j'ai dit ? Alors écoute encore, putain :
Les siens, mais aucun des autres.

Rien là en bas une fois passé le dernier géant,
rien que l'église d'ossements, telle qu'elle était avant,
avec une seule tache de sang, et cette tache-là c'était
    Revoy.
Car c'était une cavalcade de spectres ou de souvenirs,
et qui peut dire que ce n'est pas la même chose ?
    Manning se leva
en tremblant, disant que notre fortune était faite
(comme s'il en avait pas déjà une).
« Et que fais-tu de ce que tu viens de voir ? j'ai demandé.
Montrerais-tu à d'autres ce lieu sacré ?
Avant que tu t'en aperçoives, le pape lui-même
aura pissé son eau bénite par-dessus bord ! » Mais
    Manning
secoua seulement la tête et sourit, leva en l'air des
    mains
sans un grain de poussière – alors que moins d'une
    minute
avant, nous en avalions des ballots
et en étions couverts de la tête aux pieds.
Il a dit que c'était une hallucination
que nous avions eue, due à la fièvre et à l'eau croupie.
Répéta que notre fortune était faite, et rit.
Salopard, ce rire fut sa perte.
Je vis qu'il était fou – ou alors c'était moi – et qu'il
    faudrait
que meure l'un de nous. Tu sais lequel ce fut,
puisque me voilà soûl, assis en face de toi, mes cheveux
jadis noirs me tombant dans les yeux.

Il m'a dit : « Tu ne vois donc pas, imbécile… »
Et n'en a pas dit plus ; le reste fut un cri.

Qu'il aille se faire foutre !
Et ta gueule ricanante aussi !

Je n'ai pas souvenir de mon retour ;
c'est un rêve de vert peuplé de visages bruns,
puis un rêve de bleu peuplé de visages blancs,
et maintenant la nuit je m'éveille dans cette ville
où pas un homme sur dix ne rêve de ce qui
l'attend après sa vie – parce que les yeux
qui leur servent à rêver sont fermés, comme ceux de
    Manning
l'étaient, jusqu'à la fin, quand tous les comptes en
    banque de l'enfer
ou de Suisse (c'est peut-être bien les mêmes) n'au-
    raient pu le sauver.
Je me réveille avec le foie qui beugle et, dans l'obs-
    curité
j'entends le grondement de tonnerre des spectres for-
    midables monter
du plafond vert comme une tempête lâchée pour
    tourmenter la terre,
et je flaire la merde et la poussière, et quand la horde
se libère dans le ciel de sa perte, je vois
les éventails antiques de leurs oreilles et les crochets
    de leurs
défenses ; je vois leurs yeux, leurs yeux, leurs yeux.
Il y a plus dans la vie que ce que nous en voyons ; il
    existe des cartes dans les replis de vos cartes.

Elle est toujours là, l'église d'ossements, et je vou-
    drais
y retourner pour la retrouver, et me jeter dans le vide

pour en finir avec cette pitoyable comédie. Maintenant détourne
ta face de mouton avant que je ne la détourne pour
toi.
Rhaaa ! la réalité est un sale endroit sans aucune religion.
Alors, nom de Dieu, paie-moi un verre !
On boira à la santé d'éléphants qui jamais n'exis-
tèrent.

Pour Jimmy Smith

La morale est un sujet épineux. Si je l'ignorais étant petit, je l'ai découvert en arrivant à la fac. Je suis entré à l'université du Maine grâce un échafaudage financier bancal fait de petites bourses, de prêts et de jobs d'été. Et pendant l'année scolaire, je travaillais au resto universitaire des West Commons. L'argent ne faisait jamais long feu. Ma mère, qui nous élevait seule, était gouvernante dans une institution psychiatrique nommée Pineland Training Center et elle m'envoyait douze dollars par semaine, ce qui m'aidait un peu. Après sa mort, j'ai appris par l'une de ses sœurs que pour pouvoir m'envoyer cet argent, elle avait renoncé à son rendez-vous mensuel chez l'esthéticienne et économisé sur les courses. Elle sautait aussi le repas de midi les mardis et jeudis.

Quand j'ai trouvé à me loger hors du campus et loin du resto U des West Commons, il m'arrivait de compléter mon propre régime alimentaire en volant des steaks ou des paquets de hamburgers au supermarché du coin. Il fallait le faire le vendredi, quand le magasin grouillait de monde. J'ai essayé de voler un poulet une fois, mais il était trop gros pour passer sous mon manteau.

Le mot se répandit que je rédigeais des devoirs pour les étudiants en galère. J'appliquais un barème variable pour ce service. Si l'étudiant obtenait un A, mon tarif était de vingt dollars. Je recevais dix dollars pour un B. Un C était un loupé, donc personne ne payait rien. Pour un D ou un F, je promettais à mon client de lui donner vingt dollars. Mais je faisais en sorte de ne jamais devoir payer quoi que ce soit, car je n'en avais pas les moyens. J'étais un petit malin. (Ça m'embarrasse de dire ça, mais c'est la vérité.) Je ne m'engageais que si l'étudiant pouvait me fournir au moins un devoir écrit de sa main, pour que je puisse copier son style. Je n'ai pas eu à le faire trop souvent, Dieu merci, mais quand je devais le faire – quand j'étais fauché et ne pouvais tout simplement pas me passer d'un burger-frites du Bear's Den –, je le faisais.

Puis, en troisième année, j'ai découvert que j'avais un groupe sanguin plutôt rare : A négatif (environ six pour cent de la population). Il y avait une clinique à Bangor qui achetait vingt-cinq dollars le demi-litre de A négatif. Excellente affaire, selon moi. À peu près tous les deux mois, je prenais la Route 2 depuis Orono à bord de mon vieux break défoncé (ou en stop quand il était en rade, ce qui arrivait fréquemment) et je retroussais ma manche. Il y avait bien moins de paperasse à remplir en ces années pré-sida, et quand la poche de sang était pleine, on te donnait le choix entre un petit verre de jus d'orange ou un petit shot de whisky. Étant déjà un alcoolique en formation à l'époque, j'optais toujours pour le whisky.

En rentrant à la fac après l'un de ces « dons »
de sang, il m'est venu à l'esprit que si se prostituer,
c'est vendre son corps pour de l'argent, alors j'étais
une pute. Écrire des dissertations de littérature et
des devoirs de socio pour les autres, c'était aussi se
prostituer. J'avais reçu une éducation méthodiste
classique, on m'avait appris ce qu'étaient le bien et
le mal, mais voilà : j'étais devenu une pute, sauf que
je vendais mon sang et mes compétences en écriture
plutôt que mon cul.

Cette prise de conscience souleva en moi des questions d'ordre moral qui continuent de m'interroger
aujourd'hui. La morale est un concept élastique,
n'est-ce pas ? Incroyablement étirable. Mais si on tire
un peu trop sur quelque chose, ça finit toujours par
craquer. Maintenant, je donne mon sang au lieu de le
vendre, mais ce qui m'est venu à l'esprit à l'époque
et me semble toujours vrai aujourd'hui, c'est que
dans certaines circonstances, n'importe qui pourrait
vendre n'importe quoi.

Et le regretter toute sa vie.

Morale

I

Chad sut qu'il y avait un problème dès qu'il passa la porte. Nora était déjà rentrée. Elle travaillait de onze heures à dix-sept heures, six jours sur sept. En général, lui-même rentrait de l'école à seize heures et se mettait en cuisine à dix-huit heures quand elle rentrait.

Elle était assise sur l'escalier de secours, là où il sortait pour fumer, et elle avait des papiers entre les mains. Il jeta un coup d'œil au réfrigérateur et vit que la copie du mail affichée là depuis près de quatre mois n'était plus sous l'aimant.

« Hé, coucou, dit-elle. Tu viens ? » Elle marqua une pause. « Amène tes clopes, si tu veux. »

Chad avait réduit sa consommation à un paquet par semaine mais Nora n'approuvait pas pour autant cette habitude : question de santé bien sûr, mais surtout de coût. Chaque cigarette, c'étaient quarante centimes qui partaient en fumée.

Il n'aimait pas fumer devant elle, même dehors. Mais il sortit son paquet du tiroir sous l'égouttoir à vaisselle et le mit dans sa poche. Quelque chose dans le visage grave de Nora lui disait qu'il pourrait en avoir besoin.

Il sortit par la fenêtre et s'assit à côté d'elle. Elle s'était changée et portait un jean et l'un de ses vieux chemisiers : donc elle était rentrée depuis un moment. De plus en plus bizarre.

Ils contemplèrent un instant leur petit bout de ville sans parler. Il l'embrassa et elle sourit d'un air absent. Elle avait le mail de l'agent sur les genoux ; et aussi le dossier marqué LE ROUGE ET LE NOIR en grosses lettres capitales. Sa petite blague à lui, mais pas si drôle que ça. Ce dossier contenait toute leur paperasse financière – relevés de banque et de cartes de crédit, factures, primes d'assurance – et on pouvait dire qu'ils étaient dans le rouge, voire dans le noir. Ça semblait être la mode en Amérique ces temps-ci. Y en avait pas assez pour tout le monde. Deux ans auparavant, ils parlaient d'avoir un enfant. Plus aujourd'hui. Ce dont ils parlaient aujourd'hui, c'était de sortir la tête de l'eau et au mieux de quitter la ville sans une tripotée de créanciers aux trousses. Déménager dans le Nord, en Nouvelle-Angleterre. Mais pas tout de suite. Ici, au moins, ils avaient du travail.

« Ça s'est bien passé à l'école ?

— Ouais, impec. »

En fait, ce boulot était une aubaine. Mais quand Anita Biderman rentrerait de son congé maternité, comment savoir ce qu'il trouverait ? Probablement pas un autre poste à l'école primaire 321. Il était bien positionné sur la liste des remplaçants mais ça ne lui servirait à rien si l'équipe pédagogique était au complet.

« T'es rentrée tôt, dit-il. Me dis pas que Winnie est mort. »

Elle parut surprise, puis sourit à nouveau. Mais ils étaient ensemble depuis dix ans – mariés depuis six – et Chad avait déjà vu ce sourire. Quelque chose n'allait pas.

« Nora ?

— Il m'a laissée partir plus tôt. Pour réfléchir. Faut que je réfléchisse bien. Je… »

Elle secoua la tête. Il la prit par l'épaule et la tourna vers lui.

« Tu *quoi* ? Tout va bien avec Winnie ?

— C'est une bonne question. Vas-y, je t'autorise à t'en griller une.

— Dis-moi ce qui se passe. »

Elle avait été licenciée du Congress Memorial Hospital deux ans auparavant à la suite d'un « remaniement ». Heureusement pour l'Entreprise Chad & Nora, elle était retombée sur ses pieds. Dégoter ce boulot d'infirmière à domicile avait été un sacré coup de bol : un seul patient – un révérend à la retraite se remettant d'une attaque cérébrale –, trente-six heures par semaine, salaire très correct. Elle gagnait plus que lui, et pas qu'un peu. Avec leurs deux salaires, ils avaient presque assez pour vivre. Du moins jusqu'à ce qu'Anita Biderman revienne.

« Parlons d'abord de ça. » Elle souleva le mail de l'agent. « T'es sûr de toi ?

— Quoi ? Que je peux le faire ? Oui. Quasiment certain. Enfin, si j'avais le temps. Quant au reste… » Il haussa les épaules. « C'est écrit là-dedans, noir sur blanc. Aucune garantie. »

Avec le gel des embauches actuellement en vigueur dans les écoles publiques de la ville, un poste de remplaçant était ce que Chad pouvait espérer de mieux. Il était sur toutes les listes d'attente mais aucun poste d'enseignant de cours moyen à temps plein n'était en vue dans son avenir proche. Et même si une telle opportunité se présentait, le salaire ne serait pas beaucoup plus intéressant – plus régulier, oui. En tant que remplaçant, il passait parfois des semaines sur le banc de touche.

Il y a deux ans, il était resté trois mois sans remplacement et ils avaient failli perdre l'appartement. C'était là que les ennuis avec les cartes de crédit avaient commencé.

Par désespoir, et aussi par besoin de combler les heures pendant que Nora travaillait chez le révérend Winston, Chad avait commencé à écrire un livre qu'il avait intitulé *Vivre parmi les animaux : la vie d'un enseignant remplaçant dans quatre écoles publiques.* Les mots ne lui venaient pas facilement. Et certains jours, ils ne venaient carrément pas. Mais lorsqu'il avait été appelé pour un remplacement en classe de cours élémentaire première année à Saint-Saviour (Mr Cardelli avait eu un accident de voiture et s'était cassé la jambe), il avait déjà écrit trois chapitres. Nora avait accepté de les lire avec un sourire crispé. Aucune femme n'a envie de dire à l'homme qui partage sa vie qu'il a perdu son temps.

Elle n'avait pas eu à le faire. Les anecdotes qu'il racontait de sa vie d'enseignant remplaçant étaient jolies, drôles et souvent touchantes – bien plus intéressantes que tout ce qu'elle avait pu entendre à l'heure du dîner ou le soir au lit.

La plupart des agents littéraires n'avaient pas répondu à ses courriers. Certains avaient eu la courtoisie de lui glisser un mot : « Désolé, mon agenda est plein. » Il en avait finalement trouvé un qui avait au moins accepté de lire les quatre-vingts pages qu'il avait réussi à arracher à son vieux Dell foireux.

Le nom de l'agent, Edward Ringling, faisait un peu cirque[1]. Et s'il n'avait pas tari d'éloges sur le travail de Chad, il n'avait pas été très généreux en promesses. « Je pourrai peut-être vous trouver un contrat sur la base de ces quelques pages et une ébauche du reste, avait écrit Ringling, mais ça risque d'être un tout petit contrat, sans doute bien moins intéressant que ce que vous gagnez actuellement en tant qu'enseignant, et vous risqueriez de vous retrouver sur la paille – c'est dément, je sais, mais c'est le marché d'aujourd'hui.

« Ce que je vous suggère, c'est d'écrire sept ou huit chapitres supplémentaires, voire tout le livre. Alors je pourrai peut-être le mettre aux enchères et vous trouver un accord bien plus intéressant. »

C'était logique, supposait Chad, si tu contemplais le monde littéraire du haut d'un bureau confortable de Manhattan. Moins quand tu jouais à la marelle entre les différents arrondissements, enseignant une semaine ici et trois jours là, en tâchant de garder de l'avance sur les factures. La lettre de Ringling était arrivée en mai. On était maintenant en septembre, et même si Chad avait donné pas mal de cours parti-

---

1. Référence au Ringling Brothers Circus.

culiers cet été (*Dieu bénisse les imbéciles*, se disait-il parfois), il n'avait pas ajouté une seule page à son manuscrit. Ce n'était pas de la paresse : enseigner, même seulement en tant que remplaçant, c'était comme d'avoir des câbles de démarrage branchés sur une partie vitale de ton cerveau. C'était bien que les enfants puissent en retirer de l'énergie, mais, à la fin de la journée, il ne t'en restait plus que très peu. Souvent, le soir, l'activité la plus créative dont il se trouvait capable, c'était la lecture du dernier Linwood Barclay.

Ça pourrait changer s'il se retrouvait à nouveau sans travail pendant deux ou trois mois... sauf que vivre à deux sur le salaire de sa femme achèverait de les ruiner. Et l'angoisse, ça n'aidait pas en matière de création littéraire.

« Ça te prendrait combien de temps de le terminer ? demanda Nora. Si t'écrivais à plein temps ? »

Il sortit son paquet de cigarettes et en alluma une. Il ressentait une forte envie de se montrer exagérément optimiste, mais la surmonta. Il n'avait pas la moindre idée de la mouche qui l'avait piquée, mais Nora méritait la vérité.

« Au moins huit mois. Plus probablement un an.

— Et combien d'argent tu penses que Ringling pourrait récolter si les gens se déplaçaient pour sa vente aux enchères ? »

Ringling n'avait pas mentionné de chiffre mais Chad avait fait ses devoirs du soir.

« J'imagine que l'avance pourrait tourner autour de cent mille. »

Un nouveau départ dans le Vermont, c'était ça leur projet. Ce dont ils parlaient au lit. Une petite ville, peut-être dans le Northeast Kingdom[1]. Nora pourrait trouver un poste à l'hôpital le plus proche ou chez un autre particulier ; lui pourrait décrocher un temps plein. Ou bien écrire un autre livre.

« Nora, qu'est-ce qui se passe ?

— J'ai peur de te le dire, dit-elle, mais je vais le faire. Dingue ou pas, je vais te le dire, parce que le chiffre que Winnie m'a donné dépasse les cent mille. Juste une chose : je ne démissionnerai pas. Il a dit que je pouvais garder mon boulot, peu importe ce qu'on décidait. Et on a *besoin* de ce boulot. »

Il attrapa le cendrier en aluminium qu'il gardait sous le rebord de la fenêtre et écrasa son mégot. Puis il lui prit la main.

« Dis-moi. »

Il écouta avec stupéfaction mais sans incrédulité. Il aurait aimé pouvoir être incrédule, mais non.

Si on lui avait posé la question avant ce jour-là, Nora aurait dit qu'elle savait peu de choses sur le révérend George Winston et qu'il ne savait à peu près rien d'elle. À la lumière de sa proposition, elle se rendit compte qu'elle lui en avait en fait dit beaucoup. Sur leur situation financière, pour commencer. Et sur la possibilité qu'offrait le livre de Chad de stopper cette course folle.

Et elle-même, qu'avait-elle appris sur Winnie, au juste ? Que c'était un célibataire endurci, que trois

1. Partie la plus nord-est de l'État du Vermont.

ans après avoir pris sa retraite de la Seconde Église presbytérienne de Park Slope (où il était toujours révérend émérite), il avait eu une attaque cérébrale qui l'avait laissé en partie paralysé du côté droit. C'était là qu'elle était entrée dans sa vie.

Il pouvait maintenant marcher jusqu'à la salle de bains (et, les bons jours, jusqu'à son fauteuil à bascule sur la véranda) grâce à un appareil orthopédique en plastique qui empêchait son mauvais genou de flancher. Et il reparlait de manière intelligible même s'il souffrait de ce que Nora appelait « la langue endormie ». Nora avait de l'expérience avec les victimes d'accidents vasculaires cérébraux (c'est ce qui avait été décisif lors de l'entretien d'embauche) et elle appréciait à leur juste valeur les progrès qu'il avait faits en si peu de temps.

Avant qu'il lui fasse cette proposition scandaleuse, il n'était jamais venu à l'esprit de Nora qu'il puisse être fortuné… même si la maison dans laquelle il vivait aurait dû lui mettre la puce à l'oreille. La seule supposition qu'elle avait faite, c'était que la maison devait être un don de la paroisse, et qu'il devait en être plus ou moins de même des services qu'elle lui rendait.

Au cours du siècle dernier, son travail avait reçu la dénomination d'« aide à la personne ». En plus des soins infirmiers tels que lui faire prendre ses cachets et surveiller sa tension, elle assurait aussi la fonction de kinésithérapeute. Elle était également orthophoniste, masseuse et, occasionnellement – quand il avait des lettres à écrire –, secrétaire. Elle lui faisait ses courses et parfois la lecture. Elle ne rechignait pas non plus face à un peu de ménage les jours où Mme Granger ne venait pas. Ces jours-là, elle préparait des sandwichs ou de l'omelette pour le déjeuner, et elle supposait que c'était lors de ces repas qu'il lui avait soutiré les détails de sa propre vie – si discrètement et si nonchalamment que Nora ne s'en était jamais rendu compte.

« La seule chose que je me rappelle lui avoir dite, confia-t-elle à Chad – et encore, c'est sûrement parce qu'il me l'a répétée aujourd'hui –, c'est qu'on ne vivait pas dans une pauvreté abjecte, ni même dans l'inconfort… mais que c'était la *peur* d'en arriver là qui me déprimait. »

Chad sourit et corrigea :

« Qui *nous* déprime. »

Ce matin-là, Winnie avait refusé et la toilette au gant et le massage. À la place, il avait demandé qu'elle l'équipe de son appareil orthopédique et l'aide à marcher jusqu'à son bureau, un déplacement relativement long pour lui – certainement plus long que de rejoindre son fauteuil à bascule sur la véranda. Il y était parvenu, mais, lorsqu'il s'était enfin laissé tomber dans le fauteuil derrière son bureau, il était écarlate et pantelant. Nora était allée lui chercher un verre de jus d'orange, en prenant son temps pour le laisser retrouver son souffle. Quand elle revint, il vida la moitié du verre d'une traite.

« Merci, Nora. Je voudrais vous parler, à présent. C'est très sérieux. »

Il dut voir son inquiétude car il sourit et la balaya d'un geste de la main.

« Ça ne concerne pas votre emploi. Vous le garderez quoi qu'il arrive. Si vous le souhaitez. Dans le cas contraire, je veillerai à ce que vous repartiez avec la meilleure des lettres de recommandation. »

Sympa de sa part, mais des boulots comme celui-là, ça ne courait pas les rues.

« Winnie, vous me faites peur, là, lui dit-elle.

— Nora, que diriez-vous d'une prime de deux cent mille dollars ? »

Elle le fixa stupidement du regard. De chaque côté, de hautes étagères garnies de livres intelligents la toisaient sévèrement. Les bruits de la rue étaient assourdis. On aurait pu se croire dans un autre pays. Un pays plus calme que Brooklyn.

« Si vous pensez qu'il s'agit de sexe, je vous rassure, il ne s'agit pas de ça. Du moins je le crois : si l'on creuse un peu, et qu'on a lu Freud, je suppose qu'on pourrait dire que tout acte déviant a une origine sexuelle. Pour ma part, je ne sais pas. Je n'ai plus étudié Freud depuis le séminaire et encore, je n'ai fait que le survoler à l'époque. Freud me dérangeait. Son sentiment semblait être que toute suggestion de profondeur chez l'homme est une illusion. Il semblait dire : *Ce que tu prends pour un puits artésien n'est en fait qu'une flaque.* Je ne suis pas d'accord. La nature humaine est sans fond. Elle est aussi profonde et mystérieuse que l'esprit de Dieu. »

Nora se leva.

« Sauf votre respect, je ne suis pas sûre de croire en Dieu. Et je ne suis pas sûre de vouloir entendre votre proposition.

— Mais si vous ne l'écoutez pas, vous ne saurez pas. Et vous vous interrogerez toujours. »

Elle resta debout à le regarder, ne sachant trop quoi faire ni quoi dire. Ce qu'elle pensait, c'était : *Ce bureau a dû lui coûter des milliers de dollars*. C'était la première fois qu'elle avait réellement pensé argent le concernant.

« Deux cent mille dollars en espèces, voilà mon offre. Assez pour régler toutes les factures impayées, assez pour permettre à votre mari de terminer son livre – assez, peut-être, pour commencer une nouvelle vie dans… le Vermont, c'est bien ça ?

— Oui. »

Et elle pensa : *Si tu te rappelles ça, c'est que t'écoutais bien plus attentivement que moi.*

« Pas besoin non plus d'en informer les impôts. »

Il avait un visage long et des cheveux blancs laineux. Elle avait toujours trouvé qu'il ressemblait à un mouton.

« L'argent liquide est pratique pour ça, et n'éveille aucun soupçon s'il est injecté lentement dans les comptes. D'autre part, une fois que votre mari aura vendu les droits de son livre et que vous serez installés en Nouvelle-Angleterre, nous n'aurons plus jamais à nous revoir. » Il s'interrompit. « Quoique, si vous décidiez de ne pas rester, je doute que ma prochaine infirmière serait moitié aussi compétente que vous. S'il vous plaît. Asseyez-vous. Vous me donnez le torticolis. »

Elle fit ce qu'il demandait. C'était la pensée des deux cent mille dollars cash qui l'incitait à rester. Elle pouvait réellement les voir : des billets fourrés dans une enveloppe marron matelassée. Ou peut-être qu'il en faudrait deux pour contenir autant d'argent.

Ça dépendrait sûrement du montant des billets, pensa-t-elle.

« Laissez-moi parler un instant, dit-il. Je n'ai pas été très bavard avec vous, n'est-ce pas ? J'ai surtout écouté. Maintenant, Nora, c'est à votre tour d'écouter, voulez-vous ?

— J'imagine. »

Elle était curieuse. Elle supposait que n'importe qui l'aurait été.

« Qui voulez-vous que je tue ? »

C'était une plaisanterie, mais à l'instant où les mots sortirent de sa bouche, elle redouta la réponse. Car ça ne *résonnait* pas comme une plaisanterie. Pas plus que les yeux dans cette longue face de mouton ne ressemblaient à des yeux de mouton.

À son soulagement, Winnie rigola. Puis il dit :

« Pas de meurtre, ma chère. Nous n'aurons pas besoin d'aller jusque-là. »

Il parla donc, comme il n'avait jamais parlé. Probablement à personne.

« J'ai grandi dans un foyer aisé de Long Island — mon père a fait fortune dans le marché boursier. J'ai reçu une éducation religieuse et, quand j'ai annoncé à mes parents que je me sentais appelé par le sacerdoce, personne n'a fait des pieds et des mains pour que je succède à mon père. Au contraire, ils étaient ravis. Surtout ma mère. La plupart des mères sont heureuses quand leurs fils se découvrent une vocation avec un grand V.

« Je suis entré au séminaire dans le nord de l'État de New York, ensuite de quoi j'ai été affecté – en tant que révérend adjoint – à une église dans l'Idaho. Je n'ai jamais manqué de rien. Les presbytériens ne font pas vœu de pauvreté, et mes parents ont toujours veillé à mon confort. Mon père a vécu cinq ans de plus que ma mère et, quand il est mort, j'ai hérité de beaucoup d'argent, principalement en obligations et solides actions. Depuis, j'ai converti un petit pourcentage de cet argent en liquide, un peu chaque année. Pas une grosse tirelire, car je n'en ai jamais eu besoin, mais ce que j'appellerais une tirelire à souhaits. Il se trouve dans un coffre-fort à Manhattan, et c'est cet argent-là que je vous propose, Nora. Le total est peut-être même plus proche de deux cent quarante mille, mais nous n'allons pas chipoter pour quelques dollars de plus ou de moins, vous en conviendrez ?

« J'ai traîné quelques années dans l'arrière-pays avant de revenir à Brooklyn et à la Seconde Église. Après y avoir passé cinq ans en tant qu'adjoint, je suis devenu révérend titulaire. J'ai officié en tant que tel, sans le moindre faux pas, jusqu'en 2006. J'ai mené la vie – et je dis cela sans fierté ni honte – d'un humble serviteur. J'ai consacré mon temps au sein de cette église à aider les plus démunis, que ce soit à l'étranger ou ici même, dans cette communauté. C'est moi qui ai eu l'idée d'ouvrir un centre d'accueil pour les Alcooliques Anonymes et nous avons aidé des centaines de toxicomanes et d'alcooliques. J'ai réconforté les souffrants et enterré les morts. Plus gaiement, j'ai célébré plus de mille mariages. J'ai mis sur pied un fonds de bourses d'études qui a permis à beaucoup de jeunes garçons et filles d'intégrer des universités qu'ils n'auraient jamais pu se payer autrement. L'une de nos étudiantes boursières a remporté le National Book Award en 1999.

« Et mon unique regret est le suivant : durant toutes ces années, je n'ai jamais commis un seul des péchés contre lesquels j'ai passé ma vie à mettre en garde mes fidèles. Je ne suis pas un homme concupiscent et, n'ayant jamais été marié, je n'ai jamais eu ne serait-ce que l'opportunité de commettre l'adultère. Je ne suis pas de nature gourmande et, bien que j'apprécie les bonnes choses, je n'ai jamais été avide ni cupide. Pourquoi le serais-je, quand mon père m'a laissé une fortune de quinze millions de dollars ? J'ai travaillé dur, gardé mon sang-froid, je n'envie personne – sauf peut-être Mère Teresa – et j'ai peu d'orgueil à l'égard de mes biens ou de ma situation.

« Je ne prétends pas être *sans* péchés. Loin de moi l'idée. Ceux qui peuvent affirmer (je suppose qu'il y en a peu) ne jamais avoir péché en paroles ou en actions peuvent difficilement affirmer n'avoir jamais péché en pensée, n'est-ce pas ? L'Église a veillé à tout. Nous offrons le paradis, puis faisons comprendre aux gens qu'ils n'ont aucune chance d'y accéder sans notre aide… car personne n'est sans péchés, et le salaire du péché, c'est la mort.

« Vous devez trouver que je parle comme un incroyant, mais élevé comme je l'ai été, l'incroyance est selon moi tout aussi impossible que la lévitation. Cependant, je comprends en quoi ce marché-là peut être une imposture, ainsi que les ruses psychologiques que les croyants mettent en place pour assurer la prospérité de leurs croyances. La mitre extravagante du pape ne lui a pas été conférée par Dieu mais par des hommes et des femmes ayant payé la rançon d'un chantage théologique.

« Je vous vois vous agiter, je vais donc en venir au fait. Je veux commettre un péché d'importance majeure avant de mourir. Pas un péché en paroles ou en pensée, mais en action. J'y pensais déjà – et de plus en plus – avant mon attaque, mais je prenais ça pour une folie passagère. À l'évidence, cela ne passera pas, car l'idée me hante plus que jamais depuis trois ans. Mais quel grand péché, me suis-je demandé, un homme cloué dans un fauteuil roulant peut-il commettre ? Sûrement rien de bien méchant, du moins sans se faire prendre, et je préférerais ne pas me faire prendre. Des sujets aussi graves que le péché et le pardon doivent rester entre l'homme et Dieu.

« En vous écoutant parler du livre de votre mari et de votre situation financière, il m'est venu à l'esprit que je pourrais pécher par procuration. En réalité, je pourrais même doubler la valeur du péché en faisant de vous ma complice. »

La bouche sèche Nora articula :

« Je crois aux mauvaises actions, Winnie, mais je ne crois pas au péché. »

Il sourit. D'un sourire bienveillant. Et déplaisant : des lèvres de mouton et des dents de loup.

« Je comprends. Mais le péché croit en vous.

— Oui, c'est votre vision des choses… et après ? C'est *pervers* ! »

Le sourire de Winnie s'élargit.

« Exactement ! C'est bien pour ça ! Je veux savoir ce que c'est que de faire quelque chose d'entièrement contre ma nature. D'avoir à demander pardon pour l'action et *plus* que l'action. Savez-vous ce qui double un péché, Nora ?

— Non. Je ne vais pas à l'église.

— Ce qui double un péché, c'est de se dire : *Je vais faire ça parce que je sais qu'ensuite je peux prier pour mon absolution.* Se dire qu'on peut avoir le beurre et l'argent du beurre. Je veux savoir ce que ça fait d'aller aussi loin dans le péché. Je ne veux pas patauger dedans, je veux plonger au plus profond.

— Et m'entraîner avec vous ! »

Elle avait dit ça avec une réelle indignation.

« Ah, mais vous ne croyez pas au péché, Nora. Vous venez de le dire. De votre point de vue, tout ce que j'attends de vous, c'est que vous vous salissiez un peu. Et risquiez une arrestation, je suppose, même si le risque devrait être minime. Et pour tout cela, je suis prêt à vous payer deux cent mille dollars. *Plus* de deux cent mille. »

Elle avait le visage et les mains engourdis, comme si elle revenait d'une longue promenade dans le froid. Elle ne le ferait pas, bien sûr. Ce qu'elle allait faire, c'était sortir de cette maison et prendre l'air. Elle ne démissionnerait pas, du moins pas tout de suite, parce qu'elle avait besoin de ce boulot, mais elle irait prendre l'air, ça oui. Et s'il la virait pour avoir déserté son poste, qu'il le fasse. Mais d'abord, elle voulait entendre la suite. Elle ne s'avouait pas tentée mais… curieuse ? Oui, ça elle l'admettait.

« Qu'attendez-vous de moi ? »

Chad avait allumé une autre cigarette. Elle agita les doigts :

« Fais-moi tirer sur ta clope.

— Norrie, t'as pas fumé depuis cinq…

— Fais-moi tirer, je te dis. »

Il lui passa la cigarette. Elle prit une longue bouffée, recracha la fumée en toussant. Puis elle le lui dit.

Ce soir-là, elle resta éveillée jusque tard dans la nuit, presque sûre que Chad dormait, et pourquoi pas ? Ils avaient pris leur décision. Elle dirait non à Winnie et ne reparlerait plus jamais de cette histoire. Décision prise ; sommeil tranquille.

Néanmoins, elle ne fut pas totalement surprise lorsqu'il se tourna vers elle et dit :

« J'arrête pas d'y penser. »

C'était pareil pour elle.

« Je pourrais le faire, tu sais. Pour nous. Si… »

Ils étaient face à face maintenant, à quelques centimètres l'un de l'autre. Assez près pour sentir le goût de leur haleine. Il était deux heures du matin.

L'heure du complot, si tant est qu'il y en ait une, pensa Nora.

« Si ?

— Si j'avais pas le sentiment que ça souillerait nos vies. Il y a des souillures indélébiles.

— Le problème se pose pas, Nor. Notre décision est prise. Tu fais comme Sarah Palin : tu lui dis merci mais non merci pour ce pont qui ne mène nulle part. Je trouverai un moyen de finir mon bouquin sans ses idées de subvention tordues.

« — Quand ? Pendant tes prochains congés sans solde ? Je crois pas, non.

— C'est décidé. C'est un vieux taré. Point final. »

Il roula sur le côté.

Le silence revint. À l'étage au-dessus, Mme Reston – dont la photo aurait dû illustrer le mot *insomnie* dans le dictionnaire – allait et venait. Quelque part, peut-être dans les profondeurs les plus obscures de Gowanus[1], une sirène hurlait.

Quinze minutes s'écoulèrent avant que Chad ne s'adresse à la table de nuit et au réveil électrique, qui affichait maintenant 2:17.

« Et puis, faudrait pouvoir lui faire confiance pour l'argent et on peut pas faire confiance à un homme dont la dernière ambition dans la vie, c'est de commettre un péché.

— Mais je lui fais confiance, dit-elle. C'est à moi que je fais pas confiance. Allez, dors, maintenant. Le sujet est clos.

— OK, dit-il. Pigé. »

Le réveil indiquait 2:26 quand elle dit :

« C'est *faisable*. Ça, j'en suis sûre. Je pourrais me teindre les cheveux. Mettre un chapeau. Des lunettes noires, bien sûr. Ça devrait être un jour où il fait soleil, du coup. Et il devrait y avoir une issue de secours.

— T'envisages vraiment…

— J'en sais *rien* ! Deux cent mille *dollars* ! Faudrait que je bosse au moins trois ans pour faire autant

―――――――――

1. Quartier d'activité industrielle dans l'arrondissement de Brooklyn.

d'argent, et y restera plus rien quand l'État et les banques auront pris leur part. On sait comment ça marche. »

Elle resta silencieuse un moment, le regard fixé au plafond au-dessus duquel Mme Reston parcourait ses lents kilomètres.

« Et l'*assurance* ! éclata-t-elle. Tu sais ce qu'on a comme assurance ? Rien !

— On a une assurance.

— OK, *presque* rien, alors. Et si tu te fais renverser par une voiture ? Et si on me dépiste un kyste à l'ovaire ?

— Notre couverture sociale est très bien.

— C'est ce que tout le monde dit, mais ce que tout le monde *sait*, c'est qu'on se fait toujours arnaquer au drive-in ! Avec ça, on serait tranquilles. C'est à ça que je pense, moi. *On... serait... tranquilles !*

— Oui, mais à côté de deux cent mille dollars, ce que je peux espérer toucher pour le livre paraît bien maigre, tu trouves pas ? Pourquoi me fatiguer ?

— Parce que ça serait le coup d'une fois. Et qu'après ton livre serait *propre*.

— *Propre* ? Tu crois vraiment que ça rendrait mon livre *propre* ? »

Il se retourna pour lui faire face. Il avait une érection ; peut-être qu'il y avait bien une histoire de sexe là-dessous. Du moins de leur côté à eux du marché.

« Tu crois que je retrouverai un jour un boulot comme celui que j'ai avec Winnie ? »

Elle était en colère, sauf qu'elle n'aurait su dire si c'était contre elle ou contre lui. Et elle s'en fichait.

« J'aurai trente-six ans en décembre. Tu m'em-mèneras au resto pour mon anniversaire, et une semaine plus tard, c'est là que je recevrai mon vrai cadeau : un rappel pour la dernière échéance du crédit auto.

— T'es en train de me tenir responsable de… ?

— *Non.* Je tiens même pas responsable le système qui nous fait galérer comme ça, nous et les autres comme nous. C'est contre-productif de rejeter la faute sur les autres. Et j'ai dit la vérité à Winnie : je crois pas au péché. Mais je veux pas non plus aller en prison. » Elle sentit les larmes lui monter aux yeux. « Et puis, je veux faire de mal à personne. Surtout pas à…

— Tu ne feras de mal à personne. »

Il voulut se retourner mais elle le saisit aux épaules.

« Si on le faisait – si *je* le faisais –, il ne faudra plus jamais en reparler. Pas une seule fois.

— Non. »

Elle se rapprocha de lui. Dans un couple, il faut plus qu'une poignée de main pour conclure un mar-ché. Ils le savaient tous les deux.

Le réveil indiquait 2:58 et il était en train de som-brer dans le sommeil quand elle demanda :

« Tu connais quelqu'un qui a une caméra ? Parce qu'il veut…

— Oui, dit-il. Charlie Green. »

Après ça, silence. À l'exception de Mme Reston qui faisait de lents allers-retours au-dessus d'eux. Nora eut une vision – presque un rêve – de Mme Reston avec un podomètre accroché à la ceinture de son pantalon de pyjama. Mme Reston parcourant patiemment tous ces kilomètres la séparant de l'aube.

Le lendemain, dans le bureau de Winnie :

« Alors ? » lui demanda-t-il.

Nora, dont la mère n'avait jamais été pratiquante, avait participé aux Camps Bibliques tous les étés, et ça lui avait plu. Il y avait des jeux, des chants, des fresques en feutrine pour raconter des histoires. Une de ces histoires lui revenait maintenant à l'esprit. Elle n'y avait pas repensé depuis des années.

« Je n'aurais pas *vraiment* à blesser le… vous savez, la personne… pour avoir l'argent ? demanda-t-elle. Je veux être claire là-dessus.

— Non, mais je veux voir du sang couler. Je veux être clair *là-dessus*. Je veux que vous vous serviez de votre poing, mais une lèvre entaillée ou un nez qui saigne sera amplement suffisant. »

Dans l'histoire du Camp Biblique, l'animateur avait placé une montagne sur la fresque en feutrine. Puis Jésus, et un autre type avec des cornes. L'animateur avait expliqué que le diable avait emmené Jésus en haut de la montagne et lui avait montré toutes les villes de la terre. *Tu peux avoir tout ce que tu veux dans ces villes*, avait dit le diable. *Tous les trésors. Tout ce que tu as à faire, c'est de chuter et de me vénérer.* Mais Jésus était un type tenace. Il avait dit : *Arrière de moi, Satan !*

« Alors ? lui demanda-t-il à nouveau.

— Le péché, médita-t-elle tout haut. C'est ce que vous avez à l'esprit.

— Le péché comme fin en soi. Délibérément planifié et exécuté. Trouvez-vous l'idée excitante ?

— Non », répondit-elle en levant les yeux vers les sévères étagères de livres.

Winnie laissa un peu de temps s'écouler avant de lui demander pour la troisième fois :

« Alors ?

— Si je me faisais prendre, est-ce que je toucherais quand même l'argent ?

— Si vous remplissez votre part du contrat – et que vous ne me mettez pas en cause, cela va de soi –, je respecterai bien évidemment la mienne. Et même si vous vous faisiez prendre, le pire dont vous pourriez écoper, c'est d'un sursis.

— Et d'une expertise psychiatrique ordonnée par le tribunal, dit-elle. Ce dont j'ai probablement déjà besoin. »

Winnie observa :

« Si vous continuez à vivre comme ça, ma chère, c'est d'un conseiller conjugal que vous allez avoir besoin. Dans le meilleur des cas. Du temps où j'étais révérend, j'ai conseillé beaucoup de couples et, même si les soucis d'argent n'étaient pas toujours la cause profonde de leurs problèmes, ils l'étaient dans bon nombre de cas. Et alors, il n'y avait plus *que* ça.

— Merci de me faire profiter de votre expérience, Winnie. »

Il ne répondit rien.

« Vous êtes cinglé, vous savez. »

Il ne dit toujours rien.

Elle regarda encore les livres. La plupart d'entre eux parlaient de religion. Enfin, elle ramena son regard sur lui.

« Si j'accepte et que vous me baisez, je vous le ferai regretter. »

Il ne parut pas gêné par le choix de ses mots.

« J'honorerai mon engagement. Soyez-en sûre.

— Vous reparlez presque parfaitement. Sans même un zozotement, sauf quand vous êtes fatigué. »

Il haussa les épaules.

« Votre oreille s'y est habituée. C'est comme apprendre une nouvelle langue, je suppose. »

Les yeux de Nora retournèrent vers les livres. L'un d'eux s'intitulait *Le Problème du Bien et du Mal*. Un autre *Le Fondement de la morale*. C'était un livre épais. Le tic-tac régulier d'une vieille pendule Regulator leur parvenait depuis le vestibule. Le révérend finit par se répéter une nouvelle fois :

« Alors ?

— Le seul fait de me faire cette proposition, n'est-il pas un péché suffisant pour vous ? Vous nous tentez tous les deux et nous envisageons tous les deux de succomber à la tentation. N'est-ce pas suffisant ?

— C'est pécher par paroles et en pensée seulement. Cela ne satisfera pas ma curiosité. »

La Regulator tictaquait. Sans le regarder, elle dit :

« Si vous dites encore une fois *alors*, je m'en vais d'ici. »

Il ne dit ni *alors* ni rien d'autre. Nora regarda ses mains qu'elle tordait sur ses genoux. Le plus atterrant, dans tout ça ? Elle continuait à être curieuse.

Pas de savoir ce que *lui* voulait, ça, c'était réglé, mais ce qu'*elle* voulait.

Enfin, elle le regarda et lui donna sa réponse.

« Parfait », dit-il.

La décision prise, ni l'un ni l'autre ne tenait à ce que l'action elle-même plane trop longtemps au-dessus de leurs têtes : l'ombre qu'elle projetait était trop grande. Ils choisirent Forest Park, dans le Queens. Chad emprunta la caméra de Charlie Green et apprit à s'en servir. Ils se rendirent deux fois au parc (des jours de pluie, quand le parc était quasi désert) et Chad filma la zone qu'ils avaient choisie. Ils firent beaucoup l'amour durant cette période – ils étaient nerveux, maladroits, comme des ados sur la banquette arrière d'une voiture, mais c'était souvent bon. Torride, en tout cas. Nora vit ses autres appétits vitaux diminuer. Dans les dix jours entre son accord et le matin où elle exécuta sa part du contrat, elle perdit quatre kilos. Chad disait qu'elle recommençait à ressembler à une petite étudiante.

Début octobre, par un jour ensoleillé, Chad gara leur vieille Ford sur Jewel Avenue. Assise à côté de lui, vêtue d'une jupe longue et d'une vilaine tunique marron, ses cheveux teints en rouge lâchés sur les épaules, Nora n'avait plus rien de Nora. Elle portait des lunettes de soleil et une casquette de baseball des Mets de New York. Elle avait l'air plutôt calme mais, quand il tendit la main pour la toucher, elle eut un mouvement de recul.

« Nor, laisse…

— T'as de l'argent pour le taxi ?

— Oui.

— Et un sac pour ranger la caméra ?

— Oui, évidemment.

— Alors donne-moi les clés de la voiture. On se voit à la maison.

— T'es sûre que tu pourras conduire ? Parce que après un truc comme ça…

— Ça ira. Donne-moi les clés. Attends là quinze minutes. Si y a un truc qui cloche… si j'ai ne serait-ce que l'*impression* qu'un truc peut clocher… je reviens. Si je reviens pas, tu vas à l'endroit qu'on a choisi. Tu t'en souviens ?

— Bien sûr que je m'en souviens ! »

Elle sourit – montra du moins ses dents et ses fossettes.

« À la bonne heure », dit-elle, et elle s'en alla.

Ce furent quinze minutes affreusement longues mais Chad attendit patiemment que chacune d'elles passe. Des jeunes, tous coiffés de casques intégraux, passaient en pétaradant sur leurs cyclos. Des femmes flânaient par deux, souvent avec des sacs de shopping à la main. Il vit une vieille dame traverser laborieusement l'avenue et, l'espace d'un instant surréel, il crut que c'était Mme Reston, mais quand elle passa à sa hauteur, il vit que non. Cette femme-là était beaucoup plus âgée que Mme Reston.

Quand les quinze minutes furent presque écoulées, il lui vint à l'esprit – de manière raisonnable et rationnelle – qu'il pouvait mettre un terme à tout ça en démarrant avec son double des clés et en partant.

Dans le parc, Nora le chercherait du regard et ne le verrait pas. C'est elle qui prendrait un taxi pour rentrer à Brooklyn. Et quand elle arriverait, elle le remercierait. Elle lui dirait : *Tu m'as sauvée de moi-même.*

Après ça ? Il prendrait un mois de congé. Pas de remplacement. Il mettrait tout en œuvre pour terminer le livre. Il jetterait son bonnet par-dessus les moulins, comme on dit.

Au lieu de ça, il descendit de voiture et marcha en direction du parc avec la caméra de Charlie Green à la main. Le sac en papier dans lequel il la rangerait après était fourré dans la poche de son anorak. Il vérifia trois fois que le voyant vert de l'appareil était bien allumé. Ce serait terrible d'avoir fait tout ça pour s'apercevoir ensuite qu'il ne l'avait jamais mise en marche. Ou qu'il avait laissé le capuchon sur l'objectif.

Ça aussi, il le vérifia.

Nora était assise sur un banc du parc. Quand elle le vit, elle ramena ses cheveux derrière son oreille gauche. C'était le signal. Ils y étaient.

Derrière elle, il y avait une aire de jeux pour enfants – des balançoires, des tourniquets, des tape-culs, des chevaux à ressort, ce genre de choses. À cette heure-ci de la journée, il n'y avait que quelques enfants en train de jouer. Les mamans, en petit groupe à l'autre bout de l'aire de jeux, bavardaient entre elles et riaient, ne prêtant pas tellement attention aux enfants.

Nora se leva du banc.

Deux cent mille dollars, pensa Chad, et il porta la caméra à son œil. Maintenant qu'ils y étaient, il se sentait calme.

Il filma comme un pro.

II

De retour à leur immeuble, Chad monta les marches quatre à quatre. Il était sûr qu'elle n'y serait pas. Il l'avait vue détaler à toute vitesse – et les mamans l'avaient à peine regardée : elles fonçaient toutes vers le petit garçon que Nora avait choisi, un garçon de peut-être quatre ans –, mais Chad était quand même persuadé qu'elle ne serait pas là et qu'il recevrait un appel de la police lui disant que sa femme était au poste où elle avait craqué et tout raconté, y compris son rôle à lui. Pire, le rôle de Winnie, ce qui impliquerait qu'ils avaient fait tout ça pour rien.

Sa main tremblait tellement qu'il n'arrivait pas à introduire la clé dans la serrure ; elle ricochait frénétiquement contre la plaque en métal sans jamais entrer. Il était en train de poser par terre le sac en papier (à présent salement froissé) qui contenait la caméra afin de pouvoir s'aider de sa main gauche quand la porte s'ouvrit.

Nora était maintenant en short en jean et débardeur, les vêtements qu'elle portait sous sa jupe longue et sa tunique. Le plan étant qu'elle se changerait dans la voiture avant de filer. Elle avait dit qu'elle pouvait le faire en un clin d'œil, et apparemment c'était vrai.

Il se jeta contre elle et l'étreignit si fort qu'il entendit le choc sourd de leurs corps : pas exactement
romantique comme étreinte.

Nora le laissa faire un moment puis dit :

« Entre. Reste pas dans le couloir. » Dès qu'ils
furent à l'abri à l'intérieur, elle demanda : « Tu l'as
eu ? Dis-moi que oui. Ça fait une demi-heure que
je suis là à tourner en rond comme Mme Reston au
milieu de la nuit… enfin, Mme Reston si elle était
sous speed… à me demander…

— Moi aussi, j'étais inquiet. » Il ramena ses cheveux en arrière, dégageant son front chaud et fiévreux. « Norrie, j'étais *mort* de trouille. »

Elle lui arracha le sac en papier des mains, regarda
à l'intérieur, puis le fusilla du regard. Elle s'était
débarrassée de ses lunettes de soleil. Ses yeux bleus
l'incendiaient.

« *Dis-moi que tu l'as eu.*

— Ouais. Enfin, je crois. Normalement oui. J'ai
pas encore vérifié. »

Le regard de Nora flamba plus fort. Il pensa : *Fais
gaffe, Nor, tes yeux vont prendre feu, si tu continues.*

« T'as intérêt. T'as intérêt. Quand j'étais pas en
train de tourner en rond, j'étais sur les chiottes. J'arrête pas d'avoir des *crampes*… »

Elle alla à la fenêtre et regarda dehors. Il la rejoignit, craignant qu'elle ne sache quelque chose qu'il
ignorait. Mais il ne vit que le va-et-vient habituel des
piétons.

Elle se tourna vers lui et l'agrippa par les bras. Les
paumes de ses mains étaient glaciales.

« Il va bien ? Le gamin ? T'as vu si ça allait ?

— Il va bien, dit Chad.

— Tu me mens ? » Elle lui criait au visage. « T'as pas intérêt à me mentir ! *Est-ce qu'il allait bien ?*

— Oui. Il s'est même relevé avant que toutes les mamans arrivent. Il braillait comme un fou mais j'ai connu pire à son âge quand je me suis pris un coup de balançoire dans la nuque. J'ai dû aller aux urgences et on m'a fait cinq…

— Je l'ai frappé beaucoup plus fort que je comptais le faire. J'avais trop peur que si je retenais le coup… si Winnie *voyait* que je m'étais retenue… il refuse de payer. Et puis l'*adrénaline*… Mon Dieu ! C'est un miracle que j'aie pas arraché la tête à ce pauvre gamin ! Pourquoi est-ce que j'ai fait ça ? »

Mais elle ne pleurait pas, et elle n'avait pas l'air de le regretter. Elle avait l'air furieuse.

« Pourquoi tu m'as laissée faire ?

— J'ai jamais…

— T'es *sûr* qu'il va bien ? Tu l'as vraiment vu se relever ? Parce que je l'ai frappé beaucoup plus fort que… »

Elle s'écarta de lui, alla jusqu'au mur et s'y cogna le front, puis se retourna.

« Je suis entrée dans une aire de jeux réservée aux enfants et j'ai foutu mon poing dans la figure d'un gamin de quatre ans ! Pour de l'*argent* ! »

Il eut un éclair de génie.

« Je crois que c'est sur la vidéo. Le gamin qui se relève, je veux dire. Tu vas le voir toi-même. »

Elle se rua vers lui.

« Mets-la ! Je veux voir ! »

Chad brancha à la télé le câble que Charlie lui avait donné. Puis, après quelques tentatives maladroites, il réussit à lancer la cassette. Il avait effectivement filmé l'enfant qui se relevait, juste avant d'éteindre la caméra et de s'éloigner. L'enfant avait l'air désorienté, et, bien sûr, il pleurait, mais sinon ça avait l'air d'aller. Ses lèvres saignaient pas mal, mais son nez juste un peu. Chad pensait qu'il avait dû le faire saigner en tombant.

Pas pire que n'importe quel petit accident de balançoire, pensa-t-il. *Il en arrive des milliers tous les jours.*

« Tu vois ? dit-il. Il va bi…

— Repasse-la. »

Ce qu'il fit. Et quand elle lui demanda de la passer une troisième fois, puis une quatrième, puis une cinquième, il le fit également. Au bout d'un moment, il comprit que ce n'était plus pour voir l'enfant se relever qu'elle regardait. Et lui non plus. C'était pour le voir *tomber*. Et voir le coup de poing. Le coup de poing que lui balançait la folle aux cheveux rouges et aux lunettes noires. Celle qui s'était avancée pour faire son sale boulot avant de décoller comme si elle avait des ailes à ses baskets.

Elle dit :

« Je crois que je lui ai cassé une dent. »

Il haussa les épaules.

« Bonne nouvelle pour la petite souris. »

Après le cinquième visionnage, elle dit :

« Je veux m'enlever ce rouge des cheveux. Je déteste.

— OK…

— Mais viens d'abord dans la chambre. Discute pas. Viens, c'est tout. »

Elle lui répétait d'y aller plus fort, le cognant presque avec ses hanches qu'elle poussait contre lui, comme si elle voulait l'éjecter d'une ruade. Mais ce n'était pas ça qu'elle voulait.

« Frappe-moi », dit-elle.

Il la frappa. Il avait perdu toute rationalité.

« Tu peux faire mieux que ça. *Frappe*-moi, putain ! »

Il la frappa plus fort. Sa lèvre inférieure s'ouvrit. Elle passa ses doigts dans le sang. Et jouit en même temps.

« Montrez-la-moi », dit Winnie.

C'était le lendemain. Elle était dans son bureau.

« Montrez-moi d'abord l'argent. »

Une réplique connue. Mais elle n'arrivait pas à se rappeler où elle l'avait entendue.

« Quand j'aurai vu la vidéo. »

La caméra était toujours dans le sac en papier froissé. Elle la sortit, ainsi que le câble. Elle le brancha à la petite télé qu'il avait dans son bureau. Elle appuya sur « Play » et ils regardèrent la femme avec sa casquette des Mets assise sur un banc dans le parc. Derrière elle, quelques enfants jouaient. Derrière les enfants, des mamans parlaient de trucs de mamans : enveloppements corporels, pièces de théâtre qu'elles avaient vues ou allaient voir, la nouvelle voiture, les prochaines vacances. Bla-bla-bla.

La femme se leva de son banc. La caméra zooma par à-coups. L'image trembla un peu puis se stabilisa.

C'est là que Nora appuya sur « Pause ». C'était l'idée de Chad, et elle était tombée d'accord avec lui. Elle faisait confiance à Winnie, mais jusqu'à un certain point seulement.

« Je veux voir l'argent. »

Winnie sortit une clé de la poche de son cardigan. Il s'en servit pour ouvrir le tiroir central de son bureau, la transférant dans sa main gauche lorsque la droite, partiellement paralysée, refusa de lui obéir.

Ce n'était pas une enveloppe, en fin de compte. C'était un colis Federal Express de taille moyenne. Elle regarda à l'intérieur et vit des liasses de billets de cent, chacune maintenue par un élastique.

Il dit :

« Tout est là, plus un petit supplément.

— D'accord. Regardez ce que vous avez acheté. Tout ce que vous avez à faire, c'est appuyer sur "Play". Je serai dans la cuisine.

— Vous ne voulez pas la regarder avec moi ?

— Non.

— Nora ? On dirait que vous avez eu un petit accident, vous aussi. »

Il se tapota le coin de la bouche, du côté qu'il avait encore légèrement affaissé.

Elle avait trouvé qu'il ressemblait à un mouton ? Comme c'était stupide de sa part. Quel manque de clairvoyance. Il ne ressemblait pas non plus à un loup, pas vraiment. Quelque part entre les deux. À un chien, peut-être. Le genre de chien qui mord et part en courant.

« Je me suis cognée.

— Je vois.

— D'accord, je vais la regarder avec vous », dit-elle, et elle s'assit.

C'est elle qui appuya sur « Play ».

Ils visionnèrent la vidéo deux fois dans un silence absolu. Elle durait à peu près trente secondes. Ce qui équivalait à environ six mille six cents dollars la seconde. Nora avait fait le calcul pendant qu'elle et Chad la regardaient.

Après le deuxième visionnage, elle appuya sur « Stop ». Elle lui montra comment éjecter la petite cassette.

« Elle est à vous. Je dois rendre la caméra au type qui l'a prêtée à mon mari.

— Je comprends. »

Il avait les yeux brillants. Il avait eu ce qu'il voulait. Apparemment, il en avait réellement eu pour son argent. Hallucinant.

« Je demanderai à Mme Granger de m'en acheter une pour les prochains visionnages. Ou peut-être est-ce une course que vous voudrez bien faire ?

— Pas moi, non. J'en ai fini avec vous.

— Ah. » Il n'avait pas l'air surpris. « Très bien… mais si je puis me permettre une suggestion… vous devriez vous trouver un autre travail. Pour que personne ne s'étonne lorsque vous commencerez à payer vos factures avec une rapidité inhabituelle. C'est seulement à votre bien-être que je pense, très chère.

— J'en doute pas. »

Elle débrancha le câble et le rangea dans le sac en papier avec la caméra.

« Et je ne partirais pas non plus pour le Vermont trop rapidement.

— J'ai pas besoin de vos conseils. Je me sens sale et c'est à cause de vous.

— Je suppose que oui. Mais vous ne vous ferez pas arrêter et jamais personne ne saura. »

Le côté droit de sa bouche était affaissé, le côté gauche relevé comme pour sourire : le résultat était un S tortueux sous le bec qui lui servait de nez. Son élocution était parfaitement claire, ce jour-là. Chose dont elle se souviendrait et à laquelle elle réfléchirait plus tard. Comme si ce qu'il appelait le péché s'était révélé être une thérapie.

« Et puis, Nora… est-ce toujours mal de se sentir sale ? »

Elle ne vit absolument pas quoi répondre à ça. Ce qui, supposa-t-elle, était une réponse en soi.

« Si je demande, dit-il, c'est parce que la deuxième fois que vous avez passé la vidéo, c'est *vous* que j'ai regardé. »

Elle empoigna le sac en papier avec la caméra de Charlie Green dedans et marcha vers la porte.

« Bonne continuation, Winnie. Et embauchez un vrai kiné en plus d'une infirmière, la prochaine fois. Votre père vous a laissé suffisamment d'argent pour vous payer les deux. Et prenez soin de cette cassette. Pour notre bien à tous les deux.

— Nous n'êtes pas identifiable dessus, très chère. Et même si vous l'étiez, qui s'en soucierait ? » Il haussa les épaules. « Après tout, on n'y voit ni viol ni meurtre. »

Elle s'arrêta dans l'encadrement de la porte, pressée de partir mais curieuse. Encore curieuse.

« Winnie, comment allez-vous régler ça avec votre Dieu ? Combien de temps vous allez devoir prier ? »

Il ricana.

« Si un pécheur aussi scandaleux que Simon-Pierre a pu fonder l'Église catholique, j'ose espérer m'en tirer à bon compte.

— Oui, mais est-ce que Simon-Pierre a gardé la vidéo pour pouvoir la regarder pendant les longues soirées d'hiver ? »

Cela le réduisit enfin au silence et Nora sortit avant qu'il puisse retrouver sa voix. C'était une petite victoire mais elle s'en saisit avidement.

Une semaine plus tard, il téléphona chez elle et lui dit qu'elle était la bienvenue si elle voulait revenir, au moins jusqu'à ce qu'elle et Chad partent pour le Vermont. Il n'avait encore embauché personne pour la remplacer et, s'il y avait la moindre chance qu'elle change d'avis, il n'en ferait rien.

« Vous me manquez, Nora. »

Elle ne dit rien.

Il baissa la voix :

« Nous pourrions regarder encore la cassette. Vous n'aimeriez pas ? Vous n'aimeriez pas la revoir, au moins une fois ?

— Non », dit-elle, et elle raccrocha.

Elle se dirigeait vers la cuisine pour préparer du thé quand elle fut prise d'un vertige. Elle s'assit dans le coin du salon et appuya sa tête contre ses genoux pliés. Elle attendit que le malaise passe. Et il finit par passer.

Elle trouva un emploi auprès de Mme Reston. Ce n'était que vingt heures par semaine, et le salaire n'avait rien à voir avec ce qu'elle se faisait chez le révérend Winston, mais l'argent n'était plus la question, et le trajet n'était pas long – un étage à monter. Le mieux dans tout ça, c'est que Mme Reston, qui souffrait de diabète et de problèmes cardiaques mineurs, était un amour de tête de linotte. Quelquefois cependant – surtout lors de ses interminables monologues à propos de son défunt mari –, la main de Nora la démangeait de la gifler.

Chad resta inscrit sur la liste des remplaçants mais réduisit ses heures de travail. Tous les week-ends, il mettait à profit six de ces heures fraîchement libérées pour travailler sur *Vivre parmi les animaux*, et les pages commencèrent à s'empiler.

Une ou deux fois, il se demanda si ces pages étaient aussi bonnes – aussi vivantes – que celles qu'il avait écrites avant le jour de la caméra et il se dit que cette question lui était venue seulement parce qu'il avait une conception archaïque et erronée de la punition vissée dans le crâne. Comme un grain de pop-corn coincé entre les dents du fond.

Douze jours après l'épisode dans le parc, quelqu'un frappa chez eux. Quand Nora ouvrit la porte, un policier attendait là.

« Oui, monsieur l'agent ?

— Vous êtes bien Nora Callahan ? »

Elle pensa calmement : *J'avouerai tout. Et quand les autorités m'auront fait ce qu'elles ont à me faire, j'irai voir la maman de ce garçon, je lui tendrai la joue et je dirai : « Vas-y, m'man, balance-moi ton meilleur crochet. Tu nous rendras un fier service à toutes les deux. »*

« Oui, c'est bien moi.

— Madame, je suis là à la demande de la section Walt Whitman de la bibliothèque municipale de Brooklyn. Vous avez un retard de presque deux mois sur quatre livres, dont un de valeur. Un livre d'art, il me semble ? Emprunt limité. »

Elle le regarda d'un air hébété, puis éclata de rire.

« Vous êtes un policier de *bibliothèque* ? »

Il tenta de garder son sérieux puis se mit à rire aussi.

« Aujourd'hui, oui, faut croire. Vous avez les livres dont je vous parle ?

— Oui, je les avais complètement oubliés. Auriez-vous l'obligeance d'accompagner une jeune femme à la bibliothèque, monsieur l'agent… » Elle consulta son badge. « Abromowitz ?

— Avec plaisir. Prenez juste votre chéquier.

— Ils prendront peut-être ma carte Visa », dit-elle.

Il sourit.

« Probablement, oui », dit-il.

Ce soir-là, au lit :

« Frappe-moi ! »

Comme si elle était en train de disputer un match de boxe et pas de faire l'amour.

« Non. »

Comme elle le chevauchait, elle put facilement tendre le bras pour le gifler. Sa paume claqua contre la joue de Chad comme un coup de pistolet à air comprimé.

« Frappe-moi ! j'ai dit. Fra... »

Sans réfléchir, Chad la gifla en retour. Elle se mit à pleurer, mais il durcissait sous elle. Bien.

« Maintenant baise-moi. »

Il la baisa. Dehors, une alarme de voiture se déclencha.

En janvier, ils allèrent dans le Vermont. En train. C'était splendide, comme une carte postale. Ils visitèrent une maison qui leur plut à tous les deux à une trentaine de kilomètres de Montpelier. C'était seulement la troisième qu'ils visitaient.

L'agent immobilier s'appelait Jody Enders. Elle était charmante mais elle n'arrêtait pas de regarder l'œil droit de Nora. Finalement, Nora lui dit avec un petit rire embarrassé :

« J'ai glissé sur une plaque de verglas en montant dans un taxi. Vous auriez dû me voir la semaine dernière. On aurait dit une campagne contre les violences conjugales.

— Ça se voit à peine », répondit Jody Enders. Puis, timidement : « Vous êtes très jolie. »

Chad passa un bras autour des épaules de Nora.

« Je trouve aussi.

— Que faites-vous dans la vie, monsieur Callahan ?

— Je suis écrivain », dit-il.

Ils payèrent un acompte pour la maison. Sur l'accord de prêt, Nora cocha APPORT PERSONNEL. Dans l'encadré DÉTAILS, elle écrivit simplement ÉCONOMIES.

Un jour de février, alors qu'ils étaient en plein déménagement, Chad alla à Manhattan voir un film à l'Angelika et dîner avec son agent. Abromowitz avait laissé sa carte à Nora. Elle l'appela. Il la rejoignit et ils baisèrent dans la chambre presque vide. C'était bien, mais ça aurait été mieux si elle avait pu le persuader de la frapper. Elle avait demandé mais il avait refusé.

« Quel genre de cinglée t'es, toi ? demanda-t-il sur le ton de celui qui plaisante mais pas tellement.

— Je sais pas, répondit Nora. Je suis encore en train de le découvrir. »

Leur départ pour le Vermont était prévu pour 29 février. La veille – qui aurait été le dernier jour du mois dans une année non bissextile –, le téléphone sonna. C'était Mme Granger, la femme de ménage du révérend émérite Winston. Dès que Nora enregistra le ton feutré de sa correspondante, elle comprit la raison de son appel et sa première pensée fut : *Qu'est-ce que t'as fait de la cassette, espèce d'enfoiré ?*

« L'avis de décès indiquera insuffisance rénale, dit Mme Granger de sa voix annonciatrice de mauvaises nouvelles, mais je suis allée dans sa salle de bains. Les flacons de médicaments étaient tous sortis et il manquait trop de cachets. Je crois qu'il s'est suicidé.

— Probablement pas », dit Nora. Elle avait pris sa voix d'infirmière la plus calme et la plus assurée. « Il est plus vraisemblable qu'il se soit embrouillé dans les doses. Il se peut aussi qu'il ait eu une autre attaque. Une petite.

— Vous croyez vraiment ?

— Oh oui, absolument », dit Nora, et elle dut se retenir de demander à Mme Granger si elle n'avait pas vu une nouvelle caméra vidéo quelque part dans la maison. Sûrement branchée à la télé de Winnie. Il aurait été insensé de poser une telle question. Mais elle faillit quand même le faire.

« C'est un tel soulagement, dit Mme Granger.

— Tant mieux », dit Nora.

Le soir même, au lit. Leur dernière nuit à Brooklyn.

« Arrête de t'inquiéter, dit Chad. Si quelqu'un trouve la cassette, ils ne la regarderont probablement pas. Et s'ils la regardent, le risque qu'ils fassent le lien avec toi est quasi infinitésimal. Et puis, le gosse a déjà dû tout oublier. La mère aussi.

— La mère était là quand une tarée a agressé son fils avant de s'enfuir, répliqua Nora. Crois-moi, elle a pas oublié.

— D'accord, dit-il d'un ton équanime qui donna envie à Nora de lui envoyer son genou dans les couilles.

— Peut-être que je devrais aller aider Mme Granger à ranger la maison. »

Il la regarda comme si elle était folle.

« Peut-être que j'ai envie d'être soupçonnée », dit-elle, et elle lui adressa un léger sourire. Son sourire *aguicheur*.

Il la regarda, puis lui tourna le dos.

« Arrête, Chad, dit-elle, fais pas ça. Allez.

— Non, dit-il.

— Quoi, non ? Pourquoi ?

— Parce que je sais à quoi tu penses quand on le fait. »

Elle le frappa. Un bon coup sur la nuque.

« Tu sais que dalle. »

Il se retourna et leva le poing.

« Fais pas ça, Nora.

— Vas-y, dit-elle en lui présentant son visage. Tu sais que t'en as envie. »

Il faillit le faire. Elle vit son poing se raidir. Puis il abaissa la main et desserra le poing.

« Non, plus de ça. »

Elle ne dit rien mais pensa : *C'est ce que tu crois.*

Nora resta éveillée, les yeux fixés sur le réveil. Jusqu'à 1:41, elle pensa : *Notre couple est en danger.* Puis, quand 1:42 s'afficha, elle pensa : *Non, c'est faux. Notre couple est mort.*

Mais il lui restait encore sept mois à vivre.

Nora ne s'attendait pas à tourner un jour la page sur sa collaboration avec l'Honorable Révérend George Winston, mais, alors qu'elle s'activait à donner forme à leur nouvelle maison (elle allait cultiver non pas un mais deux jardins, un de fleurs et un de légumes), elle pouvait passer des journées entières sans penser à lui. La violence au lit avait cessé. Ou presque.

Et puis, un jour d'avril, elle reçut une carte postale de lui. Ce fut un choc. La carte arriva dans une enveloppe des services postaux américains car il ne restait pas la moindre place dessus pour griffonner une adresse de réexpédition. Elle avait été partout, de Brooklyn dans le Maine en passant par les deux Montpelier, dans l'Idaho et dans l'Indiana. Nora ne comprit pas comment elle n'était pas arrivée avant qu'ils quittent New York et, compte tenu du périple qu'elle avait effectué, c'était un miracle qu'elle soit arrivée tout court. Elle était datée de la veille de la mort du révérend. Nora vérifia sa notice nécrologique sur Google, juste pour s'en assurer.

Peut-être qu'il y a du vrai dans Freud, finalement, disait la carte. *Comment allez-vous ?*

Bien, pensa Nora. *Je vais bien*.

Il y avait un poêle à bois dans la cuisine de leur maison. Elle froissa la carte postale et l'y jeta avec une allumette. *Point final*.

Chad acheva *Vivre parmi les animaux* en juillet, écrivant les cinquante dernières pages en neuf jours. Il envoya le manuscrit à son agent. S'ensuivit un échange de mails et de coups de téléphone. Selon Chad, Ringling semblait enthousiaste. Si c'était le cas, Nora pensait qu'il devait réserver le gros de son enthousiasme pour ses appels téléphoniques. Ce qu'elle avait décelé dans les deux mails était au mieux un optimisme modéré.

En août, à la demande de Ringling, Chad retravailla son manuscrit. Il ne s'épancha pas sur cette étape de l'écriture, signe que ça ne se passait pas particulièrement bien. Mais il s'y tint. Nora le remarqua à peine. Elle était absorbée par son jardin.

En septembre, Chad décida d'aller à New York arpenter le bureau de Ringling pendant que l'homme téléphonerait aux sept éditeurs auxquels le manuscrit avait été envoyé dans l'espoir que certains exprimeraient le désir de rencontrer l'auteur. Nora envisagea de descendre dans un bar de Montpelier pour se trouver quelqu'un – ils pourraient aller dans un Motel 6 – mais s'en abstint. Trop d'efforts pour un trop faible gain. À la place, elle travailla au jardin.

Ce fut tout aussi bien. Chad rentra le soir même au lieu de passer la nuit à New York comme il l'avait prévu. Il était soûl. Il déclara aussi être content. Ils avaient décroché un contrat avec un bon éditeur. Il lui dit le nom de la maison d'édition. Elle n'en avait jamais entendu parler.

« Combien ? demanda-t-elle.

— Ça a pas tellement d'importance, bébé. » Tellement donna *tè'ment*, et il l'appelait *bébé* seulement quand il était ivre. « Ils adorent le livre, et c'est ça qui compte. » *Liv'*. Elle réalisa que lorsque Chad était soûl, il parlait un peu comme Winnie, les premiers mois après son attaque.

« Combien ?

— Quarante mille dollars. » *Qu'ante.*

Elle rigola.

« J'ai dû me faire autant avant de me lever du banc. C'est ce que j'ai calculé la première fois qu'on a regardé… »

Elle ne vit pas le coup partir et ne le sentit pas vraiment arriver. Il y eut comme un gros clic dans sa tête, et ce fut tout. Puis elle se retrouva allongée sur le sol de la cuisine, à respirer par la bouche. Elle n'avait pas le choix. Il lui avait cassé le nez.

« Espèce de salope ! » dit-il en se mettant à pleurer.

Nora s'assit. La cuisine sembla décrire un grand cercle ivre autour d'elle avant de se stabiliser. Du sang gouttait sur le sol en linoléum. Elle était effarée, endolorie, euphorique, honteuse et prise d'une envie de rire.

Alors celui-là, je l'ai pas vu venir, pensa-t-elle.

« C'est ça, fais-moi porter le chapeau », dit-elle. Elle avait la voix congestionnée, une voix de trompette bouchée. « Fais-moi porter le chapeau et puis mets-toi à chialer comme un bébé. »

Il pencha la tête comme s'il n'avait pas bien entendu – ou n'arrivait pas à croire ce qu'il venait d'entendre – et lui montra le poing.

Elle leva son visage vers lui, son nez désormais dévié en première ligne. Une barbe de sang ornait son menton.

« Vas-y, dit-elle, c'est la seule chose que tu sais à peu près faire.

— Avec combien d'hommes t'as couché depuis ce jour-là ? Dis-moi !

— Couché avec aucun. Baisé avec une douzaine. »

Elle mentait. Il y avait seulement eu le flic et un électricien qui était venu un jour où Chad était en ville.

« Frappe, McDuff[1]. »

Au lieu de frapper, il desserra le poing et laissa retomber sa main.

« Le livre aurait été bien sans toi. » Il secoua la tête comme pour s'éclaircir les idées. « C'est pas tout à fait ça, mais tu vois ce que je veux dire.

— T'es soûl.

— Je vais te quitter et en écrire un autre. Un mieux.

— Et moi je suis le pape.

— Tu verras, dit-il, aussi pleurnichard et puéril qu'un petit garçon venant de perdre une bagarre dans la cour de récré. Attends un peu et tu verras.

— T'es soûl. Va te coucher.

— Espèce de salope toxique. »

S'étant libéré de ça, il se traîna jusqu'au lit, la tête basse. Il *marchait* même comme Winnie après son attaque.

Nora pensa aller aux urgences pour son nez, mais elle était trop fatiguée pour inventer une histoire qui aurait juste ce qu'il fallait de véracité. Au fond d'elle – l'infirmière –, elle savait qu'une telle histoire n'existe pas. Ils liraient à travers elle, que son histoire soit bonne ou pas. Dans les situations de ce genre, le personnel des urgences sait toujours.

Elle se fourra du coton dans les narines et prit deux Tylenol codéinés. Puis elle sortit et désherba

---

1. Allusion au tueur en série Kenneth McDuff.

son jardin jusqu'à ce qu'il fasse trop sombre pour y voir. Quand elle rentra, Chad ronflait sur le lit. Il avait ôté sa chemise mais gardé son pantalon. Elle trouva qu'il avait l'air d'un imbécile. Ça lui donna envie de pleurer mais se retint.

Il la quitta et retourna vivre à New York. Il lui envoyait parfois des mails, et parfois elle y répondait. Il ne réclama pas sa part de l'argent restant, et c'était bien. Elle ne la lui aurait pas donnée. Elle avait travaillé pour le gagner, et maintenant c'était l'argent qui travaillait : elle l'injectait petit à petit dans son compte en banque, remboursant le prêt de la maison. Dans ses mails, il disait qu'il avait repris les remplacements et qu'il écrivait le week-end. Elle le croyait pour les remplacements mais pas pour l'écriture. Ses mails donnaient une impression de faiblesse et de fatigue qui suggérait qu'en matière d'écriture, il ne devait peut-être plus lui rester grand-chose. De toute façon, elle avait toujours pensé qu'il n'écrirait qu'un seul livre.

C'est elle qui s'occupa du divorce. Elle trouva tout ce dont elle avait besoin sur Internet. Il y avait des papiers qu'il devait signer, et il les signa. Il les renvoya sans y joindre de mot.

L'été suivant – un bon été : elle travaillait à temps plein à l'hôpital du coin et son jardin de fleurs était une splendeur –, elle était en train de flâner chez un bouquiniste quand elle tomba sur un livre qu'elle avait vu dans le bureau de Winnie : *Le Fondement de la morale*. C'était un exemplaire assez abîmé et elle put l'emporter pour deux dollars.

Il lui fallut le reste de l'été, et presque tout l'automne, pour le lire d'un bout à l'autre. Au final, elle fut déçue. Il contenait peu de choses, voire rien, qu'elle ne sût déjà.

Pour Jim Sprouse

Je pense qu'en vieillissant, la plupart des gens ont tendance à méditer davantage sur Ce-Qui-Nous-Attend-Après et, étant moi-même bientôt septuagénaire, je suis bien placé pour le savoir. Plusieurs de mes nouvelles et au moins un roman (*Revival*) ont abordé cette question. Je ne dirai pas « traité » cette question, car cela impliquerait que j'en sois arrivé à une sorte de conclusion, or aucun de nous ne peut réellement en tirer, n'est-ce pas ? Personne n'a jamais envoyé de vidéo du pays de la mort avec son téléphone portable. Il y a la foi, bien sûr (et un véritable déluge de livres proclamant que « le paradis existe ») mais, par définition, la foi est la croyance sans preuves.

En gros, il n'y a que deux choix possibles. Soit il y a Quelque Chose, soit il n'y a Rien. Dans le deuxième cas, l'affaire est classée. Dans le premier, il existe une myriade de possibilités : paradis, enfer, purgatoire et réincarnation figurant en tête du Hit-Parade de l'Au-Delà. À moins qu'on y trouve ce qu'on a toujours imaginé y trouver. Peut-être le cerveau est-il équipé d'un système de sortie intégré, programmé pour se mettre en marche quand tout le reste tombe en rade et qu'on s'apprête à prendre ce fameux dernier train.

Selon moi, les témoignages d'expériences de mort imminente tendent à valider cette idée.

Ce que moi j'aimerais – je crois –, c'est avoir la chance de tout revivre à nouveau, comme une espèce d'expérience cinématographique immersive, afin de pouvoir savourer les bons moments et les bonnes décisions, comme d'avoir épousé ma femme et décidé d'avoir notre troisième enfant. Bien sûr, j'aurais aussi à déplorer mes erreurs (j'en ai commis pas mal), mais qui n'aimerait pas revivre son premier baiser, ou avoir la possibilité de se détendre pour profiter pleinement de la cérémonie de mariage qui fila comme un rêve brouillé par la nervosité ?

Cette histoire ne parle pas d'une telle rediffusion – pas vraiment –, mais réfléchir à cette possibilité m'a conduit à écrire sur l'après-vie d'un homme. Si le fantastique reste un genre aussi vital que nécessaire, c'est qu'il nous permet d'aborder de tels sujets d'une manière dont le réalisme est incapable.

Après-vie

William Andrews, investisseur chez Goldman Sachs, meurt dans l'après-midi du 23 septembre 2012. C'est une mort attendue : sa femme et ses enfants maintenant adultes sont à son chevet. Ce soir-là, quand elle s'accorde enfin un peu de temps seule, loin du flot continu de proches et de visiteurs venus présenter leurs condoléances, Lynn Andrews téléphone à sa plus vieille amie, qui vit toujours à Milwaukee. C'est Sally Freeman qui lui a présenté Bill et, si quelqu'un mérite de connaître les soixante dernières secondes de ses trente années de mariage, c'est bien Sally.

« Il a été inconscient quasiment toute la semaine – à cause du traitement – mais il était conscient à la fin. Il avait les yeux ouverts et il m'a vue. Il a souri. J'ai pris sa main et il l'a un peu serrée. Je me suis penchée pour lui faire un baiser sur la joue. Quand je me suis redressée, il était parti. »

Ça faisait des heures qu'elle avait envie de le dire, et maintenant qu'elle l'a dit elle fond en larmes.

Sa supposition, que le sourire lui était destiné, est pour le moins naturelle mais erronée. Alors qu'il a les yeux levés vers sa femme et ses trois enfants – tous semblent impossiblement grands, créatures d'une angélique bonne santé habitant un monde qu'il est maintenant en train de quitter –, Bill sent la douleur qui l'a accompagné ces dix-huit derniers mois quitter son corps. Elle se déverse hors de lui comme de l'eau sale qu'on vide d'un seau. Alors il sourit.

Une fois la douleur disparue, il ne reste plus grand-chose. Son corps est aussi léger qu'une aigrette de lai-teron. Sa femme lui prend la main, tendant la sienne depuis les hauteurs de son monde de bien portants. Il s'est réservé un peu de force, qu'il utilise pour lui presser les doigts. Elle se penche. Elle va l'embrasser.

Avant que ses lèvres ne touchent sa peau, un trou apparaît au centre de son champ de vision. Ce n'est pas un trou noir, mais blanc. Il s'étire, oblitérant le seul monde qu'il ait connu depuis 1956, année où il naquit dans le petit hôpital du comté de Hemingford, dans le Nebraska. Au cours de cette dernière année, Bill a fait beaucoup de recherches sur le passage de la vie à la mort (sur son ordinateur, prenant toujours soin d'effacer l'historique afin de ne pas inquiéter Lynn, qui fait preuve d'un optimisme sans faille, bien qu'insensé), et alors que la plupart de ses lec-tures lui ont paru être des conneries, le phénomène de la lumière blanche lui a semblé assez plausible. D'abord, il a été rapporté dans toutes les cultures. De plus, il bénéficie d'un soupçon de crédibilité scien-tifique. Une théorie avance que la lumière blanche est le résultat de l'interruption soudaine de l'apport de sang au cerveau. Une autre, plus élégante, suggère que le cerveau se livre à un dernier scan général en vue de retrouver une expérience comparable à la mort.

À moins que ce ne soit juste un feu d'artifice final.

Quelle qu'en soit la cause, Bill Andrews est à présent en train de le vivre. La lumière blanche avale sa famille ainsi que la chambre spacieuse d'où les employés de la morgue retireront bientôt son corps drapé et sans vie. Au fil de ses recherches, il s'est familiarisé avec l'acronyme EMI, pour Expérience de Mort Imminente. Dans beaucoup de ces expériences, la lumière blanche devient un tunnel au bout duquel vous appellent des membres de votre famille déjà décédés, ou bien des amis, des anges, Jésus, ou quelque autre divinité bienfaisante.

Bill ne s'attend à aucun comité d'accueil. Non, il s'attend à ce que le feu d'artifice final s'évanouisse dans la nuit noire de l'oubli, mais ça n'arrive pas. Quand l'éclat diminue, il n'est ni au Paradis ni en Enfer. Il est dans un corridor. Il suppose que ce pourrait être le Purgatoire : un corridor avec des murs vert industriel et un carrelage ébréché et sale pourrait très bien être le Purgatoire, mais seulement s'il se prolonge sur une éternité. Celui-ci s'achève six mètres plus loin, sur une porte indiquant ISAAC HARRIS, MANAGER.

Bill reste quelques instants où il est, faisant l'inventaire de sa personne. Il porte le pyjama dans lequel il est mort (du moins il suppose qu'il est mort) et il est pieds nus, mais il n'y a plus aucune trace du cancer qui a d'abord goûté son corps puis l'a ensuite dévoré pour ne laisser qu'un squelette dans un sac de peau. Il paraît avoir retrouvé ses quatre-vingt-cinq kilos, son poids de forme (légèrement mou du ventre, il est vrai) avant que le cancer ne frappe. Il se palpe les fesses et le creux des reins. Les escarres ont disparu. Chouette. Il prend une profonde inspiration et expire sans tousser. Encore mieux.

Il longe un peu le corridor. Sur sa gauche, il y a un extincteur surmonté d'un graffiti insolite : *Mieux vaut tard que jamais !* Sur sa droite, un panneau d'affichage. Quelques photos y sont punaisées, du genre rétro avec les bords dentelés. Au-dessus, une banderole écrite à la main indique : PIQUE-NIQUE D'ENTRE-PRISE 1956 ! QU'EST-CE QU'ON S'EST AMUSÉS !

Bill examine les photos montrant des directeurs, des secrétaires, des employés de bureau et une flopée de gamins barbouillés de glace batifolant au milieu. Il y a des types qui s'occupent d'un barbecue (l'un d'eux coiffé de la toque fantaisiste de rigueur) ; des types et des nanas qui jouent au lancer de fer à cheval ; des types et des nanas qui jouent au volley ; des types et des nanas qui nagent dans un lac. Les types portent des maillots de bain tellement courts et moulants qu'ils en paraissent presque obscènes à ses yeux d'homme du vingt et unième siècle, mais très peu d'entre eux ont du bide. *Ils ont le physique des années 1950*, pense Bill. Les nanas portent ces maillots de bain une pièce démodés style Esther Williams, ceux qui donnent l'impression qu'elles n'ont pas de fesses mais seulement une inclinaison douce et lisse dépourvue de raie en bas du dos. On consomme des hot-dogs. On boit de la bière. On s'amuse visiblement comme des petits fous.

Sur l'une des photos, il voit le père de Richie Blankmore tendre un marshmallow grillé à Annmarie Winkler. C'est absurde parce que le père de Richie était camionneur et qu'il n'est jamais allé à un pique-nique d'entreprise de sa vie. Annmarie est une fille avec laquelle Bill est sorti à la fac. Sur une autre photo, il reconnaît Bobby Tisdale, un copain de fac du début des années 1970. Bobby, qui aimait s'appeler lui-même Tiz le Prodige, est mort d'une crise cardiaque à la trentaine. Il était probablement sur terre en 1956, mais il aurait été en maternelle ou au cours préparatoire, pas en train de boire des bières au bord du lac Machin-Chose. Sur cette photo, Tiz fait dans les vingt ans, l'âge qu'il devait avoir quand Bill l'a connu. Sur une troisième photo, la mère d'Eddie Scarponi est en train de frapper un ballon de volley. Eddie était le meilleur copain de Bill avant que la famille de Bill quitte le Nebraska pour aller habiter à Paramus, dans le New Jersey, et Gina Scarponi – entraperçue une fois en train de bronzer sur sa terrasse en culotte blanche vaporeuse et rien d'autre – était l'un des fantasmes préférés de Bill quand il était encore jeune apprenti masturbateur.

Le type avec la toque rigolote est Ronald Reagan.

Bill regarde de plus près, le nez presque collé à la photo en noir et blanc, et il n'y a aucun doute : le quarantième président des États-Unis fait griller des steaks à un pique-nique d'entreprise.

Mais quelle entreprise ?

Et où, au juste, se trouve Bill en ce moment ?

Son euphorie d'être à nouveau en bonne santé et délivré de la douleur est en train de passer. Elle est remplacée par un sentiment grandissant de dépaysement et de malaise. Voir tous ces visages familiers sur ces photos n'a aucun sens, et le fait qu'il n'en connaisse pas la majorité n'offre, au mieux, qu'une maigre consolation. Il regarde derrière lui et voit des escaliers conduisant à une autre porte. Celle-ci porte le mot FERMÉ en grandes lettres capitales rouges. Ce qui ne laisse d'autre choix que le bureau de M. Isaac Harris. Bill s'avance, hésite, puis frappe à la porte.

« C'est ouvert. »

Bill entre. Debout à côté d'un bureau encombré se tient un homme en pantalon de costume ample à taille haute maintenu par des bretelles. Ses cheveux bruns sont plaqués contre son crâne et séparés par une raie au milieu. Il porte des lunettes sans monture. Les murs sont tapissés de factures et de photos ringardes de pin-up tout en jambes qui lui rappellent la compagnie de transport pour laquelle le père de Richie Blankmore travaillait. Il y était allé plusieurs fois avec Richie, et le bureau des expéditions ressemblait à ça.

À en croire le calendrier sur l'un des murs, on est en mars 1911, ce qui est aussi insensé que 1956. À la droite de Bill en entrant, il y a une porte. À sa gauche, une autre porte. Il n'y a pas de fenêtre, mais un tube en verre sort du plafond et pend audessus d'un chariot à linge Dandux. Le chariot est rempli d'un tas de papiers jaunes qui ressemblent à davantage de factures. À moins que ce ne soient des mémos. Une pile de dossiers de soixante centimètres de haut occupe la chaise en face du bureau.

« Bill Anderson, c'est ça ? »

L'homme s'installe à son bureau. Il n'offre pas de poignée de main.

« Andrews.

— C'est ça. Moi c'est Harris. Vous revoilà donc, Andrews. »

Au vu de toutes les recherches de Bill sur la mort, ce commentaire a du sens. Et c'est un soulagement. Pour autant qu'il n'ait pas à revenir sur terre sous la forme d'un bousier, ou autre.

« Donc, c'est la réincarnation ? C'est ça le truc ? »

Isaac Harris soupire :

« Vous posez toujours la même question, et je donne toujours la même réponse : pas vraiment.

— Je suis bien mort, n'est-ce pas ?

— Vous sentez-vous mort ?

— Non, mais j'ai vu la lumière blanche.

— Ah oui, la fameuse lumière blanche. Toujours la même rengaine. Une minute, voulez-vous. »

Harris farfouille dans la paperasse sur son bureau, ne trouve pas ce qu'il cherche et commence à ouvrir des tiroirs. Il sort de l'un d'eux quelques dossiers supplémentaires et en sélectionne un. Il l'ouvre, le feuillette, puis hoche la tête.

« Pour me rafraîchir un peu la mémoire. Banquier, n'est-ce pas ?

— Oui.

— Marié, trois enfants ? Deux garçons, une fille ?

— Exact.

— Mes excuses. J'ai quelque deux cents pèlerins, il est difficile d'y voir clair dans tout ça. Je n'arrête pas de me dire qu'il faut que je mette de l'ordre dans ces dossiers, mais c'est un véritable travail de secrétaire, et puisqu'ils ne m'en ont jamais fourni…

— C'est qui *ils* ?

— Aucune idée. Toute communication se fait via le tube. »

Il tapote le tube en question. Le tube se balance puis s'immobilise à nouveau.

« Il marche à l'air comprimé. Haute technologie. »

Bill s'empare des dossiers qui occupent la chaise du client et, haussant les sourcils, consulte du regard l'homme derrière le bureau.

« Posez-les par terre, dit Harris. Ça ira pour le moment. Un de ces jours, je vais *réellement* m'organiser. Si les *jours* existent. Probablement que oui – et les nuits, aussi – mais qui peut l'affirmer ? Il n'y a aucune fenêtre ici, comme vous l'aurez remarqué. Et aucune horloge. »

Bill s'assoit.

« Pourquoi m'appeler pèlerin si ce n'est pas de la réincarnation ? »

Harris se cale sur sa chaise et noue les mains derrière sa nuque. Il lève les yeux vers le tube pneumatique qui, à un moment ou un autre, devait effectivement être de la haute technologie. Disons vers 1911, même si Bill suppose que de tels engins devaient encore exister en 1956.

Harris secoue la tête et glousse, mais pas de manière amusée.

« Si seulement vous saviez à quel point vous devenez *fatigants*, tous autant que vous êtes. Selon mon dossier, ceci est notre quinzième entrevue.

— Je ne suis jamais venu ici de ma vie », dit Bill. Puis il réfléchit. « Sauf que ce n'est *pas* ma vie. N'est-ce pas ? C'est mon après-vie.

— À vrai dire, c'est la mienne. C'est vous le pèlerin ici, pas moi. Vous et les autres crétins que je vois défiler. Vous allez prendre l'une de ces portes et partir. Moi, je reste. Il n'y a pas de toilettes ici, parce que je n'ai plus besoin de faire mes besoins. Il n'y a pas de chambre, car je n'ai plus besoin de dormir. Tout ce que je fais, c'est rester là à jacasser avec vous autres, crétins de passage. Vous entrez, vous posez les mêmes questions, et je donne les mêmes réponses. C'est *mon* après-vie. Excitant, n'est-ce pas ? »

Bill, qui s'est renseigné sur tous les tenants et aboutissants théologiques au cours de son projet de recherche final, décide qu'il avait vu juste quand il était encore dans le corridor.

« Vous parlez du Purgatoire.

— Oh, sans aucun doute. La seule question que je me pose, c'est pour combien de temps j'en ai. J'aimerais pouvoir vous dire que je vais finir par devenir fou si je n'avance pas, mais je ne suis même pas sûr de *pouvoir* devenir fou, tout comme je ne peux ni chier ni dormir. Je sais que mon nom ne vous dit rien, mais nous avons déjà discuté de tout ça auparavant – pas à tous les coups mais plusieurs fois. » Il agite un bras avec tant de vigueur que certaines des factures punaisées au mur volettent. « Ceci est – ou *était*, je ne suis pas sûr de savoir lequel est correct – mon bureau dans ma vie terrestre.

— En 1911 ?

— Parfaitement. Je vous demanderais bien si vous savez ce qu'est un cache-corset, Bill, mais puisque je sais que non, je vais vous le dire : c'est un chemisier pour femme. Au tournant du siècle, mon associé Max Blanck et moi-même possédions une usine de textile, la Triangle Shirtwaist Factory. Une entreprise rentable, mais les femmes qui travaillaient pour nous étaient de sacrées emmerdeuses. Toujours à fumer en cachette et – pire encore – à voler tout un tas de choses qu'elles cachaient dans leurs sacs à main ou fourraient sous leurs jupons. Alors nous avons décidé de condamner les portes pour les garder à l'intérieur pendant leurs heures de travail, et de les fouiller à la sortie. Bref. Un jour, la satanée usine a pris feu. Max et moi en avons réchappé en passant par le toit puis l'escalier de secours. La plupart des femmes n'ont pas eu cette chance. Même si, soyons honnêtes, il faut bien reconnaître qu'elles avaient leur part de responsabilité. Fumer dans l'usine était strictement *verboten* mais beaucoup le faisaient quand même, et c'est une cigarette qui a démarré l'incendie. C'est le capitaine des pompiers qui l'a dit. Max et moi avons été jugés pour homicide et acquittés. »

Bill revoit l'extincteur dans le couloir avec *Mieux vaut tard que jamais* écrit au-dessus. Il pense : *Vous avez été reconnu coupable en appel, monsieur Harris, sinon vous ne seriez pas ici.*

« Combien de femmes sont mortes ?

— Cent quarante-six, répond Harris, et je regrette chacune d'elles, monsieur Anderson. »

Bill ne prend pas la peine de le corriger sur son nom. Il y a vingt minutes, il agonisait dans son lit, et maintenant le voilà captivé par cette vieille histoire dont il n'avait jamais entendu parler. Pas qu'il s'en souvienne, en tout cas.

« Peu après que Max et moi avons emprunté l'escalier de secours, les femmes se sont ruées dessus à leur tour. Le fichu escalier n'a pas tenu. Il s'est effondré en déversant deux douzaines de femmes sur le pavé. Une chute de trente mètres de haut. Elles sont toutes mortes. Quarante de plus se sont jetées du huitième et du neuvième étage. Certaines étaient en flammes. Elles sont *toutes* mortes aussi. Les pompiers sont arrivés avec des filets de sauvetage mais elles sont passées au travers et ont explosé sur la chaussée comme des sacs remplis de sang. Une vision terrible, monsieur Anderson, terrible. D'autres ont sauté dans les cages d'ascenseur, mais la plupart... ont juste... brûlé.

— Comme le 11 Septembre mais avec moins de victimes.

— C'est ce que vous dites toujours.

— Et vous avez atterri ici.

— Tout à fait exact. Des fois, je me demande combien d'hommes sont assis dans des bureaux comme celui-ci. Et de *femmes*. Je suis sûr qu'il y en a aussi, j'ai toujours été visionnaire et je ne vois pas pourquoi les femmes ne pourraient pas occuper des postes de cadre à petites responsabilités, et de façon admirable. Chacun de nous répondant aux mêmes questions et revoyant les mêmes pèlerins. On pourrait penser que la charge de travail s'allège un peu chaque fois que l'un de vous décide de prendre la porte de droite au lieu de prendre celle-là » – il indique la porte de gauche – « mais non. *Non.* Une nouvelle boîte descend du tube – *zoup* – et je me retrouve avec un crétin tout frais pour remplacer l'ancien. Parfois deux. » Il se penche en avant et déclare avec force : « C'est un boulot de merde, monsieur Anderson !

— C'est Andrews, dit Bill. Et puis, écoutez, je suis désolé pour vous mais bon Dieu, assumez un peu vos actes, vieux ! Cent quarante-six femmes ! Et vous aviez *condamné* les issues. »

Harris assène un coup de poing sur son bureau.

« Elles nous volaient sans vergogne ! » Il ramasse le dossier et l'agite sous le nez de Bill. « Vous pouvez parler, vous ! Ha ! C'est l'hôpital qui se fout de la charité ! Goldman Sachs ! Fraudes boursières ! Profits par milliards, taxes par millions ! *Petits* millions ! Est-ce que l'expression *bulle immobilière* vous dit quelque chose ? Combien de clients avez-vous trahis ? Combien de gens ont perdu leurs économies de toute une vie à cause de votre cupidité et de votre manque de discernement ? »

Bill voit très bien de quoi Harris veut parler, mais toute cette arnaque (enfin… presque toute) avait été orchestrée par des gens bien plus haut placés que lui. Il avait été aussi surpris que n'importe qui quand tout était parti en couille. Il est tenté de rétorquer qu'il y a une grosse différence entre se faire dépouiller et se faire brûler vif, mais pourquoi enfoncer le couteau dans la plaie ? Et puis, il passerait sûrement pour un moralisateur hypocrite.

« OK, laissons tomber, dit-il. Si vous avez des renseignements à me donner, allez-y, je vous écoute. Dites-moi quel est le marché, et je vous lâche les basques.

— C'est pas *moi* qui fumais, dit Harris d'un ton bas et fâché. C'est pas *moi* qui ai lâché l'allumette.

— Monsieur Harris ? »

Bill sent les murs se rapprocher. *Si je devais rester là à jamais, je me tirerais une balle*, pense-t-il. Seulement, si ce que dit M. Harris est vrai, il n'en aurait aucune envie, pas plus qu'il n'aurait envie d'aller aux toilettes.

« Bon, d'accord. » Harris soupire en faisant vibrer ses lèvres. « Le voici, *le marché*. Prenez la porte de gauche et vous revivez entièrement votre vie. De A à Z. Du début à la fin. Prenez la porte de droite et vous disparaissez. Pouf. Comme une bougie dans le vent, dirons-nous. »

D'abord, Bill ne répond rien. Il est incapable de parler et il n'est pas certain de pouvoir faire confiance à son ouïe. C'est trop beau pour être vrai. Il pense d'abord à son frère Mike, et à l'accident qui est survenu quand Mike avait huit ans. Puis à la stupide histoire de vol à l'étalage quand Bill avait dix-sept ans. Une broutille en soi, mais une broutille qui aurait pu faire capoter ses projets universitaires si son père n'était pas intervenu et n'avait pas parlé à la bonne personne. L'histoire avec Annmarie, à la résidence étudiante… qui revient toujours le hanter dans les moments les plus improbables, même après toutes ces années. Et bien sûr, cette saloperie de...

Harris est en train de sourire, et son sourire est tout sauf agréable.

« Je sais à quoi vous pensez parce que je connais déjà toute l'histoire. Comment vous et votre frère étiez en train de jouer à cache-cache quand vous lui avez claqué la porte de la chambre au nez pour ne pas qu'il entre, et comment vous lui avez accidentellement sectionné le bout du petit doigt. Le coup du vol à l'étalage impulsif, pour une montre, et comment votre père a fait jouer ses relations pour vous sortir de là...

— Exact, y a jamais eu de poursuites. Sauf de sa part. Il ne m'a jamais laissé oublier cette histoire.

— Et puis, il y a eu la fille dans la résidence universitaire. » Harris soulève le dossier. « Son nom est quelque part là-dedans, je suppose ; je fais de mon mieux pour rester à jour dans mes dossiers – quand j'arrive à mettre la main dessus –, mais pourquoi ne pas me rafraîchir la mémoire ?

— Annmarie Winkler. » Bill sent ses joues flamber. « C'était pas un viol, alors n'allez pas vous mettre ça dans le crâne. Elle a passé ses jambes autour de moi quand je me suis mis sur elle, si ça c'est pas du consentement, alors je sais pas ce que c'est.

— A-t-elle également passé ses jambes autour des deux gars qui sont passés après ? »

Non, est tenté de dire Bill, *mais nous au moins on l'a pas brûlée vive.*

Et pourtant...

Il est en train d'exécuter un putt sur le green, ou de travailler dans son atelier de menuiserie, ou bien de discuter avec sa fille (étudiante à son tour) de sa thèse, et il se demande où est Annmarie aujourd'hui. Ce qu'elle fait. Ce dont elle se souvient de cette nuit-là.

Le sourire de Harris s'élargit pour devenir un rictus de vestiaire de mecs. Ça a beau être un boulot de merde, il est clair qu'il en apprécie certains aspects.

« Je vois que c'est une question à laquelle vous ne voulez pas répondre, alors poursuivons, voulez-vous ? Vous êtes en train de penser à tout ce que vous allez changer lors de votre prochain tour de manège cosmique. Cette fois-ci, vous ne claquerez pas la porte sur le petit doigt de votre frère, ni n'essaierez de voler une montre au centre commercial de Paramus…

— C'était au centre commercial du New Jersey. Je suis sûr que c'est écrit quelque part dans votre dossier. »

Comme s'il voulait chasser une mouche, Harris agite le dossier de Bill et continue.

« La prochaine fois, vous refuserez de vous taper votre copine semi-comateuse alors qu'elle gît sur le canapé dans le sous-sol de votre résidence d'étudiants et – bingo ! – vous allez une bonne fois pour toutes prendre ce rendez-vous pour une coloscopie au lieu de le repousser sans cesse, ayant enfin convenu – corrigez-moi si je me trompe – que l'indignité de se faire enfoncer une caméra dans le cul est un tantinet moins pire que de mourir d'un cancer du côlon. »

Bill dit :

« Plusieurs fois, j'ai failli tout raconter à Lynn à propos de cette nuit-là à la résidence d'étudiants. J'ai jamais eu le courage.

— Mais si on vous en donnait la chance, vous ne referiez pas les mêmes erreurs.

— Bien sûr que non – si on vous donnait la chance de déverrouiller les portes de l'usine, vous ne le feriez pas ?

— Si, bien sûr, mais il n'y a pas de deuxième chance. Désolé de vous décevoir. »

Il n'a pas l'air désolé. Harris a l'air fatigué. Harris a l'air de s'emmerder. Harris a également l'air triomphant et mesquin. Il indique la porte de gauche à Bill.

« Prenez cette porte – comme vous le faites chaque fois – et vous recommencez tout à zéro : bébé de trois kilos glissant de l'utérus de votre mère dans les mains du médecin-accoucheur. On vous enveloppera de langes et vous serez ramené à la maison, dans une ferme du Nebraska. Quand votre père vendra la ferme en 1964, vous déménagerez dans le New Jersey. Là-bas, vous couperez le petit doigt de votre frère en jouant à cache-cache. Vous irez au même lycée, suivrez les mêmes cours et aurez les mêmes notes. Vous irez à Boston College et vous commettrez le même semi-viol dans le même sous-sol de la même résidence d'étudiants. Vous regarderez alors que vos deux mêmes camarades de fraternité étudiante coucheront à leur tour avec Annmarie Winkler et même si vous vous direz que vous devriez intervenir, vous ne rassemblerez jamais la force d'âme nécessaire. Trois ans plus tard, vous rencontrerez Lynn DeSalvo, et encore deux ans après, vous vous marierez. Vous suivrez la même carrière professionnelle, vous aurez les mêmes amis, vous ressentirez la même profonde inquiétude vis-à-vis de certaines pratiques de votre firme... et vous garderez le même silence. À cinquante ans, le même médecin vous conseillera vivement de faire une coloscopie et vous lui promettrez – comme chaque fois – de vous occuper de cette petite broutille. Ce que vous ne ferez pas et, par conséquent, vous mourrez du même cancer. »

Le sourire de Harris, alors qu'il lâche le dossier sur son bureau encombré, est maintenant si large qu'il touche presque le lobe de ses oreilles.

« Et puis vous viendrez ici et nous aurons la même discussion. Mon conseil serait que vous preniez l'autre porte et que vous en finissiez une bonne fois pour toutes, mais, bien sûr, c'est une décision qui vous appartient. »

Bill a écouté ce petit sermon avec une consternation grandissante.

« Je ne me souviendrai de rien ? *Rien ?*

— Pas tout à fait, répond Harris. Vous avez peut-être remarqué quelques photos dans le couloir ?

— Le pique-nique d'entreprise ?

— Oui. Chaque client qui me rend visite voit des photos de l'année de sa naissance et reconnaît quelques visages familiers parmi tous les inconnus. Quand vous revivrez votre vie, monsieur Anders – à supposer que c'est la décision que vous prendrez –, vous aurez un sentiment de déjà-vu quand vous verrez ces personnes pour la première fois, la sensation d'avoir déjà vécu ce moment. Ce qui bien sûr sera le cas. Vous aurez la sensation fugace, presque la conviction, que votre vie, et l'existence en général, ont plus de… *profondeur*, dirons-nous, que vous ne l'auriez cru. Et puis ça passera.

— Si c'est toujours la même chose, sans possibilité d'amélioration, alors qu'est-ce qu'on fout là ? »

Harris lève le poing et frappe quelques coups sur l'extrémité du tube pneumatique suspendu au-dessus du panier à linge :

« *LE CLIENT VEUT SAVOIR CE QU'ON FOUT LÀ ! VEUT CONNAÎTRE L'INTÉRÊT DE TOUT ÇA !* »

Il attend. Rien. Il croise les mains sur son bureau.

« Monsieur Anders, quand Job a voulu savoir, lui aussi, Dieu lui a demandé s'il était là quand lui – Dieu – avait créé l'univers. J'imagine que cette réponse ne vous satisfait pas totalement. Alors considérons le sujet clos. Que voulez-vous faire ? Choisissez une porte. »

Bill pense au cancer. À la souffrance. Traverser tout ça à nouveau… sauf qu'il ne se rappellerait pas l'avoir déjà enduré. Il y a au moins ça. À supposer qu'Isaac Harris dise la vérité.

« Aucun souvenir du tout ? Aucun changement ? Vous en êtes certain ? Comment pouvez-vous en être certain ?

— Parce que c'est toujours la même conversation, monsieur Anderson. Chaque fois et avec chacun de vous.

— *C'est Andrews !* »

Il le hurle, se surprenant lui-même ainsi que Harris. D'une voix plus basse, il dit :

« Si j'essaye, si j'essaye vraiment, je suis sûr que je peux me raccrocher à quelque chose. Même si c'est seulement ce qui est arrivé au petit doigt de Mike. Et un petit changement pourrait suffire à… je sais pas… »

Emmener Annmarie au cinéma plutôt qu'à cette putain de beuverie, qu'est-ce que tu dis de ça ?

Harris dit :

« Il y a un conte populaire qui dit qu'avant la naissance, toute âme humaine connaît tous les secrets de la vie, de la mort et de l'univers. Mais juste avant la naissance, un ange se penche, pose son doigt sur les lèvres du futur bébé et murmure "*Chuuut*". » Harris touche son propre philtrum. « Selon la légende, ce serait la marque laissée par le doigt de l'ange. Tous les êtres humains l'ont.

— Vous avez déjà vu un ange, monsieur Harris ?

— Non, mais une fois j'ai vu un chameau. C'était au zoo du Bronx. Choisissez une porte. »

Alors qu'il réfléchit, Bill se souvient d'une nouvelle qu'ils avaient eu à lire au collège. « La Femme ou le Tigre ? » La décision qu'il doit prendre est loin d'être aussi difficile.

Je dois me raccrocher à une chose, se dit-il alors qu'il ouvre la porte qui le ramène dans sa vie. *Juste une chose.*

La lumière blanche du retour l'enveloppe.

Le médecin, qui va lâcher le parti républicain et voter pour Adlai Stevenson à l'automne prochain (chose que sa femme devra toujours ignorer), s'incline tel un serveur présentant un plateau et se redresse en tenant un bébé nu par les chevilles. Il lui administre une fessée retentissante et les braillements commencent.

« Vous voilà maman d'un petit garçon en excellente santé, madame Andrews, dit-il. Je dirais qu'il fait dans les trois kilos. Félicitations. »

Mme Andrews prend le bébé. Elle embrasse ses joues et son front humides. Ils l'appelleront William, comme son grand-père paternel. Il aura quarante ans au début du vingt et unième siècle. C'est une perspective étourdissante. Elle ne tient pas seulement une nouvelle vie dans ses bras, mais un univers de possibilités. Rien, se dit-elle, ne saurait être plus merveilleux.

En pensant à Surendra Patel

Ralph Vicinanza, un ami proche qui vendait aussi les droits de publication de mes livres dans des tas de pays étrangers, avait le chic pour venir me trouver avec des idées intéressantes pile au bon moment – c'est-à-dire quand j'étais entre deux projets. Je ne m'étends jamais beaucoup sur ce que j'écris avec les gens, donc Ralph devait avoir une sorte de radar spécial. C'est lui qui m'a suggéré de m'exercer à l'écriture de feuilleton, à la Charles Dickens, et, en germant, cette graine a finalement donné *La Ligne verte*.

Ralph m'a appelé peu de temps après que j'ai terminé la première version de *Histoire de Lisey*, alors que j'attendais que ce livre décante un peu (traduction : je ne faisais rien). Il m'a informé qu'Amazon lançait sa deuxième génération de Kindle et que l'entreprise espérait qu'un auteur à succès les aide question publicité en écrivant une histoire qui utiliserait le Kindle comme élément de l'intrigue. (Ces textes de fiction et non-fiction relativement longs ont par la suite été appelés des Kindle Singles.) J'ai remercié Ralph du renseignement mais répondu que ça ne m'intéressait pas, pour deux raisons. La première, c'est que je n'avais plus prêté mon nom à aucune entreprise commerciale depuis ma participation à une pub pour American Express, il y a longtemps. Et bigre, quoi d'étonnant à ça ? Je m'étais retrouvé à poser en smoking dans un château plein de courants d'air avec un corbeau empaillé perché sur le bras. Un copain m'avait dit que je ressemblais à un croupier de black-jack avec un fétiche en forme d'oiseau.

« Ralph, j'ai dit, j'apprécie mon Kindle mais jouer les barons pour Amazon ne m'intéresse pas. »

Pourtant l'idée s'est incrustée, surtout parce que j'ai toujours été fasciné par les nouvelles technologies, tout particulièrement celles qui ont trait à la lecture et à l'écriture. Un jour, pas très longtemps après l'appel de Ralph, l'idée de la nouvelle qui va suivre m'est venue pendant ma promenade matinale. Elle était trop chouette pour ne pas en faire quelque chose. Je n'ai rien dit à Ralph, mais quand la nouvelle a été écrite, je la lui ai envoyée en lui disant qu'Amazon pouvait l'utiliser pour lancer leur produit, s'ils le voulaient. J'ai même fait acte de présence pour l'occasion et j'en ai lu un extrait.

Je me suis fait pas mal incendier par certaines franges de la communauté littéraire qui ont considéré que j'avais retourné ma veste au profit du business, mais, pour le dire comme John Lee Hooker : « *That don't confront me none* » ; « Je m'en tamponne ». Pour ce qui me concernait, Amazon était juste un débouché supplémentaire et un des rares éditeurs qui accepterait de publier une nouvelle aussi longue. Je n'ai touché aucune avance, mais j'ai reçu – et je reçois toujours – des droits d'auteur sur chaque vente (ou téléchargement, si vous préférez). J'ai toujours

été heureux d'encaisser ces chèques : un vieux dicton affirme que tout ouvrier mérite son salaire et je
trouve que ce dicton est juste. J'écris par amour, mais
l'amour ne paye pas les factures.

J'ai aussi reçu un petit cadeau spécial : un Kindle
rose unique en son genre. Ça, ça a fait bicher Ralph,
et j'en suis content. Ça a été notre dernière vraiment
chouette transaction, car mon ami est mort subitement dans son sommeil, il y a cinq ans. Mon vieux,
ce qu'il me manque.

Cette version de l'histoire a été considérablement
révisée, mais vous noterez qu'elle reste fermement
ancrée dans une époque où ces liseuses, comme on
les appelle aujourd'hui, étaient encore une nouveauté.
Ça paraît dater d'il y a longtemps, pas vrai ? Et, pour
vous, fans de Roland de Gilead à qui n'échapperont
pas les références à une certaine Tour Sombre, il y a
quelques points en prime.

Ur

I – On Expérimente une Nouvelle Technologie

Quand les collègues de Wesley Smith lui demandèrent – certains en haussant un sourcil moqueur – ce qu'il faisait avec ce gadget (tous appelaient ça un gadget), il leur dit qu'il expérimentait une nouvelle technologie. Ce n'était pas la vérité. Il avait acheté le Kindle par pur dépit.

Je me demande si les analystes de marché d'Amazon ont cette catégorie-là dans les motivations d'achat sur leur radar suivi-de-produit, pensa-t-il. Il supposait que non. Il en retirait une certaine satisfaction, mais moindre que celle qu'il espérait retirer de la surprise d'Ellen Silverman quand elle le verrait avec sa nouvelle acquisition. Ça n'était pas encore arrivé, mais ça arriverait. C'était un petit campus, après tout, et cela ne faisait qu'une semaine qu'il était en possession de son nouveau joujou (il avait décidé de l'appeler son nouveau joujou, du moins pour commencer).

Wesley était professeur au département d'anglais de la faculté Moore, à Moore, dans le Kentucky. Comme tous les profs d'anglais, il pensait qu'il avait

quelque part en lui un roman qui attendait d'être
écrit, et qu'il l'écrirait un jour. Moore était le genre
d'institution dont les gens disent « pas mauvaise,
comme fac ». Don Allman, le seul ami de Wesley
dans le département d'anglais, lui avait expliqué ce
que ça signifiait.

« Une fac pas mauvaise, avait dit Don, c'est une fac
dont personne n'a entendu parler au-delà d'un rayon
de cinquante kilomètres. Les gens disent qu'elle est
pas mauvaise parce qu'ils n'ont aucune preuve du
contraire et que la plupart des gens sont optimistes,
même s'ils prétendent ne pas l'être. Les gens qui se
prétendent réalistes sont souvent les plus gros optimistes.

— Est-ce que ça fait de toi un réaliste ? lui avait
demandé Wesley.

— Je crois que le monde est majoritairement
peuplé de connards, avait répondu Don Allman. À
toi de juger. »

Moore n'était une fac ni bonne ni mauvaise. Sur
la vaste échelle de l'excellence académique, elle se
situait juste un peu au sud de la médiocrité. La plupart de ses trois mille étudiants payaient leurs factures et un grand nombre d'entre eux décrochaient
un travail après avoir obtenu leur diplôme, même si
peu poursuivaient leurs études (ou tentaient de les
poursuivre) en troisième cycle. On y buvait pas mal,
et évidemment on y faisait la fête, mais, sur la vaste
échelle des facs où il fait bon s'amuser, Moore se
situait juste un peu au nord de la médiocrité. Il en
était sorti des hommes politiques, mais tous de la
catégorie menu fretin, même question corruption et

pots-de-vin. En 1978, un diplômé de Moore avait été élu à la Chambre des représentants mais il fut emporté par une crise cardiaque après seulement quatre mois de service. Son suppléant était un diplômé de Baylor.

Le seul caractère d'exception de la faculté concernait son équipe de football américain de Division Trois et son équipe féminine de basket-ball de Division Trois. L'équipe de football américain (les Moore Meerkats[1]) était l'une des pires d'Amérique, avec seulement sept victoires en dix ans. Il était constamment question de la dissoudre. L'entraîneur actuel était un drogué qui aimait raconter qu'il avait vu *The Wrestler* plus d'une dizaine de fois et qu'il pleurait toujours quand Mickey Rourke, après avoir retrouvé sa fille abandonnée à la naissance, lui confiait qu'il était juste « un vieux morceau de viande cassé en deux ».

L'équipe féminine de basket, en revanche, était *exceptionnelle* au sens positif du terme, surtout si l'on considérait le fait que la plupart des joueuses ne mesuraient pas plus d'un mètre soixante-dix et se préparaient à des emplois de directrices marketing, acheteuses en gros ou (si elles avaient de la chance) assistantes personnelles d'Hommes de Pouvoir. Les Lady Meerkats avaient remporté huit titres de conférence[2] au cours des dix dernières années. Leur entraîneuse était l'ex-copine de Wesley, *ex* depuis un mois seulement. Ellen Silverman était la source du dépit qui avait conduit Wesley à s'acheter un Kindle.

---

1. Les Suricates de Moore.
2. Attribués par la Big Ten Conference, groupement de quatorze universités américaines.

Enfin… Ellen et le jeune Henderson, étudiant du cours de Wesley intitulé Introduction à la Fiction Américaine Moderne.

Don Allman affirmait aussi que le corps enseignant de la faculté de Moore était médiocre. Pas calamiteux, comme son équipe de football américain – ça, au moins, ça aurait eu un certain intérêt – mais incontestablement médiocre.

« Et que fais-tu de toi et moi ? » lui avait demandé Wesley.

Ils se trouvaient dans le bureau qu'ils partageaient. Si un étudiant se présentait pour un entretien, le professeur non sollicité quittait les lieux. Pendant la plus grande partie des deux semestres d'automne et de printemps, ça n'était pas un problème car les étudiants ne sollicitaient pas d'entretien avant la veille des derniers examens. Et même à ce moment-là, seuls les vétérans de l'arrachage de notes avec les dents, éternels lèche-culs depuis l'école primaire, se pointaient. Don Allman disait qu'il lui venait parfois le fantasme d'une étudiante bandante qui se pointerait avec un T-shirt disant JE SUIS PRÊTE À COUCHER POUR UN A, mais ça n'était jamais arrivé.

« Qu'est-ce que je fais de nous ? avait répondu Don. Mais bon sang, regarde-*nous*, mon frère.

— Parle pour toi, avait répliqué Wesley. Moi, je vais écrire un roman. »

Même si le seul fait de le dire le déprimait. Presque tout le déprimait depuis qu'Ellen l'avait quitté. Et quand il n'était pas déprimé, il était rongé de dépit et plein de rancune.

« Oui ! Et le président Obama va me désigner Poète Lauréat de l'année ! » s'était exclamé Don Allman. Puis il avait désigné quelque chose sur le bureau encombré de Wesley. Le Kindle y était posé sur *American Dreams*, le manuel dont Wesley se servait pour son cours d'introduction à la littérature américaine. « Tu te sers de ce petit machin-truc ?

— Oui, dit Wesley.

— Est-ce qu'il remplacera un jour le livre ?

— Jamais », dit Wesley.

Mais il avait commencé à s'interroger.

« Je pensais qu'ils les faisaient qu'en blanc », dit Don Allman.

Wesley le regarda d'aussi haut qu'on l'avait lui-même regardé à la réunion du département où son Kindle avait fait sa première apparition.

« Rien ne se fait qu'en blanc, dit-il. On est en Amérique. »

Don Allman réfléchit à ça puis dit :

« J'ai appris qu'Ellen et toi aviez rompu. »

Wesley soupira.

Ellen avait été son *autre* amie, et une amie non dénuée d'avantages, jusqu'à quatre semaines plus tôt. Elle n'était pas membre du département d'anglais, naturellement, mais l'idée de coucher avec quiconque du département d'anglais, même Suzanne Montanaro qui était vaguement présentable, lui flanquait des sueurs froides. Ellen, avec son mètre soixante, sa sveltesse, le bleu de ses yeux et sa tignasse de courts cheveux noirs bouclés, avait clairement l'air d'un elfe. Elle avait une silhouette du tonnerre et elle embrassait comme un derviche. (Wesley n'avait jamais embrassé un derviche, mais il pouvait imaginer.) Et au lit, jamais sa belle énergie ne flanchait.

Un jour, hors d'haleine, il était retombé sur le dos en disant :

« Je ne ferai jamais le poids en tant qu'amant, face à toi.

— Si tu continues à te sous-estimer comme ça, sûr que tu resteras pas longtemps mon amant. Tu es très bien, Wes. »

Mais il suspectait qu'il ne l'était pas. Il suspectait qu'il était juste du genre... médiocre.

Pourtant, ce n'étaient pas ses capacités sexuelles moins qu'athlétiques qui avaient mis un terme à leur relation. Ce n'était pas non plus le fait qu'Ellen était végétalienne et mangeait du tofu-dindon pour Thanksgiving. Ce n'était même pas le fait que parfois au lit, après l'amour, elle parlait de « pick and roll » et de « give and go[1] » et de l'incapacité de Shawna Deeson à apprendre des trucs aussi enfantins, selon Ellen, que les paroles du « Garden Gate[2] ».

En fait, ces monologues plongeaient parfois Wesley dans ses phases de sommeil le plus profond, le plus doux et le plus réparateur. Il pensait que c'était le calme de sa voix, si différent des cris d'encouragement bien souvent impies qu'elle lui lançait quand ils faisaient l'amour. Ses cris d'amour avaient une surnaturelle similitude avec ceux qu'elle proférait

---

1. Techniques de jeux au basket.
2. Chanson qui répète inlassablement le vers : « Retrouve-moi au portail du jardin. »

lors des matchs tout en cavalant comme un lièvre le long des lignes de touche, exhortant les filles à coups de « Passe le ballon ! » et « Zone ! ». Wesley avait même, de temps en temps, entendu l'un de ses glapissements de ligne de touche – « Vas-y, shoote ! » –, quand ils étaient au lit.

Ils avaient été bien assortis, du moins sur le court terme : Ellen était d'acier trempé, sorti tout droit de la forge, et lui – dans son appartement rempli de livres – était l'eau dans laquelle elle se refroidissait.

Ç'avait été les livres, le problème. Ça, et le fait qu'il avait perdu les pédales et l'avait traitée de connasse illettrée. Jamais de sa vie il n'avait balancé un truc comme ça à une femme, mais elle avait réveillé en lui une colère dont il n'avait jamais soupçonné l'existence. Il était peut-être un enseignant médiocre, ainsi que Don Allman l'avait suggéré, et le roman qu'il avait en lui resterait peut-être bien en lui (comme une dent de sagesse qui ne sort jamais, vous évitant au moins toute possibilité d'infection, de putréfaction et d'intervention dentaire dispendieuse – sans parler de douloureuse), mais il aimait les livres. Les livres étaient son talon d'Achille.

Ellen était arrivée dans une colère fumante – chose normale – mais fondamentalement bouleversée aussi – ce qu'il n'avait pas su percevoir car il ne l'avait jamais vue dans cet état auparavant. Et puis, il était en train de relire *Délivrance*, de James Dickey, se délectant une nouvelle fois de la façon dont Dickey avait su mettre, du moins cette fois, sa sensibilité poétique au service du narratif, et il venait d'arriver aux passages de clôture lorsque les infortunés canoéistes tentent de dissimuler à la fois ce qu'ils ont fait et ce qui leur a été fait... Il ignorait qu'Ellen venait juste de se voir forcée d'expulser Shawna Deeson de l'équipe et que toutes les deux s'étaient violemment engueulées dans le gymnase devant toutes les filles – et devant les garçons de l'équipe de basket masculine qui attendaient leur tour pour venir pratiquer leurs médiocres tactiques – et qu'ensuite Shawna Deeson était sortie et avait balancé une grosse pierre dans le pare-brise de la Volvo d'Ellen, acte pour lequel elle serait à coup sûr suspendue. Il ne soupçonnait pas que maintenant, Ellen s'en voulait à mort parce que c'était elle qui « était censée être l'adulte ».

Il avait entendu cette partie-là de l'histoire – « c'est moi qui suis censée être l'adulte » – et répondu *Hum-hum* pour la cinq ou sixième fois, soit une fois de trop pour Ellen Silverman. Elle avait arraché *Délivrance* des mains de Wesley, avait balancé le livre à travers la pièce et prononcé les mots qui ne cesseraient de le hanter au cours du mois de solitude à venir :

« Pourquoi est-ce que tu peux pas lire sur un écran d'ordinateur comme tout le monde ? »

« Elle a vraiment dit ça ? » demanda Don Allman, remarque qui tira Wesley d'un état proche de la transe.

Il s'aperçut qu'il venait juste de raconter toute l'histoire à son collègue de bureau. Il n'en avait pas eu l'intention mais il l'avait fait. Il n'y avait plus moyen de revenir en arrière à présent.

« Oui, elle l'a dit. Et je lui ai dit : "Ce bouquin était une première édition offerte par mon père, espèce de connasse illettrée." »

Don Allman en resta sans voix. Il était médusé.

« Elle a pris la porte, dit misérablement Wesley. On s'est pas revus ni reparlé depuis.

— Tu l'as même pas appelée pour dire que t'étais désolé ? »

Wesley avait bien essayé de le faire mais il était tombé sur son répondeur. Il avait envisagé de se déplacer jusqu'à la maison qu'elle louait sur le campus mais s'était dit qu'elle risquait de lui planter une fourchette dans la figure… ou dans une autre partie de son anatomie. Et puis, il ne considérait pas que ce qui était arrivé était entièrement sa faute. Elle ne lui avait même pas laissé *une chance*. Et puis… elle était *vraiment* illettrée, ou pas loin. Une fois, au lit, elle lui avait dit que le seul livre qu'elle avait lu avec plaisir depuis son arrivé à Moore c'était *Reach for the Summit: The Definite Dozen System for Succeeding at Whatever You Do*[1] de Pat Summitt, l'entraîneur en chef des Lady Vols du Tennessee. Elle regardait la télé (surtout le sport) et, quand elle voulait en savoir plus sur une nouvelle quelconque, elle se tournait vers le Drudge Report[2]. S'agissant d'Internet, on ne pouvait certes pas dire qu'elle était illettrée. Elle encensait le réseau Wi-Fi de la fac (qui était excellent plutôt que médiocre) et ne se déplaçait jamais sans son ordinateur portable en bandoulière. Son fond d'écran était une photo de Tamika Catchings[3], le visage ruisselant

---

1. Littéralement : « Atteindre le sommet : le système infaillible en douze étapes pour réussir dans tout ce que vous entreprenez » (livre non paru en français).

2. Blog américain conservateur.

3. Joueuse américaine de basket, plusieurs fois élue meilleure défenseuse.

de sang coulant de son arcade sourcilière éclatée, avec la légende JE JOUE COMME UNE FILLE.

Don Allman resta assis en silence pendant un moment, tapotant du bout des doigts son étroite poitrine. Dehors, de l'autre côté de la fenêtre, le vent de novembre balayait les feuilles mortes à travers le parvis de Moore. Puis il dit :

« Est-ce que le départ d'Ellen a quelque chose à voir avec ça ? » Il hocha la tête en direction du nouvel acolyte électronique de Wesley. « T'as décidé de lire sur un écran d'ordinateur, comme tout le monde, c'est bien ça ? Pour… quoi ? L'inciter à revenir ?

— Non », dit Wesley, parce qu'il n'avait pas envie de lui dire la vérité : d'une façon qu'il ne comprenait pas encore complètement, il l'avait fait pour *se venger*. Ou pour se moquer d'elle. Ou quelque chose comme ça. « Pas du tout. J'expérimente simplement une nouvelle technologie.

— C'est ça, dit Don Allman. Et moi je suis Robert Frost[1] s'arrêtant par les bois un putain de soir de neige[2]. »

Sa voiture était garée sur le parking A mais Wesley choisit de parcourir à pied les trois kilomètres le séparant de son appartement, chose qu'il faisait souvent quand il voulait réfléchir. Il longea Moore Avenue d'un pas lourd, dépassant d'abord les maisons des Fraternités, puis les maisons d'appartements

---

1. Célèbre Poète Lauréat américain.
2. Allusion à son poème « En s'arrêtant par les bois un soir de neige ».

dégueulant du rock et du rap par toutes les fenêtres, puis les bars et restos à emporter qui font office de système de survie pour toutes les petites facultés américaines. Il y avait aussi une librairie spécialisée dans les livres d'occasion et les best-sellers de l'an passé vendus à moins cinquante pour cent. La librairie avait l'air poussiéreuse et anémique et elle était la plupart du temps déserte.

Parce que les gens étaient chez eux en train de lire sur un écran d'ordinateur, supposait Wesley.

Des feuilles mortes tourbillonnaient à ses pieds. Son attaché-case cognait contre son genou. À l'intérieur, il avait ses textes, le roman qu'il lisait en ce moment pour son plaisir (*2666* de Roberto Bolaño) et un carnet de notes relié en beau papier marbré, cadeau d'Ellen pour son anniversaire.

« Pour tes idées de livre », lui avait-elle dit.

C'était en juillet dernier, quand entre eux c'était encore extra et qu'ils avaient le campus quasiment pour eux. Le carnet vierge comptait plus de deux cents pages mais seulement la première portait la trace de sa grande écriture uniforme.

Tout en haut (en capitales) il avait écrit : IDÉES POUR MON ROMAN !

Et en dessous : *Un jeune garçon découvre que son père et sa mère ont chacun une aventure extraconjugale*
Puis
Un jeune garçon aveugle de naissance est enlevé par son grand-père malade mental qui
Puis
Un adolescent tombe amoureux de la meilleure amie de sa mère et

Au-dessous de celle-là figurait la dernière idée, notée peu après qu'Ellen eut balancé *Délivrance* à travers la pièce et fut sortie d'un pas martial de sa vie.

Un enseignant timide mais passionné d'une petite université obscure se sépare de sa petite amie athlétique mais largement illettrée après que

C'était probablement la meilleure idée – raconte ce que tu connais, tous les experts s'accordaient là-dessus – mais il ne pouvait tout simplement pas s'aventurer sur ce terrain-là. Se confier à Don avait été suffisamment difficile. Et même alors, la plus parfaite honnêteté lui avait fait défaut. Comme ne pas avoir dit à quel point il voulait qu'elle revienne.

Alors qu'il approchait du trois pièces qui était présentement son chez-lui – ce que Don Allman appelait parfois sa « chouette piaule de célibataire » –, les pensées de Wesley se tournèrent vers le jeune Henderson. S'appelait-il Richard ou Robert ? Wesley faisait un blocage là-dessus, pas le même blocage que celui qu'il avait face à la page blanche au moment de donner corps aux fragmentaires cahiers des charges qu'il avait établis pour son roman, mais probablement de même nature. Il avait dans l'idée que tous ces blocages étaient à la base hystériques par nature, comme si le cerveau avait détecté (ou pensait avoir détecté) quelque vilaine bête intérieure et l'avait enfermée derrière une porte de prison en acier. On pouvait l'entendre cogner et sauter là-dedans, comme un raton laveur enragé qui mordrait si on l'approchait, mais on ne pouvait pas la voir.

Le jeune Henderson jouait dans l'équipe de football américain – planque-arrière ou meneur ou un truc dans le genre – et, même s'il était aussi catastrophique que les autres sur le terrain en damier, c'était un chouette gosse et plutôt bon étudiant. Wesley l'aimait bien. Mais il n'empêche, il n'avait pas été loin de lui arracher la tête quand il l'avait repéré en classe avec dans les mains ce que Wesley avait jugé être un ordinateur de poche ou un téléphone portable dernier cri. C'était peu de temps après le départ d'Ellen. Dans ces premiers jours de leur rupture, Wesley se retrouvait souvent debout à trois heures du matin à aller prendre sur l'étagère quelque nourriture littéraire de réconfort : incluant généralement ses vieux amis Jack Aubrey et Stephen Maturin, dont les aventures étaient relatées par Patrick O'Brian. Mais même ça ne pouvait l'empêcher de se rappeler l'écho assourdissant de la porte qu'Ellen avait claquée en sortant de sa vie, probablement pour toujours.

Il était donc de mauvaise humeur et plus que prêt à la riposte quand il s'était approché de Henderson pour lui dire :

« Rangez-moi ça. C'est un cours de littérature, ici, pas un tchat-room. »

Le jeune Henderson avait levé les yeux et lui avait adressé un gentil sourire. Ça n'avait pas amélioré l'humeur massacrante de Wesley, mais sa colère s'était aussitôt dissoute à son contact. Surtout parce qu'il n'était pas colérique de nature. Il supposait qu'il était *dépressif* de nature, peut-être même dysthymique. N'avait-il pas toujours suspecté qu'Ellen Silverman était trop bien pour lui ? N'avait-il pas su, au plus profond de son cœur, que ce claquement de porte l'attendait depuis le tout début, depuis le jour où il avait passé toute une soirée à bavarder avec elle lors d'une ennuyeuse fête d'enseignants ? Ellen jouait comme une fille et lui il jouait comme un dégonflé. Il pouvait même pas rester en colère contre un étudiant qui jouait en classe avec son ordinateur de poche (ou sa Nintendo ou autre).

« C'est notre liste de lecture, monsieur Smith, avait dit le jeune Henderson (qui portait au front une large ecchymose violette récoltée lors de sa toute dernière apparition sous l'uniforme bleu des Meerkats). C'est *Paul's Case*, monsieur. Regardez. »

Le jeune homme avait tourné le gadget pour le montrer à Wesley. C'était une tablette rectangulaire, blanche et plate, de moins d'un centimètre d'épaisseur. En haut figurait le nom amazon-kindle et le logo en forme de sourire que Wesley connaissait bien ; lui-même n'était pas complètement illettré sur le plan informatique et il avait commandé des livres sur Amazon plein de fois (même si, en partie mû par la pitié, il préférait d'abord aller voir à la librairie en ville – même le chat qui passait le plus clair de sa vie à somnoler dans la vitrine paraissait mal nourri).

Le truc intéressant avec le gadget du jeune homme n'était pas le logo qui figurait en haut, ni le minuscule clavier qui figurait en bas. C'était la taille de l'écran, et que cet écran n'affiche pas un jeu vidéo dans lequel de jeunes hommes et de jeunes femmes à la musculature outrancière tuaient des zombies dans les ruines de New York, mais une page de la nouvelle de Willa Cather sur un pauvre garçon aux ambitions destructrices.

Wesley avait tendu la main pour le prendre, puis avait interrompu son geste.

« Je peux ?

— Allez-y, lui avait dit le jeune Henderson – Richard ou Robert. C'est super chouette. Vous pouvez télécharger des livres instantanément et agrandir la police autant que vous voulez. Et puis, les livres sont moins chers parce qu'il n'y a ni papier ni reliure. »

À ces mots, Wesley avait ressenti un petit frisson glacé. Il s'était aperçu que presque toute sa classe d'Intro à la Litté Américaine le regardait. Wesley supposa qu'ils avaient du mal à décider si, à trente-cinq ans, il faisait partie des Anciens (comme l'antique Dr Wence qui ressemblait à un crocodile en costume trois pièces) ou des Modernes (comme Suzanne Montanaro qui aimait passer « Girlfriend » d'Avril Lavigne dans son cours d'Introduction au Théâtre Moderne). Il supposa que sa réaction face au Kindle d'Henderson les y aiderait.

« Monsieur Henderson, dit-il, il y aura toujours des livres. Ce qui veut dire qu'il y aura toujours du papier et de la reliure. Les livres sont des *objets réels*. Les livres sont des *amis*.

— Oui, mais ! avait répondu Henderson, son gentil sourire prenant maintenant un léger pli moqueur.

— Mais quoi ?

— Les livres, c'est aussi des idées et des émotions. C'est vous-même qui l'avez dit dans notre premier cours.

— Ah, avait dit Wesley, vous me damez le pion, là. Mais les livres ne sont pas fait *que* d'idées. Les livres ont une odeur, par exemple. Une odeur qui devient meilleure – plus nostalgique – au fil des années. Est-ce que votre gadget, là, à une odeur ?

— Non, avait répondu Henderson. Pas vraiment. Mais quand vous tournez les pages… là, avec ce bouton… elles font un bruit de papier, comme dans un vrai livre, et je peux aller à la page que je veux, et quand il est en veille, il affiche le portrait d'écrivains célèbres, et il a une batterie rechargeable, et…

— C'est un ordinateur, avait dit Wesley. Vous lisez sur un écran d'ordinateur. »

Le jeune Henderson avait repris son Kindle.

« Ça reste quand même *Paul's Case*.

— Vous n'aviez jamais entendu parler de Kindle avant, monsieur Smith ? » avait demandé Josie Quinn.

Elle avait le ton d'une aimable anthropologue demandant à un membre de la tribu des Kombai de Papouasie Nouvelle-Guinée s'il a déjà entendu parler de cuisinières électriques et de chaussures à talonnettes.

« Non », répondit-il, non parce que c'était vrai – il avait *bien* vu quelque chose qui s'appelait Parcourir la Boutique Kindle en achetant des livres en ligne sur Amazon – mais parce que, tout bien considéré, il pensait qu'il préférait être perçu par ses étudiants comme un Ancien. Moderne faisait un peu… médiocre.

« Vous devriez vous en acheter un », avait dit le jeune Henderson, et quand Wesley avait répondu, sans même réfléchir : « Peut-être que je vais le faire », toute la classe avait spontanément applaudi.

Pour la première fois depuis le départ d'Ellen, Wesley s'était senti légèrement ragaillardi. Parce que ses élèves voulaient qu'il s'achète un gadget pour lire des livres, et aussi parce que les applaudissements suggéraient qu'ils le considéraient comme un Ancien. Un Ancien *modernisable*.

Il n'avait pas sérieusement envisagé de s'acheter un Kindle (s'il était un Ancien, alors les livres étaient décidément la seule option) jusqu'à une ou deux semaines plus tard. Un jour, rentrant chez lui après ses cours, il avait soudain imaginé Ellen le voyant traverser le parvis, son Kindle à la main, pianotant du doigt sur le petit bouton PAGE SUIVANTE.

À quoi est-ce que tu joues ? lui aurait-elle demandé. Lui adressant enfin la parole.

Je lis sur un écran d'ordinateur, lui aurait-il répondu. *Comme tout le monde.*

Et vlan ! Plein de rancune.

Mais, comme aurait pu dire le jeune Henderson, est-ce que c'était une mauvaise chose ? Il lui vint à l'esprit que la rancune était une sorte de méthadone pour amants, mieux en tout cas que le sevrage brutal et le manque.

En arrivant chez lui, il alluma son ordinateur de bureau Dell (il ne possédait pas d'ordinateur portable et s'enorgueillissait de ce fait), et ouvrit le site internet d'Amazon. Il s'attendait à ce que le gadget coûte dans les quatre cents dollars, peut-être plus s'il existait un modèle Cadillac, et fut surpris de découvrir qu'il était considérablement moins cher que ça. Puis il passa à la Boutique Kindle (qu'il avait si habilement ignorée jusque-là) et découvrit que le jeune Henderson avait raison : le prix des livres était ridiculement bas. Les éditions reliées (*quelle* reliure, ah ah !) étaient vendues au-dessous du prix de la plupart des livres de poche qu'il avait achetés récemment. Considérant ce qu'il dépensait en livres, le Kindle pourrait être vite amorti. Quant à la réaction de ses collègues – tous ces sourcils dressés – Wesley découvrit que cette perspective le faisait bicher. Ce qui offrait un aperçu intéressant sur la nature humaine, ou du moins sur la nature humaine de l'universitaire : l'universitaire aimait bien être perçu par ses étudiants comme un Ancien, mais par ses pairs comme un Moderne.

J'expérimente une nouvelle technologie, s'imagina-t-il dire.

Le son de cette phrase lui plaisait. Elle était résolument Moderne.

Et, bien sûr, il aimait penser à la réaction d'Ellen. Il avait cessé de laisser des messages sur son répondeur et il avait commencé à éviter les endroits – le Pit Stop, Harry's Pizza – où il risquait de la croiser, mais ça pouvait changer. Assurément *Je lis sur un écran d'ordinateur, comme tout le monde* était une phrase trop bonne pour s'en priver.

Oh, c'est petit, s'admonesta-t-il lui-même, assis devant son ordinateur, contemplant la photo du Kindle. *C'est de la rancune si petite qu'elle n'empoisonnerait même pas un chaton nouveau-né.*

Vrai ! Mais c'était la seule rancune dont il était capable, alors pourquoi s'en priver ?

Il avait donc cliqué sur le bouton Acheter le Kindle, et le gadget était arrivé le lendemain, dans une boîte portant le logo en forme de sourire et les

mots LIVRAISON EN UN JOUR. Wesley n'avait pas opté
pour la livraison en un jour, et il en contesterait le
coût s'il apparaissait sur son relevé MasterCard, mais
il avait déballé sa nouvelle acquisition avec un réel
plaisir – un plaisir semblable, mais en plus vif, à
celui qu'il éprouvait en ouvrant des colis de livres.
Parce que, supposait-il, ce plaisir était accompagné
de la sensation de s'aventurer dans l'inconnu. Non
qu'il comptât sur le Kindle pour détrôner les livres,
ou pour être beaucoup plus qu'une nouveauté, vraiment : une nouveauté qui accaparerait son attention
pendant quelques semaines, ou quelques mois, avant
de finir oubliée et couverte de poussière à côté du
Rubik's Cube sur l'étagère à babioles de son salon.

Il ne trouva pas bizarre qu'à la différence du Kindle
du jeune Henderson, qui était blanc, le sien fût rose.

Pas immédiatement.

II – Fonctions Ur

Quand Wesley rentra chez lui après sa confession
à Don Allman, le voyant des messages clignotait
sur son répondeur. Deux messages. Il appuya sur
le bouton Lecture, s'attendant à entendre sa mère
se plaindre de son arthrite et faire des observations
tranchantes comme quoi certains fils appelaient chez
eux un peu plus de deux fois par mois. Ensuite viendrait un appel robotisé de l'*Écho* de Moore lui rappelant – pour la dixième fois – que son abonnement
était arrivé à échéance. Mais ce n'était pas sa mère,
et ce n'était pas le journal local. Quand il entendit la

voix d'Ellen, il était en train d'attraper une bière. Il arrêta net son geste et écouta, penché en avant, une main tendue dans la lueur glacée du frigo.

« Salut, Wes », dit-elle d'une voix inhabituellement hésitante.

Il y eut un long silence, assez long pour que Wesley se demande si ça allait être tout. En bruit de fond, il entendait le bruit sourd d'appels et de rebonds de balles. Elle était au gymnase, ou y était quand elle avait laissé le message.

« J'ai beaucoup pensé à nous. Que peut-être on devrait réessayer. Tu me manques. » Et puis, comme si elle l'avait vu se précipiter vers la porte : « Mais pas tout de suite. J'ai besoin de réfléchir encore un peu à... à ce que tu as dit. » Un silence. « J'ai eu tort de jeter ton livre comme ça, mais j'étais bouleversée. » Encore un silence, presque aussi long que celui qu'elle avait observé après avoir dit salut. « Il y a un tournoi de pré-saison à Lexington ce weekend. Tu sais, celui qu'on appelle le Bluegrass. C'est important. À mon retour, peut-être qu'on devrait parler. S'il te plaît, ne m'appelle pas avant, parce que je dois me concentrer sur les filles. J'ai une défense épouvantable, avec une seule fille capable de shooter depuis la ligne des trois points, et... je sais pas, je fais probablement une grosse bêtise en t'appelant.

— Non, pas du tout », dit-il au répondeur. Son cœur cognait. Il était toujours penché à l'intérieur du réfrigérateur ouvert, avec l'air froid qui en sortait et le frappait au visage, lequel lui semblait brûlant. « C'est pas une bêtise, crois-moi. »

« J'ai déjeuné avec Suzanne Montanaro l'autre jour, et elle m'a dit que tu te balades partout avec un de ces petits machins électroniques pour lire des livres. Ça m'a semblé… je ne sais pas, un signe comme quoi on devrait réessayer. » Elle rit, puis poussa un hurlement si fort que Wesley sursauta. « *Poursuivez-moi ce ballon ! Soit vous courez, soit c'est le banc de touche !* » Puis : « Excuse-moi. Il faut que j'y aille. Ne m'appelle pas. Je t'appellerai. D'une façon ou d'une autre. Après le Bluegrass. Je suis désolée de ne pas avoir répondu à tes appels mais… tu m'as blessée, Wes. Les profs de sport sont aussi des êtres sensibles, tu sais. Je… »

Un bip l'interrompit. Le temps alloué pour laisser un message était écoulé. Wesley lâcha le mot que les éditeurs de Norman Mailer avaient refusé de lui laisser employer dans *Les Nus et les Morts.*

Puis le second message commença, et c'était encore elle.

« J'imagine que les profs d'anglais aussi sont des êtres sensibles. Suzanne prétend qu'on n'est pas faits l'un pour l'autre, elle dit que nos intérêts sont trop divergents, mais… on peut peut-être trouver un moyen terme. Je… j'ai besoin d'y réfléchir. Ne m'appelle pas. Je suis pas encore prête. Au revoir. »

Wesley prit sa bière. Il souriait. Puis il pensa à la rancune qui avait habité son cœur tout le mois dernier et cessa de sourire. Il alla jusqu'au calendrier accroché au mur et écrivit TOURNOI PRÉ-SAISON en travers du samedi et du dimanche. Il marqua une pause puis traça une ligne qui barrait les jours de la semaine de travail suivante, une ligne sur laquelle il écrivit ELLEN ???

Cela fait, il s'installa sur sa chaise préférée, but sa bière et essaya de lire *2666*. C'était un livre complètement fou, mais pas inintéressant.

Il se demanda s'il était disponible dans la Boutique Kindle.

Ce soir-là, après avoir réécouté les messages d'Ellen pour la troisième fois, Wesley alluma son Dell et se connecta au site internet du Département des Sports afin de vérifier les détails concernant le Tournoi de Pré-Saison Bluegrass. Il savait que ce serait une erreur de s'y présenter, et il n'avait aucune intention de le faire, mais il voulait savoir contre qui joueraient les Meerkats, et quand Ellen reviendrait.

Il s'avéra qu'il y avait huit équipes en lice, sept de Division Deux et une de Division Trois : les Lady Meerkats de Moore. Wesley se sentit fier d'Ellen en voyant ça et fut une fois de plus honteux de sa rancune... dont Ellen (ouf, quelle chance !) ignorait tout. De fait, elle semblait penser qu'il avait acheté le Kindle pour lui adresser une espèce de message : *Peut-être que tu as raison, et peut-être que je peux changer. Peut-être que nous le pouvons tous les deux.* Il supposait que si les choses se passaient bien, il pourrait finir par se convaincre que c'était effectivement le cas.

Sur le site internet, il vit que l'équipe partirait en bus pour Lexington ce vendredi à midi. Les filles s'entraîneraient au gymnase Rupp le soir même et joueraient leur premier match – contre les Bulldogs de Truman State, Indiana – le samedi matin. Le tournoi étant à double élimination, elles ne rentreraient pas avant le dimanche soir, quels que soient leurs résultats. Ce qui signifiait qu'il n'aurait pas de ses nouvelles avant le lundi suivant au plus tôt.

Il était parti pour un long week-end.

« Et, dit-il à son ordinateur (une très bonne oreille !), elle peut aussi décider de ne pas me rappeler. Il faut que je me prépare à ça. »

Bon, il pouvait essayer. Et il pouvait aussi appeler cette salope de Suzanne Montanaro pour lui dire sans mâcher ses mots d'arrêter de faire campagne contre lui. Pourquoi est-ce qu'elle faisait ça, pour commencer ? C'était une *collègue*, pour l'amour du ciel !

Sauf que s'il faisait un truc pareil, Suzanne risquait de le rapporter directement aux oreilles de son amie Ellen (*amie* ? qui l'eût cru ? qui même le soupçonnait ?). Il valait sûrement mieux ne pas s'occuper de cet aspect-là des choses. Même si, en fin de compte, la rancune ne semblait pas totalement extraite de son cœur. Elle était maintenant dirigée contre Mlle Montanaro.

« Peu importe, dit-il à son ordinateur. George Herbert se trompait. Bien vivre n'est pas la meilleure des vengeances, la meilleure des vengeances, c'est bien aimer. »

Il allait éteindre son ordinateur quand il se souvint de quelque chose que Don Allman avait dit en voyant son Kindle : *Je croyais qu'ils les faisaient qu'en blanc*. C'est sûr que celui du jeune Henderson était blanc mais – que disait le proverbe, déjà ? – une hirondelle ne fait pas le printemps. Après quelques faux départs, Google (plein de ressources mais fondamentalement con comme un balai) lui dégota des sites de fans de Kindle. Il en trouva un nommé Kindle Kandle[1]. En haut de page figurait une photo étrange de femme en robe de Quakeresse lisant son Kindle à la lueur d'une chandelle. (Ou peut-être d'une Kandelle ?) Là, il lut plusieurs messages d'internautes se plaignant que le Kindle ne soit disponible que dans une seule couleur, que l'un d'eux appelait le « bon vieux blanc bien salissant ». Au-dessous, une réponse suggérait au râleur, au cas où il persisterait à lire avec les mains sales, de se procurer une coque customisée pour son Kindle. « De la couleur que tu voudras, ajoutait la correspondante. Grandis un peu et fais preuve de créativité ! »

Wesley éteignit son ordinateur, alla dans la cuisine, prit une autre bière et retira son propre Kindle de son attaché-case. Son Kindle rose. Excepté sa couleur, il ressemblait exactement à ceux du site Kindle Kandle.

« Kindle-Kandle, diddle-daddle, chantonna-t-il. C'est juste un défaut dans le plastique. »

Peut-être, mais pourquoi était-il arrivé en un jour, livraison express, alors qu'il ne l'avait pas demandée ? Parce que quelqu'un à l'usine Kindle avait voulu se débarrasser du mutant rose le plus vite possible ? C'était ridicule. Dans ce cas, ils l'auraient juste jeté. Une autre victime du contrôle qualité.

---

1. Jeu sur l'orthographe de *candle* qui signifie « bougie », « chandelle » en anglais, par analogie avec *Kindle* qui signifie « allumer », « faire naître ».

Pouvait-on utiliser le Kindle pour aller sur Internet ? Il l'ignorait, et il se souvint qu'il y avait autre chose d'étrange à propos du sien : il était arrivé sans mode d'emploi. Il pensa retourner sur le site des Kindle Kandlers pour trouver la réponse à sa question concernant Internet, puis il renonça à l'idée. Il était juste en train de tuer le temps, après tout, essayant de faire passer les heures le séparant du lundi suivant, où il aurait peut-être enfin d'autres nouvelles d'Ellen.

« Tu me manques, petite », dit-il, et il eut la surprise d'entendre trembler sa voix. Elle lui manquait, oui. Il n'avait pas mesuré combien avant d'entendre le son de sa voix. Il avait été trop absorbé par son propre ego blessé. Sans compter sa petite rancune laborieusement entretenue.

L'écran intitulé *Kindle de Wesley* s'alluma. Apparut la liste des premiers livres qu'il avait achetés : *La Fenêtre panoramique* de Richard Yates et *Le Vieil Homme et la Mer* d'Hemingway. Le gadget était livré avec le *New Oxford American Dictionary* pré-installé. Il suffisait de commencer à taper le mot et le Kindle vous le trouvait. L'équivalent du TiVo[1], songea-t-il, mais pour les dévoreurs de bouquins.

Mais pouvait-on accéder à Internet ?

Il appuya sur le bouton Menu et un certain nombre de choix lui furent proposés. Le premier (bien sûr) l'invitait à PARCOURIR LA BOUTIQUE KINDLE. Mais vers la fin de la liste se trouvait un choix intitulé EXPÉRIMENTATION. Voilà qui paraissait intéressant.

---

1. Magnétoscope numérique à disque dur permettant une lecture différée.

Il déplaça le curseur dessus, l'ouvrit, et lut ceci en haut du nouvel écran : *Nous travaillons sur ces proto-types expérimentaux. Les trouvez-vous utiles ?*

« Ben, je sais pas, dit Wesley. Quels sont-ils ? »

Le premier prototype s'intitulait WEB BASIQUE. Donc, réponse oui à la question concernant Inter-net. Le Kindle était apparemment beaucoup plus informatisé qu'il n'y paraissait à première vue. Wes-ley passa rapidement sur les autres choix expérimen-taux : téléchargements musicaux (ouah, super) et synthèse vocale (ce qui pourrait lui servir s'il devenait aveugle). Il pressa le bouton Page Suivante pour voir s'il existait d'autres prototypes expérimentaux. Il y en avait un : Fonctions Ur.

Ben, ça alors, c'était quoi ce truc ? Ur, pour ce qu'il en savait, possédait seulement deux significa-tions : ville dans l'Ancien Testament, et préfixe signi-fiant « primitif » ou « simple ». L'écran n'apportait aucun renseignement : autant les autres fonctions expérimentales étaient assorties d'explications, autant celle-ci en était dépourvue. Bon, il y avait une façon de savoir. Il mit Fonctions Ur en surbrillance et le sélectionna.

Un nouveau menu apparut. Il comportait trois offres : Livres Ur, Archives de Presse Ur, et Ur Locale (en chantier).

« Hein, fit Wesley. Qu'est-ce que c'est que *ça.* »

Il mit Livres Ur en surbrillance, posa le doigt sur le bouton Sélectionner, puis hésita. Sa peau était froide soudain, comme quand la voix enregistrée d'Ellen l'avait figé pendant qu'il attrapait une bière au frigo. Plus tard, il penserait : *C'était mon ur à moi. Un ins-*

*tinct simple et primitif au plus profond de moi me
disant de ne pas appuyer sur ce bouton.*

Mais n'était-il pas un homme moderne ? Un homme
qui lisait sur écran d'ordinateur ?

Oui, il l'était. Il l'était. Et donc il appuya.

L'écran se vida puis BIENVENUE DANS LES LIVRES
UR ! apparut tout en haut… et en rouge ! Les Kandlers
étaient en retard sur la vague technologique, on
dirait : il y avait de la *Kouleur* dans le Kindle ! Sous
le message de bienvenue figurait une image – ni le
portrait de Charles Dickens ni celui d'Eudora Welty
mais l'image d'une grosse tour noire. Elle dégageait
quelque chose d'inquiétant. Au-dessous, toujours en
rouge, figurait une invitation à *Sélectionner Auteur
(votre choix peut ne pas être valide)*. Et encore au-
dessous, un curseur clignotant.

« Diantre », déclara Wesley à l'adresse de la pièce
vide. Il se lécha les lèvres, devenues subitement sèches,
et tapa ERNEST HEMINGWAY.

L'écran se vida. La fonction, quelle qu'elle soit
censée être, n'avait pas l'air de marcher. Au bout
de dix secondes environ, Wesley tendit la main vers
le Kindle dans l'intention de l'éteindre. Avant qu'il
ait pu faire coulisser le bouton-poussoir sur le côté,
l'écran afficha finalement un nouveau message.

10 438 721 URS RECHERCHÉES
17 894 TITRES ERNEST HEMINGWAY DÉTECTÉS
SI VOUS IGNOREZ LE TITRE, SÉLECTIONNEZ UR
OU RETOURNEZ AU MENU FONCTIONS UR
LES RÉSULTATS DE VOTRE PROPRE UR
NE SERONT PAS AFFICHÉS

« Qu'est-ce que c'est que *ça*, pour l'amour du ciel ? » demanda Wesley à la pièce vide. Au-dessous du message, le curseur clignotait. Juste au-dessus, en minuscules (noires et pas rouges), figurait une instruction supplémentaire : ENTRÉE NUMÉRIQUE UNIQUEMENT. NI ESPACE, NI POINT, NI VIRGULE. VOTRE UR ACTUEL : 117586.

Wesley ressentit un puissant et urgent désir (un désir *ur*-gent !) d'éteindre le Kindle rose et d'aller le fourrer dans le tiroir à couverts. Ou dans le freezer à côté des crèmes glacées et des barquettes de plats surgelés, ce serait peut-être encore mieux. Au lieu de ça, il se servit du minuscule clavier pour entrer sa date de naissance. 1971974 serait un nombre aussi valable qu'un autre, estima-t-il. Il hésita encore, puis enfonça l'extrémité de son index sur le bouton Sélection. Quand l'écran se vida, cette fois, il dut résister à l'impulsion de se lever de sa chaise de cuisine et de reculer loin de la table. Une certitude folle s'était fait jour dans son esprit : une main – ou peut-être des griffes – allait émerger des profondeurs grises de l'écran du Kindle, le saisir à la gorge et l'attirer brutalement à l'intérieur. Il vivrait ensuite pour l'éternité dans un environnement informatique gris, flottant parmi des puces électroniques et entre les nombreux mondes de Ur.

Puis l'écran afficha des caractères, des caractères d'une parfaite banalité, et sa crainte superstitieuse s'évanouit. Il scruta avidement l'écran du Kindle (de la taille d'un petit livre de poche) quoiqu'il n'eût aucune idée de l'objet de son avidité.

Tout en haut figurait le nom complet de l'auteur – Ernest Miller Hemingway – et ses dates de naissance et décès. Ensuite venait une longue liste de ses œuvres publiées… mais cette liste était fausse. *Le soleil se lève aussi* y était… *Pour qui sonne le glas* aussi… les nouvelles… *Le Vieil Homme et la Mer*, bien sûr… mais il y avait aussi trois ou quatre autres titres qui ne disaient rien à Wesley, or, à part quelques essais mineurs, il pensait avoir tout lu de la production considérable d'Hemingway. Et aussi…

Il examina à nouveau les dates et constata que la date de décès était fausse. Hemingway était mort le 2 juillet 1961, d'un coup de fusil qu'il s'était lui-même infligé. D'après l'écran, il était parti pour cette grande bibliothèque dans le ciel le 19 août 1964.

« Date de naissance fausse aussi », marmonna Wesley. Il passait sa main libre dans ses cheveux, leur faisant prendre des formes exotiques nouvelles. « J'en suis quasiment sûr. Ça devrait être 1899, pas 1897. »

Il déplaça le curseur vers le bas sur l'un des titres qu'il ne connaissait pas : *Les Chiens de Cortland*. C'était l'idée qu'un quelconque programmeur informatique fou se faisait d'une plaisanterie, ça ne pouvait être que ça, mais au moins, *Les Chiens de Cortland* ressemblait à un titre d'Hemingway. Wesley le sélectionna.

L'écran se vida puis afficha la couverture d'un livre. L'illustration – en noir et blanc – représentait des chiens en train d'aboyer autour d'un épouvantail. En arrière-plan, épaules voûtées dans une attitude d'épuisement ou de défaite (ou les deux), on voyait un chasseur avec un fusil. Le Cortland du titre, probablement.

Dans les bois du nord du Michigan, James Cortland doit faire face à l'infidélité de sa femme et à sa propre mortalité. Quand trois dangereux criminels font leur apparition dans la vieille ferme des Cortland, le plus célèbre héros de « Papa » est confronté à un terrible choix. Riche de symbolisme et de rebondissements, le dernier roman d'Ernest Hemingway lui a valu le prix Pulitzer peu de temps avant sa mort. $7,50.

Au-dessous de la courte description, Kindle demandait : VOULEZ-VOUS ACHETER CE LIVRE ? OUI – NON.

« Conneries totales », chuchota Wesley tout en mettant le OUI en surbrillance et en appuyant sur le bouton Sélectionner.

L'écran se vida à nouveau puis s'illumina d'un nouveau message : *Les romans Ur ne doivent pas être propagés en vertu de toutes les Lois Paradoxales applicables. Accepter ?* OUI – NON.

En souriant – comme il convient à quelqu'un qui a saisi la blague mais choisit quand même de marcher –, Wesley sélectionna OUI. L'écran se vida puis afficha de nouvelles informations :

MERCI WESLEY !
LA COMMANDE DE VOTRE ROMAN UR A ÉTÉ VALIDÉE
VOTRE COMPTE SERA DÉBITÉ DE $7,50
N'OUBLIEZ PAS QUE LES ROMANS UR
SONT PLUS LONGS À TÉLÉCHARGER
COMPTEZ DE 2 À 4 MIN

Wesley retourna à l'écran d'accueil *Kindle de Wesley*. Y figuraient toujours les mêmes titres – *La Fenêtre panoramique*, *Le Vieil Homme et la Mer*, le *New Oxford American Dictionary* – et il était bien persuadé que ça ne changerait pas. Il n'y avait aucun roman d'Hemingway intitulé *Les Chiens de Cortland*, ni dans ce monde ni dans aucun autre. Néanmoins, il se leva et se dirigea vers le téléphone. Une seule sonnerie suffit.

« Don Allman à l'appareil, répondit son collègue de bureau. Et, oui, on est plusieurs dans ma tête[1]. »

Nul bruit sourd de gymnase en arrière-plan cette fois ; juste les jappements barbares des trois fils de Don qui, à les entendre, paraissaient s'être attelés à démonter la résidence des Allman planche à planche.

« Don, c'est Wesley.

— Ah, Wesley ! Ça fait bien… au moins trois heures que je ne t'ai vu ! »

Des profondeurs plus obscures de l'asile de fous où Wesley présumait que Don vivait avec sa famille monta ce qui ressemblait à un hurlement mortel. Don Allman n'en fut guère perturbé.

« Jason, ne jette pas ça sur ton frère. Sois un gentil petit troll et va regarder *Bob l'éponge*, tu veux ? » Puis à Wesley : « Que puis-je pour toi, Wes ? Un conseil sur ta vie sentimentale ? Des tuyaux pour améliorer tes performances sexuelles et ton endurance ? Un titre pour ton roman en chantier ?

---

1. Plaisanterie sur son nom *Allman*, qui signifie « Tout homme ».

— Je n'ai aucun roman en chantier, et tu le sais, rétorqua Wesley. Mais c'est de romans que je veux te parler. Tu connais bien l'*œuvre*[*1] d'Hemingway, n'est-ce pas ?

— J'adore quand t'emploies des mots coquins.

— Tu la connais, oui ou non ?

— Évidemment. Mais pas aussi bien que toi, du moins je l'espère. C'est toi le spécialiste de la littérature américaine du vingtième siècle, mec ; moi, j'en reste au temps où les écrivains portaient des perruques, prisaient leur tabac et disaient des choses pittoresques comme *Palsambleu*. Qu'est-ce qui te travaille ?

— À ta connaissance, est-ce que Hemingway aurait écrit un roman parlant de chiens ? »

Don y réfléchit pendant qu'un autre petit enfant commençait à glapir.

« Wes, est-ce que ça va ? Tu m'as l'air un peu…

— Réponds juste à ma question. Il en a écrit ou pas ? » *Sélectionnez* OUI *ou* NON, songea Wesley.

« Très bien, dit Don. Pour autant que je puisse l'affirmer sans consulter mon fidèle ordinateur, je dirais que non. Mais je me souviens qu'il a déclaré un jour que les partisans de Batista avaient battu son chien à mort – qu'est-ce que tu dis de ça ? Tu sais, quand il était à Cuba. Il a pris ça pour un signe que Mary et lui devaient prendre leurs cliques et leurs claques et filer en Floride en quatrième vitesse – ce qu'ils ont fait.

---

1. Les mots en italique suivis d'un astérisque sont en français dans le texte original.

— Tu te rappelles pas le nom du chien, par hasard ?

— Si, je crois. Il faudra que je vérifie sur Internet, mais je crois que c'était Negrita. Quelque chose comme ça. Petite connotation raciste, selon moi, mais qu'est-ce que j'en sais ?

— Merci, Don. » Il avait les lèvres comme engourdies. « À demain.

— Wes, t'es sûr que ça v… *FRANKIE, POSE ÇA TOUT DE SUITE ! NE…* » On entendit un fracas. « Merde. Je crois que c'était un Delft. Faut que j'y aille, Wes. À demain.

— OK. »

Wesley regagna la table de la cuisine. Il vit qu'un nouvel élément était apparu sur la page de contenu de son Kindle. Un roman (ou *quelque chose*) intitulé *Les Chiens de Cortland* s'était téléchargé depuis…

Depuis où, exactement ? Quelque autre plan de réalité appelé Ur (ou peut-être UR) 1971974 ?

Wesley n'avait plus la force de trouver cette idée ridicule ni de la repousser. Mais il lui restait encore la force d'aller jusqu'au frigo se chercher une bière. Dont il avait grand besoin. Il l'ouvrit, en but la moitié en cinq longues goulées, rota. Se sentant un peu mieux, il s'assit. Il mit sa nouvelle acquisition en surbrillance (si c'était vraiment un inédit d'Hemingway, $7,50, c'était donné, se dit-il) et une page de titre apparut. La page suivante comportait la dédicace : *À Sy, et à Mary, avec mon amour.* Puis :

Chapitre Un

Cinq chiens. Telle était la durée de la vie d'un homme, croyait Cortland. Le premier était celui par qui l'on apprenait. Le deuxième était celui à qui l'on apprenait. Les troisième et quatrième étaient ceux que l'on faisait travailler. Le dernier était celui qui nous survivait. Celui-là était le chien de l'hiver. La chienne de l'hiver de Cortland s'appelait Negrita, mais il la considérait seulement comme la chienne des épouvantails…

Un liquide remonta dans la gorge de Wesley. Il courut à l'évier, se pencha au-dessus et lutta pour ne pas vomir sa bière. Sa gorge cessa de se contracter et, au lieu d'ouvrir le robinet pour rincer du vomi, il mit ses mains en coupe sous le jet et aspergea sa peau moite. Voilà qui était mieux.

Puis il retourna au Kindle et le regarda fixement d'en haut.

Cinq chiens. Telle était la durée de la vie d'un homme, croyait Cortland.

Quelque part – dans une université largement plus ambitieuse que Moore dans le Kentucky – il y avait un ordinateur programmé pour lire des livres et identifier les auteurs par leurs tics et leurs trucs stylistiques, lesquels étaient censés être aussi uniques que les empreintes digitales ou les flocons de neige. Wesley se souvenait vaguement que ce programme d'ordinateur avait été utilisé pour identifier l'auteur, dissimulé sous un pseudonyme, d'un roman intitulé *Couleurs primaires* ; le programme avait passé en revue des milliers d'écrivains en l'espace de quelques heures ou quelques jours et fini par cracher le nom d'un chroniqueur de magazine d'informations : Joe Klein, lequel avait plus tard reconnu cette paternité littéraire.

Wesley pensait que s'il soumettait *Les Chiens de Cortland* à cet ordinateur, celui-ci cracherait le nom d'Ernest Hemingway. En vérité, il pensait ne pas avoir besoin d'un ordinateur.

Il souleva le Kindle avec des mains qui tremblaient maintenant sérieusement.

« *D'où* sors-tu ? » interrogea-t-il.

III – Wesley refuse de devenir fou

Lors d'une vraie nuit noire de l'âme, avait dit Scott Fitzgerald, *il est toujours trois heures du matin, jour après jour*.

À trois heures du matin ce mardi-là, Wesley, réveillé et fiévreux, se demandait s'il n'était pas lui-même en train de craquer[1]. Une heure plus tôt, il s'était forcé à éteindre le Kindle rose et à le remettre dans son attaché-case mais son emprise sur lui demeurait tout aussi forte qu'elle l'avait été à minuit, quand il était encore immergé dans le menu des Livres Ur.

Il avait recherché Ernest Hemingway dans une vingtaine des presque dix millions et demi de Ur du Kindle et il était tombé sur au moins vingt romans dont il n'avait jamais entendu parler. Dans l'une de ces Ur (la 2061949, soit dit en passant – autrement dit, la date de naissance de sa mère), Hemingway était apparemment un auteur de romans policiers. Wesley avait téléchargé le titre : *C'est du sang, mon cœur !*

---

1. Allusion au titre de la nouvelle de Fitzgerald, *The Crack-Up*, d'où provient la citation précédente.

et découvert le roman noir à trois sous classique…
mais écrit avec ces phrases syncopées et lapidaires
qu'il aurait reconnues entre toutes.

Des phrases *Hemingway*.

Et même en tant qu'auteur de polars, Hemingway
avait pris ses distances avec les guerres de gangs, les
adultères et les débutantes excitées par le sang suffisamment longtemps pour écrire *L'Adieu aux armes*.
Il écrivait toujours *L'Adieu aux armes*, semblait-il ;
les autres titres apparaissaient et disparaissaient mais
L'Adieu aux armes était toujours là tandis que *Le
Vieil Homme et la Mer* était *généralement* là.

Il avait essayé Faulkner.

Faulkner n'y était pas du tout, dans aucune des Ur.

Il vérifia le menu normal et découvrit plein de
Faulkner. Mais seulement dans cette réalité-ci, apparemment.

Cette réalité-*ci* ?

Ça confondait l'imagination.

Il vérifia Roberto Bolaño, l'auteur de *2666*, et
même si ce livre n'était pas disponible dans le menu
normal du Kindle, il était répertorié dans plusieurs
sous-menus des Livres Ur. Idem pour d'autres
romans de Bolaño, dont (dans l'Ur 101) un livre au
titre truculent : *Marilyn suce Fidel*. Il faillit télécharger celui-là puis se ravisa. Tellement d'auteurs, tellement de Ur, si peu de temps.

Une partie de son esprit – lointaine mais authentiquement terrifiée – continuait de penser que tout
ça était une plaisanterie sophistiquée née de l'imagination de quelque programmeur informatique
fou. Or l'évidence, qu'il avait continué à compiler

à mesure que cette longue nuit avançait, suggérait le contraire.

James Cain, par exemple. Dans l'une des Ur que Wesley avait vérifiées, il était mort excessivement jeune, ne laissant que deux livres à la postérité : *Entre chiens et loups* (inconnu au bataillon) et *Mildred Pierce* (un vieux de la vieille). Wesley aurait parié que *Le facteur sonne toujours deux fois* aurait été une constante de Cain – son roman-ur, pour ainsi dire – mais non. Même après avoir vérifié une douzaine de Ur pour Cain, il n'avait trouvé le *Facteur* qu'une fois. *Mildred Pierce*, en revanche – qu'il considérait vraiment comme un Cain très mineur –, était toujours là. Comme *L'Adieu aux armes*.

Il avait vérifié son propre nom et reçu la confirmation de ce qu'il craignait : même si les Ur grouillaient de Wesley Smith (l'un était apparemment un auteur de romans western, un autre un écrivain de romans porno aux titres aussi évocateurs que *Partie de petites culottes à Pittsburgh*), aucun ne semblait être lui. Bien sûr, il était difficile d'être sûr à cent pour cent, mais à ce qu'il paraissait, il était tombé sur 10,4 millions de réalités alternatives, et il était un raté non publié dans toutes.

Les yeux grands ouverts dans son lit, écoutant un chien solitaire aboyer au loin, Wesley se mit à frissonner. Ses propres aspirations littéraires lui semblaient peu importantes à présent. Ce qui semblait dominer – planer d'une façon menaçante au-dessus de sa vie et de sa santé mentale –, c'étaient toutes les richesses cachées à l'intérieur de cette mince tablette de plastique rose. Il songea à tous ces écrivains dont il avait déploré la disparition, de Norman Mailer et Saul Bellow à Donald Westlake et Evan Hunter ; les uns après les autres, Thanatos faisait taire leurs voix magiques et plus jamais ils ne reparlaient.

Mais maintenant ils pouvaient.

À lui, ils pouvaient parler.

Il rejeta draps et couvertures. Le Kindle l'appelait, mais pas avec une voix humaine. Il résonnait comme un battement de cœur, le cœur révélateur[1] de Poe, montant des entrailles de son attaché-case plutôt que de sous les planches du parquet, et...

Poe !

Bonté divine, il n'avait même pas vérifié Poe !

Il avait laissé son attaché-case à sa place habituelle à côté de sa chaise préférée. Il se précipita dessus, l'ouvrit, s'empara du Kindle et le brancha (pas question de prendre le risque de manquer de batterie). Il ouvrit vite les LIVRES UR, tapa le nom de Poe et, au premier essai, trouva une Ur – 2555676 – dans laquelle Poe avait vécu jusqu'en 1875 au lieu de mourir en 1849 à l'âge de quarante ans. Et cette version de Poe avait écrit des romans ! Six ! L'avidité emplit le cœur de Wesley tandis que son regard parcourait en toute hâte les titres.

L'un d'entre eux était *La Maison de la honte, ou le prix de la dégradation*. Wesley le téléchargea – coût pour celui-là : $4,95 seulement – et lut jusqu'à l'aube. Puis il éteignit le Kindle rose, posa la tête sur ses bras et dormit deux heures accoudé à la table de la cuisine.

---

1. Allusion à la nouvelle du même nom d'Edgar Allan Poe.

Il rêva aussi. Sans images ; rien que des mots. Des titres ! Des lignes interminables de titres, dont la plupart étaient des chefs-d'œuvre inconnus. Autant de titres qu'il y avait d'étoiles dans le ciel.

Il réussit – tant bien que mal – à venir à bout du mardi et du mercredi, mais pendant son cours d'Intro à la Litté Américaine du jeudi, le manque de sommeil et la surexcitation le rattrapèrent. Sans compter son emprise de plus en plus vacillante sur la réalité. Au beau milieu de son cours magistral sur le Mississippi (qu'il délivrait habituellement avec une belle énergie) dans lequel il affirmait que Hemingway découlait de Twain et que pratiquement toute la fiction américaine du vingtième siècle découlait d'Hemingway, il s'aperçut qu'il était en train de dire à sa classe que Papa n'avait jamais écrit de grand roman à propos de chiens, mais que, s'il avait vécu, il l'aurait très certainement fait.

« Quelque chose d'un peu plus substantiel que *Marley et moi* », dit-il, et il s'entendit rire avec une déconcertante gaieté.

Il tourna le dos au tableau et vit vingt-deux paires d'yeux qui le regardaient avec des degrés divers d'inquiétude, de perplexité et d'amusement. Il entendit un chuchotement, bas mais aussi limpide que le battement du cœur du vieux aux oreilles du narrateur fou dans la nouvelle de Poe.

« *Smithy perd la boule.* »

Smithy ne perdait pas la boule, pas encore, mais il ne faisait aucun doute qu'il était en *danger* de la perdre.

Je refuse, pensa-t-il. *Je refuse, je refuse.* Et s'aperçut, horrifié, qu'il était en train de marmonner ces mots dans sa barbe.

Le jeune Henderson, qui était assis au premier rang, l'avait entendu.

« Monsieur Smith ? » Il hésita. « Monsieur ? Vous êtes sûr que ça va ?

— Oui, dit-il. Non. Un peu de fièvre, peut-être. » *Les démons de fièvre du Roi Peste*[1], pensa-t-il et il se retint de justesse de ne pas pouffer follement de rire. « Suspension du cours. Allez, sortez. »

Et, tandis que ses étudiants se ruaient vers la porte, il eut la présence d'esprit d'ajouter :

« Raymond Carver la semaine prochaine ! N'oubliez pas ! *Les Trois Roses jaunes* ! »

Pensant : *Qu'y a-t-il d'autre de Raymond Carver dans les mondes de Ur ? Existe-t-il une Ur – ou une dizaine, ou un millier – dans laquelle il a arrêté de fumer, vécu jusqu'à soixante-dix ans et écrit une demi-douzaine de livres de plus ?*

Il s'assit à son bureau, tendit la main vers son attaché-case et le Kindle rose qu'il renfermait, puis retira vivement sa main. Il la tendit à nouveau, interrompit encore son geste, et gémit. C'était comme une drogue. Ou une obsession sexuelle. Ces mots lui firent penser à Ellen Silverman, chose qu'il n'avait pas faite depuis qu'il avait découvert les menus secrets du Kindle. Pour la première fois depuis qu'elle était sortie de sa vie, Ellen lui était aussi complètement sortie de l'esprit.

---

1. Allusion à la nouvelle d'Edgar Allan Poe, *Le Roi Peste*.

Quelle ironie, n'est-ce pas ? Je lis maintenant sur un
écran d'ordinateur, Ellen, et je ne peux plus m'arrêter.

« Je refuse de passer le reste de la journée à regarder dans ce truc, dit-il, et je refuse de devenir fou.
Je refuse de regarder, et je refuse de devenir fou. De
regarder et de devenir fou. Je refuse les deux. Je… »

Mais le Kindle rose était déjà dans sa main ! Il
l'avait pris alors même qu'il était en train de nier son
pouvoir sur lui ! Quand avait-il fait cela ? Et avait-
il réellement l'intention de rester assis là, dans cette
salle de cours déserte, à bayer aux corneilles dessus ?

« Monsieur Smith ? »

La voix le fit sursauter si fort qu'il laissa tomber
le Kindle sur son bureau. Il le rattrapa aussitôt et
l'examina, terrifié à l'idée qu'il puisse être cassé, mais
il n'avait rien. Dieu merci.

« Je ne voulais pas vous faire peur. »

C'était le jeune Henderson, debout sur le seuil,
l'air inquiet. Ce qui ne surprit guère Wesley. *Si je*
pouvais me voir en cet instant, moi aussi, je serais pro-
bablement inquiet.

« Oh, vous ne m'avez pas fait peur », dit Wesley.

Ce mensonge éhonté lui parut si drôle qu'il faillit encore pouffer de rire. Il plaqua une main sur sa
bouche pour se retenir.

« Qu'est-ce que vous avez ? » Le jeune Henderson fit un pas dans la salle. « Je pense que c'est plus
qu'un peu de fièvre. Vous avez une mine affreuse.
Vous avez reçu une mauvaise nouvelle, ou quelque
chose comme ça ? »

Wesley faillit lui dire de s'occuper de ses affaires,
de prendre ses cliques et ses claques, de lever le camp

et de dégager, mais c'est alors que son moi terrifié planqué dans le coin le plus reculé de son cerveau, et prétendant que le Kindle rose n'était qu'une farce ou la phase d'ouverture de quelque escroquerie particulièrement sophistiquée, décida d'arrêter de se planquer et de monter en première ligne.

Si tu refuses de devenir fou, tu ferais mieux d'agir, disait-il. *Qu'est-ce que tu en dis ?*

« Quel est votre prénom, monsieur Henderson ? Il m'est complètement sorti de l'esprit. »

Le jeune homme sourit. Un sourire agréable, mais l'inquiétude n'avait pas quitté son regard.

« Robert, monsieur. Robbie.

— Eh bien, Robbie, moi, c'est Wes. Et je voudrais vous montrer quelque chose. Soit vous ne voyez rien – ce qui veut dire que j'ai des hallucinations et frôle vraisemblablement la dépression nerveuse –, soit vous verrez quelque chose et en serez complètement estomaqué. Vous voulez bien venir dans mon bureau ? »

Henderson essaya de poser des questions alors qu'ils traversaient le parvis médiocre de Moore. Wesley les éluda mais il était content que Robbie Henderson soit revenu, et soulagé que son moi terrifié ait pris l'initiative et osé parler. Il se sentait mieux – *plus en sécurité* – vis-à-vis du Kindle qu'à n'importe quel moment depuis qu'il avait découvert les menus secrets. Dans une fiction, Robbie Henderson ne verrait rien et le protagoniste déciderait qu'il était en train de devenir fou. Ou l'était déjà devenu. Wesley nourrissait presque cet espoir-là, car...

Car je veux que ce soit une hallucination. Si c'est une hallucination, et qu'avec l'aide de ce jeune homme je peux la reconnaître comme telle, je suis sûr que je peux éviter de devenir fou. Et je refuse de devenir fou.

« Vous marmonnez, monsieur Smith, dit Robbie. Wes, je veux dire.

— Désolé.

— Vous me faites un peu peur.

— Je me fais *aussi* un peu peur. »

Don Allman était dans leur bureau, des écouteurs dans les oreilles, occupé à corriger des copies en chantant « Jeremiah the Bullfrog » d'une voix qui dépassait les bornes du discordant pour s'enfoncer dans le territoire inexploré du véritablement exécrable. Il éteignit son iPod quand il vit Wesley.

« Je croyais que tu avais cours.

— Je l'ai suspendu. Je te présente Robert Henderson, un de mes étudiants de litté américaine.

— Robbie, dit Henderson en tendant la main.

— Bonjour, Robbie. Je suis Don Allman. Le moins connu des Allman Brothers. Je déchire au tuba. »

Robbie rit poliment en serrant la main de Don Allman. Jusqu'à cet instant, Wesley avait prévu de demander à Don de sortir, pensant qu'un seul témoin de son effondrement mental suffirait. Mais peut-être était-ce justement un de ces rares cas où plus on était de fous, mieux c'était.

« Voulez que je vous laisse tranquilles ? demanda Don.

— Non, dit Wesley. Reste. Je veux vous montrer quelque chose à tous les deux. Et si vous ne voyez rien et que je vois quelque chose, je serai ravi d'être admis à l'hôpital psychiatrique régional. »

Il ouvrit son attaché-case.

« Ouah ! s'exclama Robbie. Un Kindle rose ! Super ! J'en avais jamais vu un comme ça !

— Et maintenant je vais vous montrer autre chose que vous n'avez encore jamais vu, dit Wesley. Du moins, je le crois. »

Il brancha le Kindle et l'alluma.

Ce qui convainquit Don Allman, ce furent les *Œuvres complètes* de William Shakespeare de l'Ur 17000. Après les avoir téléchargées à la demande de Don – parce que dans cette Ur particulière, Shakespeare était mort en 1620 au lieu de 1616 –, les trois hommes découvrirent deux nouvelles pièces. L'une, intitulée *Deux dames du Hampshire*, était une comédie qui semblait avoir été écrite juste après *Jules César*. L'autre, une tragédie intitulée *Un homme noir à Londres*, avait été écrite en 1619. Wesley ouvrit celle-là, puis (avec une certaine réticence) tendit le Kindle à Don.

Don Allman était d'ordinaire un type rubicond qui souriait beaucoup, mais, à mesure qu'il parcourait les actes I et II d'*Un homme noir à Londres*, son visage perdit et son sourire et sa couleur. Au bout de vingt minutes, pendant lesquelles Wesley et Robbie restèrent assis à le regarder en silence, il repoussa le Kindle en direction de Wesley. Il le fit du bout des doigts, comme si en vérité il ne voulait pas le toucher du tout.

« Alors ? demanda Wesley. Quel est le verdict ?

— Ça pourrait être une imitation, dit Don, mais naturellement il y a toujours eu des universitaires pour affirmer que les pièces de Shakespeare n'ont pas été écrites par Shakespeare. Il y a ceux qui penchent pour Christopher Marlowe… ceux qui penchent pour Francis Bacon… et même pour le comte de Darby…

— Ouais, et James Frey a écrit *Macbeth*, dit Wesley. Qu'est-ce que *toi* tu penses ?

— Je pense que ça pourrait bien être de l'authentique Willie », dit Don. Il paraissait au bord des larmes. Ou du rire. Peut-être des deux. « Je crois que c'est beaucoup trop élaboré pour être une plaisanterie. Et si c'est un canular, je ne vois vraiment pas comment ça marche. » Il tendit un doigt vers le Kindle, le toucha légèrement, puis retira son doigt. « Il faudrait que j'étudie les deux pièces attentivement, avec des ouvrages de référence à portée de main, pour être plus formel, mais… on sent bien sa *cadence*. »

Robbie Henderson, de son côté, avait lu presque tous les romans policiers de John D. MacDonald. Dans la liste des œuvres de MacDonald de l'Ur 1721753, il découvrit dix-sept romans dans ce qui était désigné comme « la série des Dave Higgins ». Tous les titres comportaient des couleurs.

« Ça, c'est vrai, dit Robbie, mais tous les titres sont faux. Et le personnage de la série de John D. s'appelle Travis McGee, pas Dave Higgins. »

Wesley en téléchargea un intitulé *La Complainte bleue*, débitant sa carte de crédit d'un montant supplémentaire de $4,50, et poussa le Kindle vers Robbie une fois que le roman se fut téléchargé et ajouté à la bibliothèque en constante augmentation qu'était le *Kindle de Wesley*. Pendant que Robbie lisait, d'abord du début, puis en sautant des pages, Don se rendit au bureau de l'administration et rapporta trois cafés. Avant de se rasseoir derrière son bureau, il suspendit à la porte la pancarte rarement utilisée RÉUNION EN COURS NE PAS DÉRANGER.

Robbie leva les yeux, presque aussi pâle que Don après sa plongée dans la pièce jamais écrite de Shakespeare sur un prince africain amené à Londres sous les fers.

« Ça ressemble beaucoup à un roman de Travis McGee intitulé *Pale Gray for Guilt*[1], dit-il. Sauf que Travis vit à Fort Lauderdale et ce gars, Higgins, vit à Sarasota. McGee a un ami – homme – qui s'appelle Meyer et Higgins a une amie qui s'appelle Sarah… » Il se pencha un instant sur le Kindle. « Sarah Mayer. » Il regarda Wesley avec des yeux où l'on voyait trop de blanc autour des iris. « Mon Dieu, et il y a *dix millions* de ces… ces autres mondes ?

— Dix millions quatre cent mille et des poussières, d'après le menu des LIVRES UR, dit Wesley. Je pense qu'explorer un seul auteur dans sa totalité demanderait plus d'années qu'il ne vous en reste à vivre, Robbie.

— Je pourrais bien mourir aujourd'hui, dit Robbie Henderson à voix basse. Ce truc-là pourrait me déclencher une foutue crise cardiaque. »

Il saisit brusquement son gobelet de café et en avala presque tout le contenu, bien que le café soit encore fumant.

---

1. Littéralement : *Gris clair pour la culpabilité* (titre non traduit en français).

Wesley, pour sa part, se sentait presque redevenu lui-même. Mais une fois la peur de la folie éliminée, une foule de questions assaillaient son esprit. Dont une seule semblait complètement pertinente : « Qu'est-ce que je fais maintenant ?

— Pour commencer, dit Don, ceci doit rester un secret absolu entre nous trois. » Il se tourna vers Robbie. « Êtes-vous capable de garder un secret ? Dites non et je devrai vous tuer.

— Je sais garder un secret. Mais, les gens qui vous l'ont envoyé, Wes ? Savent-*ils* garder un secret ? Le garderont-*ils* ?

— Comment le savoir, puisque je ne sais même pas qui ils sont ?

— Quelle carte de crédit avez-vous utilisée quand vous avez commandé Petit Rose, là ?

— MasterCard. C'est la seule que j'utilise en ce moment. »

Robbie désigna du doigt le terminal d'ordinateur du Département d'Anglais que se partageaient Wesley et Don.

« Connectez-vous, pour voir, et allez vérifier votre compte en banque. Je serais très étonné si ces... ces livres-Ur... venaient d'Amazon.

— *D'où* pourraient-ils venir sinon ? demanda Wesley. C'est leur gadget, ils vendent les livres qui vont avec. Et puis, il est arrivé dans un carton Amazon. Avec le logo en forme de sourire dessus.

— Et est-ce qu'ils vendent leur gadget dans cette couleur rose fluo ? demanda Robbie.

— Euh, non.

— Allez vérifier votre compte en banque, mon vieux. »

Tandis que leur vieux PC dépassé cogitait, Wesley pianotait sur le tapis de souris Super-Souris de Don. Puis il se redressa sur son siège et se mit à lire.

« Alors ? demanda Don. Raconte.

— D'après ce relevé, dit Wesley, mon dernier achat par MasterCard est un blazer de chez Men's Wearhouse. Il y a une semaine. Pas de livres téléchargés.

— Même pas ceux que vous avez commandés par le menu normal ? *Le Vieil Homme et la Mer* et *La Fenêtre panoramique* ?

— Non. »

Robbie demanda :

« Et l'achat du Kindle ? »

Wesley fit défiler l'écran.

« Rien… rien… ri… Attendez, je l'ai… » Il se pencha en avant jusqu'à ce que son nez touche presque l'écran. « Ah ! ça alors.

— Quoi ? dirent en même temps Don et Robbie.

— Si j'en crois le relevé, mon achat a été refusé. Ça dit : "numéro de carte de crédit erroné". » Il réfléchit un instant. « C'est fort possible. J'intervertis toujours deux chiffres, parfois même quand j'ai cette foutue carte juste à côté du clavier. Je suis un peu dyslexique.

— Mais la commande a quand même été validée, dit Don d'un ton songeur. D'une quelque façon… par *quelqu'un*. *Quelque part.* Dans quelle Ur nous trouvons-nous d'après le Kindle ? Rafraîchis-moi la mémoire. »

Wesley retourna à l'écran approprié du Kindle et relut le nombre : 117586.

« Sauf qu'il faut l'entrer sans espace ni point ni virgule. »

Don dit :

« Je parie que c'est l'Ur d'où provient ce Kindle. Dans *cette* Ur, le numéro de MasterCard que tu as donné est valide et correspond à un Wesley Smith qui existe là-bas.

— Quelles sont les chances pour qu'une chose pareille se produise ? demanda Robbie.

— Je l'ignore, dit Don, mais probablement encore plus rares qu'une sur un million quatre cent mille. »

Wesley ouvrit la bouche pour dire quelque chose mais fut interrompu par une rafale de coups sur la porte. Tous sursautèrent. Don Allman poussa même un petit cri.

« Qui est-ce ? demanda Wesley en attrapant le Kindle et en l'amenant d'un geste protecteur contre sa poitrine.

— Concierge, dit la voix de l'autre côté de la porte. Vous avez l'intention de rentrer chez vous ce soir, messieurs ? Il est presque sept heures et je dois fermer le bâtiment. »

IV – Archives de presse

Ils n'en avaient pas terminé, ne pouvaient pas en avoir terminé. Pas encore. Wesley en particulier était impatient de poursuivre. Même s'il n'avait pas dormi plus de trois heures d'affilée depuis des jours, il se sentait parfaitement réveillé et plein d'énergie. Robbie et lui rentrèrent à pied jusqu'à son appartement pendant que Don rentrait chez lui aider sa femme à mettre les garçons au lit. Une fois fait, il les rejoindrait chez Wesley pour une séance prolongée de remue-méninges. Wesley avait dit qu'il commanderait à manger.

« Super, avait dit Don, mais fais gaffe. Le chinois-ur n'a pas le même goût, et tu sais ce qu'on dit du chinois allemand ? Une heure après, tu as soif de pouvoir. »

Incroyable mais vrai, Wesley découvrit qu'il était encore capable de rire.

« Alors, c'est à ça que ressemble l'appartement d'un prof d'anglais, dit Robbie en promenant son regard autour de lui. Ouah, tous ces livres, j'adore.

— Bien, dit Wesley. Je prête, mais seulement aux gens qui rapportent. Gardez ça à l'esprit.

— Promis. Mes parents, vous savez, n'ont jamais été de grands lecteurs. Quelques magazines, quelques bouquins sur des régimes, un guide de développement personnel ou deux… et c'est tout. Sans vous, j'aurais pu être comme eux. Passer mon temps à me fracasser la cervelle sur un terrain de football, vous voyez, avec peut-être pour seul objectif d'enseigner l'éducation physique dans le comté de Giles. C'est dans le Kentucky. Youhou ! »

Wesley était touché par cette déclaration. Probablement parce qu'il avait été pas mal baladé dans un ascenseur émotionnel ces derniers temps.

« Merci, mais souvenez-vous qu'il n'y a rien de mal à pousser de temps en temps un bon vieux youhou ! Ça fait aussi partie de votre culture. Les deux versants sont également valides. »

Il repensa à Ellen lui arrachant *Délivrance* des mains et le balançant à travers la pièce. Et pourquoi ça ? Parce qu'elle détestait les livres ? Non. Parce qu'il ne l'avait pas écoutée quand elle en avait besoin. N'était-ce pas Fritz Leiber, le grand écrivain de science-fiction et de fantasy, qui avait qualifié les livres de « maîtresse de l'érudit » ? Or, quand Ellen avait eu besoin de lui, ne se trouvait-il pas dans les bras de cette autre maîtresse, celle qui n'avait aucune exigence (sauf quant à son vocabulaire) et lui ouvrait toujours les bras ?

« Wes ? C'était quoi les autres choix dans le menu des FONCTIONS UR ? »

D'abord, Wes ne comprit pas de quoi lui parlait le jeune homme. Puis il se souvint qu'il y avait *effectivement* deux autres choix. Il était tellement obnubilé par le sous-menu LIVRES qu'il en avait oublié les deux autres.

« Ben, voyons voir », dit-il, et il alluma le Kindle.

Chaque fois qu'il le faisait, il s'attendait à ce que le menu EXPÉRIMENTATION ou le menu FONCTIONS UR ait disparu – le genre de trucs qui serait arrivé dans un épisode de *La Quatrième Dimension* – mais ils étaient toujours là et bien là.

« Archives de Presse Ur et Ur Locale, dit Robbie. Ah. L'Ur Locale est en chantier. Attention, les amendes comptent double.

— Quoi ?

— Rien, je déconnais. Essayez les archives de presse. »

Wesley les sélectionna. L'écran se vida. Au bout de quelques instants, un message apparut.

BIENVENUE DANS LES ARCHIVES DE PRESSE !
NEW YORK TIMES SEUL JOURNAL
DISPONIBLE ACTUELLEMENT
VOTRE PRIX : $1/4 TÉLÉCHARGEMENTS
$10/50 TÉLÉCHARGEMENTS
$100/800 TÉLÉCHARGEMENTS
SÉLECTIONNEZ AVEC LE CURSEUR
ET VOTRE COMPTE SERA DÉBITÉ

Wesley regarda Robbie, qui haussa les épaules.

« Je vais pas vous dire quoi faire, mais si *ma* carte de crédit n'était pas débitée – du moins dans ce monde –, je dépenserais les cent sans hésiter. »

Wesley trouva que c'était pertinent même s'il se demandait ce que l'autre Wesley (s'il y en avait un) penserait quand il ouvrirait son prochain relevé MasterCard. Il mit la ligne $100/800 en surbrillance et enfonça la touche Sélectionner. Cette fois-ci, le chapitre sur les Lois Paradoxales n'apparut pas. Au lieu de ça, le nouveau message l'invitait à CHOISIR DATE ET UR. UTILISEZ LES CHAMPS APPROPRIÉS.

« Faites-le, vous », dit-il et il poussa le Kindle vers Robbie de l'autre côté de la table de la cuisine.

Ce geste lui devenait de plus en plus facile, et il en était heureux. L'obsession de vouloir garder le Kindle entre ses mains, si compréhensible soit-elle, était une complication dont il n'avait pas besoin.

Robbie réfléchit un instant puis tapa *21 janvier 2009*. Dans le champ Ur, il sélectionna 1 000 000.

« Ur un million, dit-il. Pourquoi pas ? »

Et il appuya sur le bouton.

L'écran se vida, puis afficha le message : BONNE LECTURE DE VOTRE SÉLECTION ! Un instant plus tard, la une du *New York Times* apparut. Ils se penchèrent sur l'écran et lurent en silence jusqu'à ce qu'un coup retentisse à la porte.

« Ça doit être Don, dit Wesley. Je vais lui ouvrir. »

Robbie Henderson ne répondit pas. Il était toujours subjugué.

« Il commence à faire froid dehors, annonça Don en entrant. Et le vent s'est levé et arrache toutes les feuilles des… » Il scruta le visage de Wesley. « Quoi ? Ou devrais-je dire quoi *encore* ?

— Entre, viens voir », dit Wesley.

Don entra dans le salon-bureau tapissé de livres de Wesley où Robbie était resté penché au-dessus du Kindle. Le jeune homme leva les yeux et orienta l'écran pour que Don puisse le voir. Aux emplacements où auraient dû se trouver les photos, il y avait des carrés vides, chacun marqué du message *Image non disponible*, mais le titre de la une annonçait en grands caractères noirs : C'EST SON TOUR. Avec ce sous-titre : Hillary Clinton prête serment et devient le 44e Président.

« On dirait qu'elle y est arrivée finalement, dit Wesley. Du moins dans l'Ur 1 000 000.

— Et regardez à qui elle succède », dit Robbie en désignant le nom du doigt.

C'était Albert Arnold Gore.

Une heure plus tard, quand la sonnette retentit, ils ne sursautèrent pas mais promenèrent un regard surpris autour d'eux tels des hommes brutalement tirés d'un rêve. Wesley descendit payer le livreur de pizzas et il remonta avec la pizza grand format de chez Harry's et un pack de six Pepsi. Ils mangèrent à la table de la cuisine, penchés au-dessus du Kindle. Wesley avala trois parts à lui tout seul, un record personnel, sans du tout faire attention à ce qu'il mangeait.

Ils n'utilisèrent pas les huit cents téléchargements qu'ils avaient commandés – pas même le dixième – mais au cours des quatre heures suivantes ils parcoururent assez d'histoires en provenance de diverses Ur pour en avoir mal au crâne. Wesley quant à lui avait la sensation d'avoir mal au *cerveau*. À voir les mines quasi identiques des deux autres – joues pâles, regard avide dans des orbites creuses, cheveux électriques –, il soupçonna qu'il n'était pas le seul. Plonger dans une seule réalité alternative aurait déjà représenté un défi suffisant : or il y en avait là plus de dix millions, et même si la plupart étaient similaires, aucune n'était exactement identique.

La cérémonie d'investiture du quarante-quatrième président des États-Unis n'en était qu'un exemple, mais un exemple puissant. Ils vérifièrent la nouvelle dans une vingtaine d'Ur différentes avant de s'en lasser et de passer à autre chose. Dix-sept pages de une complètes datées du 21 janvier 2009 annonçaient la victoire d'Hillary Clinton. Dans quatorze d'entre elles, Bill Richardson, du Nouveau-Mexique, était son vice-président. Dans deux autres, c'était Joe Biden. Dans une autre encore, c'était un sénateur dont ils n'avaient jamais entendu parler : Linwood Speck du New Jersey.

« Il refuse toujours la vice-présidence quand quelqu'un d'autre remporte la primaire, dit Don.

— Qui fait ça ? demanda Robbie. Obama ?

— Ouais. On lui demande toujours, et il refuse à tous les coups.

— C'est tout lui, dit Wesley. Les événements changent, mais la personnalité apparemment pas.

— Tu ne peux pas en être complètement sûr, dit Don. Nous n'avons accès qu'à un minuscule échantillon comparé à… aux… » Il rit faiblement. « Vous savez, tout le truc. Tous les mondes de Ur. »

Barack Obama avait été élu dans six Ur. Mitt Romney dans une, avec John McCain comme co-listier. Dans cette Ur-là, Romney était opposé à Obama, qui avait été rappelé après le décès accidentel d'Hillary dans un crash d'hélicoptère survenu en fin de campagne.

Ils ne virent pas mentionné une seule fois le nom de Sarah Palin. Wesley n'en fut guère surpris. Il pensait que s'ils tombaient sur elle, ce serait plus par chance que par probabilité, et pas seulement parce que Mitt Romney apparaissait plus souvent que John McCain en tant que candidat des républicains. Palin avait toujours été une outsider, une tocarde, celle que personne n'attendait.

Robbie voulait vérifier les Red Sox. Wesley avait le sentiment que c'était une perte de temps, mais Don se rangea du côté du jeune homme, donc Wesley accepta. Les deux supporters vérifièrent les pages sports du mois d'octobre dans dix Ur différentes, entrant des dates allant de 1918 à 2009.

« C'est déprimant », dit Robbie après le dixième essai.

Don Allman acquiesça.

« Pourquoi ? demanda Wesley. Ils gagnent les Séries très souvent.

— Ce qui veut dire qu'il n'y a pas de Malédiction[1], dit Don. Ce qui est plutôt barbant.

— Quelle malédiction ? »

Wesley était perplexe. Dan ouvrit la bouche pour lui expliquer, puis soupira.

« Peu importe, dit-il. Ce serait trop long et tu pigerais pas, de toute façon.

— Regardons le bon côté des choses, dit Robbie. Les Bombers sont toujours là, donc c'est pas *juste* de la chance.

— Ouais, fit Don, morose. Foutus Yankees. Le complexe militaro-industriel du monde sportif.

— Quelqu'un veut cette dernière part ? »

Don et Wes secouèrent la tête. Robbie l'engloutit et dit :

« Vérifions-en encore une. Voyons l'Ur 1241989. C'est mon anniversaire. Ça devrait nous porter chance. »

Sauf que ce fut plutôt le contraire. Quand Wesley sélectionna l'Ur et ajouta une date – 20 janvier 1973 –

---

1. La malédiction du Bambino est une superstition visant à expliquer l'incapacité des Red Sox de Boston à remporter une Série mondiale entre 1918 et 2004.

pas tout à fait au hasard, le message qui apparut au lieu de BONNE LECTURE DE VOTRE SÉLECTION fut le suivant : PAS DE *TIMES* DANS CETTE UR APRÈS LE 19 NOVEMBRE 1962.

Wesley plaqua une main sur sa bouche.

« Oh, mon Dieu mon Dieu mon Dieu.

— Quoi ? demanda Robbie. Qu'est-ce qu'il y a ?

— Je crois que je sais », dit Don.

Il voulut prendre le Kindle rose.

Wesley, qui supposait avoir pâli (mais qui se sentait encore plus pâle intérieurement), posa sa main sur celle de Don.

« Non. Je crois pas que je pourrais le supporter.

— Supporter *quoi* ? cria presque Robbie.

— Est-ce que vous avez vu la crise des fusées de Cuba en cours d'Histoire de l'Amérique du vingtième siècle ? demanda Don. Ou est-ce que vous n'en êtes pas encore là ?

— Quelle crise des fusées ? Quelque chose en rapport avec Castro ? »

Don regardait Wesley.

« J'ai pas vraiment envie de voir non plus, dit-il, mais je pourrais pas dormir ce soir si je vérifie pas.

— OK », dit Wesley, et il pensa – pas pour la première fois – que la curiosité plutôt que la colère était le véritable poison de l'esprit humain. « Mais tu vas devoir le faire toi-même. J'ai les mains qui tremblent trop. »

Don remplit les champs pour le 19 novembre 1962. Le Kindle lui souhaita bonne lecture de sa sélection, mais celle-ci fut loin d'être bonne. Elle ne fut bonne pour aucun d'entre eux. Le titre de une était immense et noir :

PLUS DE 6 MILLIONS DE VICTIMES À NEW YORK
MANHATTAN DÉCIMÉE PAR LES RADIATIONS
LA RUSSIE SERAIT RAYÉE DE LA CARTE
PERTES HUMAINES « INCALCULABLES »
EN EUROPE ET EN ASIE
LES CHINOIS LANCENT 40 ICBM[1]

« Éteignez-le, dit Robbie d'une petite voix nauséeuse. C'est comme dit la chanson : stop, je veux plus rien voir. »

Don leur dit :

« Hé, regardez le bon côté des choses, les gars : on dirait qu'on l'a échappé belle dans la plupart des Ur, y compris la nôtre. »

Mais sa voix manquait d'assurance.

« Robbie a raison », dit Wesley. Il avait découvert que le dernier numéro du *New York Times* dans l'Ur 1241989 faisait seulement trois pages, et que tous les articles ne parlaient que de mort. « Éteins-le. J'aurais aimé ne jamais poser les yeux sur ce foutu Kindle pour commencer.

— Trop tard maintenant », dit Robbie.

Comme il avait raison.

Ils descendirent ensemble et restèrent debout sur le trottoir devant l'immeuble de Wesley. Main Street était quasiment déserte. Le vent gémissait dans les

---

1. Missile balistique intercontinental.

rues et poussait les feuilles mortes de fin novembre sur les trottoirs. Un trio d'étudiants ivres s'en retournait en titubant dans Fraternity Row, chantant ce qui était peut-être « Paradise City[1] ».

« Je ne peux pas te dire quoi faire – c'est ton gadget –, dit Don, mais si c'était le mien, je m'en débarrasserais. Il va te dévorer. »

Wesley faillit lui dire que c'était déjà fait, mais il se retint.

« On en reparlera demain.

— Non, répondit Don. Je descends à Francfort avec ma femme et mes gosses pour un merveilleux week-end chez mes beaux-parents. Suzanne Montanaro assure mes cours. Et après notre petit séminaire de ce soir, je suis ravi de prendre la tangente. Robbie ? Je vous dépose quelque part ?

— Merci, mais pas la peine. J'habite à deux rues d'ici, je suis en coloc avec deux autres gars. Au-dessus de Chez Susan et Nan.

— C'est pas un peu bruyant ? » s'enquit Wesley.

Chez Susan et Nan était le café local, ouvert dès six heures du matin, sept jours sur sept.

« La plupart du temps, j'arrive à dormir malgré le bruit. » Robbie eut un grand sourire. « Et question loyer, le prix est correct.

— Tant mieux, bonne affaire pour vous. Bonne nuit, les gars. » Don partit en direction de sa Tercel, puis se retourna. « Je vais embrasser mes gosses avant d'aller me coucher. Ça m'aidera peut-être à dormir. Cette dernière histoire… » Il secoua la tête.

---

1. Chanson du groupe de hard rock Guns N' Roses.

« Je m'en serais passé. Ne le prenez pas mal, Robbie, mais votre anniversaire, vous pouvez vous le mettre où je pense. »

Ils regardèrent ses feux arrière s'éloigner et Robbie dit pensivement :

« Personne m'avait encore jamais dit de me mettre mon anniversaire où je pense. C'est une première.

— Je suis sûr qu'il ne voudrait pas que vous en fassiez une affaire personnelle. Et il a probablement raison pour le Kindle, vous savez. Ce truc est fascinant – *trop* fascinant – mais sans aucune utilité pratique. »

Robbie le regarda en ouvrant de grands yeux.

« Avoir accès à des milliers de romans inconnus écrits par les grands maîtres du genre n'a aucune utilité pratique, selon vous ? Punaise, quel genre de prof d'anglais vous êtes ? »

Wesley n'avait rien à répondre à ça. Surtout sachant que, heure tardive ou pas, lui-même allait continuer sa lecture des *Chiens de Cortland* avant d'aller se coucher.

« En plus, ça pourrait avoir *une autre* sorte d'utilité. Vous pourriez recopier un de ces livres sur votre ordinateur et l'envoyer à un éditeur, vous y avez pensé à ça ? Vous savez, le proposer sous votre nom. Devenir le nouvel auteur à succès. On vous appellerait l'héritier de Vonnegut, de Roth ou d'un autre. »

L'idée était séduisante, surtout quand Wesley songeait à tous ces gribouillages inutiles dans son attaché-case. Mais il secoua la tête.

« Ce serait probablement violer les Lois Paradoxales… quelles qu'elles puissent être. Mais plus important, ça me boufferait vivant. Comme de l'acide. »

Il hésita, ne voulant pas paraître prude mais désireux d'exprimer ce qu'il estimait être la véritable raison. « J'aurais honte. »

Le jeune homme sourit.

« Vous êtes un type bien, Wes. »

Ils marchaient maintenant de conserve en direction de chez Robbie, les feuilles mortes tourbillonnant autour de leurs chevilles, un croissant de lune filant au-dessus de leurs têtes entre les nuages poussés par le vent.

« Vous croyez ?

— Oui. Et je suis pas le seul. La coach Silverman aussi. »

De surprise, Wesley s'arrêta.

« Que savez-vous de moi et de la coach Silverman ?

— Moi personnellement ? Rien. Mais vous devez savoir que Josie est dans l'équipe. Josie Quinn, elle est dans votre cours avec moi ?

— Oui, bien sûr, je sais qui est Josie. »

Celle qui avait pris le ton d'une aimable anthropologue quand ils avaient discuté du Kindle en classe. Et, oui, il savait qu'elle jouait avec les Lady Meerkats, en tant que remplaçante, ce qui signifiait qu'elle n'entrait généralement sur le terrain que lorsqu'elles étaient sûres de gagner.

« Josie m'a dit que la coach était toute triste depuis votre rupture. Et de mauvais poil, aussi. Elle les fait courir tout le temps et elle a viré une fille de l'équipe.

— Elle a viré Deeson avant notre rupture. » Pensant : *En un sens, c'est ça qui a causé notre rupture.* « Hum... est-ce que toute l'équipe est au courant pour nous ? »

Robbie Henderson le regarda comme s'il était fou. « Si Josie le sait, elles le savent toutes.

— Mais comment ? »

Jamais Ellen ne le leur aurait dit : débriefer ses joueurs sur sa vie amoureuse n'est pas un truc de coach.

« Comment est-ce que les femmes savent ? demanda Robbie. Elles savent, c'est tout.

— Il y a quelque chose entre Josie Quinn et vous, Robbie ?

— Ça en prend le chemin, oui. Bonne nuit, Wes. Je vais faire la grasse matinée demain – pas cours le vendredi – mais si vous allez déjeuner Chez Susan et Nan, montez frapper à ma porte.

— Oui, je ferai peut-être ça, dit Wesley. Bonne nuit, Robbie. Merci de faire partie des Trois Stooges[1].

— J'aimerais pouvoir vous dire que tout le plaisir est pour moi, mais j'en suis pas si sûr. »

Au lieu de lire de l'Hemingway-ur en rentrant, Wesley fourra le Kindle dans son attaché-case. Puis il prit le carnet de notes relié encore presque totalement vierge et passa la main sur sa jolie couverture marbrée. *Pour tes idées de livre*, avait dit Ellen, et ce cadeau avait dû lui coûter cher. Dommage que ce soit de l'argent jeté par les fenêtres.

Je pourrais encore écrire un livre, pensa-t-il. *C'est pas parce que je ne l'ai fait dans aucune des autres Ur que je ne peux pas le faire ici.*

C'était vrai. Il pourrait être le Sarah Palin des

---

1. Troupe comique américaine du milieu du vingtième siècle.

lettres américaines. Parce qu'il arrivait que les tocards passent la ligne d'arrivée.

Pour le meilleur et pour le pire.

Il se déshabilla, se brossa les dents, puis appela le Département d'Anglais et laissa un message à l'intention de la secrétaire pour qu'elle annule son cours du matin.

« Merci, Marilyn. Désolée de vous charger de ça, mais je crois que j'ai un début de grippe. »

Il ajouta une quinte de toux peu convaincante et raccrocha.

Il pensait rester sans dormir pendant des heures, à réfléchir à tous ces autres mondes, mais, dans l'obscurité, ces mondes semblaient aussi irréels que des acteurs sur un écran de cinéma. Ils étaient géants là-haut – et souvent très beaux – mais ça n'en restait pas moins des ombres projetées par de la lumière. Peut-être les mondes-Ur étaient-ils comme ça, eux aussi.

Ce qui semblait réel en cette heure d'après minuit, c'était le bruit du vent, le bruit magnifique du vent contant des histoires du Tennessee où il était passé un peu plus tôt dans la soirée. Bercé par ce vent, Wesley s'endormit et il dormit longtemps et profondément. Il ne fit aucun rêve et, quand il se réveilla, le soleil inondait sa chambre. Pour la première fois depuis ses années d'étudiant de premier cycle, il avait dormi jusqu'à presque onze heures du matin.

V – Ur Locale (en Chantier)

Il prit une longue douche brûlante, se rasa, s'habilla et décida d'aller Chez Susan et Nan, soit pour un petit déjeuner tardif, soit pour un déjeuner matinal, selon ce qui le tenterait sur le menu. Quant à Robbie, Wesley décida de le laisser dormir. Il serait à l'entraînement dans l'après-midi avec le reste de son infortunée équipe de football ; il méritait sûrement une grasse matinée. Il vint à l'esprit de Wes que s'il prenait une table près de la fenêtre, il verrait peut-être passer le bus du Département des Sports avec les filles en partance pour le Tournoi Bluegrass, à cent trente kilomètres de là. Il agiterait le bras. Ellen ne le verrait peut-être pas, mais il le ferait quand même.

Sans même y penser, il prit son attaché-case avant de sortir.

Il commanda le Sexy Scramble de Susan (œufs brouillés, oignons, poivrons, mozzarella) avec une tranche de bacon, du café et un jus de fruits. Le temps que la jeune serveuse lui apporte son plat, il sortit le Kindle et lut *Les Chiens de Cortland*. C'était du Hemingway, pas de doute, et l'histoire était formidable.

« Un Kindle, hein ? fit la serveuse. J'en ai eu un pour Noël et je l'adore. Je suis en train de me faire tous les Jodi Picoult.

— Oh, sûrement pas tous, répondit Wesley.

— Quoi ?

— Elle a déjà dû en écrire un autre. C'est tout ce que je voulais dire.

— Et James Patterson a dû en écrire un depuis qu'il s'est levé ce matin ! » dit la serveuse et elle s'éloigna en rigolant.

Wesley avait enfoncé la touche Menu Principal pendant qu'ils bavardaient, soucieux de dissimuler le roman Hemingway-ur. Parce qu'il se sentait coupable de lire ça ? Parce que la serveuse risquait de jeter un coup d'œil sur l'écran et de s'écrier *C'est pas un vrai Hemingway, ça, si ?* Ridicule. Mais le seul fait de posséder ce Kindle rose lui donnait le sentiment d'être un escroc. Ce n'était pas son appareil, après tout, et tout ce qu'il avait téléchargé n'était pas véritablement à lui puisque ce n'était pas lui qui l'avait payé.

Peut-être que personne n'a payé, se dit-il, mais il ne le pensait pas. Il pensait que l'une des vérités universelles de la vie, c'est que, tôt ou tard, quelqu'un devait payer.

Les œufs brouillés n'avaient rien de particulièrement sexy, mais ils étaient bons. Au lieu de retourner à Cortland et sa chienne de l'hiver, il cliqua sur le menu UR. La seule fonction qu'il n'avait pas explorée était Ur Locale. Qui était *en chantier*. Qu'avait dit Robbie, la veille ? *Attention, les amendes comptent double*. Ce Robbie était futé et pourrait le devenir encore plus s'il ne se fracassait pas la cervelle à jouer un absurde football de Troisième Division. Le sourire aux lèvres, Wesley mit UR LOCALE en surbrillance et appuya sur le bouton Sélectionner. Le message suivant apparut :

ACCÉDER À LA SOURCE LOCALE DE VOTRE UR
ACTUELLE ? OUI – NON

Weskey sélectionna OUI. Le Kindle réfléchit encore un peu, puis afficha un nouveau message :

SOURCE LOCALE DE VOTRE UR ACTUELLE :
ÉCHO DE MOORE ? OUI – NON

Wesley considéra la question tout en grignotant un lambeau de bacon. *L'Écho* était une feuille de chou spécialisée dans les vide-greniers, la politique et les sports locaux. Les habitants parcouraient ces nouvelles-là, supposait-il, mais ils achetaient surtout le journal pour ses notices nécrologiques et la rubrique des faits divers. Tout le monde aimait bien savoir qui de ses voisins était mort et qui était en prison. Vérifier 10,4 millions d'Ur pour Moore, Kentucky, paraissait plutôt barbant, mais pourquoi pas ? N'était-il pas littéralement en train de tuer le temps, de faire durer son petit déjeuner afin de voir passer le bus des joueuses ?

« Triste mais vrai », dit-il, et il mit le OUI en surbrillance.

Le message qui apparut ensuite ressemblait à un message qu'il avait déjà vu avant : *L'Ur Locale est protégée par toutes les Lois Paradoxales applicables. Accepter ?* OUI – NON

Ça alors, c'était étrange. Les archives du *New York Times* n'étaient protégées par aucune de ces Lois Paradoxales, quelles qu'elles soient, mais leur petit journal local l'était ? Ce n'était pas logique, mais ça semblait sans conséquence. Wesley haussa les épaules et sélectionna OUI.

BIENVENUE DANS LES PRÉ-ARCHIVES DE *L'ÉCHO* !
VOTRE PRIX : $40/4 TÉLÉCHARGEMENTS
$350/10 TÉLÉCHARGEMENTS
$2 500/100 TÉLÉCHARGEMENTS

Wesley posa sa fourchette sur son assiette et resta là, à froncer les sourcils devant l'écran. Non seulement le journal local était protégé par les Lois Paradoxales, mais il était diablement plus cher. Pourquoi ? Et que diable étaient des pré-archives ? Pour Wesley, cela ressemblait à un paradoxe en soi. Ou un oxymore.

« Bon, le site est en chantier, dit-il. Les amendes comptent double, et par conséquent le coût des téléchargements aussi. Voilà l'explication. Et puis, c'est pas moi qui paye. »

Non, mais comme l'idée persistait qu'il serait peut-être un jour forcé de le faire (un jour *proche* !), il adopta un compromis et opta pour le choix intermédiaire. L'écran suivant était similaire à celui des archives du *Time*, mais pas exactement identique : on lui demandait simplement de choisir une date. Ce qui, à ses yeux, ne suggérait rien de plus que des archives de presse ordinaires, le genre qu'on pouvait trouver sur microfilm à la bibliothèque locale. Si tel était le cas, pourquoi un coût aussi exorbitant ?

Il haussa les épaules, tapa *5 juillet 2008*, et appuya sur Sélectionner. Le Kindle répondit immédiatement, en affichant ce message :

DATES FUTURES UNIQUEMENT
NOUS SOMMES LE 20 NOVEMBRE 2009

Un instant, il ne pigea pas. Puis il pigea, et le monde vira soudain à l'hyper-lumineux comme si quelque être surnaturel avait monté le rhéostat contrôlant la lumière du jour. Et tous les bruits du café – cliquetis des fourchettes, claquement des assiettes, brouhaha des conversations – semblèrent soudain trop forts.

« Mon Dieu, murmura-t-il. Pas étonnant que ça soit cher. »

C'en était trop. *Beaucoup* trop. Il fit le geste d'éteindre le Kindle, puis entendit des cris et des vivats au-dehors. Il leva les yeux et aperçut un bus jaune portant sur le côté la mention FACULTÉ DE MOORE DÉPARTEMENT DES SPORTS. Joueuses et pom-pom girls, penchées aux fenêtres, agitaient les bras en riant et en hurlant des trucs comme : « *Allez les Meerkats !* » et « *On est les championnes !* ». Une des jeunes femmes agitait un grand doigt en mousse marqué Numéro Un. Les piétons dans Main Street répondaient par de grands sourires et des saluts.

Wesley leva lui aussi la main et l'agita faiblement. Le chauffeur du bus donna des coups d'avertisseur. Claquant à l'arrière du bus, un drap peint à la bombe proclamait LES MEERKATS VONT FAIRE TREMBLER LE RUPP ! Wesley prit conscience que les gens dans le café applaudissaient. Tout ceci lui semblait se dérouler dans un autre monde. Une autre Ur.

Quand le bus eut disparu, Wesley baissa de nouveau les yeux sur le Kindle rose et décida qu'après tout, il voulait au moins utiliser l'un de ses dix téléchargements. Les gens du coin ne se passionnaient pas pour la vie universitaire en général – la vieille querelle administrés-diplômés –, mais ils aimaient les Lady Meerkats parce que tout le monde aime les gagnants. Les résultats du tournoi – pré-saison ou pas – feraient la une de *L'Écho* du lundi. Si elles gagnaient, il pourrait offrir à Ellen un cadeau de victoire et, si elles perdaient, il pourrait lui offrir un cadeau de consolation.

« Je suis gagnant dans tous les cas », dit-il, et il entra la date du lundi : 23 novembre 2009.

Le Kindle réfléchit un long moment, puis afficha une première page de journal.

La date était celle du lundi.

Le gros titre était énorme et noir.

Wesley en renversa son café. Il retira vivement le Kindle pour le mettre hors de danger tandis que le liquide tiède imbibait son entrejambe.

Quinze minutes plus tard, il arpentait le salon de l'appartement de Robbie Henderson tandis que Robbie – qui était debout quand Wesley était venu tambouriner à sa porte mais encore vêtu du T-shirt et du short de basket qu'il portait pour dormir – regardait fixement l'écran du Kindle.

« Il faut qu'on appelle quelqu'un », dit Wesley. Du poing, il se cognait la paume de la main, assez fort pour faire rougir la peau. « Il faut qu'on appelle la police ! Non, attendez ! Le gymnase ! Je vais appeler le gymnase Rupp et laisser un message pour qu'elle me rappelle *dès que possible* ! Non, pas bon ! Trop long ! Je vais l'appeler, elle. Voilà ce que…

— Calmez-vous, monsieur Smith… Wes, je veux dire.

— Comment voulez-vous que je me calme ? Vous ne savez pas lire ? Vous êtes *aveugle* ?

— Non, mais il faut quand même que vous vous calmiez. Pardonnez-moi l'expression mais vous perdez les pédales, et personne peut penser efficacement dans ces cas-là.

— Mais…

— Respirez à fond. Et souvenez-vous qu'on a quasiment soixante heures devant nous.

— Facile à dire pour vous. *Votre* copine ne sera pas dans ce bus quand il prendra le chemin du reto… »

Il se tut brusquement, parce que c'était faux. Josie Quinn faisait partie de l'équipe et, d'après Robbie, il y avait quelque chose entre Josie et lui.

« Je suis désolé, dit-il. J'ai vu le gros titre et j'ai flippé. J'ai même pas payé mon petit déjeuner, je suis monté ici en courant. Je sais que j'ai l'air de quelqu'un qui vient de pisser dans son froc et j'ai bien failli. Heureusement que vos colocataires sont absents.

— C'est assez flippant, ouais », admit Robbie et, un instant, ils examinèrent l'écran en silence.

D'après le Kindle de Wesley, l'édition du lundi de *L'Écho* allait porter une bordure noire tout autour de la première page assortie d'un gros titre, noir lui aussi. Ce gros titre annonçait :

TRAGIQUE ACCIDENT DE BUS
COACH ET 7 ÉTUDIANTES TUÉES
9 DANS UN ÉTAT CRITIQUE

Le récit lui-même était sommaire et, même dans sa détresse, Wesley savait pourquoi. L'accident était survenu – non, *allait* survenir – à vingt et une heures le samedi soir. Trop tard pour rapporter beaucoup de détails, même si, en allumant l'ordinateur de Robbie et en allant sur Internet…

À quoi pensait-il ? Internet ne prévoyait pas l'avenir ; seul le Kindle rose faisait ça.

Ses mains tremblaient trop pour entrer la date du 24 novembre. Il poussa le Kindle vers Robbie.

« Faites-le. »

Après deux essais, Robbie y parvint. L'article du mardi de *L'Écho* était plus complet, mais le gros titre était encore pire :

LE BILAN S'AGGRAVE : 10 MORTS
VILLE ET FACULTÉ EN DEUIL

« Est-ce que Josie…, commença Wesley.

— Ouais, dit Robbie. Survit à l'accident, décède le lundi. Dur. »

Antonia « Toni » Burrell, l'une des pom-pom girls des Meerkats qui a eu la chance de se sortir avec seulement quelques bleus et quelques égratignures du tragique accident de bus de dimanche soir, raconte que les filles étaient encore en train de chanter la victoire et que le trophée Bluegrass passait encore de mains en mains quand la tragédie s'est produite. « On était en train de chanter "We are the champions" pour la vingtième fois au moins, nous a-t-elle confié depuis son lit à l'hôpital de Bowling Green où la plupart des rescapées ont été conduites. La coach s'est retournée pour nous crier de la mettre en sourdine, et c'est là que c'est arrivé. »

D'après le capitaine Moses Arden de la police d'État, le bus roulait sur la Route 139, la route de Princeton, et se trouvait à environ trois kilomètres de Cadiz quand il est entré en collision avec un 4 × 4 de loisirs conduit par Candy Rymer de Montgomery. « Mme Rymer, qui roulait à grande vitesse en direction de l'ouest sur la Route nationale 80, indique le capitaine Arden, a percuté le bus à l'intersection des deux routes. »

Le chauffeur du bus, Herbert Allison, 58 ans, de Moore, a aperçu le véhicule de Mme Rymer au dernier moment et tenté de l'éviter. Cet écart, conjugué à l'impact du choc, a projeté l'autobus dans le fossé où il s'est renversé et a explosé.

Ça ne s'arrêtait pas là, mais aucun d'eux n'avait envie de lire la suite.

« OK, dit Robbie. Réfléchissons d'abord à ça. Est-ce qu'on peut être sûrs que c'est vrai ?

— Peut-être pas, dit Wesley. Mais, Robbie… est-ce qu'on peut se permettre de prendre le risque ?

— Non, dit Robbie. Non, je suppose qu'on peut pas. Évidemment qu'on ne peut pas. Mais si on appelle la police, ils ne voudront pas nous croire. Vous le savez.

— On leur montrera le Kindle ! On leur montrera l'article ! » Mais même à ses propres oreilles, le ton de Wesley semblait flancher. « Bon, d'accord, alors je préviens Ellen. Elle ne voudra peut-être pas me croire mais elle acceptera peut-être de retenir le bus pendant un quart d'heure, ou de modifier l'itinéraire que cet Herbert Allison avait l'intention de prendre. »

Robbie réfléchit.

« Ouais. Ça vaut le coup d'essayer. »

Wesley sortit son téléphone de son attaché-case. Robbie s'était replongé dans l'article, cliquant sur le bouton Page Suivante pour accéder à la suite du contenu.

Le téléphone sonna deux fois… trois fois… quatre.

Wesley s'apprêtait à laisser un message sur la boîte vocale quand Ellen répondit.

« Wesley, je peux pas te parler maintenant. Je croyais que tu l'avais compris…

— Ellen, écoute…

— … mais si tu as eu mon message, tu sais qu'on *va* se parler. »

En fond sonore, il entendait un brouhaha de filles joyeuses et excitées – parmi lesquelles se trouvait sans doute Josie – et de la musique.

« Oui, j'ai eu ton message, mais il faut qu'on se parle tout de s…

— Non ! répliqua Ellen. Il ne faut *pas* ! Je ne prendrai pas tes appels ce week-end et je n'écouterai pas tes messages. » Sa voix se radoucit : « Et, chéri… plus tu en laisseras, plus tu rendras les choses difficiles. Pour nous deux, je veux dire.

— Ellen, tu ne comprends p…

— Au revoir, Wes. Je t'appellerai la semaine prochaine. Tu veux bien nous souhaiter bonne chance ?

— Ellen, *je t'en prie* !

— Je prends ça pour un oui, dit-elle. Et tu sais quoi ? Je crois que je t'aime toujours, même si t'es un grand dadais. »

Et là-dessus, elle raccrocha.

Il posa le doigt sur la touche Rappeler, mais s'empêcha d'appuyer. Ça n'arrangerait pas les choses. Ellen était en mode c'est-comme-ça-et-pas-autrement. C'était fou, mais c'était comme ça… et pas autrement.

« Elle me parlera que dans ses créneaux à elle. Ce qu'elle peut pas comprendre, c'est qu'après dimanche soir, elle n'aura peut-être *plus* de créneaux. Vous allez devoir appeler Mlle Quinn. »

Dans son état d'agitation, le prénom de la jeune fille lui échappait.

« Josie va penser que je lui fais une blague, dit Robbie. Une histoire comme ça, n'importe quelle fille penserait que je lui fais une blague. » Il avait encore les yeux sur l'écran du Kindle. « Vous voulez savoir une chose ? La femme qui a provoqué l'accident – qui *va* provoquer l'accident – ne sera même pas blessée. Et je vous parie le montant de ma scolarité du prochain semestre qu'elle était bourrée comme un coing. »

C'est à peine si Wesley l'entendit.

« Dites à Josie qu'Ellen doit absolument me parler au téléphone. Qu'elle lui dise que c'est pas pour parler de nous. Dites-lui de dire que c'est une urge…

— Mon vieux, dit Robbie. Ralentissez et écoutez-moi. Vous m'écoutez ? »

Wesley fit oui de la tête mais ce qu'il entendait le plus clairement, c'était son propre cœur qui cognait.

« Et d'un, Josie penserait *encore* que je lui fais une farce. Et de deux, elle pourrait croire qu'on est tous les deux dans le coup. Et de trois, je pense pas qu'elle irait aborder la coach Silverman de toute façon, vu l'humeur de la coach ces derniers temps, et Josie dit qu'elle est encore pire en déplacement. » Robbie soupira. « Vous devez comprendre quelque chose à propos de Josie. Elle est adorable, elle est intelligente, elle est super sexy, mais elle est aussi plus timide qu'une petite souris. C'est un peu ça que j'aime chez elle.

— Ce qui en dit long, et que du bon, sur votre propre personne, Robbie, mais vous me pardonnerez si pour le moment je me fous de ça comme de l'an quarante. Vous dites ce qui ne marchera pas : avez-vous une idée de ce qui *pourrait* marcher ?

— Ça, c'est le quatrième point. Avec un peu de chance, on n'aura peut-être rien à dire à personne de tout ça. Ce qui vaut mieux, puisque personne ne nous croirait.

— Dévidez.

— Hein ?

— Dites-moi ce que vous avez en tête.

— D'abord, il faut que nous utilisions un autre de vos téléchargements de *L'Écho*. »

Robbie entra 25 novembre 2009. Une autre fille était morte, une pom-pom girl grièvement brû-lée dans l'explosion du bus, ce qui élevait le bilan des pertes à onze. Même si *L'Écho* ne le disait pas textuellement, des pertes supplémentaires étaient à craindre d'ici la fin de la semaine.

Robbie parcourut rapidement l'article. Ce qu'il cherchait, c'était un entrefilet encadré en bas de la première page :

CANDACE RYMER SOUS LE COUP DE MULTIPLES INCULPATIONS POUR HOMICIDE INVOLONTAIRE

Il y avait un carré gris au milieu de l'article – sa photo, supposait Wesley, sauf que le Kindle rose ne semblait pas pouvoir reproduire les photos de presse. Mais peu importait, parce que maintenant il pigeait. Ce n'était pas le bus qu'ils allaient arrêter, c'était la femme qui allait percuter ce bus.

Le quatrième point, c'était Candace Rymer.

VI – Candy Rymer

À dix-sept heures, par un dimanche après-midi gris – alors que les Lady Meerkats découpaient des filets de basket[1] dans une partie peu éloignée de l'État –, Wesley Smith et Robbie Henderson, assis dans la modeste Chevrolet Malibu de Wesley, observaient la porte d'un bar routier à Eddyville, à quelque trente kilomètres de Cadiz. Le parking en terre battue imbibée d'huile de moteur était pratiquement

---

1. Allusion à la tradition américaine du découpage des filets de paniers par l'équipe victorieuse. Chaque joueur en reçoit un morceau à titre de souvenir.

désert. Il y avait certainement une télé à l'intérieur du Broken Windmill[1] mais Wesley avait dans l'idée que les picoleurs avisés préféraient s'enfiler leurs bières et regarder leurs matchs de NFL[2] à la maison. Pas besoin d'entrer dans ce trou pour savoir que c'était un bouge. Le premier qu'avait visité Candy Rymer était moche, mais celui-ci était encore pire.

Garé légèrement de traviole (et bloquant ce qui paraissait être la sortie de secours du bar), il y avait un Ford Explorer cradingue et cabossé avec deux autocollants sur le pare-chocs arrière. MON GOSSE EST DIPLÔMÉ DU PÉNITENTIER D'ÉTAT, disait l'un. L'autre était encore plus explicite : JE M'ARRÊTE POUR JACK DANIELS.

« Peut-être qu'on devrait le faire ici tout de suite, dit Robbie. Pendant qu'elle est à l'intérieur en train de se biturer en regardant les Titans. »

L'idée était tentante mais Wesley secoua la tête.

« On va attendre. Elle a encore un arrêt à faire. Hopson, vous vous souvenez ?

— C'est à des kilomètres d'ici.

— Vrai, dit Wesley. Mais on a du temps à tuer, et on va le tuer.

— Pourquoi ?

— Parce que ce que nous nous apprêtons à faire va changer l'avenir. Ou essayer de le changer, du moins. Nous n'avons aucune idée de la difficulté de la chose. Attendre le plus tard possible augmente nos chances.

---

1. Littéralement « Le Moulin à Vent Brisé ».
2. National Football League.

— Wesley, cette nana est bourrée. Elle était bourrée quand elle est sortie du premier bar à Central City, et elle sera encore plus bourrée quand elle sortira de ce rade-là. Je vois pas comment elle pourrait faire réparer sa voiture à temps pour son rendez-vous avec le bus des filles à soixante kilomètres d'ici. Et si c'était nous qui tombions en panne en essayant de la filer jusqu'à son dernier arrêt ? »

Wesley n'avait pas pensé à ça. Maintenant, il y pensait.

« Mon instinct me dit d'attendre, mais si vous avez le fort pressentiment que nous devons le faire tout de suite, nous le ferons. »

Robbie se redressa.

« Trop tard. Miss America est là. »

Candy Rymer émergea du Broken Windmill en slalomant. Elle laissa tomber son sac, se pencha pour le récupérer, faillit faire la culbute, jura, le ramassa, rit, puis continua jusqu'à l'emplacement où son Explorer était garé, repêchant ses clés tout en avançant. Elle avait un visage bouffi qui ne cachait pas encore tout à fait ce qui avait dû être naguère un physique très avantageux. Ses cheveux, blonds aux extrémités, noirs aux racines, pendaient en boucles avachies sur ses joues. Son ventre débordait de la taille élastique d'un jean juste au-dessous de l'ourlet d'une tunique ample qui venait sûrement de chez Kmart.

Elle monta dans son 4 × 4 pourri, réveilla brutalement le moteur (désespérément en manque de révision, d'après le bruit), et fonça en marche avant dans l'issue de secours du bar. On entendit un froissement de tôle. Puis ses feux de recul s'allumèrent et elle recula si vite que, pendant un horrible instant, Wesley crut qu'elle allait venir percuter sa Malibu, la plier en deux et les laisser à pied pendant qu'elle filerait vers son rendez-vous de Samarra. Mais elle s'arrêta à temps et repartit dans l'autre sens, s'engageant sur la route sans ralentir pour vérifier la circulation. Un instant plus tard, Wesley la suivait en direction de l'est et de Hopson. Et de l'intersection où le bus des Meerkats arriverait d'ici quatre heures.

En dépit de la chose effroyable qu'elle allait faire, Wesley ne pouvait s'empêcher d'éprouver de la pitié pour elle, et il avait dans l'idée que Robbie aussi. L'article qui lui était consacré dans *L'Écho* et que tous deux avaient lu racontait une histoire aussi sordide que familière.

Candace « Candy » Rymer, quarante et un ans, divorcée. Trois enfants, actuellement à la garde de leur père. Au cours des douze dernières années, elle avait alterné les séjours dans quatre établissements de nettoyage à sec pour alcooliques, à peu près un tous les trois ans. D'après une de ses connaissances (elle semblait n'avoir aucun ami), elle avait essayé les AA et décidé que ça n'était pas pour elle. Trop de bondieuseries. Elle avait été arrêtée pour conduite en état d'ébriété une demi-douzaine de fois. On lui avait retiré son permis les deux dernières, mais elle l'avait récupéré dans les deux cas, la deuxième fois sur requête spéciale. Elle avait dit au juge Wallenby qu'elle avait besoin de son permis pour se rendre à l'usine d'engrais de Bainbridge où elle travaillait. Ce qu'elle ne lui dit pas, c'est qu'elle avait perdu cet emploi six mois auparavant… et personne ne vérifia. Candy Rymer était une bombe alcoolisée près d'exploser, et l'explosion était maintenant très proche.

L'article n'avait pas spécifié son adresse à Montgomery mais c'était une information inutile. Dans ce que Wesley considérait comme un échantillon plutôt brillant de journalisme d'investigation (surtout pour un journal comme *L'Écho*), le journaliste avait retracé la biture finale de Candy, depuis le Pot O' Gold[1] de Central City jusqu'au Broken Windmill d'Eddyville et au Banty's Bar[2] de Hopson. Là, le barman tenterait de lui prendre ses clés de voiture. Sans succès. Candy lui ferait un doigt d'honneur et sortirait en criant par-dessus son épaule : « C'est la dernière fois que je mets les pieds dans ce trou ! » Ça, c'était à dix-neuf heures. La théorie du journaliste était que Candy avait dû s'arrêter quelque part pour faire un petit somme, peut-être sur la Route 124 avant de rejoindre la Route 80. Un peu plus loin sur la 80, elle ferait son ultime arrêt. Un arrêt détonant.

Maintenant que Robbie lui avait mis cette idée dans la tête, Wesley s'attendait à ce que, d'un moment à l'autre, sa Chevrolet, d'habitude fiable, le lâche et s'arrête en roue libre au bord d'une route de campagne, victime d'une batterie à plat ou bien des Lois Paradoxales. Les feux arrière de Candy Rymer disparaîtraient au loin et ils passeraient les quelques heures

---

1. Littéralement « Le Pot d'Or ».
2. « Bar du Petit Coq. »

suivantes à passer des coups de fil frénétiques mais inutiles (à condition que leurs téléphones daignent fonctionner ici en pleine cambrousse du centre sud) en se maudissant de ne pas avoir saboté son véhicule à Eddyville, pendant qu'ils en avaient encore l'occasion.

Mais la Malibu roulait aussi aisément qu'à l'accoutumée, sans la moindre anicroche ni ratés. Il se maintenait à quatre cents mètres environ derrière l'Explorer de Candy.

« Oh là là, elle occupe toute la route, dit Robbie. Peut-être qu'elle va foutre sa bagnole dans le fossé avant le prochain bar et nous épargner la peine de lui crever les pneus.

— D'après *L'Écho*, ça n'arrivera pas.

— Oui, mais nous savons que l'avenir n'est pas gravé dans le marbre, n'est-ce pas ? Peut-être qu'on est dans une autre Ur ou un truc comme ça. »

Wesley était sûr que ça ne marchait pas comme ça avec l'Ur Locale, mais il préféra la boucler. Dans un cas comme dans l'autre, il était trop tard maintenant.

Candy Rymer rallia le Banty's sans se mettre dans le fossé ni percuter aucune voiture venant en sens inverse, même si elle aurait largement pu faire les deux : Dieu sait qu'elle passa près chaque fois. Quand une voiture fit une large embardée pour l'éviter puis croisa la Malibu de Wesley, Robbie remarqua :

« C'était une famille : maman, papa et trois petits gosses chahutant à l'arrière. »

C'est là que Wesley cessa d'éprouver de la pitié pour Rymer et commença à ressentir de la colère.

C'était une émotion brûlante et pure qui, par comparaison, faisait pâlir sa rancune envers Ellen.

« Cette salope », dit-il. Ses jointures blanchirent sur le volant. « Cette *salope* d'ivrogne qu'en a rien à foutre. Je la tuerai si c'est le seul moyen de l'arrêter.

— Je vous aiderai », dit Robbie, puis il referma la bouche, serrant si fort la mâchoire que ses lèvres en disparurent presque.

Ils n'eurent pas à la tuer, et les Lois Paradoxales ne les arrêtèrent pas davantage que les lois contre l'alcool au volant n'avaient arrêté Candy Rymer dans sa tournée des tavernes les plus sordides du sud du Kentucky.

Le parking du Banty's était cimenté mais le béton cabossé ressemblait aux vestiges laissés par un bombardement israélien sur Gaza. Un coq en néon grésillant clignotait au-dessus de l'entrée. Entre les griffes d'une patte, il tenait une cruche d'alcool de contrebande portant la mention XXX sur le côté.

L'Explorer de Rymer était garé juste en dessous de ce fabuleux volatile et c'est à sa lueur rouge-orange bégayante que Wesley entailla les pneus avant du vieux 4 × 4 avec le couteau de cuisine qu'ils avaient apporté à cet effet. Lorsque le *woush* de l'air s'en échappant le frappa au visage, il fut submergé par une vague de soulagement si intense qu'il fut d'abord incapable de se redresser et demeura agenouillé tel un homme en prière. Il regrettait juste qu'ils ne l'aient pas fait plus tôt, quand ils étaient encore au Broken Windmill.

« À mon tour », dit Robbie et, un instant plus tard, l'Explorer s'abaissa encore d'un cran lorsque le jeune homme taillada les pneus arrière. Puis un autre sifflement se fit entendre. Il avait aussi crevé la roue de secours par acquit de conscience. À ce moment-là, Wesley s'était remis debout.

« Allons nous garer de l'autre côté, dit Robbie. Je pense qu'on a intérêt à garder un œil sur elle.

— Je vais faire bien plus que ça, dit Wesley.

— Du calme, mon vieux. Qu'est-ce que vous avez en tête ?

— Je n'ai rien en tête. Je suis au-delà de ça. »

Mais la rage qui faisait trembler son corps suggérait tout autre chose.

D'après *L'Écho*, Rymer avait traité le Banty's de trou avant de partir mais c'était apparemment un euphémisme destiné à ménager les sensibilités familiales. Ce qu'elle avait vraiment lancé par-dessus son épaule en sortant, c'était : « C'est la dernière fois que je mets les pieds dans ce trou à merde ! » Sauf qu'à ce moment-là, elle était déjà tellement bourrée que l'insulte donna quelque chose comme : *troâmèd'*.

Robbie était si fasciné de voir l'article de presse se dérouler devant ses yeux qu'il ne fit pas un geste pour retenir Wesley lorsque ce dernier s'élança vers Rymer à grands pas. Il s'exclama quand même : « Attendez ! » mais Wesley n'attendit pas. Il empoigna la femme et commença à la secouer.

La bouche de Candy Rymer s'ouvrit toute grande ; les clés qu'elle tenait à la main tombèrent sur le béton craquelé.

« Lâche-moi, ssa'opard ! »

Wesley ne la lâcha pas. Il la gifla si fort qu'il lui éclata la lèvre inférieure, puis lui mit un revers de l'autre côté.

« *Arrête de boire !* lui hurla-t-il au visage. *Arrête de boire, misérable connasse ! Reprends ta vie en main et arrête de bousiller celle des autres ! Tu vas tuer des gens ! Tu comprends ce que je te dis ? Tu vas TUER des gens, merde !* »

Il la gifla une troisième fois et la gifle claqua comme un coup de pistolet. Candy Rymer recula en titubant contre le mur du bâtiment, pleurant et levant les mains devant son visage pour se protéger. Du sang ruisselait sur son menton. Leurs ombres, transformées en longues grues de chantier par le coq en néon, apparaissaient et disparaissaient.

Il leva la main pour la gifler une quatrième fois – mieux valait gifler qu'étrangler, ce qu'il avait vraiment été tenté de faire – mais Robbie l'attrapa par-derrière et l'entraîna de force à l'écart.

« Arrêtez ! Putain, arrêtez, mon vieux ! Ça suffit ! »

Debout sur le pas de la porte, le barman et deux autres clients à la mine ahurie écarquillaient les yeux. Candy Rymer avait glissé à terre et pleurait de façon incontrôlable, les mains plaquées contre son visage tuméfié.

« Pourquoi est-ce que tout le monde me déteste ? sanglota-t-elle. Pourquoi est-ce que tout le monde est si méchant ? »

Wesley la regarda d'un œil morne, toute sa colère envolée. Ce qui la remplaçait était un sentiment d'impuissance. On aurait pu croire qu'un chauffard ivre ayant causé la mort de onze personnes au moins était le mal incarné, mais il n'y avait là ni mal ni méchanceté. Il y avait seulement une ivrogne sanglotante assise sur le béton fissuré et envahi de mauvaises herbes du parking d'un bar routier de campagne. Une femme qui, si le clignotement du néon grésillant ne mentait pas, s'était pissé dessus.

« On peut atteindre la personne, mais on ne peut atteindre le mal », dit Wesley. Sa voix semblait venir d'ailleurs. « Le mal survit toujours. Il prend son envol comme un putain de grand oiseau et va se poser sur quelqu'un d'autre. C'est ça le nœud du problème, n'est-ce pas ? Un nœud impossible à défaire ?

— Ouais, c'est sûr, très philosophique, mais allons-nous-en. Avant qu'ils puissent donner votre signalement ou le numéro de votre plaque d'immatriculation. »

Robbie le ramenait vers la Malibu. Wesley se laissait conduire aussi docilement qu'un enfant. Il tremblait.

« Le mal survit toujours, Robbie. Dans toutes les Ur. Souvenez-vous de ça.

— Absolument, je vous le fais pas dire. Donnez-moi les clés, je vais conduire.

— *Hé !* cria quelqu'un dans leur dos. Qu'est-ce qui vous a pris de frapper cette femme ? Elle vous avait rien fait ! Revenez ici ! »

Robbie poussa Wesley dans la voiture, contourna le capot en courant, se jeta derrière le volant et démarra en quatrième vitesse. Il garda le pied au plancher jusqu'à ce que le coq clignotant ait disparu, puis ralentit.

« Et maintenant ? »

Wesley se passa une main sur les yeux.

« Je suis désolé d'avoir fait ça, dit-il. Et en même temps, je ne le suis pas. Vous comprenez ?

— Ouais, dit Robbie. Parfaitement. C'était pour la coach Silverman. Et pour Josie aussi. » Il sourit. « Ma petite souris. »

Wesley sourit à son tour.

« Alors, on va où maintenant ? On rentre ?

— Pas encore », dit Wesley.

Ils se rangèrent le long d'un champ de maïs près de l'intersection de la Route 139 et de la Route nationale 80, trois kilomètres à l'ouest de Cadiz. Ils étaient en avance et Wesley en profita pour allumer le Kindle rose. Quand il voulut accéder à l'Ur Locale, il obtint un message qui ne l'étonna pas outre mesure : CE SERVICE N'EST PLUS DISPONIBLE.

« C'est probablement mieux comme ça », dit-il.

Robbie se tourna vers lui.

« Qu'est-ce que vous avez dit ?

— Rien. Ça n'a pas d'importance. »

Il remit le Kindle dans son attaché-case.

« Wes ?

— Quoi, Robbie ?

— Est-ce que nous avons enfreint les Lois Paradoxales ?

— Sans aucun doute », dit Wesley.

À vingt et une heures moins cinq minutes, ils entendirent des avertisseurs et aperçurent des lumières de phares. Ils descendirent de la Malibu et attendirent, debout devant la voiture. Wesley nota que Robbie avait les poings serrés et il fut content de savoir qu'il n'était pas seul à craindre que Candy Rymer puisse encore apparaître comme par enchantement.

La lumière des phares affleura le sommet de la côte. C'était le bus, suivi par une douzaine de véhicules emplis de supporters des Lady Meerkats, tous klaxonnant frénétiquement et faisant des appels de phares. Lorsque le bus passa, Wesley entendit de délicieuses voix féminines chanter « We Are the Champions » et sentit un frisson lui remonter le long de l'échine et hérisser les poils de sa nuque.

Il leva la main et l'agita.

À côté de lui, Robbie en fit autant. Puis il se tourna vers Wesley en souriant.

« Qu'est-ce que vous en dites, prof ? On rejoint le cortège ? »

Wesley lui claqua l'épaule.

« Ça me semble être une super bonne idée. »

Quand la dernière voiture fut passée, Robbie s'engagea derrière elle. Comme les autres, il actionna l'avertisseur de la Malibu et fit des appels de phares tout le long de la route jusqu'à Moore.

Ça ne dérangea aucunement Wesley.

VII – La Police des Paradoxes

Quand Robbie descendit devant Chez Susan et Nan (où LADY MEERKATS CHAMPIONNES avait été écrit au blanc d'Espagne sur la vitre), Wesley lui dit :

« Attendez une seconde. »

Il contourna la voiture et vint étreindre chaleureusement le jeune homme.

« Vous avez fait du bon boulot. »

Robbie se fendit d'un grand sourire.

« Est-ce que ça veut dire que j'aurai un A en cadeau au premier semestre ?

— Non, juste un conseil. Arrêtez le football. Vous n'y ferez jamais carrière et votre tête mérite mieux.

— Bien reçu », dit Robbie… ce qui n'équivalait pas à une approbation, comme ils le savaient tous les deux. « On se revoit en cours ?

— Oui, à mardi », dit Wesley.

Mais quinze minutes plus tard, il avait toutes les raisons de se demander si *quiconque* le reverrait. Le reverrait *jamais*.

Une voiture occupait l'emplacement où il garait habituellement la Malibu quand il ne la laissait pas sur le parking A de la faculté. Wesley aurait pu se garer derrière, mais il choisit plutôt l'autre côté de la rue. Cette voiture avait quelque chose qui le mettait mal à l'aise. C'était une Cadillac et, à la lumière du lampadaire à arc de sodium sous lequel elle était stationnée, elle lui parut trop brillante. Sa peinture rouge semblait presque crier : *Je suis là ! Je te plais ?*

Elle ne plaisait pas à Wesley. Pas plus que ne lui plaisaient les vitres teintées ni les enjoliveurs de gangster surdimensionnés flanqués de leurs emblèmes Cadillac dorés. Ça ressemblait à une voiture de dealer. De dealer fou à tendance meurtrière par-dessus le marché.

Qu'est-ce qui me prend de penser ça ?

« Stress de la journée, c'est tout », dit-il en traversant la rue déserte avec son attaché-case rebondissant contre sa jambe. Il se pencha. Il n'y avait personne dans la voiture. Du moins, il ne *pensait* pas qu'il y eût quelqu'un. Avec les vitres fumées, c'était difficile d'en être entièrement sûr.

C'est la Police des Paradoxes. Ils sont venus m'arrêter.

Cette idée aurait dû lui sembler au mieux ridicule, au pire de l'ordre du fantasme paranoïaque, mais elle ne lui semblait ni l'un ni l'autre. Et quand on considérait tout ce qui s'était passé, peut-être bien qu'elle n'était pas paranoïaque du tout.

Wesley tendit la main, toucha la portière de la voiture et retira sa main aussitôt. La portière avait la texture du métal mais elle était chaude. Et elle semblait *palpiter*. Comme si, métal ou pas, cette voiture était vivante.

Prends tes jambes à ton cou.

Cette pensée s'imposa si fort à lui qu'il sentit ses lèvres l'articuler, mais il savait que la fuite n'était pas une option envisageable. S'il essayait, l'homme ou les hommes à qui appartenait la répugnante voiture rouge le retrouveraient. La simplicité de ce fait défiait la logique. *Outrepassait* la logique. Donc, au lieu de prendre ses jambes à son cou, il prit sa clé pour ouvrir la porte donnant sur la rue et monta l'escalier jusqu'à son appartement. Il le fit lentement parce que son cœur battait la chamade et que ses jambes menaçaient de se dérober.

La porte du 2B était ouverte et un long rectangle de lumière se projetait sur le palier.

« Ah, vous voilà, dit une voix pas vraiment humaine. Entrez, Wesley du Kentucky. »

Ils étaient deux. L'un était jeune et l'autre était vieux. Le vieux était assis sur le canapé où Wesley et Ellen Silverman s'étaient un jour séduits l'un l'autre pour leur plaisir (non, pour leur extase) mutuel. Le jeune était assis sur la chaise préférée de Wesley, celle sur laquelle il finissait toujours, tard dans la nuit, quand un reste de cheese-cake l'appelait, que son bouquin le captivait et que la lumière du lampadaire était réglée juste comme il fallait. Tous deux portaient de longs manteaux couleur moutarde, du genre appelé aussi cache-poussière, et Wesley comprit, sans savoir comment il le comprenait, que les manteaux étaient vivants. Il comprit aussi que les hommes qui les portaient n'étaient pas du tout des hommes. Leurs visages ne cessaient de *changer*, et ce qui transparaissait sous la peau était reptilien. Ou ptérodactylien. Ou les deux.

Au revers, là où des shérifs de western auraient porté leur étoile, tous deux portaient des insignes représentant un œil rouge. Wesley pensa que ces deux yeux aussi étaient vivants. Ces yeux le regardaient.

« Comment saviez-vous que c'était moi ?

— À l'odeur », répondit le plus âgé des deux, et le truc le plus terrible, c'est que ça ne ressemblait pas à une plaisanterie.

« Qu'est-ce que vous voulez ?

— Vous savez pourquoi nous sommes ici », dit le plus jeune.

Le plus âgé ne reparla plus du tout jusqu'à la fin de la visite. C'était déjà assez pénible d'en écouter un. C'était comme d'écouter un homme au larynx farci de criquets.

« J'imagine que oui », dit Wesley. Sa voix ne tremblait pas, du moins pour le moment. « J'ai enfreint les Lois Paradoxales. »

Il pria pour qu'ils ne sachent rien de Robbie, et se dit que ça n'était pas impossible : après tout, le Kindle était enregistré au nom de Wesley Smith.

« Vous n'avez aucune idée de ce que vous avez fait, dit l'homme en manteau jaune d'un ton méditatif. La Tour tremble, les mondes frémissent sur leur trajectoire. La rose frissonne de froid, comme en hiver. »

Très poétique, mais pas très éclairant.

« Quelle Tour ? Quelle rose ? »

Alors qu'il aimait maintenir son appartement frais, Wesley sentit de la sueur perler sur son front. *C'est à cause d'eux*, pensa-t-il. *Ces mecs chauffent.*

« Peu importe, dit son plus jeune visiteur. Expliquez-vous, Wesley du Kentucky. Et faites-le bien si vous voulez revoir un jour la lumière du soleil. »

Un instant, Wesley en fut incapable. Son esprit était occupé par une seule pensée : *C'est un tribunal, je suis jugé.* Puis il la balaya. Le retour de sa colère – une pâle imitation de celle qu'il avait éprouvée envers Candy Rymer, mais assez réelle quand même – l'y aida.

« Des gens allaient mourir. Quasiment une douzaine. Peut-être plus. Ça n'a peut-être pas grande importance pour des gens comme vous, mais ça en a pour moi, surtout si l'on considère que l'une de ces personnes est une femme dont je suis amoureux. Tout ça à cause d'une ivrogne complaisante qui refuse de se remettre en question. Et... »

Il faillit dire *Et nous* mais réajusta le tir juste à temps.

« Et je ne l'ai même blessée. Juste giflée un peu, mais c'était plus fort que moi, je n'ai pas pu me retenir.

— Vous, les hommes, vous ne pouvez *jamais* vous retenir, répondit la voix bourdonnante de la chose assise sur sa chaise préférée – qui ne serait plus jamais sa chaise préférée. Quatre-vingt-dix pour cent de votre problème, c'est la faible maîtrise de vos impulsions. Vous est-il seulement venu à l'esprit, Wesley du Kentucky, que les Lois Paradoxales existent pour une bonne raison ?

— Non, je... »

La chose éleva la voix :

« Évidemment que *non*. Nous savons que *non*. Nous sommes ici à cause de ce *non*. Il ne vous est pas venu à l'esprit qu'un des passagers de ce bus pouvait devenir un tueur en série, faire peut-être des dizaines de victimes, dont un enfant qui en grandissant aurait trouvé comment guérir le cancer ou la maladie d'Alzheimer. Il ne vous est pas venu à l'esprit que l'une de ces jeunes femmes risquait de donner naissance au prochain Hitler ou Staline, un monstre humain qui en viendrait à tuer des *millions* de vos semblables humains à ce niveau de la Tour. Il ne vous est pas venu à l'esprit que vous interfériez avec des événements situés bien au-delà de votre entendement ! »

Non, il n'avait absolument pas considéré ces choses-là. La seule chose qu'il avait considérée, c'était Ellen. Comme Josie Quinn était la seule chose que Robbie avait considérée. Et ensemble, ils avaient considéré les autres. Des jeunes femmes hurlantes, leur peau changée en suif dégoulinant sur leurs os, mourant de la pire mort peut-être que Dieu peut infliger à Ses créatures souffrantes.

« C'est ce qui va arriver ? chuchota-t-il.

— Nous ne *savons* pas ce qui va arriver, dit la chose en manteau jaune. C'est précisément ça la question. Le programme expérimental auquel vous avez si stupidement accédé est capable de voir clairement six mois dans le futur… sur une zone géographique réduite, cela dit. Au-delà de six mois, la vision prédictive s'obscurcit. Au-delà d'une année, tout est obscur. Donc vous voyez, nous ne savons *pas* ce que vous et votre jeune ami pouvez avoir fait. Et comme nous ne le savons pas, il n'y a aucune possibilité de réparer les dégâts, si dégâts il y a. »

Vous et votre jeune ami. Ils savaient pour Robbie Henderson, en définitive. Le cœur de Wesley sombra.

« Y a-t-il une sorte de pouvoir qui contrôle tout ça ? Il y en a un, n'est-ce pas ? Quand j'ai accédé aux Livres Ur pour la première fois, j'ai vu une tour.

— Tout est au service de la Tour, dit l'homme-chose en cache-poussière jaune, et il toucha l'ignoble insigne épinglé à son revers avec une sorte de révérence.

— Alors comment savez-vous que je ne suis pas aussi à son service ? »

Ils ne répondirent rien. Se regardèrent seulement avec leurs yeux noirs prédateurs de volatiles.

« Je ne l'ai jamais commandé, vous savez. Je veux dire… j'ai commandé un Kindle, ça c'est vrai, mais je n'ai jamais commandé celui que j'ai reçu. Il est arrivé, c'est tout. »

Il y eut un long silence et Wesley comprit qu'à l'intérieur de ce silence, sa vie était en train de vaciller. La vie telle qu'il la connaissait, tout du moins. Il pourrait continuer à mener une sorte d'existence si ces deux créatures l'emmenaient dans leur répugnante voiture rouge, mais ce serait une existence sombre, probablement une existence de prisonnier, et il pressentit qu'il ne conserverait pas longtemps sa santé mentale.

« Nous pensons qu'il s'agit d'une erreur d'expédition, dit finalement le jeune.

— Mais vous ne le savez pas avec certitude, n'est-ce pas ? Parce que vous ne savez pas d'où il est arrivé. Ni qui l'a envoyé. »

Encore du silence. Puis le plus vieux des deux répéta :

« Tout est au service de la Tour. » Il se leva et tendit la main. Elle scintilla et devint des serres. Scintilla encore et redevint une main. « Donnez-le-moi, Wesley du Kentucky. »

Wesley du Kentucky n'avait pas besoin de se le faire dire deux fois, même si ses mains tremblaient si fort qu'il se bagarra avec les boucles de son attaché-case pendant ce qui lui sembla des heures. Enfin, le couvercle s'ouvrit et il tendit le Kindle rose au plus âgé des deux. La créature posa sur l'objet un regard fou empli d'une faim dévorante qui donna à Wesley l'envie de hurler.

« Je crois qu'il ne marche plus, de toute… »

La créature le lui arracha des mains. L'espace d'une seconde, Wesley perçut le contact de sa peau et comprit que la chair de la créature était animée de ses propres pensées. Des pensées mugissantes qui galopaient le long de leurs propres circuits inconnaissables. Cette fois, il hurla… ou tenta de le faire. Ce qui sortit fut un grognement bas et étranglé.

Ils se dirigèrent vers la porte, le bas de leurs manteaux produisant de répugnants gloussements liquides. Le plus vieux sortit, tenant toujours le Kindle rose dans ses mains en forme de serres. L'autre s'arrêta un bref instant pour jeter un dernier regard à Wesley.

« Ça passe pour cette fois. Vous comprenez la chance que vous avez ?

— Oui, chuchota Wesley.

— Alors dites merci.

— Merci. »

La chose disparut sans un mot de plus.

Il n'avait pas le cœur à s'asseoir sur le canapé, ni sur la chaise qui – avant Ellen – lui avait semblé être sa meilleure amie en ce monde. Il s'allongea sur son lit et croisa les bras sur sa poitrine pour faire cesser les tremblements qui le secouaient. Il laissa les lumières allumées parce qu'il ne servait à rien de les éteindre. Il était sûr qu'il ne dormirait plus pendant des semaines. Peut-être plus jamais. Il commencerait à somnoler, puis reverrait soudain ces yeux noirs avides et entendrait cette voix dire *Vous comprenez la chance que vous avez ?*

Non, le sommeil était décidément hors d'atteinte.

Et sur cette pensée, la conscience le quitta.

VIII – L'avenir est devant

Wesley dormit jusqu'à ce que le tintement de boîte à musique du *Canon en do majeur* de Pachelbel le réveille à neuf heures le lendemain matin. S'il avait fait des rêves (de Kindle roses, de femmes ivres sur des parkings de bars routiers, ou de crapules de bas étage en manteaux jaunes), il ne se les rappelait pas. Tout ce qu'il savait, c'est que quelqu'un l'appelait sur son portable et que ce pourrait bien être quelqu'un à qui il crevait d'envie de parler.

Il courut dans le salon, mais la sonnerie cessa avant qu'il ait pu sortir le téléphone de son attaché-case. Il l'ouvrit et lut VOUS AVEZ 1 NOUVEAU MESSAGE. Il le consulta.

« Salut, copain, dit la voix de Don Allman. Tu ferais bien d'aller voir la une du journal du matin. »

C'était tout.

Il n'était plus abonné à *L'Écho*, mais la vieille Mme Ridpath, sa voisine du dessous, l'était. Il dévala l'escalier quatre à quatre et le journal était là, dépassant de sa boîte aux lettres. Il tendit la main pour le prendre, puis hésita. Et si son profond sommeil n'avait pas été naturel ? Et s'il avait été anesthésié d'une manière ou d'une autre, de façon à être reconnecté sur une Ur différente, où l'accident de bus était finalement arrivé ? Et si Don l'avait appelé pour le préparer ? Imagine qu'il déplie le journal et découvre la bordure noire qui était la version imprimée d'un crêpe de deuil ?

« Par pitié, chuchota-t-il, ne sachant pas très bien si c'était Dieu qu'il priait ou cette mystérieuse Tour sombre. Par pitié, faites que je sois encore dans mon Ur. »

Il prit le journal d'une main engourdie et le déplia. La bordure était là, oui, entourant toute la première page, mais elle était bleue et non noire.

Bleu *Meerkat*.

La photo était la plus grande qu'il eût jamais vue dans *L'Écho* ; elle occupait la moitié de la première page, au-dessous d'un gros titre qui disait : LES LADY MEERKATS EMPORTENT LE BLUEGRASS, L'AVENIR EST DEVANT ! L'équipe posait, rassemblée, sur le parquet du gymnase Rupp. Trois filles élevaient un trophée luisant. Une autre – c'était Josie –, perchée sur un escabeau, faisait tournoyer un filet de basket au-dessus de sa tête.

Debout devant son équipe, vêtue du chic pantalon à pinces bleu et du blazer bleu qu'elle portait invariablement les jours de rencontre, se tenait Ellen Silverman. Elle souriait et brandissait une pancarte faite à la main qui disait : WESLEY JE T'AIME.

Wesley leva les deux mains – l'une tenant toujours le journal – au-dessus de sa tête et poussa un cri de guerre qui fit se retourner deux étudiants qui passaient sur le trottoir d'en face.

« Qu'est-ce qui s'passe ? lança l'un d'eux.

— On a gagné ! » lança Wesley en retour, et il remonta en courant les escaliers.

Il avait un coup de fil à passer.

En pensant à Ralph Vicinanza

Le 26 juillet 2009, une femme nommée Diane Schuler quitta le camping de Hunter Lake, dans l'État de New York, au volant de sa Ford Windstar 2003. Elle avait cinq passagers à bord : son fils de cinq ans, sa fille de deux ans et ses trois nièces. Elle avait l'air d'aller bien – la dernière personne à l'avoir vue au camping jure qu'elle était en forme et qu'elle ne sentait pas l'alcool –, et d'aller tout aussi bien une heure plus tard quand elle s'arrêta dans un McDo pour faire manger les enfants. Peu de temps après, en revanche, elle fut aperçue en train de vomir au bord de la route. Elle téléphona à son frère pour lui dire qu'elle ne se sentait pas très bien. Puis elle prit la Taconic Parkway à contresens sur près de trois kilomètres, ignorant les coups de klaxon, les signaux d'alerte et les appels de phares des conducteurs qui s'écartaient devant elle. Elle finit par percuter un 4 × 4 de loisir de plein fouet, se tuant dans l'accident, et tuant tous ses passagers sauf un – son fils survécut – ainsi que les trois hommes dans le 4 × 4.

Selon le rapport d'analyse toxicologique, Schuler avait l'équivalent de dix verres d'alcool dans le sang au moment de l'accident, plus un taux élevé de THC. Son mari certifia qu'elle n'était pas alcoolique mais les rapports toxicologiques ne mentent pas. Comme Candy Rymer dans l'histoire précédente, Diane Schuler était complètement cuite. Daniel Schuler ignorait-il réellement, après une période de fréquentation et au moins cinq ans de mariage, que sa femme buvait en cachette ? C'est tout à fait possible. Les toxicomanes peuvent être incroyablement sournois et cacher leurs addictions pendant longtemps. Ils le font par besoin et par désespoir.

Que s'est-il exactement passé dans cette voiture ? Comment cette femme s'est-elle soûlée aussi rapidement et quand a-t-elle fumé l'herbe ? Qu'avait-elle en tête quand elle refusa de tenir compte des avertissements des conducteurs arrivant en sens inverse ? S'agit-il d'un accident causé par l'alcool et le cannabis, d'un meurtre-suicide ou d'une étrange combinaison des deux ? Seule la fiction peut tenter de répondre à ces questions. C'est seulement *à travers* la fiction que nous pouvons penser l'impensable et peut-être, d'une certaine manière, tourner la page. C'est ce que j'ai tenté de faire avec cette nouvelle.

Et au fait : si, si, Herman Wouk est encore en vie. Il a lu une version de cette histoire quand elle est parue dans *The Atlantic* et m'a gentiment envoyé un mot. M'invitant même à aller lui rendre visite. En tant que fan de longue date, j'étais aux anges. Il va sur ses cent ans aujourd'hui, et j'en ai soixante-sept. Si je vis assez longtemps, je pourrais bien répondre à son invitation.

Herman Wouk
est toujours en vie

Article tiré du *Press-Herald* de Portland (Maine) du 19 septembre 2010 :

I-95 : 9 MORTS
DANS UN HORRIBLE ACCIDENT
Hommage spontané sur les lieux
par Ray Dugan

Moins de six heures après l'accident de la route ayant coûté la vie à deux adultes et sept enfants âgés de moins de dix ans, tous passagers du même véhicule, la veillée funèbre a déjà commencé dans la petite ville de Fairland. Des bouquets de fleurs sauvages placés dans des boîtes de conserve et des tasses thermos jalonnent la terre calcinée ; une rangée de neuf croix a été plantée sur l'aire de pique-nique de l'aire de repos adjacente, au Mile 109. À l'endroit où les corps des deux plus jeunes enfants ont été retrouvés, on peut lire un message anonyme bombé sur un morceau de drap : ICI SE RASSEMBLENT LES ANGES.

I. BRENDA GAGNE 2 700 DOLLARS AU PICK 3
ET RÉSISTE À SA PREMIÈRE IMPULSION

Au lieu de sortir s'acheter une bouteille d'Orange Driver[1] pour fêter ça, Brenda rembourse le découvert de sa MasterCard, qui a atteint le plafond autorisé depuis genre une éternité. Puis elle appelle Hertz pour leur poser une question. Enfin elle appelle son amie Jasmine qui vit à North Berwick pour lui annoncer la nouvelle. Jasmine pousse un cri de joie et dit :

« Ma belle, t'es riche ! »

Si seulement… Brenda lui explique qu'elle a remboursé le découvert sur sa carte bancaire, pour pouvoir louer un Chevrolet Express si elle en a envie. C'est un monospace neuf places, lui a dit la fille de Hertz.

« On pourrait embarquer tous les gosses et monter à Mars Hill. Voir tes parents et les miens. Exhiber les petits-enfants. Tanner les vieux pour qu'ils nous filent un peu de fric. Qu'est-ce que t'en dis ? »

Jasmine est dubitative. Il n'y a pas de place dans la bicoque de Mars Hill qu'habitent ses parents et, même s'il y en avait, elle ne voudrait pas rester avec eux. Elle déteste ses parents. Et elle a de bonnes raisons, Brenda le sait : c'est le propre père de Jazzy qui l'a dépucelée, une semaine après ses quinze ans. Sa mère savait, et elle n'a rien fait. Quand Jaz est allée la trouver en larmes, sa mère lui a dit : « T'as aucune raison de t'inquiéter, il s'est fait couper les boules. »

Jaz a épousé Mitch Robicheau pour fuir ses parents, et aujourd'hui, trois hommes, quatre gosses

---

1. Vodka-orange.

et huit ans plus tard, la voilà seule. Et vivant des allocs, même si elle bosse seize heures par semaine au Roll Around, à distribuer des rollers et à faire de la monnaie pour la salle de jeu où les machines ne prennent que des jetons spéciaux. Ils la laissent emmener ses deux plus petits : Delight[1] dort dans le bureau et Truth[2], son fils de trois ans, se balade dans la salle de jeu en tirant sur sa couche. Il ne pose pas trop de problèmes, même si l'année dernière il a attrapé des poux et que les deux amies ont dû lui raser la tête. Qu'est-ce qu'il avait braillé.

« Il reste six cents dollars, vu que j'ai dû renflouer mon compte, dit Brenda. Enfin, quatre cents si tu comptes la location du van, que je compte pas puisque je peux la faire passer sur ma MasterCard. On pourrait descendre au Red Roof[3], regarder HBO[4]. C'est gratuit. On peut se prendre à emporter au bout de la rue et les enfants pourront se baigner dans la piscine. Alors, qu'est-ce que t'en dis ? »

Des hurlements s'élèvent derrière elle. Brenda lève la voix et crie :

« *Freddy, arrête d'embêter ta sœur et rends-lui ça tout de suite !* »

Et puis, génial, leurs chamailleries ont réveillé le bébé. Soit ça, soit Freedom[5] a sali sa couche et s'est réveillée toute seule. Freedom salit *toujours* ses

---

1. Délice.
2. Vérité.
3. *Red Roof Inn* : chaîne d'hôtels économiques.
4. Chaîne de télévision payante.
5. Liberté.

couches. Brenda a l'impression que fabriquer du caca est l'œuvre de toute la vie de Free. Elle ressemble à son père pour ça.

« J'imagine… », dit Jasmine en étirant *imagine* sur quatre syllabes. Peut-être cinq.

« Allez, ma belle ! Une petite virée ! Dis oui ! On prend le bus jusqu'à l'aéroport et on loue l'Express là-bas. Quatre cent quatre-vingts bornes, on peut y être en quatre heures. Les gosses peuvent regarder des DVD, m'a dit la fille. *La Petite Sirène* et tous ces trucs cool.

— Peut-être que je pourrais demander à ma mère un peu de l'argent que l'État leur a filé, avant qu'y en ait plus », dit Jasmine pensivement.

Son frère Tommy est mort l'année dernière, en Afghanistan. C'est une bombe artisanale qui l'a tué. Ses parents ont touché quatre-vingt mille dollars. Sa mère lui en a promis un peu, mais jamais quand son père était à portée d'oreille du téléphone. Bien sûr, ils l'ont peut-être déjà dilapidé. Probablement. Elle sait que M. Je-Me-Tape-Une-Gamine-de-Quinze-Ans s'est acheté une japonaise avec, bien que ce qu'il recherche avec un engin pareil à son âge, Jasmine n'en a aucune idée. Et elle sait aussi que des trucs comme l'argent qui tombe du ciel, c'est souvent un mirage. C'est quelque chose qu'elles savent toutes les deux. Chaque fois que tu vois un truc qui brille, il faut que quelqu'un allume la machine à pleuvoir. Le truc qui brille résiste jamais à l'eau.

« Allez », dit Brenda.

Elle s'est complètement faite à l'idée d'embarquer tous les gosses dans le monospace et sa meilleure (sa seule) amie de lycée, qui a atterri dans la ville juste à côté. Mères célibataires toutes les deux, sept gosses en tout, trop de mecs minables dans le rétroviseur, mais des fois, elles arrivent quand même à s'éclater un peu.

Elle entend un bruit sourd. Freddy se met à hurler. Glory[1] l'a frappé dans l'œil avec une figurine.

« *Glory, tu arrêtes ça tout de suite ou ça va chier !* hurle Brenda.

— *Y veut pas me rendre ma Super Nana !* » glapit Glory, et c'est *elle* qui se met à pleurer.

Maintenant ils pleurent tous – Freddy, Glory et Freedom – et, l'espace d'un instant, de la grisaille obscurcit la vue de Brenda. Elle voit souvent cette grisaille ces temps-ci. Ils sont là, dans un trois pièces au deuxième étage, pas de mec dans le tableau (Tim, son dernier, a mis les voiles il y a six mois), à se nourrir essentiellement de nouilles, de Pepsi et de cette crème glacée pas chère qu'ils vendent à Walmart, pas d'air conditionné, pas de câble, elle avait un boulot au Quick-Flash mais l'entreprise a fait faillite et maintenant le magasin est un On the Run et le manager a embauché un Chicano à sa place parce que le Chicano peut travailler douze à quatorze heures par jour. Le Chicano a un bandana sur la tête et une petite moustache dégueu au-dessus de la lèvre, et il a jamais été enceinte. Le boulot du Chicano, c'est de *mettre* les filles enceintes. Elles craquent pour cette petite moustache et *boum*, le trait sur le petit test acheté à la pharmacie devient bleu et en voilà un autre, exactement comme l'autre d'avant.

---

1. Gloire.

Brenda a son palmarès personnel d'en-voilà-un-autre-comme-l'autre-d'avant. Elle dit qu'elle sait qui est le père de Freddy mais elle en a absolument aucune idée, elle avait passé plusieurs soirées alcoolisées et ils étaient *tous* mignons, et puis franchement, comment elle est censée se démerder pour trouver un boulot, de toute façon ? Elle a les *gosses*, là. Elle est censée faire quoi, laisser Freddy s'occuper de Glory et emmener Freedom avec elle aux foutus entretiens d'embauche ? Ouais, *sûr* que ça va marcher. Et puis y a quoi, à part caissière au drive-in de McDo ou de Gerbeur King ? Y a bien quelques boîtes de strip-tease à Portland mais ils filent pas le boulot à des gros tas comme elle.

Elle se rappelle qu'elle a touché le jackpot. Qu'ils peuvent être au Red Roof dès ce soir, se partager deux chambres climatisées – trois, même ! Pourquoi pas ? La roue tourne !

« Brennie ? » Jaz a le ton plus dubitatif que jamais. « T'es vraiment sérieuse, là ?

— Mais *oui*, dit Brenda. *Allez*, ma belle, *j'ai les fonds*. La nana de Hertz dit que le van est rouge. » Elle baisse la voix et ajoute : « Ta couleur fétiche.

— T'as remboursé ton découvert en ligne ? Comment t'as fait ? »

Freddy et Glory se sont bagarrés le mois dernier ; ils ont fait tomber du lit l'ordinateur portable de Brenda et il s'est cassé.

« J'ai été à la bibliothèque. » Elle prononce *bib'iothèque* comme elle disait quand elles étaient gamines à Mars Hill. « Bon, j'ai dû attendre un moment qu'un ordi se libère, mais ça vaut le coup. C'est gratuit. Alors, qu'est-ce que t'en dis ?

— On pourrait peut-être acheter une bouteille d'Allen's », dit Jaz.

Elle adore cette marque de brandy au café quand elle peut en avoir. La vérité, c'est que du moment qu'elle peut avoir quelque chose, Jasmine adore tout.

« Un peu, ouais, dit Brenda. Et une bouteille d'Orange Driver pour moi. Mais je bois pas au volant, Jaz. Faut pas que je perde mon permis. C'est tout ce qui me reste.

— Tu pourras vraiment taxer du blé à tes parents, tu crois ? »

Brenda se dit qu'une fois qu'ils auront vu les enfants – en supposant que le chantage (ou la menace) réussira à faire tenir les gosses tranquilles –, elle pourra.

« Mais pas un mot de la loterie, dit-elle.

— T'es folle ? répond Jasmine. Je suis née la nuit mais pas la nuit dernière. »

Elles pouffent de rire à cette bonne vieille blague.

« Alors ?

— Eddie et Rose Ellen devront manquer l'école…

— Le drame ! dit Brenda. Alors, ma belle, qu'est-ce que t'en *penses* ? »

Après une longue pause à l'autre bout du fil, Jasmine s'écrie :

« On s'tire !

— On s'tire ! » gueule Brenda en retour.

Puis elles le scandent à tue-tête pendant que les trois enfants braillent dans l'appartement de Brenda Sanford et qu'au moins un (peut-être deux) braille dans l'appartement de Jasmine Berwick. Voilà les grosses que personne ne veut voir dans la rue, celles qu'aucun gars ne choisit dans les bars, sauf s'il se fait tard, que l'ambiance est alcoolisée et qu'il n'y a rien de mieux en vue. Ce que les hommes pensent quand ils sont bourrés – Brenda et Jasmine le savent toutes les deux –, c'est que des jambons à la place des cuisses valent mieux que pas de cuisses du tout. Surtout à l'heure de la fermeture. Elles sont allées au lycée de Mars Hill ensemble, maintenant elles vivent au sud de l'État et elles s'entraident quand elles peuvent. C'est les grosses que personne ne veut voir, elles ont une tripotée de gamins à elles deux, et elles scandent *on s'tire, on s'tire, on s'tire* comme deux idiotes de pom-pom girls.

Par un matin de septembre, déjà chaud à huit heures et demie, c'est comme ça que les choses arrivent. Il n'en a jamais été autrement.

II. ET VOILÀ QUE CES DEUX VIEUX POÈTES, NAGUÈRE AMANTS À PARIS, PIQUE-NIQUENT PRÈS DES SANITAIRES

Phil Henreid a aujourd'hui soixante-dix-huit ans et Pauline Enslin soixante-quinze. Tous deux sont maigrelets. Tous deux portent des lunettes. Leurs cheveux, blancs et fins, flottent dans la brise. Ils se sont arrêtés sur une aire de repos de l'I-95 près de Fairfield, à une trentaine de kilomètres d'Augusta. Le bâtiment de l'aire de repos est en bois et les sanitaires adjacents sont en brique. Ce sont de belles toilettes. Des toilettes *dernier cri*, comme qui dirait. Il n'y a pas de mauvaises odeurs. Phil, qui vit dans le Maine et connaît bien cette aire de repos, n'aurait jamais proposé de s'arrêter pique-niquer ici deux mois plus tôt. L'été, avec les vacanciers, le trafic inter-États s'engorge et l'agence de gestion des autoroutes installe une rangée de W-C chimiques sur la pelouse, faisant empester cet agréable coin de verdure comme l'enfer un soir de réveillon. Mais maintenant les W-C chimiques sont remisés quelque part et l'aire de repos est belle.

Pauline déploie une nappe à carreaux sur la table de pique-nique toute balafrée d'initiales installée à l'ombre d'un vieux chêne. Elle la maintient à l'aide d'un panier en osier pour ne pas qu'elle s'envole dans la brise douce et légère. Du panier, elle sort des sandwichs, de la salade de pommes de terre, des tranches de melon et deux parts de tarte à la crème de noix de coco. Elle a aussi une grande bouteille en verre de thé rouge. Des glaçons tintent gaiement à l'intérieur.

« Si nous étions à Paris, nous boirions du vin, dit Phil.

— À Paris, on n'avait pas à conduire sur encore cent trente kilomètres d'autoroute, répond-elle. Ce thé est froid et frais de ce matin. Il va falloir t'en contenter.

— Je ne me plaignais pas, dit-il, et il pose une main déformée par l'arthrite sur la sienne (déformée aussi, quoique légèrement moins). C'est un véritable festin, ma chère. »

Chacun sourit au visage usé de l'autre. Bien que Phil ait été marié trois fois (et qu'il ait épar-

pillé cinq enfants derrière lui), et Pauline deux fois
(pas d'enfants mais des amants des deux sexes à la
pelle), il y a toujours quelque chose de fort entre
eux. Beaucoup plus qu'une étincelle. Phil en est à
la fois étonné et pas. À son âge – avancé mais pas
encore final –, on prend ce qu'on peut et on en
est heureux. Ils sont en route pour un festival de
poésie à l'université du Maine à Orono et, bien que
leur défraiement pour leur apparition commune ne
soit pas mirobolant, il est somme toute convenable.
Puisqu'il a droit à une note de frais, Phil a flambé
et loué une Cadillac chez Hertz à l'aéroport de Portland, où il a retrouvé Pauline. Elle l'avait raillé à la
vue de la voiture, disant qu'elle avait toujours su
qu'il était un hippie de pacotille, mais elle l'avait
fait avec tant de gentillesse. Phil n'est pas un hippie
mais c'est un authentique anticonformiste, unique
en son genre, et elle le sait. Tout comme il sait que
les os atteints d'ostéoporose de Pauline apprécient
le voyage en Cadillac.

Maintenant, pique-nique. Ce soir, ils auront droit
à un repas servi dans un des réfectoires de l'université, mais la nourriture sera un mystérieux magma
tiède englouti sous une sauce blanche. Peut-être du
poulet, peut-être du poisson, c'est toujours difficile
à dire. De la nourriture beige, comme l'appelle Pauline. La nourriture des poètes invités est toujours
beige et, dans tous les cas, le repas ne sera pas servi
avant vingt heures. Avec un vin blanc jaunâtre bon
marché, conçu de toute évidence pour cisailler les
boyaux des bons buveurs semi-retraités comme eux.
Ce repas est meilleur, et le thé glacé est bon. Phil se

laisse même aller à la rêverie, s'imaginant la prendre par la main et l'emmener dans les hautes herbes derrière les sanitaires une fois qu'ils auront fini de manger, comme dans la vieille chanson de Van Morrison, et...

Ah, mais non. Les poètes d'un certain âge dont l'appétit sexuel est dorénavant coincé en permanence en première ne devraient pas se hasarder à ce genre de batifolages potentiellement grotesques. En particulier les poètes ayant derrière eux une longue expérience, riche et variée, et qui savent que chaque fois est susceptible d'être éminemment décevante, et que chaque fois peut aussi bien être la dernière. *Et puis*, se dit Phil, *j'ai déjà fait deux crises cardiaques. Qui sait ce qui pourrait lui arriver, à elle ?*

Pauline pense : *Pas après des sandwichs et de la salade de pommes de terre, sans parler de la tarte à la crème. Mais peut-être ce soir. Ce n'est pas exclu.* Elle lui sourit et sort le dernier objet du panier. C'est le *New York Times*, acheté au même magasin de proximité d'Augusta où elle s'est procuré le reste du pique-nique, nappe à carreaux et thé glacé inclus. Comme au bon vieux temps, ils tirent à pile ou face les pages Arts et Loisirs. À l'époque, Phil – qui a remporté le National Book Award en 1970 pour *Burning Elephants* – choisissait toujours pile et gagnait bien plus souvent que ne le voulaient les probabilités. Aujourd'hui, il choisit face... et gagne à nouveau.

« Oh, crotte ! » s'exclame-t-elle, et elle lui tend le journal.

Ils mangent. Ils lisent leur moitié de journal. À un moment, elle le regarde par-dessus une pleine four-chetée de salade de pommes de terre et dit :

« Je t'aime toujours, vieille fripouille. »

Phil sourit. Le vent souffle dans ses cheveux en pelotes de pissenlit monté en graine. Son cuir chevelu diaphane luit au travers. Il n'est plus le jeune homme roulant des mécaniques sorti de Brooklyn, aussi large d'épaules qu'un docker (et tout aussi grossier), mais Pauline perçoit encore l'ombre de cet homme si empli de colère, de désespoir et d'hilarité.

« Eh bien, je t'aime aussi, Paulie, dit-il.

— On fait un couple de vieux croûtons... », dit-elle, et elle éclate de rire. Une fois, sur un balcon, elle avait couché plus ou moins en même temps avec un roi et une star de cinéma pendant que « Maggie May » passait sur l'électrophone, Rob Stewart chantant en français. Aujourd'hui, la femme que le *New York Times* a un jour qualifiée de plus grande poétesse vivante habite un immeuble sans ascenseur dans le Queens. « ... À lire de la poésie dans des villes paumées pour des honoraires indignes et à pique-niquer sur des aires de repos.

— Nous ne sommes pas vieux, dit-il. Nous sommes jeunes, *bébé**.

— Mais qu'est-ce que tu racontes ?

— Regarde ça », dit-il en lui tendant la première page de la section Arts.

Elle la prend et voit une photo. Celle d'un homme au visage parcheminé, arborant un chapeau de paille et un sourire.

Wouk, nonagénaire, publie un nouveau livre
par Motoko Rich

Lorsqu'ils atteignent les quatre-vingt-quinze ans
– s'ils les atteignent –, la plupart des écrivains
sont déjà retraités depuis longtemps. Ce n'est
pas le cas d'Herman Wouk, auteur de romans
aussi célèbres que *Ouragan sur le Caine* (1951)
et *Marjorie Morningstar* (1955). Parmi ceux qui
se souviennent des mini-séries adaptées de ses
romans circonstanciés sur la Seconde Guerre
mondiale, *Le Souffle de la guerre* (1971) et *Les
Orages de la guerre* (1978), nombreux sont ceux
qui touchent eux-mêmes l'assurance vieillesse.
Allocation à laquelle Wouk est éligible depuis
1980. Mais le nonagénaire n'a pas démissionné
pour autant. Un an avant ses quatre-vingt-dix
ans, il a publié un roman-surprise très bien
accueilli par la critique, *A Hole in Texas*[1], et
espère publier un essai intitulé *The Language
God Talks*[2] dans le courant de l'année. Cela
sera-t-il son dernier mot ?
« C'est un sujet sur lequel je ne suis pas encore
disposé à me prononcer, répond Wouk avec un
sourire. Ce n'est pas parce que l'on vieillit que
les idées s'arrêtent. Le corps faiblit, mais les
mots jamais. » Questionné sur son

Suite en page 19

---

1. Littéralement *Un trou au Texas* (titre non traduit en français).

2. Littéralement *La langue que parle Dieu* (titre non traduit en français).

Alors qu'elle regarde ce vieux visage ridé sous le chapeau de paille hardiment incliné, Pauline ressent la soudaine piqûre des larmes.

« Le corps faiblit, mais les mots jamais, dit-elle. C'est beau.

— Tu l'as déjà lu ? demande Phil.

— J'ai lu *Marjorie Morningstar* quand j'étais jeune. C'est un hymne à la virginité exaspérant mais j'ai été transportée malgré moi. Et toi ?

— J'ai essayé de lire *Youngblood Hawke* mais je n'ai pas pu le terminer. Quand même… il est toujours là, fidèle au poste. Et puis, si incroyable que ça puisse paraître, il est assez âgé pour être notre père. »

Phil replie le journal et le pose dans le panier à pique-nique. En contrebas, un léger trafic autoroutier circule sous un beau ciel de septembre traversé de hauts nuages.

« Tu veux qu'on s'échange nos poèmes avant de reprendre la route ? Comme au bon vieux temps ? »

Elle y réfléchit, puis acquiesce. Cela fait bien des années qu'elle n'a pas écouté quelqu'un lire un de ses poèmes, et c'est un exercice toujours un peu déconcertant – comme vivre une expérience de sortie du corps –, mais pourquoi pas ? Ils ont l'aire de repos pour eux tous seuls.

« En l'honneur d'Herman Wouk, dit-elle, qui est toujours là, fidèle au poste. La chemise est dans la poche avant de ma sacoche.

— Tu me laisses fouiller dans tes affaires ? »

Elle lui dédie son bon vieux sourire en coin et s'étire au soleil en fermant les yeux. Jouissant de la chaleur. Le temps va bientôt se rafraîchir mais, pour l'instant, il fait chaud.

« Tu peux fouiller dans mes affaires tant que tu veux, Philip. » Elle entrouvre un œil : un clin d'œil inversé drôlement séduisant. « Explore-moi autant qu'il te plaira.

— Je note », dit-il, et il retourne à la Cadillac qu'il a louée pour l'occasion.

Des poètes en Cadillac, pense-t-elle. *L'exacte définition de l'absurdité*. Un instant, elle regarde les voitures défiler à toute vitesse. Puis elle récupère le journal et observe à nouveau le visage étroit et souriant du vieux griffonneur. Toujours en vie. Peut-être en train de contempler à l'instant même le grand ciel bleu de septembre, assis à une table de jardin avec son carnet ouvert devant lui et un verre de Perrier (ou de vin, si son estomac le supporte encore) à portée de main.

Si Dieu existe, se dit Pauline Enslin, *Elle peut parfois se montrer très généreuse*.

Elle attend que Phil revienne avec sa chemise et un de ces bloc-notes sténo qu'il utilise pour composer. Ils vont s'échanger leurs poèmes. Ce soir, ils échangeront peut-être autre chose. Une fois de plus, elle se dit que ce n'est pas exclu.

III. ASSISE AU VOLANT DU CHEVROLET EXPRESS, BRENDA A L'IMPRESSION D'ÊTRE AUX COMMANDES D'UN AVION DE CHASSE

Tout est numérique. Il y a une radio satellite et un écran GPS. Quand elle recule, le GPS se change en écran de contrôle pour que tu puisses voir ce qu'y a derrière. Tout brille sur le tableau de bord, il y a ce parfum de voiture neuve dans l'air et, c'est normal, non ? avec seulement mille deux cents kilomètres au compteur. Jamais de sa vie elle n'a été au volant d'un véhicule avec un kilométrage aussi bas. Il y a une manette de commande avec des boutons qui t'indiquent ta vitesse moyenne, ta consommation d'essence et combien il t'en reste. Le moteur ne fait pratiquement pas de bruit. Les sièges avant sont des sièges baquets recouverts d'une matière blanc ivoire qui ressemble à du cuir. Ils amortissent les chocs comme du beurre.

À l'arrière, il y a un écran de télé rabattable avec un lecteur DVD. *La Petite Sirène* ne veut pas marcher parce que Truth, le fils de trois ans de Jasmine, l'a tartiné de beurre de cacahuètes, mais ils sont contents avec *Shrek* même s'ils l'ont tous déjà vu au moins un milliard de fois. C'est de le regarder *en voiture ! en roulant !* qui est excitant. Freedom dort dans son siège-auto entre Freddy et Glory ; Delight, la petite dernière de six mois de Jasmine, est endormie sur les genoux de sa mère mais les cinq autres sont serrés sur les deux banquettes arrière, absorbés par l'écran, fascinés. Ils ont la bouche ouverte. Eddie, le fils de Jaz, se cure le nez et Rose Ellen, la grande sœur d'Eddie, a de la bave sur son petit menton pointu, mais au moins ils sont calmes et, pour une fois, pas en train de se crêper le chignon. Ils sont hypnotisés.

Brenda devrait être heureuse. Les enfants sont tranquilles, la route s'étend devant elle comme une piste de décollage, elle est au volant d'un monospace flambant neuf et la circulation est fluide une fois sortis de Portland. Le compteur numérique indique 110 et ce petit bijou ne force même pas. Malgré tout, la grisaille recommence à s'insinuer en elle.

Après tout, le van ne lui appartient pas. Il va bien falloir qu'elle le rende. De l'argent dépensé bêtement, vraiment, car qu'y a-t-il au bout du voyage ? Mars Hill. Mars... Hill, putain. De la bouffe ramenée du même Round-Up où elle a travaillé comme serveuse quand elle était au lycée et qu'elle avait encore la ligne. Des burgers et des frites emballés dans du film plastique. Les enfants barbotant dans la piscine avant de manger, et peut-être aussi après. Il y en a au moins un qui se fera mal et qui se mettra à brailler. Et peut-être pas qu'un. Glory se plaindra que l'eau est trop froide même si elle l'est pas. Glory se plaint tout le temps. Elle se plaindra toute sa vie. Brenda déteste ces jérémiades et elle aime dire à Glory que c'est son père tout craché... mais la vérité c'est qu'elle tient ça des deux. Pauvre gosse. Tous autant qu'ils sont. Et toutes ces années qui les attendent, une marche sous un soleil qui ne se couche jamais.

Elle tourne la tête côté passager, espérant que Jasmine dira quelque chose de drôle qui lui remontera le moral, mais elle est consternée de voir que Jaz pleure. Des larmes silencieuses inondent ses yeux et brillent sur ses joues. Sur ses genoux, bébé Delight dort toujours, un doigt dans la bouche. C'est le doigt qu'elle suce pour se réconforter et il est tout cloqué à l'intérieur. Une fois, en voyant Dee se le fourrer à la bouche, Jaz l'avait giflée bien fort, mais quel intérêt de gifler un bébé de six mois ? Autant gifler une porte. Mais des fois, on le fait quand même. Des fois, on ne peut pas s'en empêcher. Des fois, on ne *veut* pas s'en empêcher. Brenda aussi l'a fait.

« Qu'est-ce qu'y a, ma belle ? demande Brenda.

— Rien. Fais pas attention à moi, regarde la route. »

Derrière, l'Âne dit quelque chose de drôle à Shrek et certains enfants rigolent. Pas Glory ; elle est en train de piquer du nez.

« Allez, Jaz. Dis-moi. On est amies.

— *Rien*, j'ai dit. »

Jasmine se penche par-dessus le bébé endormi. Le transat de Delight est posé par terre. Dessus, au sommet d'une pile de couches, trône la bouteille d'Allen's qu'elles ont achetée à South Portland avant de prendre l'autoroute. Jaz n'en a bu que quelques petites gorgées, mais là, elle en prend deux bonnes goulées avant de revisser le bouchon. Les larmes lui coulent toujours le long des joues.

« Rien. Tout. Ça revient au même, toute façon, voilà ce que je crois.

— C'est à cause de Tommy ? C'est ton frangin ? »

Jaz rit avec colère.

« Y me lâcheront jamais un centime ! Qu'est-ce que je crois ? M'man rejettera la faute sur papa parce que c'est plus facile, mais elle pense comme lui. De toute façon, y en aura sûrement plus. Et toi ? Tes vieux te fileront vraiment quelque chose ?

— Oui, je crois. »

Enfin. Ouais. Probablement. Genre quarante dollars. Un sac de courses et demi. Deux sacs, si elle utilise les bons de réduction de l'*Uncle Henry's Swap Guide*. Rien qu'à l'idée de feuilleter ce petit magazine gratos pourri – la Bible des pauvres – et d'avoir l'encre qui lui déteint sur les doigts, la grisaille s'épaissit autour d'elle. L'après-midi est magnifique, on se croirait en été plus qu'en septembre, mais un monde où l'on dépend de l'*Uncle Henry's* est un monde de grisaille. Brenda pense : *Comment on a fait pour se retrouver avec tous ces gosses ? Est-ce qu'hier à peine j'étais pas en train de laisser Mike Higgins me tripoter derrière l'atelier métal du lycée ?*

« T'as du bol, dit Jasmine, et elle ravale ses larmes en reniflant. Mes vieux, eux, ils auront trois nouveaux joujoux à essence devant la maison et ils se feront passer pour des pauvres. Et tu sais ce que dira mon père à propos des enfants ? *Qu'ils touchent à rien*, voilà ce qu'il dira.

— Peut-être qu'il aura changé, dit Brenda. En mieux.

— Il change jamais et surtout pas en mieux », répond Jasmine.

Rose Ellen est en train de s'assoupir. Elle essaie de poser sa tête sur l'épaule de son frère mais Eddie lui balance un coup de poing dans le bras. Elle se frotte où le coup a porté et commence à pleurnicher, mais très vite, elle se remet à *Shrek*. Elle a toujours de la bave sur le menton. Brenda trouve que ça lui donne un air bête, ce qu'elle est un peu.

« Je sais pas quoi te dire, dit Brenda. Ça va quand même être chouette. Red Roof, ma belle ! Piscine !

— Ouais, et un type qui cogne contre le mur à une heure du mat' en me gueulant de faire taire ma gosse. Comme si j'avais *envie* que Dee se réveille en plein milieu de la nuit à cause de ces saletés de dents qui sortent toutes en même temps. »

Elle prend une autre lampée de brandy au café et tend la bouteille. Brenda sait très bien que si elle accepte, elle risque de se faire sucrer son permis, mais aucun flic en vue et, si elle perdait vraiment son permis, qu'est-ce que ça changerait au final ? La voiture appartenait à Tim, et il l'a embarquée quand il est parti, elle était à moitié morte de toute façon, un tas de ferraille de collection rafistolé au grillage et au Bondo. Pas une grande perte. Et puis, il y a cette grisaille. Elle prend la bouteille et enquille. Rien qu'une petite gorgée mais le brandy est bon et il réchauffe, un rayon de soleil sombre. Alors elle en prend une autre.

« Ils ferment le Roll Around à la fin du mois, dit Jasmine en reprenant la bouteille.

— Jazzy, *non* !

— Jazzy, si. » Elle a le regard fixé droit devant, sur la route qui se déroule. « Jack a fini par faire faillite. Ça lui pendait au nez depuis un an. Quatre-vingt-dix dollars par semaine qui foutent le camp. »

Elle boit. Sur ses genoux, Delight remue puis se rendort, son doigt fourré dans son gosier. Son gosier où, se dit Brenda, un type comme Mike Higgins voudra mettre sa queue dans pas tant d'années que ça. *Et elle le laissera sûrement faire. Comme moi j'ai fait. Comme Jaz a fait. Car c'est comme ça que ça se passe.*

Derrière elles, c'est au tour de Princesse Fiona de dire quelque chose de drôle, mais aucun des enfants ne rit. Ils ont le regard vitreux, même Eddie et Freddy, des prénoms qui ont l'air d'une blague de sitcom télé.

« Le monde est gris », déclare Brenda.

Elle ne savait pas qu'elle allait prononcer ces mots avant de les entendre sortir de sa bouche.

Jasmine la regarde, surprise.

« C'est clair, répond-elle. Maintenant, tu me suis. » Brenda dit :

« Passe-moi cette bouteille. »

Jasmine obéit. Brenda boit un peu plus puis lui rend la bouteille.

« OK, ça suffit maintenant. »

Elle a droit au bon vieux sourire en coin de Jaz, celui qui rappelle à Brenda les vendredis après-midi en salle d'étude. Il paraît étrange sous ses joues humides et ses yeux injectés de sang.

« T'es sûre ? »

Brenda ne répond pas mais elle enfonce un peu plus son pied sur l'accélérateur. Maintenant, le compteur numérique affiche 130.

IV. « TOI D'ABORD », DIT PAULINE

Tout d'un coup, elle se sent gênée, inquiète à l'idée d'entendre ses propres mots sortir de la bouche de Phil ; il saura certainement les faire retentir, et pourtant ils sonneront faux, comme un orage sans pluie. Mais elle a oublié à quel point la voix qu'il prend en public – emphatique et un peu ringarde, comme la voix d'un avocat de cinéma qui s'adresse au jury dans la scène finale – est différente de celle qu'il prend quand il est avec un ami ou deux (et qu'il n'a pas bu). Cette voix-là est plus douce, plus aimable, et Pauline

est ravie de l'entendre dire son poème. Non, plus que
ravie. Reconnaissante. Car Phil rend son poème bien
meilleur qu'il n'est.

> *impriment la route en ombres chinoises*
> *de baisers au rouge à lèvres noir.*
> *Champs de neige jaunie des fermes*
> *telles des robes de mariée qu'on a laissées choir.*
> *La brume montante se transmue en poussière d'or.*
> *Le bouillon de nuages se déchire en tresses de moire.*
> *Il perce !*
> *L'espace de cinq secondes, c'est l'été*
> *j'ai dix-sept ans, des fleurs troussées*
> *dans ma robe en tablier.*

Il pose le feuillet. Elle le regarde, souriant un peu
mais anxieuse. Il hoche la tête :

« C'est bien, ma chère, dit-il. Tout à fait bien. À
toi, maintenant. »

Elle ouvre le bloc-notes sténo, trouve ce qui semble
être le dernier poème et parcourt quatre ou cinq jets
de brouillons. Elle sait comment il travaille et feuillette jusqu'à trouver une version écrite non pas en
cursive quasi illisible mais en petits caractères d'im-
primerie soignés. Elle la lui montre. Phil hoche la
tête puis se tourne vers l'autoroute. Tout ça est très
agréable mais ils vont bientôt devoir reprendre la
route. Il ne faudrait pas qu'ils soient en retard.

Il voit un fourgon rouge vif arriver. Il va vite.

Pauline commence à lire.

V. BRENDA VOIT UNE CORNE D'ABONDANCE
DÉVERSER DES FRUITS POURRIS

Oui, pense-t-elle, *c'est exactement ça. Le Thanks-giving des imbéciles.*

Freddy s'engagera dans l'armée et ira combattre en terres étrangères, comme l'a fait Tommy, le frère de Jasmine. Les garçons de Jazzy, Eddie et Truth, feront pareil. Ils deviendront propriétaires de grosses cylindrées quand ils rentreront au pays – *s'ils* rentrent –, à supposer qu'il y ait toujours du pétrole dans vingt ans. Et les filles ? Elles sortiront avec des garçons. Elles perdront leur virginité devant des jeux télévisés. Elles croiront les garçons qui disent qu'ils vont se retirer à temps. Elles pondront des gosses, elles feront frire de la viande à la poêle et elles prendront du poids, comme Jaz et elle l'ont fait. Elles fumeront un peu d'herbe et mangeront beaucoup de crème glacée – la pas chère de Walmart. Peut-être pas Rose Ellen, cependant. Il y a quelque chose qui cloche chez Rose. Elle sera au collège qu'elle aura encore de la bave sur son petit menton pointu, exactement comme aujourd'hui. Les sept enfants en engendreront dix-sept, et les dix-sept en engendreront soixante-dix, et les soixante-dix en engendreront deux cents. Elle voit un défilé de laissés-pour-compte dépenaillés marcher vers l'avenir, certains en jeans portés si bas qu'on voit tout leur caleçon, d'autres en T-shirts de heavy metal, d'autres en tenues de serveuse tachées de sauce, d'autres encore en pantalon stretch de Kmart avec une petite étiquette MADE IN PARAGUAY cousue dans la couture juste au-dessus de l'énorme fessier.

Elle voit la montagne de jouets Fisher-Price qu'ils posséderont et revendront plus tard dans des vide-greniers (où ils auront été achetés pour commencer). Ils achèteront les produits vus à la télé et s'endetteront auprès des entreprises émettrices de cartes de crédit, comme elle-même l'a fait… et le refera, car le Pick 3 était un coup de chance et elle le sait. Pire qu'un coup de chance, en réalité : une provocation. La vie est un enjoliveur rouillé au fond d'un fossé au bord de la route, et la vie continue. Plus jamais elle aura l'impression d'être aux commandes d'un avion de chasse. C'est tout ce qu'elle aura. Y a pas des yachts pour tout le monde et aucune caméra est en train de filmer sa vie. C'est la réalité, pas de la télé-réalité.

Shrek est terminé et tous les gamins sont endormis, même Eddie. Rose Ellen a de nouveau posé sa tête sur l'épaule de son frère. Elle ronfle comme une vieille. Elle a des marques rouges sur les bras parce que des fois, elle peut pas s'empêcher de se gratter.

Jasmine revisse le bouchon de la bouteille d'Allen's et la laisse tomber dans le transat à ses pieds. À voix basse, elle dit :

« Quand j'avais cinq ans, je croyais aux licornes.

— Moi aussi, répond Brenda. Je me demande jusqu'à combien peut monter cette enfoirée de bagnole. »

Jasmine regarde la route devant elle. Elles dépassent un panneau bleu AIRE DE REPOS 1,5 à toute vitesse. Il n'y a aucune autre voiture roulant vers le nord : elles ont les deux voies pour elles toutes seules.

« Y a qu'à essayer pour voir », dit Jaz.

Les chiffres sur le cadran numérique passent de 130 à 135. Puis à 140. Il reste encore de la place entre la pédale d'accélérateur et le plancher. Tous les enfants sont endormis.

Voilà l'aire de repos, se rapprochant à toute allure. Brenda n'aperçoit qu'une seule voiture sur le parking. On dirait une voiture de luxe, genre Lincoln ou Cadillac. *J'aurais pu en louer une comme ça*, se dit-elle. *J'avais suffisamment de fric mais trop d'enfants. On aurait pas pu les caser tous.* L'histoire de sa vie, quoi.

Elle quitte la route des yeux. Elle regarde sa vieille amie de lycée, qui habite la ville juste à côté. Jaz la regarde aussi. Le monospace, qui fait maintenant du 160 kilomètres-heure, commence à se déporter.

Jasmine hoche légèrement la tête et prend Dee dans ses bras, nichant le bébé contre sa grosse poitrine. Dee a toujours son doigt dans la bouche.

Brenda hoche la tête en retour. Puis elle appuie plus fort avec son pied, essayant d'atteindre le plancher sous le tapis de sol. Ça y est, il est là, et elle pose doucement la pédale d'accélérateur dessus.

VI. « ARRÊTE, PAULIE, ARRÊTE ! »

Il la fait sursauter en lui agrippant l'épaule de sa main osseuse. Elle lève les yeux de son poème (il est nettement plus long que le sien mais elle n'en a lu que les dix premières lignes environ) et voit qu'il fixe l'autoroute. Il a la bouche ouverte et, derrière ses lunettes, ses yeux paraissent exorbités au point de toucher les verres. Elle suit son regard, à temps pour voir un fourgon rouge glisser en douceur de la voie de circulation à la bande d'arrêt d'urgence et de la bande d'arrêt d'urgence à la rampe d'accès menant à l'aire de repos. Mais pas pour s'y insérer. Il va trop vite pour ça. Il franchit la rampe d'accès à au moins cent cinquante kilomètres-heure et atterrit dans la pente, juste en dessous d'eux, où il percute un arbre. Phil entend une explosion, puissante et sourde, et un fracas de verre brisé. Le pare-brise se désintègre ; des fragments de verre scintillent un instant au soleil et Pauline pense – comme un blasphème : *superbe !*

L'arbre cisaille le fourgon en deux moitiés déchiquetées. Quelque chose – Phil Henreid ne veut pas croire que c'est un enfant – est projeté haut dans les airs avant de retomber dans l'herbe. Puis le réservoir du véhicule prend feu et Pauline hurle.

Phil se lève et dévale la pente en courant, sautant par-dessus la barrière en bois comme le jeune homme qu'il était autrefois. Ces temps-ci, son cœur défaillant ne quitte jamais vraiment son esprit, mais, alors qu'il court vers les morceaux en flammes du fourgon accidenté, il n'y pense pas une seule seconde.

L'ombre des nuages déferle sur les champs, imprimant ses baisers fantômes sur le foin et les fléoles des prés. Les fleurs sauvages inclinent la tête.

Phil s'arrête à vingt mètres des débris en feu, le visage cuit par la chaleur. Il voit ce qu'il s'attendait à voir – aucun survivant –, mais il n'aurait jamais imaginé autant de *non*-survivants. Il voit du sang sur les fléoles et le trèfle. Il voit des débris de phares arrière rouges comme un parterre de fraises. Il voit un bras sectionné pris dans un buisson. Dans les flammes, il voit un transat en train de fondre. Il voit des chaussures.

Pauline arrive derrière lui. Elle est à bout de souffle. Seuls ses cheveux sont plus fous que son regard.

« Ne regarde pas, dit-il.

— C'est quoi cette odeur ? Phil, c'est quoi cette *odeur* ?

— Caoutchouc et essence brûlés, dit-il bien que ce ne soit probablement pas l'odeur dont elle parle. Ne regarde pas. Retourne à la voiture et... tu as un portable ?

— Oui, bien sûr que j'ai...

— Appelle le 911. Ne regarde pas, Paulie. T'as pas envie de voir ça. »

Lui non plus n'a pas envie, mais il n'arrive pas à détourner les yeux. Combien sont-ils ? Il voit les corps d'au moins trois enfants et un adulte – probablement une femme, mais il n'en est pas sûr. Pourtant, il y a tant de chaussures... et il aperçoit une jaquette de DVD avec des personnages de dessins animés...

« Et si j'arrive pas à les joindre ? » demande-t-elle.

Il pointe la fumée du doigt. Puis les trois ou quatre voitures qui sont déjà en train de se ranger sur le bas-côté.

« C'est sûrement déjà trop tard, dit-il. Mais essaie quand même. »

Elle commence à partir puis se retourne. Elle pleure.

« Phil... combien sont-ils ?

— Je sais pas. Beaucoup. Peut-être une dizaine. Vas-y, Paulie. Certains sont peut-être encore en vie.

« — Tu sais bien que non, dit-elle à travers ses sanglots. Le maudit engin allait à toute berzingue. »

Elle entame péniblement la remontée de la colline. À mi-chemin entre l'accident et le parking (d'autres voitures continuent à s'arrêter), une pensée terrible lui traverse l'esprit et elle se retourne, persuadée qu'elle va voir son vieil ami et amant couché dans l'herbe lui aussi. Peut-être inconscient, peut-être mort d'une ultime crise cardiaque foudroyante. Mais il est sur ses pieds, contournant prudemment la moitié gauche embrasée du fourgon. Alors qu'elle le regarde, il enlève sa veste chic, celle avec les renforts aux coudes. Il s'agenouille et en recouvre quelque chose. Soit un petit corps, soit une partie d'un grand corps. Puis il continue sa ronde.

En montant la colline, elle se dit que leur effort de toute une vie pour faire de la beauté avec des mots est une illusion. Soit ça, soit une plaisanterie faite à des enfants qui ont refusé égoïstement de grandir. Oui, probablement ça. *Des enfants stupides et égoïstes comme ça*, pense-t-elle, *méritent qu'on leur joue des tours*.

Alors qu'elle arrive au parking, hors d'haleine, elle voit la section Arts et Loisirs du *Times* rouler paresseusement dans l'herbe au gré d'une brise légère et pense : *Mais peu importe. Herman Wouk est toujours en vie et il écrit un livre sur la langue de Dieu. Herman Wouk croit que le corps faiblit, mais les mots jamais. Alors* tout *va bien, n'est-ce pas ?*

Un homme et une femme accourent. La femme tend son propre téléphone portable et prend une photo. Pauline Enslin observe ça sans trop de surprise. Elle imagine que la femme la montrera à des amis plus tard. Puis ils iront prendre un verre et dîner, et parler de la grâce de Dieu et du fait que rien ne survient par hasard. La grâce de Dieu est un concept plutôt cool. Il reste intact tant que ça n'arrive qu'aux autres.

« Qu'est-ce qui s'est passé ? lui crie l'homme au visage. Qu'est-ce qui s'est passé, bon Dieu ? »

En contrebas, un vieux poète maigrelet a enlevé sa chemise pour recouvrir un autre corps, voilà ce qui se passe. Ses flancs sont une superposition de côtes en relief sous de la peau blanche. Il s'agenouille et étend la chemise. Il lève les bras au ciel puis les rabaisse et s'en entoure la tête.

Pauline aussi est poète et, en tant que telle, elle se sent capable de répondre à l'homme dans la langue que parle Dieu.

« Ça se voit pas, putain ? » dit-elle.

Pour Owen King et Herman Wouk

Où trouvez-vous vos idées et *D'où vous est venue cette idée* sont deux questions différentes. Il est impossible de répondre à la première, alors j'ai pour habitude de plaisanter en disant que je les trouve dans une petite Boutique d'Idées d'Occasion à Utica. Il est *parfois* possible de répondre à la seconde, mais, dans un nombre surprenant de cas, on ne peut pas, parce que les histoires sont comme des rêves. Tout est délicieusement limpide pendant l'écriture, mais à l'arrivée, quand l'histoire est terminée, ne subsistent que quelques traces évanescentes. Il m'arrive de penser qu'en réalité, un recueil de nouvelles est une sorte de journal de bord des rêves, une façon de capturer des images du subconscient avant qu'elles ne s'évaporent. En voici un parfait exemple. Je ne me rappelle pas comment m'est venue l'idée de « À la dure », ni combien de temps il m'a fallu pour l'écrire, ni même où je l'ai écrite.

Mais ce dont je me souviens, c'est que c'est une de ces très rares histoires dont je voyais la fin clairement, ce qui signifiait que le récit devait être habilement construit pour y conduire. Je sais que certains écrivains préfèrent travailler avec la fin en vue (une fois, John Irving m'a dit qu'il commence toujours par écrire la dernière ligne d'un roman) mais ce n'est pas tellement mon truc. En règle générale, j'aime que la fin se présente d'elle-même ; j'ai le sentiment que si j'ignore comment vont se terminer les choses, le lecteur l'ignorera aussi. Heureusement pour moi, dans certains récits – dont celui qui va suivre –, ce n'est pas grave, et c'est même plutôt bien, si le lecteur a une longueur d'avance sur le narrateur.

À la dure

Ça fait une semaine que je fais le même rêve mais ce doit être un de ces rêves lucides car j'arrive toujours à me réveiller avant qu'il ne se transforme en cauchemar. Sauf que cette fois, on dirait qu'il m'a suivi au réveil car Ellen et moi ne sommes pas seuls dans la chambre. Il y a quelque chose sous le lit. Je l'entends mâcher.

Vous savez comment c'est quand on a vraiment peur ? Bien sûr que vous savez. Je veux dire, c'est assez universel. Le cœur cesse de battre, la bouche s'assèche, la peau devient froide et tout le corps se couvre de chair de poule. Au lieu de s'engrener, les rouages du cerveau tournent à vide et tout le moteur chauffe. Je me retiens à grand-peine de hurler. Je me dis, *C'est* la chose *que je ne veux pas regarder.* La chose *assise côté hublot.*

Puis je vois clairement le ventilateur au plafond, pales tournant au ralenti. Je vois le rai de lumière matinale dans la fente entre les rideaux tirés. Je vois la touffe de laiteron d'argent des cheveux d'Ellen de l'autre côté du lit. Je suis là, Upper East Side, cinquième étage, tout va bien. Ce n'était qu'un rêve. Quant à ce qu'il y a sous le lit…

Je repousse les couvertures et m'extrais à genoux, comme si j'avais l'intention de prier. Au lieu de quoi, je soulève le cache-sommier et glisse un œil sous le lit. D'abord, je ne vois qu'une silhouette sombre. Puis la tête de la silhouette se tourne vers moi et deux yeux brillants me regardent. C'est Lady. Elle n'est pas censée être là et je pense qu'elle le sait (difficile de dire ce qu'un chien sait et ne sait pas) mais j'ai dû laisser la porte ouverte quand je suis venu me coucher. Ou je l'ai mal fermée et Lady l'a poussée de la truffe. Elle a dû prendre au passage l'un de ses jouets dans le panier du couloir. Pas l'os bleu ni le rat rouge, heureusement. Ces deux-là ont une petite valve qui couine et ils auraient réveillé Ellen à coup sûr. Or Ellen a besoin de repos. Elle est mal foutue ces temps-ci.

« Lady, je chuchote. Lady, sors de là. »

Elle me regarde, et c'est tout. Elle commence à se faire vieille et n'est plus aussi solide sur ses pattes, mais elle n'est pas stupide. Elle s'est couchée du côté d'Ellen, là où je ne peux l'atteindre. Si j'élève la voix, il faudra bien qu'elle vienne, mais elle sait (je suis quasiment sûr qu'elle sait) que je ne le ferai pas, car, si j'élève la voix, Ellen se réveillera.

Comme pour me le prouver, Lady se détourne de moi et recommence à mâchouiller son jouet.

Bon, je vais pas me laisser impressionner. Ça fait treize ans, presque la moitié de ma vie de couple, que je vis avec Lady. Et il y a trois choses qui la font rappliquer. Le cliquetis de sa laisse accompagné d'un haut et fort *Ascenseur !* Le bruit de sa gamelle qu'on pose par terre. Et…

Je me redresse et longe le petit couloir jusqu'à la cuisine. Je sors le paquet de Snackin' Slices du placard en prenant bien soin de le secouer et, l'instant d'après, j'entends le bruit étouffé des griffes du cocker sur le parquet. Cinq secondes plus tard, la voilà. Elle ne s'est même pas fatiguée à rapporter son jouet.

Je lui montre un des biscuits en forme de carotte puis le jette dans le salon. Pas très gentil, peut-être, mais un peu d'exercice ne fera pas de mal à sa grosse carcasse. Elle court après sa friandise. Je prends le temps de démarrer la cafetière puis je retourne dans la chambre. Je fais attention à bien refermer la porte derrière moi.

Ellen est toujours endormie. L'avantage de me réveiller avant elle, c'est que je n'ai pas besoin du réveil : je l'éteins. Je vais la laisser dormir encore un peu. Infection des bronches. Elle m'a fait très peur au début, mais maintenant elle va mieux.

Je vais à la salle de bains et inaugure officiellement cette nouvelle journée par un brossage de dents (j'ai lu quelque part que le matin, la bouche est un cimetière de bactéries mais les vieilles habitudes qu'on nous inculque quand on est gosses sont difficiles à perdre). J'allume la douche, bien chaude et bien forte, et me plante dessous.

C'est là que je réfléchis le mieux et, ce matin, je réfléchis à mon rêve. Cinq nuits d'affilée (mais peu importe le nombre, hein ?) que je fais le même. Rien de véritablement horrible n'arrive, mais, en un sens,

c'est ça le pire. Parce que dans mon rêve, je sais
– je sais *pertinemment* – que quelque chose d'horrible *va* arriver. Si je le laisse arriver.

Je suis en avion, classe affaires. Assis côté couloir,
ce que je préfère, car si j'ai besoin d'aller aux toilettes, je n'ai pas à me coller contre les autres passagers pour m'extirper de mon siège. Ma tablette
est baissée. Posés dessus, il y a un petit sachet de
cacahuètes et une boisson à l'orange qui ressemble
à une vodka sunrise, un cocktail que je n'ai jamais
commandé dans la vraie vie. Le vol est calme. S'il y a
des nuages, on doit être au-dessus. La cabine de l'appareil est baignée de soleil. Quelqu'un est assis côté
hublot et je sais que si je regarde (l'homme, la femme
ou peut-être juste *ce* qui se trouve à côté de moi), je
verrai quelque chose qui changera mon mauvais rêve
en cauchemar. Si je regarde le visage de mon voisin,
je risque de perdre la raison. Elle pourrait se briser
comme un œuf et répandre une marée de noirceur
sanguinolente.

Je rince rapidement mes cheveux savonneux, sors
de la douche, me sèche. Mes habits sont pliés sur
une chaise dans la chambre. Je les emporte, ainsi que
mes chaussures, dans la cuisine qui s'est remplie de la
bonne odeur du café. Parfait. Couchée près de la cuisinière, Lady me couve d'un œil plein de reproche.

« Me regarde pas comme ça, je lui dis, puis je
désigne la chambre d'un mouvement de tête. Tu
connais les règles. »

Elle pose son museau entre ses pattes et fait semblant de dormir, mais je sais qu'elle me regarde
encore.

Je me sers un jus de canneberge en attendant le café. Il y a aussi du jus d'orange, ma boisson habituelle, mais ce matin je n'en veux pas. J'imagine que ça me rappelle trop mon rêve. Je vais prendre mon café au salon, devant CNN dont j'ai coupé le son. Je me contente des informations qui défilent au bas de l'écran : tout ce dont on a réellement besoin, selon moi. Puis j'éteins la télé et me sers un bol de All-Bran. Huit heures moins le quart. Je décide que s'il fait beau quand je sortirai promener Lady, je me passerai du taxi et j'irai au bureau à pied.

Il fait plutôt beau. Le printemps se rapproche doucement de l'été et tout resplendit. Carlo, le portier, est sous l'auvent. Il est au téléphone. « Ouais, dit-il. Ouais, j'ai enfin réussi à l'avoir. Elle est d'accord, pas de problème tant que je suis là. Elle fait confiance à personne d'autre et je me garderai bien de la juger. Elle a pas mal de belles choses là-haut. Vous venez à quelle heure ? Trois heures ? Vous pouvez pas plus tôt ? » Il me fait un signe de sa main gantée de blanc alors que j'emmène Lady faire sa balade au coin de la rue.

On est devenus des pros, Lady et moi. Elle fait sa commission à peu près tous les jours au même endroit et je manie le sac à crottes avec dextérité. Quand je reviens, Carlo se baisse pour la flatter. Elle remue la queue d'une façon tout à fait adorable, mais pas de friandise de la part de Carlo. Il sait qu'elle est au régime. *Censée* être au régime.

« J'ai enfin réussi à joindre Mrs Warshawski », me dit-il. Mrs Warshawski habite au 5-C, enfin, théoriquement du moins. Ça fait déjà quelques mois qu'elle s'est absentée. « Elle était à Vienna.

— Tiens donc, Vienna, je dis.

— Elle est d'accord pour que je fasse venir les dératiseurs. Elle était horrifiée quand je lui ai dit. Vous êtes le seul locataire des quatrième, cinquième et sixième à ne pas s'être encore plaint. Les autres... » Il secoue la main et lâche un *Pffiou*.

« J'ai grandi dans une ville industrielle du Connecticut, je lui dis. Ça m'a complètement bousillé les sinus : j'arrive à sentir l'odeur du café, et le parfum d'Ellen si elle en abuse, mais c'est à peu près tout.

— Dans le cas présent, c'est sûrement une chance. Comment va Mrs Franklin ? Toujours mal fichue ?

— Elle en a encore pour quelques jours avant de retourner travailler, mais elle va sacrément mieux. J'ai eu vraiment peur pendant un moment.

— Moi aussi. Je l'ai vue sortir l'autre jour – sous la pluie, bien entendu...

— Ellen tout craché, je renchéris. Rien ne l'arrête. Si elle doit aller quelque part, elle y va.

— ... et je me suis dit : "Ça, c'est une toux de tuberculeux." » Il se défend d'un geste de sa main gantée, paume en avant. « Non pas que je pensais vraiment...

— Y a pas de mal, je dis. On a frôlé l'hôpital, c'est vrai. Mais j'ai finalement réussi à la traîner chez le médecin et maintenant... tout va mieux.

— Bien, bien. » Puis, revenant à ce qui le préoccupe réellement : « Mrs Warshawski était plutôt choquée. Je lui ai dit qu'on trouverait sûrement de la nourriture avariée dans son frigo mais je sais que c'est pire que ça. Comme le savent tous ceux qui ont un odorat intact entre le quatrième et le sixième. » Il hoche la tête avec un petit air sinistre sur le visage. « Ils vont trouver un rat crevé là-haut, je vous le dis. La nourriture avariée pue, mais pas comme ça. Y a qu'une charogne qui peut empester comme ça. C'est un rat, c'est sûr, peut-être même plusieurs. Elle a dû mettre du poison et elle ne veut pas l'avouer. » Il se penche encore pour flatter Lady. « *Toi*, tu le sens, hein, la belle ? Un peu que tu le sens. »

Tout autour de la cafetière, la paillasse est jonchée de Post-it violets. J'apporte le bloc d'où ils proviennent sur la table de la cuisine et rédige un nouveau message :

Ellen, Lady a fait sa promenade. Le café est prêt. Si tu te sens assez en forme pour aller faire un tour au parc, vas-y ! Mais pas trop loin. Je ne veux pas que tu te surmènes maintenant que tu es sur la voie de la guérison. Carlo m'a encore dit que ça sent le rat crevé. Tous les voisins du 5-C doivent le sentir aussi. Heureusement que t'as le nez pris et que moi je suis « handicapé du pif ». Ha ha ! Si t'entends du bruit dans le couloir, ne t'inquiète pas, c'est les dératiseurs. Carlo sera avec eux. Je vais au boulot à pied. Besoin de réfléchir encore à leur dernière pilule miracle pour la virilité. J'aurais aimé qu'ils nous consultent avant de lui coller ce nom. Bon, surtout N'EN FAIS PAS TROP. Bisous bisous.

J'aligne tout plein de croix pour bien lui signifier mon amour et je signe d'un B dans un cœur. Puis

je rajoute le mot aux autres autour de la cafetière.
Je remplis la gamelle d'eau de Lady avant de partir.

Le bureau est à une vingtaine de pâtés de maisons
et je ne pense pas à la dernière pilule miracle en marchant. Je pense aux dératiseurs qui seront là à trois
heures. Plus tôt s'ils le peuvent.

Les mauvais rêves ont dû perturber mon cycle de
sommeil car ce matin, pendant la réunion en salle
de conférences, je pique presque du nez. Je me res-
saisis en vitesse quand Pete Wendell sort sa maquette
pour la nouvelle campagne de Petrov Excellent. Je
l'ai déjà aperçue la semaine dernière quand il batail-
lait dessus sur son ordinateur. Et en la revoyant, je
comprends d'où provient au moins un élément de
mon rêve.

« Vodka Petrov Excellent », annonce Aura McLean.
Sa magnifique poitrine se soulève et s'abaisse dans
un soupir théâtral. « Si ce nom se veut un exemple
du nouveau capitalisme russe, c'est mort d'avance. »
Les éclats de rire les plus chaleureux viennent des
types les plus jeunes qui aimeraient bien voir les
longs cheveux blonds d'Aura s'étaler sur l'oreiller à
côté d'eux. « Ne le prends pas mal, Pete, mis à part
Petrov Excellent, c'est une super accroche.

— Y a pas de mal, dit Pete avec un sourire gaillard. On fait ce qu'on peut. »

Sur l'affiche, on voit un couple trinquer sur un
balcon pendant que derrière eux, le soleil se couche
sur un port de plaisance empli de bateaux luxueux.
Au-dessous, la légende dit : LE COUCHER DU SOLEIL :
L'HEURE PARFAITE POUR UNE TEQUILA SUNRISE.

On discute un moment de la position de la bouteille de Petrov – droite ? gauche ? centre ? bas ? – puis Frank Bernstein fait remarquer que d'ajouter la recette du cocktail pourrait prolonger l'attention des consommateurs, surtout sur Internet et dans des magazines comme *Playboy* ou *Esquire*. Je déconnecte, mes pensées de retour à la boisson posée sur la tablette dans mon rêve de l'avion, jusqu'à ce que je réalise que George Slattery me parle. J'arrive à me repasser la question, c'est déjà ça. On demande pas à George de se répéter.

« À vrai dire, je suis dans la même galère que Pete, je dis. C'est le client qui a choisi le nom, je fais ce que je peux avec. »

De bons rires francs retentissent. On a déjà fait un paquet de blagues sur le nouveau produit des Laboratoires Vonnell.

« J'aurai peut-être quelque chose à vous montrer lundi », je leur dis. Je ne regarde pas George mais il sait où je veux en venir. « Milieu de semaine prochaine au plus tard. J'ai envie de donner sa chance à Billy, qu'il se teste. »

Billy Ederle est notre toute nouvelle recrue ; il fait sa période d'essai avec moi, en tant qu'assistant. Il n'est pas encore invité aux réunions du matin mais je l'aime bien. Tout le monde l'aime bien chez Andrews-Slattery. Il est intelligent, motivé, et je parie que dans un an ou deux, il commencera à se raser.

George examine la question.

« J'espérais vraiment voir quelque chose aujourd'hui. Ne serait-ce qu'une ébauche. »

Silence. Tout le monde se regarde les ongles. On est pas loin de la remontrance publique et peut-être que je le mérite. Ça n'a pas été ma meilleure semaine et me décharger sur le gamin ne fait pas très bonne impression. Ça ne me cause pas non plus une sensation très agréable.

« OK », finit par lâcher George.

Et le soulagement dans la pièce est palpable. C'est comme un léger souffle d'air frais qui passe et disparaît. Personne n'a envie d'assister à une correction en pleine salle de conférences par un vendredi matin ensoleillé, et je n'ai aucune envie d'en recevoir une. J'ai trop de trucs dans la tête en ce moment.

Je me dis : George flaire quelque chose.

« Comment va Ellen ? me demande-t-il.

— Mieux, je lui dis, merci. »

Quelques autres présentations se succèdent. Puis c'est terminé. Dieu soit loué.

Je somnole presque lorsque Billy Ederle entre dans mon bureau vingt minutes plus tard. Tu parles : je somnole carrément. Je me redresse bien vite, espérant que le gamin pensera juste m'avoir surpris en pleine réflexion. De toute manière, il est probablement trop excité pour avoir remarqué quoi que ce soit. Il tient une affiche cartonnée à la main. Je vois tout à fait Billy, au lycée de Pouzzoule, apposant la grande affiche pour la soirée dansante du vendredi.

« La réunion s'est bien passée ? me demande-t-il.

— Ça a été.

— Ils ont parlé de nous ?

— Tu penses bien que oui. T'as quelque chose pour moi, Billy ? »

Il prend une forte inspiration, puis tourne son carton pour que je le voie. Sur le côté gauche, un flacon de Viagra grandeur nature ou assez proche pour que ça ne tire pas à conséquence. Sur le côté droit – le côté fort d'une pub, comme tout le monde dans ce milieu vous le dira – un flacon de notre truc à nous, mais bien plus gros. Et au-dessous, une légende qui dit : PUY100'S, 100 FOIS PLUS PUISSANT QUE LE VIAGRA !

Tandis que Billy me regarde regarder, son sourire plein d'espoir commence à se décomposer.

« Vous aimez pas.

— Il est pas question d'aimer ou de pas aimer. Dans ce boulot, c'est jamais la question. Ce qui compte, c'est de savoir si ça marche ou pas. Ça, ça marche pas. »

Maintenant, il a carrément l'air de bouder. Si George Slattery voyait cet air-là, il ferait un caca nerveux. Moi pas, même s'il doit se dire que oui, vu que mon boulot, c'est de lui enseigner le métier. Et c'est ce que je vais essayer de faire en dépit de tout ce que j'ai dans la tête en ce moment. Parce que j'adore ce métier. Très vilipendé, mais je l'adore quand même. Et puis, j'entends Ellen me dire, T'es pas du genre à lâcher prise. Une fois que t'as mordu dans un truc, tes dents restent bien plantées. Autant de détermination ça peut faire peur.

« Assieds-toi, Billy. »

Il s'assoit.

« Et fais pas cette tête, OK ? T'as l'air d'un môme qu'a fait tomber sa totoche dans les cabinets. »

Il fait de son mieux. C'est ce que j'aime chez lui. Ce gamin est un battant et, s'il compte rester chez Andrews-Slattery, il a plutôt intérêt à l'être.

« La bonne nouvelle, c'est que je te laisse la pub. Ben oui, c'est pas ta faute si Vonnell nous a fourgué un nom de machin multivitaminé. Mais ensemble, on va transformer la citrouille en carrosse, OK ? C'est ça le boulot d'un publicitaire, au moins sept fois sur dix. Peut-être huit. Alors, écoute-moi bien. »

Il se déride un peu. « Je dois prendre des notes ?

— Pas de lèche avec moi. Premièrement, quand tu vantes un produit, ne montre *jamais* le flacon. Le logo, oui. Le comprimé, des fois. Ça dépend. Est-ce que tu sais pourquoi Pfizer montre son comprimé de Viagra ? Parce qu'il est bleu. Les consommateurs aiment le bleu. Sa forme aussi est un atout. Les consommateurs ont une réaction très positive à la forme des pilules de Viagra. Mais ils ne veulent JAMAIS voir le flacon entier. Flacon de médocs égale maladie. Pigé ?

— Alors peut-être une petite pilule de Viagra face à une grosse pilule de Puy100's ? Plutôt que les flacons ? » Des deux mains écartées, il encadre une légende imaginaire. « "Puy100's, cent fois plus concentré, cent pour cent d'efficacité." Vous voyez ?

— Oui, Billy, je vois. La FDA verra très bien aussi et elle n'appréciera pas. En fait, elle pourrait même nous obliger à retirer des affiches avec ce genre de légende, ce qui nous coûterait un paquet. Sans parler du très gros client que l'on perdrait.

— *Pourquoi ?* »

Je croirais entendre un bêlement.

« Parce que c'est *pas* cent fois plus concentré et que ça n'a *pas* cent pour cent d'efficacité. Viagra, Cialis, Levitra, Puy100's, tous ont à peu près les mêmes capacités en matière d'élévation du pénis. Fais tes propres recherches, gamin. Et une petite remise à niveau en droit de la publicité ne te ferait pas de mal non plus. Si tu veux dire que les muffins Frifri's Bran sont cent fois meilleurs que les muffins Mimi's Bran, vas-y, le goût, c'est subjectif. Quant à ce qui te fait bander et pour combien de temps…

— OK, d'accord, dit-il d'une petite voix.

— Pour le reste, "cent fois plus", comme accroche, c'est plutôt mollasson – pour rester dans le registre viril. C'est passé de mode à peu près en même temps que les deux bécasses dans la cuisine. »

Il a l'air perdu.

« *Les deux bécasses dans la cuisine.* C'est comme ça que les publicitaires appelaient les pubs pour liquide vaisselle dans les années cinquante.

— Vous rigolez ?

— J'ai bien peur que non. Voilà un truc auquel j'ai pensé. »

J'écris quelque chose sur le bloc-notes et, l'espace d'un instant, je revois tous ces mots éparpillés autour de la cafetière au bon vieux 5-B – pourquoi sont-ils toujours là ?

« Vous pouvez pas tout simplement me le dire ? me demande le gamin depuis très très loin.

— Non, parce que la pub n'est pas un support oral. Ne fais jamais confiance à une pub parlée. Écris-la et montre-la à quelqu'un. Montre-la à ton meilleur ami. Ou à ta… tu sais, ta femme.

— Brad, ça va ?

— Oui. Pourquoi ?

— Je sais pas, vous avez eu l'air bizarre, un instant.

— Tant que j'ai pas l'air bizarre pendant la présentation de lundi. Maintenant, dis-moi ce que tu penses de ça. »

Je tourne le bloc-notes vers lui et lui montre ce que j'ai écrit : PUY100'S... POUR SE LA FAIRE À LA DURE.

« C'est une blague cochonne ! objecte-t-il.

— T'as raison. Mais j'ai écrit en capitales. Imagine la même chose en script délicat, légèrement penché. Peut-être même en minuscules, entre parenthèses comme un secret. » Je les rajoute, bien que ça n'aille pas avec les capitales. Mais ça fonctionnera quand même. Je le sais car je peux le visualiser. « Maintenant, à partir de là, imagine la photo d'un grand type baraqué. En jean taille basse qui laisse voir le haut de son caleçon. Disons avec un T-shirt aux manches découpées. Imagine du cambouis et de la crasse sur ses tablettes.

— Tablettes ?

— Son ventre, quoi. Il se tient à côté d'une grosse bagnole avec le capot ouvert. Tu trouves toujours que c'est une blague cochonne ?

— Je... je sais pas.

— Moi non plus, pas vraiment, mais mon instinct me dit que ça va le faire. Mais pas tel que. La légende ne marche toujours pas, tu as raison sur ce point, et c'est là-dessus qu'il va falloir travailler car ce sera la base de tous les spots télé et internet. Alors joue avec. Trouve quelque chose. Et souviens-toi du mot-clé… »

Et tout à coup, ça fait tilt. Je sais d'où vient le reste de ce satané rêve.

« Brad ?

— Le mot-clé c'est *dur*, je lui dis. Parce qu'un homme… quand quelque chose va de travers – sa queue, ses plans, sa *vie* –, il joue les durs. Il ne renonce pas. Il se souvient de sa vie d'avant et tout ce qu'il veut, c'est la récupérer. »

Oui, je me dis. Oui, il veut la récupérer.

Billy a un sourire en coin.

« Ah, j'savais pas. »

J'arrive à sourire aussi. C'est atroce ce que ça pèse, comme si j'avais le coin des lèvres lesté. Tout à coup, c'est comme si j'étais de retour dans mon rêve. Parce qu'il y a quelque chose à côté de moi que je ne veux pas regarder. Sauf que là, je ne suis pas dans un rêve lucide dont je peux m'échapper.

Là, je suis lucide, et c'est la réalité.

Billy parti, je descends aux toilettes. Il est dix heures, et la plupart des gars de la boîte ont déjà vidangé leur café du matin et sont en train de s'en resservir un dans notre petite salle de pause, j'ai donc les toilettes pour moi tout seul. Je baisse mon froc, comme ça, si quelqu'un entre et s'avise de regarder sous la porte, il ne me prendra pas pour un taré. Mais la seule raison pour laquelle je suis venu ici, c'est pour réfléchir. Ou plutôt me souvenir.

Quatre ans après mon entrée chez Andrews-Slattery, le contrat pour l'antalgique Fasprin a atterri sur mon bureau. J'ai eu quelques éclairs de génie au cours des années, de vraies trouvailles, et la première, ce fut pour ce contrat. Tout s'est passé très vite. J'ai ouvert l'échantillon, sorti le flacon, et là, le cœur de la campagne – ce que les publicitaires appellent parfois le duramen – m'est venu d'un coup. J'ai un peu joué au con, bien sûr – que ça ne paraisse pas *trop* facile –, puis je me suis lancé dans la confection des maquettes. Ellen m'a aidé. C'était juste après que l'on eut appris qu'elle ne pouvait pas avoir d'enfants. Quelque chose à voir avec un médicament qu'on lui a administré pour une crise de rhumatisme articulaire aigu quand elle était petite. Elle était salement déprimée. De m'aider sur le projet Fasprin lui a changé les idées et elle s'est vraiment donnée à fond.

Al Peterson était encore à la tête de la boîte à l'époque, c'est donc à lui que je suis allé montrer nos maquettes. Je me rappelle m'être assis dans le fauteuil de torture face à son bureau, le cœur battant la chamade tandis qu'il feuilletait lentement les maquettes qu'Ellen et moi avions pondues. Quand il les a enfin reposées et qu'il a levé sa vieille tête hirsute pour me regarder, il m'a paru tenir la pose pendant au moins une heure. Puis il m'a dit : « C'est super bon, Bradley. Plus que bon, formidable. Rendez-vous avec le client demain après-midi. C'est toi qui fais la présentation. »

Je l'ai faite. Et quand le vice-président de Dugan Drug a vu la photo de la jeune ouvrière avec le tube de Fasprin coincé dans la manche retroussée de son chemisier, il a tout de suite adhéré. Notre campagne a propulsé Fasprin avec les géants – Bayer, Anacin,

Bufferin – et, à la fin de l'année, on était chargés de la totalité des contrats Dugan. Facturation ? À sept chiffres. Et pas petits.

Grâce à la prime que j'ai touchée, Ellen et moi nous sommes payé dix jours à Nassau. On est partis de l'aéroport Kennedy un matin où il pleuvait des cordes, et je me rappelle encore comment elle a ri en me criant : « Embrasse-moi, mon beau » quand l'avion a transpercé les nuages et que la cabine s'est emplie de soleil. Quand je l'ai embrassée, le couple de l'autre côté de l'allée – nous voyagions en classe affaires – a applaudi.

Ça, c'était la meilleure partie du voyage. Le pire est arrivé une demi-heure plus tard, quand je me suis tourné vers elle et que, l'espace d'un instant, j'ai bien cru qu'elle était morte. C'était la façon dont elle dormait, la tête penchée sur une épaule, la bouche ouverte et les cheveux comme collés au hublot. Elle était jeune, nous l'étions tous les deux, mais, dans le cas d'Ellen, l'éventualité d'une mort subite avait un caractère d'effrayante possibilité.

« Mrs Franklin, a commenté le médecin lorsqu'il nous a annoncé la terrible nouvelle, nous parlons bien de stérilité, mais, dans votre cas, votre incapacité à tomber enceinte pourrait être une bénédiction. La grossesse exerce une forte pression sur le cœur et, du fait d'une maladie qui fut très mal soignée dans votre enfance, le vôtre n'est plus aussi résistant. S'il arrivait que vous tombiez enceinte, vous devriez passer les quatre derniers mois de votre grossesse alitée, et quand bien même, l'issue ne serait pas garantie. »

Bien sûr, Ellen n'était pas enceinte quand nous avons embarqué pour ce voyage, et ses derniers examens médicaux s'étaient bien passés, mais la montée de l'avion en altitude avait été mouvementée… et elle ne paraissait pas respirer.

Puis elle a ouvert les yeux. Je me suis laissé aller au fond de mon siège côté couloir avec une longue expiration tremblante.

Ellen m'a regardé, perplexe.

« Qu'est-ce qu'il y a ?

— Rien. La façon dont tu dormais, c'est tout. »

Elle s'est essuyé le menton.

« Oh, mon Dieu, je bavais ?

— Non. » J'ai ri. « Mais pendant une minute, là, ben j'ai cru que tu étais… morte. »

Elle aussi a ri.

« Et si ça m'arrivait, j'imagine que tu réexpédierais mon corps à New York et que tu t'acoquinerais avec une nana des Bahamas.

— Non, j'ai dit. Je te garderais avec moi dans tous les cas.

— *Quoi ?*

— Parce que je l'accepterais pas. Non, y aurait pas moyen que je l'accepte.

— Après quelques jours, tu n'aurais plus vraiment le choix. Je commencerais à sentir vraiment mauvais. »

Elle souriait. Elle continuait à le prendre comme un jeu car elle n'avait pas véritablement pris au sérieux ce que le médecin lui avait dit ce jour-là. Elle ne l'avait pas pris « à cœur », pour ainsi dire. Et elle ne s'était pas vue, à l'instant, comme moi je l'avais vue : avec le soleil brillant sur ses joues d'hiver pâles, ses paupières bleuâtres et sa bouche béante. Mais moi, j'avais vu. Et ça m'était allé droit au cœur. Ellen *était* mon cœur, et tout ce qu'il y a dans mon cœur, je le protège. Personne ne me l'enlève.

« Non, je lui ai dit, je te garderais en vie.

— Ah vraiment ? Et comment ? Nécromancie ?

— En refusant de renoncer. Et en usant de l'atout le plus précieux d'un publicitaire.

— C'est-à-dire, Mr Fasprin ?

— L'imagination. On peut parler de quelque chose de plus gai, à présent ? »

Le coup de téléphone que j'attendais arrive vers quinze heures trente. Ce n'est pas Carlo. C'est Berk Ostrow, le concierge. Il veut savoir à quelle heure je serai de retour chez moi car le rat crevé que tout le monde a dans le nez n'est pas au 5-C mais à côté, chez nous. Ostrow me dit que les dératiseurs doivent filer à seize heures pour un autre rendez-vous mais ce n'est pas ça le plus important. Le plus important, c'est de découvrir ce qui cloche dans l'appartement, et au fait, Carlo dit que personne n'a vu votre femme depuis au moins une semaine. Juste vous et le chien.

Je lui explique mon odorat déficient, et la bronchite d'Ellen. Dans son état, elle ne réaliserait sûrement pas que les draps sont en feu avant que le détecteur de fumée ne se déclenche. Je suis sûr que Lady le sent, je lui dis, mais pour un chien, l'odeur d'un rat crevé doit ressembler à du Chanel N° 5.

« Je comprends bien tout ça, Mr Franklin, mais j'ai quand même besoin d'entrer pour voir de quoi il retourne. Et il faudra rappeler les dératiseurs. J'ai bien peur que la facture ne vous revienne et il se peut qu'elle soit assez salée. Je pourrais entrer avec mon passe mais je préférerais vraiment que vous soyez là…

— Oui, moi aussi je préférerais. Sans parler de ma femme.

— J'ai essayé de l'appeler mais elle n'a pas décroché. »

J'entends de la suspicion dans sa voix maintenant. J'ai tout expliqué, ça, les publicitaires savent très bien le faire, mais l'effet de persuasion ne dure pas plus de soixante secondes. C'est pour ça qu'on entend sans cesse les mêmes pubs et slogans, martelés indéfiniment : Brylcreem, un tout p'tit peu suffira. Gagnez du temps, gagnez de l'argent. Ici c'est Pepsi. Venez comme vous êtes. Le petit déjeuner des champions. C'est comme enfoncer un clou. L'enfoncer jusqu'au duramen.

« Elle a probablement mis le téléphone en silencieux. Et puis les médicaments que le docteur lui a prescrits la font dormir.

— À quelle heure pensez-vous être de retour, Mr Franklin ? Je peux rester jusqu'à dix-neuf heures, mais après ça il n'y aura plus que Carlo. »

Le ton désobligeant de sa voix suggère que même un cinglé de clochard me serait plus utile.

Jamais, je pense. Je ne rentrerai jamais. En fait, je n'ai jamais été là. Ellen et moi avons tellement aimé les Bahamas que nous nous sommes installés à Cable Beach. J'ai trouvé un boulot dans une petite agence à Nassau. Je fais la promotion de ventes spéciales de bateaux de croisière (« La Traversée est une Destination ! »), de soldes record de chaînes hi-fi (« N'Écoutez Pas Seulement Mieux, Écoutez Moins Cher ! ») et d'ouvertures de supermarchés (« Économisez Sous les Palmiers ! »). Toute cette histoire de New York n'est rien d'autre qu'un rêve lucide dont je peux m'échapper à tout moment.

« Mr Franklin ? Vous êtes là ?

— Oui, oui. Je réfléchis. J'ai encore une réunion que je ne peux absolument pas manquer, mais pourquoi ne me retrouvez-vous pas chez moi vers dix-huit heures ?

— Pourquoi pas plutôt dans le hall d'entrée, Mr Franklin ? On pourra monter ensemble. » *Autrement dit, pas question que je te laisse prendre de l'avance, Mister le Génie de la Pub qui a peut-être assassiné sa femme.*

J'ai envie de lui demander comment il s'imagine que je m'y prendrais pour arriver à l'appartement avant lui et faire disparaître le cadavre d'Ellen – parce que c'est *ça* qu'il pense. Peut-être pas totalement consciemment, mais pas non plus dans les tréfonds de son subconscient. Un-mari-assassine-sa-femme est le grand thème de prédilection sur la chaîne de télé Lifetime. Il pense peut-être que je vais utiliser l'ascenseur de service et remiser son corps dans le débarras. Ou peut-être le balancer dans l'incinérateur à ordures ? Crémation maison.

« Dans le hall d'entrée alors, sans problème, je lui dis. Dix-huit heures. Moins le quart, si j'arrive à me libérer avant. »

Je raccroche, puis me dirige vers les ascenseurs. Je suis obligé de passer par la salle de pause. Billy

Ederle se tient dans l'embrasure de la porte, il boit un Nozzy. Un soda absolument immonde mais c'est tout ce que nous avons. Le fabricant est notre client.

« Vous allez où ?

— Je rentre. Ellen a appelé, elle ne se sent pas bien.

— Vous ne prenez pas votre mallette ?

— Non. »

Je ne pense pas en avoir besoin pendant un petit bout de temps. En fait, il se peut que je n'en aie plus jamais besoin.

« Je travaille dans la nouvelle direction pour Puy100's. Je pense qu'on va faire un carton.

— J'en suis sûr », je lui dis. Et je le pense. Billy Ederle ne va pas tarder à monter en grade et c'est tant mieux pour lui. « Il faut que je file.

— Bien sûr. Je comprends. » Il a vingt-quatre ans et ne comprend que dalle. « Transmettez-lui mes souhaits de prompt rétablissement. »

Chez Andrews-Slattery, on prend une demi-douzaine de stagiaires par an : c'est comme ça que Billy Ederle a commencé. La plupart sont sacrément fortiches et, au début, Fred Willits semblait sacrément fortiche lui aussi. Je l'ai pris sous mon aile et c'est donc à moi qu'a incombé la responsabilité de le virer – je pense qu'on peut dire ça, même si, à la base, les stagiaires ne sont jamais vraiment « embauchés » – quand il s'est avéré qu'il était klepto et qu'il prenait notre réserve pour son terrain de chasse privé. Dieu seul sait la quantité de trucs qu'il a pu piquer avant qu'un jour Maria Ellington ne le surprenne en train de bourrer sa mallette de la taille d'une valise de rames de papier. Il se trouve qu'il était un peu psychopathe sur les bords, aussi. Il a pété une ogive nucléaire quand je lui ai dit que c'était terminé pour lui. Pendant que le gamin me gueulait dessus dans le hall d'entrée, Pete Wendell a dû appeler la sécurité pour le faire évacuer *manu militari*.

Mais apparemment, le petit Freddy n'avait pas dit son dernier mot car il s'est mis à traîner autour de mon immeuble et à me haranguer à mon retour du travail. Il gardait quand même ses distances et les flics ont décrété qu'il exerçait seulement son droit à la liberté d'expression. Mais ce n'était pas de ses invectives que j'avais peur. Je ne pouvais m'empêcher d'imaginer qu'en plus des cartouches d'encre et de la cinquantaine de rames de papier, il avait très bien pu repartir avec un cutter ou un scalpel. C'est là que j'ai demandé à Carlo de me procurer un double de la porte de service et que je me suis mis à utiliser cette entrée. Tout ça, c'était à l'automne dernier, septembre ou octobre. Puis, quand le froid a commencé à tomber, le môme Willits a lâché l'affaire et s'en est allé épancher ses problèmes ailleurs. Carlo, quant à lui, ne m'a jamais redemandé la clé et je ne la lui ai jamais rendue non plus. J'imagine qu'on a oublié tous les deux.

C'est pour ça qu'au lieu de donner mon adresse au taxi, je lui demande de me déposer un pâté de maisons plus loin. Je le paye, rajoutant un généreux pourboire – eh, c'est rien que de l'argent –, puis remonte la ruelle de service. Je commence à paniquer en forçant sur la clé mais, en bidouillant encore un peu, elle tourne enfin.

L'ascenseur de service est matelassé de tissu marron. Un avant-goût de la cellule capitonnée dans laquelle on va me jeter, je me dis, mais là je donne carrément dans le mélodrame. Je vais probablement devoir me mettre en congé sans solde de la boîte, et ce que j'ai fait entraîne sans doute automatiquement la résiliation du bail, mais…

Qu'ai-je *fait*, exactement ?

Qu'ai-je fait de toute cette semaine, d'ailleurs ?

« Je l'ai gardée en vie, je dis alors que l'ascenseur s'arrête au cinquième, parce que je ne pouvais pas supporter qu'elle soit morte. »

Elle *n'est pas* morte, je me dis, juste un peu mal foutue. Slogan pourri, mais qui a très bien fait l'affaire toute la semaine, et dans le business de la pub, tout ce qui compte c'est le court terme.

J'entre. L'atmosphère est calme et tiède mais je ne sens rien. C'est du moins ce que je me dis et, dans la pub, l'imagination compte *aussi*.

« Chérie, je suis rentré, je crie. Tu es réveillée ? Est-ce que tu te sens mieux ? »

J'imagine que j'ai dû laisser la porte de la chambre ouverte ce matin car Lady s'échappe furtivement de la pièce. Elle se lèche les babines. Elle me lance un regard coupable puis se dandine vers la salle à manger, la queue très basse. Elle ne se retourne pas.

« Chérie ? El ? »

J'entre dans la chambre. On ne voit toujours rien d'elle si ce n'est la touffe de laiteron d'argent de ses cheveux et la forme de son corps sous les draps. La couverture est légèrement froissée, j'en déduis donc qu'elle s'est levée – ne serait-ce que pour aller boire un peu de café – puis qu'elle est retournée se coucher. Depuis que je suis rentré du travail vendredi dernier et qu'elle ne respire plus, elle dort beaucoup.

Je fais le tour de la chambre pour passer de son côté, sa main pend hors du lit. Il n'en reste plus grand-chose à part des os et des lambeaux de chair pendouillants. Je considère attentivement la chose et me dis qu'il y a deux interprétations possibles. D'un premier point de vue, il faudra certainement que je fasse euthanasier mon chien – ou plutôt le chien d'Ellen, Lady a toujours préféré Ellen. D'un autre point de vue, disons que Lady s'est inquiétée et qu'elle essayait simplement de la réveiller. Allez, Ellie, emmène-moi au parc. Allez, viens, Ellie, on va jouer.

Je glisse ce qui reste de sa main sous les draps. Comme ça, elle n'attrapera pas froid. Puis je chasse quelques mouches. Je ne me rappelle pas avoir jamais vu de mouches dans notre appartement. Elles ont probablement été attirées par ce rat crevé dont Carlo m'a parlé.

« Tu vois qui est Billy Ederle ? je fais. Je lui ai donné une bonne piste pour ce foutu contrat Puy100's et je pense qu'il va très bien s'en tirer. »

Rien.

« Tu ne peux pas être morte, je poursuis. C'est inacceptable. »

Rien.

« Tu veux un peu de café ? » Je jette un coup d'œil à ma montre. « Manger quelque chose ? On a du bouillon de poulet. En sachet, mais c'est pas mauvais une fois réchauffé. » Pas mauvais une fois réchauffé, *ça*, ça ferait un slogan pourri. « Qu'est-ce que t'en dis, El ? »

Elle ne dit rien.

« OK, je dis. C'est pas grave. Tu te rappelles la fois où on est allés aux Bahamas, mon cœur ? Quand on est allés faire de la plongée et que tu as dû t'arrêter parce que tu pleurais ? Et quand je t'ai demandé pourquoi tu pleurais, tu m'as dit : "Parce que tout est tellement beau." »

Maintenant, c'est moi qui pleure.

« Tu es sûre de ne pas vouloir te lever et marcher un peu ? Je vais ouvrir la fenêtre pour laisser entrer un peu d'air frais. »

Rien.

Je soupire. Caresse sa touffe de cheveux.

« D'accord, je dis, dors un petit peu plus, alors. Je vais rester là, à côté de toi. »

Et c'est exactement ce que je fais.

Pour Joe Hill

OK, ça parle de baseball. Mais tentez le coup, OK ? Pas besoin d'être navigateur pour aimer les romans de Patrick O'Brian et pas besoin d'être jockey – ou même parieur – pour aimer les enquêtes de Dick Francis. Leurs récits prennent vie par les personnages mis en scène et les événements racontés, et j'espère que vous trouverez la même vitalité dans le mien. L'idée m'en est venue après avoir regardé un match de qualification où la mauvaise décision d'un arbitre a entraîné une quasi-émeute au stade de Turner Field à Atlanta. Les supporters ont fait pleuvoir sur le terrain des gobelets, des chapeaux, des pancartes, des fanions et des bouteilles de bière. Lorsqu'un arbitre a reçu une bouteille de whisky (déjà vidée, naturellement) sur la tête, les équipes ont été évacuées du terrain jusqu'à ce que l'ordre soit rétabli. Les commentateurs télé ont déploré le manque d'esprit sportif, comme si ce genre de manifestation de dégoût et de révolte n'avait pas cours dans les stades américains depuis cent ans ou plus.

J'ai toujours aimé ce jeu et j'ai eu envie d'écrire sur le baseball tel qu'il se pratiquait à une époque où d'aussi énergiques explosions de colère, assorties de déclarations comme « À mort l'arbitre ! » et « Payezlui un chien d'aveugle ! », étaient considérées comme faisant partie intégrante du jeu. Une époque où le baseball était presque aussi agressif que le football américain, où les joueurs glissaient jusqu'en deuxième base crampons en l'air et où les collisions sur le marbre étaient attendues plutôt que proscrites. En ce temps-là, la parole de l'arbitre faisait loi et la révision d'une décision sur ralenti télévisé aurait été vue avec horreur. J'ai souhaité employer le langage des joueurs de baseball des origines afin de rendre la texture et la couleur de l'Amérique sportive du milieu du vingtième siècle. Je voulais voir si j'étais capable de créer quelque chose qui soit à la fois mythique et – horrible, mais vrai – plutôt comique.

J'ai aussi sauté sur l'occasion de me mettre moi-même en scène dans l'histoire, et j'ai adoré ça. (Après tout, j'ai fait ma première pige d'écrivain en tant que chroniqueur sportif pour l'*Enterprise* de Lisbon.) Mes fils appellent ce genre de trucs la « métafiction ». Moi, je trouve ça divertissant, c'est tout, et j'espère qu'il en sera de même pour vous : un bon vieux divertissement à l'ancienne, dont j'ai emprunté à un grand film, *La Horde sauvage*, la dernière phrase.

Et, gaffe au tranchant, Fidèle Lecteur. C'est *bien* une histoire de Stephen King, au final.

Billy Barrage

William Blakely ?

Oh, mon Dieu, vous voulez dire Billy Barrage. Ça fait des années qu'on m'a pas interrogé sur lui. Oh, bien sûr, personne m'interroge sur grand-chose ici, sauf pour savoir si j'aimerais m'inscrire à la Soirée Polka à la Salle des Knights of Phythias en ville, ou à un truc qui s'appelle le Bowling Virtuel. Ça, c'est ici, dans la salle commune. Un conseil pour vous, monsieur King – vous me l'avez pas demandé, mais je vous le donne : vieillissez pas et, si vous le faites, laissez pas votre parentèle vous flanquer dans un hôtel à zombies comme celui-ci.

C'est un drôle de truc, de vieillir. Quand vous êtes jeune, les gens veulent toujours entendre vos histoires, surtout si vous êtes dans le baseball professionnel. Mais quand vous êtes jeune, vous n'avez pas le temps de les raconter. Maintenant, j'ai tout le temps du monde, mais on dirait que personne n'en a plus rien à faire, du passé. Mais moi, j'aime toujours bien me le rappeler. Alors, oui, pour sûr, je m'en vais vous la raconter, l'histoire de Billy Blakely. Elle est horrible, bien sûr, mais c'est ce genre d'histoires qui ont la vie dure.

Le baseball était différent en ce temps-là. Souvenez-vous que Billy Barrage a joué pour les Titans dix ans seulement après que Jackie Robinson a franchi la frontière raciale en 1947 : premier Noir à jouer en Ligue Majeure. Et les Titans n'existent plus depuis longtemps. Je ne pense pas que le New Jersey aura jamais une autre équipe de Ligue Majeure : pas avec deux franchises[1] maousses à New York, juste de l'autre côté du fleuve. Mais à l'époque, c'était une équipe balèze – *nous* étions balèzes – et on jouait nos matchs dans un monde différent.

Les règles étaient les mêmes. Elles ne changent pas. Et les petits rituels étaient assez semblables, aussi. Ah ! on n'aurait laissé personne porter sa casquette inclinée sur le côté, ni en courber la visière, et il fallait avoir les cheveux coupés bien court (mon Dieu, les coupes que ces rigolos se tapent de nos jours), mais certains joueurs continuaient à se signer avant d'entrer dans la boîte, ou à traîner la tête de leur batte dans la poussière avant de prendre position, ou à enjamber la ligne de fausse balle quand ils couraient prendre leur poste. Personne ne voulait marcher sur la ligne, c'était considéré comme le comble de la malchance, de faire ça.

C'était un jeu *local*, vous comprenez ? La télé avait commencé à se pointer, mais seulement le week-end. On avait une bonne audience parce que les matchs étaient retransmis sur WNJ et que tout le monde à New York pouvait les regarder. Certaines de ces retransmissions étaient plutôt folkloriques. Comparé

---

1. Clubs.

à la façon dont les matchs sont présentés aujourd'hui, c'était soirée amateur à Dixie. C'était mieux à la radio, plus professionnel, mais évidemment c'était local, aussi. Pas de diffusion par satellite, parce qu'y avait zéro satellite ! Les Russes ont lancé le premier pendant la rencontre Yanks-Braves en Séries Mondiales, cette année-là. C'était un jour férié, il me semble, mais je peux me tromper. Ce que je me rappelle, c'est que les Titans ont été éliminés de bonne heure, cette année-là. On s'est bien défendus pendant un temps, en partie grâce à Billy Barrage, mais vous savez comment tout ça s'est terminé. C'est pour ça que vous êtes là, pas vrai ?

Ce que je veux dire, c'est que le jeu ayant moins d'importance à l'échelle nationale, on ne faisait pas aussi grand cas des joueurs. Je dis pas qu'y avait pas des stars – des gars comme Aaron Burdette, Williams, Kaline, et bien sûr le Mick – mais la plupart n'étaient pas aussi connus d'est en ouest qu'Alex Rodriguez et Barry Bonds aujourd'hui (une paire d'amateurs portés sur la dope, si vous voulez mon avis). La plupart des autres gars ? Je peux vous les décrire en deux mots : des *prolos* de *base*. Le salaire moyen à l'époque était de quinze mille dollars, moins que ce que gagne aujourd'hui un professeur de lycée débutant.

Des prolos de base, voyez ? Tout comme George Will l'a dit dans son bouquin, là. Sauf qu'il l'a dit comme si c'était une bonne chose. J'en suis pas si sûr, moi, pas si vous étiez un jeune arrêt-court[1] de

---

1. Joueur en défense placé entre la deuxième et la troisième base.

trente ans avec une femme et trois gamins à nourrir, et peut-être encore sept ans à jouer avant la retraite. Dix, si vous aviez de la chance et aucune blessure. Carl Furillo a fini installateur d'ascenseurs au World Trade Center et vigile de nuit pour arrondir ses fins de mois, vous saviez ça ? Vous le saviez ? Vous pensez que ce gars-là, Will, le savait aussi, ou qu'il a juste oublié de le signaler ?

Voilà quel était le marché : si vous aviez les capacités, et que vous pouviez faire le boulot même avec la gueule de bois, on vous faisait jouer. Si vous ne pouviez pas, on vous jetait aux oubliettes. C'était aussi simple que ça. Et aussi brutal. Ce qui m'amène à la situation critique dans laquelle on se trouvait au printemps de cette année-là.

On était tous en bonne forme au camp d'entraînement, qui, pour les Titans, se trouvait à Sarasota. Notre premier receveur était Johnny Goodkind. Son nom ne vous dit peut-être rien. Mais si vous vous souvenez de lui, c'est sans doute à cause de la façon dont sa carrière s'est terminée. Il a eu quatre bonnes années, avec une moyenne au bâton de 0.300, titulaire à pratiquement tous les matchs. Savait comment gérer les lanceurs, se laissait pas marcher sur les pieds. Personne n'osait lui envoyer de signes de refus[1]. Il a frappé pas loin de 0.350 ce printemps-là, avec peut-être une douzaine de ding-dongs[2], dont un des plus longs que j'aie jamais vus

---

1. Au baseball, le receveur et le lanceur s'adressent des signes codés avec les doigts indiquant le style de balle à lancer.
2. Coups de circuit ou *homeruns* (voir notes suivantes).

à l'Ed Smith Stadium où les balles volent mal. Elle est allée exploser le pare-brise de la Chevrolet d'un journaliste… Ha !

Mais c'était aussi un sacré buveur, et deux jours avant la date prévue de notre retour dans le nord pour ouvrir la saison à domicile, il a renversé une femme dans Pineapple Street et elle est morte sur-le-champ. Ou sur le coup. Peu importe comment on dit. Puis ce foutu imbécile a essayé de prendre la fuite. Mais y avait une voiture de patrouille du shérif du comté garée à l'angle d'Orange, et les officiers assis à l'intérieur avaient tout vu. Pas beaucoup de questions à se poser sur l'état de Johnny, non plus. Quand ils l'ont tiré de son véhicule, il puait comme une distillerie et pouvait à peine tenir debout. L'un des flics s'est penché pour lui passer les menottes et Johnny lui a vomi sur la nuque. Inutile de vous dire que la carrière de baseballeur de Johnny Goodkind a pris fin avant même que le vomi ait séché. Même le Babe[1] aurait pas pu rester dans le métier après avoir écrasé une ménagère sortie faire ses courses du matin. Je crois bien qu'il a fini commentateur de l'équipe de la prison de Raiford. S'ils en avaient une…

Son remplaçant était Frank Faraday. Pas mauvais derrière le marbre, mais mou de la batte et frappeur de banjo[2] tout au plus. Moyenne d'environ 0.160. Pas de masse musculaire, ce qui le mettait en danger.

---

1. Babe Ruth (George Herman Ruth), considéré comme l'un des meilleurs joueurs de baseball américain.
2. Frappeur de balles molles et courtes.

On jouait physique en ce temps-là, monsieur King, et ça ne pardonnait pas.

Mais Faraday était tout ce qu'on avait. Je me souviens de Joe DiPunno disant qu'il ferait pas long feu, mais même Jersey Joe ne pouvait pas imaginer à quel point ce feu s'éteindrait vite.

Faraday était derrière le marbre quand on a joué notre dernier match amical cette année-là. Contre les Red, c'était. Un squeeze[1] était en jeu. Don Hoak au marbre. Un grand baraqué – je crois que c'était Ted Kluszewski – en troisième base. Hoak fait un amorti, direct sur Jerry Rugg qui lançait pour nous ce jour-là. Klew-le-Baraqué fonce vers le marbre, tous ses cent trente-cinq kilos de barbaque polaque en branle. Et là, y a notre Faraday, aussi épais qu'une paille parfumée, un pied sur notre bonne vieille plaque de but. Ça pouvait que mal finir. Rugg lance à Faraday. Faraday se retourne pour toucher. J'ai pas pu regarder.

Notre petit bonhomme l'a obtenu, son retrait, ça je le reconnais, sauf que c'était un match d'entraînement de printemps et que ça comptait autant qu'un pet dans le vent. Et ç'a été la fin de la carrière de joueur de Frank Faraday. Bras cassé, jambe cassée, commotion cérébrale – voilà le score. Je sais pas ce qu'il est devenu. Peut-être laveur de pare-brise dans une station Esso de Tucumcari, pour ce que j'en sais.

Donc on a perdu nos deux receveurs en l'espace de quarante-huit heures et dû partir vers le nord sans personne à mettre derrière le marbre à part Ganzie Burgess qui s'était reconverti de receveur en lanceur

---

1. Jeu-suicide.

peu après la fin de la guerre de Corée. Le Ganzer avait déjà trente-neuf piges cette saison-là et il était bon seulement comme lanceur de relève, mais il s'y entendait en balles-papillons et il était plus rusé que Satan, donc y avait pas moyen que Joe DiPunno lui fasse risquer ses vieux os derrière la plaque. Il disait qu'il aurait encore préféré m'y mettre *moi*. Je savais qu'il déconnait – j'étais rien qu'un coach de troisième base avec tellement d'élongations des adducteurs que j'en avais presque les couilles qui me battaient les genoux – mais cette idée me donnait quand même des sueurs froides.

Ce qu'il a fait, Joe, il a appelé le comité directeur à Newark et il leur a dit : « J'ai besoin d'un gars qui soit capable d'attraper les balles rapides de Hank Masters et les courbes de Danny Doo sans se retrouver le cul par terre. Je me fous qu'il joue pour les Testicules Tourmentés de Tremont, assurez-vous juste qu'il ait un gant et qu'il rapplique au Swamp[1] à temps pour l'hymne national. Ensuite, décarcassez-vous pour me trouver un vrai receveur. Si vous voulez avoir la moindre chance d'être compétitifs cette saison, je veux dire. » Puis il a raccroché et allumé ce qui devait probablement être sa quatre-vingtième cigarette de la journée.

Ah ! la poisse pour un manager, vous imaginez ? Un receveur inculpé d'homicide ; un autre à l'hôpital, enveloppé de tellement de pansements qu'il ressemblait à Boris Karloff dans *La Momie* ; un staff de lanceurs soit pas assez vieux pour avoir du poil

---

1. Le Marécage, surnom du stade des Titans.

au menton, soit pas loin de toucher leur pension de Sécurité Sociable ; et Dieu sait qui prêt à enfiler la tenue et à s'accroupir derrière le marbre pour le match d'ouverture.

On est allés dans le nord en avion au lieu d'y aller par la voie ferrée, mais ça nous a quand même fait l'effet d'un train qui déraille. Pendant ce temps, Kerwin McCaslin, qui était le directeur général des Titans, a pris son téléphone et nous a trouvé un receveur pour commencer la saison : William Blakely, qui tarderait pas à être connu sous le nom de Billy Barrage. J'arrive pas à me rappeler s'il venait de Ligue AA ou AAA[1], mais vous pourriez chercher sur votre ordinateur, je pense, parce que je me rappelle le nom de l'équipe d'où il venait : les Davenport Cornhuskers[2]. On a eu plusieurs joueurs de là-bas au cours de mes sept ans avec les Titans, et nos joueurs réguliers leur demandaient toujours comment c'était de jouer pour les Cornholers[3], là en bas, dans le trou du cul du maïs. Ou des fois, ils les appelaient les Cornsuckers[4]. L'humour au baseball n'est pas ce qu'on pourrait qualifier de sophistiqué.

On a débuté la saison contre les Red Sox cette année-là. Mi-avril. Le baseball commençait plus tard à cette époque et suivait un calendrier plus raisonnable. Je me suis rendu au stade de bonne heure

---

1. Niveaux de Ligue Mineure.

2. Les éplucheurs de maïs.

3. De *cornhole* : trou du maïs.

4. Jeu de mots entre *cornhuskers* et *cocksuckers* : littéralement « suceurs de bites », au sens figuré « corniauds, andouilles ».

– avant que Dieu soit sorti du lit, en fait – et je suis tombé sur un jeune gars assis sur le pare-chocs d'une vieille camionnette Ford garée sur l'emplacement réservé aux joueurs. Une plaque de l'Iowa pendouillait au bout d'un fil de fer à son pare-chocs arrière. Nick, le gardien à l'entrée, l'avait laissé passer quand le petit lui avait montré sa lettre du comité directeur, et son permis de conduire.

« Tu dois être Bill Blakely, j'ai dit en lui serrant la main. Content de te connaître.

— Content aussi de vous connaître, il m'a dit. J'ai apporté ma tenue mais elle est plutôt abîmée.

— Oh, je crois que t'as pas à t'en faire de ce côté-là, on a ce qu'y faut, collègue », j'ai dit en lui lâchant la main. Il avait un pansement autour de l'index, juste au-dessous de la jointure du milieu. « Tu t'es coupé en t'rasant ? j'ai demandé en le montrant du doigt.

— Ouaip, coupé en m'rasant », il a dit.

J'aurais pas su dire si c'était sa façon à lui de me faire savoir qu'il avait pigé ma petite blague, ou s'il avait tellement la trouille de merder qu'il pensait devoir acquiescer à ce que tout le monde disait – du moins au début. Par la suite, j'ai compris que c'était ni l'un ni l'autre : il avait juste cette manie de répéter en écho ce qu'on lui disait. Je m'y suis habitué, m'y suis même attaché, comme qui dirait.

« Vous êtes le manager, il m'a demandé. M. DiPunno ?

— Non, j'ai dit. Je suis George Grantham. Les petits m'appellent Granny[1]. Coach de troisième base. Je gère aussi l'équipement. » Ce qui était la pure

---

1. Grand-mère.

vérité : je faisais les deux boulots. Quand je vous disais que le baseball était plus familial autrefois. « Je vais te donner ce qu'il faut, t'inquiète pas. Que du matériel neuf.

— Que du matériel neuf, il a dit. Sauf le gant. Y faut que j'aie le vieux gant de Billy, vous savez. Billy Junior et moi on est inséparables.

— Ben, ça m'dérange pas. »

Et on est entrés dans Old Swampy[1], comme les reporters sportifs de l'époque appelaient notre stade.

J'ai hésité à lui donner le 19, parce que c'était le numéro du pauvre Faraday, mais le maillot lui tombait impec sans ressembler à un pyjama, alors je lui ai donné. Pendant qu'il s'habillait, j'ai dit :

« T'es pas fatigué ? J'imagine que t'as dû rouler sans t'arrêter. Ils t'ont pas envoyé un peu d'argent pour prendre un avion ?

— J'suis pas fatigué, il a dit. Ils m'ont peut-être envoyé un peu d'argent pour prendre un avion, mais je l'ai pas vu arriver. On pourrait aller regarder le terrain ? »

J'ai dit qu'on pouvait et je l'ai précédé dans le tunnel, et jusqu'à l'abri des joueurs. Il est allé jusqu'au marbre, sans marcher sur le sentier[2], dans l'uniforme de Faraday avec son 19 bleu luisant dans le soleil du matin ; il était à peine huit heures et les jardiniers attaquaient juste ce qui allait être une longue journée de travail.

---

1. Ce Bon Vieux Marécage.
2. Couloir reliant le marbre et les première et troisième bases, marqué au milieu par la ligne des fausses balles.

J'aimerais pouvoir vous dire ce que j'ai ressenti à
le voir faire cette promenade, monsieur King, mais
les mots, c'est votre truc, pas le mien. Tout ce que je
sais, c'est que de dos, il ressemblait plus que jamais
à Faraday. Il avait dix ans de moins, pour sûr...
mais l'âge, ça se voit pas tellement de dos, sauf parfois à la démarche. En plus, il était mince comme
Faraday, et ça c'est bon pour les arrêts-courts et
les deuxièmes bases mais pas pour les receveurs. Les
receveurs, ça devrait être bâtis comme des bouches
d'incendie, pareil que Johnny Goodkind. Ce petit
gars ressemblait à de la chair à hernie et à côtes
cassées.

Il était plus charpenté que Frank Faraday, cependant : un fessier large et des cuisses épaisses. Il était
maigrichon à partir de la ceinture, mais en regardant
son arrière-train s'éloigner, je me souviens d'avoir
pensé qu'il ressemblait à ce qu'il était probablement :
un petit paysan de l'Iowa en vacances dans le pitto-
resque Newark.

Il est allé jusqu'au marbre et il s'est retourné pour
regarder droit vers le centre du terrain. Il était blond,
exactement comme on s'imagine qu'un petit paysan
devrait l'être, et une de ses mèches blondes lui était
tombée sur le front. Il l'a écartée de la main et il
est resté campé là, à se repaître du spectacle : les
gradins vides et silencieux où cinquante mille personnes prendraient place dans l'après-midi, les guirlandes de fanions déjà suspendues aux barrières et
frémissant dans la brise du matin, les poteaux de
démarcation fraîchement peints en bleu New Jersey,
les jardiniers commençant juste à arroser... C'était une

vision magnifique, je l'ai toujours pensé, et je pouvais imaginer ce qui trottait dans la tête du gosse, lui qui y avait pas une semaine devait être chez lui en train de traire les vaches et d'attendre que les Cornholers attaquent la saison à la mi-mai.

J'ai pensé : *Le pauvre gamin commence à piger. Quand il regardera de mon côté, je verrai la panique dans ses yeux. Je serai peut-être forcé de l'attacher dans les vestiaires pour l'empêcher de sauter dans sa vieille camionnette et de repartir à fond de train vers la terre du bon Dieu.*

Mais quand il m'a regardé, y avait aucune panique dans ses yeux. Même pas de la nervosité, chose que tout joueur, j'aurais dit, éprouve un jour de match d'ouverture. Non, il paraissait parfaitement décontracté debout là derrière le marbre.

« Ouais, il fait, comme un type confirmant une chose dont il était déjà largement convaincu au départ. Billy peut frapper ici.

— Bien », je lui réponds.

C'est tout ce que j'ai trouvé à dire.

« Bien », il répète. Et là – je vous jure – le voilà pas qui demande : « Ces gars-là, avec leurs tuyaux, vous pensez qu'ils ont besoin d'un coup de main ? »

J'ai ri. Il avait quelque chose d'étrange, quelque chose d'absent, quelque chose qui rendait les gens nerveux… mais ce même quelque chose le rendait également attachant pour certains. Émouvant. Quelque chose qui vous donnait envie de l'aimer malgré cette impression qu'il donnait de pas être entièrement là. Joe DiPunno a tout de suite su qu'il était un peu simple d'esprit. Certains joueurs aussi, mais ça les a pas empêchés de bien l'aimer. Je sais pas... c'était comme quand vous lui parliez, et que ce qui vous revenait c'était le son de votre propre voix... Comme un écho dans une grotte.

« Billy, j'ai dit, c'est pas ton boulot l'entretien du terrain. Toi, ton boulot, c'est d'enfiler la tenue et d'attraper la balle de Danny Dusen cet après-midi.

— Danny Doo, il a dit.

— C'est ça. Vingt matchs gagnés, six perdus l'an dernier. Il aurait dû remporter le Cy Young[1], mais non. Parce que les journaleux l'aiment pas. Il en a encore gros sur la patate. Et souviens-toi de ça : s'il te fait signe que non, t'avise pas de lui renvoyer le même signal la fois suivante. Sauf si t'as envie que ta bite change de place avec ton cul après le match. Danny Doo est à quatre matchs des deux cents victoires et il va nous en faire baver des ronds de chapeau tant qu'il y sera pas.

— Tant qu'il y sera pas. »

Et il dodeline de la tête.

« C'est ça.

— S'il me fait signe que non, envoyer un signal différent.

— Oui.

— Est-ce qu'il a un changement de vitesse[2] ?

— Est-ce qu'un chien pisse sur une bouche d'incendie ? Le Doo a remporté cent quatre-vingt-dix matchs. On fait pas ça sans changement de vitesse.

— Pas sans changement de vitesse, il fait. OK.

---

1. Trophée accordé au meilleur lanceur de l'année.
2. Balle à changement de vitesse.

« — Et va pas te blesser, là-derrière. Tant que le comité directeur nous a pas trouvé quelqu'un d'autre, tu es tout ce qu'on a.

— Oui, je suis tout ce qu'on a, il dit. Compris.

— J'espère bien. »

D'autres joueurs avaient commencé à arriver et j'avais environ un millier de choses à faire. Plus tard, j'ai aperçu le petit dans le bureau de Jersey Joe, en train de signer la paperasse habituelle. Kerwin McCaslin planait au-dessus de lui comme un vautour au-dessus d'une bestiole écrasée sur la chaussée, lui désignant tous les endroits où il devait signer. Pauvre gosse, sans doute pas plus de six heures de sommeil en trois jours, et il était là, en train de signer pour cinq ans de sa vie. Plus tard, je l'ai revu avec Dusen en train d'étudier la composition de l'équipe de départ de Boston. C'était le Doo qui tenait le crachoir, et le petit écoutait. Sans poser une seule question, d'après ce que je voyais, ce qui valait mieux. S'il l'avait ouverte, Danny la lui aurait fait fermer sans pitié.

À peu près une heure avant le match, je vais dans le bureau de Joe pour regarder la feuille d'ordre de passage au bâton. Il avait mis le petit en huitième position, ce qui m'a pas surpris. Au-dessus de nos têtes, le murmure avait commencé et on entendait le grondement des pieds sur les gradins. Les jours de matchs d'ouverture, les spectateurs s'entassent toujours dans les tribunes de bonne heure. J'ai commencé à avoir la boule au ventre, comme toujours, et je voyais qu'il en allait de même pour Jersey Joe. Son cendrier débordait déjà.

« Il est pas aussi costaud que j'espérais, il a dit en tapotant le nom de Blakely sur la feuille. Pourvu qu'il se fasse pas rétamer.

— McCaslin a pas encore trouvé quelqu'un d'autre ?

— Peut-être. Il a parlé à la femme de Hubie Rattner, mais Hubie est parti à la pêche quelque part du côté de Thermomètre Rectal dans le Wisconsin. Impossible à joindre jusqu'à la semaine prochaine.

— Hubie Rattner a quarante-trois piges bien sonnées.

— Comme si je le savais pas. Mais faute de grives… Et, sois franc avec moi : combien de temps tu penses que ce gosse va tenir chez les pros ?

— Oh, probablement le temps de boire un café, je lui dis, mais il a quelque chose que Faraday avait pas.

— Et c'est quoi, je te prie ?

— Chais pas. Mais si tu l'avais vu, debout derrière le marbre, comment il regardait vers le terrain, tu serais sûrement rassuré à son sujet. C'était comme s'il pensait : "Bah, ça casse pas des briques, au final."

— Il verra si ça casse pas des briques la première fois que Ike Delock lui en balancera une dans le nez », a dit Joe et il a allumé une cigarette. Il a aspiré une bouffée et s'est mis à tousser. « Faut que j'arrête ces Lucky. On n'entend pas une mouche tousser[1], mon cul ! Je te fiche mon billet que le gosse va laisser la première courbe de Danny Doo filer droit derrière lui. Après quoi, le Danny sera dans tous ses états – comme il l'est toujours quand on lui fout en l'air

---

1. Allusion à un slogan publicitaire de l'époque.

sa petite promenade de santé – et Boston se sentira plus pisser.

— T'es pas du genre rabat-joie, toi ? » je lui dis.

Il m'a tendu la main.

« Vingt dollars. On parie. »

Et comme je savais qu'il essayait comme ça de conjurer le mauvais sort, j'ai topé. Ça m'en a fait vingt de gagnés, parce que la légende de Billy Barrage a commencé exactement ce jour-là.

On pouvait pas dire qu'il appelait un bon jeu[1], parce qu'il le faisait pas. C'était le Doo qui faisait ça. Mais le premier lancer – pour Frank Malone – a bel et bien été une courbe, et le gosse l'a attrapée impec. Et si y avait que ça. Elle était un poil de cul à l'extérieur de la zone de strike et j'ai jamais vu un receveur en ramener une aussi vite à l'intérieur, même pas Yogi Berra. L'arbitre a annoncé la première prise et c'était nous qu'on se sentait plus pisser, du moins jusqu'à ce que Williams frappe un solo[2] dans la cinquième. On leur a rendu la pareille dans la sixième quand Ben Vincent en a envoyé une par-dessus la clôture. Puis dans la septième, on a un coureur en deuxième base – je crois que c'était Barbarino – avec deux retraits et le petit nouveau au marbre. C'était son troisième tour à la batte. Premier tour, retiré en regardant. Deuxième tour, retiré en swinguant. Delock l'avait bien berné cette fois-là, le faisant passer pour une cloche, et le gosse avait

---

1. Allusion aux signes codés que s'adressent lanceur et receveur.
2. Coup de circuit.

entendu les seules huées qu'il a jamais reçues de sa vie de Titan.

Il s'avance, et je jette un œil en direction de Joe. Je le vois assis loin là-bas près de la fontaine à eau, il regarde juste ses chaussures en secouant la tête. Même si le gosse bénéficiait d'une base sur balles, le Doo était le prochain au bâton, et le Doo, il aurait pas su frapper un lancer lent de softball avec une raquette de tennis. Comme frappeur, ce gars-là était une calamité.

Je vais pas faire durer le suspense : on n'est pas dans un illustré sportif pour les mioches, là. Mais celui qui a dit que, parfois, la vie imite l'art, il s'est pas trompé, et c'est ce qu'elle a fait ce jour-là. Le compte balles-prises passe à trois-deux. C'est là que Delock envoie cette fameuse balle tombante qui a si bien berné le gosse la première fois et du diable si le petit se laisse pas encore berner. Sauf que cette fois, c'est Ike Delock qui a été l'arroseur arrosé. Le petit a cueilli la balle à la pointe de ses souliers, à la manière dont Ellie Howard s'y prenait, et il l'a catapultée dans le champ extérieur. J'ai fait signe au coureur d'avancer jusqu'au marbre et on a remonté au score, deux à un.

La foule dans les tribunes était debout, ils gueulaient à s'en enrouer, mais le petit ne semblait même pas les entendre. Il était juste là, debout en deuxième base, à s'épousseter le fond du pantalon. Il y est pas resté longtemps parce que le Doo s'est fait avoir en trois lancers, et il a ensuite jeté sa batte comme il faisait toujours quand il se faisait éliminer.

Donc, c'est peut-être bien un illustré sportif après tout, comme ceux que vous deviez lire en cachette derrière votre livre d'histoire en salle d'étude au lycée. Début de la neuvième manche et le Doo se retrouve face au premier à passer au bâton. Il retire Malzone, et un quart du stade est debout. Il retire Klaus, et la moitié du stade est debout. Puis arrive Williams – ce vieux Teddy Ballgame[1], comme on l'appelait. Le Doo lui frôle la hanche, ça fait zéro et deux, puis il flanche et lui concède une base sur balles. Le gosse s'avance vers le monticule et Doo lui fait signe de reculer : reste accroupi là-bas et fais ton boulot, fiston. Alors fiston l'a fait. Que peut-il bien faire d'autre ? Le gars sur le monticule est l'un des meilleurs lanceurs de baseball du moment et le gars derrière le marbre envoyait peut-être des balles contre le mur de l'étable la semaine d'avant pour rester en forme après la dernière traite du jour.

Premier lancer, sacredieu ! Williams file vers la deuxième base. La balle est par terre, difficile à manipuler, mais le gosse exécute quand même une foutue bonne passe. Il arrive presque à toucher Teddy, mais comme vous le savez, *presque* ça compte pour du beurre. Maintenant la foule est debout dans un cri. Le Doo gueule un coup après le gosse – comme si c'était la faute du petit et pas juste un lancer de merde – et, pendant que Doo accuse le gosse d'être un foutu bras cassé, Williams demande un temps mort. Il s'est légèrement blessé au genou en glissant jusqu'au coussin, ce qui n'aurait dû surprendre per-

---

1. Surnom : Balle de match.

sonne : il savait frapper comme pas deux, mais sur bases, c'était un lourdaud. Pourquoi il a volé cette base ce jour-là, on se le demandera toujours. Il avait sûrement pas le diable aux trousses, pas avec deux retraits et l'issue du match en jeu.

Donc Billy Anderson s'avance pour courir à la place de Teddy et Dick Gernert entre dans la boîte, moyenne de puissance 0,425 ou quelque chose comme ça. La foule est en délire, le drapeau flotte au vent, les papiers d'emballage de saucisses tourbillonnent de partout, les femmes pleurent, nom de Dieu ! les hommes hurlent à Jersey Joe de sortir le Doo et de faire entrer Steve Rankin – c'était lui le stoppeur, comme on dirait aujourd'hui, même si à l'époque on disait juste le releveur numéro un.

Mais Joe a croisé les doigts et gardé Dusen.

Le compte est de trois-deux, exact ? Anderson s'élance au moment du lancer, exact ? Parce qu'il court comme le vent et que le gars derrière le marbre est un p'tit bleu à son premier match en Ligue Majeure. Gernert, ce *grand* homme, passe juste en dessous d'une courbe et zobe le lanceur – il le lobe pas, il le *zobe* – envoyant la balle juste derrière le monticule, hors d'atteinte du Doo. L'autre bondit quand même comme un chat. Anderson passe la troisième base et le Doo renvoie au marbre depuis les genoux. Cette passe, un foutu *boulet* de canon, que c'était.

Je sais ce que vous pensez, monsieur King, mais vous êtes dans l'erreur la plus totale. Y m'a jamais traversé l'esprit que notre petit nouveau de receveur allait se faire rétamer comme Faraday et terminer sa courte carrière chez les pros. Et d'un, Billy Anderson avait rien d'un gros orignal comme Klew-le-Baraqué : plutôt genre danseur de ballet. Et de deux… ben… le gosse était *meilleur* que Faraday. Je pense avoir senti ça dès que je l'ai vu assis sur le pare-chocs de sa vieille camionnette de paysan merdeuse avec tout son barda stocké à l'arrière.

Le lancer de Dusen était lent mais précis. Le gosse l'a pris entre les jambes, puis il a pivoté, et j'ai vu qu'il tendait *juste son gant.* J'ai à peine eu le temps de penser que c'était bien là une erreur de débutant, qu'il avait oublié le vieil adage *à deux mains pour les bleus*, et qu'Anderson allait faire valser cette balle et qu'on allait devoir essayer de remporter la partie dans la deuxième demi-manche de la neuvième. Mais là, le petit abaisse son épaule gauche tel un attaquant de football américain. J'ai pas pensé à suivre sa main libre des yeux parce que mon regard, comme celui de tous les spectateurs d'Old Swampy ce jour-là, était rivé à ce gant de receveur tendu devant lui. Donc j'ai pas exactement vu ce qui s'est passé, et personne d'autre non plus.

Mais *voilà* ce que j'ai vu : alors qu'Anderson était encore à trois pas du marbre, le gosse lui a balancé fort son gant dans la poitrine. Anderson a heurté l'épaule baissée du petit, il est passé cul par-dessus tête puis il a atterri derrière la boîte gauche du batteur. L'arbitre a levé le poing, annonce de retrait. Et là, Anderson se met à hurler en se cramponnant la cheville. Je l'ai entendu depuis ma boîte de coach de troisième base, c'est vous dire s'il s'y entendait pour gueuler, parce que dans les tribunes, ces supporters de match d'ouverture rugissaient comme une tempête de force dix. J'ai vu l'ourlet de sa jambe gauche rougir et du sang lui suinter entre les doigts.

Puis-je avoir un verre d'eau ? Si vous voulez bien me servir... dans ce pichet en plastique, là... C'est tout ce qu'ils nous donnent pour nos chambres, vous savez : pichets en verre interdits à l'hôtel des zombies.

Ah !... ça fait du bien par où ça passe. J'avais pas parlé autant depuis bien longtemps, et j'en ai bien plus à dire. Z'êtes pas encore fatigué ? Non ? Moi non plus. Je me régale à vous raconter ça, horrible histoire ou pas...

Billy Anderson n'a pas rejoué avant 1958, et 1958 a été sa dernière année – Boston a mis un terme à son contrat sans condition à la mi-saison, et il a pu se caser nulle part ailleurs. Parce que sa vélocité avait disparu, et sa vélocité, c'était réellement tout ce qu'il avait à vendre. Les toubibs avaient dit qu'il serait pour ainsi dire remis à neuf, son tendon d'Achille n'était qu'à moitié sectionné, seulement il avait une élongation aussi, et j'imagine que c'est ça qui l'a achevé. Le baseball est un jeu délicat, vous savez ; les gens ne mesurent pas ça. Et les blessures par collision sur le marbre n'arrivent pas seulement aux receveurs.

Après le match, Danny Doo chope le gosse sous la douche et lui gueule : « Je te paye un coup à boire ce soir, *rookie*[1] ! Je vais même t'en payer *dix*, en fait ! »

---

1. Débutant.

Et là, il lui fait son plus beau compliment : « T'as assuré comme un pro derrière cette plaque !

— Dix coups à boire pa'ce que j'ai assuré comme un pro derrière cette plaque », dit le gosse, et le Doo se marre et lui tape dans le dos comme si c'était le truc le plus drôle qu'il avait jamais entendu.

Mais là-dessus, voilà Pinky Higgins qui déboule comme un fou furieux. Il dirigeait les Red Sox cette année-là, ce qui n'était pas de la petite bière : à mesure que l'été 57 se traînait, tout n'a fait qu'aller de mal en pis pour Pinky et les Sox. Il était furax, il mastiquait si fort sa chique de tabac que du jus lui giclait des deux côtés de la bouche et éclaboussait son uniforme. Il a dit que le gosse avait délibérément sectionné la cheville d'Anderson lors de leur collision sur le marbre. Dit que Blakely avait dû faire ça avec ses ongles et qu'il devrait par conséquent être exclu du jeu. C'était assez fort de café venant d'un homme dont la devise était : « Crampons hauts et on aura leur peau ! »

J'étais assis à boire une bière dans le bureau de Joe, et donc DiPunno et moi on l'a écouté divaguer ensemble. Je me disais que ce gars était cinglé et, à voir la mine de Joe, j'étais pas le seul.

Joe a attendu que Pinky s'essouffle, puis il a dit : « Je regardais pas le pied d'Anderson. Je regardais si Blakely allait le toucher et conserver la balle. Ce qu'il a fait.

— Fais-le venir ici, écume l'autre. Je veux lui dire ça en face.

— Sois raisonnable, Pink, dit Joe. Est-ce que je débarquerais dans ton bureau pour faire un scandale si c'était Blakely qui s'était coupé ?

— C'étaient pas les crampons ! gueule Pinky. Les crampons, ça fait partie du jeu ! Mais griffer quelqu'un comme… *comme une fille dans une partie de kickball…* non, ça, c'est pas réglo ! Et Anderson joue depuis sept ans ! Il a une famille à nourrir !

— Donc tu dis quoi ? Que mon receveur a déchiré la cheville de ton coureur vedette au moment où il le touchait – et le jetait par-dessus son épaule, oublie pas – et qu'il a fait ça avec ses *ongles* ?

— C'est ce que dit Anderson, lui fait Pinky. Anderson dit qu'il l'a senti.

— Peut-être que Blakely lui a fait une élongation avec ses ongles aussi. C'est ça ?

— Non », reconnaît Pinky. Il était tout rouge, à présent, et pas seulement à cause de la colère. Il savait de quoi tout ça avait l'air. « Il dit que ça s'est passé quand il a chuté.

— Je demande pardon à la cour, j'ai dit, mais… avec les *ongles* ? C'est un paquet de conneries.

— Je veux voir les mains du gosse, dit Pinky. Vous me les montrez ou je dépose une putain de plainte. »

Je pensais que Joe allait dire à Pinky d'aller déposer un étron dans son chapeau, mais il l'a pas fait. Il s'est tourné vers moi.

« Dis au petit de se ramener. Dis-lui qu'il va montrer ses ongles à M. Higgins, comme il les montrait à la maîtresse au cours préparatoire après le serment d'allégeance. »

Je suis allé chercher le gosse. Il est venu d'assez bon gré, quoique court vêtu d'une simple serviette-éponge, et il n'a pas tiqué pour présenter ses ongles. Ils les avait courts, propres, aucun de cassé ou même de plié. Pas de sang séché en dessous, non plus, comme on pourrait en avoir si on les plantait délibérément dans la couenne de quelqu'un et qu'on griffait fort. Une petite chose, toutefois, que j'ai remarquée, même si je n'y ai pas accordé grande importance sur le moment : le pansement sur son index n'y était plus, et là où il se trouvait avant, je n'ai pas vu la moindre trace de coupure en train de cicatriser, rien que de la peau propre et rose après la douche.

« Satisfait ? demande Joe à Pinky. Ou tu voudrais aussi inspecter ses oreilles pour y trouver du miel ?

— Va te faire foutre », lui fait Pinky. Il se lève, marche d'un pas martial vers la porte, là il crache sa chique dans la poubelle – *splut !* – puis il se retourne pour lancer : « Mon gars affirme que *ton* gars l'a coupé. Dit qu'il l'a senti. Et mon gars ne ment pas.

— Ton gars a voulu jouer les héros alors que l'issue du match était en jeu au lieu de s'arrêter en troisième base et de laisser sa chance à Piersall. Il te dirait aussi que la trace de pneu dans son caleçon c'est du chocolat si ça pouvait le dédouaner. Tu sais ce qu'est arrivé, et moi aussi. Anderson s'est pris les pieds dans ses crampons et y s'est blessé tout seul quand il s'est vautré. Maintenant, sors d'ici.

— Attends-toi à une revanche pour ça, Di Punno.

— Ah ouais ? Ben, le match de demain est à la même heure. Ramenez-vous assez tôt, tant que le pop-corn est chaud et la bière fraîche. »

Pinky est sorti en arrachant une nouvelle chique à sa carotte de tabac. Joe tambourinait du bout des doigts sur son bureau, à côté du cendrier, puis il a dit au gosse : « Maintenant qu'on est entre nous, est-ce que tu as fait quelque chose à Anderson ? Dis-moi la vérité.

— Non. » Pas un brin d'hésitation. « J'ai rien fait à Anderson. C'est la vérité.

— OK », a fait Joe. Et il s'est levé. « Toujours sympa de tailler une bavette après le match, mais je crois que je vais rentrer à la maison calcer ma femme sur le canapé. Remporter le match d'ouverture me file toujours la trique. » Il a claqué l'épaule de notre nouveau receveur. « Gamin, t'as joué comme ce jeu mérite d'être joué. Bon point pour toi. »

Et il est parti. Le petit a resserré sa serviette autour de sa taille et a pris le chemin des vestiaires. J'ai dit : « Je vois que cette coupure de rasoir va nettement mieux. »

Il s'est arrêté net sur le seuil, et il avait beau être de dos, j'ai su qu'il avait fait quelque chose sur le terrain. La vérité était là, dans sa façon de se tenir. Je sais pas comment l'expliquer mieux que ça, mais… j'ai su.

« Quoi ? »

Comme s'il m'avait mal compris, voyez ?

« La coupure de rasoir sur ton doigt.

— Ah, *cette* coupure de rasoir. Oueuh, va nettement mieux. »

Et il file droit devant lui… même si, péquenaud qu'il était, il devait pas avoir la moindre idée d'où il allait.

Bon : deuxième match de la saison. Dandy Dave Sisler sur le monticule pour Boston et notre nouveau receveur est à peine installé dans la boîte du batteur que Sisler lui en balance une rapide dans la tête.

Lui aurait fait sauter les deux yeux s'il l'avait atteint, mais l'autre renverse la tête en arrière – se baisse même pas ni rien – et se remet aussitôt en position, batte en main, les yeux fixés sur Sisler comme pour lui dire : *Vas-y, mec, refais ça si t'as envie.*

Les spectateurs hurlent comme des malades en scandant *DE-HORS ! DE-HORS ! DE-HORS !* L'arbitre a pas sorti Sisler, mais il a eu droit à un avertissement et une acclamation est montée des tribunes. J'ai tourné la tête et aperçu Pinky qui marchait de long en large dans l'abri de Boston, les bras croisés si fort qu'on aurait dit qu'il voulait s'empêcher d'exploser.

Sisler fait deux fois le tour du monticule, buvant l'amour des fans comme du petit-lait – tu parles, ils le voulaient roué et écartelé – puis il va au sac de résine, et là il balance deux, trois signes. Sans se presser, vous savez, pour que ça ait le temps de faire de l'effet. Le gosse, pendant tout ce temps, il bronche pas, debout au marbre, sa batte levée, aussi peinard que votre mémé calée dans les coussins du canapé. Et donc Dandy Dave lui en envoie une rapide genre t'es-pas-cap'-de-m'expédier-jusqu'à-Broadway et le petit l'envoie se perdre dans les gradins du champ gauche. Tidings était sur base et on monte tout de suite au score, deux à rien du tout. Je parie que les gens à New York ont entendu la clameur qui est montée de Swampy quand le gosse a frappé ce coup de circuit.

Je pensais le voir bicher quand il est passé sur la troisième base, mais il était sérieux comme un pape. Il marmonnait dans sa barbe : « Bon travail, Billy, dans les dents, l'amateur, bon travail. »

Le Doo a été le premier à le choper dans l'abri pour l'accompagner en dansant jusqu'au rack. L'a même aidé à ramasser les bâtons par terre, ce qui lui ressemblait pas du tout, au Danny Dusen, il se croyait généralement au-dessus de ça.

Après avoir battu Boston une deuxième fois et foutu Pinky Higgins en rogne, on est descendus à Washington où on a aligné trois victoires consécutives. Le gosse a frappé des coups sûrs dans les trois matchs, y compris son deuxième coup de circuit, mais le Griffith Stadium avait de quoi vous filer la déprime, mon frère : on aurait pu dégommer à la mitrailleuse un rat cavalant dans les loges derrière le marbre sans craindre de toucher un quelconque supporter. Les foutus Sénateurs[1] ont terminé à plus de quarante défaites cette année-là. Jésus en a pleuré, merde.

Le gosse était derrière le marbre pour le deuxième match du Doo là-bas et il a bien failli enregistrer un match sans points ni coup sûr pour sa cinquième apparition en Ligue Majeure. Pete Runnels a tout fait foirer dans la neuvième manche, en frappant un double alors qu'il y avait déjà un retrait. Après quoi, le gosse s'est avancé vers le monticule et, cette fois, le Doo lui a pas fait signe de reculer. Ils ont discuté un peu, puis le Doo a concédé un but-sur-balles intentionnel au batteur suivant, Lou Berberet (voyez comme tout ça me revient ?). Bob Usher est alors venu à la batte, il a frappé et on a fait un double-jeu comme une fleur : fin du match.

---

1. « Senators », nom de l'équipe de Washington.

Ce soir-là, le Doo et le gosse sont sortis fêter la cent quatre-vingt-dix-huitième victoire de Dusen. Quand j'ai revu le plus jeune poussin de notre couvée le lendemain, il avait une vilaine gueule de bois, mais il encaissait ça aussi calmement que la balle en pleine tête de Dave Sisler. Je commençais à me dire qu'on en tenait un vrai et qu'on n'aurait pas besoin de Hubie Rattner en définitive. Ni de personne d'autre.

« Vous êtes comme cul et chemise, Danny et toi, on dirait, je lui fais.

— Cul et chemise, il acquiesce, en se frictionnant les tempes. Le Doo et moi, on est comme cul et chemise. Y dit qu'Billy c'est son porte-chance.

— Ah oui, il dit ça ?

— Ouais. Y dit qu'si on se tient les coudes, il aura ses vingt-cinq victoires et ils lui donneront le Cy Young, obligés, même si les journaleux peuvent pas le saquer.

— C'est vrai ?

— Oui, m'sieur, c'est vrai. Hé, Granny ?

— Quoi ? »

Il me regardait avec ces grands yeux bleus qu'il avait : vingt sur vingt aux deux, un regard qui voyait tout et comprenait quasi rien. À ce moment-là, je m'étais déjà avisé qu'il savait à peine lire et que le seul film qu'il avait vu dans sa vie, c'était *Bambi*. Il disait qu'il y avait été avec les autres gosses d'Otter-show ou Outershow ou un truc comme ça, et j'en avais déduit que c'était le nom de son école. Ce qui était à la fois vrai et faux, mais c'est pas la question. La question, c'est qu'il savait jouer au baseball

– instinctivement, je dirais – mais qu'à part ça, son cerveau était un tableau noir avec rien d'écrit dessus.

« Redites-moi ce que c'est un Cy Young ? »

C'est comme ça qu'il était, vous voyez.

On est allés à Baltimore pour une série de trois avant de rentrer à la maison. Baseball de printemps typique dans cette ville, qui est vraiment ni au nord ni au sud : assez froid pour geler les couilles d'un singe en bronze le premier jour, plus chaud que l'enfer le deuxième, et une bruine fine comme de la glace liquide le troisième. Mais pour le gosse, c'était du pareil au même : il a frappé dans les trois matchs, ce qui lui en faisait huit d'affilée. Aussi, il a sorti un autre coureur sur le marbre. On a perdu ce match, mais c'était un putain de beau retrait. Sur Gus Triandos, je crois. Il s'est jeté la tête la première dans les genoux du gosse et il est resté étendu là, comme sonné, à un mètre de la maison[1]. Le petit l'a touché au niveau de la nuque, tout doucement, comme maman tapote les coups de soleil de Bébé Chéri avec de la crème.

Une photo de ce toucher a paru dans l'*Evening News* de Newark et la légende disait : *Un autre point sauvé par Billy Barrage Blakely*. C'était un bon surnom et ça a pris chez les supporters. La foule était pas aussi démonstrative en ce temps-là – en 1957, personne serait venu au Yankee Stadium coiffé d'une toque de *chef* pour encourager Garry *Shef*field, je crois pas – mais quand on a joué notre premier match à domicile à Old Swampy, certains supporters sont arrivés avec des panneaux de

---

1. Marbre, plaque de but.

signalisation routière orange annonçant DÉVIATION et ROUTE BARRÉE.

Ces panneaux auraient pu rester une passade d'un jour, si deux des Indians de Cleveland n'avaient pas été éliminés au marbre lors de notre premier match à domicile. Un match où Danny Dusen lançait, par le fait. Ces deux retraits étaient dus à de superbes lancers plutôt qu'à de superbes blocages, mais c'est notre rookie qui en a récolté le crédit et, d'une certaine façon, il le méritait. Les gars commençaient à se fier à lui, voyez ? Et ils voulaient le voir toucher. Les joueurs de baseball sont aussi des fans, vous le savez, et quand l'un de nous a la gagne, même les plus endurcis veulent prêter main-forte.

Dusen a enregistré sa cent quatre-vingt-dix-neuvième victoire ce jour-là. Ah ! et le gosse a frappé trois coups sûrs sur ses quatre passages à la batte, y compris un coup de circuit, donc ça ne devrait pas vous surprendre si je vous dis que, lors de notre deuxième match contre Cleveland, encore plus de supporters ont rappliqué avec des panneaux de ce genre.

Mais le jour du troisième match, un type à l'esprit d'entreprise s'est installé sur l'Esplanade des Titans pour vendre de grands diamants de carton orange peinturlurés de lettres noires : ROUTE BARRÉE SUR ORDRE DE BILLY BARRAGE. Certains fans les brandissaient quand Billy passait au bâton, et tous les brandissaient quand l'autre équipe avait un coureur en troisième base. Quand est venu le tour des Yankees d'être en visite – on approchait de la fin avril –, le stade entier était noyé sous une déferlante orange dès que les Bombardiers[1] avaient un coureur en troisième, ce qui arrivait souvent dans ces séries.

Parce que, voyez, les Yankees nous ont fichu la pâtée et ont repris la première place. C'était pas la faute du gosse : il a frappé dans tous les matchs et touché Bill Skowron entre le marbre et la troisième base quand l'abruti s'est fait prendre dans une souricière. Skowron, c'était un gros orignal du gabarit de Klew-le-Baraqué, et il a essayé d'aplatir le petit, mais c'est Skowron qui a fini sur son cul, avec le gosse à califourchon sur lui, un genou de chaque côté. Sur la photo qui a paru dans le journal, on aurait dit la fin d'un combat de catch à grand spectacle, avec Pretty Tony Baba écrasant Gorgeous George plutôt que le contraire. Le public s'est surpassé à agiter ces panneaux ROUTE BARRÉE dans tous les sens. Et que les Titans aient perdu n'a pas paru les contrarier : ils sont rentrés chez eux heureux d'avoir vu notre receveur miniature mettre ce gros orignal de Skowron le cul par terre.

J'ai vu le gosse ensuite, assis à poil sur le banc des vestiaires au sortir de la douche. Il avait un gros hématome qui s'élargissait sur le côté du torse mais ça ne semblait pas du tout le tracasser. C'était pas une chochotte. Certains ont dit plus tard qu'il était trop débile mental pour ressentir la douleur : débile mental et cinglé. Mais j'ai connu quantité de joueurs débiles mentaux dans ma carrière, et d'être débile mental les a jamais empêchés de pleurnicher sur leurs bobos.

---

1. *The Bombers* : surnom de l'équipe des Yankees du Bronx (New York).

« Qu'est-ce que tu penses de tous ces panneaux, petit ? je lui ai demandé, pensant le ragaillardir s'il avait besoin d'être ragaillardi.

— Quels panneaux ? » qu'il me sort.

Et j'ai vu à sa mine perplexe qu'il plaisantait pas du tout. Voilà comment qu'il était, Billy Barrage. Il aurait fait front devant un semi-remorque si le gars au volant avait foncé vers le marbre pour marquer le point, mais, sinon, il était dans un putain de brouillard.

On a joué une série de deux matchs à Detroit avant de reprendre la route et on a perdu les deux. Danny Doo était sur le monticule pour le second et il pouvait pas s'en prendre au gosse si ça a mal tourné : il s'est retrouvé sur la touche avant la fin de la troisième manche. À rouspéter sous l'abri, comme quoi il faisait froid (il faisait pas froid), et comment Harrington avait raté une longue balle en cloche (il aurait fallu que Harrington soit monté sur des échasses pour la rattraper, celle-là), et toutes les mauvaises décisions qu'avait prises cet enfoiré de Wenders derrière le marbre. Sur ce dernier point, il aurait pu avoir raison, parce que Hi Wenders aimait pas plus le Doo que les chroniqueurs sportifs ne l'aimaient : l'avait jamais apprécié, l'avait grugé sur deux balles de match l'année d'avant. Mais j'ai pas vu une seule mauvaise décision ce jour-là, et je me tenais à moins de trente mètres de lui.

Le gosse a frappé des coups sûrs dans les deux matchs, y compris un coup de circuit et un triple. Et Dusen l'a pas agoni d'injures non plus, ce qui aurait été son comportement habituel : c'était le genre de gars qui voulait que les autres comprennent bien qu'il n'y avait qu'une seule grosse vedette chez les Titans, et que c'était pas eux. Mais il aimait bien le gosse : l'avait réellement l'air de penser que le petit était son porte-chance. Et le gosse l'aimait bien aussi. Ils sont allés faire la tournée des bars après le match, z'ont bien dû s'envoyer un millier de verres, puis sont allés au bordel fêter la première défaite du Doo de la saison, et ils se sont pointés le lendemain tout patraques et pâlots pour le déplacement à KC[1].

« Le gosse a tiré son coup hier soir, m'a confié le Doo dans le bus qui nous conduisait à l'aéroport. Je crois que c'était sa première fois. Bon plan. Le mauvais plan, c'est que je crois pas qu'il s'en souvienne… »

On a eu un vol mouvementé ; la plupart l'étaient en ce temps-là. On montait dans des minables coucous à hélice et c'est un miracle qu'on y soit pas tous passés comme Buddy Holly et le Big Bopper, merde. Le gosse a passé presque tout le trajet à vomir dans les toilettes à l'arrière du zinc, pendant qu'une poignée de gars devant la porte faisaient une partie d'acey-ducey[2] en lui lançant les vannes habituelles : *Tu t'en es tartiné ? T'veux un couteau et une fourchette pour t'en dépatouiller ?* Et le lendemain, le gosse nous fait un sans-fautes au Municipal Stadium, avec deux homeruns en prime.

On a aussi eu droit à un autre numéro à la Billy Barrage : il aurait carrément pu avoir déposé un bre-

---

1. Kansas City.
2. Variante du backgammon.

vet. Sa toute dernière victime étant Cletus Boyer. Et à nouveau, on a vu Billy Barrage abaisser son épaule gauche, et hop ! cul par-dessus tête est passé Mr Boyer, les quatre fers en l'air dans la boîte gauche du batteur. À quelques différences près : notre rookie a mis les deux mains pour le toucher cette fois et il n'y a eu ni sang ni tendon d'Achille sectionné. Boyer s'est relevé, voilà tout, et il est retourné à l'abri en époussetant son cul et en secouant la tête comme s'il savait plus très bien où il était. Ah ! et on a perdu ce match malgré les cinq coups sûrs du petit. Score final onze à dix ou quelque chose comme ça. Les balles-papillons de Ganzie Burgess n'ont pas volé ce jour-là et les Athletics en ont fait leur miel.

On a gagné le match suivant, et perdu un match serré le dernier jour avant de reprendre la route. Le gosse a frappé dans les deux matchs, ce qui lui en faisait seize d'affilée. Plus neuf retraits au marbre. Neuf en seize matchs ! Ça pourrait bien être un record. Si c'était inscrit dans les annales, je veux dire.

On est partis à Chicago pour une série de trois, et le gosse a frappé aussi dans ces matchs-là, ce qui lui en faisait maintenant dix-neuf d'affilée. Mais du diable si on a pas perdu ces trois-là aussi. Jersey Joe m'a regardé après le dernier de cette série et m'a dit : « J'y crois pas, à cette histoire de porte-chance. Je crois qu'au contraire Blakely nous *pompe* la chance.

— T'es injuste, et tu le sais, je lui ai dit. Ça avait bien démarré, et maintenant c'est une mauvaise passe. Ça va s'égaliser.

— Peut-être, il a dit. Est-ce que Dusen apprend toujours au gosse à se biturer ?

— Ouais. Ils ont filé au Loop avec quelques autres gars.

— Mais ils rentreront ensemble, a dit Joe. Je pige pas. À l'heure qu'il est, Dusen devrait haïr ce gosse. Doo est avec nous depuis cinq ans et je connais son *modus operandi*. »

Moi aussi, je le connaissais. Quand le Doo perdait, il fallait qu'il rejette la faute sur quelqu'un d'autre, comme ce jean-foutre de Johnny Harrington ou cet amateur de Hi Wenders en uniforme bleu. Le gosse aurait dû être passé à la casserole depuis longtemps, mais Danny lui envoyait toujours des claques dans le dos en lui promettant le titre de Rookie de l'Année, nom d'une pipe. Pas que le Doo aurait pu rejeter la défaite du jour sur le gosse. Dans la cinquième manche de son dernier chef-d'œuvre, Danny en a catapulté une dans le grillage arrière : bien haute, bien ample, du tonnerre. Et c'était que le début. Alors là, il devient fou, il perd le contrôle et concède deux buts-sur-balles coup sur coup. Puis Nellie Fox a réussi un double. Après ça, le Doo s'est ressaisi, mais c'était déjà trop tard : il était sur la sellette, et il y est resté.

On s'en est un peu mieux tirés à Detroit, deux victoires sur trois. Le gosse a frappé dans les trois matchs et nous a fait un autre de ses numéros époustouflants de défense du marbre. Puis on est rentrés à la maison. À présent, le gosse des Davenport Cornholers était la coqueluche de toute l'American League. Le bruit a couru qu'il allait tourner une réclame pour Gillette !

« C'est une réclame que j'aimerais bien voir, a dit Si Barbarino. Je suis fan de burlesque.

— Alors tu dois adorer te regarder dans la glace, lui a sorti Critter Hayward.

— T'es un marrant, lui a fait Si. Ce que je veux dire, c'est que le gosse a même pas un poil de barbe. »

Y a jamais eu de réclame, naturellement. La carrière de joueur de Billy Barrage était quasiment finie…

On avait une série de trois prévue avec les White Sox, mais le premier a été annulé pour intempéries. L'arbitre en chef était Hi Wenders, le vieux copain du Doo, et c'est lui-même qui m'en a informé. Je m'étais rendu à Old Swampy de bonne heure parce que les malles contenant les uniformes qu'on emportait quand on jouait à l'extérieur avaient atterri par erreur à Idlewild et je voulais m'assurer qu'elles avaient été rapatriées par la route. On n'en aurait pas besoin avant une semaine, mais j'avais jamais l'esprit tranquille tant que ce genre de choses n'était pas réglé.

Wenders était assis sur un petit tabouret devant le vestiaire des arbitres, il lisait un livre de poche avec une blonde en lingerie coquine sur la couverture.

« C'est ta femme, Hi ? que je lui demande.

— Ma copine, qu'y m'dit. Rentre chez toi, Granny. La météo annonce des pluies torrentielles pour quinze heures. J'attends juste que DiPunno et Lopez annulent la rencontre.

— OK, je lui réponds. Merci. »

J'allais poursuivre mon chemin quand il m'a rappelé.

« Dis, Granny ? Ce petit prodige que vous avez trouvé, il est d'aplomb dans sa tête ? Parce qu'il parle tout seul derrière le marbre. Il chuchote. Il s'arrête jamais, putain.

— C'est pas un candidat pour Quiz Kids[1], mais il est pas dingue, si c'est ce que tu veux dire », j'ai répondu. Je me trompais là-dessus, mais qui aurait pu le savoir ? « Quel genre de trucs il dit ?

— J'ai pas saisi grand-chose la fois où j'étais derrière lui – le deuxième match contre Boston – mais je sais qu'il parle de lui à la… comment qu'on appelle ça… la troisième personne. Il dit des trucs genre "Je peux le faire, Billy". Et une fois, après avoir laissé tomber un ricochet qui aurait compté comme troisième prise, il a dit : "Je suis désolé, Billy."

— Ouais, et alors ? Jusqu'à l'âge de cinq ans, j'ai eu un ami invisible que j'appelais Shérif Pete. Shérif Pete et moi, on a fait le coup de feu dans pas mal de villes minières ensemble.

— Ouais, mais Blakely, il a plus cinq ans. À moins qu'il les ait ici. »

Et Wenders se tapote le côté de son gros crâne épais.

« Il pourrait aussi avoir cinq de moyenne au bâton dans pas longtemps, je lui fais. Moi, c'est tout ce qui m'intéresse. Et puis, c'est un putain de receveur. Reconnais-le.

— Je le reconnais, dit Wenders. Peur de rien, le corniaud. Encore un signe qu'il est pas complètement d'aplomb dans sa tête. »

J'allais pas écouter plus longtemps un arbitre dénigrer un de mes joueurs, alors j'ai changé de sujet et

---

1. Jeu radiophonique et télévisé à caractère éducatif pour les enfants.

je lui ai demandé – en plaisantant mais pas vraiment – s'il allait nous arbitrer un match propre et carré le lendemain, même si sa bête noire de Doo était lanceur.

« J'arbitre toujours *propre et carré*, qu'il me fait. Dusen est un m'as-tu-vu prétentieux qui se voit déjà avec sa plaque à Cooperstown[1]. Il commettra cent bourdes et portera pas le chapeau une seule fois. Et c'est un enfoiré de discutailleur de première qui sait qu'il a pas intérêt à commencer avec moi, parce que ça se passera pas comme ça. Cela dit, j'arbitrerai réglo, comme je fais toujours. J'arrive pas à croire que t'aies posé la question. »

Et moi, j'arrive pas à croire que tu sois resté là à te gratter le cul et à traiter notre receveur d'idiot congénital ou presque, j'ai pensé, *et pourtant tu l'as fait.*

J'ai emmené ma femme au restaurant ce soir-là et on a passé une très agréable soirée. Dansé avec l'orchestre de Lester Lannon, si je me souviens bien. Échangé quelques baisers romantiques dans le taxi au retour. Bonne nuit de sommeil. J'ai plus redormi aussi bien pendant un bout de temps ensuite : beaucoup de mauvais rêves.

Danny Dusen a ouvert le match l'après-midi de ce qui devait être une soirée double, mais le monde dans lequel évoluaient les Titans avait déjà viré au cauchemar : on ne le savait pas encore, c'est tout. Personne ne le savait sauf Joe DiPunno. Mais à la nuit tombée, nous savions tous qu'on était cuits pour la saison, parce que nos vingt et un matchs allaient

---

1. Temple de la Renommée (musée du baseball).

à coup sûr être effacés des annales, ainsi que toute référence officielle à Billy Barrage Blakely.

Je suis arrivé tard à cause de la circulation, mais je m'en faisais pas, parce que l'affaire des uniformes avait été démêlée. La plupart des gars étaient déjà là, en train de s'habiller ou de jouer au poker, ou bien juste assis à droite à gauche, à papoter ou fumer. Dusen et le gosse étaient installés sur des chaises pliantes dans le coin du distributeur de cigarettes. Le gosse avait déjà mis son pantalon d'uniforme, Dusen n'avait encore que son caleçon – pas beau, le spectacle. Je suis allé me chercher un paquet de Winston et j'ai écouté. C'était surtout Danny qui parlait. Je l'entends dire :

« Cet enfoiré de Wenders peut pas me saquer.

— Y peut pas te saquer », répète le gosse. Et puis : « Cet enfoiré.

— Ça, tu peux le dire. Tu crois qu'il veut être l'arbitre derrière le marbre le jour où je remporterai ma centième victoire ?

— Non ? fait le gosse.

— Tu parles que non ! Mais je vais gagner aujourd'hui rien que pour l'emmerder. Et tu vas me donner un coup de main, Bill. Ça marche ?

— Ça marche. Bien sûr. Bill donne un coup de main.

— Il va coller au marbre comme un connard.

— Ah, oui ? Y va y coller comme un co… ?

— J'viens de te le dire. Alors tu vas ramener toutes les balles à l'intérieur de la zone de strike super vite.

— Aussi vite que Jack l'Éclair.

— T'es mon porte-chance, p'tit Billy. »

Et le gosse, sérieux comme un prédicateur à l'enterrement d'un gros bonnet :

« Je suis ton porte-chance.

— Ouais. Alors écoute… »

C'était marrant et troublant en même temps. Le Doo était *intense* : penché en avant, les yeux flamboyants tandis qu'il parlait. Il avait la compétition dans la peau, voyez ? Il voulait gagner, comme Bob Gibson voulait gagner. Comme Gibby, il aurait fait n'importe quoi dont il aurait pu se tirer impunément pour y arriver. Et le gosse avalait ça à la cuillère.

J'ai failli intervenir, parce que je voulais rompre cette connexion. D'en parler avec vous… je pense que, peut-être, mon subconscient avait déjà mis pas mal de choses bout à bout. Peut-être que c'est des conneries, mais je crois pas.

Mais je les ai laissés tranquilles, j'ai juste pris mes clopes et j'ai fait demi-tour. Merde, si je l'avais ouverte, de toute façon, Dusen m'aurait dit de m'enfoncer une chaussette dans le clapet. Il aimait pas qu'on l'interrompe quand il tenait le haut du pavé, et même si n'importe quel autre jour j'en aurais eu rien à foutre, on a tendance à fiche la paix à un gars quand c'est son tour d'être en piste devant les quarante mille personnes qui payent son salaire.

Je suis allé jusqu'au bureau de Joe pour avoir la feuille d'ordre de passage à la batte mais sa porte était fermée et ses stores baissés, un truc quasi inouï un jour de match. Comme les lamelles des stores n'étaient pas totalement fermées, j'ai risqué un œil à l'intérieur. Joe avait le téléphone à l'oreille et une main devant les yeux. J'ai toqué à la vitre. Il a sursauté si fort qu'il en est presque tombé de sa chaise et il s'est retourné pour regarder. On dit qu'on pleure pas au baseball, mais il pleurait, je peux vous le dire. Seule et unique fois de ma vie que j'ai vu ça. Il avait le visage blême et les cheveux hérissés – le peu de cheveux qu'il avait.

Il m'a fait signe de m'en aller puis il s'est remis à parler au téléphone. J'ai retraversé les vestiaires pour rejoindre la salle des coachs, qui était la salle de l'équipement, en fait. À mi-chemin, je me suis arrêté. La grande conférence lanceur-receveur était terminée et le gosse était en train d'enfiler sa chemise d'uniforme, celle avec le grand 19 bleu. Et j'ai vu que le pansement était revenu sur l'index de sa main droite.

Je l'ai rejoint et j'ai posé une main sur son épaule. Il m'a souri. Ce gosse avait un sourire vraiment gentil quand il s'y mettait. « Salut, Granny », qu'il me fait. Mais son sourire a commencé à disparaître quand il a vu que moi je ne souriais pas.

« T'es prêt à jouer ? j'ai demandé.

— Pour sûr.

— Bien. Mais je veux te dire une chose avant que tu entres sur le terrain. Le Doo est un fameux lanceur, mais comme être humain, il dépassera jamais la Ligue Mineure. Il marcherait sur le dos brisé de sa grand-mère pour obtenir une victoire, et tu comptes foutrement moins pour lui que sa grand-mère.

— Je suis son porte-chance ! qu'il me fait, indigné.

— Peut-être bien, je réponds, mais c'est pas de ça que je parle. Ça arrive, d'être trop *remonté* pour un match. Un peu, c'est bien, mais trop, et le ressort risque de casser.

— Je vous comprends pas.

— Si ton ressort cassait comme celui d'une mauvaise montre trop remontée, le Doo se trouverait juste un nouveau porte-chance tout neuf.

— Vous devrez pas parler comme ça ! Moi et lui, on est amis !

— Je suis ton ami aussi. Plus important, je suis un des coachs de cette équipe. Je suis responsable de ton bien-être, et je parlerai comme j'en ai envie, surtout à un débutant. Et tu vas écouter. Tu écoutes ?

— J'écoute. »

Je suis sûr qu'il m'écoutait, mais sans me regarder ; il avait baissé les yeux et deux pivoines rouge sombre avaient éclos sur ses joues lisses de petit garçon.

« Je ne sais pas quel genre d'accessoire tu as en dessous de ce pansement, et je ne veux pas le savoir. Tout ce que je sais, c'est que je l'ai vu lors du premier match que tu as joué pour nous et qu'un joueur a été blessé. Je ne l'ai pas revu depuis et je ne veux pas le revoir aujourd'hui. Parce que, si tu te faisais prendre, ce serait *toi* qui serais pris, même si le Doo t'y a poussé.

— Je me suis coupé, c'est tout, il me fait, maussade.

— C'est ça. Tu te coupes en te rasant les phalanges. Mais je ne veux pas voir ce pansement sur ton doigt quand tu entreras sur le terrain. Je veille à tes intérêts. »

Est-ce que je lui aurais dit ça si j'avais pas vu Joe à ce point chamboulé qu'il en pleurait ? J'aime penser que oui. J'aime penser que je veillais aux intérêts du jeu, que j'adorais alors, et que j'adore toujours. Le Bowling Virtuel lui arrive pas à la cheville, croyez-moi.

Je me suis éloigné avant qu'il puisse rajouter quoi que ce soit. Et j'ai pas regardé en arrière. En partie parce que je tenais pas à voir ce qu'il y avait sous ce pansement, mais surtout parce que Joe était debout sur le seuil de son bureau et qu'il me faisait signe d'approcher. Je jurerai pas qu'il y avait plus de gris dans ses cheveux, mais je jurerai pas le contraire non plus.

Je suis entré dans son bureau et j'ai fermé la porte. Une idée affreuse m'a traversé l'esprit. C'était pas si incongru, vu la mine qu'il avait. « Seigneur Dieu, Joe, c'est ta femme ? Ou tes gosses ? Il est arrivé quelque chose à un de tes gosses ? »

Il a sursauté et cligné des yeux comme si je lui avais fait éclater un ballon à l'oreille. « Non. Jessie et les petits vont bien. Mais, George… oh, *mon Dieu*. J'arrive pas à le croire. Quelle catastrophe. » Et il a pressé le gras de ses paumes contre ses yeux. Un son lui a échappé, mais c'était pas un soupir. C'était un rire. Le plus terrible putain de rire que j'aie jamais entendu.

« Qu'est-ce qu'y a ? Qui t'a appelé ?

— Il faut que je réfléchisse », qu'il dit. Mais pas à moi. C'était à lui-même qu'il parlait. « Il faut que je décide comment je vais… » Il a ôté ses mains de ses yeux et il a paru redevenir un peu lui-même. « C'est toi qui diriges, Granny.

— *Moi ?* Mais je sais pas diriger ! Le Doo s'en remettrait pas ! Il tente encore sa deux centième aujourd'hui et…

— Tout ça n'a plus d'importance, tu ne vois pas ? Plus maintenant…

— Mais que…

— Contente-toi de la boucler et de présenter une feuille d'ordre à la batte. Pour ce qui est du gosse… » Il a réfléchi, puis secoué la tête. « Merde, laisse-le jouer, au point où on en est. Fais-le passer cinquième au bâton. J'allais le faire monter, de toute façon.

— Bien sûr qu'il va jouer, j'ai dit. Qui d'autre jouerait receveur avec Danny ?

— Oh, au diable Danny Dusen ! qu'il me dit.

— Cap't… Joe… dis-moi ce qui est arrivé ?

— Non, il me dit. Il faut que je réfléchisse bien, d'abord. Qu'est-ce que je vais dire aux gars ? Et aux journalistes ! » Il s'est claqué le front, comme si cet aspect des choses venait juste de lui apparaître. « Ces connards suréduqués et surpayés ! Merde ! » Puis, se parlant de nouveau à lui-même : « Mais laissons les gars jouer ce match. Ils le méritent bien. Peut-être que le gosse aussi. Diable, peut-être qu'il va nous faire un carrousel[1] ! » Il a ri encore un peu, puis il s'est fait violence pour s'obliger à arrêter.

« Je comprends pas.

— Tu comprendras bientôt. Vas-y, sors d'ici. Compose-nous n'importe quel ordre de passage à la batte qui te chante. Sors les noms d'un chapeau, tiens, pourquoi pas ? Ça n'a aucune importance. Veille seulement à prévenir l'arbitre en chef que

---

1. Ou cycle. Réussite, par un frappeur, des quatre types de coups sûrs possibles dans une même partie.

c'est toi qui mènes la revue. Ça devrait être Wenders aujourd'hui. »

J'ai longé le couloir jusqu'au vestiaire des arbitres comme dans un rêve et j'ai dit à Wenders que j'allais décider de l'ordre de passage à la batte et diriger le jeu depuis mon rectangle de coach de troisième base. Il m'a demandé ce qu'avait Joe et j'ai dit qu'il était malade. Ce qu'il était, sans l'ombre d'un doute.

C'est le premier match que j'ai dirigé – jusqu'à ce que j'entre chez les Athletics en 1963 –, et ç'a été bref parce que, comme vous devez le savoir si vous avez fait vos recherches, Hi Wenders m'a expulsé dans la sixième. Je me souviens pas de grand-chose, de toute façon. J'avais tellement de choses dans la tête que j'avais encore l'impression d'évoluer dans un rêve. Mais j'ai eu assez de présence d'esprit pour faire une chose : vérifier la main droite du gosse avant qu'il déboule sur le terrain. Y avait pas de pansement à son doigt, et pas de coupure, non plus. J'en ai même pas été soulagé. J'arrêtais pas de revoir les yeux rouges de Joe DiPunno et sa bouche hagarde.

Ça a été le dernier bon match de Danny Doo et il a jamais obtenu ses deux cents victoires. Il a essayé de revenir en 1958, mais impossible. Il prétendait qu'il avait perdu son acuité visuelle, et c'était peut-être vrai, mais le fait est qu'il était même plus capable d'envoyer la pastille sur le marbre. Pas de plaque à Cooperstown pour Danny… Joe avait raison depuis le début : ce gosse était un pompe-la-chance. Comme un genre de foutu prince vaudou.

Mais cet après-midi-là, le Doo a été meilleur que je ne l'ai jamais vu : ses rapides bondissaient, ses courbes claquaient comme un fouet. Pendant les quatre premières manches, personne n'a pu le toucher. C'était contentez-vous d'agiter le bâton et allez vous rasseoir, messieurs, merci d'avoir joué. Il en a retiré six et les autres ont été retirés sur base par les défenseurs. Le seul problème, c'était que Kinder avait été presque aussi bon. On avait eu une frappe merdique de Harrington et on s'était pris un double jeu dans la deuxième demi-manche de la troisième.

Arrive la première demi-manche de la cinquième, OK ? Le premier batteur se fait sortir facilement. Puis Walter Dropo se présente au marbre, en frappe une en profondeur dans le coin du champ gauche et décolle comme une chauve-souris s'envolant de l'enfer. Le public voit Harry Keene encore en train de pourchasser la balle pendant que Dropo met les bouts vers la deuxième et ils comprennent que ça pourrait bien être un circuit intérieur[1]. C'est alors que le chant s'est élevé. À peine quelques voix pour commencer, puis de plus en plus nombreuses. Montant et enflant. Ça m'a déclenché un frisson de la raie des fesses jusqu'à la nuque.

« *Bah-RAGE ! Bah-RAGE ! Bah-RAGE !* »

Les panneaux orange ont commencé à prendre de la hauteur. Les gens étaient debout et les brandissaient au-dessus de leurs têtes. Sans les agiter comme d'habitude, ils les tenaient juste bien haut. Jamais vu une chose pareille.

« *Bah-RAGE ! Bah-RAGE ! Bah-RAGE !* »

---

1. Coup de circuit sans que la balle soit sortie des limites du terrain.

D'abord, j'ai pensé qu'y avait autant de chances que de voir un flocon de neige en enfer : Dropo filait déjà comme un bolide vers la troisième. Mais Keene s'est jeté sur la balle et a effectué un relais parfait sur Barbarino, notre arrêt-court. Notre rookie, pendant ce temps, se tient campé sur le marbre côté troisième base, son gant tendu offrant une cible parfaite à Barbarino qui y loge la balle, droit dans la poche, nom de Dieu.

La foule continue à scander. Dropo part en glissade, crampons en l'air. Le petit s'en fout : il tombe à genoux et plonge par-dessus l'autre. Pour une fois, Hi Wenders était là où il devait être : penché sur l'action. On voit monter un nuage de poussière… et en émerge le pouce levé de Wenders. « *ÉLIII… MINÉ !* »

Les supporters sont devenus fou, monsieur King. Walt Dropo aussi. Il s'est relevé et s'est mis à danser dans tous les sens, comme un gamin en pleine crise d'épilepsie qu'essaierait de danser le foutu hully-gully. J'arrivais pas à y croire.

Le petit avait l'avant-bras gauche éraflé, pas grave, juste du sang qui perlait, mais assez pour que notre Bony Dadier – c'était notre soigneur – arrive et y colle un pansement dessus. Donc le gosse l'a eu, au final, son pansement, sauf que celui-ci était légitime. Les supporters sont restés debout pendant toute l'intervention du soigneur, agitant leurs panneaux ROUTE BARRÉE et scandant « *Bah-RAGE ! Bah-RAGE !* » comme s'ils pouvaient pas s'en lasser.

Le gosse avait pas l'air de le remarquer. Il était sur une autre planète. Il a été comme ça tout le temps qu'il a passé chez les Titans. Il a juste rajusté son masque et il est retourné s'accroupir derrière le marbre. Les affaires continuaient. Bubba Philips s'est présenté au marbre, a expédié une flèche à Lathrop en première base, et c'était la fin de la cinquième manche pour eux.

Quand le petit s'est présenté au marbre dans la deuxième demi-manche et qu'il s'est fait retirer en trois prises, le public s'est quand même levé pour lui faire une ovation. Cette fois, il l'a remarqué et il a porté la main à sa casquette avant de regagner l'abri des joueurs. Seule fois où il a jamais fait ça. Pas parce qu'il était bêcheur, mais parce que... ben, je l'ai déjà dit : ce truc d'être sur une autre planète.

Bon, première demi-manche de la sixième. Plus de cinquante ans après, ça me rend encore fou d'y repenser. Kinder est le premier au marbre et il se fait sortir en trois prises, comme tout bon lanceur se doit. Puis c'est au tour d'Aparicio : Little Louie. Le Doo arme et fait feu. Aparicio la frappe hors champ, une chandelle haute et lente derrière le marbre, côté troisième base du grillage arrière. C'était mon côté : j'ai tout vu. Le gosse arrache son masque et s'élance après elle, tête en arrière, gant en avant. Wenders lui collait au train, mais pas aussi près qu'il aurait dû. Il pensait que le petit avait aucune chance. C'était de l'arbitrage de feignant, nom de Dieu, je vous le dis.

Le gosse quitte l'herbe et continue sur la piste d'avertissement, le long du muret qui sépare le champ intérieur des loges. Cou tendu. Les yeux au ciel. Une vingtaine de personnes aux premier et deuxième rangs ont aussi les yeux au ciel et la plupart tendent les mains en l'air. C'est un truc que je comprends pas avec les supporters et que je comprendrai jamais. C'est une putain de *balle de baseball*, pour l'amour de Dieu ! Un article qui se vendait soixante-quinze cents à l'époque. Mais quand les spectateurs en voient une à portée de main dans le stade, ils se transforment en foutus monstres affamés. Pensent surtout pas à se reculer et à laisser le joueur qui essaye de la rattraper faire son boulot. *Leur* joueur, et dans une partie serrée !

J'ai tout vu, je vous dis. Tout clairement. La chandelle d'un kilomètre de haut redescend de notre côté du mur. Le gosse allait l'attraper. C'est là qu'un crétin à long bras, dans un de ces polos des Titans qu'ils vendaient sur l'Esplanade, a tendu la main et l'a touchée, si bien que la balle a rebondi contre le bord du gant du petit et qu'elle est tombée au sol.

J'étais tellement sûr que Wenders aller retirer Aparicio – c'était clairement une interférence ! – que j'en ai pas cru mes yeux quand je l'ai vu faire signe au gosse de retourner derrière le marbre et à Aparicio de reprendre sa place dans la boîte. Quand j'ai pigé, j'ai remonté la ligne des fausses balles en courant et en agitant les bras. La foule s'est mise à m'acclamer et à huer Wenders, ce qui n'est jamais une bonne façon de se faire des amis et d'influencer les gens quand on conteste une décision d'arbitrage, mais bon sang, j'étais trop hors de moi pour m'en soucier. Rien ne m'aurait arrêté, même pas Gandhi débarquant à poil sur le terrain pour nous exhorter à faire la paix.

« *Interférence !* je hurlais. *Gros comme une maison, gros comme le nez au milieu de ta figure !*

— Elle était dans les tribunes, Wenders me répond, ce qui fait qu'elle était à tout le monde. Retourne dans ton petit nid, qu'on remette la troupe sur la route. »

Le gosse, lui, s'en formalisait pas ; il causait avec son pote le Doo. Ça me dérangeait pas. Je me foutais qu'il s'en foute. Tout ce que je voulais, à cet instant-là, c'était tailler Hi Wenders en pièces. Je l'ouvre pas, en règle générale – toutes les années où j'ai coaché les Athletics, je me suis fait expulser seulement deux fois – mais ce jour-là, Billy Martin aurait eu l'air d'un pacifiste à côté de moi.

« *Tu l'as pas vue, Hi ! Tu traînais beaucoup trop en arrière ! T'as rien vu, merde !*

— Je traînais pas en arrière et j'ai tout vu. Maintenant, retourne à ta place, Granny. Je plaisante pas.

— *Si t'as pas vu ce fils de pute au long bras…* (là, une femme au deuxième rang a couvert les oreilles de son petit garçon en me faisant une moue comme pour dire oh-vous-espèce-de-sale-type) … *ce fils de pute au long bras tendre la main et pousser la balle, c'est que tu traînais en arrière, bordel ! Seigneur Jésus !* »

Le type en polo se met à secouer la tête – qui, moi ? non, pas moi ! – mais il affiche aussi un grand sourire embarrassé de corniaud. Wenders l'a vu, il a compris ce que ça signifiait, et il a regardé ailleurs. « C'est tout ce que tu auras », il me dit. Puis de ce ton sentencieux qui insinue que tu es tout juste assez futé pour pas boire du vin de Moselle dans les vestiaires : « Tu as dit ce que tu avais à dire. Soit tu la fermes, soit tu vas écouter le reste du match à la radio. Tu choisis. »

Je suis retourné à mon poste de coach. Aparicio se tenait devant le marbre, un grand sourire faraud sur la tronche. Il savait. Sûr qu'il savait. Et il en a bien profité. Ce gars-là avait jamais frappé beaucoup de coups de circuits, mais quand le Doo lui a envoyé un changement de vitesse qui changeait rien, Little Louie l'a expédié en hauteur, bien ample et magnifique au fin fond du stade. Nosy Norton qui jouait champ centre a même pas pris la peine de se retourner.

Aparicio a fait le tour des bases, aussi serein que le *Queen Mary* rentrant au port, pendant que la foule l'incendiait, dénigrait sa famille et hurlait sa haine au visage de Hi Wenders. Wenders, lui, n'entendait rien, ce qui est la spécialité des arbitres en chef. Il a juste sorti une balle neuve de la poche de son blouson et l'a examinée en quête de creux et de bosses. Le voir faire ça, ça m'a complètement fait perdre les pédales. J'ai foncé jusqu'au marbre et je me suis mis à lui brandir mes poings à la figure.

« *Tu lui as donné le point, putain d'enfoiré !* je glapissais. *Trop feignant pour suivre une fausse balle et maintenant tu te permets d'attribuer des points produits ! Fous-les-toi où je pense ! T'y trouveras peut-être tes lunettes !* »

Le public a adoré. Wenders un peu moins. Il a pointé son doigt sur moi, puis son pouce par-dessus son épaule, et m'a tourné le dos. La foule s'est mise à le huer et à agiter tous les panneaux ROUTE BARRÉE ; des spectateurs lançaient sur le terrain des bouteilles, des gobelets, des saucisses de Francfort à moitié mangées. C'était le cirque.

« *Me tourne pas le dos, espèce de gros bâtard de fils de pute aveugle et feignasse !* » je gueulais en lui courant après. Quelqu'un est sorti de notre abri pour me choper avant que je puisse choper Wenders, ce que j'avais l'intention de faire. J'avais complètement perdu les pédales.

La foule scandait « *À MORT L'ARBITRE ! À MORT L'ARBITRE ! À MORT L'ARBITRE !* ». Je l'oublierai jamais, parce que c'était exactement comme ça qu'ils avaient scandé « *Bah-RAGE ! Bah-RAGE ! Bah-RAGE !* ».

« *Si ta mère était là, elle te baisserait le froc et te foutrait la fessée, espèce d'amateur plus myope qu'une taupe !* » je gueulais, et c'est là qu'ils m'ont traîné jusqu'à l'abri. C'est Ganzie Burgess, notre spécialiste des balles-papillons, qui a coaché les trois dernières manches de ce film d'horreur. Il a aussi lancé dans les deux dernières. Vous pourriez trouver ça dans les annales aussi. S'il restait des traces écrites de ce printemps perdu…

La dernière chose que j'ai vue sur le terrain, ç'a été Danny Dusen et Billy Barrage debout sur l'herbe entre le marbre et le monticule. Le gosse avait son masque calé sous le bras. Le Doo lui chuchotait à l'oreille. Le petit écoutait – il écoutait toujours quand le Doo parlait – mais il regardait la foule, quarante mille supporters debout, hommes, femmes, enfants, en train de hurler *À MORT L'ARBITRE ! À MORT L'ARBITRE ! À MORT L'ARBITRE !*

Il y avait un seau rempli de balles à mi-chemin dans le tunnel entre l'abri et les vestiaires. J'ai flanqué un coup de pied dedans et j'ai envoyé les balles valdinguer dans tous les sens. Si j'avais marché sur l'une d'entre elles et atterri sur mon cul, ç'aurait été la fin parfaite d'un putain d'après-midi au stade parfait.

Joe était dans les vestiaires, assis sur un banc à la sortie des douches. À ce moment-là, on lui aurait donné soixante-dix ans au lieu d'à peine cinquante. Il y avait trois autres gars dans la pièce avec lui. Deux étaient des flics en uniforme. Le troisième était en costard, mais il suffisait de regarder le rosbif froid qu'il avait à la place du visage pour savoir que c'était aussi un flic.

« Déjà la fin du match ? » celui-là me demande. Il était assis sur une chaise pliante avec ses grosses cuisses de flic écartées qui lui tendaient son pantalon de seersucker à craquer.

« Pour moi seulement », j'ai dit. J'étais encore tellement furibard que la présence des flics m'indifférait. À Joe, j'ai dit : « Putain de Wenders m'a expulsé. Désolé, Cap'tain', mais c'était un cas d'interférence notoire et cette feignasse de fils de pute…

— Aucune importance, a dit Joe. Le match comptera pas. Je crois qu'aucun de nos matchs ne comptera. Kerwin fera appel auprès du commissaire, bien sûr, mais…

— De quoi est-ce que tu parles ? » j'ai demandé.

Joe a soupiré. Puis il a regardé le gars en costard. « Dites-lui, inspecteur Lombardazzi, il a dit. Moi, j'ai pas le courage.

— Est-ce qu'il a besoin de savoir ? » a demandé Lombardazzi.

Et il me regarde comme si j'étais une espèce d'insecte qu'il a jamais vu avant. C'était le genre de

regard dont j'avais pas besoin, en plus de tout le
reste, mais j'ai fermé ma gueule. Parce que je savais
que trois flics, dont un inspecteur, débarquent pas
dans les vestiaires d'une équipe de Ligue Majeure
sans une putain de bonne raison.

« Si vous voulez qu'il retienne les autres gars assez
longtemps pour que vous fassiez sortir le petit Blakely d'ici, je crois qu'il vaut mieux le mettre au parfum », a dit Joe.

D'en haut nous est parvenue une clameur de supporters, suivie d'un grognement, suivi d'une acclamation. Aucun de nous n'a prêté attention à ce qui, en
définitive, venait de signaler la fin de la carrière de
Danny Dusen. La clameur, c'était quand une flèche
de Larry Doby l'avait atteint en plein front. Le grognement, quand il s'était abattu sur le monticule du
lanceur comme un boxeur sonné. Et l'acclamation,
quand il s'était relevé en faisant signe qu'il allait bien.
Ce qui n'était pas le cas, mais il a lancé jusqu'à la fin
de la sixième, et dans la septième aussi. Pas accordé
un seul point, non plus. Ganzie l'a fait sortir avant la
huitième quand il a vu que le Doo ne marchait pas
droit. Et Danny prétendant tout du long qu'il allait
parfaitement bien, que le gros œuf de cane violet qui
gonflait au-dessus de son œil gauche, c'était rien du
tout, qu'il en avait vu d'autres, et le gosse répétant
la même chose : c'est rien, c'est rien. Petit Monsieur
Écho. Nous en bas, au club-house, on ignorait tout
de ça, tout comme Dusen ignorait qu'il avait peut-
être vu pire dans sa carrière mais que c'était la première fois qu'il souffrait d'un hématome au cerveau.

« Il ne s'appelle pas Blakely, me dit Lombardazzi. Il s'appelle Eugène Katsanis.

— *Quoi…* à l'anis ? Où est Blakely alors ?

— William Blakely est mort. Depuis un mois. Ses parents aussi. »

Je l'ai regardé, bouche bée. « Qu'est-ce que vous me racontez ? »

Alors il m'a relaté l'histoire que vous devez déjà connaître, monsieur King, mais je peux peut-être compléter le tableau. Les Blakely habitaient Clarence, Iowa, un grand morceau de pas grand-chose à une heure de route de Davenport. Pratique pour papa et maman qui pouvaient aller assister à quasiment tous les matchs de Petite Ligue de leur fils. Blakely était propriétaire d'une ferme prospère : quatre cents hectares de terres. L'un de leurs ouvriers agricoles n'était encore qu'un enfant. Il s'appelait Eugène Katsanis, c'était un orphelin qui avait grandi au Foyer Chrétien de Garçons d'Ottershaw. Il n'était pas fait pour le travail à la ferme, et il n'était pas tout à fait d'aplomb dans sa tête, mais c'était un joueur de baseball d'enfer.

Katsanis et Blakely ont joué l'un contre l'autre dans quelques équipes paroissiales, et ensemble dans l'équipe locale Babe Ruth qui a remporté le tournoi d'État les trois années où tous les deux y ont joué. Ils sont aussi allés jusqu'en demi-finales nationales, une fois. Blakely est allé au lycée et il a brillé aussi dans ce sport-là, mais Katsanis n'était pas bon pour les études. Bon pour remplir l'auge des cochons et jouer au baseball, ça oui, même s'il n'était pas censé devenir un jour aussi bon que Billy Blakely. Personne n'avait jamais envisagé une chose pareille. Jusqu'à ce que ça arrive, cela dit.

Le père de Blakely l'avait embauché parce que le gosse bossait pour pas cher, bien sûr, mais surtout parce qu'il avait assez de talent naturel pour entretenir celui de Billy. Pour vingt-cinq dollars par semaine, le petit Blakely avait un joueur de champ pour rattraper ses balles et un lanceur pour l'entraîner au bâton. Et le père Blakely avait un gars pour traire les vaches et pelleter le fumier. Bon plan, du moins pour eux.

Tout ce que vous avez pu trouver en faisant vos recherches devait probablement pencher pour la famille Blakely, je me trompe ? Parce qu'ils vivaient dans le coin depuis quatre générations, parce que c'étaient de riches cultivateurs, et parce que Katsanis n'était rien qu'un petit pupille de l'État avec quelques cases en moins qui avait commencé sa vie dans un carton à bouteilles sur les marches d'une église. Et pourquoi il avait ces cases en moins ? Parce qu'il était né débile mental ou parce qu'on l'avait cogné trois ou quatre fois par semaine dans ce foyer chrétien là pour lui foutre du plomb dans la cervelle avant qu'il soit assez grand et costaud pour se défendre ? Je sais que pas mal de ces raclées, il les a reçues parce qu'il avait l'habitude de parler tout seul : c'est un truc qui est paru dans les journaux par la suite.

Katsanis et Billy ont continué à s'entraîner tout aussi dur une fois Billy entré dans la couvée de Davenport des Titans – hors saison, vous savez, à lancer et frapper des balles dans la grange une fois que la couche de neige était trop épaisse au-dehors –, mais Katsanis s'est fait virer de l'équipe locale et il

n'a plus eu le droit d'accompagner Billy aux entraînements des Cornholers durant sa deuxième saison
chez eux. Durant la première, Katsanis avait été
autorisé à participer à certains entraînements, même
à quelques matchs intra-équipes s'il leur manquait
un joueur. C'était plutôt informel et familial en ce
temps-là, pas comme maintenant où les compagnies
d'assurances vous en chient une pendule si un joueur
de Ligue Majeure a le malheur d'empoigner une batte
sans porter de casque.

Ce qui s'est passé, selon moi – n'hésitez pas à me corriger si vous êtes mieux informé –, c'est que Katsanis,
quels qu'aient été ses autres problèmes par ailleurs, a
continué à grandir et à mûrir en tant que baseballeur.
Pas Blakely. On voit ça tout le temps. Deux gosses
qui au lycée ressemblent à Babe Ruth, nom de Dieu :
même taille, même poids, même vitesse, même acuité
visuelle aux deux yeux. Mais l'un des deux a la capacité de jouer au niveau suivant… et au suivant… et
au suivant… pendant que l'autre commence à perdre
du terrain. C'est ce que j'ai entendu dire plus tard :
Billy Blakely n'a pas commencé comme receveur. Il a
été transféré du poste de champ centre quand le petit
qui recevait s'est cassé le bras. Et ce genre de transfert n'est jamais vraiment bon signe. C'est comme si
le coach envoyait un message : « Tu feras l'affaire…
mais seulement jusqu'à ce qu'on trouve quelqu'un de
plus compétent. »

Je pense que Blakely est devenu jaloux, je crois que
son père est devenu jaloux, et je crois que maman
peut-être bien aussi. Surtout maman, à vrai dire,
parce que les mères des sportifs peuvent être de vrais

carcajous. Je pense qu'ils ont peut-être tiré quelques ficelles pour empêcher Katsanis de jouer localement et de se présenter aux entraînements des Cocksuckers de Davenport. Ils peuvent très bien l'avoir fait, parce qu'ils étaient d'une vieille famille fortunée, établie de longue date dans l'Iowa, alors que Gene Katsanis était un pauvre rien du tout qu'avait grandi dans un orphelinat qui devait être l'enfer sur terre.

Je pense que Billy a peut-être infligé une brimade de trop au gosse, une fois de trop ou trop durement. Ou peut-être le père, ou la mère. Peut-être parce qu'il avait mal trait les vaches ou pas pelleté le fumier comme il fallait, mais je parierais que la vraie raison c'était le baseball et la pure et simple jalousie. Le monstre aux yeux verts. Pour ce que j'en sais, le manager des Cornholers avait dit à Blakely qu'il risquait de le rétrograder en Ligue A à Clearwater, et se faire rétrograder à seulement vingt ans – quand ce qu'on est censé faire, c'est *monter* et pas descendre les barreaux de l'échelle –, c'est un foutu signe que votre carrière dans le baseball professionnel va être brève.

Mais qu'importe la cause – et *l'auteur* de l'offense –, ce fut une grossière erreur. Le gosse pouvait être gentil comme tout quand on le traitait correctement, nous le savions tous, mais il était pas d'aplomb dans sa tête. Et il pouvait être dangereux. Je l'ai su avant même que les flics débarquent, à cause de ce qui s'était passé lors du tout premier match de la saison : la cheville de Billy Anderson.

« Le shérif du comté a découvert les trois membres de la famille Blakely dans l'étable, m'a dit Lombardazzi. Katsanis les a égorgés. À la lame de rasoir, d'après le shérif. »

J'en suis resté abasourdi.

« Voici ce qui a dû se passer, a dit Joe d'une voix sourde. Quand nos deux gars ont été blessés en Floride, Kerwin McCaslin a appelé un peu partout pour nous trouver un receveur de rechange et le manager des Cornhuskers lui a dit qu'il avait un petit gars qui pourrait faire l'affaire pour trois ou quatre semaines, pourvu qu'on n'ait pas besoin de lui pour notre moyenne au bâton. Parce que, il a précisé, ce petit serait pas bon pour ça.

— Mais il l'a été, j'ai dit.

— Parce que c'était pas Blakely, a dit Lombardazzi. À ce moment-là, Blakely et ses parents devaient déjà être morts depuis deux jours, au moins. Le petit Katsanis tenait la maison tout seul. Et il n'avait pas *toutes* ses cases de vides. Il était assez malin pour répondre au téléphone quand ça sonnait. Il a répondu au coup de fil du manager et a dit que oui, bien sûr, Billy serait content d'aller dans le New Jersey. Et avant de partir – en endossant l'identité de Billy –, il a appelé tous les voisins et l'épicerie du village. Pour leur dire que les Blakely avaient été appelés pour une urgence familiale et qu'il s'occupait de tout en leur absence. Plutôt malin pour un demeuré, vous ne trouvez pas ?

— C'est pas un demeuré, je lui ai dit.

— Ben, il a égorgé les gens qui l'avaient pris chez eux et lui avaient donné du travail, et il a tué toutes les vaches pour que les voisins ne les entendent pas meugler le soir à l'heure de la traite, mais je vous laisse penser ce que vous voulez. Je sais que le procureur tombera d'accord avec vous, parce qu'il veut voir Katsanis condamné à la corde. C'est comme ça qu'ils font dans l'Iowa, vous savez. »

Je me suis tourné vers Joe. « Comment une chose pareille a-t-elle pu arriver ?

— Parce qu'il était bon, m'a dit Joe. Et parce qu'il voulait jouer au baseball. »

Le petit avait sur lui la carte d'identité de Billy Blakely, c'était du temps où les photos d'identité n'avaient pas encore cours. Les deux gosses se ressemblaient assez, de toute façon : yeux bleus, cheveux blonds, un mètre quatre-vingts. Mais, ouais, si c'est arrivé, c'est surtout parce que le gosse était bon. Et qu'il voulait jouer au baseball.

« Assez bon pour avoir tenu presque un mois chez les pros », a commenté Lombardazzi. Et au-dessus de nous, un vivat a retenti. Billy Barrage venait juste de frapper son dernier coup en Ligue Majeure : tour des quatre bases. « Et puis, avant-hier, a continué Lombardazzi, le livreur de gaz est arrivé chez les Blakely. D'autres étaient venus avant mais ils avaient lu le mot que Katsanis avait laissé sur la porte et ils étaient repartis. Pas le livreur de gaz. Il a rempli les citernes derrière l'étable, et c'est dans l'étable qu'étaient les cadavres – ceux des vaches et ceux des Blakely. Le temps s'était finalement radouci et il les a sentis. C'est pour ainsi dire là que l'histoire se termine. Maintenant, votre manager ici présent veut qu'on l'arrête le plus discrètement possible, et en mettant les autres joueurs de l'équipe le moins en danger possible. Ça me convient. Donc votre boulot…

— Ton boulot, a repris Joe, c'est de retenir les autres gars dans l'abri. Envoie Blakely… Katsanis… tout seul ici. Quand le reste de l'équipe réintégrera les vestiaires, il aura déjà disparu. Ensuite, on essaiera de démêler ce foutoir.

— Qu'est-ce que diable je vais pouvoir leur dire ?

— Réunion d'équipe. Tournée de glaces gratuite. Je m'en fous. Retiens-les juste cinq minutes. »

J'ai dit à Lombardazzi : « Et personne n'a réagi ? *Personne ?* Vous voulez dire que personne n'a entendu les diffusions radiophoniques et décidé d'appeler le père Blakely pour le féliciter que son fils fasse son chemin en Ligue Majeure ?

— J'imagine qu'un ou deux ont pu essayer, a dit Lombardazzi. Les gens de l'Iowa montent à la grande ville de temps en temps, d'après ce qu'on m'a dit, et j'imagine qu'en visite à New York quelques-uns écoutent les Titans à la radio ou lisent les comptes rendus de leurs matchs dans le journal…

— Je préfère les Yankees, l'a ramené l'un des deux uniformes bleus.

— Quand je voudrai votre opinion, je vous sonnerai, lui a sorti Lombardazzi. En attendant, fermez-la et tenez-vous à carreau. »

J'ai regardé Joe, je me sentais mal. Écoper d'une mauvaise décision d'arbitrage et me faire expulser lors de ma première expérience de manager semblait maintenant le cadet de mes soucis.

« Envoie-le ici tout seul, m'a dit Joe. Peu importe comment. Les gars devraient pas être obligés de voir ça. » Il a encore réfléchi et ajouté : « Et le gosse devrait pas être obligé de *les* voir voir ça. Peu importe ce qu'il a fait. »

Si ça a une quelconque importance – et je sais que ça n'en a pas –, on a perdu ce match deux à un. Les trois points ont tous été des coups de circuits solo. Minner Minoso a frappé le point gagnant sur un lancer de Ganzie dans la première demi-manche de la neuvième. Le gosse a été le dernier retiré. C'est comme ça qu'il avait commencé à son premier tour au bâton sous l'uniforme des Titans, et c'est comme ça qu'il a terminé. Le baseball se joue au millimètre près, mais c'est aussi un jeu d'équilibre.

Mais nos gars se foutaient bien de l'issue du jeu. Quand je suis arrivé à l'abri, ils étaient tous rassemblés autour du Doo qui était assis sur le banc et disait qu'il allait bien, nom de Dieu, juste un peu de vertige. Mais il n'avait pas l'air d'aller bien, et notre vieux doc de fortune avait la mine plutôt grave. Il voulait envoyer Danny passer des radios à Newark General.

« Des clous, lui fait Doo. J'ai juste besoin d'un peu de temps. Je vais bien, je vous dis. Bon Dieu, toubib, lâchez-moi un peu.

— Blakely, j'ai dit. File aux vestiaires. M. DiPunno veut te voir.

— Le coach DiPunno veut me voir ? Aux vestiaires ? Pourquoi ?

— Rapport au Prix du Rookie du Mois », j'ai répondu.

Ça m'était venu comme ça. Ça n'existait pas à l'époque, mais le gosse l'ignorait.

Le petit regarde Danny Doo, et le Doo lui fait signe de la main. « Vas-y, petit, fiche le camp d'ici.

T'as fait un bon match. C'est pas ta faute. T'as encore la chance avec toi, et on emmerde ceux qui disent le contraire. » Puis il ajoute : « Vous tous, foutez le camp d'ici. Laissez-moi respirer.

— Attendez une minute, je leur dis. Joe veut le voir tout seul. Le féliciter un peu en tête à tête, j'imagine. Allez, gamin, reste pas planté là… »

File, je voulais lui dire, mais j'ai pas eu besoin. Blakely ou Katsanis, il était déjà plus là.

Vous savez ce qui est arrivé après ça.

Si le gosse était allé directement au vestiaire des arbitres par le couloir, il aurait été appréhendé, parce qu'il aurait dû traverser les vestiaires des joueurs. Mais il a coupé par le débarras où on entreposait les bagages et où on avait aussi nos tables de massage et un jacuzzi. On saura jamais exactement pourquoi il a fait ça, mais je pense qu'il savait qu'un truc clochait. Diable, il devait savoir que le ciel allait lui tomber sur la tête tôt ou tard : s'il était fou, c'était à la manière d'un renard. Quoi qu'il en soit, il a débouché de l'autre côté des vestiaires, il a continué jusqu'au vestiaire des arbitres et il a frappé à la porte. À ce moment-là, le truc qu'il avait sûrement appris à se fabriquer au Foyer Chrétien d'Ottershaw était revenu sur l'index de sa main droite. L'un des grands lui avait probablement montré comment faire, c'est ce que je pense. *Petit, si tu veux qu'ils arrêtent de te cogner tout le temps, fabrique-toi un machin comme ça.*

Il l'avait pas laissé aux vestiaires, en fin de compte, il l'avait juste rangé dans sa poche. Et il s'est pas fatigué à remettre le pansement après le match, ce qui me fait dire qu'il savait qu'il n'avait plus rien à cacher.

Il toque à la porte des arbitres et dit : « Télégramme urgent pour M. Hi Wenders. » Fou comme un renard, voyez ? Je sais pas ce qui serait arrivé si c'était un autre arbitre de l'équipe qui avait ouvert, mais c'est Wenders en personne qui l'a fait, et je parie qu'il est mort avant même de réaliser que c'était pas un coursier de la Western Union qui se tenait à la porte.

Son truc, c'était une lame de rasoir, voyez ? Ou un morceau de lame. Quand il s'en servait pas, elle était rangée dans un petit anneau en fer-blanc, comme une fausse bague d'enfant. C'est seulement quand il fermait le poing et poussait sur l'anneau du gras du pouce que cette petite lame de rasoir ressortait. Quand Wenders a ouvert la porte, Katsanis lui a tranché la gorge avec. Quand j'ai vu la mare de sang, une fois qu'ils ont eu emmené le petit menotté – oh, mon Dieu, cette quantité de sang qu'il y avait –, tout ce qui m'est venu à l'esprit, c'étaient ces quarante mille personnes criant *À MORT L'ARBITRE* exactement comme ils avaient crié *Bah-RAGE, Bah-RAGE*. Personne le pense sérieusement, mais le gosse savait pas ça, non plus. Surtout après tout ce poison que le Doo lui avait versé dans les oreilles comme quoi Wenders en avait après *eux deux*.

Quand les flics ont déboulé des vestiaires en courant, Billy Barrage était juste planté là, avec du sang partout sur le devant de son maillot blanc et Wenders gisant à ses pieds. Il n'a pas essayé de se défendre ni de frapper quand les cognes l'ont empoigné. Non, il

est juste resté debout là, à se murmurer à lui-même :
« Je l'ai eu, Doo. Billy l'a eu. Y prendra plus de mauvaises décisions maintenant. »

Voilà comment se termine l'histoire, monsieur
King – la partie que je connais, du moins. Pour ce
qui concerne les Titans, vous pourriez chercher voir,
comme disait le vieux Casey : tous ces matchs annulés,
et tous ces programmes doubles qu'on a joués pour
les compenser. Et comment on a fini avec notre vieux
Hubie Rattner accroupi derrière le marbre en fin de
compte, et comment il a fait du 0,185 de moyenne au
bâton – largement en dessous de ce qu'ils appellent
aujourd'hui la Ligne Mendoza. Comment Danny
Dusen souffrait de ce qu'on appelle une « hémorragie
inter-crânienne », et comment il a passé le reste de la
saison sur le banc. Comment il a essayé de revenir en
1958 – quelle tristesse. Cinq apparitions. Dans trois
d'entre elles, il n'a même pas réussi à lancer au-delà
du marbre. Dans les deux autres… vous vous souvenez du dernier match de sélection Red Sox-Yankees
en 2004 ? Comment Kevin Brown a commencé à lancer pour les Yankees et comment les Sox lui ont mis
six foutus points dans les deux premières manches ?
C'est comme ça que Danny Doo a lancé en 1958,
les fois où il a réussi à passer la balle par-dessus le
marbre. Il n'avait *plus rien*. Et pourtant, malgré tout
ça, on a réussi à finir devant les Sénateurs et les Athletics. Sauf que Jersey Joe DiPunno a fait une crise
cardiaque pendant les Séries Mondiales cette année-
là. Je crois bien que c'était le jour où les Russes ont
lancé le Spoutnik. On l'a sorti du Yankee Stadium

sur une civière. Il a vécu encore cinq ans, mais il
n'était plus que l'ombre de lui-même et, naturellement, il n'a plus jamais coaché.

Il avait dit que le gosse était un pompe-la-chance,
et, sans s'en douter, il aurait pas pu mieux trouver.
Ce gosse, monsieur King, c'était un *trou noir* pour
la chance.

Et pour lui-même, aussi. Je suis sûr que vous
savez comment son histoire a fini – comment il a été
emmené à la prison du comté d'Essex pour attendre
son extradition. Comment il est mort étouffé après
avoir avalé une savonnette. Je peux pas imaginer une
pire façon de partir. Ce fut une saison de cauchemar,
pas de doute, et pourtant, de vous en parler m'a fait
remonter de bons souvenirs. Les meilleurs, je pense,
étant ceux d'Old Swampy noyé sous cette déferlante
orange quand les supporters brandissaient leurs panneaux : ROUTE BARRÉE SUR ORDRE DE BILLY BARRAGE.
Ouaip, j'imagine que le gaillard qu'a inventé ça s'est
fait des couilles en or. Mais vous savez, les gens qui
lui ont acheté ces panneaux en carton en ont eu pour
leur argent. Quand ils se levaient en les brandissant
au-dessus de leurs têtes, ils faisaient partie de quelque
chose de plus grand qu'eux. Notez bien que ça peut
être à double tranchant – pensez juste à tous les gens
qui se sont précipités voir Hitler dans ses grands ras-
semblements –, mais là, c'était une belle et bonne
chose. Ça l'a toujours été, et ça le sera toujours.

Bah-RAGE ! Bah-RAGE ! Bah-RAGE !

Ça me flanque encore un frisson d'y repenser. Ça
résonne toujours dans ma tête. Ce petit avait l'étoffe,
cinglé ou pas, pompe-la-chance ou pas.

Je crois que j'ai assez parlé, monsieur King. C'est bon, vous en avez eu assez ? Bien. Je suis content. Revenez quand vous voulez, mais pas le mercredi après-midi : c'est le jour de leur foutu Bowling Virtuel et on peut plus s'entendre penser. Venez plutôt le samedi, d'accord ? On est une petite bande, on regarde toujours le Match de la Semaine. On a droit à quelques bières et on encourage nos petits comme des acharnés. C'est plus comme au bon vieux temps, mais on fait aller.

Pour Flip Thompson,
ami et receveur de l'équipe du lycée

Un de mes avatars dans l'un de mes premiers romans – je crois que c'était Ben Mears dans *Salem* – affirme que c'est une mauvaise idée de parler d'un récit qu'on envisage d'écrire. « C'est comme de pisser par terre », voilà sa formule. Pourtant, il m'arrive, surtout si je me sens enthousiaste, de trouver difficile d'écouter mon propre conseil. Ce fut le cas avec *Mister Yummy*.

Quand j'en ai brossé l'esquisse sommaire à un ami, il m'a écouté attentivement puis a secoué la tête. « Je crois pas que t'aies rien de nouveau à dire sur le sida, Steve. » Il a marqué une pause, et ajouté : « Surtout en étant hétéro. »

Eh bien, non. Non et non. Et surtout : *non*.

Je déteste ce postulat selon lequel on ne peut pas écrire sur un sujet sous prétexte que l'on n'en a pas fait l'expérience, et pas juste parce que ça suppose une limite à l'imagination humaine, qui est essentiellement sans limites. Cela suggère aussi que certains actes d'identification sont impossibles. Je refuse d'accepter ça, car cela mène à la conclusion que tout changement réel est hors de notre portée, de même que l'empathie. Cette notion est d'évidence fausse. Les merdes arrivent, le changement aussi.

Si les Irlandais et les Anglais peuvent faire la paix, il nous faut croire qu'il y a une chance qu'un jour ou l'autre les Juifs et les Palestiniens arriveront à s'entendre. Si le changement arrive, c'est le résultat d'un travail ardu, je crois que nous serions tous d'accord là-dessus, mais le travail ardu ne suffit pas. Le changement exige aussi un bond énergique de l'imagination : à quoi est-ce que ça ressemble vraiment d'être dans les souliers de l'autre, fille ou gars ?

Et puis, eh, j'ai jamais voulu écrire une histoire sur le sida ou sur le fait d'être gay, de toute façon – ces éléments constituaient seulement le dispositif d'encadrement du récit. Ce sur quoi je voulais écrire, c'était le pouvoir brutal de la pulsion sexuelle chez les humains. Ce pouvoir, me semble-t-il, nous gouverne tous, quelle que soit notre orientation, et tout particulièrement quand on est jeune. À un moment ou à un autre – le bon soir ou le mauvais soir, au bon endroit ou au mauvais endroit –, le désir monte et refuse de se laisser dompter. La prudence est balayée. La pensée rationnelle s'arrête. Le risque n'a plus d'importance.

C'est sur *ça* que j'ai voulu écrire.

Mister Yummy[1]

I

Dave Calhoun était en train d'aider Olga Gluck-
hov à construire la tour Eiffel. Cela faisait six
matins maintenant qu'ils s'y consacraient, six matins
aux aurores, dans la salle commune du Centre de
Vie Assistée de Lakeview. Ils ne s'y trouvaient pas
exactement seuls : les vieilles gens sont des lève-tôt.
L'écran plat géant à l'autre bout de la salle avait
commencé à débiter la soupe démagogique habituelle de Fox News à cinq heures et demie et un
certain nombre de résidents étaient plantés devant,
la bouche béante.

« Ah, dit Olga, en voilà une que je cherchais depuis
longtemps. »

Du pouce, elle enfonça un morceau de poutrelle
à sa place à mi-hauteur du chef-d'œuvre de Gustave
Eiffel, créé – d'après ce qu'on pouvait lire au dos de
la boîte – à partir de métal de récupération.

Dave entendit le tapotement d'une canne se rap-

---

1. Monsieur Miam-Miam, Monsieur Appétissant.

procher dans son dos et accueillit le nouveau venu sans tourner la tête.

« Bonjour, Ollie. Tu t'es levé de bonne heure, dis-moi. »

Jeune homme, jamais il n'aurait cru qu'on puisse identifier quelqu'un simplement au son de sa canne, mais, jeune homme, il n'avait jamais rêvé qu'il terminerait son temps sur terre dans un endroit où tant de gens en utilisaient.

« Bien le bonjour à toi, dit Ollie Franklin. Et à vous, Olga. »

Elle leva brièvement les yeux, avant de les baisser vers le puzzle – un mille pièces, d'après la boîte, dont la plupart avaient maintenant trouvé leur place.

« Ces poutrelles, quelle *plaie* ! Je les vois flotter devant moi chaque fois que je ferme les yeux. Je crois que je vais sortir fumer une cigarette, me réveiller les poumons. »

Fumer était officiellement *verboten* à Lakeview mais on laissait Olga et quelques autres irréductibles s'esquiver par la porte de la cuisine pour aller fumer sur le quai de déchargement où il y avait un cendrier. Olga se leva, chancela, jura en russe, ou bien en polonais, retrouva son équilibre et s'éloigna en traînant les pieds. Puis elle s'arrêta et se retourna pour regarder Dave, ses sourcils froncés se rejoignant.

« Tu m'en laisses quelques-unes, Bob. Promis ? »

Il leva la main, lui montrant sa paume.

« Que Dieu m'en soit témoin. »

Satisfaite, elle reprit sa marche traînante, plongeant la main dans sa robe d'intérieur informe pour y récupérer ses clopes et son briquet Bic.

Ollie fronça lui aussi les sourcils.

« Depuis quand tu t'appelles Bob ?

— C'était son mari. Tu te souviens. Ils sont arrivés ici ensemble, il est mort il y a deux ans.

— Ah. Exact. Et maintenant elle perd la boule. Quelle misère. »

Dave haussa les épaules.

« Elle aura quatre-vingt-dix ans à l'automne, si elle tient jusque-là. Elle a bien le droit à quelques ratés d'engrenage. Et regarde ça. » Il désigna le puzzle qui occupait toute une table de jeu. « Elle a presque tout fait toute seule. Je suis juste son assistant. »

Ollie, qui avait été graphiste dans ce qu'il appelait sa vie réelle, considéra le puzzle presque terminé avec mélancolie.

« La tour Eiffel. Tu savais que pendant sa construction, des artistes ont manifesté contre ?

— Non, mais ça m'étonne pas. Les Français…

— Le romancier Léon Bloy l'a qualifiée de lampadaire véritablement tragique. »

Calhoun considéra le puzzle, vit ce que Bloy avait voulu dire et rit. Ça ressemblait vraiment à un lampadaire. Un genre de lampadaire.

« Un autre artiste ou écrivain – je me rappelle plus qui – prétendait qu'on avait la meilleure vue sur Paris du haut de la tour Eiffel parce que c'était la seule vue de Paris *sans* la tour Eiffel. »

Ollie se pencha plus près, agrippant sa canne d'une main, l'autre pressée en bas du dos, comme pour le maintenir en place. Son regard passa du puzzle au reste des pièces éparpillées, peut-être bien une centaine en tout, et revint au puzzle.

« Houston, vous risquez d'avoir un problème, là. »

Dave avait déjà commencé à s'en douter.

« Si tu dis vrai, ça va foutre en l'air la journée d'Olga.

— Elle aurait pu s'y attendre. Combien de fois tu penses que cette version de la tour Eiffel a été construite et détruite et reconstruite à nouveau ? Les vieux sont aussi peu soigneux que les ados. » Il se redressa. « Tu veux bien venir faire un tour avec moi dans le jardin ? J'ai quelque chose à te donner. Et aussi quelque chose à te dire. »

Dave examina le visage de Ollie.

« Ça va ? »

L'autre choisit de ne pas répondre.

« Viens, sortons. C'est un matin splendide. Ça se réchauffe tout doucement. »

Ollie ouvrit la marche en direction du patio, tapant de sa canne ce rythme à trois temps familier, saluant quelqu'un d'un petit geste de la main en passant devant la coterie de téléspectateurs buvant du café. Dave le suivit d'assez bon gré, encore que légèrement interloqué.

II

Lakeview était bâti en forme de U, avec la salle commune au centre entre les deux bras allongés qui comprenaient les « suites de vie assistée », chacune d'entre elles consistant en un salon, une chambre et le genre de salle de bains équipée d'une main courante et d'une chaise de douche. Ces suites n'étaient pas données. Malgré le fait que bon nombre des résidents n'étaient plus à proprement parler continents

(Dave avait commencé à subir ses premiers accidents nocturnes peu après son quatre-vingt-troisième anniversaire et stockait désormais des boîtes de changes complets pour adultes sur l'étagère supérieure de son placard), Lakeview n'était pas le genre d'endroit qui sentait la pisse et le désinfectant. Les chambres étaient également équipées de la télé par satellite, il y avait un distributeur de friandises dans chaque aile du bâtiment, et deux fois par mois avaient lieu des dégustations de vin. L'un dans l'autre, trouvait Dave, ce n'était pas un si mauvais endroit que ça où finir sa destinée.

Le jardin situé entre les deux ailes résidentielles était luxuriant – quasi orgasmique – en ce début d'été. Les sentiers serpentaient, une fontaine centrale jaillissait, le tout parmi une explosion de fleurs tout à fait maîtrisée et bien léchée. Ici et là étaient disposés des téléphones en ligne directe d'où un promeneur soudain saisi d'essoufflement ou d'un engourdissement diffus des jambes pouvait appeler pour demander de l'assistance. Il y aurait plus tard quantité de promeneurs, quand ceux qui n'étaient pas encore levés (ou quand ceux qui se trouvaient dans la salle commune seraient rassasiés de Fox News) sortiraient pour profiter de la douceur du jour avant que la chaleur ne s'installe, mais, pour l'instant, Dave et Ollie avaient tout l'espace pour eux.

Une fois franchies les doubles portes et descendues les marches du vaste patio dallé de pierre (les deux hommes négociant chacune d'elles avec précaution), Ollie s'arrêta et commença à fouiller dans la poche du veston pied-de-poule déformé et flottant qu'il portait. Il en sortit une montre de gousset en argent suspendue à une épaisse chaînette d'argent, et la tendit à Dave.

« Je veux que tu prennes ça. Elle appartenait à mon arrière-grand-père. Si j'en crois la gravure qui figure à l'intérieur du couvercle, il l'a soit achetée, soit reçue en cadeau en 1890. »

Dave fixait la montre, qui se balançait au bout de sa chaîne dans la main légèrement tremblante de Ollie Franklin telle une amulette d'hypnotiseur, avec un mélange d'amusement et d'horreur.

« Je ne peux pas prendre ça. »

Patiemment, comme s'il instruisait un enfant, Ollie articula :

« Si, tu peux, si je te la donne. Et je t'ai vu l'admirer maintes et maintes fois.

— C'est un bien de famille !

— Absolument, et mon frère la prendra si elle se trouve dans mes effets quand je mourrai. Ce que je ne vais pas tarder à faire. Peut-être cette nuit. Assurément dans les quelques jours qui viennent. »

Dave ne savait que dire.

Toujours de ce même ton patient, Ollie reprit :

« Mon frère Tom ne vaut pas la poudre qu'il faudrait brûler pour le pulvériser jusqu'à Des Moines. Je ne le lui ai jamais dit, ce serait cruel, mais je te l'ai dit x fois. N'est-ce pas ?

— Euh… oui.

— Je l'ai soutenu pour surmonter trois faillites professionnelles et deux divorces. Je pense t'avoir aussi parlé de ça x fois. N'est-ce pas ?

— Oui, mais…

— J'ai quant à moi bien réussi, et j'ai bien investi », poursuivit Ollie. Et il se mit à marcher en tapant son code personnel avec sa canne : *tap, tap-tap, tap, tap-*

tap, tap, tap-tap. « Je fais partie de cet infâme Un Pour Cent si vilipendé par les jeunes gauchistes. Pas de beaucoup, sache-le, mais avec une marge suffisante pour avoir pu vivre confortablement ici ces trois dernières années tout en continuant à servir de filet de sécurité à mon petit frère. Je n'ai plus besoin de fournir ce service à sa fille, Dieu merci : Martha semble partie pour faire son chemin toute seule. Ce qui est un soulagement. J'ai rédigé un testament, correct et régulier, dans lequel je fais ce qui doit être fait. Sur le plan *familial*. Comme je n'ai ni femme ni enfant de mon côté, ça signifie que je laisse tout à Tom. Sauf ceci. Ceci, c'est pour toi. Nous sommes de bons amis, alors je t'en prie. Prends-la. »

Dave réfléchit, décida qu'il pourrait la restituer une fois que les prémonitions mortelles de son ami seraient passées, et prit la montre. Il actionna le cliquet d'ouverture et admira le cadran en cristal. Six heures vingt-deux – pile à l'heure, pour autant qu'il pouvait l'estimer. L'aiguille des secondes se déplaçait, alerte, dans son propre petit cercle juste au-dessus du 6 ouvragé.

« Nettoyée plusieurs fois, mais réparée seulement une, dit Ollie en reprenant sa lente déambulation. Après que mon père l'a laissée tomber dans le puits de la vieille ferme à Hemingford Home : 1923, m'a dit Grand-père. Tu imagines ? En plus de cent vingt ans : réparée une seule fois. Combien d'êtres humains sur terre peuvent en dire autant ? Une douzaine ? Cinq ou six peut-être ? Tu as deux fils et une fille, c'est ça ?

— C'est ça », confirma Dave.

Son ami était devenu incroyablement frêle au cours de l'année écoulée, et sa chevelure n'était plus qu'un duvet de bébé clairsemé sur son crâne piqueté de taches de vieillesse mais son cerveau tournait un petit peu plus rond que celui d'Olga. Ou le mien, admit intérieurement Dave.

« La montre ne figure pas dans mon testament mais elle devrait figurer dans le tien. Je suis sûr que tu aimes tes enfants de manière équitable, tu es ce genre de type-là, mais apprécier, c'est autre chose, n'est-ce pas ? Tu la légueras à celui ou celle que tu apprécies le plus. »

Donc à Peter, pensa Dave, et il sourit.

Lui rendant son sourire, ou bien saisissant la pensée qui l'avait motivé, Ollie écarta les lèvres sur ses dents restantes et hocha la tête.

« Asseyons-nous. Je suis claqué. Il me faut pas grand-chose, ces temps-ci. »

Ils s'assirent sur l'un des bancs et Dave en profita pour tenter de lui rendre la montre. Ollie repoussa ses mains en un geste de rejet si outrancier qu'il en était comique et Dave ne put que rire, même s'il avait conscience qu'il s'agissait là d'une affaire sérieuse. Certainement plus sérieuse que quelques pièces de puzzle manquantes.

Le parfum des fleurs était entêtant, divin. Lorsque Dave Calhoun pensait à la mort – plus très éloignée désormais –, la perspective qu'il regrettait le plus était la perte du monde sensoriel et de tous ses luxes ordinaires. La vision du décolleté plongeant d'une femme. Le son de Cozy Cole se défoulant sur sa batterie dans « Topsy, Part Two ». Le goût de la tarte au citron sous un nuage de meringue. Le parfum de fleurs qu'il n'aurait su nommer mais que son épouse aurait toutes connues par cœur.

« Ollie, il se peut que tu meures cette semaine, Dieu sait que nous tous ici avons un pied dans la tombe et l'autre sur une peau de banane, mais tu n'as aucun moyen d'en être sûr. J'ignore si tu as fait un rêve, ou si un chat noir a croisé ta route, ou quelque autre chose, mais les prémonitions, c'est des conneries.

— J'ai pas seulement eu des prémonitions, dit Ollie, j'en ai *vu* une. J'ai vu Mister Yummy. Je l'ai vu plusieurs fois ces quinze derniers jours. Toujours de plus près. Dans pas longtemps, il viendra me voir dans ma chambre, et c'en sera fini. Ça m'est égal. En fait, j'ai hâte que cela arrive. La vie est une chose épatante, mais, quand on vit trop longtemps, elle finit par s'user avant de s'épuiser.

— Mister Yummy, répéta Dave Calhoun. Qui diable est ce Mister Yummy ?

— Ce n'est pas vraiment lui, précisa Ollie comme s'il n'avait pas entendu. Je le sais. C'est une *représentation* de lui. La conjonction d'un espace et d'un temps, si tu veux. Même s'il y a *eu* un Mister Yummy *réel*, par le passé. C'est comme ça que mes amis et moi l'avons appelé, ce soir-là au Highpockets. Je n'ai jamais su son vrai nom.

— Je ne te suis pas.

— Écoute, tu sais que je suis gay, hein ? »

Dave sourit.

« Ben, j'imagine que tes années de drague étaient déjà terminées quand on s'est rencontrés, mais j'avais comme une idée, oui.

— À cause de l'ascot ? »

C'est ta façon de marcher, pensa Dave. Même avec une canne. Ta façon de passer tes doigts dans ce qu'il te reste de cheveux puis de chercher ton reflet dans le miroir. Ta façon de rouler des yeux devant les personnages féminins de *Desperate Housewives*. Même les natures mortes au crayon dans ta chambre, qui dessinent une sorte de chronologie de ton déclin. Un jour, t'as dû être du tonnerre, mais aujourd'hui tes mains tremblent. Tu as raison – ça s'use avant de s'épuiser.

« Entre autres, dit Dave.

— As-tu déjà entendu quelqu'un dire qu'il était trop vieux pour avoir participé à l'une des aventures militaires américaines ? Le Vietnam ? L'Irak ? L'Afghanistan ?

— Bien sûr. Même si ce qu'on dit généralement, c'est qu'on était trop jeune.

— Le sida fut une guerre. » Ollie avait les yeux baissés vers ses mains déformées que le talent était en train de quitter. « Et je n'ai pas été trop vieux tout le temps qu'elle a duré parce que personne ne l'est quand la guerre est livrée sur son propre territoire, qu'en penses-tu ?

— Je pense que c'est assez vrai.

— Je suis né en 1930. Quand le sida a pour la première fois été observé et décrit cliniquement aux États-Unis, j'avais cinquante-deux ans. Je vivais à New York, je travaillais en free-lance pour différentes agences de publicité. Mes amis et moi continuions à sortir de temps en temps dans les clubs de Greenwich Village. Pas au Stonewall – un bouge tenu par la mafia – mais dans quelques autres. Un soir, j'étais dehors devant le Peter Pepper's dans

Christopher Street, je fumais un joint avec un copain, quand une bande de jeunes mecs sont entrés. De jolis mecs en pantalons moulants et évasés et ces chemises qu'ils portaient à l'époque, avec les épaules larges et resserrées à la taille. Bottines en daim à talons bottier.

— Des garçons appétissants, suggéra Dave.

— Sûrement, mais pas *le* garçon appétissant. Et mon meilleur ami – il s'appelait Noah Fremont, il est mort l'année dernière, je suis allé à son enterrement – s'est tourné vers moi pour me dire : "Ils nous voient même plus, on dirait ?" et j'ai acquiescé. Ils te voyaient si tu avais assez d'argent, mais nous étions trop… dignes, je pense qu'on pourrait dire ça. Avoir à payer était dégradant même si certains d'entre nous le faisaient de temps en temps. Pourtant, dans les années 1950, quand j'ai débarqué pour la première fois à New York… »

Il haussa les épaules et son regard se perdit au loin.

« Quand tu as débarqué pour la première fois à New York ? relança Dave.

— Je cherche comment dire ça. À la fin des années 1950, quand les femmes se pâmaient encore devant Rock Hudson et Liberace, et que l'homosexualité était l'amour qui n'ose pas dire son nom plutôt que celui qui ne sait pas la fermer, ma vitalité sexuelle était à son paroxysme. Dans cette mesure-là – ce n'est pas la seule, j'imagine, il y en a d'autres, beaucoup d'autres –, les hommes sont les mêmes, qu'ils soient homos ou hétéros. J'ai lu quelque part qu'en présence d'un semblable attirant, les hommes pensent au sexe toutes les vingt secondes environ. Mais quand un homme est dans l'adolescence ou dans la vingtaine, il pense au sexe *constamment*, qu'il soit ou non en présence d'un semblable attirant.

— On bande dès que le vent se lève », dit Dave.

Il se souvenait de son premier job, pompiste, et d'une jolie rousse qu'il avait vue descendre en se laissant glisser jusqu'à terre du siège passager de la camionnette de son copain. Sa jupe lui était remontée sur les cuisses, révélant une seconde à peine, deux tout au plus, sa petite culotte toute simple en coton blanc. Pourtant, cet instant-là, il n'avait cessé de se le repasser en se masturbant, et même s'il n'avait que seize ans à l'époque, le souvenir était encore vivace. Il doutait que l'impact eût été le même s'il avait eu cinquante ans. Parvenu à cet âge, il avait déjà vu des tas de sous-vêtements féminins.

« Certains chroniqueurs conservateurs ont surnommé le sida la peste gay, avec une satisfaction mal déguisée. C'était une peste, oui, mais autour de 1990, la communauté gay était assez bien fixée sur la chose. Nous avions compris quelles étaient les deux mesures de prévention les plus élémentaires : pas de sexe non protégé et pas d'échange d'aiguilles. Mais les jeunes hommes se croient immortels et, comme ma grand-mère avait l'habitude de dire quand elle était pompette, une queue qui bande n'a aucune conscience. C'est tout spécialement vrai quand le propriétaire de ladite queue est soûl, défoncé, ou en proie aux affres de l'attraction sexuelle. »

Ollie soupira, haussa les épaules.

« Des risques ont été pris. Des erreurs commises. Même après que les vecteurs de transmission eurent été bien compris, des dizaines de milliers d'homos sont morts. Les gens commencent à peine à prendre la pleine mesure de cette tragédie, car la majorité des gens ont fini par comprendre que les homos ne choisissent pas leur orientation sexuelle. Grands poètes, grands musiciens, grands mathématiciens et scientifiques : Dieu sait combien sont morts avant que leur talent ait pu s'épanouir. Ils sont morts dans le caniveau, dans des appartements sans eau chaude, dans des hôpitaux, et dans les services réservés aux indigents, tout ça pour avoir pris un risque un soir où la musique était forte, le vin coulait et les poppers pétillaient. Par choix ? Il y en a encore beaucoup qui disent ça, mais c'est absurde. La pulsion est trop forte. Trop *primitive*. Si j'étais né vingt ans plus tard, j'aurais pu être au nombre des victimes. Mon ami Noah aussi. Mais il est mort d'une crise cardiaque dans son lit et je mourrai de… peu importe quoi. Parce que quand on arrive à la cinquantaine, il y a moins de tentations sexuelles et il est plus facile d'y résister, et même si la tentation est forte, le cerveau est parfois capable de dominer la queue, au moins le temps d'attraper un préservatif. Je ne suis pas en train de dire que des tas d'homos de mon âge ne sont pas morts du sida. Si, hélas – pas plus idiot qu'un vieil idiot, n'est-ce pas ? Certains étaient mes amis. Mais ils ont été moins nombreux que les jeunes mecs qui se pressaient tous les soirs dans les boîtes de nuit.

« Avec ma propre clique – Noah, Henry Reed, John Rubin, Frank Diamond –, on sortait parfois juste pour voir tous ces jeunes mecs se livrer à leurs danses nuptiales. On ne bavait pas, mais on regardait. On était pas si différents des copains de golf d'âge mûr qui vont chez Hooters une fois par semaine juste pour voir les serveuses seins nus se pencher sur eux. Ce genre de comportement peut être vaguement pathétique mais il est tout à fait naturel. Ou tu n'es pas d'accord ? »

Dave secoua la tête.

« Un soir, on était quatre ou cinq, on s'est retrouvés dans un club qui s'appelait le Highpockets. Je crois qu'on était pas loin de décider de partir quand un jeune mec est entré, tout seul. Il ressemblait un peu à David Bowie. Il était grand, vêtu d'un cycliste blanc moulant et d'un T-shirt bleu aux manches coupées. Longs cheveux blonds coiffés en un haut Pompadour qui était en même temps drôle et sexy. Du rouge aux joues – naturel, pas du fard – accompagné d'un poudroiement de paillettes argentées. Une bouche en cœur parfaite. Tous les regards se sont tournés vers lui. Noah m'a saisi le bras et m'a dit : "C'est *lui*. C'est Mister Yummy. Je donnerais mille dollars pour le ramener chez moi." »

« J'ai ri en disant qu'on l'achèterait pas pour mille dollars. À cet âge-là, avec cette allure-là, tout ce qu'il voulait, c'était être admiré et désiré. Et baiser comme un Dieu aussi souvent que possible. Et quand on a vingt-deux ans, ça veut dire souvent.

« Bien vite, il s'est retrouvé dans un groupe de jolis garçons – mais aucun aussi joli que lui –, tous riant, buvant et dansant ce qui se dansait à l'époque. Aucun d'eux n'accordant le moindre regard au quatuor d'hommes d'âge mûr buvant du vin à une table très en retrait par rapport à la piste de danse. Des hommes d'âge mûr encore à cinq ou dix ans d'arrêter leurs efforts pour faire plus jeunes que leur âge.

Pourquoi est-ce qu'il nous aurait regardés quand il avait tous ces jeunes hommes adorables en train de se disputer son attention ?

« Et Frank Diamond a dit : "Il sera mort dans un an. On verra s'il sera encore joli alors." Sauf qu'il s'est pas contenté de le dire : il l'a craché. Comme si c'était une espèce de… je ne sais pas… de bizarre lot de *consolation*. »

Ollie, qui avait survécu à l'époque du placard pour connaître celle où le mariage homosexuel était légal dans la plupart des États américains, haussa une fois de plus ses épaules minces. Comme pour dire que tout ça, c'était de l'histoire ancienne.

« Voilà donc ce qu'était notre Mister Yummy, une conjonction de tout ce qui était beau, et désirable, et hors d'atteinte. Je ne l'ai jamais revu jusqu'à il y a deux semaines de ça. Ni au Highpockets, ni au Peter Pepper's ou au Tall Glass, ni dans aucun des clubs que je fréquentais… même si je les ai fréquentés de moins en moins assidûment à mesure que l'ère Reagan, comme on l'appelle, s'écoulait. À la fin des années 1980, fréquenter les clubs gays était devenu trop bizarre. Comme assister au bal masqué dans la nouvelle de Poe sur la Mort Rouge. Tu sais, "Allez, tout le monde ! On se lâche ! Prenez une autre coupe de champagne et faites pas attention à tous ces gens qui tombent comme des mouches." Y avait pas de quoi s'amuser avec ça, sauf si t'avais vingt-deux ans et encore l'impression que t'étais à l'épreuve des balles.

— Ça a dû être dur. »

Ollie leva la main qui n'était pas mariée à sa canne et fit *comme ci, comme ça**.

« Oui et non. C'était ce que les alcooliques repentis appellent la vie selon ses propres termes. »

Dave envisagea d'en rester là, puis décida qu'il ne pouvait pas. Le cadeau de la montre était trop perturbant.

« Écoute ton vieil oncle Dave, Ollie. Tout en mots d'une syllabe : *tu n'as pas vu ce gosse.* Tu as pu voir quelqu'un qui lui ressemblait un peu, mais si ton Mister Yummy avait vingt-deux ans à l'époque, il en aurait dans les cinquante aujourd'hui. S'il avait réchappé du sida, cela dit. C'est juste un tour que t'a joué ton cerveau.

— Mon cerveau *âgé*, dit Ollie en souriant. Mon cerveau quasi *sénile*.

— Je n'ai jamais dit sénile. Tu ne l'es pas. Mais ton cerveau est âgé, oui.

— Sans aucun doute, mais c'était lui. C'était bien lui. La première fois que je l'ai vu, il était dans Maryland Avenue, en bas de l'artère principale. Quelques jours plus tard, il se prélassait sur les marches du perron de l'entrée principale en fumant une cigarette au clou de girofle. Il y a deux jours, il était assis sur un banc devant le bureau des admissions. Toujours vêtu de ce T-shirt sans manches bleu et de ce cycliste blanc aveuglant. Il aurait dû provoquer un arrêt de la circulation mais personne ne le voyait. Sauf moi, je veux dire. »

Je refuse d'entrer dans son jeu, pensa Dave. *Il mérite mieux.*

« Tu as des hallucinations, l'ami. »

Ollie ne se laissa pas démonter.

« Juste à l'instant, il était dans la salle commune, en train de regarder la télé avec les autres lève-tôt. Je l'ai salué de la main et il m'a rendu mon salut. » Un grand sourire, étonnamment jeune, éclaira le visage de Ollie. « Il m'a aussi balancé un clin d'œil.

— Un cycliste blanc ? Un T-shirt sans manches ? Vingt-deux ans et beau garçon ? J'ai beau être hétéro, je l'aurais remarqué.

— Il est là pour moi, donc il n'y a que moi qui peux le voir. CQFD. » Ollie se hissa sur ses pieds. « On rentre ? Je suis d'attaque pour le café. »

Ils se dirigèrent vers le patio où ils graviraient les marches aussi prudemment qu'ils les avaient descendues. Naguère ils avaient vécu à l'Ère Reagan ; aujourd'hui ils vivaient à l'Ère des Hanches de Verre.

Quand ils arrivèrent sur le dallage de pierre donnant sur la salle commune, tous deux firent halte pour reprendre leur souffle. Quand Dave put parler, il dit :

« Donc qu'avons-nous appris à l'école aujourd'hui, les enfants ? Que la mort personnifiée n'est pas un squelette chevauchant un cheval blême, une faux sur l'épaule, mais un garçon sexy de piste de danse avec des paillettes sur les joues.

— J'imagine que chaque personne voit un avatar différent, suggéra doucement Ollie. D'après ce que j'ai lu, la majorité voit leur mère au moment de franchir les portes de la mort.

— Ollie, la majorité des gens ne voit *personne*. Et tu n'es pas à l'article de la…

— Ma mère, de toute façon, est morte peu après ma naissance, donc je ne l'aurais même pas reconnue. »

Il commença à se diriger vers les doubles portes mais Dave le prit par le bras.

« Je garderai ta montre jusqu'au soir d'Halloween, ça te va ? Quatre mois. Et je la remonterai religieusement. Mais si tu es encore parmi nous à ce moment-là, tu la récupéreras. Ça marche ? »

Ollie s'illumina.

« Absolument. Allons voir comment Olga s'en sort avec sa tour Eiffel, d'accord ? »

Olga était revenue à la table de jeu, elle fixait le puzzle du regard. Un regard plutôt mécontent.

« Je t'ai laissé les trois dernières pièces, Dave. » Mécontente ou pas, elle savait au moins de nouveau qui il était. « Mais ça nous laisse quand même quatre trous. Après une semaine de travail, c'est très décevant.

— Il arrive que la poisse nous tombe dessus, Olga », dit Dave en s'asseyant.

Du pouce, il cloua les pièces restantes à leur place avec une satisfaction qui remontait aussi loin que les jours pluvieux des camps d'été. Où, s'avisa-t-il soudain, la salle commune ressemblait assez à celle-ci. La vie était une courte étagère livrée avec deux serre-livres.

« Pour tomber, elle tombe », répondit Olga en contemplant les emplacements des quatre pièces manquantes. « Mais *tellement* de poisse, Bob. *Tellement.*

— Olga, moi c'est Dave. »

Elle se retourna, sourcils froncés.

« C'est ce que j'ai dit. »

Inutile de discuter, et inutile d'essayer de la convaincre que neuf cent quatre-vingt-seize sur mille était un bon score. *Elle est à dix ans d'être centenaire mais elle pense encore qu'elle a droit à la perfection*, songea Dave. *Certaines personnes ont des illusions à toute épreuve.*

Il leva les yeux et vit Ollie émerger du placard qui tenait lieu de salle d'arts plastiques attenant à la salle commune. Il tenait à la main un morceau de papier de soie et un crayon. Il rejoignit leur table et laissa tomber le papier aérien sur le puzzle.

« Hé là, qu'est-ce que vous faites ? demanda Olga.

— Soyez donc un peu patiente une fois dans votre vie, mon amie. Vous verrez. »

Olga avança la lèvre inférieure comme une enfant boudeuse.

« Non. Je m'en vais fumer. Si vous voulez démolir ce satané machin, ne vous gênez pas. Remettez-le dans la boîte ou flanquez-le par terre. À votre guise. Il ne vaut rien tel qu'il est. »

Et elle sortit avec autant de majesté que son arthrite le lui permettait. Ollie se laissa choir sur son siège avec un soupir de soulagement.

« Ah, c'est beaucoup mieux. Me pencher me fait un mal de chien, ces temps-ci. »

Il traça le contour de deux des pièces manquantes qui se trouvaient être contiguës puis déplaça le papier de soie pour dessiner les deux autres. Dave l'observait avec intérêt.

« Ça va marcher ?

— Oh oui, dit Ollie. Il y a quelques cartons d'emballage postaux dans la salle du courrier. Je vais en chiper un. Quelques coups de ciseaux, quelques coups de pinceau. Veille juste à ce qu'Olga ne pique pas une crise et ne fiche pas tout en l'air avant que je revienne.

— Si tu veux des photos – tu sais, pour que ça concorde –, je peux aller chercher mon iPhone.

— Pas besoin. » Ollie se tapota gravement le front. « J'ai mon appareil photo intégré. C'est un vieux Brownie au lieu d'un smartphone, mais il marche encore plutôt bien. »

III

Olga était encore en pétard à son retour du coin fumeurs et elle voulait en effet démonter le puzzle défectueux mais Dave parvint à la distraire en lui agitant la planchette de cribbage sous le nez. Ils firent trois parties. Dave perdit les trois et fut mis skunk dans la dernière. Olga ne savait pas toujours qui il était, il y avait des jours où elle se croyait revenue à Atlanta, vivant dans la pension de famille d'une tante à elle, mais, quand il s'agissait de jouer au cribbage, elle savait toujours où elle en était : quinze pour deux ou un point pour sa caboche.

Elle a aussi une chance de cocue, songea Dave non sans ressentiment. Qui finit avec vingt points au foutu cribbage ?

Autour de onze heures et quart (Fox News avait laissé la place à Drew Carey bazardant ses lots dans *Le Juste Prix*), Ollie Franklin revint et s'approcha de la table de cribbage. Rasé, vêtu d'une chemisette à manches courtes, il était presque coquet.

« Hé, Olga ! J'ai quelque chose pour vous, ma petite copine.

— Je ne suis pas votre petite copine », dit Olga. Une petite lueur maligne luisait dans ses yeux. « Je veux bien être roulée dans du caca d'ours si vous avez eu une *petite copine* un jour !

— Ingratitude, ton nom est femme, répondit Ollie sans rancœur. Tendez votre main. »

Et quand elle s'exécuta, il y déposa quatre pièces de puzzle toutes neuves. Elle les fixa d'un œil suspicieux.

« Qu'est-ce que c'est que ça ?

— Les pièces manquantes.

— Les pièces manquantes de quoi ?

— Du puzzle que vous étiez en train de faire avec Dave. Vous vous souvenez du puzzle ? »

Dave entendit presque le déclic se produire sous le nuage frisé de cheveux blancs tandis que les vieilles transmissions et les vieilles banques de données corrodées de sa mémoire revenaient à la vie.

« Bien sûr que je m'en souviens. Mais celles-là n'iront jamais.

— Essayez-les », l'y invita Ollie.

Dave les lui prit des mains avant qu'elle ne le fasse. À ses yeux, elles paraissaient parfaites. L'une figurait la dentelle des poutrelles ; les deux contiguës figuraient un coin de nuage rose à l'horizon ; la quatrième figurait le front et le béret coquettement incliné d'un minuscule *boulevardier** qui aurait pu flâner sur la place Vendôme. C'était assez stupéfiant, songea-t-il. Ollie pouvait bien avoir quatre-vingt-cinq ans, il était encore doué. Dave rendit les pièces à Olga, qui les enfonça à leur place, l'une après l'autre. Chacune s'y logeait parfaitement.

« *Voilà** », dit Dave. Et il serra la main de Ollie. « *Tout fini**. Magnifique. »

Olga était penchée si près du puzzle que son nez le touchait presque.

« Cette nouvelle pièce avec les poutrelles ne s'ajuste pas bien avec celles qui l'entourent. »

Dave dit :

« Même de votre part, Olga, c'est un peu ingrat. »

Olga ronchonna. Au-dessus d'elle, Ollie fit frétiller ses sourcils. Dave lui répondit de même.

« Viens t'asseoir à notre table pour déjeuner.

— Je pense que je vais sauter le déjeuner, dit Ollie. Notre promenade et mon dernier triomphe artistique m'ont lessivé. » Il se pencha pour examiner le puzzle et soupira : « Non, elles ne s'ajustent pas. Mais presque.

— Presque, ça compte que dans le lancer de fer à cheval, dit Olga. *Petit copain.* »

Ollie repartit à pas lents vers la porte donnant sur l'Aile Evergreen, tapant de sa canne ce rythme à trois temps caractéristique. Il ne se montra pas pour le déjeuner et, quand il ne parut pas non plus pour le dîner, l'infirmière de garde alla vérifier dans sa chambre et le trouva allongé sur son couvre-lit, ses mains talentueuses entrelacées sur sa poitrine. Il semblait qu'il fût mort comme il avait vécu, paisiblement et sans faire d'histoires.

Ce soir-là, Dave trouva la porte de son ami défunt ouverte. Il s'assit sur le lit débarrassé de sa literie, la montre en argent posée au creux de sa main, le couvercle relevé afin de pouvoir suivre la course de l'aiguille des secondes dans le petit cercle au-dessus du chiffre 6. Il regarda les biens de Ollie – les livres sur l'étagère, les carnets à croquis sur le bureau, les

différents dessins collés au mur – et se demanda qui
les prendrait. Le frère raté, sans doute. Il se creusa
pour retrouver son nom, et celui-ci lui revint aussitôt : Tom. Et la nièce s'appelait Martha.

Au-dessus du lit, il y avait un dessin au fusain
représentant un très beau jeune homme à la chevelure coiffée en hauteur avec des paillettes sur les
joues. Sur sa bouche en cœur errait un sourire. Léger
mais charmeur.

IV

L'été éclata, puis il commença à décliner. Les bus
scolaires roulèrent de nouveau dans Maryland Avenue. L'état de santé d'Olga Glukhov se dégrada : elle
confondait de plus en plus souvent Dave avec son
époux défunt. Son habileté au cribbage demeurait
intacte mais elle commençait à perdre son anglais.
Le fils et la fille aînés de Dave avaient beau habiter
en proche banlieue, c'était Peter qui venait le voir le
plus fréquemment, couvrant en voiture les cent kilomètres les séparant depuis le comté de Hemingford,
et il emmenait souvent son père déjeuner à l'extérieur.

Halloween arriva. Le personnel décora la salle
commune de guirlandes orange et noir. Les résidents
du Centre de Vie Assistée de Lakeview fêtèrent la
Toussaint avec du cidre, de la tarte au potiron, et des
boules de pop-corn pour ceux dont les dents étaient
encore d'attaque. Beaucoup se déguisèrent pour la
soirée, ce qui rappela à Dave Calhoun ce qu'avait dit

son vieil ami au cours de leur dernière conversation : comment, dans les années 1980, aller dans les clubs gays ressemblait trop à assister au bal masqué dans la nouvelle de Poe sur la Mort Rouge. Il supposait que Lakeview était aussi une sorte de club, et parfois ce club était gai, mais il y avait un inconvénient : on ne pouvait pas le quitter, à moins d'avoir de la famille prête à vous prendre chez elle. Peter et sa femme l'auraient fait pour Dave s'il avait demandé, ils lui auraient donné la chambre que leur fils Jerome avait occupée, mais Peter et Alicia avaient retrouvé leur intimité et il ne voulait pas s'imposer entre eux.

Par une tiède journée de début novembre, il sortit sur les dalles de pierre du patio et alla s'asseoir sur l'un des bancs. Les sentiers au-delà étaient attirants sous le soleil mais il n'osait plus s'aventurer sur les marches. Il risquait de tomber en les descendant, ce qui serait gênant. Il risquait de ne pas être capable de se relever tout seul, ce qui serait humiliant.

Il aperçut une jeune femme assise près de la fontaine. Elle portait le genre de robe à mi-mollet et encolure à volants qu'on ne voyait plus aujourd'hui que dans les vieux films en noir et blanc sur TCM. Elle avait une chevelure rousse éclatante. Elle lui sourit. Et lui fit coucou de la main.

Mazette, ce que tu es jolie, pensa Dave. *Est-ce que je ne t'ai pas déjà vue, peu après la fin de la Deuxième Guerre mondiale, descendant de la camionnette de ton copain à la station-service Humble Oil d'Omaha ?*

Comme si elle avait capté cette pensée, la jolie rousse lui balança un clin d'œil puis remonta légèrement le bas de sa robe, lui montrant ses genoux.

Bonjour, Miss Yummy, pensa Dave. Puis : *Tu m'as montré bien plus que ça, autrefois.* Il rit à ce souvenir.

Elle rit aussi. Ce rire, il le vit mais ne l'entendit pas, bien qu'il fût tout près et qu'il eût l'ouïe encore très affûtée. Puis elle s'éloigna derrière la fontaine… et ne reparut pas. Pourtant, Dave avait des raisons de croire qu'elle reviendrait. Ce qu'il avait aperçu là, c'était ni plus ni moins que la force de vie. Le puissant cœur battant de la beauté et du désir. La prochaine fois, elle serait encore plus près.

V

Peter descendit en ville la semaine suivante et ils allèrent manger ensemble dans un sympathique restaurant tout proche. Dave mangea bien, et but deux verres de vin. Qui le requinquèrent considérablement. Lorsque le repas fut terminé, il sortit la montre à gousset de Ollie de la poche intérieure de son veston, enroula la lourde chaînette autour du boîtier et la poussa sur la nappe en direction de son fils.

« Qu'est-ce que c'est ? demanda Peter.

— C'est un cadeau que m'a fait un ami, dit Dave. Il me l'a donné juste avant de mourir. Je veux que ce soit toi qui l'aies. »

Peter tenta de la repousser.

« Je ne peux pas la prendre, papa. Elle est trop belle.

— En fait, tu me ferais une faveur en acceptant. À cause de mon arthrite. Ça m'est très difficile de la remonter et, bientôt, je n'y arriverai plus du tout. Ce machin-là a au moins cent vingt ans et une montre qui a tenu aussi longtemps mérite de marcher aussi longtemps que possible. Alors s'il te plaît. Prends-la.

— Bon, si tu le dis comme ça… » Peter prit la montre et la laissa tomber dans sa poche. « Merci, papa. Elle est de toute beauté. »

À la table voisine – si près que Dave aurait pu tendre la main et la toucher – était assise la jolie rousse. Elle n'était attablée devant aucun repas mais nul ne semblait le remarquer. À cette distance, Dave voyait qu'elle était bien plus que jolie : elle était authentiquement belle. Sans doute plus belle que la fille d'autrefois, glissant à bas de la camionnette de son copain, sa jupe fugitivement remontée sur ses cuisses, mais où était le problème ? Comme la vie et la mort, de telles révisions constituaient le cours ordinaire des choses. Le travail de la mémoire était non seulement de se souvenir du passé mais encore de l'embellir.

La rousse remonta sa jupe plus haut cette fois, révélant une longue cuisse blanche l'espace d'une seconde. Peut-être même deux. Et cligna de l'œil.

Dave lui rendit son clin d'œil.

Peter se retourna pour regarder et vit seulement une table de quatre couverts déserte avec un carton RÉSERVÉ posé dessus. Il se retourna vers son père en haussant les sourcils.

Dave lui sourit.

« J'avais juste une poussière dans l'œil. Elle est partie maintenant. Si tu demandais l'addition ? Je suis fatigué et j'aimerais rentrer. »

En pensant à Michael McDowell

Il est d'usage de dire : « Si tu peux te rappeler les années 1960, c'est que t'y étais pas. » Grosses conneries, et en voici l'illustration. Il ne s'appelait pas Tommy, ce n'est pas lui qui est mort, mais, à part ça, c'est bien comme ça que ça s'est passé, à l'époque où nous pensions tous que nous allions vivre éternellement et changer le monde.

Tommy

Tommy est mort en 1969.

C'était un hippie atteint de leucémie.

La tasse, mec.

Après l'enterrement, il y a eu la réception au Centre
  Newman.

C'est comme ça que l'ont appelée ses parents : la
  réception.

Mon ami Phil a dit : « C'est pas plutôt où on va après
  un putain de *mariage* ? »

Tous les *freaks* sont allés à la réception.

Darryl avait mis sa cape.

Il y avait des petits canapés à manger et du jus de
  raisin dans des gobelets en papier.

Mon ami Phil a dit : « C'est quoi cette saloperie au
  raisin ? »

J'ai dit que c'était du Za-Rex. Que je connaissais ça
  de l'UJM.

« C'est quoi *encore* cette connerie ? » a demandé Phil.

« L'Union des Jeunesses Méthodistes, j'ai dit.

J'y suis allé pendant des années, et un jour,

j'ai même fait une fresque de l'Arche de Noé. »
« Que Noé et son arche aillent se faire foutre, a dit
　　Phil.
Et aussi tous les animaux qui sont montés dessus. »
Phil : un jeune homme aux opinions tranchées.

Après la réception, les parents de Tommy sont ren-
　　trés chez eux.
J'imagine qu'ils ont pleuré, pleuré, pleuré.
Les *freaks* sont allés au 110 North Main Street.
On a monté le son de la stéréo. J'ai trouvé des disques
　　des Grateful Dead.
Je détestais les Dead. De Jerry Garcia, j'avais l'habi-
　　tude de dire :
« Je serai reconnaissant quand il sera mort[1] ! »
(Je l'ai pas été, en fait.)
Mais bon, Tommy les aimait.
(Et aussi, doux Jésus, Kenny Rogers.)
On a fumé de l'herbe dans du papier Zig-Zag.
On a fumé des Winston et des Pall Mall.
On a bu de la bière et mangé des œufs brouillés.

On a bataillé à propos de Tommy.
C'était plutôt sympa.
Et quand le club Wilde-Stein s'est pointé – tous les
　　huit – on les a laissés entrer
parce que Tommy était gay et qu'il portait parfois la
　　cape de Darryl.

---

1. Le nom du groupe Grateful Dead signifie Les Morts
Reconnaissants.

On a tous convenu que ses vieux avaient respecté ses
   dernières volontés.
Tommy avait écrit ce qu'il souhaitait et ils lui avaient
   quasiment tout accordé.
Il était sur son trente et un, allongé dans son nouvel
   appartement étroit.
Il portait son jean à pattes d'éléphant et son T-shirt
   tie and dye préféré.
(C'était la Grande Melissa Freek qui avait fait ce
   T-shirt.
Je sais pas ce qu'elle est devenue.
Elle était là, et du jour au lendemain, on l'a plus revue.
J'associe son souvenir à celui de la neige fondue :
Main Street à Orono étincelait si fort que ça vous
   faisait mal aux yeux.
C'était l'hiver où les Lemon Pipers chantaient « Green
   Tambourine ».)
Ils lui avaient fait un shampoing. Ses cheveux lui
   tombaient aux épaules.
Ce qu'ils étaient propres !
Je parie que c'est l'embaumeur qui les avait lavés.
Il portait son bandeau autour du front
avec le signe de la paix en soie blanche cousu dessus.

« Il avait l'air d'un dandy », a dit Phil. Il commençait
   à être soûl.
(Phil commençait toujours à être soûl.)
Jerry Garcia chantait « Truckin ». Qui est une chan-
   son plutôt débile.
« Putain de Tommy ! a dit Phil. Buvons à cet enfoiré ! »
On a bu à cet enfoiré.

« Il portait pas son pin's spécial », a dit Indian Scontras.

Indian faisait partie du club Wilde-Stein.

À cette époque, il connaissait toutes les danses.

Aujourd'hui, il habite à Brewer, il vend des assurances.

« Il a dit à sa mère qu'il voulait qu'on l'enterre avec
son pin's.

Quelle bande d'hypocrites. »

J'ai dit : « Sa mère l'a juste déplacé en dessous de son
gilet. J'ai vérifié. »

C'était un gilet en cuir avec des boutons en métal.

Tommy l'avait acheté à la Free Fair[1].

J'étais avec lui ce jour-là. Il y avait un arc-en-ciel et
« Let's Work Together » de Canned Heat sortait
d'un haut-parleur.

JE SUIS QUEER ET J'EN SUIS FIER, disait le pin's que sa
mère avait déplacé sous son gilet.

« Elle aurait dû le laisser où il était », a dit Indian
Scontras.

« Tommy était fier. C'était un queer très fier. »

Indian Scontras pleurait.

Maintenant il vend des polices d'assurance et il a
trois filles.

Il était pas si gay, après tout, mais

vendre des polices d'assurance, c'est *très* queer[2], selon
moi.

---

1. Fête Libre.
2. *Queer* signifie littéralement « bizarre », « insolite ».

« C'est sa mère, j'ai dit. C'est elle qui faisait des
  bisous sur ses bobos quand il était petit. »
« Quel rapport ça a ? » a dit Indian Scontras.
« Putain de Tommy ! » a dit Phil, et il a levé haut
  sa bière.
« Buvons à cet enfoiré ! »
On a bu à cet enfoiré.

C'était il y a quarante ans.
Ce soir, je me demande combien de hippies sont
  morts au cours de ces quelques années ensoleillées.

Il a dû y en avoir pas mal. Juste une question de
  statistiques, mec.
Et je parle pas juste de
!! LA GUERRE !!
Y a eu les accidents de voiture.
Y a eu les overdoses.
  Plus l'alcool
    les bagarres de bars
      les suicides épisodiques,
        sans oublier la leucémie.

Tous les suspects habituels, c'est tout ce que je dis.
Combien d'entre eux ont été enterrés dans leurs
  fringues de hippies ?
Cette question me vient à l'esprit dans les murmures
  de la nuit.
Il a dû y en avoir quelques-uns, bien qu'il ait été
éphémère, le temps des freaks.
Leur Free Fair est désormais sous terre,
ils y portent encore leurs pattes d'ef et leurs bandeaux

et il y a de la moisissure sur les manches évasées de
leurs chemises psychédéliques.

Les cheveux dans ces chambres étroites sont cassants,
mais toujours longs.
Le barbier du « Système » n'y a pas touché en quarante ans.
Le givre gris ne les a pas touchés.
Et que dire de ceux qui sont tombés
en étreignant des pancartes disant L'ENFER NON ON
IRA PAS ?
Que dire du gamin tué dans un accident de voiture
enterré avec une fleur-autocollant « McCarthy président »
sur le couvercle de son cercueil ?
Que dire de la fille aux étoiles sur le front ?
(Elles sont tombées maintenant, j'imagine, de sa peau
de parchemin.)

Ce sont eux les soldats de l'amour qui n'ont jamais
soldé d'assurances.
Ce sont eux les dandys à la mode qui ne se sont
jamais démodés.
Parfois, la nuit, je pense aux hippies endormis sous
la terre.
Buvons à Tommy.
Buvons à cet enfoiré.

Pour D. F.

En 1999, je me promenais près de chez moi quand j'ai été heurté de plein fouet par un type au volant d'une fourgonnette. Il roulait à près de soixante-cinq kilomètres à l'heure et la collision aurait dû me tuer. J'imagine que j'ai dû tenter de l'éviter au dernier moment, en faisant un mouvement quelconque dont je ne garde aucun souvenir. Le souvenir que je garde, en revanche, c'est le contrecoup. D'un événement qui s'est produit en deux ou trois secondes sur le bas-côté d'une route de campagne dans le Maine ont résulté deux ou trois ans de kinésithérapie et de lente rééducation. Au cours de ces longs mois passés à récupérer d'abord une certaine latitude de mouvement dans ma jambe droite avant de réapprendre à marcher, j'ai eu largement le temps de réfléchir à ce que certains philosophes appellent « la question de la douleur ».

Cette nouvelle parle de ça, et je l'ai écrite des années plus tard, le pire de ma propre douleur s'étant atténué pour se maintenir au niveau d'un grommellement bas et régulier. De même que plusieurs autres nouvelles de ce recueil, « Le petit dieu vert de l'agonie » est la quête d'une conclusion. Mais, à l'instar de toutes les nouvelles de ce recueil, son objectif principal est de divertir. Bien que les expériences de la vie soient la base de tout récit, je ne fais pas commerce de fiction confessionnelle.

Le petit dieu vert de l'agonie

« J'ai eu un accident », dit Newsome.

Assise près du lit, occupée à attacher l'une des quatre électrodes du TENS[1] à la cuisse malingre de Newsome juste en dessous du short de basket qu'il portait maintenant tout le temps, Katherine Mac-Donald ne leva pas les yeux. Son visage était prudemment dénué d'expression. Elle était un meuble dans cette grande chambre où elle passait désormais la majeure partie de sa vie professionnelle, et il lui plaisait qu'il en soit ainsi. Attirer l'attention de M. Newsome était généralement une mauvaise idée, ainsi que tous ses employés le savaient. Ce qui n'empêchait pas ses pensées de suivre leur cours.

Maintenant tu vas leur dire qu'en fait c'est toi qui as causé l'accident. Parce que tu penses qu'assumer ta responsabilité te fait passer pour un héros.

« En fait, dit Newsome, c'est moi qui ai causé l'accident. Moins serré, Kat, s'il vous plaît. »

Elle aurait pu faire remarquer, comme elle l'avait fait au début, que les électrodes du TENS perdaient

---

1. Stimulateur électrique transcutané.

de leur efficacité si elles n'étaient pas placées en contact étroit avec les nerfs indignés qu'elles étaient censées soulager, mais elle apprenait vite. Elle desserra un peu la bande Velcro tout en poursuivant le cours de ses pensées.

Le pilote t'a dit qu'il y avait des orages dans la région d'Omaha.

« Le pilote m'a dit qu'il y avait des orages dans cette partie du monde », poursuivit Newsome.

Les deux autres hommes l'écoutaient attentivement. Jensen connaissait déjà l'histoire par cœur, bien sûr, mais l'on écoute toujours attentivement quand l'homme qui parle est la sixième fortune non seulement d'Amérique mais du monde, et que trois des cinq autres super-riches de la planète sont des types basanés en djellabas qui parcourent des pays désertiques à bord de Mercedes-Benz blindées.

Mais je lui ai dit qu'il était impératif que j'assiste à cette réunion.

« Mais je lui ai dit qu'il était impératif que j'assiste à cette réunion. »

Celui qui intéressait Kat – d'une façon pour ainsi dire anthropologique – était l'homme assis à côté du secrétaire personnel de Newsome. Il s'appelait Rideout. Il était grand et mince, la soixantaine peut-être, vêtu d'un pantalon gris ordinaire et d'une chemise blanche boutonnée au ras de son cou décharné rougi par le feu du rasoir. Kat supposait qu'il avait tenu à être rasé de près pour rencontrer la sixième fortune du monde. Sous sa chaise, il avait déposé le seul bagage dont il s'était muni pour assister à ce rendez-vous : une longue boîte à déjeuner noire au couvercle arrondi destiné à loger une bouteille thermos. Une gamelle d'ouvrier, même si la profession qu'il prétendait exercer était celle de pasteur. Jusque-là, M. Rideout n'avait pas prononcé un seul mot mais Kat n'avait pas besoin d'entendre le son de sa voix pour savoir ce qu'il était. Il sentait le charlatan à plein nez, encore plus fort que son après-rasage. En quinze ans de pratique en tant qu'infirmière spécialiste de la douleur, Kat en avait rencontré sa part. Au moins, celui-ci n'était-il pas bardé de cristaux.

Maintenant parle-leur de ta révélation, pensa-t-elle tout en transportant son tabouret de l'autre côté du lit. C'était un tabouret à roulettes mais Newsome n'aimait pas le bruit qu'il faisait quand elle se déplaçait dessus en le faisant rouler. À un autre patient, elle aurait fait remarquer que transporter son tabouret ne figurait pas dans son contrat de travail, mais quand on est payée cinq mille dollars par semaine pour remplir des fonctions qui relèvent essentiellement de l'assistance à la personne, on garde ses remarques pertinentes pour soi. On ne disait pas non plus au patient que vider et laver son bassin hygiénique ne faisait pas partie du contrat. Même si, depuis peu, sa soumission silencieuse commençait à s'effilocher dangereusement. Elle le sentait venir. Comme l'étoffe d'une chemise trop longtemps lavée et portée.

Newsome s'adressait principalement au type à l'allure de paysan endimanché.

« Alors que je gisais sur la piste, sous la pluie, parmi les morceaux de carlingue en feu d'un avion de quatorze millions de dollars, la plupart de mes vêtements arrachés de mon corps – c'est ce qui arrive quand on heurte le tarmac et qu'on roule sur dix ou vingt mètres –, j'ai eu une révélation. »

Deux, en fait, songea Kat tout en serrant les sangles d'une deuxième électrode autour de l'autre jambe amaigrie, à la chair ramollie et couturée de cicatrices.

« Deux révélations, en fait, dit Newsome. La première, c'est qu'il faisait bon être en vie, même si j'avais compris – avant même que la douleur, qui n'a cessé d'être ma fidèle compagne depuis deux ans, ne s'impose après le choc – que j'étais grièvement blessé. La deuxième, c'est que le mot *impératif* est employé très à la légère par la plupart d'entre nous, y compris mon ancien moi. Il y a deux impératifs seulement dans l'existence humaine. Le premier, c'est la vie elle-même, le deuxième, c'est la libération de la douleur. Êtes-vous d'accord avec ça, révérend Rideout ? » Et avant que Rideout n'en convienne (car il ne ferait assurément rien d'autre), Newsome gronda de sa voix impérieuse de vieillard irritable : « Pas si *serré*, bon sang, Kat ! Combien de fois faudra-t-il que je vous le dise ?

— Pardon », murmura-t-elle.

Et elle desserra la sangle.

Melissa, la gouvernante, l'air pimpant en tunique blanche et pantalon à pinces à taille haute, blanc lui aussi, entra avec le plateau du café. Jensen en accepta une tasse, accompagnée de deux sachets d'édulcorant artificiel. L'autre type, le soi-disant révérend sorti d'on ne sait quel bled, se contenta de secouer la tête. Peut-être transportait-il un quelconque café bénit dans sa bouteille thermos.

Kat ne s'en vit point offrir. Quand elle prenait un café, c'était à la cuisine en compagnie des autres

membres du personnel. Ou dans le pavillon d'été…
sauf qu'on n'était pas en été. On était en novembre
et des bourrasques de pluie cinglaient les vitres.

« Je vous branche, monsieur Newsome, ou préférez-
vous que je sorte ? »

Elle n'avait pas envie de sortir. Elle avait entendu
toute l'histoire maintes fois auparavant – la réunion
importante à Omaha, le crash, Andrew Newsome
éjecté de l'avion en flammes, les multiples fractures,
la colonne vertébrale fêlée et la hanche déboîtée, les
vingt-quatre mois de souffrance sans rémission qui
avaient suivi – et ça la barbait. Mais Rideout était
du genre intéressant. D'autres charlatans suivraient
indubitablement, maintenant que toutes les ressources de soulagement honorables avaient été épui-
sées, mais Rideout était le premier et Kat voulait voir
comment le type à l'allure de paysan allait s'y prendre
pour délester Andy Newsome d'une bonne partie de
son argent liquide. Ou essayer de le faire. Ce n'était
pas en étant stupide que Newsome avait amassé sa
fortune, mais naturellement il n'était plus le même
homme, quelle que soit la réalité de sa douleur. Kat
avait son opinion sur le sujet, mais ce boulot était le
meilleur qu'elle avait jamais eu. Du moins en termes
d'argent. Et si Newsome voulait continuer à souffrir,
c'était son choix, non ?

« Allez-y, ma jolie, branchez-moi. »

Et il frétilla des sourcils en disant ça. Naguère,
la grivoiserie aurait pu être réelle (Kat pensait que
Melissa aurait pu en témoigner) mais à présent elle
avait juste affaire à une paire de sourcils broussailleux fonctionnant sur la mémoire musculaire.

Kat brancha les câbles dans l'unité de contrôle
et tourna le bouton. Fixées correctement, les électrodes du TENS auraient envoyé un faible courant
électrique dans les muscles de Newsome, thérapie
qui semblait avoir certains effets bénéfiques… même
si personne ne savait expliquer exactement pourquoi
ou dire si elle relevait entièrement de l'effet placebo.
Quoi qu'il en soit, celle-ci n'aurait aucun effet sur
Newsome ce soir. Ajustées aussi lâche, les électrodes
étaient réduites à de coûteux joujoux…

« Dois-je… ?

— Restez ! ordonna-t-il. Kinésithérapie ! »

Le seigneur blessé dans la bataille ordonne, et j'obéis.

Elle se pencha pour retirer sa boîte à malices de
sous le lit. Celle-ci était remplie d'instruments que
nombre de ses clients antérieurs avaient qualifiés
d'instruments de torture. Jensen et Rideout ne faisaient pas attention à elle. Ils continuaient à regarder Newsome qui avait peut-être (ou peut-être pas)
reçu des révélations ayant modifié ses priorités et son
regard sur la vie, mais qui aimait toujours autant être
le centre d'une cour d'admirateurs.

Il leur raconta comment il s'était réveillé dans une
cage de métal et de pansements. Il avait des poulies
en acier appelées système de fixation externe sur les
deux jambes et sur un bras afin d'immobiliser ses
articulations réparées avec « environ une centaine »
de broches d'acier (dix-sept, en fait : Kat avait vu
les radios). Les fixateurs externes étaient fichés dans
les fémurs, tibias, humérus, radius, cubitus blessés
et broyés. Il avait le dos pris dans une sorte de cotte
de mailles allant des hanches à la nuque. Il parla de

nuits d'insomnie qui semblaient se prolonger non pendant des heures mais pendant des années. Il parla des maux de tête écrasants. Il leur raconta comment ne serait-ce que remuer les orteils lui déclenchait une douleur jusque dans les mâchoires, et l'agonie à hurler dont ses jambes étaient la proie quand les médecins insistaient pour qu'il les bouge, avec fixateurs externes et tout, afin de ne pas en perdre totalement l'usage. Il leur raconta les escarres et comment il ravalait des hurlements de douleur et d'indignation quand les infirmières tentaient de le faire rouler sur le flanc afin de pouvoir purger les plaies purulentes.

« J'ai dû subir une douzaine d'opérations supplémentaires au cours des deux dernières années », annonça-t-il avec une espèce de secrète fierté.

En fait, Kat savait qu'il n'en avait subi que cinq, dont deux pour retirer les fixateurs externes une fois les os suffisamment ressoudés. À moins, bien sûr, de compter l'intervention mineure pour remettre en place les os des doigts fracturés. Dans ce cas, on pouvait dire qu'il y en avait eu six, mais Kat ne considérait pas comme des « opérations » des interventions chirurgicales ne nécessitant pas plus qu'une anesthésie locale. Car dans ce cas, elle-même aurait pu dire qu'elle en avait subi une douzaine, la plupart en écoutant de la musique d'ascenseur dans un fauteuil de dentiste.

Maintenant les fausses promesses, pensa-t-elle tout en plaçant un coussinet de gel au creux du genou droit de Newsome et en refermant ses mains entrelacées sur les muscles flasques de sa cuisse droite. *C'est là qu'on en est.*

« Les médecins m'ont promis que la douleur diminuerait », dit Newsome. Il avait les yeux fixés sur Rideout. « Qu'en six semaines j'aurais seulement besoin des narcotiques avant et après mes séances de kinésithérapie, avec la Reine de la Douleur que voici. Que je remarcherais avant l'été 2010. L'été *dernier*. » Il marqua une pause pour l'effet. « Tout ça, révérend Rideout, c'étaient de fausses promesses. Je n'ai récupéré quasiment aucune flexion dans les genoux, et la douleur dans mes hanches et mon dos est indescriptible. Les médecins... *ah ! Oh !* Arrêtez, Kat, *arrêtez* ! »

Elle lui avait soulevé la jambe droite à un angle de dix degrés, peut-être un peu plus. Même pas assez pour maintenir en place le coussinet de gel.

« Laissez-la redescendre ! Laissez-la *redescendre*, bon sang ! »

Kat relâcha son étreinte sur son genou et la jambe reprit sa position horizontale sur le lit médicalisé. Dix degrés. Peut-être douze. Ouah, la belle affaire. Parfois elle arrivait à la faire aller jusqu'à une flexion de quinze – et la jambe gauche, qui était un peu moins mal en point, jusqu'à une flexion de vingt – avant qu'il ne se mette à hurler comme un gosse trouillard qui aperçoit la seringue hypodermique dans la main du médecin scolaire. Les médecins coupables de fausses promesses n'avaient pas été coupables de fausses annonces : ils lui avaient dit que la douleur était en vue. Kat avait assisté en silence à plusieurs de ces consultations. Ils lui avaient dit qu'il nagerait dans la douleur avant que ces tendons cruciaux, raccourcis par l'accident et figés par les fixateurs, ne s'étirent et ne redeviennent souples. Il connaîtrait largement la douleur avant d'être capable de plier les genoux à quatre-vingt-dix degrés. C'est-à-dire avant d'être capable de s'asseoir sur une chaise ou au volant d'une voiture. Idem pour la nuque et le dos. La route de la guérison passait par le Pays de la Douleur, voilà tout.

Ça, c'étaient de vraies promesses qu'Andrew New-come avait choisi de ne pas entendre. Sa croyance – jamais énoncée frontalement, mais sans aucun doute l'une des étoiles sur lesquelles il fondait sa navigation – étant que la sixième fortune du monde ne devrait en aucun cas avoir à visiter le Pays de la Douleur mais seulement la Costa del Sol de la Totale Guérison. À ça succédait la mise en accusation des médecins comme à la nuit succède le jour. Et évidemment, il accusait le destin. Des choses comme ça n'étaient pas censées arriver à des types comme lui.

Melissa revint avec un plateau de biscuits. New-some la rabroua vertement en agitant une main tordue et couturée de cicatrices par l'accident.

« Personne n'est d'humeur à déguster des pâtisseries, 'Lissa. »

Voilà autre chose que Kat MacDonald avait découvert à propos de ces riches privilégiés qui ont amassé des biens au-delà de toute compréhension logique : ils trouvent tout naturel de s'exprimer au nom de tout le monde dans la pièce.

Melissa esquissa son petit sourire de Joconde avant de pivoter sur ses talons (de pirouetter quasiment) et de quitter la pièce. De *flotter* hors de la pièce. Elle devait avoir au moins quarante-cinq ans mais en paraissait moins. Elle n'était pas sexy, non : rien d'aussi vulgaire. Il émanait plutôt d'elle une aura de froideur princière qui pour Kat évoquait Ingrid Bergman. Froideur ou pas, Kat supposait que les hommes ne manquaient pas de se demander quelle allure aurait cette chevelure châtaine libérée de ses pinces et toute décoiffée sur un oreiller. Quel attrait aurait ce rouge à lèvres corail étalé sur ses dents et sa joue. Kat, qui se trouvait boulotte, se disait au moins une fois par jour qu'elle n'était pas jalouse de ce visage lisse et calme. Ni de ce ferme fessier en forme de cœur.

Kat retourna de l'autre côté du lit, se préparant à soulever la jambe gauche de Newsome jusqu'à ce qu'il lui crie d'arrêter, bon sang, voulait-elle le tuer ?

Si tu étais un autre patient, je te dirais tes quatre vérités, pensa-t-elle. *Je te dirais d'arrêter de chercher des raccourcis parce qu'il n'y en a pas. Même pas pour la sixième fortune du monde. Je t'aiderais si tu m'y autorisais, mais, tant que tu cherches à acheter ton billet de sortie de ce lit, débrouille-toi tout seul.*

Elle plaça le coussinet sous son genou. Referma les mains sur les sacs de peau pendouillants qui auraient déjà dû commencer à se raffermir. Commença à fléchir la jambe. Attendit qu'il lui crie d'arrêter. Ce qu'elle ferait. Parce que cinq mille dollars par semaine, ça faisait un chouette quart de million de dollars par an. Savait-il qu'une partie de ce qu'il achetait, c'était sa complicité dans son échec à progresser ? Comment pouvait-il l'ignorer ?

Maintenant fais-leur la liste des médecins. Genève, Londres, Madrid, Mexico.

« J'ai consulté des médecins dans le monde entier »,
dit-il à Rideout.

Le révérend n'avait toujours rien dit, se contentant
de rester assis là, avec les caroncules rouges de son
cou rasé de trop près pendant au-dessus du col de
sa chemise de prédicateur de campagne boutonné
jusqu'en haut. Il avait de grosses chaussures de sécurité jaunes aux pieds. Le talon de l'une d'elles touchait presque sa gamelle noire d'ouvrier.

« Les visioconférences seraient la solution la plus
facile, compte tenu de mon état, mais naturellement
ça ne convient pas dans des cas comme le mien. Je
me suis donc déplacé en personne, en dépit de la
douleur que cela m'occasionne. Nous avons été partout, n'est-ce pas, Kat ?

— Partout, en effet », dit-elle.

Très lentement, elle continuait à lui fléchir la
jambe. Sur laquelle il serait déjà en train de marcher,
s'il n'était pas un tel bébé face à la douleur. Un tel
enfant gâté. Avec des béquilles, oui, mais debout et
en train de marcher. Et dans un an de plus, il aurait
pu se débarrasser des béquilles. Seulement, d'ici un
an, il serait encore là, dans ce lit médicalisé dernier
cri à deux cent mille dollars. Et elle serait encore là
avec lui. À encaisser l'argent de son silence. Combien lui suffirait ? Deux millions ? C'est ce qu'elle se
disait à présent, mais il n'y avait pas si longtemps, elle
s'était dit qu'un demi-million suffirait, pour ensuite
placer la barre plus haut. L'argent était vil en ce sens.

« Nous avons vu des spécialistes à Mexico, Genève,
Londres, Rome, Paris… où encore, Kat ?

— Vienne, dit-elle. Et San Francisco, bien sûr. »

Newsome eut un reniflement de mépris.

« Ce médecin-là m'a dit que j'étais l'artisan de ma propre douleur. Conversion hystérique, d'après lui. Pour m'épargner le rude labeur de la rééducation. Mais c'était un Paki. Et un pédé. Un Paki pédé, si c'est pas une drôle de combinaison ? » Il lâcha un bref jappement de rire puis scruta le visage de Rideout. « Je ne vous offense pas, n'est-ce pas, révérend ? »

Rideout fit aller sa tête de droite à gauche en signe de dénégation. Deux fois. Très lentement.

« Bien, bien. Arrêtez, Kat, ça suffit.

— Encore un peu, l'amadoua-t-elle.

— Arrêtez, j'ai dit. C'est le maximum que je peux supporter. »

Elle laissa la jambe se rallonger et commença à manipuler le bras gauche. Ça, il le permettait. Il disait souvent aux gens qu'il avait aussi eu les deux bras cassés mais ce n'était pas vrai. Le bras gauche avait seulement été foulé. Il disait aussi aux gens qu'il avait de la chance de ne pas être en chaise roulante mais le lit médicalisé multi-sonnettes et coups de sifflet suggérait fortement que c'était une chance sur laquelle il n'avait pas l'intention de capitaliser dans un futur proche. Le lit médicalisé multi-sonnettes et coups de sifflet *était* sa chaise roulante. Il avait sillonné le monde entier dedans.

Douleur névropathique. C'est un grand mystère. Peut-être insoluble. Les médicaments n'ont plus aucun effet.

« Le consensus est que je souffre de douleur névropathique. »

Et de lâcheté.

« C'est un grand mystère. »

Et aussi une bonne excuse.

« Peut-être insoluble. »

Surtout quand on n'essaie pas.

« Les médicaments n'ont plus aucun effet et les médecins ne peuvent rien pour moi. C'est la raison pour laquelle je vous ai fait venir, révérend Rideout. Vos références en matière de… hum… guérison… sont très impressionnantes. »

Rideout se leva. Kat n'avait pas réalisé à quel point il était grand. Son ombre derrière lui s'agrandit, montant encore plus haut sur le mur. Presque jusqu'au plafond. Ses yeux, profondément enfoncés dans leurs orbites, considéraient Newsome avec solennité. Il avait du charisme, cela ne faisait aucun doute. Cela ne la surprenait pas : les charlatans de ce monde ne s'en sortent pas sans ça. Mais elle n'avait mesuré ni l'importance ni la puissance du sien jusqu'à ce qu'il se lève et les domine de toute sa taille. Jensen tendait carrément le cou pour pouvoir le voir tout entier. Kate perçut un mouvement du coin de l'œil. Elle regarda et vit Melissa debout sur le seuil. Donc maintenant, ils étaient tous là, à l'exception de Tonya, la cuisinière.

Dehors, le sifflement du vent se changea en glapissement. Les carreaux tremblèrent aux fenêtres.

« Je ne guéris pas », dit Rideout.

Il venait de l'Arkansas, croyait savoir Kat – c'était là-bas, du moins, que le tout dernier Gulfstream IV de Newsome était allé le chercher – mais sa voix était dénuée d'accent. Et d'intonation.

« Non ? » Newsome paraissait déçu. Vexé. Peut-être même, de l'avis de Kat, un peu effrayé. « J'ai dépêché une équipe d'enquêteurs et ils m'ont assuré que dans nombre de cas…

— *J'expulse.* »

Les sourcils broussailleux se soulevèrent :

« Pardon ? »

Rideout s'approcha du lit et se tint là avec ses mains aux longs doigts nonchalamment croisées à hauteur de l'aine. Ses yeux profondément enfoncés observaient d'un regard sombre l'homme allongé dans le lit.

« J'extermine le parasite du corps souffrant dont il se nourrit, tout comme un exterminateur d'insectes nuisibles extermine les termites d'une maison dont elles se nourrissent. »

Eh ben, songea Kat, *j'aurai absolument tout entendu.* Mais Newsome était fasciné. *Comme un gosse qui regarde un expert de bonneteau étaler ses trois cartes à un coin de rue*, pensa-t-elle.

« Vous êtes possédé, monsieur.

— Oui, dit Newsome. C'est l'impression que j'ai. Surtout la nuit. Les nuits sont… très longues.

— Tout homme ou toute femme qui souffre est possédé, bien sûr, mais chez certaines personnes infortunées – dont vous êtes – le problème est plus profond. La possession n'est pas un phénomène passager mais une condition durable. Qui s'aggrave. Les médecins n'y croient pas parce qu'ils sont des hommes de science. Mais *vous* y croyez, n'est-ce pas ? Parce que vous faites partie de ceux qui souffrent.

— Et comment », souffla Newsome.

Kat, assise à côté de lui sur son tabouret, dut se retenir très fort pour ne pas lever les yeux au ciel.

« Chez ces personnes infortunées, la douleur pave la voie à un dieu démon. Il est petit mais dangereux. Il se nourrit d'une souffrance particulière produite par certaines personnes particulières seulement. »

Génial, pensa Kat. *Newsome va adorer ça.*

« Une fois que le dieu a trouvé comment entrer, la douleur devient agonie. Il se nourrit de vous jusqu'à épuisement. Puis il vous jette, monsieur, et poursuit son chemin. »

Kat se surprit à commenter :

« Quel est donc ce dieu ? Certainement pas celui dont vous prêchez le nom. Celui-là est le Dieu d'amour. C'est du moins ce que j'ai appris en grandissant. »

Jensen la regardait en fronçant les sourcils et en secouant la tête. Il s'attendait clairement à une explosion de la part du patron… mais un petit sourire avait effleuré le coin des lèvres de Newsome.

« Que répondez-vous à ça, révérend ?

— Je réponds qu'il existe de nombreux dieux. Le fait que notre Seigneur, le Seigneur Dieu des Armées, les gouverne tous — et au jour du Jugement dernier les *détruira* tous — n'y change rien. Ces petits dieux ont toujours été vénérés tant par les Anciens que par les Modernes. Ils ont leurs pouvoirs et notre Dieu permet parfois à ces pouvoirs de s'exercer. »

Comme une mise à l'épreuve, songea Kat.

« Comme une mise à l'épreuve de notre force et notre foi. » Puis Rideout se tourna vers Newsome et dit quelque chose qui la surprit : « Vous êtes un homme de beaucoup de force et de peu de foi. »

Newsome, peu accoutumé à la critique, sourit néanmoins.

« J'ai peu de foi chrétienne, c'est un fait, mais j'ai foi en moi-même. J'ai aussi foi en l'argent. Combien voulez-vous ? »

Rideout lui rendit son sourire, dévoilant des dents qui n'étaient guère plus que des stèles funéraires érodées. S'il avait jamais consulté un dentiste, c'était il y avait de nombreuses lunes de cela. Et aussi, il chiquait son tabac. Le père de Kat, qui était mort d'un cancer de la bouche, avait les mêmes dents tachées.

« Combien seriez-vous prêt à payer pour être libéré de votre douleur, monsieur ?

— Dix millions de dollars », répondit aussitôt Newsome.

Kat entendit le hoquet de Melissa.

« Mais je n'en suis pas arrivé où j'en suis en me faisant prendre pour une poire. Si vous faites ce que vous prétendez faire – expulser, exterminer, exorciser, appelez ça comme vous voudrez –, vous repartez avec l'argent. En liquide, si ça ne vous dérange pas de passer la nuit là. Échouez, vous ne gagnez rien. Sauf votre premier et dernier aller-retour en jet privé. Pour ça, je ne vous facturerai rien. Après tout, c'est *moi* qui suis venu vous chercher.

— Non. »

Rideout prononça le mot avec douceur, debout là près du lit, assez près de Kat pour qu'elle sente l'odeur de l'antimites qui, jusqu'à tout récemment, avait conservé intact son pantalon du dimanche (peut-être son seul pantalon, sauf s'il en mettait un autre pour prêcher). Elle percevait aussi une forte odeur de savon.

« Non ? » Newsome paraissait franchement stupéfait. « Vous me dites non ? » Puis il se remit à sourire.

Cette fois, c'était le sourire secret et assez déplaisant qu'il arborait quand il passait ses coups de téléphone et traitait ses affaires. « Je comprends. C'est maintenant que vous me lancez votre balle courbe. Je suis déçu, révérend Rideout. J'espérais vraiment que nous serions sur la même longueur d'onde. » Il se tourna vers Kat, qui se recula légèrement. « Vous, naturellement, pensez que j'ai perdu la raison. Mais je ne vous ai pas fait part des rapports de mes enquêteurs. N'est-ce pas ?

— Non, dit-elle.

— Il n'y a aucune balle courbe, dit Rideout. Je n'ai pratiqué aucune expulsion depuis cinq ans. Vos enquêteurs vous ont-ils dit cela ? »

Newsome ne répondit rien. Les yeux levés, il regardait avec un certain malaise l'homme mince qui le dominait.

Jensen dit :

« Est-ce parce que vous avez perdu vos pouvoirs ? Si c'est le cas, pourquoi êtes-vous venu ?

— C'est le pouvoir de Dieu, monsieur, pas le mien, et je ne l'ai pas perdu. Mais une expulsion exige une grande énergie et une grande force. Il y a cinq ans, j'ai été victime d'une grave crise cardiaque peu après en avoir réalisé une sur une jeune fille blessée dans un terrible accident de voiture. Nous avons réussi, elle et moi, mais le cardiologue que j'ai consulté à Jonesboro m'a dit que si je me dépensais encore de la sorte, je risquais une autre crise cardiaque. Fatale, celle-là. »

Newsome porta – non sans effort – une main noueuse à sa bouche et, en un comique aparté théâtral, glissa à Kat et Melissa :

« Je crois qu'il veut vingt millions.

— Ce que je veux, monsieur, c'est sept cent cinquante mille. »

Newsome resta là, à le fixer du regard. Ce fut Melissa qui demanda :

« Pourquoi ?

— Je suis pasteur d'une église à Titusville. L'Église de la Sainte Foi. Sauf que cette église n'existe plus. Nous avons eu un été sec dans notre partie du monde. Un feu de broussailles, déclenché par des campeurs ivres, a ravagé mon église, réduite maintenant à une dalle de béton et quelques poutres carbonisées. Moi et mes ouailles avons continué à tenir notre culte dans une ancienne station-service-épicerie abandonnée sur l'autoroute de Jonesboro. Ce n'est guère satisfaisant durant les mois d'hiver et aucune maison particulière n'est assez grande pour nous accueillir. Nous sommes nombreux mais pauvres. »

Kat écoutait avec intérêt. En fait de boniment, celui-ci était excellent. Il comportait toutes les bonnes accroches pour susciter la compassion.

Jensen, qui avait encore le corps d'un sportif universitaire assorti de l'esprit d'un diplômé d'Harvard, posa la question évidente :

« Assurance ? »

Rideout, encore une fois, secoua la tête de cette même façon appliquée : gauche, droite, gauche, droite, retour au centre. Il était toujours debout, dominant le lit médicalisé dernier cri de Newsome tel un ange gardien de cambrousse.

« Nous nous en remettons à Dieu.

— Vous auriez été mieux assurés avec Allstate »,
dit Melissa.

Newsome souriait. Kat voyait bien, à la raideur de
son corps, que son inconfort s'aggravait – il aurait déjà
dû avoir pris ses cachets depuis une demi-heure –,
mais il ignorait la douleur parce qu'il était intéressé.
Qu'il *puisse* ignorer la douleur était quelque chose
qu'elle savait depuis un certain temps déjà. Il était
capable de maîtriser la douleur s'il le voulait. Il en
avait les ressources. Kat avait pensé être simplement
irritée par cet état de fait, mais à présent, aiguillon-
née probablement par l'apparition du charlatan de
l'Arkansas, elle découvrit que ça la rendait en réalité
furieuse. C'était un tel *gâchis*.

« J'ai consulté un entrepreneur local – pas une de
mes ouailles mais un homme de bonne réputation
qui a fait quelques travaux pour moi par le passé et
applique un juste prix. Il m'a dit qu'il en coûterait
approximativement sept cent cinquante mille dollars
pour la reconstruction. »

Ah bon, songea Kat.

« Nous ne disposons pas de telles ressources finan-
cières, évidemment. Mais voilà que, même pas une
semaine après avoir consulté M. Kiernan, je reçois
votre lettre, accompagnée du DVD. Que, soit dit en
passant, j'ai regardé avec grand intérêt. »

Je veux bien te croire, pensa Kat. *Surtout le passage où le toubib de San Francisco dit que la douleur
résultant de ses blessures peut être grandement soulagée par des exercices de kinésithérapie. Des exercices
rigoureux de kinésithérapie.*

Il était exact qu'une dizaine d'autres médecins sur le DVD s'étaient déclarés impuissants, mais Kat croyait bien que le Dr Dilawar était le seul qui avait eu le courage de parler franchement. Elle avait été surprise que Newsome laisse partir le DVD avec cette consultation dessus, mais, depuis son accident, la sixième fortune du monde avait quelques boulons de dévissés.

« Me payerez-vous suffisamment pour reconstruire mon église, monsieur ? »

Newsome l'examina. Il avait maintenant de petites perles de sueur sur le haut du front, qu'il commençait à avoir dégarni. Kat allait lui donner ses cachets dans pas longtemps, qu'il les demande ou non. La douleur était réelle, pas de doute, ce n'était pas comme s'il jouait la comédie ni rien, c'était juste…

« Conviendriez-vous de ne pas demander plus ? Je parle d'un engagement d'honnête homme, nous n'avons pas besoin de signer quoi que ce soit.

— Oui. »

Rideout avait répondu sans hésitation.

« Encore que, si vous parvenez à ôter la douleur – à *expulser* la douleur –, je pourrais fort bien ajouter une contribution d'importance. D'importance *conséquente*. Ce que dans votre jargon vous appelez une offrande d'amour, je crois bien.

— Il vous appartient d'en décider, monsieur. Pouvons-nous commencer ?

— Maintenant ou jamais. Voulez-vous que tout le monde sorte ? »

Rideout secoua à nouveau la tête : de gauche à droite, de droite à gauche, retour au centre.

« J'aurai besoin d'assistants. »

Les magiciens en ont toujours besoin, pensa Kat. *Ça fait partie du spectacle.*

Dehors, le vent glapit, se tut, se leva de nouveau. Les lumières vacillèrent. Derrière la maison, le groupe électrogène (dernier cri, lui aussi) démarra en crachotant, puis se tut.

Rideout s'assit sur le bord du lit.

« M. Jensen, ici présent, je pense. Il me paraît fort et vif.

— Il est les deux, dit Newsome. Il a joué au football à l'université. Demi offensif. Il n'a pas perdu le rythme depuis.

— Oh… si, un peu », dit Jensen avec modestie.

Rideout se pencha vers Newsome. Ses yeux sombres, profondément enfoncés dans leurs orbites, examinaient le visage couturé de cicatrices du milliardaire avec solennité.

« Je vais vous poser une question, monsieur. De quelle couleur est votre douleur ?

— Verte », répondit Newsome. Lui-même considérait le prédicateur avec fascination. « Ma douleur est verte. »

Rideout hocha la tête : haut, bas, haut, bas, retour au centre. Sans lâcher Newsome du regard. Kat était persuadée qu'il aurait hoché la tête avec le même air de grave confirmation si Newsome avait dit que sa douleur était bleue ou aussi violette que le Mangeur d'Hommes de la chanson[1]. Elle pensa, avec un mélange de consternation et de réel amusement : *Je*

---

1. « The Purple People Eater », écrite et chantée par Sheb Wooley.

serais capable de perdre mon calme, là. J'en serais vrai-
ment capable. Ça serait l'explosion de colère la plus coû-
teuse de ma vie, mais quand même… j'en serais capable.

« Et où se trouve-t-elle ?

— Partout. »

C'était quasiment un gémissement. Melissa fit un
pas en avant, en adressant un regard inquiet à Jensen.
Kat le vit secouer légèrement la tête et lui faire signe
de retourner sur le seuil de la porte.

« Oui, elle aime donner cette impression, dit
Rideout, mais elle ment. Fermez les yeux, monsieur,
et concentrez-vous. Cherchez la douleur. Cherchez
par-delà les faux appels qu'elle lance – ignorez la
facile ventriloquie – et localisez-la. Vous pouvez
le faire. Vous *devez* le faire, si nous voulons avoir la
moindre chance de succès. »

Newsome ferma les yeux. L'espace de quatre-
vingt-dix secondes, il n'y eut aucun autre bruit que le
vent et la pluie éclaboussant les vitres comme autant
de poignées de fin gravier. La montre de Kat était
un modèle à ressort, cadeau de son père de nombreuses années auparavant pour fêter son diplôme
d'infirmière, et quand le vent se calmait, la pièce était
assez silencieuse pour qu'elle entende son tic-tac pré-
somptueux. Et autre chose aussi : à l'autre bout de
la grande maison, la vieille Tonya Marsden chantant
doucement une chanson traditionnelle tout en nettoyant la cuisine à la fin d'une autre journée.

Enfin, Newsome dit :

« Elle est dans ma poitrine. Haut dans ma poitrine.
Ou plutôt à la base de ma gorge, au-dessous de la
trachée.

— Pouvez-vous la voir ? Concentrez-vous ! »

Des rides verticales apparurent sur le front de Newsome. Entre ces sillons de concentration ondulaient des cicatrices laissées par la peau arrachée dans l'accident.

« Je la vois. Elle palpite au rythme de mes pulsations cardiaques. » Ses lèvres s'abaissèrent en une expression de dégoût. « C'est répugnant. »

Rideout se pencha plus près.

« C'est une boule ? C'est une boule, n'est-ce pas ? Une boule verte.

— Oui. Oui ! Une petite boule verte qui *respire* ! » *Comme la balle de tennis trafiquée que tu as sûrement cachée dans ta manche ou dans cette grande gamelle noire d'ouvrier que tu trimballes, révérend,* pensa Kat.

Et, comme si elle le contrôlait avec son esprit (au lieu de seulement déduire où cette ridicule petite pièce de théâtre allait ensuite les mener), Rideout dit :

« Monsieur Jensen. Il y a une boîte à déjeuner sous la chaise où j'étais assis. Prenez-la, ouvrez-la et venez vous placer debout à côté de moi. C'est tout ce que vous avez à faire pour le moment. Juste… »

C'est là que Kat MacDonald craqua. Elle entendit carrément le *crac* dans sa tête. On aurait dit le claquement de doigts de Roger Miller dans l'intro de « King of the Road ».

Elle s'avança à hauteur de Rideout et l'écarta d'un coup d'épaule. C'était facile. Il était plus grand qu'elle mais elle avait passé presque la moitié de sa vie à retourner et soulever des patients et elle était plus forte que lui.

« Ouvrez les yeux, Andy. Ouvrez-les tout de suite. Regardez-moi. »

Newsome sursauta et s'exécuta. Melissa et Jensen (qui avait maintenant la boîte à déjeuner dans les mains) prirent un air alarmé. L'un des faits de leur vie professionnelle – et de celle de Kat, du moins jusqu'à maintenant – était qu'on ne donnait pas d'ordres au patron. Le patron vous donnait des ordres. Et on ne le faisait certainement pas sursauter.

Mais elle en avait plus qu'assez. D'ici vingt minutes, elle pourrait bien être en train de crapahuter derrière ses phares sur des routes balayées par la tempête en direction du seul motel du pays, mais peu importait. Elle ne pouvait pas supporter ça plus longtemps.

« C'est des conneries, Andy, dit-elle. Vous m'entendez ? Des conneries.

— Je pense que vous devriez cesser tout de suite, dit Newsome en commençant à sourire – il avait plusieurs sourires et celui-ci n'était pas l'un des meilleurs. Si vous voulez garder votre emploi, je veux dire. Il y a plein d'autres infirmières spécialistes de la douleur dans le Vermont. »

Elle aurait pu effectivement s'arrêter là, mais Rideout dit :

« Laissez-la parler, monsieur. »

Ce fut son intonation pleine de douceur qui la rendit folle. Elle se pencha en avant, pénétrant l'espace de Newsome, et les mots jaillirent comme un torrent :

« Cela fait seize mois – depuis que l'amélioration de votre système respiratoire a permis d'entreprendre

une kinésithérapie significative – que je vous vois
cloué à ce foutu lit de luxe et insulter votre corps.
Cela me rend malade. Est-ce que vous savez à quel
point vous avez de la chance d'être en vie alors que
tous les autres passagers de cet avion ont été tués ?
Quel miracle c'est que votre moelle épinière n'ait pas
été sectionnée, ou votre crâne enfoncé dans votre
cerveau, ou votre corps brûlé – non, *rôti*, rôti comme
une pomme au four – de la tête aux pieds ? Vous
auriez vécu quatre jours, peut-être quinze, d'agonie
infernale. Au lieu de ça, vous avez été éjecté et sauvé.
Vous n'êtes pas un légume. Vous n'êtes pas quadri-
plégique, même si vous choisissez de faire comme si.
Vous ne faites pas votre travail. Vous cherchez une
échappatoire. Vous voulez payer pour vous sortir de
votre situation. Si vous mourez demain et que vous
allez en enfer, la première chose que vous ferez sera
d'essayer de graisser la patte de Satan. »

Jensen et Melissa la regardaient fixement, horrifiés. La bouche de Newsome béait. Si quelqu'un lui
avait jamais parlé de cette façon, c'était il y a bien
longtemps. Seul Rideout paraissait tranquille. C'était
lui qui souriait maintenant. Comme un père sourirait
devant son gamin capricieux de quatre ans. Ça la
rendait dingue.

« Vous pourriez marcher à l'heure qu'il est. Dieu
sait que j'ai essayé de vous faire comprendre ça, et
Dieu sait que je vous ai dit – que je vous ai rabâché –
la somme de travail qu'il faudrait pour vous sortir de
ce lit et vous remettre sur pied. Le Dr Dilawar à San
Francisco a eu le courage de vous le dire – il a été le
seul – et vous l'avez remercié en le traitant de pédé.

— *C'était* un pédé », dit Newsome.

Ses mains couturées de cicatrices étaient devenues des poings serrés.

« Vous souffrez, oui. Bien sûr que vous souffrez. Mais c'est une douleur gérable. Je l'ai vue gérée non pas une fois mais quantité de fois. Mais pas par un richard qui essaie de substituer son bon droit au dur labeur et aux larmes qu'il faut verser pour aller mieux. Vous refusez. Ça aussi, je l'ai vu, et je sais ce qui arrive toujours ensuite. Les charlatans et les escrocs arrivent, comme les sangsues arrivent quand un homme qui saigne entre dans une mare d'eau stagnante. Parfois les charlatans ont des crèmes magiques. Parfois ils ont des pilules magiques. Les guérisseurs arrivent avec des prétentions mensongères sur le pouvoir de Dieu, comme l'a fait celui-ci. Généralement, leurs proies obtiennent un soulagement partiel. Et c'est compréhensible, étant donné que la moitié de leur douleur est dans leur tête, fabriquée par des esprits paresseux qui veulent seulement comprendre que ça leur fera *mal* d'aller *mieux*. » Elle monta dans des aigus enfantins tremblotants et se pencha plus près. « Ça fait *maaaaal*, papa ! Mais le soulagement ne dure jamais longtemps parce que les muscles n'ont aucune tonicité, les tendons sont toujours mous, les os ne se sont pas assez renforcés pour supporter le poids du corps debout. Et quand vous rappellerez ce type au téléphone pour lui dire que la douleur est revenue – à condition que vous puissiez le rappeler –, vous savez ce qu'il vous dira ? Que vous n'aviez pas suffisamment de *foi*. Si vous faisiez marcher votre cervelle maintenant comme vous l'avez fait pour vos usines et tous vos investissements, vous sauriez qu'il n'y a pas de petite balle de tennis vivante à la base de votre gorge. Merde, Andy, vous êtes trop vieux pour croire au père Noël. »

Tonya était arrivée sur le seuil et se tenait à présent à côté de Melissa, les yeux écarquillés, un torchon pendant mollement de l'une de ses mains.

« Vous êtes virée, dit Newsome avec une quasi-affabilité.

— Oui, dit Kat. Bien sûr que je suis virée. Même si je dois dire que je ne me suis jamais sentie aussi bien depuis près d'un an.

— Si vous la licenciez, dit Rideout, je devrai aussi prendre congé. »

Les yeux de Newsome roulèrent dans la direction du révérend. Ses sourcils se rejoignaient avec perplexité. Ses mains s'étaient mises à pétrir ses hanches et ses cuisses comme elles le faisaient toujours quand l'heure de prendre ses cachets était dépassée.

« Elle a besoin d'être éduquée, loué soit le Saint Nom de Dieu. »

Rideout se pencha vers Newsome, ses propres mains nouées derrière le dos. Il rappelait à Kat une image du maître d'école de Washington Irving, Ichabod Crane, qu'elle avait vue un jour.

« Elle a dit ce qu'elle avait à dire. Puis-je dire ce que j'ai à dire ? »

Newsome transpirait plus abondamment mais il souriait à nouveau.

« Donnez-lui une leçon. Réduisez-la en pièces. Je crois que j'ai bien envie d'entendre ça. »

Kat fit face à Rideout. Ses yeux sombres et enfoncés dans leurs orbites étaient dérangeants mais elle les affronta.

« Figurez-vous que moi aussi », dit-elle.

Mains toujours nouées derrière le dos, crâne rose luisant discrètement à travers ses cheveux clairsemés, long visage solennel, Rideout l'examina. Puis il dit :

« Vous n'avez jamais souffert vous-même, n'est-ce pas ? »

Kat eut envie de se cabrer face à cette question, ou de détourner les yeux, ou les deux. Elle la réprima.

« Je suis tombée d'un arbre quand j'avais onze ans et je me suis cassé le bras. »

Rideout arrondit ses lèvres minces et siffla : une note sans timbre et quasiment atone.

« Vous vous êtes cassé le *bras* quand vous aviez *onze* ans. Oui, la douleur a dû être atroce. »

Kat s'empourpra. Elle perçut la chaleur, la détesta, mais fut incapable de la réprimer.

« Rabaissez-moi tant que vous voudrez. Ce que j'ai dit est fondé sur des années d'expérience auprès de patients confrontés à la douleur. C'est une opinion *médicale*. »

Maintenant il va me dire qu'il expulsait déjà des démons, ou des petits dieux verts, ou va savoir quoi, quand j'étais dans les langes.

Mais il n'en fit rien.

« J'en suis persuadé, l'apaisa-t-il. Et je suis persuadé que vous faites bien votre métier. Je suis persuadé que vous avez vu votre lot d'imposteurs et de comédiens. Vous connaissez leur engeance. Et je connais la vôtre, mademoiselle, parce que j'en ai vu maints spécimens auparavant. Rarement aussi jolis que vous » – finalement une trace d'accent : *choli* au lieu de *joli* – « mais leur attitude condescendante vis-à-vis de la douleur, une douleur qu'ils n'ont jamais éprouvée eux-mêmes, une douleur dont ils n'ont même pas idée, est toujours la même. Ils travaillent dans des chambres de malades, ils travaillent avec des patients qui connaissent divers degrés de détresse, de la douleur légère à la plus profonde et fulgurante agonie. Et au bout d'un certain temps, cela finit toujours par leur paraître ou bien exagéré, ou bien carrément fabriqué, n'est-il pas vrai ?

— Non, ce n'est pas vrai du tout », dit Kat.

Qu'arrivait-il à sa voix ? Subitement, elle était devenue toute petite.

« Non ? Quand vous pliez leurs jambes, et qu'ils crient à quinze degrés – ou même à dix –, est-ce que vous ne pensez pas, d'abord dans un coin de votre tête, puis de plus en plus frontalement, que ce sont des tire-au-flanc ? Qu'ils refusent de faire leur dur travail ? Peut-être même qu'ils cherchent à se faire plaindre ? Quand vous entrez dans leurs chambres et que leurs visages pâlissent, est-ce que vous ne vous dites pas : "Ah, il faut encore que je me coltine cette espèce de limace feignasse." N'êtes-vous pas – vous qui un jour êtes tombée d'un arbre et vous êtes cassé le *bras*, pour l'amour du ciel – de plus en plus dégoûtée chaque jour quand ils implorent qu'on les rallonge dans leur lit et qu'on leur donne un peu plus de morphine ou autre ?

— C'est trop injuste », dit Kat... mais à présent sa voix était à peine plus haute qu'un murmure.

« Il fut un temps, lorsque tout ceci était encore nouveau pour vous, vous saviez reconnaître l'agonie, dit Rideout. Il fut un temps où vous auriez cru ce que vous allez voir d'ici à peine quelques minutes, parce que vous saviez au fond de votre cœur qu'un intrus malin était logé là. Je veux que vous restiez afin que je vous rafraîchisse la mémoire… et votre sens de la compassion égaré en chemin par la même occasion.

— Certains de mes patients *sont* des chochottes, dit Kat en jetant un regard de défi à Newsome. Je suppose que c'est cruel à entendre, mais parfois la vérité est cruelle. Certains sont des mollassons. Si vous ne savez pas ça, vous êtes aveugle. Ou stupide. Or je pense que vous n'êtes ni l'un ni l'autre. »

Rideout s'inclina comme si elle lui avait fait un compliment – ce que, en un sens, elle supposait avoir fait.

« Bien sûr que je le sais. Mais aujourd'hui, au plus profond de votre cœur, vous êtes convaincue que *tous* sont des mollassons. Comme un soldat qui a passé trop de temps sur le champ de bataille, vous vous êtes endurcie. M. Newsome est envahi, je vous le dis. *Infesté.* Il y a un démon en lui si puissant qu'il est devenu un dieu et je veux que vous le voyiez lorsqu'il sortira. Je pense que cela améliorera considérablement les choses pour vous. Cela changera certainement votre regard sur la douleur.

— Et si je préfère m'en aller ? »

Rideout sourit.

« Nul ne vous retiendra, mademoiselle l'infirmière. Comme toutes les créatures de Dieu, vous avez votre libre arbitre. Je ne demanderai à personne de vous y contraindre, ni ne vous y contraindrai moi-même. Mais je ne crois pas que vous soyez lâche. Simplement endurcie. Blindée.

— Vous êtes un imposteur », dit Kat.

Elle était furieuse, au bord des larmes.

« Non, dit Rideout, parlant à nouveau avec douceur. Lorsque nous quitterons cette pièce – avec ou sans vous –, M. Newsome sera soulagé de l'agonie qui se nourrit de lui. Il souffrira encore, mais, délivré de cette agonie, il sera en mesure d'affronter la simple douleur. Peut-être même avec votre aide, mademoiselle, une fois que vous aurez reçu une nécessaire leçon d'humilité. Avez-vous toujours l'intention de partir ?

— Je vais rester », dit-elle. Puis : « Donnez-moi la boîte à déjeuner.

— Mais…, commença Jensen.

— Donnez-la-lui, dit Rideout. Laissez-la donc l'examiner, je vous en prie. Mais plus un mot. Si je dois accomplir ceci, il est temps de commencer. »

Jensen lui remit la longue boîte à déjeuner noire. Kat l'ouvrit. Là où une épouse d'ouvrier aurait pu avoir rangé les sandwichs de son mari et un petit récipient en plastique rempli de fruits, elle trouva un flacon en verre vide à large embouchure. À l'intérieur du couvercle arrondi de la boîte, sous l'agrafe métallique destinée à maintenir une bouteille thermos, il y avait une bombe aérosol. La boîte ne contenait rien d'autre. Kat se tourna vers Rideout. Il hocha la tête. Elle sortit l'aérosol et regarda l'étiquette, interloquée.

« Une bombe lacrymogène au poivre ?

— Une bombe lacrymogène au poivre, confirma Rideout. J'ignore si c'est légal dans le Vermont – j'imagine que non – mais, là d'où je viens, la plupart des drogueries en vendent. » Il se tourna vers Tonya. « Vous êtes… ?

— Tonya Marsden. Je fais la cuisine pour M. Newsome.

— Ravi de faire votre connaissance, madame. J'ai besoin d'une dernière chose avant que nous commencions. Auriez-vous une sorte de massue ? Une batte de baseball, par exemple ? »

Tonya secoua la tête. Le vent forcit de nouveau ; une fois encore, les lumières vacillèrent et le groupe électrogène crachota dans sa remise derrière la maison.

« Et un balai ?

— Ah, ça oui, monsieur.

— Allez le chercher, je vous prie. »

Tonya sortit. Hormis le vent, ne demeura que le silence. Kat chercha quelque chose à dire, en vain. Des gouttelettes de transpiration claire ruisselaient sur les joues étroites de Newsome, elles aussi scarifiées dans l'accident. Il avait roulé, roulé sur la piste pendant que l'épave de son Gulfstream brûlait sous la pluie derrière lui.

Je n'ai jamais dit qu'il ne souffrait pas. Juste qu'il était capable de gérer sa douleur pour peu qu'il rassemble un quart de la volonté dont il a fait preuve pour bâtir son empire.

Mais si elle se trompait ?

Même si je me trompe, cela ne veut pas dire qu'il y a une espèce de balle de tennis vivante à l'intérieur

de lui, en train de sucer sa douleur comme un vampire
suce le sang.

Les vampires n'existaient pas, pas plus que les
dieux de l'agonie… mais quand le vent soufflait assez
fort pour faire frissonner la grande maison jusqu'aux
os, de telles idées semblaient presque plausibles.

Tonya revint avec un balai qui paraissait ne jamais
avoir poussé le moindre petit tas de balayures dans
une pelle. La brosse était en nylon bleu vif. Le manche
était en bois peint et mesurait environ un mètre vingt
de long. Elle le tendit d'un geste incertain.

« C'est ça que vous voulez ?

— Je pense que ça nous servira », dit Rideout,
même si, aux oreilles de Kat, il ne semblait pas en être
entièrement sûr. Il lui vint à l'esprit que Newsome
n'était peut-être pas le seul dans cette pièce à avoir eu
quelques boulons dévissés dernièrement. « Je pense
que vous feriez mieux de le confier à notre infirmière
sceptique. Sans vouloir vous offenser, madame Marsden, mais les gens plus jeunes ont des réflexes plus
vifs. »

Sans paraître offensée le moins du monde – l'air
soulagée, en fait –, Tonya tendit le balai. Melissa le
prit et le fit passer à Kat.

« Je suis censée faire quoi avec ? demanda Kat.
L'enfourcher ? »

Rideout sourit, dévoilant brièvement ses chicots
tachés et érodés.

« Vous le saurez au moment voulu, si vous avez
déjà eu à chasser une chauve-souris ou un raton
laveur d'une pièce. Juste une chose : d'abord la
brosse. Ensuite le manche.

— Pour l'achever, je suppose. Et ensuite vous le placerez dans votre bocal à spécimens.

— Comme vous dites.

— Pour pouvoir le poser sur une étagère avec les autres dieux que vous avez tués ? »

À cette question, il ne répondit pas.

« Donnez la bombe aérosol à M. Jensen, je vous prie. »

Kat s'exécuta. Melissa demanda :

« Et moi, je fais quoi ?

— Regardez. Et priez, si vous savez le faire. Pour moi autant que pour M. Newsome. Pour que mon cœur soit fort. »

Kat, qui voyait déjà venir une fausse crise cardiaque, ne dit rien. Elle s'éloigna simplement du lit en tenant le manche du balai à deux mains. Rideout s'assit à côté de Newsome avec une grimace. Ses genoux claquèrent comme des coups de pistolet.

« Écoutez-moi, monsieur Jensen.

— Oui ?

— Vous aurez du temps – il sera désorienté – mais soyez rapide quand même. Aussi rapide que vous l'étiez sur le terrain de football, d'accord ?

— Vous voulez que je le foudroie ? »

Rideout se fendit une nouvelle fois de son bref sourire mais Kat lui trouva plutôt l'air franchement malade.

« Ce n'est pas une arme foudroyante – celles-là sont illégales même là d'où je viens – mais c'est l'idée, oui. Maintenant, je voudrais le silence, s'il vous plaît.

— Attendez une minute. »

Kat appuya le balai contre le lit et fit remonter ses mains d'abord le long du bras gauche de Rideout, puis le long de son bras droit. Tout ce qu'elle palpa fut du tissu de coton et la chair malingre de l'homme en dessous.

« Rien dans mes manches, mademoiselle Kat, promis.

— Dépêchez-*vous*, dit Newsome. J'ai mal. J'ai toujours mal, mais ce foutu temps de chien rend les choses pires.

— Taisez-vous, dit Rideout. Tous, taisez-vous. »

Ils se turent. Rideout ferma les yeux. Ses lèvres remuèrent silencieusement. Vingt secondes s'égrenèrent sur la montre de Kat, puis trente. Elle avait les mains moites de transpiration. Elle les essuya l'une après l'autre sur son pull avant de reprendre le balai. *On dirait une réunion autour d'un lit de mort*, pensat-elle.

Dehors, le vent gronda le long des gouttières.

Rideout ouvrit les yeux et se pencha tout près de Newsome.

« Dieu, il y a un intrus malfaisant en cet homme. Un intrus qui se nourrit de sa chair et de ses os. Aide-moi à le chasser, comme Ton Fils a chassé les démons de l'homme de Gadara. Aide-moi à parler au petit dieu vert de l'agonie vivant à l'intérieur d'Andrew Newsome avec l'autorité de Ta propre voix. »

Il se pencha plus près. Il enroula une longue main déformée par l'arthrite à la base du cou de Newsome, comme s'il voulait l'étrangler. Il se pencha encore plus près et inséra l'index et le majeur de son autre main dans la bouche du milliardaire. Il les incurva et tira la mâchoire vers le bas.

« Sors », dit-il.

Avec autorité, pourtant sa voix était douce. Soyeuse. Quasi cajoleuse. Son intonation hérissa la peau des bras et du dos de Kat.

« Sors au nom de Jésus. Sors au nom de tous les saints et martyrs. Sors au nom de Dieu qui t'a donné la permission d'entrer et t'ordonne maintenant de sortir. Sors à la lumière. Renonce à ta voracité et sors. »

Il ne se passa rien.

« Sors au nom de Jésus. Sors au nom de tous les saints et martyrs. »

Sa main s'infléchit légèrement et la respiration de Newsome devint râpeuse.

« Non, ne descends pas plus profond. Tu ne peux pas te cacher, petit démon. Sors à la lumière. Jésus te l'ordonne. Les saints et les martyrs te l'ordonnent. Dieu t'ordonne de cesser de festoyer sur cet homme et de sortir. »

Une main froide agrippa le haut du bras de Kat, qui faillit hurler. C'était Melissa. Elle avait les yeux exorbités. La bouche béante. À l'oreille de Kat, le murmure de la gouvernante parut aussi rugueux que du papier de verre :

« *Regarde.* »

Une protubérance semblable à un goitre était apparue sur la gorge de Newsome, juste au-dessus de la main de Rideout mollement refermée dessus. La boule se mit à remonter lentement vers la bouche. De sa vie, Kat n'avait jamais rien vu de tel.

« C'est bien », chantonna presque Rideout.

Son col de chemise était ramolli et assombri par la sueur qui ruisselait de son visage.

« Sors. Sors à la lumière. Tu as fini de te nourrir, petite créature des ténèbres. »

Le vent poussa un hurlement. La pluie, maintenant mêlée de neige fondue, crépitait comme des balles contre les vitres. Les lumières vacillèrent et la maison grinça.

« Le Dieu qui t'a permis d'entrer t'ordonne de sortir. Jésus t'ordonne de sortir. Tous les saints et martyrs… »

Il lâcha le cou de Newsome, retirant sa main comme s'il s'était brûlé. Mais la bouche de Newsome demeura ouverte. Mieux : elle commença à s'agrandir, d'abord en un bâillement, puis en un cri silencieux. Ses yeux se révulsèrent et ses pieds se mirent à tressauter. Sa vessie se relâcha et l'urine assombrit le drap au niveau de l'aine comme la sueur assombrissait le col de chemise de Rideout.

« Arrêtez, dit Kat en faisant un pas en avant. Il convulse. Vous devez arr… »

Jensen la tira brutalement en arrière. Elle se tourna vers lui et vit que son visage d'ordinaire rougeaud était devenu aussi pâle qu'un linge.

La mâchoire de Newsome s'était décrochée et pendait carrément sur son sternum. La partie inférieure de son visage disparut dans un énorme bâillement. Kat entendit des tendons temporo-mandibulaires craquer comme des tendons de genoux pendant une séance de kiné exténuante : le son que produisent des gonds encrassés. Les lumières de la pièce balbutièrent, allumées, éteintes, de nouveau allumées.

« Sors ! tonna Rideout. Sors ! »

Des ténèbres derrière les dents de Newsome montait une chose semblable à une vésicule biliaire. Elle palpitait.

On entendit un fracas déchirant et la fenêtre de l'autre côté de la pièce se brisa. Les tasses à café tombèrent et se fracassèrent sur le sol. Soudain, il y avait une branche d'arbre dans la chambre avec eux. Les lumières s'éteignirent. Le groupe électrogène redémarra. Pas de crachotement cette fois mais un grondement régulier. Quand les lumières se rallumèrent, Rideout était allongé sur le lit avec Newsome, les bras largement écartés, le visage enfoui dans la tache humide au centre du drap. Quelque chose suintait de la bouche béante de Newsome, une masse informe hérissée de courts piquants verts et sillonnée d'empreintes de dents.

Pas une balle de tennis, songea Kat. *Plutôt une de ses balles en filaments de caoutchouc avec lesquelles jouent les enfants.*

Tonya la vit et battit en retraite dans le couloir, tête projetée en avant, mains nouées derrière la nuque et avant-bras plaqués sur les oreilles.

La chose verte culbuta sur la poitrine de Newsome.

« *Aspergez-la !* hurla Kat à Jensen. *Aspergez-la avant qu'elle puisse s'échapper !* »

Oui. Et ensuite ils l'enfermeraient dans le flacon à spécimens et revisseraient le couvercle serré. *Très* serré.

Les yeux de Jensen étaient exorbités et vitreux. Il ressemblait à un somnambule. Le vent souffla à travers la pièce et fit virevolter ses cheveux. Un cadre se décrocha du mur. Jensen exerça un mouvement de piston avec la main qui tenait la bombe aérosol et actionna la valve en plastique. On entendit un sifflement, puis Jensen bondit sur ses pieds en hurlant. Il essaya de se retourner, probablement pour prendre la fuite sur les talons de Tonya, mais trébucha et tomba à genoux. Kat avait beau être trop abasourdie pour bouger – pour ne serait-ce qu'avancer la main –, une partie de son cerveau devait encore fonctionner car elle comprit aussitôt ce qui s'était passé. Jensen tenait la bombe aérosol à l'envers et au lieu d'asperger la chose qui progressait maintenant en suintant dans les cheveux du révérend Rideout, il s'était aspergé lui-même.

« *La laissez pas m'attraper !* » glapit-il. Il se mit à ramper à l'aveuglette pour tenter de s'éloigner du lit. « *J'y vois rien, la laissez pas m'attraper !* »

Il y eut une rafale de vent. Des feuilles mortes se détachèrent de la branche entrée par la fenêtre et tourbillonnèrent dans la pièce. La chose verte se laissa glisser de la nuque ridée et tannée par le soleil de Rideout et choir sur le sol. Avec la sensation d'évoluer sous l'eau, Kat lui assena un coup avec la brosse du balai. Et la manqua. La chose disparut sous le lit, s'y glissant plutôt qu'y roulant.

Jensen, toujours rampant, fonça la tête la première dans le mur près de la porte.

« *Où je suis ? J'y vois rien !* »

Newsome s'était redressé, l'air perplexe.

« *Qu'est-ce qui se passe ici ? Que s'est-il passé ?* »

Il repoussa la tête de Rideout posée sur lui. Le révérend glissa mollement à terre.

Melissa se pencha sur lui.

« *Ne fais pas ça !* » s'écria Kat, mais il était trop tard.

Elle ignorait si cette chose était véritablement un dieu ou juste une espèce de sangsue bizarre, mais elle était rapide. Elle surgit de sous le lit, roula sur l'épaule de Rideout, passa sur la main de Melissa et remonta sur son bras. Melissa secoua le bras pour tenter de s'en débarrasser, en vain. *Y a une espèce de truc collant sur ces petits piquants hérissés*, dit la partie du cerveau de Kat qui continuait à fonctionner à celle – beaucoup plus grande – qui refusait toujours. *Comme de la glu sur les pattes d'une mouche.*

Melissa avait vu d'où sortait la chose et, malgré sa panique, elle eut la présence d'esprit de couvrir sa bouche à deux mains. La chose cavala le long de son cou, sur sa joue, et s'installa sur son œil gauche. Le vent hurla et Melissa hurla avec lui. C'était le hurlement d'une femme se noyant dans une douleur que les graphiques d'hôpitaux ne pourront jamais enregistrer. L'agonie de Melissa dépassait la gradation la plus haute – c'était celle d'un être bouilli vivant. Elle tituba en arrière en griffant la chose cramponnée à son œil. Celle-ci palpitait plus rapidement à présent et Kat perçut un son bas et liquide tandis que la chose recommençait à se nourrir. C'était un bruit de *succion*.

Peu lui importe qui elle mange, pensa Kat. Elle s'aperçut qu'elle était en train de se diriger vers la femme qui se débattait en hurlant.

« Arrête de bouger ! *Melissa, arrête de bouger !* »

Melissa ne l'écoutait pas. Elle continuait à reculer. Elle heurta la branche épaisse qui s'était introduite dans la chambre et s'étala par terre. Kat se laissa tomber sur un genou à côté d'elle et lui abattit promptement le manche du balai en plein visage. En plein sur la chose en train de lui sucer l'œil.

On entendit un *flac*, et soudain la chose glissa mollement le long de la joue de la gouvernante, laissant derrière elle une traînée de bave humide. Elle progressa sur le sol parsemé de feuilles, cherchant à se cacher sous la branche comme elle s'était cachée sous le lit. Kat se dressa sur ses pieds et lui marcha dessus. Elle la sentit éclater sous la semelle de ses solides chaussures New Balance. Une substance verte gicla des deux côtés comme si elle avait marché sur un ballon rempli de morve.

Kat se baissa, cette fois sur les deux genoux, et prit Melissa dans ses bras. D'abord Melissa se débattit et Kat sentit un poing effleurer son oreille. Puis, le souffle rauque, Melissa se calma.

« Elle est partie ? Kat, elle est partie ?

— Je me sens mieux », dit Newsome d'une voix songeuse dans leur dos, comme dans un autre monde.

« Oui, elle est partie », dit Kat.

Elle scruta le visage de Melissa. L'œil sur lequel la chose s'était posée était injecté de sang, mais à part ça, il paraissait indemne.

« Est-ce que tu y vois ?

— Oui. Un peu trouble, mais j'y vois. Kat… la douleur… c'était comme la fin du monde.

— Il faut que quelqu'un me lave les yeux ! hurla Jensen sur un ton indigné.

— Allez vous les laver tout seul, lança gaiement Newsome. Vous avez deux bonnes jambes pour vous porter, n'est-ce pas ? Je crois bien que moi aussi, une fois que Kat les aura remises en mouvement. Si quelqu'un veut bien se pencher sur Rideout. J'ai idée que le pauvre bougre pourrait bien être mort. »

Melissa avait les yeux levés vers Kat, l'un bleu, l'autre rouge et larmoyant.

« La douleur… Kat, tu ne peux pas te figurer la douleur.

— Oh, si, dit Kat. Maintenant je peux. »

Elle laissa Melissa assise à côté de la branche et s'approcha de Rideout. Elle chercha son pouls et ne trouva rien, pas même le tremblotement erratique d'un cœur cherchant encore à faire de son mieux. Rideout, apparemment, ne connaîtrait plus jamais la douleur.

Le groupe électrogène s'arrêta.

« Merde, dit Newsome d'un ton toujours guilleret. J'ai payé soixante-dix mille dollars pour cette merde japonaise.

— *J'ai besoin qu'on me lave les yeux !* brailla Jensen. *Kat !* »

Kat ouvrit la bouche pour répondre, puis se retint. Dans l'obscurité toute neuve, quelque chose venait de ramper sur le dos de sa main.

Pour Russ Dorr

Les apparitions publiques ne sont pas ma tasse de thé. Quand je me retrouve debout devant des spectateurs, j'ai toujours le sentiment d'être un imposteur. Pas parce que je suis un solitaire, même si j'en suis un, du moins dans une certaine mesure : je peux aller du Maine en Floride tout seul au volant de ma voiture et m'en trouver parfaitement content. Ce n'est pas le trac non plus, même si je le ressens toujours quand je me présente devant deux ou trois mille personnes. Pour la plupart des écrivains, c'est une situation peu naturelle. Nous sommes plus habitués à nous montrer dans des bibliothèques devant des groupes d'une trentaine de lecteurs assidus. Ce sentiment d'être la mauvaise personne au mauvais endroit découle principalement du fait que nous savons que *qui* – ou *quoi* – que le public soit venu voir, ce *qui* ou ce *quoi* ne sera pas là. Le moi qui crée les histoires existe seulement dans la solitude. Celui qui se présente pour partager des anecdotes et répondre à des questions est un piètre substitut à l'inventeur d'histoires.

En novembre 2013, à Paris, j'ai été conduit à ma dernière apparition publique au Grand Rex (capacité 2 800 places) à l'arrière d'un gros 4 × 4 de loisirs noir. Je me sentais nerveux et pas à ma place. Les rues étaient étroites et la circulation dense. J'avais ma petite liasse de papiers – quelques remarques, un court extrait à lire – dans une chemise posée sur mes genoux. À un feu rouge, nous nous sommes arrêtés à côté d'un bus, les deux larges véhicules collés l'un à l'autre presque à se toucher. J'ai regardé par l'une des vitres du bus et vu une femme en tailleur strict, qui rentrait peut-être chez elle après une journée de travail. J'ai regretté fugitivement de ne pas être assis à côté d'elle, en route moi aussi pour la maison, où je mangerais un morceau avant de lire pendant une heure ou deux, installé dans un fauteuil confortable et éclairé par la lumière d'une bonne lampe, au lieu d'être en train de me faire conduire dans un théâtre jouant à guichets fermés, rempli de fans dont je ne parlais pas la langue.

Peut-être que *la femme** a senti mon regard. Il est plus probable qu'elle ait levé les yeux de son magazine par ennui. Quoi qu'il en soit, elle a levé la tête et m'a regardé, en contrebas, à peut-être un mètre à peine d'elle. Nos regards se sont croisés. Et dans le sien, ce que j'ai imaginé voir, c'était le regret de ne pas être à ma place dans mon véhicule de loisir dernier cri, en route pour un endroit où il y aurait des lumières, des rires et du divertissement, au lieu d'être dans ce bus la ramenant chez elle où il n'y aurait rien qu'un petit repas, peut-être décongelé, suivi d'une soirée devant le journal du soir et les mêmes vieilles séries télé. Si nous avions pu échanger nos places, nous en aurions été heureux tous les deux.

Puis elle a rabaissé les yeux sur son journal et j'ai rabaissé les miens sur mes documents. Le bus a pris une direction, et le véhicule de loisirs une autre. Mais l'espace d'un instant, nous avons été assez proches pour plonger notre regard dans le monde de l'autre. J'ai pensé à l'histoire qui va suivre et, quand je suis rentré de mon excursion outre-Atlantique, je me suis assis à ma table de travail et je l'ai rédigée d'une traite.

Ce bus est un autre monde

La mère de Wilson, qui n'était pas l'une des personnes les plus joyeuses au monde, avait un dicton : « Quand les choses commencent à mal tourner, elles continuent de mal tourner jusqu'à ce que quelqu'un pleure. »

Avec cela à l'esprit, comme il avait à l'esprit toute la sagesse populaire apprise dans les jupons de sa mère (« Une orange est d'or le matin et de plomb le soir »), Wilson avait toujours soin de prendre des assurances voyage – il considérait ça comme des filets de sécurité – avant toute occasion particulièrement importante. Et aucune occasion dans sa vie d'adulte n'était plus importante que son voyage à New York où il présenterait le dossier qu'il avait monté, accompagné du topo qu'il avait préparé, à tout le gratin de chez Market Forward.

MF était l'une des plus importantes agences de publicité de l'ère internet. La compagnie de Wilson, Southland Concepts, était une toute petite entreprise d'un seul salarié basée à Birmingham, Alabama. Des opportunités comme celle-là ne se représentent jamais deux fois, d'où l'importance vitale d'un filet de sécurité. C'est pourquoi Wilson arriva au Birmingham Shuttlesworth Airport à quatre heures du matin pour un vol sans escale décollant à six et atterrissant à neuf heures vingt à l'aéroport de La Guardia. Son rendez-vous – une audition, en fait – était prévu à quatorze heures trente. Un filet de sécurité de cinq heures semblait être une assurance voyage suffisante.

Au début, tout se passa bien. L'agent à la porte d'embarquement vérifia le contenu de son carton à dessins et obtint l'autorisation pour Wilson de le ranger dans le compartiment à bagages de première classe. Wilson lui-même, naturellement, voyageait en classe économique. Dans ces cas-là, le truc était de poser la question assez tôt, avant que les employés ne commencent à être saturés. Les gens saturés n'ont pas envie d'entendre à quel point votre carton à dessins est important ; et comment il pourrait bien constituer votre passeport pour le futur.

Il avait une valise à enregistrer, car si le sort voulait qu'il soit finaliste pour la campagne de Green Century (ce qui pouvait très bien arriver, il était de fait fort bien positionné), il était peut-être parti pour rester dix jours à New York. Il n'avait aucune idée du temps que prendraient les différences étapes de sélection et il n'avait pas plus envie d'envoyer ses vêtements à la blanchisserie de l'hôtel qu'il n'avait envie de commander ses repas au room-service. Si les suppléments hôteliers étaient onéreux dans toutes les grandes villes, ils étaient épouvantablement onéreux dans la Grosse Pomme.

Les choses ne commencèrent à mal tourner qu'au moment où l'avion, qui avait décollé à l'heure, arriva sur New York. Là, il prit sa place dans un embouteillage aérien, décrivant des cercles et dansant le pogo dans l'atmosphère grise au-dessus de l'aéroport que les pilotes appellent non sans raison La Garbage[1]. Des plaisanteries pas très drôles et de vertes récriminations se firent entendre, mais Wilson demeura serein. Son assurance voyage était en place ; il avait un confortable filet de sécurité.

L'avion atterrit à dix heures trente, soit avec légèrement plus d'une heure de retard. Wilson se dirigea vers la zone de livraison des bagages où sa valise n'apparut pas. N'apparut pas. N'apparut pas. Finalement, lui et un vieil homme barbu coiffé d'un béret noir furent les seuls passagers restants, les derniers bagages non réclamés sur le tapis étant une paire de raquettes à neige et une grande plante verte aux feuilles flétries par le voyage.

« C'est pas possible, dit Wilson au vieil homme. Le vol était sans escale. »

Le vieil homme haussa les épaules.

« Z'ont dû mal les étiqueter à Birmingham. Pour ce qu'on en sait, nos affaires sont peut-être en route pour Honolulu à l'heure qu'il est. Je m'en vais de ce pas au bureau des Bagages Perdus. Voulez venir avec moi ? »

Wilson accepta, en pensant au dicton de sa mère. Et en remerciant Dieu d'avoir encore son carton à dessins avec lui.

---

1. La Poubelle. Jeu de mots sur La Guardia.

Il avait à moitié rempli le formulaire de Perte de Bagages quand un manutentionnaire parla dans son dos :

« Ce bagage appartient-il à l'un de vous deux, messieurs ? »

Wilson se retourna et vit sa valise écossaise, qui paraissait mouillée.

« Elle est tombée de l'arrière du chariot à bagages, dit le manutentionnaire en comparant les deux tickets de contrôle, celui agrafé au billet de Wilson et celui attaché à la valise. Ça arrive de temps en temps. Vous devriez prendre un formulaire de réclamation au cas où quelque chose soit cassé à l'intérieur.

— Où est la mienne ? demanda le vieil homme au béret.

— Alors là, je peux pas vous aider, dit le manutentionnaire. Mais on les retrouve presque toujours, à la fin.

— Ouais, dit le vieux, mais c'est pas encore la fin. »

Le temps que Wilson quitte le terminal avec sa valise, son carton à dessins et son sac de cabine, il n'était pas loin d'onze heures trente. Plusieurs autres vols étaient arrivés dans l'intervalle et la file d'attente pour les taxis était longue.

J'ai un filet de sécurité, se rassura-t-il. Trois heures, c'est large. Et puis, je suis sous l'avant-toit, à l'abri de la pluie. Estime-toi heureux et détends-toi.

Tout en avançant à pas de fourmi, il répéta mentalement son texte de présentation, visualisant chacun des panneaux grand format dans son carton à dessins et se rappelant de penser à être décontracté. De monter sa meilleure offensive de charme et de chasser de sa tête, dès qu'il franchirait la porte du 245 Park Avenue, l'énorme changement de fortune potentiel que cela représentait pour lui.

Green Century était une entreprise pétrolière multinationale et son nom à connotation écologique teinté d'optimisme était devenu un handicap lorsque l'un de ses puits sous-marins avait explosé non loin de Gulf Shores, Alabama. Sans être aussi catastrophique que celle de la plate-forme du *Deepwater Horizon*, la fuite n'en avait pas été moins conséquente. Et, grands dieux, ce nom. Les chroniqueurs de fin de soirée en avaient fait des gorges chaudes. (Letterman : « Qu'est-ce qui est vert et noir et tout dégueulasse ? ») La première réponse publique geignarde du P-DG de Green Century – « Il faut bien qu'on aille chercher le pétrole là où il est, les gens devraient comprendre ça » – n'avait rien arrangé : un petit dessin animé montrant un puits de pétrole pompant dans le cul du P-DG, avec au-dessous la phrase qu'il avait prononcée, était devenu viral sur Internet.

L'équipe de communicants de Green Century s'était adressée à Market Forward, leur agence de pub depuis toujours, avec ce qu'ils pensaient être une idée géniale. Ils voulaient sous-traiter la campagne sur le contrôle des dégâts à une petite agence de pub du Sud et tourner à leur avantage le fait de ne pas avoir recours aux mêmes petits malins de New-Yorkais pour apaiser la colère du peuple américain. Ils se souciaient tout particulièrement de l'opinion de ces Américains vivant en dessous de ce que ces petits malins de New-Yorkais appelaient sans aucun doute la Ligne Mason-Ducon[1] dans leurs cocktails distingués.

La file d'attente à la station de taxis avançait à pas de fourmi. Wilson consulta sa montre. Midi moins cinq.

Pas d'inquiétude, se dit-il. Mais il commençait à en avoir.

Il monta enfin dans un véhicule Jolly Dingle à midi vingt. Il détestait l'idée de devoir traîner sa valise, mouillée par sa chute sur le tarmac, dans une suite de bureaux grand luxe d'un immeuble d'affaires de Manhattan – ce que ça ferait paysan –, mais il commençait à penser qu'il devrait peut-être faire l'impasse sur une halte à l'hôtel pour la déposer.

Le taxi était un monospace jaune vif. Son conducteur était un sikh mélancolique vivant sous le dôme d'un énorme turban orange. Des photos sous résine de sa femme et de ses enfants se balançaient à son rétroviseur. Sa radio était réglée sur 1010 WINS et toutes les quatre minutes environ, les notes de xylophone de son jingle agaçant vous faisaient grincer des dents.

« Trèfik très mauvais jord'hui », dit le sikh alors que le taxi se dirigeait comme une tortue vers la sortie de l'aéroport. Cela semblait être toute l'étendue de sa conversation. « Trèfik très très mauvais. »

La pluie redoubla alors qu'ils se traînaient vers Manhattan. Wilson sentait son filet de sécurité s'effilocher à chaque arrêt et soubresaut dans ce mouvement péristaltique en avant. Il disposait d'une demi-heure pour faire sa présentation, une demi-

---

1. Jeu de mots sur le nom de la Ligne Mason-Dixon, qui sépare virtuellement les États du nord et du sud des États-Unis.

heure seulement. Lui garderaient-ils son tour s'il était en retard ? Diraient-ils : « Messieurs, parmi les quatorze petites agences de pub sudistes que nous auditionnons aujourd'hui pour la grande finale – une étoile est née, et tout ça –, une seule a collaboré avec des entreprises victimes d'accidents environnementaux, et cette agence est Southland Concepts. Ne laissons donc pas M. James Wilson hors course sous prétexte qu'il est un peu en retard. »

Ils *pourraient* peut-être dire ça mais, tout bien réfléchi, Wilson pensait que… non. Ce qu'ils désiraient plus que tout, c'était mettre un terme à toutes ces blagues des émissions satiriques du soir ASAP. Ce qui rendait le topo de la plus haute importance, mais évidemment, chaque trou du cul a son propre topo. (Celle-là c'était une perle de sagesse qu'il devait à son père.) Il fallait qu'il soit à l'heure.

Une heure et quart. Quand les choses commencent à mal tourner, elles continuent de mal tourner, pensat-il. Il n'avait pas envie de le penser, mais il le fit quand même. Jusqu'à ce que quelqu'un pleure.

Comme ils approchaient du Midtown Tunnel, il se pencha en avant et demanda au sikh une heure d'arrivée approximative. Le turban orange dodelina tristement d'un côté à l'autre.

« Peux pas dire, monsieur. Trèfik très très mauvais.
— Une demi-heure ? »

Il y eut un long silence, puis le sikh dit :
« Peut-être. »

Sa réponse, rassurante et prudemment choisie, suffit à faire comprendre à Wilson que sa situation était grave, pour ne pas dire critique.

Je peux laisser ma foutue valise à la réception de Market Forward, pensa-t-il. Comme ça, au moins, j'aurai pas à me la traîner dans la salle de conférences.

Il se pencha en avant et dit :

« Laissez tomber l'hôtel. Conduisez-moi au 245 Park Avenue. »

Le tunnel était un cauchemar de claustrophobe : avance, arrêt, avance, arrêt. La circulation de l'autre côté, sur la Trente-Quatrième Rue, n'était pas meilleure. Le monospace était juste assez haut pour que Wilson aperçoive tous les obstacles décourageants au-devant. Pourtant, quand ils atteignirent Madison, il commença à se détendre un peu. Ce serait juste, beaucoup plus juste qu'il ne l'aurait voulu, mais il n'aurait pas besoin de passer un appel téléphonique humiliant pour dire qu'il serait un poil en retard. Faire l'impasse sur l'hôtel avait été la bonne décision.

Sauf qu'à ce moment-là intervint la rupture de canalisation d'eau, et les chevalets de détournement de trafic, et le sikh dut bifurquer pour contourner le chantier.

« Pire que quand Obama vient », dit-il pendant que 1010 WINS promettait à Wilson que s'il leur accordait vingt-deux minutes, eux lui accorderaient le monde. Leur xylophone cliqueta comme des dents branlantes.

Je ne veux pas le monde, pensa-t-il. Je veux juste arriver au 245 Park Avenue à quatorze heures quinze. Quatorze heures vingt grand maximum.

Le Jolly Dingle revint enfin dans Madison. Il sprinta quasiment jusqu'à la Trente-Sixième Rue, puis s'arrêta net. Wilson imagina un commentateur de football américain expliquant au public que si le sprint avait été spectaculaire, le gain de terrain restait négligeable. Les essuie-glaces claquaient. Un journaliste parlait de cigarettes électroniques. Puis il y eut une pub pour les matelas Sleepy's.

Wilson pensa, Relax, Max. S'il faut, je peux y aller à pied d'ici. Onze blocs, c'est tout. Sauf qu'il pleuvait et qu'il devrait traîner sa foutue valise.

Un bus Peter Pan arriva à hauteur du taxi et s'arrêta dans un souffle de freins pneumatiques. Wilson était assis suffisamment haut pour regarder par la vitre et voir l'intérieur du bus. À un mètre cinquante au-dessus de lui, pas plus, une jolie femme lisait un magazine. Assis à côté d'elle, côté couloir, un homme en imperméable noir fouillait dans l'attaché-case posé en équilibre sur ses genoux.

Le sikh donna un coup de klaxon puis leva les mains, paumes vers le ciel, comme pour dire : *Regardez ce que le monde m'a fait.*

Wilson regarda la jolie femme effleurer le coin de ses lèvres, vérifiant peut-être la tenue de son rouge à lèvres. Son voisin farfouillait à présent dans la pochette intérieure du couvercle de son attaché-case. Il en sortit une écharpe, l'approcha de son nez et la renifla.

Qu'est-ce qui lui prend de faire ça ? se demanda Wilson. C'est le parfum de sa femme ou l'odeur de sa poudre ?

Pour la première fois depuis qu'il était monté dans l'avion à Birmingham, il oublia Green Century et Market Forward et la possible amélioration radicale de ses conditions de vie si l'entrevue, distante maintenant de moins d'une demi-heure, se passait bien. Pour le moment il était fasciné – plus que fasciné –, captivé par les doigts de la femme effleurant délicatement ses lèvres et par l'homme avec l'écharpe contre le nez. Il lui vint à l'esprit qu'il regardait dans un autre monde. Cet homme et cette femme avaient leurs propres rendez-vous, auxquels étaient sans nul doute attachés des ballons d'espoir. Ils avaient des factures à payer. Ils avaient des frères et des sœurs et des jouets d'enfant préférés qu'ils n'avaient jamais oubliés. La femme s'était peut-être fait avorter quand elle était étudiante. L'homme portait peut-être un anneau pénien. Ils avaient peut-être des animaux de compagnie et, si oui, ces petits compagnons avaient certainement des noms.

Wilson eut une image fugitive – vague et imprécise mais formidable – d'une galaxie au mécanisme d'horlogerie dont les roues et engrenages exécutaient des mouvements mystérieux afin peut-être de l'entraîner vers une fin karmique, ou peut-être sans aucune raison. Ici se trouvait le monde du taxi Jolly Dingle et, à un mètre cinquante, se trouvait le monde du bus Peter Pan. Les séparaient seulement un mètre cinquante et deux épaisseurs de verre. Wilson était tout étonné de l'évidence de ce fait.

« Ce trèfik alors, dit le sikh. Pire qu'Obama, je vous dis. »

L'homme lâcha l'écharpe qu'il reniflait. La retenant d'une main, il plongea l'autre dans la poche de son imperméable. La femme assise côté fenêtre feuilleta son magazine. L'homme se tourna vers elle. Wilson vit ses lèvres remuer. La femme leva la tête, et ses yeux s'agrandirent, manifestement de surprise. L'homme se pencha plus près, comme pour lui confier un secret. Wilson ne s'avisa que ce qu'il avait retiré de la poche de son imperméable était un couteau que lorsque l'homme s'en servit pour trancher la gorge de la femme.

Les yeux de la femme s'agrandirent. Ses lèvres s'ouvrirent. Elle leva une main vers son cou. De la main qui tenait le couteau, l'homme en imperméable repoussa doucement, mais fermement, celle de la femme. En même temps, il plaqua l'écharpe noire sur sa gorge et l'y maintint. Puis il baisa le creux de sa tempe tout en regardant à travers ses cheveux. Il vit Wilson, et ses lèvres s'écartèrent en un sourire assez large pour dévoiler deux rangées de petites dents régulières. Il hocha la tête comme pour dire *bonjour à vous, monsieur* ou *maintenant nous partageons un secret*. Il y avait une goutte de sang sur la vitre près de la femme. La goutte grossit et coula le long du verre. Tenant toujours l'écharpe contre sa gorge, l'Homme à l'Imperméable glissa un doigt dans la bouche relâchée de la femme. Et ce faisant, il continua de sourire à Wilson.

« Enfin ! dit le sikh, et le taxi Jolly Dingle se remit à avancer.

— Vous avez vu ça ? » demanda Wilson. Le son de sa voix était sans timbre et sans surprise. « Cet homme, là. Cet homme dans le bus. Avec la femme.

— Quoi, monsieur ? » demanda le sikh.

Le feu passa à l'orange et, ignorant un concert d'avertisseurs, le sikh se faufila en changeant de voie. Le bus Peter Pan resta en arrière. Au-devant, ressemblant à un pénitencier, la gare de Grand Central se profilait sous la pluie.

C'est seulement lorsque le taxi repartit que Wilson pensa à son portable. Il le sortit de la poche de son manteau et le regarda. S'il avait eu de la présence d'esprit (ça c'était le rayon de son frère, d'après sa mère), il aurait pu prendre l'Homme à l'Imperméable en photo. Il était trop tard pour ça, mais pas trop tard pour appeler le 911. Bien sûr, il ne pourrait pas passer cet appel anonymement : son nom et son numéro apparaîtraient en caractères et chiffres lumineux sur quelque écran officiel au moment où son appel aboutirait. On le rappellerait pour s'assurer que ce n'était pas un joyeux luron s'amusant à faire des farces par une après-midi pluvieuse à New York. Puis on réclamerait des renseignements, qu'il devrait fournir – pas le choix – au poste de police le plus proche. On lui ferait raconter son histoire plusieurs fois. Ce dont on n'aurait rien à faire, c'était de son topo.

Son topo s'intitulait : « Donnez-nous trois ans et nous le prouverons. » Wilson pensa au déroulement supposé de l'entrevue. Il commencerait par dire aux communicants et cadres réunis que la fuite de pétrole devait être affrontée sans détour. Elle était là : des volontaires étaient encore en train de laver au détergent des oiseaux mazoutés ; on ne pouvait pas la cacher sous le tapis. Mais, leur dirait-il, la réparation n'a pas forcément à être sordide et parfois la vérité peut être magnifique. Les gens veulent croire en vous, les gars, leur dirait-il. Ils ont besoin de vous, après tout. Ils ont besoin de vous pour se déplacer d'un point à un autre et ils n'ont pas envie de se voir comme des complices du viol de l'environnement. À ce moment-là, il ouvrirait son carton à dessins et présenterait son premier panneau : la photo d'un garçon et d'une fille debout sur une plage immaculée, dos à l'objectif, le regard tourné vers une eau si bleue qu'elle en faisait presque mal aux yeux. ÉNERGIE ET BEAUTÉ PEUVENT MARCHER MAIN DANS LA MAIN, disait la légende. DONNEZ-NOUS TROIS ANS ET NOUS LE PROUVERONS.

Appeler le 911 était si simple que même un enfant savait le faire. En fait, les enfants le faisaient. Quand un cambrioleur entrait. Quand Petite Sœur tombait dans l'escalier. Ou si Papa prenait Maman pour un punching-ball.

Ensuite venait son scénario pour la campagne télévisée qui serait diffusée dans tous les États du golfe du Mexique, avec insistance sur les journaux locaux et les vingt-quatre chaînes câblées comme FOX et MSNBC. En séquences photo accélérées, une plage souillée de mazout redeviendrait propre. « Nous avons pour responsabilité de réparer nos erreurs », dirait la voix du narrateur (avec un léger accent du Sud). « C'est notre façon de concevoir les affaires et de traiter nos voisins. Donnez-nous trois ans et nous le prouverons. »

Puis, les publicités imprimées. Les publicités radio. Et dans la Phase Deux…

« Monsieur ? Vous avez dit quoi ? »

Je pourrais appeler, se disait Wilson, mais le type sera probablement descendu du bus et parti depuis longtemps quand la police arrivera sur les lieux. Probablement ? Presque assurément.

Il se retourna pour regarder derrière lui. Le bus était loin derrière maintenant. Peut-être, pensa-t-il, que la femme a crié. Peut-être que les autres passagers sont déjà en train de tomber sur le type comme les passagers étaient tombés sur le Terroriste à la Chaussure Piégée quand ils s'étaient aperçus de ce qu'il manigançait.

Puis il pensa à la façon dont l'Homme à l'Imperméable lui avait souri. Et comment il avait mis son doigt dans la bouche molle de la femme.

Wilson pensa : en parlant de farces, c'était peut-être pas ce que j'ai cru que c'était. C'était peut-être un gag. Un truc qu'ils font tout le temps. Un truc du style flash-mob.

Plus il l'envisageait, plus ça lui paraissait plausible. Les hommes tranchaient la gorge des femmes dans des ruelles ou dans des émissions de télé, pas dans des bus Peter Pan au beau milieu de l'après-midi. Quant à lui, il avait conçu une super campagne de publicité. Il était l'homme qu'il fallait, au moment et à l'endroit qu'il fallait, et on avait rarement une deuxième chance en ce monde. Ça n'avait jamais été l'un des dictons de sa mère, mais c'était un fait.

« Monsieur ?

— Laissez-moi au prochain feu, dit Wilson. Je terminerai à pied. »

Pour Hesh Kestin

J'ai vu un paquet de films d'horreur au cinéma quand j'étais gosse (vous vous en doutiez peut-être). J'étais une proie facile et la plupart d'entre eux m'ont foutu la trouille de ma vie. Il faisait noir, les images étaient tellement plus grandes que moi et le son si fort que même les yeux fermés, la peur continuait de m'envahir. À la télé, le quotient peur avait tendance à baisser. Il y avait les pubs pour casser le rythme du film et les pires passages étaient parfois coupés pour éviter de faire naître des phobies chez les petits mioches susceptibles de regarder (hélas, trop tard pour moi : j'avais déjà vu l'homme mort sortir de la baignoire dans *Les Diaboliques*). En dernier recours, on pouvait toujours aller à la cuisine prendre une bouteille de Hires dans le frigo, traîner là jusqu'à ce que la musique angoissante soit remplacée par un quelconque bonimenteur local beuglant : « *Voitures ! Voitures ! Voitures ! Accord de crédit les yeux fermés ! On vend à TOUT LE MONDE !* »

Cependant, il y a un film que j'ai vu à la télé qui a bien fait le boulot. Du moins la première heure de ses soixante-dix-sept minutes : le dénouement a ruiné tout le film et, encore aujourd'hui, j'aimerais que quelqu'un en fasse un remake et mène ses prémices d'épouvante jusqu'à leur terme. Ce film a peut-être bien l'un des meilleurs titres de film d'horreur de tous les temps : *J'enterre les vivants*.

C'est à ce film que je pensais quand j'ai écrit l'histoire qui va suivre.

Nécro

Restez clairs et n'y allez pas par quatre chemins.

C'était l'évangile selon Vern Higgins, directeur du département de journalisme à l'université de Rhode Island, où j'ai obtenu mon diplôme. Beaucoup de ce que j'entendais en cours rentrait par une oreille et ressortait par l'autre, mais pas ça, parce que le professeur Higgins nous le martelait sans cesse. Il disait que les gens avaient besoin de clarté et de concision pour amorcer le processus de compréhension.

Votre vrai boulot de journaliste, disait-il à ses étudiants, consiste à donner aux gens les faits qui leur permettront de prendre des décisions et d'avancer. Alors n'en faites pas des tonnes. Pas de chichis ni de prétention. Commencez par le commencement, exposez la suite clairement, de manière à ce que le récit de chaque événement s'enchaîne logiquement avec le suivant, et finissez par la fin. Qui, en journalisme, insistait-il, est toujours la fin *pour le moment*. Et ne sombrez jamais dans ce truc de fainéant qui consiste à dire que *certaines personnes pensent* ou *l'opinion générale veut*. Une source pour chaque fait, voilà la règle. Et puis écrivez dans un anglais simple, sans fard ni fioritures. Les envolées rhétoriques sont réservées à l'édito.

Je doute que quiconque croira ce qui suit, d'autant que ma carrière chez *Neon Circus* n'avait rien à voir avec le fait de bien écrire, mais j'ai l'intention de faire de mon mieux ici : enchaînement logique de tous les événements. Début, milieu et fin.

Fin pour le moment, tout du moins.

Un bon travail de journalisme commence toujours par la règle des cinq questions : qui, quoi, quand, où, et pourquoi si vous pouvez le découvrir. Dans mon cas précis, le pourquoi me pose un sérieux problème.

Le qui est relativement facile, cela dit : votre moins qu'intrépide narrateur se nomme Michael Anderson. J'avais vingt-sept ans au moment des faits. J'ai obtenu mon diplôme de journalisme à l'université de Rhode Island. Après mes études, j'ai habité chez mes parents à Brooklyn pendant deux ans tout en travaillant pour un de ces magazines de supermarché gratuits, réécrivant des dépêches d'agence pour rompre la monotonie des pubs et bons de réduction. Je faisais constamment tourner mon CV (en l'état) mais aucun des journaux de New York, du Connecticut ou du New Jersey ne voulait de moi. Ça n'étonnait pas vraiment mes parents, ni moi d'ailleurs, pas parce que mes notes étaient pourries (elles ne l'étaient pas), ou parce que les articles de mon dossier – tirés principalement du journal étudiant de l'URI, *Le Bon Cigare à Cinq Cents* – étaient mal écrits (certains ont reçu un prix), mais parce que les journaux n'embauchaient pas. Plutôt l'inverse même.

(Si Higgins voyait toutes ces parenthèses, il me tuerait.)

Mes parents ont commencé à me pousser – tout doux – à chercher autre chose comme travail.

« Dans un domaine similaire, disait mon père le plus diplomatiquement possible. Peut-être dans la pub.

— La pub, c'est pas du journalisme, je lui répondais. La pub, c'est l'*anti*-journalisme. »

Mais je voyais ce qu'il voulait dire : il avait des visions de moi piochant toujours dans leur frigo en plein milieu de la nuit à quarante ans. Tire-au-Flanc De Luxe.

À contrecœur, j'ai commencé à dresser une liste des éventuelles agences de pub qui aimeraient peut-être embaucher un jeune rédacteur compétent mais sans expérience. Puis, la veille du jour où je m'apprêtais à envoyer des copies de mon CV aux agences inscrites sur ma liste, j'ai eu une idée débile. Parfois – souvent –, je reste éveillé la nuit, à me demander combien ma vie aurait été différente si cette idée ne m'avait jamais traversé l'esprit.

Neon Circus faisait partie de mes sites internet préférés à l'époque. Si vous êtes amateur de sarcasme et de *schadenfreude*[1], alors vous connaissez : TMZ avec de meilleurs rédacteurs. Ils couvrent surtout la « scène pipole » locale, avec un peu de prospection dans les crevasses plus nauséabondes de la politique de New York et du New Jersey. Si je devais résu-

---

1. Plaisir malsain que l'on éprouve en observant le malheur d'autrui.

mer leur vision du monde, je vous montrerais une photo qu'on a publiée à peu près six mois après mon embauche. On y voyait Rod Peterson (toujours présenté par *Circus* comme « le Barry Manilow de sa génération ») devant le Pacha. Sa copine est pliée en deux, en train de vomir dans le caniveau. Il a un sourire con-con aux lèvres et la main qui remonte sous sa robe. Légende : ROD PETERSON, LE BARRY MANILOW DE SA GÉNÉRATION, EXPLORE LES DESSOUS DE L'EAST SIDE.

Circus est essentiellement un webzine, avec des tas de rubriques accessibles en un clic telles que : LE WALK OF SHAME DES PIPOLES, CONSOMMATION ÉHONTÉE, J'AIMERAIS NE JAMAIS AVOIR VU ÇA, LE PIRE DE LA TÉLÉ, QUI ÉCRIT CETTE MERDE. Il y en a d'autres mais vous saisissez l'idée. Ce soir-là, avec une pile de CV prêts à être envoyés à des agences de pub pour lesquelles je n'avais pas vraiment envie de travailler, je suis allé sur le site de *Neon Circus* pour une petite dose de junk food revigorante et j'ai découvert sur la page d'accueil qu'un jeune acteur sexy nommé Jack Briggs était mort d'overdose. Il y avait une photo de lui sortant d'une boîte de nuit du centre-ville en titubant datant de la semaine précédente, mauvais goût typique pour *Neon Circus*, mais l'article l'accompagnant était étonnement sérieux, pas du tout style *Circus*. C'est là que j'ai été frappé par l'inspiration. J'ai fait quelques recherches sur Internet, glandouillé à droite à gauche, et j'ai écrit une notice nécrologique rapide et vache.

Jack Briggs, remarqué l'an dernier pour son horrible performance dans Holy Rollers, *où il jouait une étagère parlante amoureuse de Jennifer Lawrence, a été retrouvé mort dans sa chambre d'hôtel entouré de ses friandises en poudre préférées. Il rejoint ainsi le Club des 27, réceptacle d'illustres toxicomanes tels que Robert Johnson, Jimi Hendrix, Janis Joplin, Kurt Cobain et Amy Winehouse. Briggs a fait ses premiers pas dans les arts dramatiques en 2005 avec...*

Enfin, vous voyez le genre. Puéril, irrespectueux, carrément méchant. Si j'avais été sérieux ce soir-là, j'aurais probablement glissé la nécro terminée dans la corbeille, parce qu'elle semblait aller bien au-delà de l'impertinence habituelle de *Neon Circus* pour sombrer dans une cruauté absolue. Mais comme j'avais fait ça juste pour déconner (depuis, il m'est arrivé de me demander combien de carrières ont débuté comme ça, juste en déconnant), je la leur ai envoyée.

Deux jours plus tard – tout va plus vite avec Internet –, j'ai reçu un e-mail d'une dénommée Jeroma Whitfield m'informant qu'ils ne voulaient pas seulement la publier mais discuter également de la possibilité que j'en écrive d'autres dans la même veine vacharde. Pouvais-je venir en ville pour en parler autour d'un déjeuner ?

Ma cravate et mon veston se sont avérés légèrement trop habillés pour la circonstance. Les bureaux de *Circus* sur la Troisième Avenue étaient peuplés d'hommes et de femmes qui ressemblaient beaucoup plus à des garçons et des filles, s'affairant tous en T-shirts de groupes de rock. Quelques filles étaient en short et j'ai aperçu un type en salopette de chantier avec un Sharpie[1] coincé dans sa crête. J'ai découvert plus tard que c'était le responsable de la section sports, auteur notamment d'un article mémorable intitulé LES GIANTS CHIENT ENCORE DANS LA ZONE ROUGE. Ça n'aurait pas dû m'étonner, j'imagine. C'était (c'est) le journalisme à l'Ère d'Internet, et pour chaque personne présente au bureau ce jour-là, il y avait cinq ou six autres pigistes qui bossaient depuis chez eux. Pour un salaire de misère, pas besoin de le préciser.

J'ai entendu dire qu'à une époque dorée, dans le passé brumeux et mythique de New York, les éditeurs passaient leurs déjeuners d'affaires dans des endroits comme le Four Seasons, le Cirque et le Russian Tea Room. Peut-être bien, mais ce jour-là, mon déjeuner à moi, je l'ai passé dans le bureau encombré de Jeroma Whitfield. Il consistait en des sandwichs de chez le traiteur et des sodas mousse Dr. Brown. Jeroma était vieille selon les standards du *Circus* (quarante ans) et son ton caustique et insistant m'a déplu dès le début, mais elle voulait m'embaucher pour écrire une rubrique nécrologique hebdomadaire, ce qui faisait d'elle une déesse. Elle avait même un titre pour cette nouvelle chronique : On Dit du Mal des Morts.

Est-ce que je pouvais le faire ? Je pouvais.

Est-ce que je le ferais pour un salaire aussi pourri ? Je le ferais. Du moins pour commencer.

Une fois que ma chronique est devenue la page la plus visitée de *Neon Circus* et que mon nom a com-

---

1. Stylo-feutre.

mencé a y être associé, j'ai tenté de négocier pour qu'on me file plus de fric, en partie parce que je voulais me trouver mon propre appartement en ville, et aussi parce que j'en avais ma claque de toucher un salaire de prolo pour me taper seul la page qui ramenait le plus de revenus publicitaires.

Ma première session de marchandage a connu un succès relatif, probablement parce que mes réclamations étaient présentées comme de timides requêtes, et que ces requêtes étaient ridiculement modestes. Quatre mois plus tard, quand des rumeurs ont commencé à circuler comme quoi une importante société allait nous racheter à coups de vrais gros sous, je suis retourné dans le bureau de Jeroma et j'ai demandé une augmentation plus conséquente, en faisant preuve d'un peu moins de modestie ce coup-ci.

« Désolée, Mike, me répondit-elle. Comme le disaient si bien Hall and Oates, je peux pas faire ça, non pas possible[1]. Prends un Yook. »

Un gros bol en verre rempli de pastilles menthe-eucalyptus occupait la place d'honneur sur le bureau encombré de Jeroma. Les emballages des Yooks étaient couverts de dictons enflammés. *Pousse ton cri de guerre*, disait l'un d'eux. Un autre conseillait (et ça hérisse le poil du grammairien en moi de vous répéter ça) : *Transforme tu peux le faire en tu l'as fée*.

« Non merci. Laisse-moi au moins une chance de développer avant de dire non. »

---

1. Référence au titre du groupe Hall and Oates, « *I can't go for that, no can do* ».

J'ai déployé mes arguments ; on pourrait dire que j'ai essayé de transformer *tu peux le faire* en *tu l'as fée*. Pour vous la faire courte, je considérais que je méritais un salaire plus proportionnel au revenu généré par On Dit du Mal des Morts. Surtout si *Neon Circus* allait se faire racheter par une multinationale qui jouait dans la cour des grands.

Quand je l'ai enfin fermée, elle a ouvert un Yook, l'a aspiré entre ses lèvres peintes couleur prune et m'a dit :

« OK ! Super ! Maintenant que t'as déballé ce que t'avais sur le cœur, tu peux peut-être te mettre à bosser sur Bump DeVoe. Celui-là est savoureux. »

Il était effectivement savoureux. Bump, le chanteur des Racoons, avait été abattu par sa copine alors qu'il essayait de s'introduire chez elle, dans sa maison des Hamptons, par la fenêtre de sa chambre, probablement pour lui faire une blague. Elle l'avait pris pour un cambrioleur. Ce qui rendait l'histoire si délicieusement juteuse, c'était l'arme qu'elle avait utilisée : un cadeau d'anniversaire du Bumpster en personne, désormais tout dernier membre du Club des 27 et peut-être déjà en train de comparer des techniques de guitare avec Brian Jones.

« Donc tu vas même pas me répondre, j'ai dit. C'est ça le peu de respect que t'as pour moi. »

Elle s'est penchée en avant, en souriant juste assez pour montrer la pointe de ses petites dents blanches. Je sentais l'odeur de menthol. Ou d'eucalyptus. Ou des deux.

« Je vais être franche, OK ? Pour un gars qui habite encore chez ses parents à Brooklyn, tu te fais une idée extrêmement exagérée de ton importance. Tu penses que personne d'autre peut pisser sur les tombes de connards débiles qui font la fête à en crever ? Tu te fourres le doigt dans l'œil. J'ai une demi-douzaine de pigistes qui peuvent le faire, et rendre probablement des copies plus drôles que les tiennes.

— Donc je peux peut-être me barrer et tu verras si c'est vrai ? »

J'étais plutôt en rage.

Jeroma m'a fait un grand sourire en faisant claquer sa dragée à l'eucalyptus contre ses dents.

« Je t'en prie. Mais si tu pars, On Dit du Mal des Morts reste. C'est mon titre, et il ira pas ailleurs qu'à *Circus*. Bien sûr, t'as de l'expérience maintenant, je vais pas le nier. Alors je te donne le choix, gamin. Tu peux retourner à ton ordi et taper sur Bump, ou tu peux prendre rendez-vous au *New York Post*. Ils vont sûrement t'engager. Tu te retrouveras à écrire des pamphlets pourris même pas signés pour Page Six. Si c'est ta tasse de thé, vas-y, fonce.

— Je vais écrire la nécro. Mais on n'a pas fini de parler de ça, Jerri.

— Oh, si, moi assise à ce bureau, on a fini. Et m'appelle pas Jerri. T'es pas si con. »

Je me suis levé pour partir. J'avais le visage en feu. Je devais ressembler à un panneau stop.

« Et prends un Yook, elle a ajouté. Merde, prends-en deux. Ils sont très rassérénants. »

J'ai jeté un coup d'œil dédaigneux au bol en verre et je suis sorti, en réprimant (de justesse) une envie puérile de claquer la porte.

Si vous vous représentez une salle de rédaction bourdonnante comme celle qu'on voit derrière Wolf Blitzer sur CNN, ou dans ce vieux film sur Woodward et Bernstein coinçant Nixon, vous vous fourrez le doigt dans l'œil. Comme je l'ai dit, la plupart des journalistes du *Circus* bossent de chez eux. Notre petit nid à infos (si vous voulez faire l'honneur à *Circus* d'appeler ça de l'info) fait approximativement la taille d'un grand mobile home. Vingt pupitres d'écolier y sont entassés en face d'une rangée d'écrans de télé muets sur un mur. Les pupitres sont équipés de vieux ordis portables fatigués, portant chacun un autocollant hilarant disant MERCI DE RESPECTER CES MACHINES.

Les lieux étaient quasiment déserts ce matin-là. Je me suis assis dans la rangée du fond près du mur, devant une affiche représentant un repas de Thanksgiving dans une cuvette de W-C. Sous cette charmante image figurait le slogan MERCI DE CHIER OÙ VOUS MANGEZ[1]. J'ai allumé le portable, sorti de mon porte-documents mes notes imprimées sur la brève et médiocre carrière de Bump DeVoe et je les ai feuilletées pendant que l'ordi démarrait. J'ai ouvert Word, tapé NÉCRO BUMP DEVOE dans la fenêtre appropriée puis je suis juste resté assis là, à regarder fixement le document vierge. J'étais payé pour faire la nique à la mort pour des gamins de vingt et quelques années qui ont l'impression que la mort c'est toujours pour

---

1. Blague sur le sens de l'expression « *don't shit where you eat* » (littéralement : « ne pas chier où l'on mange »), signifiant « ne pas mélanger travail et vie privée ».

le mec d'à côté, mais c'est dur d'être drôle quand on est en rogne.

« T'as du mal à démarrer ? »

C'était Katie Curran, une grande blonde svelte pour laquelle j'éprouvais une forte concupiscence presque assurément non réciproque. Elle était toujours gentille avec moi, et infailliblement bienveillante. Elle riait de mes blagues. Ce genre de caractéristiques sont rarement un signe de concupiscence. Si ça me surprenait ? Pas du tout. Elle était sexy ; je ne le suis pas. Je suis, pour être franc, exactement le genre de geek dont se moquent les films pour ados. Jusqu'à mon troisième mois de travail pour *Circus*, j'avais même le parfait accessoire geek : des lunettes rafistolées au scotch.

« Un peu », j'ai dit.

Je flairais son parfum. Fruité. Poire fraîche, peut-être. Quelque chose de frais, en tout cas. Elle est venue s'asseoir au pupitre à côté, vision de longues jambes en jean délavé.

« Quand ça m'arrive, elle m'a dit, je tape trois fois *Le rapide renard roux saute sur le chien oisif*, à toute vitesse. Ça ouvre les vannes de l'inspiration. » Elle a écarté les bras pour me montrer comme s'ouvrent des vannes, m'offrant incidemment une vue à couper le souffle sur une poitrine joliment moulée dans un débardeur noir.

« Je crois pas que ça va marcher dans le cas présent », j'ai répondu.

Katie avait sa propre rubrique, pas aussi populaire que On Dit du Mal des Morts, mais quand même très largement lue : elle avait un demi-million de followers sur Twitter. (La modestie m'interdit de dire combien j'en avais à cette époque, mais allez-y, pensez à un nombre à sept chiffres et vous serez pas loin du compte.) La sienne s'appelait On se Cuite avec Katie. L'idée était de partir en bordée avec des pipoles qu'on n'avait pas encore dégommés – et même certains qui y étaient déjà passés restaient partants, va comprendre – et de les interviewer pendant qu'ils se bourraient la gueule. C'était étonnant ce qui en ressortait, et Katie enregistrait tout ça avec son mignon petit iPhone rose.

Elle était censée se cuiter en même temps qu'eux mais elle avait une façon bien à elle de prendre un seul verre et de le laisser entamé seulement du quart tandis qu'ils faisaient la tournée des bars. Les pipoles le remarquaient rarement. Ce qu'ils remarquaient, c'était l'ovale parfait de son visage, sa masse de cheveux blonds comme les blés et ses grands yeux gris qui projetaient toujours le même message : Oh là là, ce que vous êtes intéressant. Ils faisaient la queue pour se faire saquer quand bien même Katie avait efficacement mis un terme à une demi-douzaine de carrières depuis qu'elle avait rejoint l'équipe du *Circus* dix-huit mois environ avant que je monte à bord. Son interview la plus fameuse était celle de ce comédien des familles qui avait déclaré à propos de Michael Jackson : « Cette couille molle de Noir mal blanchi est mieux mort que vivant. »

« J'imagine qu'elle a dit pas d'augmentation, hein ? »

Katie a fait un signe de tête en direction du bureau de Jeroma.

« Comment tu sais que j'allais demander une augmentation ? Je te l'avais dit ? »

Ensorcelé par ces orbes mystérieux, j'aurais pu lui avoir dit n'importe quoi.

« Non, mais tout le monde savait que t'allais le faire, et tout le monde savait qu'elle allait dire non. Si elle avait dit oui, tout le monde aurait demandé. En disant non au plus méritant, elle nous interdit à tous de l'ouvrir. »

Le plus méritant. Ça m'a fait frémir de joie. Surtout venant de Katie.

« Alors tu vas rester ?

— Pour le moment, oui », j'ai dit.

Marmonnant du coin de la bouche. Ça marchait toujours pour Bogart dans les films. Mais Katie s'est levée en brossant des peluches inexistantes sur la partie de son débardeur couvrant un ventre plat à ravir.

« J'ai un papier à écrire. Vic Albini. Bon Dieu, il a une de ces descentes.

— Le super-héros gay, j'ai dit.

— Dernier flash info : il est pas gay. »

Elle m'a adressé un sourire mystérieux et s'est éloignée, me laissant perplexe. Mais pas vraiment désireux de savoir.

Je suis resté assis devant le document vierge intitulé Bump DeVoe pendant dix minutes, j'ai fait un faux départ, je l'ai supprimé, et je suis resté assis dix minutes de plus. Je sentais les yeux de Jeroma sur moi et je savais qu'elle arborait un petit sourire supérieur, du moins intérieurement. Je ne pouvais pas travailler avec ce regard-là posé sur moi, même si je ne faisais que l'imaginer. J'ai décidé de rentrer chez moi et d'écrire mon article sur DeVoe de là-bas. Peut-être que quelque chose se produirait dans le métro, qui était toujours un lieu d'inspiration pour moi. Je commençais à fermer l'ordi quand ça m'est venu, d'un coup, comme le soir où j'avais vu l'info sur Jack Briggs parti pour le grand cocktail des pipoles dans le ciel. J'ai décidé que *oui*, j'allais me tirer, et rien à foutre des conséquences, mais je ne partirai pas sans faire de foin.

J'ai bazardé le document intitulé DeVoe et j'en ai créé un nouveau que j'ai intitulé NÉCRO DE JEROMA WHITFIELD. J'ai écrit d'une traite. Deux cents mots venimeux qui ont coulé tout seuls de mes doigts et sont allés s'imprimer sur l'écran.

> *Jeroma Whitfield, Jerri pour ses amis proches (d'après certains témoignages, elle en a eu quelques-uns à l'école maternelle), est morte aujourd'hui à...*

J'ai consulté la pendule.

> *... 10 h 40. D'après certains collègues présents sur les lieux, elle s'est étouffée avec sa propre bile. Bien que sortie diplômée avec mention de Vassar, Jerri a passé les trois dernières années de sa vie à faire la pute sur la Troisième Avenue où elle supervisait une équipe d'une vingtaine de galériens, tous plus talentueux qu'elle. Elle laisse un mari, connu par la rédaction de Neon Circus sous le nom de Crapaud Émasculé, et un enfant, un vilain petit morveux surnommé affectueusement Pol Pot par la rédaction.*

Ses collègues conviennent tous qu'en l'absence du moindre vestige de talent, Jerri possédait une personnalité dominatrice et impitoyable qui compensait largement. Sa voix braillante était connue pour causer des hémorragies cérébrales et son manque total de sens de l'humour était légendaire. Plutôt que des fleurs, Crapaud et Pot invitent ceux qui la connaissaient à exprimer la joie causée par son décès en envoyant des pastilles à l'eucalyptus aux enfants d'Afrique souffrant de la faim. Une cérémonie funèbre se tiendra dans les bureaux de Neon Circus où les joyeux survivants pourront échanger de précieux souvenirs et chanter en chœur : « Ding, dong, la sorcière est morte[1]. »

Mon idée, en commençant cette diatribe, était d'en imprimer une dizaine d'exemplaires, de les scotcher un peu partout – y compris dans les toilettes et les deux ascenseurs – puis de dire une bonne fois pour toutes salut-on-s'reverra-plus aussi bien aux employés de *Neon Circus* qu'à la Reine des Pastilles pour la Toux. J'aurais peut-être même pu le faire si je n'avais pas relu ce que je venais d'écrire et découvert que ce n'était pas drôle. Ce n'était même pas drôle du tout. C'était le travail d'un gosse qui pique sa crise. Ce qui me fit me demander si *toutes* mes nécros avaient été aussi nazes et stupides.

Pour la première fois (vous risquez de ne pas me croire, mais je jure que c'est vrai), il m'est venu à

---

1. « *Ding, Dong, the Witch is Dead* » : refrain de plusieurs chansons du *Magicien d'Oz*.

l'esprit que Bump DeVoe était une *vraie* personne, et que quelque part des gens étaient peut-être en train de pleurer sa mort. Idem probablement pour Jack Briggs… et Frank Ford (que j'avais décrit comme le saute-au-paf notoire du *Tonight Show*)… et Trevor Wills, une star de téléréalité, qui s'était suicidé après avoir été photographié au lit avec son beau-frère. Ces photos, le *Circus* les avait joyeusement mises en ligne, en ajoutant juste un bandeau noir sur les parties intimes du beau-frère (celles de Wills étant en lieu sûr, et vous pouvez probablement deviner où).

Il me vint aussi à l'esprit que je passais les années les plus fécondes de ma vie sur le plan créatif à faire du mauvais travail. Du travail indigne, en fait, un mot qui ne serait venu à l'esprit de Jeroma Whitfield dans aucun contexte.

Au lieu d'imprimer le document, je l'ai fermé, glissé dans la corbeille, et j'ai éteint le portable. J'ai pensé retourner au pas de charge dans le bureau de Jeroma pour lui dire que c'était fini, j'arrêtais d'écrire des trucs qui étaient l'équivalent de ce que fait un marmot en étalant du caca sur les murs, mais une partie avisée de mon esprit – l'agent de la circulation que la plupart d'entre nous ont là-haut – m'a dit d'attendre. D'y réfléchir à deux fois et d'en être absolument certain.

Vingt-quatre heures, a décrété le flic. *Va te faire une toile cet après-midi et attends demain : la nuit porte conseil. Si tes sentiments n'ont pas changé demain matin, suis ton instinct, mon fils.*

« Tu pars déjà ? » m'a demandé Katie depuis son ordi.

Et pour la première fois depuis mon premier jour ici, je ne me suis pas figé sur place sous le faisceau de ces grands yeux gris. Je l'ai saluée d'un signe de tête et je suis parti.

J'étais à la première séance de la journée de *Docteur Folamour* au Film Forum quand mon portable s'est mis à vibrer. À part moi, deux alcoolos piquant un roupillon et un couple d'ados faisant des bruits d'aspirateur dans la rangée du fond, la salle de la taille d'un salon était déserte, je me suis donc permis de regarder l'écran qui affichait un texto de Katie Curran : **Arrête ce que t'es en train de faire et appelle-moi TOUT DE SUITE !**

Je suis sorti dans le hall sans trop de regrets (même si j'ai toujours aimé le passage où Slim Pickens chevauche la bombe) et je l'ai rappelée. Il ne serait pas exagéré de dire que les trois premiers mots qu'elle a prononcés ont changé ma vie.

« Jeroma est morte.

— *Quoi ?* »

Je l'ai presque crié. Surprise, la fille des pop-corn m'a regardé par-dessus son magazine.

« Morte, Mike ! *Morte !* Elle s'est étouffée avec une de ses foutues pastilles à l'eucalyptus qu'elle est toujours en train de sucer. »

Morte aujourd'hui à 10 h 40, j'avais écrit. *Étouffée avec sa propre bile*.

Rien qu'une coïncidence, bien sûr, mais de mémoire, je n'en connaissais pas de plus maléfique. De *je peux le faire*, Dieu avait transformé Jeroma Whitfield en *tu l'as fée*.

« Mike ? T'es là ?

— Oui.

— Elle avait pas d'assistant. Tu le sais, hein ?

— Mmh-mmh. »

Maintenant, je la revoyais me proposer un Yook et faire claquer le sien contre ses dents.

« Alors je prends la responsabilité d'organiser une réunion demain matin à dix heures. Faut bien que quelqu'un le fasse. Tu viendras ?

— Je sais pas. Peut-être pas. »

J'étais en train de marcher vers la porte de sortie qui donnait sur Houston Street quand je me suis rappelé que j'avais laissé ma sacoche près de mon siège. J'ai fait demi-tour pour aller la récupérer, en tirant sur mes cheveux avec ma main libre. La fille des pop-corn me regardait avec une franche suspicion à présent.

« J'avais plus ou moins décidé de démissionner ce matin.

— Je sais. Ça se voyait sur ton visage quand t'es parti. »

Dans n'importe quelle autre circonstance, la pensée de Katie regardant mon visage aurait pu me nouer la gorge, mais pas là.

« Ça s'est passé au bureau ?

— Oui. Un peu avant quinze heures. On était quatre dans la cage, on travaillait pas vraiment, on se racontait les derniers potins. Tu sais comment ça se passe. »

Je savais. Ces séances papotage informelles étaient une des raisons pour lesquelles je venais au bureau au lieu de rester travailler chez moi, à Brooklyn. Et avoir une chance de mater Katie, bien sûr.

« La porte de son bureau était fermée mais les stores étaient ouverts. »

Ils l'étaient la plupart du temps. Sauf si elle avait un rendez-vous avec quelqu'un qu'elle considérait comme important, Jeroma aimait garder un œil sur ses vassaux.

« Ça a commencé quand Pinky a dit : "Qu'est-ce qu'elle a la patronne ? Elle est en mode "Gangnam Style". Alors j'ai regardé et elle se balançait d'avant en arrière sur son fauteuil de bureau en se tenant le cou. Et puis elle est tombée de son fauteuil et tout ce que je pouvais voir, c'étaient ses pieds, qui tambourinaient sur le sol. Roberta a demandé ce qu'on devait faire. J'ai même pas pris la peine de répondre. »

Ils s'étaient tous précipités. Roberta Hill et Chin Pak Soo l'avaient soulevée par les aisselles et Katie s'était placée derrière elle pour procéder à la manœuvre de Heimlich. Pinky était resté dans l'encadrement de la porte en agitant les mains. La première compression abdominale n'avait eu aucun effet. La seconde avait expulsé une de ces pastilles à l'eucalyptus à l'autre bout de la pièce. Jeroma avait inspiré profondément, ouvert les yeux et prononcé ses dernières paroles (très appropriées, AMHA[1]) : « Oh, enculé ! » Puis tout son corps s'était remis à trembler et elle avait cessé de respirer. Chin lui avait fait du

---

1. « À mon humble avis » : acronyme geek utilisé sur Internet.

bouche-à-bouche jusqu'à ce que les secours arrivent, mais pas de bol.

« J'ai regardé l'heure à sa pendule quand elle a arrêté de respirer, dit Katie. Tu sais, son vieux machin hideux avec Roquet Belles Oreilles ? J'ai pensé… je sais pas, je crois que je me suis dit que quelqu'un risquait de me demander l'heure de sa mort, comme dans *New York, police judiciaire*. C'est débile ce qui peut te traverser l'esprit dans des moments pareils. Il était deux heures cinquante. Y a même pas une heure, mais on dirait que ça fait plus longtemps.

— Donc elle a pu s'étrangler avec sa pastille pour la toux à deux heures quarante », j'ai dit.

Pas *dix* heures quarante mais *deux* heures quarante. Je sais que ce n'était encore qu'une coïncidence, comme *Lincoln* et *Kennedy* ayant le même nombre de lettres : il est moins vingt vingt-quatre fois par jour. Mais je n'aimais quand même pas ça.

« Oui, j'imagine, mais je vois pas ce que ça change. » Katie avait le ton agacé. « Tu viens demain ou pas ? Allez, s'il te plaît, Mike. J'ai besoin de toi. »

Katie Curran avait besoin de moi ! Yiiihaaaa !

« OK, mais tu veux bien me rendre un service ?

— Oui, j'imagine.

— J'ai oublié de vider la corbeille de l'ordinateur que j'ai utilisé ce matin. Celui près du poster de Thanksgiving. Tu veux bien le faire ? »

Cette requête n'avait aucune logique rationnelle pour moi, même à ce moment-là. Je voulais juste que cette mauvaise blague en forme de nécrologie disparaisse.

« T'es cinglé, dit-elle, mais si tu jures sur la tête de ta mère que tu seras là demain à dix heures, OK. Écoute, Mike, c'est une opportunité pour nous. On pourrait posséder un petit bout de la mine d'or au lieu de seulement y bosser.

— Je serai là. »

Presque tout le monde y était, à l'exception des pigistes qui travaillaient parmi les primitifs dans les États plus obscurs du Connecticut et du New Jersey. Même le petit galeux d'Irving Ramstein, qui écrivait une rubrique satirique intitulée Poulettes Politiquement Incorrectes (je ne comprends toujours pas, alors ne me demandez pas), s'est pointé. Katie a dirigé la réunion avec aplomb, nous assurant que le spectacle continuait.

« C'est ce que Jeroma aurait voulu, dit Pinky.

— On se fout de ce que Jeroma aurait voulu, dit Georgina Bukowski. Moi, je veux juste continuer à toucher mes chèques. Et, si possible, être au milieu de l'action. »

Ce cri fut repris en chœur par les autres – *Action ! Action ! Au-milieu-de-l'action !* – jusqu'à ce que le tintamarre fasse penser aux émeutes dans les réfectoires de prison qu'on voit dans les vieux films. Katie a laissé faire, puis les a fait taire.

« Comment elle a pu mourir étouffée ? a demandé Chin. Puisque la boule de gomme est sortie.

— C'était pas une boule de gomme, a dit Roberta. C'était une de ces pastilles pour la toux qui puent qu'elle suçait toujours. Eucacalyptus.

— Peu importe, collègue, la pastille a volé quand Kates lui a donné l'Accolade de Vie. On l'a tous vue.

— Pas *moi*, dit Pinky. J'étais au téléphone, et *en attente*, putain. »

Katie indiqua qu'elle avait interrogé l'un des ambulanciers – en usant sans nul doute de ses grands yeux gris pour plus d'effet – et qu'il lui avait dit que la crise d'étouffement avait pu déclencher une crise cardiaque. Et compte tenu de mes efforts pour suivre les préceptes du professeur Higgins et énoncer clairement tous les faits pertinents, je vais ici faire un bond en avant et signaler que l'autopsie de notre Chère Dirigeante a prouvé que c'était effectivement ce qui s'était passé. Si Jeroma avait eu le grand titre qu'elle méritait dans *Neon Circus*, celui-ci aurait probablement été LE CŒUR DE LA BIG BOSSE LÂCHE.

Cette réunion fut longue et bruyante. Exhibant déjà des talents qui faisaient d'elle la candidate toute désignée pour marcher dans les Jimmy Choo de Jeroma, Katie les laissa décharger complètement leurs émotions (exprimées surtout à coups d'éclats de rire sauvages et semi-hystériques) avant de leur dire de retourner bosser parce que le temps, l'argent et Internet n'attendent pas. Elle indiqua qu'elle allait aussi parler avec les investisseurs principaux de *Circus* avant la fin de la semaine, puis elle m'invita à la rejoindre dans le bureau de Jeroma.

« Tu changes les rideaux ? j'ai demandé une fois la porte fermée. Ou les stores, dans le cas présent ? »

Elle m'a regardé avec ce qui aurait pu être une expression blessée. Ou peut-être juste surprise.

« Tu crois que je veux ce boulot ? Je suis *chroni-queuse* moi, Mike, exactement comme toi.

— Mais tu serais douée pour. Je le sais, et eux aussi. » J'ai donné un coup de tête en direction de notre salle de rédaction de fortune où chacun était maintenant en train de pianoter ou de téléphoner. « Quant à moi, je suis juste le rédacteur des nécros comiques. Ou plutôt étais. J'ai décidé de prendre le titre d'émérite.

— Je crois que je comprends ton sentiment. »

Elle fit glisser un bout de papier hors de la poche arrière de son jean et le déplia. J'ai su ce que c'était avant même qu'elle me le tende.

« La curiosité fait partie du boulot, alors j'ai zieuté dans ta corbeille avant de la vider. Et j'ai trouvé ça. »

J'ai pris la feuille, je l'ai repliée sans la regarder (je n'avais même pas envie de voir la version imprimée, encore moins de la lire) et l'ai mise dans ma poche.

« Est-ce qu'elle est vidée pour de bon maintenant ?

— Oui, et c'est le seul exemplaire imprimé. »

Elle a chassé ses cheveux de son visage et m'a regardé. Ce n'était peut-être pas le visage dont la beauté avait lancé un millier de navires[1] mais il aurait sûrement pu en lancer quelques dizaines, dont un ou deux destroyers.

« Je savais que tu demanderais. Pour avoir travaillé avec toi depuis un an et demi, je sais que la paranoïa fait partie de ton caractère.

---

1. Allusion à Hélène de Troie, plus belle femme du monde selon la mythologie grecque, dans *Le Docteur Faust* de Christopher Marlowe.

— Merci.

— Sans vouloir te vexer. À New York, la paranoïa est une technique de survie, mais ce n'est pas une raison pour larguer un boulot qui pourrait devenir bien plus lucratif dans un avenir proche. Même toi, tu dois savoir qu'une coïncidence dingue – et j'admets que celle-ci est complètement dingue – reste une coïncidence. Mike, j'ai besoin que tu restes dans l'équipe. »

Pas *nous avons* mais *j'ai*. Elle prétendait ne pas être en train de changer les rideaux ; d'après moi, c'était déjà fait.

« Tu comprends pas. Je pense pas que je pourrais continuer même si je voulais. Continuer en étant drôle, du moins. Ça sonnerait… » J'ai cherché dans ma tête et repêché un mot d'enfance. « Cracra-bouilla. »

Katie a froncé les sourcils, réfléchissant.

« Peut-être que Penny pourrait le faire. »

Penny Langston était une de ces pigistes des environs plus obscurs embauchée par Jeroma sur la recommandation de Katie. Je croyais vaguement savoir que toutes deux s'étaient rencontrées à l'université. Mais elles ne pouvaient pas être plus différentes. Penny venait rarement au bureau et, quand elle venait, elle arborait une vieille casquette de baseball qui ne quittait jamais sa tête et un sourire macabre qui quittait rarement ses lèvres. Frank Jessup, le rédac-sports à la crête iroquoise, aimait dire que Penny avait toujours l'air à deux points de la crise de nerfs.

« Mais elle sera jamais aussi drôle que toi, a poursuivi Katie. Si tu veux plus écrire de nécros, qu'est-ce que tu *voudrais* faire ? En présumant que tu restes au *Circus*, et je prie pour.

— Des revues critiques, peut-être. Je pourrais en écrire de drôles, je pense.

— Genre démolissage ? »

Il y avait un tout petit peu d'espoir dans sa voix.

« Ben… ouais. Probable. Pour certaines. »

Après tout, j'étais doué pour le passage au vitriol, et je pensais pouvoir battre Joe Queenan aux points, peut-être même par K-O. Et au moins, je taperais sur des vivants qui pourraient riposter.

Katie posa les mains sur mes épaules, se haussa sur la pointe des pieds et me planta un petit baiser au coin de la bouche. Si je ferme les yeux, je peux encore le sentir aujourd'hui. Elle m'a regardé avec ses grands yeux gris : la mer par un matin couvert. Je suis sûr qu'Higgins lèverait les yeux au ciel en lisant ça, mais les types sur liste d'attente comme moi se font rarement embrasser par les têtes de liste comme elle.

« Tu veux bien réfléchir à continuer les nécros ? »

Mains toujours sur mes épaules. Son frais parfum dans mes narines. Son buste à moins de trois centimètres de mon torse, et quand elle a pris une forte inspiration, ils se sont touchés. Ça aussi, je le sens encore aujourd'hui.

« Il s'agit pas seulement de toi et moi. Les six semaines qui viennent vont être critiques pour le site et pour la rédaction. Alors *réfléchis* bien, OK ? Même un mois de nécros de plus, ça aiderait. Ça laisserait le temps à Penny – ou quelqu'un d'autre – de reprendre la main, sous ta direction. Et puis, hein, peut-être que personne d'intéressant va mourir ? »

Sauf qu'il en meurt tout le temps, et on le savait tous les deux.

J'ai probablement dû lui dire que j'allais y réfléchir. Je ne me rappelle pas. Ce que j'avais en tête, en fait, c'était de la faire taire en refermant ma bouche sur la sienne, là dans le bureau de Jeroma, et rien à foutre si quelqu'un dans la cage nous voyait. Mais je ne l'ai pas fait. En dehors des comédies romantiques, les types comme moi le font rarement. J'ai dû dire un truc, et puis j'ai dû partir, parce que vite après, je me suis retrouvé dehors dans la rue. Je me sentais assommé.

Une chose que je me rappelle avoir faite : en passant devant une poubelle à l'angle de la 3ᵉ et de la 5ᵉ, j'ai déchiré la nécro-canular qui n'en était plus une en minuscules fragments et je les ai jetés dedans.

Ce soir-là, j'ai partagé un dîner assez agréable avec mes parents, puis je suis allé dans ma chambre – celle-là même où j'allais bouder les jours où mon équipe de Petite Ligue perdait, vous imaginez la déprime – et je me suis assis à mon bureau. La façon la plus simple de surmonter mon malaise, me semblait-il, était d'écrire une autre nécro d'une personne vivante. Est-ce qu'on ne dit pas qu'il faut remonter à cheval tout de suite après être tombé ? Ou remonter en haut du plongeoir après avoir fait un plat ? Tout ce qu'il me fallait faire, c'était apporter la preuve de ce que je savais déjà : nous vivons dans un monde rationnel. Enfoncer des aiguilles dans une poupée vaudoue ne tue pas les gens. Écrire le nom de son ennemi sur un morceau de papier et le brûler tout en récitant le Notre-Père à l'envers ne tue pas les gens. Les nécrologies-canulars ne tuent pas non plus les gens.

Toutefois, je me suis appliqué à établir une liste de candidats possibles composée exclusivement de sales types, tels que Faheem Darzi, qui avait revendiqué l'attentat contre le bus de Miami, ou Kenneth Wanderly, un électricien inculpé de quatre meurtres avec viol en Oklahoma. Wanderly ressemblait au meilleur candidat sur ma petite liste de sept noms, et je m'apprêtais à passer à l'attaque quand j'ai pensé à Peter Stefano, un immonde salopard s'il en fut jamais.

Stefano était un producteur de disques qui avait étranglé sa copine parce qu'elle avait refusé d'enregistrer une chanson qu'il avait écrite. Il était maintenant incarcéré dans une prison de moyenne sécurité alors qu'il aurait dû être dans une prison secrète de la CIA en Arabie saoudite, à manger des cafards, boire sa propre pisse et écouter Anthrax plein pot dans les haut-parleurs aux petites heures de l'aube. (Juste MHA, naturellement.) La femme qu'il avait assassinée était Andi McCoy, qui se trouvait être l'une de mes chanteuses préférées de tous les temps. Si j'avais été rédacteur de nécros-canulars au moment de sa mort, jamais je n'aurais écrit la sienne : me dire que sa voix d'oiseau, facilement comparable à celle de Joan Baez jeune, ait pu être réduite au silence par cet imbécile dominateur me mettait toujours en rage cinq ans plus tard. Dieu n'accorde de telles cordes vocales en or qu'à quelques élus et Stefano avait détruit celles de McCoy dans un accès de colère induit par la drogue.

J'ai ouvert mon ordi portable, tapé NÉCRO DE PETER STEFANO dans le champ adéquat et placé le curseur sur le document vierge. Une fois de plus, les mots ont coulé sans interruption, comme de l'eau d'une canalisation rompue.

L'esclavagiste dépourvu de talent et producteur de disques Peter Stefano a été retrouvé mort dans sa cellule du pénitentier d'État de Gowanda hier matin, et nous crions tous hourra. Bien qu'aucune cause officielle de sa mort n'ait été annoncée, une source pénitentiaire divulgue : « Apparemment, ce serait la rupture de sa glande haineuse anale qui aurait répandu son poison de trou du cul à travers tout son corps. En termes profanes, il a fait une réaction allergique à sa propre merde infecte. »

Quoique Stefano ait tenu sous son joug un grand nombre de groupes et d'artistes solo, on se souviendra particulièrement de lui pour avoir ruiné la carrière des Grenadiers, des Playful Mammals, de Joe Dean (qui s'est suicidé à la suite du refus de Stefano de renégocier son contrat), et bien sûr d'Andi McCoy. Non content d'assassiner sa carrière, Stefano l'a étranglée à mort avec un cordon de lampe alors qu'il était complètement shooté aux méthamphétamines. Lui survivent trois ex-épouses reconnaissantes, cinq ex-concubines, et les deux compagnies de disques qu'il a réussi à ne pas mener à la faillite.

Ça continuait dans cette veine sur une centaine de mots de plus, et ce n'était pas (à l'évidence) l'un de mes chefs-d'œuvre. Mais je m'en foutais parce que ça me faisait du bien. Et pas juste parce que Peter Stefano était un salaud. Ça me faisait du bien en tant qu'*écrivain*, même si c'était de la prose de bas étage et qu'une partie de moi savait que ça s'apparentait à un coup bas. Ceci peut vous sembler anecdotique mais je pense (en fait, je sais) que c'est ce qui constitue le cœur de cette histoire. C'est dur d'écrire, OK ? Du moins, c'est dur pour moi. Oui, je sais que la plupart des prolos vous diront à quel point leur boulot est dur, qu'ils soient bouchers, boulangers, fabricants de chandeliers ou rédacteurs de notices nécrologiques. Sauf que parfois, le travail n'est *pas* dur. Parfois, il est facile. Quand ça arrive, vous ressentez la même chose qu'au bowling, en voyant votre boule rouler pile sur la bonne flèche et en sachant que vous allez faire un strike.

Assassiner Stefano sur mon ordinateur, c'était pour moi comme faire un strike.

J'ai dormi comme un bébé cette nuit-là. En partie peut-être parce que j'avais le sentiment d'avoir fait quelque chose pour exprimer ma propre rage et ma consternation face au meurtre de cette pauvre fille, au stupide gâchis de son talent. Mais j'avais ressenti la même chose en écrivant la nécro de Jeroma Whitfield, et tout ce qu'elle avait fait, c'était de me refuser une augmentation. C'était surtout l'écriture en elle-même. J'en avais ressenti le pouvoir, et sentir le pouvoir, c'est bon.

Le lendemain au petit déjeuner, ma première cyber-escale ne fut pas le *Neon Circus* mais le *Huffington Post*. Comme presque toujours. Je ne m'embêtais jamais à dérouler l'écran jusqu'à la chronique mondaine et les photos de nichons des stars (franchement, le *Circus* faisait beaucoup mieux sur les deux tableaux), mais les articles de une du *Huffpo* étaient toujours savoureux, concis et de première fraîcheur. Le premier concernait un gouverneur du Tea Party ayant fait une déclaration que le *Huffpo*, comme on pouvait s'y attendre, trouvait scandaleuse. Le deuxième arrêta ma tasse de café à mi-chemin de mes lèvres. Il me coupa aussi le souffle. Le titre disait PETER STEFANO ASSASSINÉ PAR UN CODÉTENU.

J'ai reposé mon café inentamé – doucement, doucement, sans en renverser une goutte – et j'ai lu l'article. Stefano et le préposé à la bibliothèque de la prison avaient eu une altercation parce qu'une chanson d'Andi McCoy passait dans les haut-parleurs de la bibliothèque. Stefano avait demandé au bibliothécaire d'arrêter de le provoquer et « d'éteindre cette merde ». Le préposé avait refusé, disant qu'il ne provoquait personne, qu'il avait juste choisi le CD au hasard. La dispute s'était envenimée. C'est alors que quelqu'un s'était approché de Stefano par-derrière et lui avait réglé son compte à l'aide d'un surin de prison quelconque.

Pour autant que je puisse en juger, il avait été assassiné à peu près à l'heure où je finissais d'écrire sa nécro. J'ai regardé mon café. J'ai porté la tasse à mes lèvres et bu une gorgée. Il était froid. Je me suis rué sur l'évier et j'ai vomi. Puis j'ai appelé Katie pour lui dire que je ne viendrais pas aujourd'hui mais que je voulais la voir plus tard.

« T'avais dit que tu viendrais, me dit-elle. Tu tiens pas ta promesse !

— J'ai une bonne raison. Prenons un café ensemble cet après-midi et je te raconterai pourquoi. »

Après un silence, elle m'a dit :

« Tu l'as refait. »

Ce n'était pas une question. J'ai admis que oui. Lui ai raconté l'histoire de ma liste « ces types-là méritent de mourir » avant de penser à Stefano.

« Alors j'ai écrit sa nécro, juste pour me prouver que j'avais rien à voir avec la mort de Jeroma. J'ai terminé à peu près à l'heure où il a été poignardé à la bibliothèque. Je l'imprimerai avec la date et l'heure, si tu veux.

— J'ai pas besoin de voir la date et l'heure, je te crois. On va se voir, mais pas autour d'un café. Viens chez moi. Et apporte la nécro.

— Si tu t'imagines que tu vas la mettre en ligne…

— Mais non ! T'es dingue ? Je veux juste la voir de mes propres yeux.

— D'accord. »

Plus que d'accord. Chez *elle*.

« Mais, Katie ?

— Oui ?

— Tu dois rien dire à *personne*.

— Bien sûr que non. Tu me prends pour qui ? »

Une fille avec de beaux yeux, de longues jambes et des seins parfaits, ai-je pensé en raccrochant. J'aurais dû me douter que des ennuis m'attendaient mais j'avais le cerveau chamboulé. Je pensais à ce baiser tiède au coin de ma bouche. J'en voulais un autre, mieux placé. Plus tout ce qui pourrait venir après.

Son appartement était un trois pièces coquet dans le West Side. Elle m'a ouvert, vêtue d'un short et d'un haut transparent, complètement NSFW[1]. Elle m'a entouré de ses bras en disant :

« Oh là là, Mike, tu as une mine *affreuse*. Je suis vraiment désolée. »

Je l'ai serrée contre moi. Elle m'a serré. J'ai cherché ses lèvres, comme disent les romans sentimentaux, et les ai pressées contre les miennes. Après cinq secondes environ – d'éternité, mais pas assez longues –, elle s'est reculée et m'a regardé avec ses grands yeux gris.

« Il y a tellement de choses dont il faut qu'on parle. » Puis elle m'a souri. « Mais on peut en parler après. »

Ce qui a suivi est ce que les geeks comme moi obtiennent rarement et, quand ils l'obtiennent, c'est qu'il y a en général un motif caché. Mais les geeks comme moi ne pensent pas à ce genre de trucs sur le moment. Sur le moment, on est comme tous les autres types de la terre : la grosse tête part en balade, la petite tête prend les commandes.

Au lit, redressés contre les oreillers.

Buvant du vin et pas du café.

« Je vais te raconter un truc que j'ai lu dans le journal l'an dernier, ou l'année d'avant, dit-elle. Un

---

1. Pas convenable pour le travail (« *Not Safe For Work* ») : acronyme geek utilisé sur Internet pour marquer un contenu choquant, voire répréhensible.

type dans un des États du milieu – Iowa, Nebraska ou un endroit comme ça – achète un billet de loterie en sortant du boulot, un de ces machins à gratter, et il gagne cent mille dollars. Une semaine plus tard, il achète un billet de Powerball et gagne cent quarante millions.

— Où tu veux en venir ? »

Je voyais où elle voulait en venir et ça m'était égal. Le drap avait glissé de ses seins, qui étaient aussi fermes et parfaits que j'avais imaginé qu'ils seraient.

« Deux fois, ça peut encore être une coïncidence. Je veux que tu le refasses.

— Je pense pas que ce serait raisonnable. »

La réponse résonnait faiblement, même à mes propres oreilles. J'avais une brassée de belle fille à portée de main, mais tout à coup, je ne pensais pas à la belle fille. Je pensais à une boule de bowling roulant pile sur la bonne flèche et à la sensation que ça faisait de regarder ça tout en sachant que dans deux secondes, les quilles allaient valdinguer dans tous les sens.

Elle s'est tournée sur le côté pour me regarder sérieusement.

« Si c'est vraiment ça, Mike, c'est *énorme*. Le truc le plus énorme qui soit. Le pouvoir de vie et de mort !

— Si tu penses à utiliser ça pour le site… »

Elle secoua la tête avec véhémence.

« Personne ne le croirait. Même s'ils le croyaient, en quoi ça profiterait à *Circus* ? Est-ce qu'on ferait un sondage ? En demandant aux gens de nous envoyer les noms de méchants qui méritent d'y passer ? »

Elle se trompait. Les gens adoreraient participer au Vote de la Mort 2016. Ça marcherait encore plus fort qu'*American Idol*.

Elle a noué ses bras autour de mon cou.

« Qui figurait sur ta liste d'hommes à abattre avant que tu penses à Stefano ? »

J'ai sourcillé.

« J'aimerais mieux pas que tu les appelles comme ça.

— Peu importe, dis-moi. »

J'ai commencé à énumérer les noms mais, quand je suis arrivé à Kenneth Wanderly, elle m'a arrêté. Maintenant, les yeux gris ne ressemblaient plus à un ciel couvert : ils ressemblaient à un ciel d'orage.

« Lui ! Écris sa nécro à *lui* ! Je vais te chercher le contexte sur Google pour que tu puisses pondre un truc de choc, et… »

À contrecœur, je me suis dégagé de ses bras.

« Pourquoi se fatiguer, Katie ? Il est déjà dans le couloir de la mort. Laissons l'État s'occuper de lui.

— Mais l'État le fera pas ! »

Elle a bondi du lit et s'est mise à faire les cent pas. C'était une vision électrisante, j'imagine que je n'ai pas besoin de vous le dire. Ces longues jambes, yiiihaaaa !

« Ils le feront *pas* ! Les Okies ont liquidé personne depuis cette exécution ratée il y a deux ans ! Kenneth Wanderly a violé et assassiné quatre filles – il les a *torturées* à mort – et il sera encore en train de bouffer le pain de viande du gouvernement quand il aura soixante-cinq ans ! Et il mourra dans son sommeil ! »

Elle est revenue se jeter à genoux devant le lit.

« Fais-le pour moi, Mike ! *Je t'en prie !*

— Qu'est-ce qui le rend si important pour toi ? »

Toute l'excitation disparut de son visage. Elle s'assit sur ses talons et baissa tant la tête que ses cheveux masquèrent son visage. Elle resta comme ça pendant peut-être dix secondes et, quand elle me regarda de nouveau, sa beauté était… non pas détruite, mais altérée. *Détériorée.* Ce n'étaient pas juste les larmes qui ruisselaient sur ses joues ; c'était le pli triste et honteux de sa bouche.

« Parce que je sais ce que c'est. J'ai été violée quand j'étais en fac. Un soir après une soirée dans une fraternité. Je te dirais bien d'écrire *sa* nécro à lui, mais j'ai jamais vu sa tête. » Elle prit une profonde inspiration et frissonna. « Il est arrivé par-derrière. J'ai été face contre terre tout le temps. Mais Wanderly fera l'affaire par procuration. Il ira très bien. »

J'ai repoussé le drap :

« Allume ton ordi. »

Le lâche violeur chauve Kenneth Wanderly, qui ne pouvait bander que lorsque sa proie était attachée, a économisé beaucoup d'argent aux contribuables en se suicidant dans sa cellule du pénitencier d'État de l'Oklahoma ce matin au petit jour. Les gardiens ont trouvé Wanderly (dont la photo illustre l'entrée « merde inutile » dans l'Urban Dictionary) pendu par un nœud coulant de fortune réalisé avec son propre pantalon. Le directeur George Stockett a immédiatement décrété un dîner de fête au réfectoire général de la prison pour demain soir, suivi d'un bal. Interrogé sur le Pantalon du Suicide, à savoir s'il serait

encadré et placé avec les autres trophées du péni-
tencier, le directeur Stockett a refusé de répondre,
tout en adressant un clin d'œil à l'auditoire de la
conférence de presse improvisée.

Wanderly, maladie déguisée sous la forme d'un
nouveau-né, est venu au monde le 27 octobre 1972
à Danbury, Connecticut...

Et un papier cracrastique de plus écrit par Michael
Anderson !

Les pires nécros de ma rubrique On Dit du Mal
des Morts étaient plus drôles et plus incisives (si vous
ne me croyez pas, allez-y voir vous-même), mais peu
importait. Une fois de plus, les mots jaillissaient, et
avec cette même sensation de pouvoir en équilibre
parfait. À un moment donné, loin à l'arrière-plan de
mon esprit, je me suis aperçu que ça ressemblait plus
à lancer une sagaie qu'une boule de bowling. Une
avec une pointe bien acérée. Katie l'a senti aussi. Elle
était assise juste à côté de moi, je la sentais crépiter comme de l'électricité statique s'envolant d'une
brosse à cheveux.

Ce qui va suivre est dur à écrire, parce que ça me
fait penser qu'il y a un petit Ken Wanderly en chacun
de nous, mais, comme il n'y a pas d'autre moyen de
dire la vérité que la dire, la voici : ça nous a excités
sexuellement. Dès qu'on en a eu fini, je l'ai chopée
dans une étreinte brutale et très peu geek et je l'ai
ramenée au lit. Katie a noué ses chevilles sur mes
reins et ses mains sur ma nuque. Je pense que ce
deuxième tour a peut-être duré cinquante secondes,

mais on a joui tous les deux. Et fort. Ça craint, les gens, des fois.

Ken Wanderly était un monstre, OK ? Et il ne s'agit pas exclusivement de mon propre jugement : il a employé ce mot pour se décrire lui-même alors qu'il avouait tout dans un vain effort pour éviter la sentence mortelle. Je pourrais utiliser cette excuse pour justifier ce que j'ai fait – ce que *nous* avons fait –, à l'exception d'une chose.

Écrire sa nécro m'a fait encore plus jouir que la partie de jambes en l'air qui a suivi.

Ça m'a donné envie de le refaire.

Quand je me suis réveillé le lendemain matin, Katie était assise sur le canapé avec son ordi portable. Elle m'a regardé solennellement et a tapoté le coussin à côté d'elle. Je me suis assis et j'ai lu le gros titre de *Neon Circus* sur l'écran : UN AUTRE MÉCHANT MANGE LA POUSSIÈRE : « KEN LE VILAIN » SE SUICIDE DANS SA CELLULE. Sauf qu'il ne s'était pas pendu. Il avait introduit une savonnette en contrebande – comment, ça restait un mystère, les détenus n'étant censés avoir que du savon liquide – et se l'était fourrée dans le gosier.

« Mon Dieu, j'ai dit. Quelle horrible façon de mourir.

— Bien ! » Katie a serré les poings et les a brandis de chaque côté de ses tempes. « *Excellent !* »

Il y avait des questions que je n'avais pas envie de lui poser. La première sur ma liste étant de savoir si elle avait couché avec moi strictement dans le but de pouvoir me persuader de tuer un substitut convenable pour son violeur. Mais demandez-vous ceci (je l'ai fait) : à quoi ça m'aurait avancé ? Elle pouvait me donner une réponse totalement honnête et j'aurais toujours pu ne pas la croire. Dans une situation comme ça, la relation qui s'instaure n'est peut-être pas carrément toxique, mais elle est pour le moins tordue.

« Je le ferai plus, j'ai dit.

— Très bien, je comprends. » (Non, elle ne comprenait pas.)

« Donc me demande pas.

— D'accord, je te demanderai pas. » (Elle m'a demandé.)

« Et tu dois le dire à personne.

— Je t'ai déjà dit que je le dirai pas. » (Elle l'avait déjà dit.)

Je pense qu'une partie de moi savait que cette conversation était un exercice absolument futile, mais j'ai dit OK et laissé tomber.

« Mike, je voudrais pas te foutre à la porte mais j'ai genre un trillion de choses à faire et…

— Pas de problème, collègue. Je me casse. »

À la vérité, je *voulais* me casser. Je voulais marcher environ vingt-cinq kilomètres sans savoir où j'allais pour réfléchir à la suite des événements.

Elle m'a chopé à la porte et m'a embrassé fort.

« T'en va pas en rogne.

— Je suis pas en rogne. »

Je ne savais pas *comment* je m'en allais.

« Et t'avise pas de repenser à démissionner. J'ai besoin de toi. J'ai décidé que Penny irait pas du tout pour On Dit du Mal des Morts mais je comprends totalement que t'aies besoin de faire un break. Je pensais peut-être… Georgina ?

— Peut-être », j'ai dit.

Je trouvais que Georgina était la pire rédactrice de l'équipe mais ça ne me concernait plus vraiment maintenant. Ce qui me concernait, là tout de suite, c'était de ne plus jamais revoir une autre notice nécrologique, sans parler d'en écrire.

« Quant à toi, écris toutes les revues critiques qui te chantent. Plus de Jeroma pour dire non, j'ai pas raison ?

— T'as raison. »

Elle m'a secoué.

« Dis pas ça comme ça, grand dadais. Montre un peu d'enthousiasme. La bonne vieille niaque *Neon Circus*. Et dis que tu vas rester. » Elle a baissé la voix : « On pourra avoir nos petites conférences à nous. *Privées*. » Elle a vu mes yeux descendre vers le devant de sa robe et elle a ri, satisfaite. Puis elle m'a repoussé. « Allez, file maintenant. Dégage d'ici. »

Une semaine a passé et, quand on bosse pour un site comme *Neon Circus*, chaque semaine dure trois mois. Des pipoles se bituraient, des pipoles faisaient des cures de désintox, des pipoles sortaient de cure de désintox et se rebituraient aussi sec, des pipoles se faisaient arrêter, des pipoles descendaient de limousines *sans** culotte, des pipoles dansaient toute la nuit, des pipoles se mariaient, des pipoles divorçaient, des pipoles « faisaient un break ». Un pipole tomba dans sa piscine et se noya. Georgina écrivit une notice nécrologique remarquablement pas drôle et une tonne de tweets et de mails *Rendez-nous Mike* arriva dans la foulée. À une époque, ça m'aurait fait plaisir.

Je ne suis pas allé à l'appartement de Katie parce que Katie était trop occupée pour penser à faire des mamours. En fait, Katie était peu visible. Elle « assurait des réunions », deux à New York, une à Chicago. En son absence, je me suis retrouvé plus ou moins aux commandes. Je n'ai pas été désigné, je n'ai pas fait campagne, je n'ai pas été élu. Ça s'est fait, c'est tout. Je me suis consolé en me disant que les choses retourneraient sûrement à la normale à son retour.

Je n'avais pas envie de passer du temps dans le bureau de Jeroma (il me paraissait hanté) mais, à part les WC communs, c'était le seul endroit où je pouvais avoir des entrevues dans une relative intimité avec d'autres membres angoissés de la rédaction. Et nos rédacteurs étaient *toujours* angoissés. L'édition en ligne, ça reste de l'édition, et toutes les rédactions sont des nids à névroses et complexes à l'ancienne mode. Jeroma leur aurait dit de dégager (mais, tiens, prends un Yook). Mais moi je ne pouvais pas faire ça. Quand je commençais à sentir la folie gagner, je me rappelais que bientôt je retrouverais ma place habituelle près du mur, à écrire des critiques vachardes. Juste un détenu parmi les autres dans la cage aux fous.

La seule décision que je me souviens avoir prise cette semaine-là concerna le fauteuil de Jeroma. Je ne pouvais absolument pas poser mon cul là où le sien se trouvait quand elle s'était étouffée avec la Pastille pour la Toux du Destin. Je l'ai fait rouler jusque dans la cage et j'ai ramené celui que je considérais comme « mon » fauteuil, celui du pupitre près de l'affiche de Thanksgiving qui disait MERCI DE CHIER OÙ VOUS MANGEZ. C'était nettement moins confortable, comme trône, mais au moins il ne me paraissait pas hanté. Et puis, je n'écrivais pas beaucoup, de toute façon.

En fin d'après-midi, le vendredi, Katie a fait irruption dans le bureau vêtue d'une robe chatoyante qui lui arrivait au genou et était l'antithèse de son jean et son haut habituels. Ses cheveux retombaient artistiquement en boucles permanentées. Elle m'est apparue comme… ben… disons une version un peu plus jolie de Jeroma. J'ai eu un souvenir fugace de *La Ferme des animaux* d'Orwell quand la chanson « Quatre pattes, oui ! Deux pattes, non ! » se transforme en « Quatre pattes, bon ! Deux pattes, mieux ! ».

Katie nous a réunis et nous a annoncé que nous étions rachetés par Pyramid Media de Chicago et qu'il y aurait des augmentations – petites – pour tous. Ce qui déclencha un tonnerre d'applaudissements. Lorsqu'il se calma, elle ajouta que Georgina Bukowski reprendrait pour de bon On Dit du Mal des Morts, et que Mike Anderson était notre nouveau Kritic Kultur.

« Ce qui veut dire, précisa-t-elle, qu'il va déployer ses ailes et survoler lentement le paysage en chiant où ça lui chante. »

Un autre tonnerre d'applaudissements. Je me suis levé et j'ai fait une courbette en essayant d'avoir l'air gai et diabolique. Sur ce terrain, je battais une moyenne de 500. Je n'avais plus été gai depuis la mort subite de Jeroma et j'avais totalement l'impression de ressembler au diable.

« Maintenant, au boulot tout le monde ! Écrivez-nous quelque chose d'éternel ! » Ses lèvres brillantes se sont écartées en un sourire. « Mike, je peux te voir en privé ? »

En privé signifiait dans le bureau de Jeroma (on continuait tous à l'appeler comme ça). Katie s'est renfrognée en voyant le fauteuil.

« Qu'est-ce que cette horreur fait là ?

— J'avais pas envie de m'asseoir dans celui de Jeroma, j'ai dit. Je le remettrai à sa place, si tu veux.

— Je veux. Mais avant... »

Elle se rapprocha de moi, mais, voyant que les stores étaient levés et que nous étions attentivement observés, elle se contenta de poser une main sur mon torse.

« Tu peux venir chez moi ce soir ?

— Absolument. »

Même si je n'étais pas aussi excité par cette perspective que vous pourriez le croire. La petite tête n'étant plus aux commandes, mes doutes sur les motivations de Katie avaient continué à se solidifier. Et, je dois le reconnaître, je trouvais un peu dérangeant qu'elle soit si impatiente de voir le fauteuil de Jeroma réintégrer le bureau.

Baissant la voix, alors que nous étions seuls, elle me dit :

« Je suppose que t'as pas écrit d'autres... »

Ses lèvres brillantes formèrent le mot *nécros*.

« J'y ai même pas pensé. »

C'était un mensonge extrêmement impudent. Écrire des nécros était la première chose qui me venait à l'esprit le matin et la dernière à laquelle je

pensais le soir. La facilité avec laquelle coulaient les
mots… Et le sentiment qui allait avec : une boule
de bowling roulant sur la bonne flèche, un putt de
six mètres parti pour rentrer direct dans le trou, une
sagaie qui se plante en vibrant dans le point exact
que tu vises. Au cœur de la cible, en plein dans le
mille.

« Qu'est-ce que tu as écrit d'autre ? Des critiques
déjà ? Je sais que Paramount sort le tout dernier film
de Jeff Briggs et j'ai entendu dire qu'il est encore pire
que *Holy Rollers*. J'imagine que ça doit être *tentant*.

— J'ai pas vraiment écrit, je lui ai dit. J'ai tenu
la main. Genre nègre au service de tout le monde.
Mais j'ai jamais eu la fibre pour être éditeur. C'est
ton boulot ça, Katie. »

Cette fois, elle n'a pas protesté.

Plus tard ce jour-là, j'ai levé les yeux du rang du
fond où j'essayais (vainement) d'écrire une critique
de CD et je l'ai vue dans le bureau, penchée sur
son ordinateur portable. Sa bouche remuait et j'ai
d'abord pensé qu'elle était au téléphone mais il n'y
avait aucun téléphone en vue. J'ai eu comme une idée
– presque certainement ridicule mais bizarrement difficile à écarter – qu'elle avait trouvé un paquet oublié
de pastilles à l'eucalyptus dans le tiroir du haut et
qu'elle était en train d'en sucer une.

Je suis arrivé chez elle un peu après dix-neuf
heures, avec des sacs de bouffe chinoise de chez Pure
Folie. Pas de short et haut transparent ce soir-là : elle
était en pull et pantalon baggy kaki. Et elle n'était
pas seule. Penny Langston était assise (recroquevil-

lée, en fait) à un bout du canapé. Elle ne portait pas sa casquette de baseball habituelle mais son sourire, cet étrange sourire qui disait *Touche-moi et je te tue*, était bien là.

Katie m'embrassa sur la joue.

« J'ai invité Penny à se joindre à nous. »

C'était d'une évidence flagrante, mais j'ai répondu :

« Salut, Pens.

— Salut, Mike. »

Voix de petite souris et regard fuyant, mais elle fit un vaillant effort pour transformer son sourire en quelque chose d'un poil moins flippant. J'ai regardé Katie en haussant les sourcils.

« Je t'ai dit que j'avais rien raconté à personne, me dit Katie. C'est… c'était pas tout à fait vrai.

— Et je t'ai pas tout à fait crue. »

J'ai posé les sachets de papier blanc tachés d'huile sur la table basse. Je n'avais plus faim et je ne m'attendais pas non plus à passer un moment de Pure Folie.

« Tu veux bien me dire de quoi il s'agit avant que je t'accuse d'avoir enfreint ta promesse solennelle et que je me tire ?

— Ne fais pas ça. Je t'en prie. Écoute-moi. Penny travaille à *Neon Circus* parce que j'ai convaincu Jeroma de l'engager. Je l'ai connue quand elle habitait encore ici, en ville. On était dans un groupe ensemble, pas vrai, Pens ?

— Oui, c'est vrai », dit Penny de sa voix de petite souris. Elle regardait ses mains, qu'elle tenait serrées si fort sur ses genoux que ses jointures en étaient blanches. « Le Groupe du Saint Nom de Marie.

— Et c'est quoi ça, exactement ? »

Comme si j'avais besoin de demander. Parfois, quand les pièces se mettent en place, on entend carrément le déclic.

« Soutien aux victimes de viol, me dit Katie. Je n'ai jamais vu la tête de mon violeur mais Penny a vu le sien. Pas vrai, Pens ?

— Oui, et pas qu'une fois. » Maintenant, Penny me regardait et sa voix forcissait à chaque mot. Elle a fini en criant presque et des larmes roulaient sur ses joues : « C'était mon oncle. J'avais neuf ans. Ma sœur onze. Il l'a violée aussi. Katie dit que tu peux tuer des gens avec des notices nécro. Je veux que t'écrives la sienne. »

Je ne vais pas raconter l'histoire qu'elle m'a racontée, assise là sur le canapé, avec Katie à côté d'elle lui tenant une main et lui mettant Kleenex après Kleenex dans l'autre. Sauf si vous habitez dans un des sept endroits de ce pays pas encore équipés pour le multimédia, vous l'avez déjà entendue avant. Tout ce que vous avez besoin de savoir, c'est que les parents de Penny étaient morts dans un accident de voiture et qu'elle et sa sœur avaient été expédiées chez Oncle Amos et Tante Claudia. Et Tante Claudia refusait d'entendre dire quoi que ce soit contre son mari. Vous pouvez deviner le reste.

Je voulais le faire. Parce que cette histoire était horrible, oui. Parce que des types comme l'Oncle Amos méritent une balle dans la tête pour faire des plus jeunes et des plus vulnérables leurs proies. Parce que Katie voulait que je le fasse, absolument. Mais en fin de compte, ce qui a fait pencher la balance, c'est la petite robe tristement jolie que portait Penny ce soir-là. Et ses chaussures. Et la touche de maquillage appliquée d'une main maladroite. Pour la première fois depuis des années, peut-être pour la première fois depuis qu'Oncle Amos avait commencé ses visites nocturnes dans sa chambre en lui disant toujours « c'est notre petit secret », elle avait essayé de se rendre présentable pour un être humain de sexe masculin. Ça m'a comme qui dirait brisé le cœur. Katie avait été marquée par son viol, mais elle avait pris le dessus. Certaines filles et femmes arrivent à le faire. Beaucoup n'y arrivent pas.

Quand elle a eu terminé, je lui ai demandé :

« Tu me jures que ton oncle a vraiment fait ça ?

— Oui. Plein plein plein de fois. Et quand on a été assez grandes pour tomber enceintes, il nous a fait nous retourner pour nous prendre par... » Elle n'a pas terminé cette phrase-là. « Et je parie qu'il s'en est pas tenu à Jessie et moi, non plus.

— Et il a jamais été arrêté. »

Elle a secoué la tête avec véhémence, faisant voltiger les bouclettes moites de sueur de ses cheveux.

« OK. » J'ai sorti mon iPad de mon porte-documents. « Mais il faut que tu me donnes des détails sur lui.

— Je peux faire mieux. »

Elle a dégagé sa main de celle de Katie pour attraper le sac à main le plus moche que j'avais jamais vu sauf à la vitrine d'une friperie. Elle en a sorti une feuille de papier chiffonnée, si tachée de sueur qu'elle en était toute ramollie et à moitié transparente. Elle avait écrit au crayon. Les gribouillis inclinés ressemblaient à une écriture enfantine. Le texte s'intitulait AMOS CULLEN LANGFORD : NÉCROLOGIE.

Ce misérable individu qui violait des petites filles dès que l'occasion se présentait est mort d'une mort lente et douloureuse causée par de nombreux cancers installés dans les parties les plus sensibles de son corps. Au cours de la dernière semaine, du pus coulait de ses yeux. Il avait soixante-trois ans et, arrivé à sa toute dernière extrémité, il a empli la maison de ses hurlements, implorant pour avoir un supplément de morphine...

Ça ne s'arrêtait pas là. Loin de là. Son écriture était celle d'une enfant, mais son vocabulaire était impressionnant et elle avait fait un bien meilleur travail sur ce texte que dans tout ce qu'elle avait écrit précédemment pour *Neon Circus*.

« Je sais pas si ça va marcher, j'ai dit en voulant lui rendre le papier. Je pense qu'il faut que je le rédige moi-même. »

Katie a dit :

« Ça peut pas faire de mal d'essayer, hein ? »

Non, sans doute pas. Regardant délibérément Penny, j'ai dit :

« J'ai jamais vu ce type de ma vie et tu veux que je le tue.

— Oui », elle m'a dit et, cette fois, elle me regardait bien en face, droit dans les yeux. « C'est ce que je veux.

— Tu en es sûre ? »

Elle a fait oui de la tête.

Je me suis assis au petit bureau de Katie, j'ai étalé la diatribe manuscrite de Penny à côté de mon iPad, j'ai ouvert un document vierge et j'ai commencé à recopier. J'ai su immédiatement que ça allait marcher. La sensation de pouvoir était plus forte que jamais. La sensation de *viser*. Après la deuxième phrase, j'ai arrêté de regarder le papier et j'ai juste tapé d'une traite sur mon clavier, détaillant les points principaux et terminant par cette objurgation : *Il est vivement déconseillé aux personnes qui seront présentes aux obsèques – personnes non endeuillées compte tenu des détestables prédilections de M. Langston – d'envoyer des fleurs. En revanche, il sera fortement encouragé de cracher sur le cercueil.*

Les deux femmes m'observaient en ouvrant de grands yeux.

« Ça va marcher ? m'a demandé Penny avant de donner la réponse elle-même. Oui, ça va marcher. Je l'ai *senti*.

— Je pense que ça a peut-être déjà marché. » Je me suis tourné vers Katie. « Redemande-moi de faire ça, Kates, et je serai tenté d'écrire *ta* notice nécrologique. »

Elle a essayé de sourire mais je voyais bien qu'elle avait peur. Je n'avais pas voulu lui faire peur (du moins, je crois pas), alors j'ai pris sa main. Elle a sursauté, voulu me la retirer, puis m'a laissé la tenir. Sa peau était froide et moite.

« Je rigole. Mauvaise blague, je sais, mais je suis sérieux. Il faut que ça finisse.

— Oui », m'a-t-elle dit et elle a avalé bruyamment sa salive avec un son de dessin animé, *gloups*. « Absolument.

— Et pas un mot. *À personne. Jamais.* »

Une nouvelle fois, elles ont dit oui. J'ai commencé à me lever et Penny m'a bondi dessus, me rasseyant sur ma chaise et manquant nous flanquer tous les deux par terre. Son étreinte n'avait rien d'affectueux : c'était plutôt la prise en tenaille d'une noyée sur son sauveteur. Elle avait la peau poisseuse de sueur.

« Merci, a-t-elle lâché dans un murmure rauque. Merci, Mike. »

Je suis parti sans lui dire que tout le plaisir était pour moi. J'avais trop hâte de me tirer de là. Je ne sais pas si elles ont mangé la bouffe que j'avais apportée mais j'en doute. Pure Folie, mon joli petit cul rose, oui.

Je n'ai pas dormi cette nuit-là, et ce n'était pas de penser à Amos Langford qui m'en empêchait. J'avais d'autres sujets d'inquiétude.

L'un étant le problème éternel de l'addiction. J'avais quitté l'appartement de Katie résolu à ne plus jamais céder à ce terrible pouvoir, mais c'était une promesse que je m'étais faite avant et que je n'étais pas sûr de pouvoir tenir, parce que chaque fois que j'écrivais une nécro *live*, l'envie de le refaire augmentait. C'était comme l'héroïne. Prends-en une ou deux fois, peut-être que tu peux t'arrêter. Mais au bout d'un moment, il faut que t'en aies. Je n'avais peut-être pas encore atteint ce stade, mais j'étais au bord du précipice et je le savais. Ce que j'avais dit à

Katie était la vérité absolument basique : il fallait que j'arrête tant que je le pouvais encore. En admettant que ce ne soit pas déjà trop tard.

Ma deuxième inquiétude, tout en étant moins sombre, était quand même peu réjouissante. Dans le métro pour rentrer à Brooklyn, un adage particulièrement à propos de Benjamin Franklin m'était venu à l'esprit : *Deux peuvent garder un secret, si l'un des deux est mort.* Il y avait déjà trois personnes pour garder celui-ci et comme je n'avais aucune intention d'assassiner Katie et Penny par notice nécrologique, cela voulait dire qu'un secret vraiment vilain était entre leurs mains.

Elles le garderaient un moment, oui. Penny y veillerait tout particulièrement si elle recevait un coup de fil au matin l'informant que ce cher Oncle Amos avait passé l'arme à gauche. Mais le temps éroderait le tabou. Il y avait un autre facteur, aussi. Toutes deux n'étaient pas de simples rédactrices, elles étaient des rédactrices de *Neon Circus*, ce qui signifiait que cracher le morceau était leur spécialité. Cracher le morceau est peut-être moins addictif que de tuer des gens avec des nécros mais ça a son puissant attrait, comme j'étais bien placé pour le savoir. Tôt ou tard, il y aurait une soirée, un bar, trop de verres, et alors…

Tu veux que je te raconte un truc vraiment fou ? Mais tu dois me promettre de rien dire à personne.

Je me voyais dans la salle de rédaction près de l'affiche de Thanksgiving, occupé à ma dernière critique saignante. Frank Jessup se glisse à côté de moi, s'assied et me demande si j'ai déjà envisagé d'écrire une nécro de Bashar-el-Assad, le dictateur syrien à la toute petite tête ou – hé, encore mieux ! – le gros bouboule coréen, Kim Jong-un. Pour ce que j'en savais, Jessup pourrait vouloir que je zigouille le nouvel entraîneur des Knicks.

J'ai essayé de me dire que cette dernière idée était ridicule, en vain. Le fan de sports à la crête était un supporter acharné des Knicks.

Il y avait une possibilité encore plus terrifiante (ça, j'y suis arrivé autour de trois heures du matin). Imaginons que la rumeur de mon talent parvienne aux mauvaises oreilles gouvernementales ? Ça semblait peu vraisemblable mais est-ce que je n'avais pas lu quelque part que le gouvernement, dans les années 1950, avait mené des expérimentations avec le LSD et le contrôle de l'esprit sur des sujets qui ne se doutaient de rien ? Des gens capables de ça pouvaient être capables de tout. Imaginons que des types de la NSA se pointent aux locaux de *Circus* ou à la maison de mes parents à Brooklyn, et me voilà parti pour un voyage sans retour en jet privé pour une base gouvernementale quelconque où l'on m'installerait dans un appartement luxueux (mais avec des gardes à la porte) et me donnerait une liste de chefs d'Isis et d'Al-Qaïda accompagnée de fichiers qui me permettraient d'écrire des notices nécrologiques extrêmement détaillées… Je pourrais rendre obsolètes les drones équipés de roquettes.

Dingo ? Ouais. Mais à quatre heures du matin, tout semble possible.

Autour de cinq heures, juste comme la première lueur du jour s'insinuait dans ma chambre, je me suis surpris à me demander une nouvelle fois comment ce talent indésirable m'était venu, pour commencer. Et depuis combien de temps je l'avais. Il n'y avait aucun moyen de le savoir parce qu'en règle générale, on n'écrit pas de notices nécrologiques de gens vivants. Ils ne font même pas ça au *New York Times*, ils se contentent d'accumuler les renseignements nécessaires afin de les avoir prêts lorsqu'une célébrité meurt. J'aurais pu avoir cette compétence toute ma vie sans le savoir et si je n'avais pas écrit cette mauvaise blague au sujet de Jeroma, je ne l'aurais jamais su. Je me rappelais comment j'avais commencé à travailler pour *Neon Circus* : par le biais d'une notice nécrologique spontanée. De quelqu'un qui était déjà mort, certes, mais une nécro est une nécro. Et le talent ne désire qu'une seule chose, vous le voyez bien ? Il désire sortir et se montrer. Il désire enfiler un smoking et faire des claquettes d'un bout à l'autre de la scène.

Sur cette dernière pensée, je me suis endormi.

Mon téléphone m'a réveillé à midi moins le quart. C'était Katie et elle était chamboulée.

« Il faut que tu viennes au bureau, me dit-elle. Tout de suite. »

Je me suis redressé dans mon lit.

« Qu'est-ce qui se passe ?

— Je te le dirai quand t'arriveras, mais je peux te dire une chose dès maintenant. Tu ne peux plus le refaire.

— Sans déconner, j'ai fait. Je croyais te l'avoir déjà dit. Et plus d'une fois. »

Si elle m'a entendu, elle a passé outre et poursuivi sa tirade :

« *Plus jamais de ta vie*. Même pour Hitler, tu ne pourrais pas le refaire. Même si ton père mettait un couteau sous la gorge de ta mère, tu ne pourrais pas le refaire. »

Elle a coupé la communication avant que je puisse poser des questions. Je me suis demandé pourquoi on ne pouvait pas avoir cette réunion au sommet à son appartement qui offrait bien davantage d'intimité que les locaux exigus de *Neon Circus*, et une seule réponse m'est venue à l'esprit : Katie ne voulait pas se retrouver seule avec moi. J'étais un mec dangereux. J'avais seulement fait ce qu'elle et sa copine rescapée de viol m'avaient demandé de faire, mais ça ne changeait rien au fait.

J'étais devenu un mec dangereux.

Elle m'a accueilli d'un sourire et d'une accolade pour le bénéfice des autres membres de la rédaction présents, occupés à avaler leur Red Bull post-prandial et à taper nonchalamment sur leurs portables, mais aujourd'hui les stores du bureau étaient baissés et le sourire a disparu dès que nous nous sommes retrouvés derrière.

« Je crève de peur, m'a-t-elle dit. Je veux dire, je crevais déjà de peur hier soir, mais, quand t'es *en train* de le faire…

— Ouais, je sais, c'est une plutôt bonne sensation.

— Mais j'ai vachement plus peur maintenant. J'arrête pas de penser à ces gadgets remplis de ressorts qu'on presse pour se muscler les mains et les avant-bras.

— De quoi est-ce que tu parles ? »

Elle ne me l'a pas dit. Pas tout de suite.

« Il a fallu que je commence au milieu, avec le fils de Ken Wanderly, et que je progresse dans les deux sens…

— Ken le Vilain avait un *fils* ?

— Un fils, oui. Arrête de m'interrompre. Il a fallu que je commence au milieu parce que cet entrefilet sur le fils est le premier sur lequel je suis tombée. Il y avait une annonce de décès ce matin dans le *Times*. Pour une fois, ils ont battu le *Huffpo* et *Daily Beast* et quelqu'un là-bas risque de se faire taper sur les doigts parce que ça fait déjà un petit moment que c'est arrivé. Je suppose que la famille a décidé d'attendre après l'enterrement pour rendre la nouvelle publique.

— Katie…

— Tais-toi et écoute. » Elle s'est penchée en avant. « Il y a des *dommages collatéraux*. Et ça empire.

— Je ne… »

Elle m'a fermé la bouche de la paume de la main. « Ferme. La. Putain. »

Je l'ai fermée. Elle a retiré sa main.

« C'est par Jeroma Whitfield que tout a commencé. D'après ce que je peux dire grâce à Google, elle est la seule et unique Jeroma Whitfield au monde. *Était*, je veux dire. Mais il y a des tonnes de *Jerome* Whitfield, donc merci mon Dieu qu'elle ait été ta première parce que ça aurait pu se reporter sur d'autres

Jeroma s'il y en avait eu. Quelques-unes, en tout cas. Les plus proches.

— *Ça ?* »

Elle m'a regardé comme si j'étais un imbécile.

« Oui, *ça*, le pouvoir. Ta deuxième… » Elle s'est interrompue, je pense parce que le mot qui lui est spontanément venu à l'esprit était *victime*. « Ton deuxième sujet était Peter Stefano. Pas non plus le nom le plus répandu, mais pas complètement insolite non plus. Tiens, regarde ça. »

Elle a pris plusieurs feuilles de papier sur son bureau. Elle a dégagé la première de la pince qui la maintenait et me l'a passée. Y figuraient trois notices nécrologiques, provenant toutes de petits journaux locaux – un de Pennsylvanie, un de l'Ohio, et un du nord de l'État de New York. Le Peter Stefano de Pennsylvanie était mort d'une crise cardiaque. Celui de l'Ohio était tombé d'une échelle. Celui de New York – Woodstock – avait eu une attaque. Tous étaient morts le même jour que le producteur de disques pris de folie dont ils partageaient le nom.

Je me suis assis lourdement.

« C'est pas possible.

— Si. La bonne nouvelle, c'est que j'ai trouvé deux douzaines d'autres Peter Stefano sur tout le territoire des USA et ils vont bien. Je pense parce qu'ils vivent tous beaucoup plus loin du pénitencier de Gowanda. Le pénitencier était l'épicentre. L'obus s'est fragmenté à partir de là. »

Je la regardais, abasourdi.

« Ken le Vilain, ensuite. Encore un nom peu commun, Dieu merci. Il y a tout un nid de Wanderly dans le Wisconsin et le Minnesota, mais je suppose que ça se situe trop loin. Seulement… »

Elle m'a tendu la deuxième feuille. Tout en haut figurait l'entrefilet du *Times* : DÉCÈS DU FILS DU TUEUR EN SÉRIE. Sa femme prétendait que Ken Wanderly Junior s'était tué par accident en nettoyant un revolver mais l'article relevait que l'« accident » était survenu moins de douze heures après la mort de son père. Que cela ait en fait pu être un suicide était laissé à la libre appréciation du lecteur.

« Je crois pas que c'était un suicide », me dit Katie. Elle paraissait très pâle sous son maquillage. « Je crois pas non plus que c'était exactement un accident. *Ça vise les noms*, Mike. Tu t'en rends compte, n'est-ce pas ? Et ça tient pas compte de l'orthographe, ce qui rend les choses encore pires. »

La nécro (ce mot commençait à me faire horreur) au-dessous de l'entrefilet sur le fils de Ken le Vilain concernait un certain Kenneth Wanderlee, de Paramus, New Jersey. Comme le Peter Stefano de Pennsylvanie (un innocent qui n'avait probablement jamais tué autre chose que le temps), le Wanderlee de Paramus était mort d'une crise cardiaque.

Exactement comme Jeroma.

Je respirais vite et je transpirais abondamment. Mes couilles s'étaient rétractées et me paraissaient faire la taille approximative d'un noyau de pêche. Je me sentais à deux doigts de m'évanouir et j'avais envie de vomir, mais j'ai réussi à ne faire ni l'un ni l'autre. Même si j'ai beaucoup vomi par la suite. Ça m'a duré une semaine ou plus et j'ai perdu cinq kilos. (J'ai dit à ma mère qui s'inquiétait que c'était la grippe.)

« Voici le clou », me dit-elle.

Et elle me tendit la dernière page. Y figuraient dix-sept Amos Langford. Le groupe le plus important se trouvait dans la région New York-New Jersey-Connecticut mais l'un d'eux était mort à Baltimore, un autre en Virginie et deux avaient claqué en Virginie-Occidentale. Et il y en avait trois en Floride.

« Non, j'ai chuchoté.

— Si, elle m'a dit. Le deuxième là, à Amityville, c'est le méchant oncle de Penny. Tu peux aussi t'estimer heureux qu'Amos soit un nom plutôt tombé en désuétude de nos jours. Si ça avait été James ou William, il aurait pu y avoir des centaines de Langford décédés. Peut-être pas des milliers parce que ça franchit pas encore les limites du Midwest, mais la Floride est à mille cinq cents kilomètres d'ici. Plus loin que n'importe quel signal radio peut porter, du moins dans la journée. »

Les feuilles de papier m'ont échappé et sont tombées par terre en voltigeant.

« Tu vois maintenant ce que je voulais dire avec ces machins qu'on presse pour se muscler les mains et les bras ? D'abord tu peux peut-être juste presser les poignées une ou deux fois. Mais si tu continues à le faire, tes muscles se renforcent. C'est ce qui est en train de t'arriver, Mike. J'en suis sûre. Chaque fois que tu écris la nécro d'une personne en vie, le pouvoir se renforce et s'étend.

— C'était ton idée, j'ai chuchoté. Ta fichue idée. »

Mais elle ne voulait pas s'en laisser conter.

« C'est pas moi qui t'ai dit d'écrire la nécro de Jeroma. Ça, c'était *ton* idée.

— C'était une lubie, j'ai protesté. Une *gaffe*, merde. Je savais pas ce qui allait arriver ! »

Sauf que ce n'était peut-être pas la vérité. J'ai eu une vision de mon premier orgasme, dans la baignoire, assisté d'une poignée mousseuse de savon Ivory. Je n'avais pas su non plus ce que je faisais quand je m'étais empoigné… sauf que quelque chose en moi, quelque chose de profond, d'instinctif, *savait*. Il existe un autre adage, pas de Benjamin Franklin celui-là : *Quand l'élève est prêt, le maître apparaît.* Quelquefois, le maître est à l'intérieur de nous.

« Wanderly, c'était ton idée, j'ai fait remarquer. Et aussi Amos l'Intrus de Minuit. Et à ce moment-là, tu savais ce qui allait arriver. »

Elle s'est assise sur le bord du bureau – son bureau, à présent – et m'a regardé dans les yeux, ce qui n'a pas dû être facile.

« Ça, c'est vrai. Mais, Mike… je ne savais pas que ça allait *s'étendre*.

— Moi non plus.

— Et c'est vraiment addictif. J'étais assise à côté de toi quand tu l'as fait et c'était comme être un fumeur de crack passif.

— Je peux m'arrêter », j'ai dit.

Je l'espérais. Je l'espérais.

« Tu en es sûr ?

— Assez, oui. Mais j'ai une question pour toi. Est-ce que t'es capable de la fermer et de garder ça pour toi ? Genre, le restant de ta vie ? »

Elle m'a fait la courtoisie d'y réfléchir. Puis elle a hoché la tête.

« Bien obligée. J'ai peut-être un bon plan ici à *Circus* et je veux pas le faire foirer avant d'être retombée sur mes pieds. »

Elle ne pensait qu'à elle, en d'autres termes, et à quoi d'autre est-ce que je m'attendais ? Katie ne suçait peut-être pas les pastilles à l'eucalyptus de Jeroma, je m'étais peut-être trompé là-dessus, mais elle était assise dans le fauteuil de Jeroma, derrière le bureau de Jeroma. Plus cette nouvelle coiffure permanentée on-regarde-mais-on-touche-pas. Comme les cochons d'Orwell auraient pu le chanter : blue-jeans bien, robe neuve mieux.

« Et Penny ? »

Katie n'a rien dit.

« Parce que l'impression que j'ai de Penny – en fait, l'impression que *tout le monde* a de Penny –, c'est qu'elle a pas les quatre pneus qui touchent la route. »

Les yeux de Katie ont lancé des éclairs.

« Ça te surprend ? Elle a eu une enfance extrêmement traumatisante, au cas où ça t'aurait échappé. Une enfance de *cauchemar*.

— Je peux compatir, parce que je suis en train de vivre mon propre cauchemar en ce moment. Alors épargne-moi l'empathie de groupe de parole, tu veux. Je veux juste savoir si elle saura se taire. Genre, pour toujours. Alors ? »

Il y eut un long, long silence. Finalement, Katie a dit :

« Maintenant qu'il est mort, peut-être qu'elle va arrêter d'aller aux réunions de survivantes de viol.

— Et sinon ?

— Je suppose qu'elle pourrait… à un moment ou à un autre… dire à une autre fille salement amochée qu'elle connaît un type qui pourrait l'aider à trouver la paix. Elle le fera pas ce mois-ci, ni sans doute l'an prochain, mais… »

Katie n'a pas terminé. Nous nous sommes regardés. J'étais sûr qu'elle pouvait lire ce que je pensais dans mes yeux : il y avait un moyen sûr et radical de faire taire Penny à jamais.

« Non, a dit Katie. N'y pense même pas, et pas seulement parce qu'elle mérite sa vie et toutes les bonnes choses qui l'attendent peut-être encore. Elle ne serait pas la seule touchée. »

Si l'on en croyait ses recherches, elle avait raison là-dessus. Penny Langston n'était peut-être pas non plus un nom super commun, mais il y a plus de trois cents millions d'habitants en Amérique, et certaines des Penny ou Penelope Langston de ce monde auraient touché un très mauvais billet de loterie si j'avais décidé d'allumer mon ordi ou mon iPad et d'écrire une nouvelle nécro. Et puis, il y avait l'effet d'« approximation ». Le pouvoir avait pris un Wanderlee en plus d'un Wanderly. Et s'il décidait de prendre les Petula Langston ? Les Patsy Langford ? Les Penny Langley ?

Ensuite, il y avait ma propre situation. Il suffirait peut-être d'une seule nécro de plus pour que Mike Anderson s'abandonne complètement à ce frisson à cent mille volts. Rien que d'y penser me donnait envie de recommencer, parce que ça éclipserait, du moins temporairement, ces sentiments d'horreur et de consternation. Je me suis imaginé écrire la notice nécrologique de John Smith ou Jill Jones pour me réconforter, et à la pensée du carnage de masse qui s'ensuivrait, mes couilles se sont encore plus ratatinées.

« Qu'est-ce que tu vas faire ? m'a demandé Katie.

— Je trouverai quelque chose. »

Ce que j'ai fait.

Ce soir-là, j'ai ouvert l'atlas routier Randy McNally à la page de la grande carte des États-Unis, j'ai fermé les yeux et laissé mon doigt se poser au hasard. Voilà pourquoi je vis aujourd'hui à Laramie, Wyoming, où j'exerce le métier de peintre en bâtiment. *Principalement* peintre en bâtiment. J'exerce en fait plusieurs boulots, comme beaucoup de gens dans les petites villes du cœur de ce pays – ce que j'appelais naguère, avec un facile mépris de New-Yorkais, « le pays qu'on fait que survoler ». Je travaille aussi à temps partiel pour une entreprise paysagère : je tonds des pelouses, ratisse des feuilles et plante des arbustes. L'hiver, je déneige des allées et travaille à la station de ski de Snowy Range, à damer les pistes. Je ne suis pas riche mais je garde la tête hors de l'eau. Un petit peu plus qu'à New York, en fait. Rigolez tant que vous voudrez du pays qu'on fait que survoler mais la vie y est nettement moins chère, et des journées entières se passent sans que personne m'inflige un doigt d'honneur.

Mes parents ne comprennent pas pourquoi j'ai tout plaqué et mon père ne cache pas sa déception ; il parle quelquefois de mon « style de vie à la Peter Pan » et me dit que je le regretterai quand j'attein-

drai la quarantaine et verrai mes premiers cheveux
blancs. Ma mère est tout aussi perplexe mais moins
critique. Elle n'a jamais aimé *Neon Circus*, trouvant
que c'était un gâchis honteux de mes « dons d'écrivain ». Elle avait probablement raison sur les deux
tableaux, mais ce à quoi me servent principalement
mes dons d'écrivain aujourd'hui, c'est à rédiger des
listes de courses. Quant à mes cheveux, j'y ai vu les
premiers fils d'argent avant même de quitter la ville,
et c'était avant la trentaine.

Je fais encore des rêves d'écriture, cependant, et
ce ne sont pas des rêves agréables. Dans l'un d'eux,
je suis assis devant mon portable, même si je n'ai
plus de portable. J'écris une notice nécrologique
et je ne peux pas m'arrêter. Dans ce rêve-là, je n'ai
pas non plus envie de m'arrêter parce que cette sensation de pouvoir n'a jamais été plus forte. Je vais
jusqu'à *Triste nouvelle : la nuit dernière tous les John
du monde entier sont morts* et je me réveille, parfois
par terre, parfois enroulé dans mes couvertures et en
train de hurler. Deux ou trois fois, c'est un miracle
que je n'aie pas réveillé les voisins.

Je n'ai jamais laissé mon cœur à San Francisco
comme dans la chanson populaire mais j'ai bel et
bien laissé mon ordinateur portable dans mon cher
vieux Brooklyn. Pas pu supporter l'idée de renoncer à mon iPad, pourtant (en parlant d'addiction).
Je ne m'en sers pas pour envoyer des mails : quand je
veux joindre quelqu'un en urgence, je téléphone. Si
ce n'est pas urgent, j'ai recours à cette antique institution connue sous le nom de Poste des États-Unis.

Vous seriez surpris de la facilité avec laquelle on reprend l'habitude d'écrire des lettres et des cartes postales.

Mais j'aime bien l'iPad. Il y a plein de jeux dessus, plus les bruits de vent qui m'aident à m'endormir la nuit et l'alarme qui me réveille le matin. J'y ai des tonnes de musique enregistrée, quelques livres audio, plein de films. Quand je suis en panne de divertissement, je surfe sur Internet, où les possibilités de remplir le temps sont infinies, comme vous le savez probablement. Et à Laramie, le temps peut passer très lentement quand je ne travaille pas. Surtout en hiver.

Des fois, je vais faire un tour sur le site de *Neon Circus*, juste pour me souvenir du bon vieux temps. Katie fait du bon boulot en tant qu'éditrice en chef – bien meilleur que ce que faisait Jeroma qui n'avait vraiment pas de vision à long terme – et le journal se maintient à la cinquième place des sites les plus visités du Web. Quelquefois, ils sont un ou deux crans au-dessus du *Drudge Report* ; la plupart du temps ils sont juste au-dessous. Des tas d'annonces publicitaires, donc ils se débrouillent bien aussi de ce côté-là.

Celle qui a succédé à Jeroma continue d'écrire ses interviews On se Cuite avec Katie. Frank Jessup assure toujours les sports : son article limite sérieux sur son désir de voir un jour une ligue de football américain All Steroïds a rencontré un succès national et lui a valu de décrocher une émission sur ESPN, avec sa crête iroquoise et tout. Georgina Bukowski a écrit une demi-douzaine de nécros pas drôles pour

On Dit du Mal des Morts avant que Katie vire la colonne et la remplace par Pari sur la Mort, qui permet aux lecteurs de remporter des prix en prédisant quelles célébrités mourront au cours des douze prochains mois. Penny Langston y officie comme maîtresse de cérémonie et chaque semaine un nouveau cliché de sa face souriante paraît au-dessus d'un squelette qui se dandine. C'est la rubrique la plus populaire de *Circus* et, chaque semaine, la section des commentaires s'étend sur plusieurs pages. Les gens aiment lire des histoires de mort et ils aiment aussi en écrire.

Je suis bien placé pour le savoir.

OK, voilà l'histoire. Je ne vous demande pas de la croire, et vous n'y êtes pas obligés : on est en Amérique, après tout. J'ai fait de mon mieux pour l'exposer clairement, quoi qu'il en soit. Tout comme j'ai appris à développer un article dans mes cours de journalisme : sans en faire des tonnes, sans chichis et sans prétention. Je me suis efforcé de rester clair, et de ne pas y aller par quatre chemins. Le début conduit au milieu qui conduit à la fin. Vieille école, vous pigez ? Des canards à la file indienne. Et si vous trouvez la fin un peu décevante, vous vous souvenez peut-être de la position du professeur Higgins là-dessus. Il avait coutume de dire qu'en journalisme, c'est toujours la fin *pour le moment*, et dans la vie réelle, le seul point final est à la page des nécrologies.

Pour Stewart O'Nan

Voici une anecdote trop drôle pour ne pas être partagée, et je la raconte maintenant en public depuis des années. C'est ma femme qui fait pratiquement toutes nos courses – elle dit qu'il n'y aurait jamais un légume dans la maison sans ça –, mais, quelquefois, elle m'envoie faire des achats en urgence. J'étais donc au supermarché du coin un après-midi, en mission pour rapporter des piles et une poêle anti-adhésive. Comme je déambulais dans l'allée des ustensiles de cuisine, m'étant déjà arrêté pour quelques autres produits d'absolue nécessité (beignets à la cannelle et chips de pommes de terre), une femme a tourné au bout du rayon, conduisant un chariot motorisé. C'était l'archétype de la retraitée de Floride, quatre-vingts ans environ, permanente impeccable, et plus tannée qu'un soulier en cuir de Cordoue. Elle m'a regardé, a détourné les yeux, avant d'y regarder à deux fois.

« Je vous connais, m'a-t-elle dit. Vous êtes Stephen King. Vous écrivez ces histoires effrayantes, là. C'est très bien, certaines personnes aiment ça, mais pas moi. Moi, j'aime les histoires exaltantes, comme *La Rédemption de Shawshank*.

— Celle-là aussi, c'est moi qui l'ai écrite, j'ai dit.

— Non, ce n'est pas vous », m'a-t-elle dit et elle a continué son chemin.

Ce que je veux dire par là, c'est que vous écrivez des histoires effrayantes et vous êtes comme la fille qui vit dans le camp de caravanes à la périphérie de la ville : vous avez une réputation. Moi, ça me va : les factures sont payées et je continue à m'amuser. Comme dit le dicton, tu peux m'appeler de n'importe quel nom, pourvu que tu m'appelles pas en retard pour le dîner. Mais le terme de *genre* n'a que peu d'intérêt pour moi. Certes, j'aime les histoires d'horreur. J'adore aussi le polar, les contes à suspense, les histoires de marins, les romans littéraires classiques, et la poésie... pour n'en citer que quelques-uns. J'aime aussi lire et écrire des histoires que je trouve drôles, et cela ne devrait surprendre personne, car humour et horreur sont des frères jumeaux, ou des sœurs siamoises.

Il n'y a pas très longtemps, j'ai entendu un gars évoquer une compétition de feux d'artifice en forme de course aux armements sur un lac du Maine, et la nouvelle qui suit m'est venue à l'esprit. Et, s'il vous plaît, n'allez pas la taxer de « couleur locale », OK ? Voilà bien un autre genre dont je n'ai que faire.

Feux d'artifice imbibés

Déposition de M. Alden McCausland
Commissariat de Police du comté de Castle
Prise par Andrew Clutterbuck, chef de brigade
En présence d'Ardelle Benoît, officier ayant procédé
  à l'arrestation
11 h 15-13 h 20
5 juillet 2015

Ça oui, on peut dire que m'an et moi on en a passé du bon temps à boire et à lézarder là-bas au camp, après la mort de papa. Y a aucune loi contre ça, pas vrai ? Si on prend pas le volant, je veux dire, et ça, on l'a jamais fait. Faut dire aussi qu'on pouvait se le permettre, vu qu'on était devenus ce qu'on peut appeler des rentiers. À quoi on se serait jamais attendus, papa ayant été charpentier toute sa vie. Il se disait « charpentier stylé » et m'an de rajouter : « Pas très stylé mais très distillé. » C'était sa petite blague à elle.

M'an travaillait chez Royce, le fleuriste de Castle Street, mais à plein temps seulement en novembre et décembre : experte pour confectionner ces couronnes de Noël, qu'elle était, et pas mauvaise non plus pour les couronnes funéraires. Elle a fait celle de papa, vous savez. Avec un beau ruban jaune qui disait : COMBIEN NOUS T'AVONS AIMÉ. Petit côté biblique, vous trouvez pas ? Les gens ont pleuré en voyant ça, même ceux à qui papa devait de l'argent.

Quand j'ai fini le lycée, je suis allé travailler au garage de Sonny, à équilibrer des roues et faire des vidanges et réparer des pneus crevés. À l'époque, je servais aussi l'essence, mais 'turellement, tout ça c'est du self-service à présent. Je vendais un peu d'herbe aussi, autant l'admettre. Je l'ai plus fait depuis des années, donc je présume que vous pouvez pas m'inculper pour ça, mais dans les années 1980 c'était un bon petit business bien rentable, surtout par ici. Manquait jamais de sous pour aller danser les vendredis et samedis soir. J'apprécie la compagnie des femmes, mais je me suis jamais laissé passer la bague au doigt, du moins jusqu'ici. J'imagine que si j'avais quelque ambition, une serait d'aller voir le Grand Canyon, et une autre de rester un célibataire endurci, comme on dit. Moins de problèmes comme ça. En plus, faut que je garde un œil sur m'an. Vous savez ce qu'on dit, que la meilleure amie d'un garçon c'est sa...

Je vais y venir, Ardelle, mais si tu veux le fin mot de l'histoire, faut que tu me laisses la raconter à ma façon. Si y a bien quelqu'un qui devrait avoir un peu de compassion pour laisser raconter toute l'histoire, c'est bien toi. Quand on était à l'école ensemble, tu pouvais jamais la fermer. Langue bien accrochée au milieu, et bien pendue sur les côtés, comme disait Mme Fitch. Tu t'en rappelles ? Cours moyen un. Quel énergumène, celle-là ! Tu te souviens de la fois où t'avais mis du chewing-gum au fond de sa chaussure ? Ah !

Où que j'en étais ? Au camp, hein ? Là-bas sur le lac Abenaki.

C'est rien qu'un bungalow de trois pièces avec un bout de plage et un vieux ponton. Papa l'a acheté en 1991, je crois que c'était, quand il a touché un petit dividende à la suite d'un boulot quelconque. Il avait pas assez pour payer l'acompte mais quand j'ai rajouté le revenu de mes plantes médicinales, ça a fait pencher la balance. C'est pas un endroit de luxe, ça je suis prêt à l'admettre. M'an l'appelle La Baie des Moustiques, et on y a jamais fait beaucoup de réparations, mais papa s'est bien tenu au paiement des mensualités. Et quand il tirait la langue, m'an et moi on compensait. Elle râlait de devoir lâcher son argent des fleurs, mais jamais trop fort : elle avait aimé y aller depuis le début, même s'il y avait des bestioles et des fuites dans le toit et tout ça. On s'installait sur le ponton, on sortait le pique-nique et on profitait de la vie. Déjà à l'époque, m'an disait pas non à un pack de six ou à une bouteille de brandy au café, même si en ce temps-là elle s'abstenait de boire en dehors des week-ends.

On a fini de tout payer en l'an 2000, et c'est pas étonnant, hein ? C'est du côté ville du lac – le côté ouest – et vous savez tous les deux comment c'est là-bas, marécageux, plein de joncs et d'épineux. La rive est du lac est plus agréable, avec toutes ces grandes baraques que les estivants se croient obligés d'avoir, et j'imagine qu'ils regardaient notre bidonville en face, rien que des cabanes en planches, des bungalows et des caravanes, en se disant quel dommage quand même que les gens du pays doivent vivre comme ça, sans même un court de tennis à leur nom. Mais ils pouvaient penser ce qu'ils voulaient, on était aussi bien que n'importe qui. Papa pêchait un peu au bout du ponton et m'an faisait cuire ce qu'il attrapait sur notre cuisinière à bois, et, après 2001 (ou peut-être que c'était 2002), on a eu l'eau courante et plus besoin de trotter jusqu'aux cabinets extérieurs en pleine nuit. Aussi bien que n'importe qui, je vous dis.

Une fois l'endroit fini de payer, on pensait qu'y aurait un peu d'argent pour des réparations mais apparemment, y en avait jamais : la façon qu'il disparaissait, c'était un mystère ; parce qu'à l'époque les prêts bancaires pour les gens qui voulaient faire construire, c'était pas ce qui manquait, et papa avait du travail régulier. Quand il est mort d'une crise cardiaque alors qu'il travaillait sur un chantier à Harlow, en 2002 c'était, m'an et moi on s'est dit que pour nous c'était la dèche assurée. « Mais on va s'en sortir, elle m'a dit, et si c'était aux putes qu'il claquait son surplus, je veux pas le savoir. » Elle a dit aussi qu'il faudrait qu'on vende notre camp au lac Abenaki, si on trouvait quelqu'un d'assez fou pour l'acheter.

« On fera visiter au printemps, elle a dit, avant que les mouches noires éclosent. Ça te va, Alden ? »

J'ai dit que ça m'allait, et je me suis même attelé à rénover. Mais je suis pas allé plus loin que poser des bardeaux neufs, et remplacer les planches les plus pourries du ponton, parce que c'est là qu'on a eu notre premier coup de chance.

M'an a reçu un coup de téléphone d'une compagnie d'assurances de Portland et elle a découvert pourquoi y avait jamais d'argent de reste, même après avoir fini de payer le bungalow et le petit hectare sur lequel il est posé. C'était pas les putes : papa avait placé le surplus dans une assurance vie. Peut-être qu'il avait eu ce qu'on appelle une prémonition. Des choses plus étranges se produisent dans le monde tous les jours, comme des pluies de grenouilles ou ce chat à deux têtes que j'ai vu une fois à la foire du comté de Castle – m'a filé des cauchemars, celui-là – ou bien le monstre du Loch Ness. En tout cas, on a eu soixante-quinze mille dollars qu'on attendait pas qui nous sont tombés du ciel directement dans notre compte à la Key Bank.

Ça, ç'a été le Coup de Chance Numéro Un. Deux ans après celui-là, deux ans presque jour pour jour, voilà-t-y pas le Coup de Chance Numéro Deux. M'an avait pour habitude de s'acheter un billet à gratter à cinq dollars une fois par semaine après avoir fait ses courses chez Normie au SuperShop. Pendant des années elle a fait ça sans jamais gagner plus de vingt dollars. Et puis un jour en 2004, elle est tombée sur deux fois 27, deux cases superposées, sur un billet à gratter de Big Maine Millions et, doux Jésus à bicyclette, elle s'est aperçue que cette paire valait deux cent cinquante mille dollars. « J'ai cru que j'allais me pisser dessus », elle m'a dit. Ils ont mis sa photo dans la vitrine du SuperShop. Vous vous en souvenez peut-être, elle y est restée deux mois, au moins.

Un joli petit quart de million ! Enfin, plutôt cent vingt mille après avoir payé tous les impôts, mais quand même. On les a investis dans Sunny Oil, parce que m'an disait que le pétrole serait toujours un bon investissement, du moins jusqu'à qu'y en ait plus, mais le temps qu'y en ait plus, on sera plus là nous non plus. Je pouvais que tomber d'accord avec ça, et ça a bien marché. C'étaient les années fastes en Bourse, comme vous vous en souvenez peut-être, et c'est là qu'on a commencé notre vie de rentiers.

C'est là aussi qu'on s'est sérieusement mis à picoler. On picolait déjà un peu à la maison en ville, mais pas tellement. Vous savez comment les voisins ça aime cancaner. C'est pas avant d'avoir quasi déménagé à la Baie des Moustiques qu'on s'est réellement mis au boulot. M'an a laissé tomber pour de bon la boutique de fleurs en 2009, et j'ai dit *adios amigos* aux pneus crevés et aux tuyaux d'échappement percés un an plus tard environ. Après ça, on n'avait plus tellement de raisons d'habiter en ville, du moins jusqu'à l'hiver : pas d'isolation au bungalow, vous comprenez. En 2012, quand nos ennuis avec ces Ritals de l'autre côté du lac ont commencé, on y descendait une semaine ou deux avant Memorial Day[1] et on y restait jusqu'à Thanksgiving[2] à peu près.

M'an a pris des kilos – dans les soixante-dix, je dirais – et je présume qu'elle en doit une grande partie au brandy au café : on appelle pas ça « *fat ass in a glass*[3] » pour rien. Mais elle disait qu'elle avait

---

1. Dernier lundi du mois de mai.
2. Quatrième jeudi de novembre.
3. Gros cul dans un verre.

jamais été Miss Amérique pour commencer, et même pas Miss Maine. « Je suis le genre de fille *potelée* », qu'elle aimait bien dire. Et ce que le doc Stone aimait bien lui dire, du moins jusqu'à ce qu'elle arrête d'aller le voir, c'est qu'elle allait être le genre de fille morte-avant-l'âge si elle arrêtait pas le brandy au café Allen's.

« T'es un arrêt cardiaque ambulant, Hallie, qu'il lui disait. Ou une cirrhose. T'as déjà un diabète de type 2, c'est pas suffisant pour toi ? Je vais pas te le dire à demi-mot, Hallie : tu dois arrêter de boire, puis tu dois aller aux AA. »

« Pffiou, m'an a dit en rentrant. Après un savon comme ça, j'ai besoin d'un remontant. Tu m'accompagnes, Alden ? »

J'ai dit qu'un serait pas de refus, alors on a installé nos chaises longues au bout du ponton, comme on faisait le plus souvent, et on s'est royalement torchés en regardant le soleil se coucher. Aussi bien que n'importe qui. Et mieux que beaucoup. Et qu'est-ce que vous dites de ça : on mourra tous de quelque chose, j'ai pas raison ? Les docteurs ont tendance à oublier ça, mais m'an le savait.

« Ce fils de pute macrobiotique a probablement raison », elle m'a dit pendant qu'on s'en retournait au bungalow en titubant – autour de dix heures du soir, c'était, et tous les deux bouffés au sang par les moustiques malgré tout l'insecticide qu'on s'était aspergés. « Mais au moins, quand je partirai, je saurai que j'ai vécu. Et puis je fume pas, tout le monde sait que c'est ça le pire. De pas fumer devrait me faire durer encore un moment. Mais toi, Alden ? Qu'est-ce que tu vas devenir après ma mort, quand y aura plus d'argent ?

— Je sais pas, j'ai dit, mais c'est sûr que j'aimerais bien voir le Grand Canyon. »

Elle a ri et m'a filé un coup de coude dans les côtes en disant :

« Ça c'est bien, mon fils. T'attraperas jamais un ulcère à l'estomac avec cette attitude. Et maintenant, allons faire dodo. »

Ce que nous avons fait, pour nous réveiller autour de dix heures le lendemain matin, et commencer à soigner nos gueules de bois aux environs de midi avec des Muddy Rudders. Je m'inquiétais pas autant que le doc pour m'an : je me disais qu'elle s'amusait trop pour clamser. Pour le coup, elle a survécu au doc Stone qui a été tué un soir en voiture sur Pigeon Bridge par un chauffard ivre. On peut appeler ça de l'ironie, de la tragédie, ou juste la vie. Je suis pas un philosophe, moi. J'ai juste été content que le doc ait pas eu sa famille avec lui. Et j'espère qu'il était à jour avec ses primes d'assurance.

Bon, ça, c'est le contexte. C'est maintenant qu'on en vient aux choses sérieuses.

Les Massimo. Et cette putain de trompette, *pardonnez mon français*[1].

La Course aux Armements du 4 Juillet, comme je l'appelle, et même si ça n'a vraiment pris des proportions qu'en 2013, ça a véritablement commencé

---

1. *Pardon my francais*, dans le texte. L'expression idiomatique en anglais étant *Pardon my French* qui signifie « passez-moi l'expression ».

l'année d'avant. Les Massimo étaient propriétaires juste en face de nous, sur l'autre rive du lac, une grande maison blanche avec des colonnades et de la pelouse en pente jusqu'à leur plage de fin sable blanc, pas en gravier comme la nôtre. Cette baraque-là devait bien faire une douzaine de pièces. Vingt ou plus si on compte le pavillon des invités. Ils appelaient leur propriété le Camp des Douze Pins à cause des sapins qui entouraient la maison principale et l'isolaient un peu comme une forteresse.

Un camp ! Doux Jésus, cette baraque était un manoir ! Et, oui, ils avaient un court de tennis. De badminton aussi. Et un espace sur le côté pour lancer des fers à cheval. Ils arrivaient vers la fin juin et restaient jusqu'à Labor Day[1], puis ils fermaient cette saloperie pour le reste de l'année. Un endroit de cette taille, et ils le laissaient vide neuf mois sur douze. J'arrivais pas à y croire. M'an y arrivait, elle. Elle disait qu'on était des « riches par accident » mais que les Massimo étaient de vrais riches.

« Sauf que ce sont des biens mal acquis, Alden, elle me disait. Et je te parle pas d'un malheureux petit are de plantation d'herbe. Tout le monde sait que Paul Massimo a des CONNEXIONS. » Elle le disait toujours comme ça, en grandes lettres capitales.

Paraît que l'argent venait des Constructions Massimo. J'ai cherché sur Internet et y avait pas plus légal, en apparence, mais ils étaient italiens et les Constructions Massimo étaient basées à Providence, sur Rhode Island, et vous êtes flics, alors vous saurez

---

1. Premier lundi de septembre.

faire les *connexions*, et tirer les conclusions. Comme m'an avait coutume de dire, quand on ajoute deux et deux, on obtient jamais cinq.

Ils utilisaient toutes les pièces de la grande maison blanche quand ils étaient là, ça je le reconnais. Et celles du « pavillon des invités » aussi. M'an avait coutume de les regarder depuis notre côté du lac et de lever sa Sombrero ou sa Muddy Rudder à leur santé en disant que les Massimo valaient moins cher à la douzaine.

Ils savaient s'amuser, je leur accorde ça. Y avait des soirées barbecue, des batailles de pistolets à eau et de jeunes ados qui pilotaient des jet-skis – ils devaient bien en avoir une demi-douzaine, de ces engins, dans des couleurs si éblouissantes qu'elles vous brûlaient les yeux si vous les regardiez trop longtemps. Le soir, ils jouaient au Touch, avec généralement assez de Massimo pour former deux équipes réglementaires de onze et ensuite, quand il faisait trop sombre pour voir le ballon, ils chantaient. Et à entendre comment ils braillaient leurs chansons, souvent en italien, on pouvait dire qu'ils crachaient pas sur la bibine eux non plus.

L'un d'eux avait une trompette et il soufflait dedans pour accompagner les chansons, juste ouah-ouah-ouah, assez pour te faire venir les larmes aux yeux. « L'a rien d'un Dizzy Gillespie, disait m'an. Quelqu'un devrait tremper cette trompette dans de l'huile d'olive et la lui fourrer dans le cul. Il pourrait péter "God Bless America". »

Aux environs de vingt-trois heures, il jouait l'extinction des feux, et c'était plié pour la nuit. Même si la chansonnette et la trompette avaient duré jusqu'à trois heures du matin, pas sûr qu'aucun des voisins se serait plaint vu que la plupart des gens de notre côté du lac prenaient Massimo pour le vrai Tony Soprano.

Arrive le 4 Juillet de cette année-là – je vous parle de 2012, là –, j'avais quelques cierges magiques, deux, trois paquets de pétards Black Cat et deux bombes cerises. Je les avais achetés à Pop Anderson du Cheery Flea Mart[1] Anderson sur la route d'Oxford. Et c'est pas du mouchardage non plus. Sauf si vous êtes cons comme des balais et je sais que vous l'êtes ni l'un ni l'autre. Merde, tout le monde savait qu'on pouvait acheter des pétards au Cheery Flea. Mais Pop vendait que des petits trucs parce qu'à l'époque les feux d'artifice étaient interdits par la loi.

Bref, y avait tous ces Massimo qui cavalaient partout sur le lac, qui jouaient au football et au tennis et qui s'amusaient à se tirer le maillot entre les fesses, les petiots barbotant près du rivage pendant que les plus grands plongeaient depuis leur ponton mobile. M'an et moi on était bien, installés dans nos chaises longues au bout de notre ponton avec nos provisions patriotiques étalées à nos pieds. Comme le crépuscule approchait, je lui ai tendu un cierge magique, je l'ai allumé, et j'ai allumé le mien sur le sien. Nous les avons agités et tournicotés dans la nuit tombante et il a pas fallu longtemps pour que les petiots d'en face les voient et commencent à piailler pour avoir les leurs. Les deux grands fils Massimo les leur ont donnés et ils nous ont répondu en les agitant aussi. Leurs

---

1. Littéralement : Joyeux marché aux puces.

cierges magiques étaient plus gros que les nôtres, et ils duraient plus longtemps, et le bout avait été traité avec une espèce de produit chimique qui les faisaient changer de couleur alors que les nôtres étaient juste argentés et dorés.

Le petit Rital à la trompette a soufflé – ouah-ouah – comme pour nous dire : « Voilà à quoi ressemblent les vrais cierges magiques. »

« C'est pas grave, a dit m'an. Leurs cierges magiques sont peut-être plus gros mais on va tirer quelques pétards, voir s'ils aiment ça. »

On les a allumés un par un et lancés de telle manière qu'ils explosent et flamboient avant de toucher le lac. Là-bas, aux Douze Pins, les gosses ont vu ça et ont aussitôt réclamé les leurs. Alors quelques hommes Massimo sont allés à la maison et sont revenus avec un gros carton. Il était rempli de pétards. Les plus grands des gosses ont pas tardé à les allumer et à les balancer par paquets entiers. Il devait bien y en avoir deux cents en tout et ça pétaradait comme un tir de mitrailleuse, ce qui faisait paraître les nôtres un peu minables.

Et, ouah-ouah que nous chante la trompette, comme pour nous dire : « Essayez encore. »

« Bien, ma caille, me fait m'an. Donne-moi une de ces bombinettes cerises que tu gardes sous le coude, Alden.

— D'accord, je lui dis, mais fais attention, m'an. T'en as déjà quelques-uns dans le nez et t'as peut-être envie de revoir tous tes doigts demain matin.

— Passe-m'en juste une et fais pas ton malin, elle me dit. Je suis pas tombée de la dernière meule de foin et j'aime pas le son de cette trompette. Je te parie que des comme ça, ils en auront pas, parce que Pop vend pas aux gars des plats-pays. Il voit leur plaque d'immatriculation et prétend qu'il est en rupture de stock. »

Je lui en ai donné une et je l'ai allumée avec mon briquet. La mèche a crépité et m'an l'a lancée haut dans les airs. La bombe a explosé avec un éclair assez violent pour te faire mal aux yeux et l'écho de la détonation a retenti sur toute l'étendue du lac. J'ai allumé la deuxième et je l'ai balancée comme Roger Clemens[1]. Bang !

« Et pan, a dit m'an. Maintenant ils savent qui c'est le patron. »

Mais là, Paul Massimo et ses deux grands fils se sont dirigés vers le bout de leur ponton. L'un des deux – grand beau gosse costaud en maillot de rugby – avait cette foutue trompette dans une espèce d'étui à revolver accroché à la ceinture. Ils nous ont fait coucou de la main puis le père a tendu quelque chose à chacun des fils. Ils ont levé ces quelque chose là en l'air pour que papa puisse leur allumer la mèche. Ils les ont balancés par-dessus le lac et alors là... bonté divine ! Pas bang, mais boum ! Deux boum plus bruyants que de la dynamite, avec de grands éclairs blancs.

« C'est pas des bombes cerises ça, j'ai dit. Ça, c'est des M-80.

— Où est-ce qu'ils ont trouvé ça ? a demandé m'an. Pop en vend pas, de ça. »

---

1. Joueur de baseball (lanceur droitier).

On s'est regardés et on a même pas eu besoin de le dire : Rhode Island. Probable que tu pouvais tout te procurer, à Rhode Island. Du moins si tu t'appelais Massimo, tu pouvais.

Le père leur en a tendu un autre à chacun et les a allumés. Puis il s'en est allumé un pour lui. Trois boum assez assourdissants pour terroriser tous les poissons jusqu'à la rive nord du lac Abenaki, j'en doute pas. Puis Paul nous a fait coucou de la main et le petit malin à la trompette l'a dégainée comme un six-coups et a soufflé trois longues notes : Ouuaaah… Ouuaaah… Ouuaaah… Comme pour nous dire : « Désolés de vous infliger ça, pauvres minables de Yankees, vous aurez plus de chance l'an prochain. »

Et on pouvait rien y faire. On avait bien un autre paquet de Black Cats mais ils auraient fait l'effet de mauviettes après ces M-80. Et de l'autre côté du lac, toute cette clique de Ritals applaudissait et poussait des hourras, les filles en bikini sautaient de joie. Et ils ont pas tardé à entonner "God Bless America".

M'an m'a regardé, et j'ai regardé m'an. Elle a secoué la tête, et j'ai secoué la mienne. Puis elle a dit : « L'an prochain.

— Oui, j'ai dit. L'an prochain. »

Alors elle a levé son verre – on buvait des Bucket Luck ce soir-là, comme je me rappelle – et j'ai levé le mien. On a bu à la victoire en 2013. Et c'est comme ça que la Course aux Armements du 4 Juillet a commencé. En grande partie je crois à cause de cette putain de trompette.

Pardonnez mon français.

En juin suivant, je suis allé trouver Pop Anderson pour lui expliquer ma situation : lui dire mon sentiment comme quoi notre honneur, du côté ouest du lac, devait être défendu.

« Bon, Alden, qu'il me dit, je vois pas en quoi faire péter un peu de poudre à canon a à voir avec l'honneur, mais les affaires sont les affaires et, si tu reviens dans une semaine ou deux, je pourrais avoir quelque chose pour toi. »

Ce que j'ai fait. Il m'a emmené dans l'arrière-boutique et il a posé une boîte sur son bureau. Toute écrite en caractères chinois.

« C'est un bazar que je vends pas, en règle générale, qu'il me dit, mais ta mère et moi on se connaît depuis l'école primaire où elle m'aidait à épeler près du poêle à bois et me faisait réviser mes tables de multiplication. Je t'ai trouvé quelques gros pétards, des M-120 qu'on les appelle, et y a pas beaucoup plus gros dans le rayon fameux boucan sauf si tu veux commencer à balancer des bâtons de dynamite. Et puis, je t'ai mis une douzaine de ces machins. »

Il m'a sorti un cylindre planté au bout d'une tige rouge.

« Ça ressemble aux fusées qu'on tire en bouteille, j'ai dit, mais en plus gros.

— Ouais, il me fait, on pourrait appeler ça le modèle de luxe. C'est des pivoines chinoises. Elles montent deux fois plus haut et puis elles pètent en dégageant un putain d'éclair : t'en as des rouges, des violettes, des jaunes. Tu les fiches dans une bouteille de Coca ou de bière, juste comme des fusées ordinaires, mais ensuite tu te recules bien loin, parce qu'en décollant, les amorces vont t'expédier des étincelles dans tous les sens. Et prends garde d'avoir toujours une serviette à portée de main pour pas risquer de déclencher un feu de broussailles.

— Eh ben, c'est formidable, j'ai dit. Ils vont pas souffler dans leur trompette en voyant ça.

— Je te vends toute la boîte pour trente billets, me fait Pop. Je sais, c'est pas donné, mais je t'ai aussi rajouté quelques Black Cats et des fontaines à gâteaux. Tu peux planter celles-là dans des bouts de bois et les envoyer voguer sur l'eau. Terriblement jolies, qu'elles sont.

— M'en dis pas plus, je lui fais. Ça serait encore donné pour le double.

— Alden, qu'il me répond, dis jamais ça à un type qui fait le métier que je fais. »

J'ai rapporté tout ça au camp et m'an était tellement excitée qu'elle voulait tirer tout de suite un des M-120 et une des pivoines chinoises. Je tape rarement du poing sur la table avec m'an – elle serait capable de me le bouffer au ras du poignet –, mais cette fois-là, je l'ai fait.

« Donne la moitié d'une chance à ces Massimo et ils nous pondront quelque chose de mieux », j'ai dit.

Elle a réfléchi, puis elle m'a embrassé sur la joue et elle a dit : « Tu sais, pour un garçon qui a à peine terminé le lycée, t'as la tête sur les épaules, Alden. »

Et voilà donc qu'arrive le Glorieux 4 Juillet 2013. Comme d'habitude, tout le clan Massimo était réuni aux Douze Pins, une bonne vingtaine ou plus, et m'an et moi installés dans nos chaises longues au

bout de notre ponton avec notre boîte de friandises
posée entre nous, et un bon pichet d'Orange Driver.

Sans tarder, Paul Massimo s'amène au bout de
son ponton avec sa propre boîte de friandises, qui
était un peu plus grosse que la nôtre mais ça m'a pas
inquiété. C'est pas la force du chien dans le combat
qui compte, vous savez, mais la force du combat dans
le chien. Ses deux grands garçons étaient avec lui. Ils
nous ont salué de la main et nous les avons salués
de même. La nuit est tombée et m'an et moi avons
commencé à tirer des Black Cats, pas un par un cette
fois-ci mais par paquets entiers. Les petits mioches
ont fait pareil de leur côté et quand ils en ont eu
assez, ils ont allumé leurs gros cierges magiques et ils
les ont agités et fait tournoyer. Le fils trompettiste a
soufflé deux coups, genre pour s'accorder.

En entendant ça, une autre troupe de petits gosses
a rappliqué sur le ponton des Douze Pins et, après
quelques parlementations, Paul et ses grands garçons
leur ont remis à chacun une grosse boule grise et j'ai
reconnu des M-80. Le son porte bien par-dessus le
lac, surtout quand y a pas de vent, et j'ai entendu
Paul dire aux plus petits de faire attention et leur
expliquer comment ils devaient les lancer loin dans
le lac. Puis Massimo leur a allumé les mèches.

Trois des mioches ont réussi un lancer bien haut,
bien long, bien beau comme il faut, mais le plus
jeune – devait pas avoir plus de sept ans – nous en
a fait un à la Nolan Ryan et sa boule lui a atterri
entre les pieds. Elle a rebondi et lui aurait emporté
le nez si Paul l'avait pas tiré brusquement en arrière.
Quelques femmes ont hurlé mais Massimo et ses fils

ont failli en tomber à la renverse de rire. J'en juge qu'ils devaient avoir plus d'un coup dans le nez. Du vin, à tous les coups, vu que c'est ce que ces Ritals aiment écluser.

« Très bien, a dit m'an. Maintenant on se sort les doigts du cul. Montrons-leur ce qu'on sait faire avant que le grand dadais commence à sonner son foutu clairon. »

Alors j'ai pris deux M-120, qui étaient noirs et ressemblaient à ces bombes qu'on voit parfois dans les vieux dessins animés, de celles qu'allument les méchants pour faire péter les voies ferrées, les mines d'or et tout ça.

« Fais attention, m'an, j'ai dit. Si tu lâches pas ce truc-là assez tôt, t'es bonne pour y laisser plus que quatre doigts.

— T'inquiète pas pour moi, elle me fait. On va leur montrer, à ces bouffeurs de spaghettis. »

Alors je les ai allumés et on les a lancés et ba-oum ! Les uns à la suite des autres ! Assez pour faire trembler les fenêtres d'ici à Waterford, j'ai idée. Mister Claironneur s'est figé, sa trompette en l'air pas encore arrivée à sa bouche. Quelques-uns des petits mioches se sont mis à pleurer. Toutes les femmes ont accouru sur la plage pour voir ce qui se passait, si c'était un attentat ou quoi.

« On les a eus ! » s'est exclamée m'an et elle a levé son verre à la santé de Mister Claironneur qui était planté là, la trompette à la main et le doigt dans le cul. Enfin, pas exactement, vous voyez, mais façon de parler.

Paul Massimo et ses deux fils sont retournés au bout du ponton et là, ils se sont consultés, rassemblés le dos voûté comme une équipe de joueurs de base-ball quand toutes les bases sont pleines. Puis ils sont remontés à la maison tous ensemble. J'ai pensé qu'ils en avaient terminé, et m'an en était certaine. Alors on a allumé nos fontaines à gâteaux, juste pour fêter ça. On les a fichées dans des carrés de polystyrène que j'avais découpés dans des emballages récupérés dans la benne à ordures derrière le bungalow, et on les a poussées sur l'eau. C'était déjà cette heure violette, terriblement belle, qui arrive juste avant la nuit noire avec l'étoile du Berger là-haut dans le ciel et toutes les autres prêtes à s'allumer. Ni jour ni nuit, et tou-jours le plus joli moment qui soit, voilà mon avis. Et ces fontaines : elles étaient beaucoup plus que jolies. Elles étaient belles, à voguer là, toutes rouge et vert, à croître et décroître comme des flammes de bougies avec leur reflet sur l'eau.

Le silence était revenu aussi, et c'était tellement silencieux qu'on pouvait entendre les boum-boum lointains du feu d'artifice qui commençait, là-bas à Bridgeton, ça plus les grenouilles qui se remettaient à coasser le long des rives. Les grenouilles se disaient que tout ce potin et ce chahut étaient finis pour la nuit. Si elles avaient su… parce qu'au même moment voilà Paul et ses deux grands garçons qui reviennent sur leur ponton et nous regardent d'en face. Paul avait un machin à la main, presque aussi gros qu'une balle de softball, et le garçon sans trompette – ce qui faisait de lui le plus malin des deux, à mon avis – l'a allumé. Massimo a pas perdu de temps pour le lancer, un tir par en dessous, en chandelle au-dessus de l'eau, et avant que j'aie pu dire à m'an de se couvrir les oreilles, le machin a pété. Seigneur Dieu, l'éclair a presque illuminé tout le ciel et la détonation était plus forte qu'un tir d'artillerie. Cette fois-ci, c'est pas seulement les femmes et les filles Massimo qui se sont précipitées pour voir mais quasiment tous les riverains du lac, nom de Dieu. Et même si la moitié d'entre eux avaient dû pisser dans leur froc quand ce foutu truc avait pété, ils applaudissaient ! Vous le croyez, ça ?

M'an et moi on s'est regardés parce qu'on savait à quoi s'attendre après, et ça a pas loupé : Cap'tain' Clairon a soulevé sa foutue trompette et nous a soufflé un long coup à la figure : Ouuaaaaah !

Tous les Massimo ont ri et applaudi un peu plus, et tout le monde a fait pareil sur les deux rives. C'était humiliant. Tu peux comprendre ça, Andy ? Toi aussi, Ardelle ? Se faire snober par une bande de Ritals de Rhode Island ! Pas que je crache sur une assiette de spaghettis de temps en temps, mais tous les jours ? À d'autres !

« Très bien, parfait, a dit m'an en redressant les épaules. Ils peuvent peut-être péter plus fort, mais on a les pivoines chinoises. Voyons voir à quoi elles ressemblent. »

Mais je voyais bien à sa mine qu'elle avait le sentiment que là aussi, ils risquaient de nous surpasser. J'ai installé une dizaine de bouteilles de bière et de soda le long de notre ponton et j'ai fiché une fusée pivoine dans chacune. Les hommes du clan Massimo nous regardaient, plantés de l'autre côté, puis celui des deux qui se prenait pas pour un pro de la trompette est remonté en courant vers la maison chercher de nouvelles munitions.

Pendant ce temps, j'ai caressé chaque mèche de la flamme de mon briquet, bien calme et assuré, et les pivoines chinoises ont décollé les unes après les autres, sans le moindre pépin. Terriblement jolies, qu'elles étaient, même si elles ont pas duré très longtemps. Toutes les couleurs de l'arc-en-ciel, tout comme Pop l'avait promis. On a entendu des ooh et des aah – y compris de la part des Massimo, je leur accorde ça – et puis voilà que le jeune homme qui était parti en courant revient en rapportant une autre boîte.

Au final, cette boîte était pleine de feux d'artifice tout pareils à nos pivoines chinoises, seulement en plus gros. Chacune avait son petit carré de lancement en carton. On pouvait les voir parce qu'à cette heure-là il y avait des lumières allumées sur le ponton des Massimo, en forme de torches, mais électriques. Paul a allumé leurs fusées et elles ont décollé, en larguant des gerbes d'or dans le ciel deux fois plus grandes et plus éblouissantes que les nôtres. Elles ont scintillé en crépitant comme des mitrailleuses en retombant. Tout le monde a applaudi encore plus fort, et 'turellement, moi et m'an on a fait pareil, sans quoi on serait passés pour des mauvais perdants. Et la trompette a claironné : ouuaaaaah-ouuaaaaah-ouuaaaaah.

Plus tard, quand on a eu tiré tout notre bordel, m'an a arpenté la cuisine dans sa chemise de nuit et ses pantoufles écossaises, avec quasiment des jets de vapeur lui sortant des oreilles.

« Où est-ce qu'ils se sont procurés un armement pareil ? » qu'elle demandait, mais c'était comme qui dirait une question rétropique et elle m'a pas laissé le temps de répondre. « Par ses copains truands de Rhode Island, je suis sûre. Parce qu'il a des CONNEXIONS. Et parce qu'il fait partie de ces gens qui ont besoin de gagner à tous les coups ! Ça se voit rien qu'à le regarder ! »

Un peu comme toi, m'an, j'ai pensé, mais j'l'ai point dit. Des fois, le silence est d'or, vraiment, et jamais plus que quand ta m'an est biturée au brandy au café Allen's et plus enragée qu'une poule qu'on a trempée dans l'eau froide pour l'empêcher de couver.

« Et je hais cette saloperie de trompette. Je la hais avec une passion venimeuse. »

Là-dessus, je pouvais que tomber d'accord avec elle, et je l'ai fait.

Elle m'a attrapé par le bras en m'aspergeant tout le devant du T-shirt avec son dernier verre de la soirée.

« L'an prochain ! qu'elle a dit. On va leur monter qui c'est le patron l'an prochain ! Promets-moi qu'on va faire fermer son clapet à cette trompette en 2014, Alden. »

J'ai promis d'essayer – c'était le mieux que je pouvais faire. Paul Massimo avait toutes ses ressources à Rhode Island et moi j'avais quoi ? Pop Anderson, propriétaire d'un marché aux puces de bord de route à côté du magasin de chaussures discount.

Je suis quand même allé le trouver le lendemain et je lui ai expliqué ce qui s'était passé. Il m'a écouté, en me faisant la politesse de ne pas rire, même si j'ai vu ses lèvres broncher deux ou trois fois. Je veux bien courjecturer que ça avait son côté comique – du moins jusqu'à hier soir, je veux dire –, mais un peu moins quand t'as Hallie McCausland sur le dos.

« Oui, m'a dit Pop, je vois bien ce qui a pu rendre ta mère chèvre. Ça a toujours été un démon quand quelqu'un essayait de lui marcher sur les pieds. Mais pour l'amour de Dieu, Alden, c'est rien que des feux d'artifice. Elle s'en rendra compte quand elle sera dégrisée.

— Je crois pas », j'ai répondu, en m'abstenant d'ajouter que m'an dégrisait plus vraiment mais passait juste de pompette à bourrée puis du sommeil à la gueule de bois avant de redevenir pompette. Pas que je vaille bien mieux. « C'est pas tellement les feux d'artifice que cette putain de trompette, tu vois. Si m'an pouvait lui faire fermer son clapet pour le 4 Juillet, je crois qu'elle serait amplement satisfaite.

— Ben, je peux rien faire pour toi, m'a dit Pop. Y a plein de plus gros feux d'artifice en vente sur le marché mais je les ferai pas venir. Je tiens pas à perdre ma licence, pour commencer. Et ensuite, je tiens pas à voir quelqu'un se blesser. Des ivrognes tirant des feux d'artifice, c'est la recette assurée pour les catastrophes. Mais si t'es vraiment déterminé, je te conseille de monter jusqu'à Indian Island[1] et d'aller parler à un gars là-bas. Un grand Penobscot balèze du nom d'Howard Gamache. L'Indien le plus balèze de tout le Maine, peut-être même du

---

1. Penobscot Indian Island Reservation : réserve des Indiens Penobscot, dans le Maine.

monde. Il conduit une Harley-Davidson et il a des plumes tatouées sur les joues. Il a comme qui dirait des *connexions*. »

Quelqu'un avec des connexions ! C'était exactement ce qu'y nous fallait ! J'ai remercié Pop et noté le nom *Howard Gamache* dans mon carnet et, en avril de l'année suivante je suis monté dans le comté de Penobscot avec cinq cents dollars en cash dans la boîte à gants de ma camionnette.

J'ai trouvé M. Gamache assis au bar du Harvest Hotel dans la vieille ville et il était aussi balèze que Pop l'avait vanté : plus de deux mètres, à vue de nez, et pas moins de cent soixante kilos. Il a écouté le récit de mes malheurs et, après que je lui ai payé une double pinte de Bud, qu'il a descendue en moins de dix minutes, il m'a dit : « Eh ben, monsieur McCausland, allons faire un tour jusqu'à mon wigwam[1] un peu plus haut sur la route pour discuter de cette affaire plus en détail. »

Il pilotait une Harley Softail, qu'est une bécane sacrément grosse, mais quand il est monté dessus, cette machine ressemblait à un de ces petits vélos qu'ont les clowns dans les cirques. Ses fesses descendaient au niveau des sacoches, parole. Son wigwam, en définitive, était un joli petit ranch d'un étage avec une piscine derrière pour les mioches, et il en avait une tripotée.

Non, Ardelle, la moto et la piscine sont pas *indispensables* à l'histoire, mais si tu la veux, tu la prends comme je te la dis. Et moi, je trouve ça intéressant.

---

1. Habitation traditionnelle amérindienne.

Y avait même un home cinéma installé au sous-sol. Bigre de bigre, j'aurais bien emménagé illico.

Les feux d'artifice étaient dans son garage sous une bâche, bien rangés dans des caisses en bois, et il avait des trucs assez bluffants. « Si vous vous faites choper avec, il m'a dit, vous avez jamais entendu parler d'Howard Gamache. On est bien d'accord ? »

J'ai dit que oui et comme il avait l'air d'un type assez honnête qui allait pas m'entuber – du moins pas trop –, je lui ai demandé ce que je pourrais avoir pour cinq cents dollars. J'ai fini par avoir surtout des compacts, qui sont des ensembles de mortiers avec une seule mèche. Vous allumez, et ils partent les uns à la suite des autres, par dizaines. J'avais trois compacts qui s'appelaient des Pyro Monkey, deux autres appelés Déclaration d'Indépendance, un autre, Psycko-Delick, qui explose dans le ciel avec de grandes gerbes de lumière qui ressemblent à des fleurs, et un dernier, extra-spécial. Je vais y venir.

« Vous pensez que ces trucs vont faire taire ces Ritals ? je lui ai demandé.

— Et comment, m'a dit Howard. Seulement, préférant moi-même être appelé Amérindien plutôt que Peau-Rouge ou Tomahawk Tom, j'apprécie pas trop les termes péjoratifs du genre Ritals, métèques, bougnoules ou bronzés. C'est des Américains, tout comme vous et moi, et ça sert à rien de les dénigrer.

— J'entends ce que vous me dites, je lui ai répondu, et je m'en souviendrai, mais ces Massimo me tapent quand même sur le système, et si ça vous offense, ben ça m'en touche une sans me faire bouger l'autre.

— Compris, et je peux complètement m'identifier à votre état émotionnel. Mais laissez-moi vous donner un conseil, visage pâle : poussez pas l'accélérateur en rentrant à la maison. Vous avez pas envie de vous faire arrêter avec ce bordel à l'arrière de votre caisse. »

Quand m'an a vu ce que j'avais acheté, elle a brandi les deux poings en l'air et nous a servi deux Dirty Hubcap pour fêter ça.

« Ils vont en chier des pièces de vingt-cinq cents quand ils vont voir ça ! elle a dit. Peut-être même des dollars en argent ! Attends de voir ! »

Sauf que c'est pas comme ça que ça s'est passé. J'imagine que vous vous en doutez ?

Arrive le 4 Juillet de l'année dernière, le lac Abenaki est chargé jusqu'à la gueule. La rumeur avait circulé, voyez, comme quoi c'étaient les Yankees McCausland contre les Macaronis Massimo pour le ruban bleu des feux d'artifice. Il devait bien y avoir six cents personnes de notre côté du lac. Pas autant de leur côté, mais y en avait une petite équipe quand même, et plus que jamais auparavant. Tous les Massimo à l'est du Mississippi avaient dû débarquer pour le grand duel de 2014. On s'est pas fatigués à pisser des broquilles genre pétards et bombes cerises cette fois, on a attendu qu'il fasse nuit noire pour tirer la grosse artillerie. M'an et moi on avait nos caisses écrites en caractères chinois empilées sur notre ponton, mais eux aussi. La rive est était bordée de petits Massimo agitant des cierges magiques : on aurait dit des étoiles tombées du ciel, je vous jure. Je me dis parfois que les cierges magiques suffisent, et ce matin, je peux vous dire que je regrette qu'on en soit pas restés là.

Paul Massimo nous a salués de la main et on l'a salué de même. L'idiot à la trompette a soufflé un long coup : Ouaaaaah ! Paul a pointé son doigt sur moi, comme pour dire, à vous l'honneur, monseigneur, alors j'ai tiré un Pyro Monkey. Ça a illuminé le ciel et tout le monde a fait aahhhh ! Puis un des fils Massimo a allumé quelque chose de similaire sauf que c'était plus lumineux et que ça a duré plus longtemps. La foule a fait ooooph ! et la putain de trompette a confirmé.

M'an m'a dit : « Laisse tomber les Funky Monkeys ou je sais pas comment ces singes[1]-là s'appellent. Passe-moi une Déclaration d'Indépendance. Ça va leur en boucher un coin. »

J'ai obtempéré, et c'était d'une beauté du tonnerre, mais ces foutus Massimo en ont tiré une comme ça aussi. Ils ont tiré tout ce qu'on a tiré, et, chaque fois, leurs trucs étaient plus lumineux et plus bruyants, et ce trou du cul soufflait un coup de trompette. M'an et moi on était dans une de ces rages : merde, y avait de quoi foutre le pape en rage. La foule a eu droit à un sacré spectacle de pyrotechnie ce soir-là, probablement aussi bon que celui de Portland, et je suis sûr qu'ils sont rentrés chez eux contents, mais sur le ponton de la Baie des Moustiques, on peut pas dire que c'était la joie. M'an est généralement gaie quand elle est torchée, mais elle l'était pas ce soir-là. Y faisait déjà nuit noire, toutes les étoiles étaient sorties et

---

1. *Monkey* signifiant singe.

une brume de poudre à canon dérivait sur le lac. On en était réduits à notre dernier article, le plus gros.

M'an m'a dit : « Tire-le, et voyons voir s'ils peuvent faire mieux. Y a des chances. Mais s'il souffle encore un coup de sa satanée trompette, c'est ma tête qui va exploser entre mes épaules. »

Notre dernier article – l'extra-spécial – s'appelait le Ghost of Fury[1] et Howard Gamache n'avait pas tari d'éloges sur celui-là.

« Une chose splendide, il m'avait dit, et totalement illégale. Reculez-vous bien après l'avoir allumé, monsieur McCausland, parce qu'il part comme un geyser. »

La putain de mèche était aussi grosse que mon poignet. Je l'ai allumée et je me suis reculé. Pendant quelques secondes, quand elle a eu fini de brûler, il ne s'est rien passé, et j'ai cru que c'était un pétard mouillé.

« Eh ben, si c'est pas attacher son chien avec des saucisses, ça, a dit m'an. Et maintenant, il va nous foutre un coup de sa saloperie de trompette. »

Mais avant qu'il puisse, le Ghost of Fury est parti. D'abord, ça a juste fait une fontaine d'étincelles blanches, mais ensuite la fontaine est montée plus haut en virant au rose. Elle a commencé à larguer des fusées qui ont explosé en gerbes d'étoiles. Notre fontaine de feu faisait au moins quatre mètres de haut à présent et elle était rouge vif. Elle a encore largué des fusées, droit dans le ciel, et elles ont détoné plus fort qu'une escadrille de chasseurs passant le mur

---

1. Littéralement le Spectre de la Fureur.

du son. M'an s'est couvert les oreilles mais elle était
pliée en deux de rire. La fontaine est retombée puis
elle a craché un dernier coup – comme un vieillard
au lupanar, a dit m'an – et envoyé une somptueuse
fleur rouge et jaune dans le ciel.

Il y a eu un moment de silence – ébahi, vous imaginez – et puis tout le monde sur le lac a applaudi avec
frénésie. Ceux qui étaient en camping-car ont donné
des coups de klaxon, qui ont résonné plutôt petite-
ment après toute cette canonnade. Les Massimo aussi
applaudissaient, ce qui montrait qu'ils étaient beaux
joueurs, et ça m'a impressionné, parce que vous savez
bien que les gens qui ont besoin de gagner à tous les
coups ne le sont pas, en général. Le trompettiste, lui,
a pas tiré une seule fois son maudit engin de son étui.

M'an a gueulé : « On les a eus ! Alden, viens faire
un bisou à ta m'an ! »

Je lui ai fait une bise, et quand j'ai regardé de l'autre
côté du lac, j'ai vu Paul Massimo planté au bout de
son ponton dans la lumière d'une des torches électriques qu'ils avaient, là. Il a levé un doigt, comme
pour dire : « Attendez de voir. » Ça m'a mis un mauvais pressentiment au creux de l'estomac.

Le fils sans trompette – celui que je jugeais avoir
peut-être un soupçon de bon sens – est venu déposer un lance-fusées à ses pieds. Lentement, avec
révérence, comme un enfant de chœur qui installe
la Sainte Communion. Posée dessus, y avait la plus
grosse putain de fusée que j'ai jamais vue en dehors
de cap Canaveral à la télé. Paul a posé un genou
à terre et il a approché son briquet de la mèche.
Dès qu'elle a commencé à crépiter, il a attrapé ses

deux garçons et les a entraînés en courant loin du ponton.

N'y a pas eu de temps d'arrêt, comme avec notre Ghost of Fury. L'enfoirée a décollé comme Apollo 11 en laissant une traînée de feu bleu qui a viré au violet, puis au rouge. Une seconde plus tard, les étoiles se sont effacées derrière un putain d'oiseau géant qui a recouvert pratiquement tout le lac d'une rive à l'autre. Il a flamboyé là-haut, avant d'exploser. Et croyez-moi si vous voulez, mais plein de petits oiseaux sont sortis de l'explosion en filant dans tous les sens.

La foule était en délire. Les grands garçons là-bas étreignaient leur père en lui donnant de grandes claques dans le dos et en riant.

« Rentrons, Alden », m'a dit m'an. Et depuis la mort de p'pa, elle avait jamais paru aussi triste. « On est battus.

— On les aura l'an prochain, j'ai dit en lui tapotant l'épaule.

— Non, elle a dit, ces Massimo auront toujours une longueur d'avance. C'est ce genre de gens-là – des gens avec des CONNEXIONS. Nous, on est juste une paire de pauvres malheureux vivant grâce à l'argent de la chance, et je crois bien qu'on va devoir en rester là. »

Comme on montait les marches de notre petit bungalow minable, voilà-t-y pas que retentit un coup de trompette final depuis la grande belle maison blanche de l'autre côté du lac : Ouaaaaaaaah ! Ça m'a collé mal à la tête, véridique.

Howard Gamache m'a dit par la suite que ce dernier feu d'artifice s'appelait le Coq de la Destinée.

Il m'a dit qu'il en avait vu des vidéos sur YouTube mais toujours avec des gens qui parlaient chinois en bruit de fond. Howard m'a dit :

« Comment ce M. Massimo s'y est pris pour l'introduire dans ce pays reste un mystère pour moi. »

C'était un mois plus tard, vers la fin de l'été dernier, quand j'ai fini par trouver assez d'ambition pour faire le trajet jusqu'à son wigwam à un étage d'Indian Island pour lui raconter ce qui était arrivé : comment on avait bien livré bataille mais quand même été coiffés au poteau à la fin des fins.

« C'est pas un mystère pour moi, je lui ai dit. Ses amis en Chine ont dû rajouter le Coq en prime à sa dernière expédition d'opium. Vous savez, un petit cadeau pour dire merci de faire du commerce avec nous. Avez-vous quelque chose de plus puissant que ça, monsieur Gamache ? M'an est horriblement déprimée. Elle veut pas entrer dans la compétition l'an prochain mais je me disais que s'il y avait quelque chose… vous savez, le top du top… je serais prêt à payer mille dollars. Ça les vaudrait, rien que pour voir ma vieille m'an sourire le soir du 4 Juillet. »

Howard était assis sur les marches de sa véranda de derrière, et ses genoux écartés lui faisaient comme deux gros rochers autour des oreilles – de Dieu, quel homme colossal c'était – et il réfléchissait. Cogitait. Pesait le pour et le contre. Enfin, il a dit : « J'ai entendu des rumeurs.

— Des rumeurs à propos de quoi ?

— À propos d'un machin spécial qui s'appelle Rencontres du Quatrième Type, il me dit. Je le tiens d'un copain avec qui je corresponds sur les attractions à la poudre à canon. Son nom autochtone est Sentier Lumineux mais le plus souvent il se fait appeler Johnny Parker. C'est un Indien Cayuga, il habite près d'Albany, État de New York. Je pourrais vous donner son adresse mail mais il vous répondra pas à moins que je lui passe d'abord un mail pour me porter garant de vous.

— Vous voulez bien faire ça ? j'ai demandé.

— Bien sûr, qu'il me dit, mais d'abord, toi devoir payer grande quantité wampum, visage pâle. Cinquante billets, ça devrait aller. »

L'argent est passé de ma petite main à sa grosse main, il a envoyé un e-mail à Johnny Sentier Lumineux Parker, et à mon retour au lac, quand je lui en ai envoyé un moi aussi, il m'a répondu aussitôt. Mais il refusait de parler de ce qu'il appelait le R4T autrement que de vive voix, il prétendait que le gouvernement lit systématiquement les mails de tous les Amérindiens. J'avais rien à répondre à ça : je parie que ces jobards lisent les mails de tout le monde. Alors on est tombés d'accord pour se rencontrer et, aux environs du 1er octobre de l'an dernier, je suis monté le voir.

'Turellement, m'an a voulu savoir quelle sorte de course j'avais à faire tout au nord de l'État de New York, et je me suis pas fatigué à lui sortir un bobard parce qu'elle les perce tous à jour depuis que je suis haut comme trois pommes. Elle s'est contentée de secouer la tête.

« Vas-y donc, si ça peut te faire plaisir, elle m'a dit. Mais tu sais qu'ils riposteront toujours avec quelque chose d'encore plus gros et on en sera réduits à écouter ce petit branleur d'Italo nous souffler sa trompette au nez.

— Ben, peut-être, j'ai dit, mais M. Sentier Lumineux m'a dit que c'était le feu d'artifice qui met fin à tous les feux d'artifice. »

Comme vous le voyez, les faits ont prouvé que c'était la pure vérité.

J'ai fait bonne route et Johnny Sentier Lumineux Parker s'est révélé être un type sympathique. Son wigwam était sur Green Island, où les maisons sont presque aussi grandes que les Douze Pins des Massimo, et sa femme vous sert de ces enchiladas, je vous dis que ça. J'en ai mangé trois avec la sauce verte pimentée qu'ils mettent dessus et j'ai eu la courante sur le chemin du retour, mais comme ça fait pas partie de l'histoire et que je vois Ardelle recommencer à s'impatienter, j'en parle pas. Tout ce que je peux dire, c'est : merci mon Dieu pour les lingettes jetables.

« Le R4T serait une commande très spéciale, m'a dit Johnny. Les Chinois n'en fabriquent que trois ou quatre par an, en Mongolie-Extérieure ou un endroit comme ça, où il y a de la neige neuf mois par an et où il paraîtrait qu'on élève les bébés avec des louveteaux. Ce genre d'engins explosifs sont en général expédiés à Toronto. J'imagine que je pourrais en commander un et aller le chercher au Canada moi-même, mais vous devrez me payer mon essence et mon temps, et si je me fais prendre, il y a de fortes chances que j'atterrisse à Leavenworth comme terroriste.

— Doux Jésus, je tiens pas à vous attirer des ennuis comme ça, j'ai dit.

— Bon, peut-être que j'exagère un peu, il m'a dit, mais le R4T est un sacré artifice. Unique au monde. Et si votre copain d'en face fait plus fort, je ne vous rendrai pas votre argent mais je vous rembourserai le montant de mon bénéfice dans l'affaire. Voilà la garantie que je vous donne.

— En plus, Cindy Sentier Lumineux Parker a dit, Johnny adore l'aventure. Voulez-vous une autre enchilada, monsieur McCausland ? »

J'ai décliné, ce qui m'a probablement évité d'exploser quelque part pendant la traversée du Vermont et, pendant quelque temps, j'ai pour ainsi dire oublié toute l'histoire. Et puis, juste après le nouvel an – on arrive au bout, Ardelle, t'es pas contente ? –, je reçois un coup de téléphone de Johnny.

« Si vous voulez cet article dont on a parlé l'automne dernier, qu'il me fait, je l'ai, mais ça vous coûtera deux mille dollars. »

J'ai failli m'étrangler.

« C'est pas donné.

— Ça, je peux pas vous contredire, mais voyez les choses sous cet angle : vous les Blancs avez acheté l'île de Manhattan pour vingt-quatre dollars et nous, depuis tout ce temps, on cherche à obtenir dédommagement. » Il s'est marré puis il a dit : « Mais en parlant plus sérieusement, si vous n'en voulez pas, ce n'est pas grave. Peut-être que votre pote d'en face serait intéressé.

— Vous avez pas intérêt », j'ai dit.

Il a rigolé encore plus fort en entendant ça.

« Faut que je vous dise, ce truc-là est sacrément impressionnant. J'en ai vendu, des feux d'artifice, dans ma vie, mais j'ai jamais rien vu d'approchant.

— D'approchant comment ? j'ai demandé. Qu'est-ce que c'est ?

— Vous verrez par vous-même, il m'a dit. J'ai aucune intention de vous envoyer une photo par mail. En plus, ça ressemble pas à grand-chose tant que c'est pas… euh… en fonctionnement. Si vous voulez monter jusqu'ici, je pourrai vous montrer une vidéo.

— J'y serai », j'ai dit.

Et deux jours plus tard, j'y étais, à jeun, rasé et peigné.

Maintenant écoutez-moi, vous deux. Je vais pas présenter mes excuses pour ce que j'ai fait – et vous pouvez laisser m'an en dehors de ça, c'est moi qui me suis procuré ce satané machin, et c'est moi qui l'ai mis à feu – mais je peux vous dire que le R4T que j'ai vu sur la vidéo que Johnny m'a montrée et celui que j'ai tiré hier soir, c'étaient pas les mêmes. Celui de la vidéo était beaucoup plus petit. J'ai même fait la remarque à Johnny, rapport à la taille de la caisse, quand on l'a mise à l'arrière de ma camionnette.

« Ils ont dû mettre un paquet de rembourrage là-dedans », je lui ai dit.

Et Johnny m'a dit :

« J'imagine qu'ils voulaient être sûrs qu'il lui arrive rien pendant le voyage. »

Il savait pas non plus, vous voyez. Cindy Sentier Lumineux Parker m'a demandé si je voulais pas au moins ouvrir la caisse pour regarder à l'intérieur, m'assurer que c'était le bon truc, mais la caisse était solidement cloutée sur tous les côtés et je voulais rentrer avant la nuit, à cause de mes yeux qui sont plus aussi bons qu'ils étaient. Mais comme je suis ici aujourd'hui pour vider mon sac, je dois vous dire que c'était pas la vérité. Le soir, c'est l'heure où je bois, et je voulais pas en perdre une seconde. Voilà la vérité. Je sais que c'est pas joli-joli, et je sais que je dois faire quelque chose pour ça. J'imagine que si on me met en prison, j'aurai une chance, n'est-ce pas ?

M'an et moi on a décloué la caisse le lendemain pour regarder ce qu'on avait acheté. Ça, c'était à la maison en ville, vous comprenez, parce que je vous parle de janvier, là, avec un temps plus froid qu'un téton de sorcière. Y avait bien un peu de matériau de rembourrage, mais pas autant que j'imaginais. Le R4T faisait bien deux mètres de circonférence et il ressemblait à un paquet emballé dans du papier kraft, sauf que le papier était comme huileux, et tellement lourd qu'il faisait plutôt penser à de la bâche. La mèche dépassait par en bas.

M'an m'a demandé : « Tu penses qu'il va vraiment décoller ?

— Ben, j'ai dit, si le nôtre décolle pas, qu'est-ce qui peut arriver de pire ? »

Et m'an me répond : « On y sera de deux mille dollars de notre poche. Mais c'est pas ça le pire. Le pire, ça serait qu'il décolle d'un ou deux mètres et puis qu'il fasse pschitt en tombant dans le lac. Et qu'ensuite ce jeune Macaroni qui ressemble à Ben Afflict nous souffle un coup de trompette. »

On l'a rangé au garage et il y est resté jusqu'à Memorial Day, où on l'a emporté au lac. J'ai rien acheté d'autre au rayon feux d'artifice cette année, ni à Pop Anderson ni à Howard Gamache non plus. Cette année, on avait tout misé sur un seul truc. C'était le R4T ou la déculottée.

Bien ; on en arrive à hier au soir. 4 Juillet 2015, jamais rien vu de pareil sur le lac Abenaki et j'espère que ça n'arrivera plus jamais. On savait que l'été avait été foutrement sec, 'turellement qu'on le savait. Mais ça nous a jamais traversé l'esprit. Pourquoi ça nous serait venu à l'esprit ? On tirait au-dessus de l'eau, non ? Qu'est-ce qu'on risquait ? Y a rien de plus sûr.

Tous les Massimo étaient là à s'amuser – chantant leurs chansons et jouant à leurs jeux, grillant leurs saucisses sur au moins cinq barbecues différents et barbotant le long du rivage et plongeant depuis leur ponton. Tous les autres étaient là aussi, sur les deux rives du lac. Y en avait même aux pointes nord et sud, où c'est que du marécage. Ils étaient là pour voir l'épisode suivant de la Grande Course aux Armements du 4 Juillet, Macaronis contre Yankees.

Le crépuscule est tombé et, finalement, l'étoile du Berger est apparue, comme elle fait toujours, et les deux torches électriques au bout du ponton des Massimo se sont allumées comme des projecteurs. Et voilà que Paul Massimo déboule dans la lumière, flanqué de ses deux fils, et du diable s'ils étaient pas habillés comme pour aller danser dans un club à la mode ! Le père en smoking, les fils en veste de soirée blanche avec une fleur rouge à la boutonnière, le sosie de Ben Afflict avec sa trompette portée bas sur la hanche, comme un pistolero.

J'ai regardé autour de moi et vu que les bords du lac étaient combles, y avait plus de gens que jamais auparavant. Devaient bien être un millier. Ils étaient venus assister à un spectacle et les Massimo s'étaient habillés pour leur en donner un, tandis que m'an portait sa robe-tablier de tous les jours et moi un vieux jean et un T-shirt qui disait EMBRASSE-MOI OÙ ÇA PUE, RENDEZ-VOUS À MILLINOCKET[1].

« Il a apporté aucune caisse, a dit m'an. Qu'est-ce que ça veut dire ? »

J'ai juste secoué la tête parce que j'en savais rien. Notre unique feu d'artifice à nous était déjà installé au bout de notre ponton, sous une vieille couverture matelassée. Il y était depuis le matin.

Massimo a tendu la main vers nous, plus poli que jamais, pour nous dire de commencer. J'ai fait non de la tête et tendu moi aussi la main comme pour dire, non, après vous cette fois-ci, monseigneur. Il a haussé les épaules et fait un moulinet en l'air avec la main, un peu comme un arbitre qui accorde un coup de circuit. Et, à peu près quatre secondes plus tard, la nuit a explosé de gerbes d'étincelles et des feux d'artifice ont commencé à partir au-dessus du lac en explosion d'étoiles et en geysers et en salves multiples qui ont projeté des fleurs et des fontaines et que sais-je encore.

M'an s'est étranglée.

« Oh, le sale chien ! Il a embauché toute une équipe d'artificiers ! Des *professionnels* ! »

---

1. Ville du Maine connue pour sa papeterie.

Et oui, c'était exactement ce qu'il avait fait. Il avait dû dépenser dix ou quinze mille dollars pour ces vingt minutes de spectacle pyrotechnique, avec bouquet final et tout : Double Excalibur, Wolfpack, et j'en passe. La foule autour du lac hurlait de joie et braillait à s'en enrouer et donnait des coups de klaxon et lançait des vivats et trépignait. Le sosie de Ben Afflict soufflait dans sa trompette à s'en coller une hémorragie cérébrale mais on l'entendait même pas avec la débauche de tirs d'artillerie dans le ciel qui était illuminé comme en plein jour, et de toutes les couleurs. Des nappes de fumée montaient de la plage où les artificiers faisaient partir leurs explosifs mais cette fumée ne dérivait pas au-dessus du lac. Elle dérivait vers la maison. Vers les Douze Pins. Vous pourriez dire que j'aurais pu m'en rendre compte, mais je m'en suis pas rendu compte sur le moment. M'an non plus. Personne s'en est rendu compte. On était trop estomaqués. Massimo nous envoyait un message, voyez : C'est terminé. Pensez même pas à vous représenter l'année prochaine, pauvres trous-du-cul de Yankees.

Il y a eu un temps d'arrêt, et j'allais juste en conclure qu'il avait fini de balancer sa purée quand il y a eu un double geyser d'étincelles et qu'un grand bateau de feu, avec voiles et tout, a rempli le ciel. Je savais par Howard Gamache ce que c'était : une Excellente Jonque. C'est le nom d'un bateau chinois. Quand il a fini par s'éteindre et que la foule en délire s'est calmée autour du lac, Massimo a fait signe à ses artificiers une dernière fois et ils ont allumé un drapeau américain sur la plage. Il a flamboyé en rouge, bleu et blanc en projetant des boules de feu dans le ciel pendant que la sono diffusait « America the Beautiful ».

Finalement, le drapeau s'est consumé et il n'est resté que des braises orange. Massimo était toujours au bout de son ponton et il a de nouveau levé la main vers nous, en souriant. Comme pour nous dire, Allez-y, les McCausland, tirez les merdes minables que vous avez là-bas, et qu'on en finisse. Pas juste pour cette année, mais pour de bon.

J'ai regardé m'an. Elle m'a regardé. Puis elle a bazardé dans l'eau le fond de son verre – on buvait des Moonquake hier soir – et m'a dit : « Vas-y. Ça fera sûrement pas beaucoup plus d'effet qu'un trou de pisse dans la neige mais on a acheté ce foutu machin, autant le tirer. »

Je me souviens comme tout était calme. Les grenouilles s'y étaient pas encore remises et les pauvres vieux huards s'étaient fait la malle pour la nuit, peut-être même pour le reste de l'été. Y avait encore plein de gens debout au bord de l'eau pour voir ce qu'on avait, mais y en avait beaucoup plus qui repartaient vers la ville, comme font les supporters quand leur équipe se prend une raclée sans la moindre chance de remonter au score. Je pouvais voir tout un cortège de phares le long de Lake Road, la route qui rejoint la Highway 119 et Pretty Bitch, qui vous mène ensuite jusqu'à TR-90 et Chester's Mill.

J'ai décidé que si je le faisais, autant que ce soit un spectacle aussi ; et si le tir avortait, eh bien, ceux qui restaient pourraient rire autant qu'ils voudraient. J'étais même prêt à supporter cette foutue trompette, sachant que j'aurai plus à l'entendre l'an prochain parce que j'en avais fini avec ça, et je voyais bien à sa figure que c'était pareil pour m'an. Même ses loloches avaient l'air de baisser la tête, mais ça, c'était peut-être parce qu'elle avait pas mis son soutien-gorge hier soir. Elle dit qu'il la pince terrible.

J'ai retiré la couverture matelassée d'un geste plein de panache, comme un magicien qui fait un tour, dévoilant le paquet carré que j'avais payé deux mille dollars – probablement la moitié de ce que Massimo avait payé rien que pour son Excellente Jonque – tout bien emballé dans son papier lourd comme de la bâche, avec son bout de mèche dépassant par le bas.

Je l'ai montré du doigt, puis j'ai montré le ciel. Les trois Massimo en tenue de soirée sur leur ponton ont rigolé et la trompette a sonné : Ouaaa-aaaaaah !

J'ai allumé la mèche et elle a commencé à crépiter. J'ai attrapé m'an et je l'ai tirée en arrière, au cas où ce putain de truc exploserait sur son aire de lancement. La mèche a brûlé jusqu'au papier, puis elle a disparu. La putain de boîte carrée n'a pas bougé. Le Massimo à la trompette a porté son engin à sa bouche, mais avant qu'il ait pu souffler dedans, une traînée de feu a jailli d'en dessous la boîte et elle a décollé, lentement d'abord, puis de plus en plus vite à mesure que d'autres réacteurs – j'imagine que c'étaient des réacteurs – s'allumaient.

De plus en plus haut. Trois mètres, puis dix, puis quinze. Je pouvais à peine distinguer la forme carrée contre le ciel étoilé. Elle est montée jusqu'à vingt mètres et tout le monde tendait le cou pour voir, puis elle a explosé, exactement comme celle de la vidéo YouTube que Johnny Sentier Lumineux Parker m'avait montrée. M'an et moi on a poussé des hourras. Tout le monde a poussé des hourras. Les Massimo avaient juste l'air perplexes et peut-être – difficile à dire de là où on était – un peu méprisants. C'était comme s'ils se disaient, une boîte qui explose, c'est quoi ce bordel ?

Sauf que le R4T avait pas dit son dernier mot. Quand les yeux des gens se sont habitués, on a entendu des hoquets d'émerveillement parce que l'emballage en papier était en train de se dérouler et de se déployer tout en commençant à flamboyer de toutes les couleurs que vous avez jamais vues, et quelques-unes que vous verrez jamais. Il était en train de se transformer en soucoupe volante, nom de Dieu. Elle a grandi, grandi, comme si c'était Dieu qui était en train d'ouvrir son saint parapluie, et à mesure qu'il s'ouvrait, il s'est mis à tirer des boules de feu dans tous les directions. Chacune explosait et en tirait de nouvelles qui ont formé une sorte d'arc-en-ciel au-dessus de la soucoupe volante. Je sais que vous avez vu des vidéos sur des téléphones portables, probablement que tous ceux qui avaient un portable ont filmé ça, ce qui constituera des preuves à mon procès, mais je peux vous dire qu'il fallait être là pour vraiment apprécier la beauté incroyable du truc.

M'an m'a serré le bras et m'a dit :

« C'est magnifique mais je croyais qu'elle devait faire seulement deux mètres cinquante de diamètre. C'est pas ce que ton ami indien t'a dit ? »

Oui, c'était ce qu'il avait dit, mais le truc que j'avais lancé mesurait *dix* mètres de diamètre et il grandissait encore quand il a largué une vingtaine de petits parachutes pour rester en l'air pendant qu'il tirait toujours plus de couleurs et de gerbes et de fontaines et de bombes éblouissantes. C'était peut-être pas aussi grandiose que le spectacle pyrotechnique de Massimo dans son ensemble, mais c'était bien plus grandiose que son Excellente Jonque. Et, 'turellement, ça venait en dernier. C'est ce que les gens se rappellent toujours, vous croyez pas, ce qu'ils voient en dernier ?

M'an voit les Massimo le nez en l'air, leurs mâchoires décrochées comme des portes sur des gonds pétés, l'air des plus gros idiots que la terre ait jamais portés, et elle se met à danser. La trompette pendouillait dans la main de Ben Afflict comme s'il avait oublié qu'il l'avait.

« On les as battus ! m'an m'a crié en agitant les poings. On a fini par y arriver, Alden ! Regarde-les ! Ils sont battus et ça en valait jusqu'au *putain de dernier centime* ! »

Elle voulait que je danse avec elle mais j'avais vu quelque chose qui me plaisait pas beaucoup. Le vent était en train de pousser notre soucoupe volante au-dessus du lac, vers l'est en direction des Douze Pins.

Paul Massimo aussi l'avait vu et il m'a montré du doigt, comme pour dire, Tu l'as mise là-haut, tu te charges de la faire redescendre tant qu'elle est encore au-dessus de l'eau.

Sauf que je pouvais pas, 'turellement, et pendant ce temps le foutu truc continuait à balancer sa purée, tirant des fusées et des canonnades et des fontaines tourbillonnantes comme s'il allait jamais s'arrêter.

Et puis d'un coup – j'avais aucune idée que ça allait arriver parce que la vidéo que Johnny Sentier Lumineux m'avait montrée était silencieuse –, il s'est mis à jouer de la musique. Juste cinq notes, toujours les mêmes : dou-di-dou-dam-di. C'était la musique du vaisseau spatial dans *Rencontres du troisième type*. Et donc il continue sa petite chanson et c'est là que la foutue soucoupe volante a pris feu. Je sais pas si c'était un accident ou si c'était prévu pour l'effet final. Les parachutes qui la tenaient en l'air ont pris feu aussi et cette pute de truc a commencé à plonger. D'abord, j'ai cru qu'elle allait tomber dans le lac, peut-être même sur le ponton flottant des Massimo, ce qui aurait été vilain mais pas pire. Sauf que juste à ce moment-là, une plus forte bourrasque de vent a soufflé, comme si Mère Nature elle-même était fatiguée des Massimo. Ou peut-être que c'était juste cette putain de trompette qui la tannait.

Bon, vous savez d'où leur propriété tire son nom, et ces douze pins étaient fichtrement secs. Il y en avait deux de chaque côté du long porche de derrière et c'est dans ceux-là que notre soucoupe volante s'est écrasée. Ces arbres-là se sont aussitôt embrasés ; ils ressemblaient un peu aux torches électriques au bout du ponton des Massimo, mais en plus gros. D'abord les aiguilles, puis les branches, puis le tronc. Les Massimo se sont mis à courir dans tous les sens comme des fourmis quand on donne un coup de pied dans leur fourmilière. Une branche enflammée est tombée sur le toit de leur porche et ça n'a pas traîné, le porche aussi s'est joyeusement mis à flamber. Et pendant tout ce temps, la petite ritournelle continuait : dou-di-dou-dam-di.

Le vaisseau spatial s'est cassé en deux. Une moitié est tombée sur la pelouse, ce qui était pas si mal, mais l'autre moitié a continué à flotter au-dessus du toit principal en tirant quelques dernières fusées, dont l'une a fracassé une des fenêtres à l'étage en mettant le feu aux rideaux au passage.

M'an s'est tournée vers moi et m'a dit : « Ben, *ça*, c'est pas bon.

— Non, j'ai dit, c'est même plutôt vilain, tu crois pas ?

— Je crois que tu ferais mieux d'appeler les pompiers, Alden. En fait, je crois que tu ferais bien d'en appeler deux ou trois brigades sans quoi il va y avoir des bois carbonisés depuis le lac jusqu'à la frontière du comté. »

Je me suis retourné pour courir au bungalow chercher mon téléphone portable mais elle m'a attrapé par le bras. Elle avait un drôle de petit sourire sur le visage. « Avant d'y aller, elle m'a dit, vise un peu ça. »

Elle a pointé le doigt vers l'autre côté du lac. À ce moment-là, la maison tout entière était en feu donc c'était facile de voir ce qu'elle me montrait. Il n'y avait plus personne sur leur ponton mais quelque chose y avait été abandonné : la satanée trompette.

« Dis-leur que tout ça c'était mon idée, m'a dit m'an. J'irai en prison mais je m'en fous. Au moins, on aura fait taire cette saloperie de clairon. »

Dis, Ardelle, je pourrais avoir un verre d'eau ? Je suis plus desséché qu'une vieille chips.

L'officier de police Benoit apporta un verre d'eau à Alden. Andy Clutterbuck et elle le regardèrent le vider : un type grand et maigre en pantalon chino et tricot de corps style débardeur, cheveux clairsemés et grisonnants, visage hagard dû au manque de sommeil et à l'ingestion des Moonquake à trente degrés de la veille.

« Au moins personne n'a été blessé, dit Alden. Je suis content de ça. Et on n'a pas déclenché un feu de forêt. Ça aussi, j'en suis content.

— T'as de la chance que le vent soit tombé, dit Andy.

— T'as aussi de la chance que les camions de pompiers des trois villes environnantes aient été à proximité, ajouta Ardelle. Bien sûr, il faut qu'ils y soient les soirs de 4 Juillet parce qu'il y a toujours des crétins pour tirer des feux d'artifice imbibés.

— J'en assume toute la responsabilité, dit Alden. Je veux juste que vous compreniez ça. J'ai acheté ce foutu machin, et je l'ai allumé. M'an n'a rien à voir là-dedans. » Il s'interrompit. « J'espère juste que Massimo le comprendra et la laissera tranquille. Il a des CONNEXIONS, vous savez. »

Clutterbuck répondit :

« Cette famille vient passer l'été sur le lac Abenaki depuis vingt ans ou plus et, d'après tout ce que je sais, Paul Massimo est un homme d'affaires tout ce qu'il y a de légal.

— Ouais, dit Alden. Tout comme Al Capone. »

L'officier de police Ellis toqua à la vitre de la salle d'interrogatoire, montra Andy du doigt, fit le geste de téléphoner avec le pouce et le petit doigt écartés et lui signifia de venir. Andy soupira et quitta la pièce.

Ardelle Benoit avait les yeux fixés sur Alden.

« J'en ai vu, des conneries de première classe dans ma vie, dit-elle, et encore plus depuis que je suis chez les flics, mais celle-là remporte le pompon.

— Je sais, dit Alden en baissant la tête. J'ai aucune excuse. » Puis son visage s'éclaira. « Mais ça a été un fameux spectacle le temps que ça a duré. Les gens l'oublieront jamais. »

Ardelle émit du bout des lèvres un bruit trivial. Quelque part au loin, une sirène hurla.

Andy finit par revenir et s'assit. Il ne dit rien d'abord, se contentant de regarder dans le vide.

« C'était au sujet de m'an ? demanda Alden.

— *C'était* ta m'an, dit Andy. Elle voulait te parler et, quand je lui ai dit que tu étais occupé, elle m'a demandé si je pouvais te faire passer un message. Elle appelait du Lucky's Diner où elle venait juste de finir de partager un gentil brunch avec votre voisin de l'autre côté du lac. Elle te fait dire qu'il portait encore son smoking de la veille et que c'était lui qui régalait.

— Est-ce qu'il l'a menacée ? s'écria Alden. Est-ce que ce salopard...

— Rassieds-toi, Alden. Calme-toi. »

Alden, qui s'était à moitié levé de sa chaise, se rassit lentement mais il avait les poings serrés. C'étaient de grandes mains et elles avaient l'air capables de causer des dégâts si leur propriétaire se sentait provoqué.

« Hallie m'a aussi chargé de te dire que M. Massimo a décidé de ne pas porter plainte. Il a dit que deux familles s'étaient lancées dans une compétition stupide et que par conséquent les deux familles étaient fautives. Ta mère dit que M. Massimo veut tourner la page. »

La pomme d'Adam d'Alden monta et descendit, rappelant à Ardelle un jouet qu'elle avait eu enfant, un singe montant et descendant un piquet.

Andy se pencha en avant. Il avait le sourire un peu forcé de celui qui essaie de se retenir de rire.

« Elle te fait dire que M. Massimo veut aussi que tu saches qu'il est désolé de ce qui est arrivé avec le reste de tes feux d'artifice.

— Le *reste* de mes feux d'artifice ? Mais je vous ai dit qu'on avait rien d'autre cette année que le...

— Tais-toi pendant que je parle. Je ne veux oublier aucune partie du message. »

Alden se tut. Dehors, ils entendirent une deuxième sirène, puis une troisième.

« Ceux qui étaient dans la cuisine. Ces feux d'artifice là. Ta mère a dit que tu avais dû les poser trop près de la cuisinière à bois. Tu te souviens d'avoir fait ça ?

— Euh...

— Je t'enjoins de te souvenir, Alden, parce que j'ai une furieuse envie de tirer le rideau sur cette lamentable farce.

— Je présume... peut-être, oui, dit Alden.

— Je ne te demanderai même pas pourquoi tu avais ta cuisinière allumée par un soir torride de juillet parce qu'après trente ans dans la police, je sais que les ivrognes sont capables de se mettre les idées les plus saugrenues en tête. T'es d'accord avec moi ?

— Ben… ouais, admit Allen. Les ivrognes sont imprévisibles. Et ces Moonquake sont mortels.

— Raison pour laquelle ton bungalow sur le lac Abenaki est en train de partir en fumée.

— Doux Jésus sans-culotte !

— Je ne crois pas que nous puissions imputer cet incendie-là au Fils de Dieu, Alden, sans-culotte ou pas. Étiez-vous assurés ?

— Fichtre, oui, dit Alden. C'est une bonne idée l'assurance. J'ai appris ça à la mort de p'pa.

— Massimo aussi était assuré. Ta mère te fait dire ça aussi. Elle m'a dit qu'ils se sont tous les deux mis d'accord devant des œufs au bacon pour dire que vous êtes quittes. Est-ce que tu es d'accord avec ça ?

— Ben… sa maison était fichtrement plus grande que notre bungalow.

— Présumons que sa police d'assurance reflétera la différence. » Andy se leva. « Je suppose qu'il y aura une sorte d'audience au tribunal tôt ou tard, mais pour le moment tu es libre de partir. »

Alden les remercia. Et partit avant qu'ils puissent changer d'avis.

Andy et Ardelle restèrent assis dans la salle d'interrogatoire, à se regarder. Ardelle finit par dire :

« Où se trouvait Mme McCausland quand l'incendie s'est déclaré ?

— Avant que Massimo ne la gâte de homard Benedict et de frites maison au Lucky's, elle était ici même, au commissariat, répondit Andy. Attendant de savoir si son fils irait devant le juge ou à la prison du comté. Espérant que ce serait le tribunal pour qu'elle puisse le faire libérer sous caution. Ellis m'a dit que lorsque elle et Massimo sont sortis, il avait passé son bras autour de sa taille. Ce qui lui fait une sacrée envergure, compte tenu de la corpulence actuelle de la donzelle.

— Et qui, selon toi, a mis le feu au bungalow des McCausland ?

— Nous ne le saurons jamais avec certitude mais si j'étais forcé de conjecturer, je dirais que ce sont les fils Massimo, juste avant le lever du soleil. Ils ont mis quelques-uns de leurs feux d'artifice inutilisés près de la cuisinière – carrément dessus – puis ils ont bourré cette vieille Pearl de petit bois pour que ça brûle vite et fort. Pas très différent d'une bombe à retardement, quand on y pense.

— Merde, dit Ardelle.

— En résumé : nous avons des ivrognes et des feux d'artifice, ce qui ne fait pas bon ménage, et en conclusion : une main lave l'autre. »

Ardelle réfléchit un instant puis arrondit les lèvres et siffla la mélodie à cinq notes du film *Rencontres du troisième type*. Elle essaya de la siffler à nouveau mais se mit à rire et ne put arrondir les lèvres.

« Pas mal, dit Andy. Mais est-ce que tu peux jouer ça à la trompette ? »

En pensant à Marshall Dodge

Quelle meilleure fin pour un recueil de nouvelles qu'une histoire de fin du monde ? J'ai écrit au moins un livre tentaculaire sur le sujet, *Le Fléau*, mais ici la profondeur de champ est réduite à la taille d'une piqûre d'épingle ou guère plus. Je n'ai pas grand-chose à dire sur l'histoire elle-même, si ce n'est qu'en l'écrivant, je pensais à ma Harley bien-aimée, une Softail 1986 que j'ai maintenant remisée, probablement définitivement – mes réflexes s'étant suffisamment ralentis pour que je sois un danger pour moi-même et les autres quand je roule à 100 sur la route. Ce que je l'ai aimée, cette bécane. Après avoir écrit *Insomnie*, j'ai traversé les États-Unis avec, du Maine à la Californie, et je me souviens d'un soir, quelque part dans le Kansas, où j'ai regardé le soleil se coucher à l'ouest pendant que la lune se levait, énorme et orange, à l'est. Je me suis arrêté et j'ai contemplé le spectacle, en me disant que c'était le plus beau coucher de soleil de ma vie. Et peut-être que ça l'était.

Oh, et une dernière chose : « Le tonnerre en été » a été écrit dans un endroit très semblable à celui où vous allez retrouver Robinson et son voisin, et un certain chien errant nommé Gandalf.

Le tonnerre en été

Tant que Gandalf allait bien, Robinson allait bien. Pas bien au sens de tout baigne mais au sens de on fait aller jour après jour. Il continuait à se réveiller la nuit, souvent avec des larmes sur le visage à cause de rêves saisissants dans lesquels Diana et Ellen étaient encore en vie, mais lorsqu'il soulevait Gandalf de la couverture où il dormait dans le coin et qu'il le posait sur son lit, il arrivait le plus souvent à se rendormir. Quant à Gandalf, peu lui importait où il dormait et, si Robinson le prenait contre lui, ça lui allait aussi. Il était au chaud, au sec et en sécurité. Il avait été recueilli. Pour Gandalf, c'était tout ce qui comptait.

Avec un autre être vivant duquel s'occuper, les choses allaient mieux. Robinson était allé lui chercher des croquettes pour chien à l'épicerie du coin, huit kilomètres plus haut sur la Route 19, Gandalf assis à l'avant du pick-up, les oreilles en arrière, les yeux brillants. Le magasin était abandonné et, bien sûr, il avait été pillé, mais personne n'avait pris les paquets d'Eukanuba. Après le 6 Juin, les animaux de compagnie étaient devenus la dernière préoccupation des gens. C'était du moins ce qu'en avait déduit Robinson.

Sinon, tous deux restaient au lac. Il y avait plein de nourriture au cellier et des cartons pleins à la cave. Il avait souvent plaisanté en disant que Diana se préparait pour l'apocalypse, mais la plaisanterie s'était retournée contre lui. Contre elle et lui, en fait, parce que Diana n'aurait certes jamais imaginé que le jour où l'apocalypse finirait par arriver, elle se trouverait à Boston avec leur fille, à examiner les possibilités d'une inscription à Emerson College. En mangeant pour un, ses réserves de nourriture dureraient plus longtemps que lui. Ça ne faisait aucun doute pour Robinson. Timlin disait qu'ils étaient condamnés.

Jamais il ne se serait attendu à ce que la fin soit si belle. Le temps était chaud et le ciel sans nuages. Avant, le lac Pocomtuck aurait vrombi de hors-bord et de jet-skis (qui tuaient les poissons, rouspétaient les vieux), mais cet été le silence régnait, mis à part les plongeons huards… mais ils semblaient moins nombreux chaque soir. Au début, Robinson pensait que c'était juste son imagination, tout aussi infectée par le chagrin que ses autres fonctions cognitives, mais Timlin lui avait certifié que non.

« Tu n'as pas remarqué que la plupart des oiseaux des bois sont déjà partis ? Plus de concerts de mésanges le matin, plus de chants de corbeaux à midi. Quand septembre arrivera, les huards auront tous disparu, comme les oiseaux de malheur qui ont fait ça. Les poissons vivront un peu plus longtemps, mais ils finiront par mourir, eux aussi. Comme les cerfs, les lapins et les tamias. »

L'extinction de tous ces animaux sauvages était incontestable. Robinson avait vu une dizaine de cerfs morts au bord de la route du lac, et davantage le long de la Route 19 lors de son expédition avec Gandalf au magasin général de Carson Corners où le panneau en façade – ACHETEZ ICI VOTRE FROMAGE DU VER-MONT ET VOTRE SIROP D'ÉRABLE ! – gisait maintenant face contre terre à côté des pompes à essence vides. Mais la plus grande partie de l'holocauste animal avait eu lieu dans les bois. Quand le vent venait de l'est, soufflant vers le lac et non du lac, la puanteur était épouvantable. Le beau temps n'arrangeait pas les choses et Robinson se demandait où était passé l'hiver nucléaire…

« Oh, ça viendra, avait dit Timlin assis dans son fauteuil à bascule, les yeux tournés vers la lumière mouchetée du soleil sous les arbres. La terre est encore en train d'absorber le choc. De plus, nous savons par les derniers reportages que toute l'Europe – sans parler d'une grande partie de l'Asie – est blo-quée sous une couverture nuageuse qui pourrait bien se révéler éternelle. Profite du soleil tant qu'il est avec nous, Peter. »

Comme s'il pouvait profiter de quoi que ce soit. Diana et lui avaient parlé d'un voyage en Angleterre – leurs premières longues vacances depuis leur lune de miel – une fois qu'Ellen serait entrée en fac.

Ellen, pensa-t-il. Qui était tout juste en train de se remettre de sa rupture avec son premier vrai petit copain et qui recommençait à sourire.

Chacun de ces beaux jours de fin d'été post-apocalypse, Robinson attachait une laisse au collier de Gandalf (comment s'appelait le chien avant le

6 Juin, il n'en avait aucune idée : le cabot était arrivé avec un collier où pendait seulement un médaillon de vaccination de l'État du Massachusetts) et ils parcouraient ensemble les trois kilomètres qui les séparaient de l'enclave coûteuse dont Howard Timlin était désormais le seul résident.

Une fois, Diana avait comparé cette balade à une photo du paradis. On y longeait des falaises abruptes surplombant le lac et offrant soixante kilomètres de panorama en direction de New York. À un endroit, où la route faisait un crochet abrupt, un panneau avertissait : PRUDENCE ! Bien sûr, les gosses qui passaient l'été ici avaient baptisé cette épingle à cheveux Le Virage de la Mort.

La résidence de Woodland Acres – aussi privée que coûteuse avant que le monde finisse – se trouvait un kilomètre et demi plus loin. L'élément central en était un pavillon en pierres apparentes qui avait abrité un restaurant doté d'une vue merveilleuse, d'un chef cinq étoiles et d'une « cave à bières » garnie de mille marques différentes. (« Pour beaucoup imbuvables, avait dit Timlin. Fais-moi confiance. ») Autour du pavillon principal, sur plusieurs vallons boisés, étaient éparpillés deux douzaines de « chalets » pittoresques, dont certains avaient appartenu à de grosses sociétés et entreprises avant que le 6 Juin ne mette fin à toute société et entreprise. La plupart des chalets étaient encore inoccupés le 6 et, durant les dix jours de frénésie qui avaient suivi, le peu de gens en résidence avaient fui vers le Canada, que la rumeur prétendait exempt de radiations. Ça, c'était quand il restait encore assez d'essence pour rendre la fuite possible.

Les propriétaires de Woodland Acres, George et Ellen Benson, étaient restés. De même que Timlin qui était divorcé, n'avait aucun enfant à pleurer, et savait que l'histoire du Canada était sûrement une fable. Et puis, début juillet, les Benson avaient avalé des cachets et s'étaient couchés dans leur lit en écoutant Beethoven sur un électrophone à piles. Maintenant il ne restait plus que Timlin.

« Tout ce que tu vois est à moi, avait-il dit à Robinson en déployant un bras de manière grandiose. Et un jour, fils, ce sera à toi. »

Lors de ces expéditions quotidiennes jusqu'à Woodland, le chagrin et la sensation de dépaysement de Robinson s'atténuaient : le soleil était réjouissant. Gandalf reniflait les buissons et essayait de faire pipi sur chacun d'eux. Il aboyait courageusement quand il entendait quelque chose dans les bois, mais toujours en se rapprochant de Robinson. La laisse était nécessaire uniquement à cause des écureuils et des tamias morts. Eux, Gandalf ne voulait pas leur pisser dessus mais se rouler dans leurs restes.

L'allée vers Woodland Acres partait de la route du lac où Robinson vivait désormais en solitaire. Avant, l'entrée en était fermée par un portail destiné à dissuader les curieux et les membres de la classe laborieuse comme lui, mais, à présent, le portail restait en permanence ouvert. L'allée serpentait sur huit cents mètres de forêt où la lumière oblique et poussiéreuse semblait presque aussi ancienne que les immenses pins et épicéas qui la filtraient, elle passait devant quatre courts de tennis, longeait un green de golf et contournait une écurie où les chevaux gisaient désormais morts dans leurs box. Le chalet de Timlin était le plus éloigné du pavillon : c'était une modeste demeure de quatre chambres, quatre salles de bains, un jacuzzi et un sauna privatif.

« Pourquoi t'avais besoin de quatre chambres, puisque t'es tout seul ? lui avait demandé Robinson un jour.

— J'en avais pas besoin et j'en ai toujours pas besoin, avait répondu Timlin, mais *tous* les chalets ont quatre chambres. Sauf Les Digitales, L'Achillée et La Lavande. Ceux-là en ont cinq. La Lavande a aussi une piste de bowling attenante. Tout le confort moderne. Mais du temps où je venais en vacances ici avec ma famille quand j'étais petit, on avait les toilettes à l'extérieur. Véridique. »

Robinson et Gandalf trouvaient généralement Timlin installé dans l'un des fauteuils à bascule sur la grande terrasse de son chalet (Les Véroniques), en train de lire un livre ou d'écouter de la musique sur son lecteur CD à piles. Robinson détachait alors la laisse du collier de Gandalf et le chien – rien qu'un bâtard, sans marque de fabrique vraiment reconnaissable à part ses oreilles d'épagneul – se précipitait en haut des marches pour aller se faire câliner. Après quelques caresses, Timlin tirait doucement en divers endroits de son pelage blanc-gris et, lorsque le poil restait bien accroché, il faisait toujours la même observation : « Remarquable. »

En cette belle journée de la mi-août, Gandalf ne fit qu'une brève visite au fauteuil à bascule de Timlin : il renifla les chevilles découvertes de l'homme avant de redescendre les marches au trot et de disparaître dans les bois. Timlin salua Robinson d'une main levée, à la manière d'un Indien de cinéma : *Ugh.*

Robinson lui retourna le compliment.

« Tu veux une bière ? demanda Timlin. Elles sont fraîches, je viens de les retirer du lac.

— Et qu'est-ce que ce sera aujourd'hui ? Old Shitty ou Green Mountain Dew ?

— Aucune des deux. J'avais une caisse de Budweiser enfermée à la réserve. La Reine des Bières, comme tu te rappelles peut-être. Je l'ai délivrée.

— Dans ce cas, je serai ravi de me joindre à toi. »

Timlin se leva en poussant un grognement et disparut à l'intérieur en tanguant légèrement. Deux ans auparavant, avait-il raconté à Robinson, l'arthrite avait monté une attaque sournoise contre ses hanches et, non contente de ça, avait décidé de s'en prendre à ses chevilles. Robinson n'avait jamais posé la question mais il estimait que Timlin avait dans les soixante-quinze ans. Son corps svelte suggérait une vie de bonne forme physique, mais sa forme commençait maintenant à décliner. Robinson lui-même ne s'était jamais mieux senti physiquement, ce qui relevait de l'ironie compte tenu du peu de choses qui le raccrochaient maintenant à la vie. Timlin n'avait certainement pas besoin de lui, même si le vieux bougre se montrait relativement cordial. Alors que cet été surnaturellement beau touchait à sa fin, seul Gandalf avait vraiment besoin de lui. Ce qui lui allait, car pour le moment Gandalf lui suffisait.

Rien qu'un garçon et son chien[1], pensait-il.

Le chien en question avait émergé des bois à la mi-juin, maigre et hirsute, le pelage tout emmêlé de boules de bardane, et avec une profonde écorchure sur le museau. Robinson était couché dans la chambre d'amis (il ne supportait plus de dormir dans le lit qu'il avait partagé avec Diana), rendu insomniaque par le chagrin et la dépression, conscient qu'il ne tarderait pas à atteindre ses limites et à jeter l'éponge. Il y avait quelques semaines à peine, il aurait qualifié un tel acte de lâche, mais depuis il s'était rendu à l'évidence : la douleur ne cesserait pas, le chagrin ne cesserait pas et, bien sûr, sa vie ne durerait plus très longtemps quoi qu'il arrive. Il n'y avait qu'à sentir l'odeur des animaux en décomposition dans la forêt pour savoir ce qui l'attendait.

Il avait entendu gratter à la porte et avait d'abord pensé à un être humain. Ou un ours rescapé ayant flairé sa nourriture. Mais le groupe électrogène fonctionnait encore à l'époque et, dans l'éclat des éclairages automatiques qui illuminaient l'allée, il avait vu un petit chien gris, tour à tour grattant à la porte et se blottissant sous le porche. Quand Robinson avait ouvert la porte, le premier réflexe du chien avait été de reculer, les oreilles en arrière et la queue basse.

« J'imagine que tu ferais mieux d'entrer », avait dit Robinson et, sans plus hésiter, le chien était entré.

---

1. Allusion à la série de romans de Harlan Ellison, *A Boy and His Dog* (*Un garçon et son chien*, non traduits en français) ayant pour héros le jeune garçon Vic et son chien télépathe Blood, faisant équipe pour survivre dans un monde post-apocalyptique après une guerre nucléaire.

Robinson lui avait donné un bol d'eau, que le chien lapa furieusement, puis une boîte de corned-beef haché, qu'il dévora en cinq ou six furtives bouchées. Quand le chien eut terminé, Robinson le caressa en espérant qu'il ne mordrait pas. Au lieu de mordre, le chien lui avait léché la main.

« Tu es Gandalf, lui dit Robinson. Gandalf le Gris. »

Puis il fondit en larmes. Il tenta de se dire qu'il était ridicule mais il ne l'était pas. Il n'était plus seul dans la maison désormais.

« Quelles nouvelles pour ta bécane ? » demanda Timlin.

Ils en étaient à leur deuxième bière. Quand Robinson aurait terminé la sienne, Gandalf et lui referaient les trois kilomètres à pied jusqu'à la maison. Il ne voulait pas s'attarder trop longtemps ; les moustiques devenaient plus nombreux quand le crépuscule tombait.

Si Timlin a raison, pensa-t-il, c'est les suceurs de sang plutôt que les débonnaires qui hériteront la terre[1]. S'ils trouvent encore du sang à sucer, cela va de soi.

« La batterie est morte », annonça-t-il à Timlin. Puis : « Ma femme m'avait fait promettre de vendre la moto à mes cinquante ans. Elle disait que passé la cinquantaine, les réflexes d'un homme sont trop lents et que ça devient dangereux.

---

1. Cf. « Heureux les débonnaires, car ils hériteront la terre ! » (Matthieu 5:3-5).

— Et tu auras cinquante ans quand ?

— L'année prochaine », dit Robinson.

Et il rit d'une telle absurdité.

« J'ai perdu une dent ce matin, dit Timlin. Ça veut peut-être rien dire à mon âge, mais…

— T'as vu du sang dans les toilettes ? »

Timlin lui avait dit que c'était l'un des premiers signes d'intoxication radioactive avancée et Timlin en savait bien davantage que lui sur le sujet. Ce que Robinson savait, c'était que sa femme et sa fille se trouvaient à Boston quand les frénétiques négociations de paix de Genève étaient parties en fumée dans une explosion nucléaire le 5 juin, et qu'elles étaient toujours à Boston le lendemain, quand le monde s'était suicidé. La côte Est de l'Amérique, de Hartford à Miami, n'était plus que scories désormais.

« Je vais invoquer le cinquième amendement sur cette question, dit Timlin. Tiens, voilà ton chien. Tu ferais bien de vérifier ses pattes : il boite un peu. On dirait que c'est la patte arrière gauche. »

Mais ils ne trouvèrent aucune épine dans aucune des pattes de Gandalf et, cette fois-ci, quand Timlin tira doucement sur son pelage, une touffe de poils se détacha de son arrière-train. Gandalf ne sembla pas le sentir. Les deux hommes se regardèrent.

« Ça pourrait être la gale, dit enfin Robinson. Ou le stress. Les chiens perdent leurs poils quand ils sont stressés, tu sais.

— Peut-être. » Timlin regardait vers l'ouest, par-delà le lac. « On va avoir un magnifique coucher du soleil. Bien sûr, ils sont tous magnifiques, maintenant. Comme quand le Krakatoa est rentré en éruption en

1883. Sauf que là, c'est à dix mille Krakatoa qu'on a eu droit. »

Il se pencha et caressa la tête de Gandalf.

« L'Inde et le Pakistan », dit Robinson.

Timlin se redressa.

« Oui, mais ensuite il a fallu que tout le monde s'y mette, hein ? Même les Tchétchènes en avaient quelques-unes qu'ils ont livrées à Moscou en camionnettes. C'est comme si le monde avait délibérément oublié combien de pays – et de groupes, de putains de *groupes* ! – possédaient ces machins.

— Ou ce dont ces machins étaient capables », dit Robinson.

Timlin acquiesça.

« Oui, ça aussi. On était trop préoccupés par le plafond de la dette, pendant que nos amis d'outre-Atlantique s'employaient à interdire les concours de beauté pour enfants et à défendre l'euro.

— T'es sûr que le Canada est aussi pollué que les quarante-huit États contigus ?

— J'imagine que c'est une question de latitude. Le Vermont n'est pas aussi pollué que New York, et le Canada n'est probablement pas aussi pollué que le Vermont. Mais il le deviendra. Et puis, la plupart des gens qui sont montés là-haut étaient déjà malades. Malades à la mort, pour citer approximativement Kierkegaard. Tu veux une autre bière ?

— Je ferais mieux de rentrer. » Robinson se leva. « Allez, Gandalf. C'est l'heure de brûler quelques calories.

— Je te vois demain ?

« — Peut-être en fin d'après-midi. J'ai une course à faire le matin.

— Puis-je te demander où ?

— Bennington, tant que j'ai encore assez d'essence dans mon pick-up pour faire l'aller-retour. »

Timlin l'interrogea d'un haussement de sourcils.

« Je veux voir si je peux trouver une batterie pour la moto. »

Le boitement de Gandalf ne cessait d'empirer mais il parvint quand même à se traîner jusqu'au Virage de la Mort. Là, il s'assit simplement, comme pour regarder les bouillonnements du couchant se refléter dans le lac. Ils étaient d'un orange flamboyant traversé d'artères du rouge le plus profond. Le chien gémit et se lécha la patte arrière gauche. Robinson s'assit un petit moment à côté de lui, mais, quand les premiers moustiques éclaireurs appelèrent les renforts, il prit Gandalf dans ses bras et se remit en marche. Le temps qu'ils arrivent à la maison, Robinson avait les bras qui tremblaient et les épaules endolories. Si Gandalf avait pesé cinq kilos de plus, peut-être même seulement deux, il aurait été forcé de le laisser et d'aller chercher le pick-up. Il avait mal à la tête aussi, peut-être à cause de la chaleur, ou de la deuxième bière, ou des deux.

L'allée bordée d'arbres qui descendait à la maison était une flaque d'ombres et la maison elle-même était obscure. Il y avait des semaines que le groupe électrogène avait rendu l'âme. Le soleil couchant avait pris la couleur d'une ecchymose violet sombre.

Robinson monta les marches du porche d'un pas lourd et posa Gandalf pour ouvrir la porte.

« Allez, mon garçon », dit-il.

Gandalf lutta pour se relever, puis s'affaissa.

Alors que Robinson se penchait pour le soulever, Gandalf fit un nouvel effort. Cette fois-ci, il franchit le seuil d'un bond et s'effondra sur le flanc de l'autre côté, pantelant. Sur le mur au-dessus du chien, il y avait au moins deux douzaines de photos de gens que Robinson aimait, tous décédés à présent. Il ne pouvait même plus composer les numéros de Diana et d'Ellen pour écouter leurs voix sur leurs répondeurs. Son téléphone était mort peu après le groupe électrogène, mais, même avant ça, tous les services de téléphonie mobile avaient cessé.

Il prit une bouteille de Poland Spring dans le cellier, remplit la gamelle de Gandalf puis lui servit une portion de croquettes. Gandalf but un peu d'eau mais ne mangea pas. Lorsque Robinson s'accroupit pour lui gratter le ventre, le poil du chien se détacha par poignées.

Ça va tellement vite, pensa-t-il. Ce matin, il allait bien.

Robinson alla sous l'appentis derrière la maison avec une lampe torche. Sur le lac, un plongeon cria – juste un. La moto était sous une bâche. Il retira la toile et promena le faisceau lumineux le long de la carrosserie luisante. C'était une Fat Bob 2014, déjà quelques années au compteur mais pas beaucoup de bornes ; l'époque où il parcourait six à huit mille kilomètres entre mai et octobre était révolue.

Pourtant, la Bob restait la bécane de ses rêves, même si, pour la plupart, ses rêves le ramenaient sur les routes où il l'avait pilotée ces deux dernières années. Moteur à refroidissement par air. Bicylindre en V. Six vitesses. Presque 1 700 cm^3. Et ce ronflement ! Il n'y avait que les Harley pour ronfler comme ça, comme le tonnerre en été. Quand tu t'arrêtais à côté d'une Chevrolet à un feu rouge, t'avais des chances de voir le mec dans sa boîte à roulettes verrouiller ses portières.

Robinson passa une main sur le guidon puis enfourcha la moto et s'installa sur la selle, les pieds sur les cale-pieds. Diana s'était montrée de plus en plus insistante pour qu'il la vende et, quand il partait en vadrouille, elle lui rappelait sans cesse que si le Vermont avait rendu le port du casque obligatoire, c'était pour une bonne raison... pas comme ces idiots du New Hampshire et du Maine. À présent, il pouvait rouler sans casque s'il voulait. Il n'y avait plus de Diana pour le harceler, et plus de police montée du comté pour l'arrêter. Il pouvait rouler le cul à l'air si ça lui chantait.

« Y faudrait juste que je fasse gaffe au pot d'échappement en descendant », dit-il, et il rigola.

Il rentra sans remettre la bâche sur la Harley. Gandalf était couché sur le lit de couvertures que Robinson lui avait fait, le museau posé sur l'une de ses pattes avant. Ses croquettes étaient intactes.

« Tu devrais manger un peu, dit Robinson en lui caressant la tête. Tu te sentiras mieux. »

Le lendemain, il y avait une tache rouge sur les couvertures autour de la croupe de Gandalf et, malgré ses efforts, le chien ne put se lever. Après sa deuxième tentative, Robinson l'emporta à l'extérieur. Gandalf resta d'abord allongé dans l'herbe puis réussit à se lever suffisamment pour s'accroupir. Ce qui sortit de lui fut un jet de selles sanguinolentes. Gandalf s'en écarta en rampant, comme pris de honte, puis se coucha en regardant Robinson tristement.

Cette fois, quand Robinson le souleva, Gandalf aboya de douleur. Il montra les crocs mais ne mordit pas. Robinson le porta à l'intérieur et le déposa sur son lit de couvertures. En se redressant, il regarda ses mains et vit qu'elles étaient couvertes de poils. Quand il frotta ses paumes l'une contre l'autre, les poils s'envolèrent comme des aigrettes de laiteron.

« Ça va aller, dit-il à Gandalf. C'est rien qu'une petite indigestion. T'as dû trouver un de ces fichus tamias pendant que j'avais le dos tourné. Reste là et repose-toi. Je suis sûr que ça ira mieux à mon retour. »

Il restait un demi-plein dans le Silverado, plus qu'assez pour un aller-retour de quatre-vingt-quinze kilomètres jusqu'à Bennington. Robinson décida de passer d'abord par Woodland Acres voir si Timlin avait besoin de quelque chose.

Son dernier voisin était assis dans son fauteuil à bascule sur le porche de son chalet Les Véroniques. Il était extrêmement pâle et avait des poches violettes sous les yeux. Quand Robinson lui dit pour Gandalf, Timlin hocha la tête.

« J'ai passé quasiment toute la nuit debout, à courir aux toilettes. On a dû attraper le même virus. »

Il sourit pour montrer que c'était une plaisanterie, bien que pas très drôle.

Non, dit-il, il n'avait besoin de rien à Bennington, mais peut-être que Robinson voudrait bien s'arrêter au retour ?

« J'ai quelque chose dont *toi*, tu pourrais avoir besoin », dit-il.

Le trajet jusqu'à Bennington fut plus long que Robinson ne s'y attendait car la route était jonchée de voitures abandonnées. Il était près de midi quand il se rangea sur le parking de Kingdom Harley-Davidson. Les vitrines avaient été brisées et tous les modèles d'exposition embarqués mais il y avait plein de motos à l'arrière. Elles étaient protégées contre le vol par des câbles en acier gainés de plastique et par de solides cadenas.

Ce n'était pas un problème pour Robinson, il souhaitait juste voler une batterie. La Fat Bob qu'il choisit était plus récente que la sienne d'un ou deux ans mais la batterie semblait identique. Il alla chercher sa boîte à outils à l'arrière de son pick-up et vérifia la charge avec son Impact (le testeur était un cadeau de sa fille pour son anniversaire il y a deux ans) : la lumière verte s'alluma. Il enleva la batterie, alla dans la salle d'exposition et trouva tout un choix de cartes routières. S'aidant de la plus détaillée pour trouver les petites routes, il fut de retour au lac à quinze heures.

Il croisa un très grand nombre d'animaux morts, dont un énorme élan étendu sur les marches en blocs de béton d'une caravane. Sur la pelouse envahie de digitaires, quelqu'un avait planté une pancarte peinte à la main. Trois mots seulement : BIENTÔT AU PARADIS.

Le porche des Véroniques était désert mais, quand Robinson frappa à la porte, Timlin lui cria d'entrer. Il était assis dans le salon au style rustique ostentatoire, plus pâle que jamais, une grande serviette de table à la main. Elle était tachée de sang. Sur la table basse devant lui se trouvaient trois objets : un livre de photos intitulé *Toute la beauté du Vermont*, une seringue hypodermique remplie d'un liquide jaune, et un revoler.

« Je suis content que tu sois venu, dit Timlin. Je ne voulais pas partir sans te dire au revoir. »

Ne précipitons pas les choses, fut la première réponse qui vint à l'esprit de Robinson, mais, reconnaissant son caractère absurde, il garda le silence.

« J'ai perdu six dents, poursuivit Timlin, mais c'est pas ça le plus grave. Au cours des douze dernières heures environ, il semblerait que j'aie expulsé les trois quarts de mes intestins. Chose étrange, c'est très peu douloureux. Les hémorroïdes que je me suis coltinées à la cinquantaine étaient pires. La douleur viendra – je me suis suffisamment renseigné pour le savoir –, mais je n'ai pas l'intention de rester dans les parages assez longtemps pour en expérimenter toute la beauté. T'as trouvé la batterie que tu cherchais ?

— Oui, répondit Robinson, et il s'assit lourdement. Seigneur, Howard, je suis tellement désolé, putain.

— J'apprécie. Et toi ? Comment te sens-tu ?

— Physiquement ? Ça va. »

Même si ce n'était plus complètement vrai. Plusieurs rougeurs qui ne ressemblaient pas à des coups de soleil étaient apparues sur ses avant-bras, et il en avait une autre sur la poitrine, au-dessus du téton droit. Elles le démangeaient. Et puis… son petit déjeuner avait beau rester en place, son estomac semblait loin d'en être content.

Timlin se pencha et tapota la seringue.

« Demerol. J'allais me l'injecter et regarder des photos du Vermont jusqu'à ce que… jusqu'à. Mais j'ai changé d'avis. Je crois que le revolver fera l'affaire. Toi, prends la seringue.

— Je suis pas tellement prêt.

— Pas pour toi, pour le chien. Il ne mérite pas de souffrir. Ce ne sont pas les chiens qui ont inventé les bombes, après tout.

— Je pense qu'il a peut-être juste mangé un tamia, dit Robinson faiblement.

— On sait tous les deux que non. Et même si c'était le cas, les carcasses d'animaux sont tellement irradiées… autant avaler une capsule de cobalt. C'est un miracle qu'il ait survécu aussi longtemps. Sois reconnaissant des moments que tu as passés avec lui. Des moments de grâce. C'est ça un bon chien, tu sais. Un petit peu de grâce. »

Timlin l'examina attentivement.

« Ne t'avise pas de pleurer. Si tu pleures, moi aussi je vais m'y mettre, alors ressaisis-toi. Il y a un pack de Bud au frigo. Je ne sais pas pourquoi je me suis embêté à les mettre au frigo mais les vieilles habitudes ont la vie dure. Va nous en chercher, tu veux ? Mieux vaut de la bière tiède que pas de bière du tout ; je crois que c'est Woodrow Wilson qui a dit ça. On va boire un verre à la santé de Gandalf. Et à ta nouvelle batterie de moto. En attendant, il faut que j'aille déposer le bilan. Et qui sait, peut-être que cette fois, je vais le déposer pour de bon. »

Robinson alla chercher les bières. Quand il revint, Timlin s'était éclipsé et il ne reparut qu'au bout de cinq minutes. Il revint au salon lentement en se tenant aux meubles. Il avait retiré son pantalon et noué une serviette de bain autour de sa taille. Il s'assit en poussant un petit cri de douleur mais prit la canette de bière que lui tendait Robinson. Ils portèrent un toast à Gandalf et burent. La Bud était tiède, clairement, mais pas si mauvaise. Après tout, c'était la Reine des Bières.

Timlin souleva le revolver.

« Pour moi, ce sera le suicide victorien classique, dit-il comme satisfait de cette perspective. Le canon sur la tempe. La main libre devant les yeux. Adieu, monde cruel.

— Je m'en vais rejoindre le cirque[1] », répliqua Robinson sans réfléchir.

Timlin rit de bon cœur, ses lèvres se retroussant sur le peu de dents qui lui restait.

« Ce serait chouette, mais j'en doute. Je t'ai déjà raconté que je me suis fait renverser par un camion

---

1. Allusion à la chanson de James Darren « Goodbye Cruel World » : « *Oh, goodbye cruel world, I'm off to join the circus.* »

quand j'étais gosse ? Un genre de camionnette de laitier comme disent nos cousins britanniques. »

Robinson secoua la tête.

« En 1957, c'était. J'avais quinze ans, je marchais sur une route de campagne dans le Michigan, je rejoignais la nationale 22 où j'espérais trouver une voiture qui m'emmènerait à Traverse City pour une double séance de cinéma. J'étais en train de fantasmer sur une fille de ma classe – longues jambes délicieuses, belle poitrine bien haute – et j'ai dévié du bas-côté où j'étais en relative sécurité. La camionnette est arrivée d'en haut de la côte – le chauffeur allait beaucoup trop vite – et elle m'a percuté de plein fouet. Si elle avait été chargée à bloc, j'aurais très certainement été tué, mais comme elle était vide, elle était beaucoup plus légère, c'est ce qui m'a permis de vivre jusqu'à soixante-quinze ans et de savoir ce que ça fait de se vider de ses entrailles dans des toilettes dont on ne peut plus tirer la chasse. »

Il semblait n'y avoir aucune réponse adéquate à apporter à ça.

« Le soleil s'est reflété sur le pare-brise de la camionnette quand elle a franchi le haut de la côte, et puis… plus rien. J'imagine qu'il se passera sensiblement la même chose lorsque la balle traversera mon cerveau et anéantira tout ce que j'ai jamais pensé et vécu. » Il leva un doigt professoral. « Sauf que cette fois, il n'y aura pas *quelque chose* après *rien*. Juste un éclair, comme le reflet du soleil sur le pare-brise d'une camionnette de laitier, plus rien. Je trouve cette idée à la fois géniale et terriblement déprimante.

— Peut-être que tu devrais attendre un peu, dit Robinson. Peut-être que... »

Timlin attendit poliment, les sourcils levés.

« Merde, je sais pas », dit Robinson. Puis, se surprenant lui-même, il s'écria : « *Mais qu'est-ce qu'ils ont fait ? Qu'est-ce que ces enculés ont fait ?*

— Tu sais parfaitement ce qu'ils ont fait, répondit Timlin. Et maintenant on en subit les conséquences. Je sais que tu aimes ce chien, Peter. C'est un amour de transfert, comme diraient les psychiatres – un trouble de conversion – mais on prend ce que l'on peut, et si on a un minimum de bon sens, on en est reconnaissants. Alors n'hésite pas. Enfonce-lui cette seringue dans le cou et enfonce-la bien. Tiens-le par le collier s'il bronche. »

Robinson posa sa bière. Il n'en voulait plus.

« Il était dans un sale état quand je suis parti. Si ça se trouve, il est déjà mort. »

Mais Gandalf n'était pas mort.

Quand Robinson entra dans la chambre, le chien leva les yeux et battit deux fois de la queue sur son tas de couvertures sanglantes. Robinson s'assit à côté de lui. Il caressa la tête de Gandalf en pensant à la malédiction de l'amour, qui était en fait tellement simple quand on la regardait en face. Gandalf posa sa tête sur le genou de Robinson et leva les yeux vers lui. Robinson sortit la seringue de sa poche de chemise et retira le capuchon de l'aiguille.

« T'es un bon garçon », dit-il, et il saisit le collier de Gandalf comme le lui avait recommandé Timlin.

Alors qu'il cherchait à rassembler son courage, il entendit un coup de feu. La détonation était ténue à cette distance, mais, avec le calme qui régnait sur le lac, il était impossible de se méprendre. Elle se propagea dans l'air chaud de l'été, faiblit, tenta de se répercuter, échoua. Gandalf rabattit ses oreilles en arrière et une pensée aussi réconfortante qu'absurde vint à l'esprit de Robinson. Peut-être que Timlin se trompait sur le *plus rien*. C'était possible. Dans un monde où il suffisait de lever les yeux pour voir un couloir éternel d'étoiles, il supposait que tout était possible. Peut-être…

Peut-être.

Gandalf le regardait toujours lorsqu'il enfonça l'aiguille. Un instant, les yeux du chien restèrent brillants et attentifs et, durant cet interminable moment avant que leur lumière s'éteigne, Robinson l'aurait retirée s'il avait pu.

Il resta longtemps là, assis par terre, à espérer que le dernier huard pousserait un dernier cri, mais non. Au bout d'un moment, il sortit chercher une pelle dans l'appentis et creusa un trou dans le jardin de fleurs de sa femme. Inutile de creuser profond, aucun animal n'allait venir déterrer Gandalf.

Quand il se réveilla le lendemain matin, Robinson avait un goût de cuivre dans la bouche. Quand il souleva la tête, sa joue se décolla de l'oreiller en craquelant. Son nez et ses gencives avaient saigné dans la nuit.

C'était encore une belle journée d'été mais les premières couleurs de l'automne avaient commencé à gagner les arbres. Robinson poussa sa Fat Bob hors de l'appentis et changea la batterie, travaillant lentement et soigneusement dans le silence abyssal.

Quand il eut terminé, il tourna le bouton. La lumière verte du point mort s'alluma mais tremblota un peu. Il coupa le contact, resserra les branchements et essaya à nouveau. Cette fois, la lumière resta fixe. Il démarra, et ce grondement – de tonnerre en été – pulvérisa le silence. Ça semblait presque sacrilège, mais – c'était étrange – un bon sacrilège.

Sans surprise, Robinson repensa à la seule et unique fois où il avait participé au rassemblement de motards de Sturgis, dans le Dakota du Sud. C'était en 1998, un an avant de rencontrer Diana. Il se rappelait avoir lentement descendu Junction Avenue sur sa Honda GB 500, une bécane parmi d'autres dans un défilé de deux mille engins, le vrombissement combiné de toutes ces motos tellement puissant qu'il en devenait presque physique. Plus tard ce soir-là, il y avait eu un grand feu de camp et un flot incessant de Stones, AC/DC et Metallica rugissant d'un empilement d'amplis Marshall digne de Stonehenge. Des filles tatouées dansaient seins nus dans la lumière du feu ; des hommes barbus buvaient de la bière dans des casques bizarres ; des enfants décorés de leurs propres tatouages en décalcomanies couraient partout en agitant des cierges magiques. Ça avait été terrifiant, hallucinant et merveilleux ; tout ce que le monde avait de bon et de mauvais rassemblé au même endroit avec une netteté parfaite. Et au-dessus, ce couloir d'étoiles…

Robinson fit ronfler la Fat Boy puis relâcha les gaz. Accéléra, relâcha. Accéléra, relâcha. L'odeur capiteuse de l'essence fraîchement brûlée emplit l'air. Le monde était un mastodonte mourant mais le silence avait été aboli, du moins pour le moment, et c'était bien. C'était bon. Va te faire foutre, silence, pensa-t-il. Va te faire foutre, toi et le cheval sur lequel t'es arrivé. Ça, c'est mon cheval, mon cheval d'acier : il te plaît ?

Il pressa l'embrayage et abaissa la pédale de vitesse en première. Il remonta l'allée, s'inclina à droite dans le tournant et souleva cette fois la pédale pour passer en seconde, puis en troisième. La route de terre était défoncée par endroits mais la moto prenait les ornières en souplesse, faisant flotter Robinson de haut en bas sur la selle. Son nez coulait à nouveau ; le sang ruisselait vers le haut de ses joues et s'envolait derrière lui en gouttes épaisses. Il prit le premier virage, puis le second, s'inclinant toujours plus, passant la quatrième sur une courte ligne droite. La Fat Boy était pressée de filer. Elle était restée trop longtemps sous ce fichu appentis, à prendre la poussière. Sur sa droite, Robinson apercevait du coin de l'œil le lac Pocomtuck, lisse comme un miroir, le soleil battant un sentier d'or jaune à travers le bleu. Robinson lâcha un cri de guerre et brandit son poing au ciel – à l'univers – avant de ramener sa main sur la poignée. Devant lui se profilait la boucle dangereuse avec le panneau PRUDENCE ! annonçant Le Virage de la Mort.

Robinson visa le panneau et tourna la poignée de l'accélérateur à fond. Il eut tout juste le temps de passer la cinquième.

Pour Kurt Sutter et Richard Chizmar

REMERCIEMENTS DES TRADUCTRICES

Les traductrices remercient MM. Richard Kopp et Danny August, leurs ressources inestimables pour tout ce qui concerne le baseball.

Cookie Jar

Une nouvelle inédite de Stephen King

TRADUITE DE L'ANGLAIS (ÉTATS-UNIS) PAR MICHEL PAGEL

Titre original :

COOKIE JAR
Chez Scribner, Simon & Schuster, Inc., à New York en 2015

Je l'ai déjà dit et je le répète, les histoires sont pareilles aux rêves : si saisissantes soient-elles tant qu'elles se déroulent, elles s'évanouissent vite une fois le travail terminé. Vous venez de lire un prologue maladroit (mais vrai) à l'énoncé d'un simple fait : j'ai dû savoir naguère ce qui a inspiré celle-ci, mais je ne m'en souviens pas. Peut-être une phrase entendue au hasard. Ou la vision d'un pot à biscuits sur lequel était marqué NE JAMAIS LAISSER SE VIDER, ou quelque chose comme ça. Je n'en sais rien du tout.

Je suis allé récemment au cinéma en matinée, avec très peu d'autres spectateurs dans la salle. Deux employés jouaient avec un canard en peluche trouvé après la projection du dernier dessin animé destiné aux enfants. Je me suis dit : *Peut-être est-ce un canard magique qui accorde des vœux quand on appuie dessus.* Je vais donc écrire dès que j'en aurai l'occasion une nouvelle intitulée « Le canard en peluche ». Et, si quelqu'un me demande dans un an ce qui a inspiré cette histoire-là, je ne m'en souviendrai pas.

Sauf, bien sûr, si je me réfère à cette introduction.

1

Ils furent dès le début sur la même longueur d'onde : le garçon trouvait au vieillard très bonne mine pour ses quatre-vingt-dix ans, et le vieillard trouvait au garçon, dont le prénom était Dale, très bonne mine pour ses treize ans.

Son arrière-petit-fils l'appela d'abord « arrière-grand-papa », mais Barrett ne voulut pas en entendre parler. « Ça me vieillit encore plus. Appelle-moi Rhett. C'est comme ça que faisait mon père. J'ai été Rhett avant qu'il n'y ait un Rhett Butler, tu te rends compte ? »

Dale demanda qui était Rhett Butler.

« Oublie ça. C'était un mauvais livre et un film très moyen. Parle-moi encore de ton projet.

— On doit demander au plus vieux membre de notre famille comment était la vie quand il avait notre âge, et ensuite écrire une rédaction de deux pages sur la manière dont elle a changé. Mais M. Kendall a horreur des généralités, donc il faut que je me concentre sur un ou deux points spécifiques. Ça veut dire…

— Je sais ce que veut dire spécifique, assura Rhett. Quels points as-tu en tête ? »

Tandis que le garçon pesait la question, son arrière-grand-père l'observa : une bonne tignasse, le dos bien droit, le teint et les yeux clairs. Soixante-dix-sept ans les séparaient ; un océan pour Dale Alderson, sans doute, alors que ce n'était pour Rhett qu'un lac. Voire une mare.

Tu le franchiras en un rien de temps, mon petit, songea-t-il. *La brièveté de la traversée entre ta rive et la mienne te surprendra. Moi, elle m'a surpris, en tout cas.* Il n'était pas même sûr que son arrière-petit-fils – le plus jeune du lot – voie en lui un être humain à part entière. Plutôt un fossile parlant.

« Exprime-toi, Dale. J'ai toute la journée, mais toi sans doute pas.

— Eh bien… tu te rappelles l'époque où il n'y avait pas la télé, hein ? »

Rhett sourit, même s'il estimait que le garçon aurait déjà dû connaître la réponse à cette question-là. Il résista à la tentation de demander : *On ne vous apprend plus rien à l'école, alors ?* parce que ç'aurait été impoli et digne d'un vieux grincheux. Et aussi ingrat. Dale avait fait le déplacement jusqu'à la Maison de retraite de Bonne Vie dans le seul but d'entendre Barrett Alderson évoquer le passé, un sujet qui d'ordinaire faisait partir les enfants en courant. Ce n'était certes que pour un devoir scolaire, mais il n'en avait pas moins traversé toute la ville en bus, ce qui rappelait à Rhett les trajets que son frère Jack et lui effectuaient sur la ligne interurbaine pour aller voir leur mère.

« Dale, je n'ai pas seulement *vu* un téléviseur avant l'âge de vingt et un ans. Des écrans radars, oui, mais pas de télé. Je n'en ai eu ma première observation homologuée que dans la vitrine d'un magasin d'électroménager quand je suis rentré de la guerre.

Je suis resté vingt minutes à la regarder, quasi hypnotisé.

— C'était quelle guerre ?

— La Deuxième, répondit-il, patient. Les nazis ? Hitler ? Les Japonais dans le Pacifique ? Ça te dit quelque chose ?

— Ouais, bien sûr, les kamikazes et tout ça. Je pensais que tu parlais peut-être de la guerre de Corée.

— Quand celle-là a éclaté, j'étais marié et j'avais deux enfants.

— Dont mon grand-père ?

— Ouais, il venait de faire son apparition. » *Et, au moment du Vietnam, j'avais l'âge de ton père maintenant. Peut-être plus.*

« Alors, vous étiez obligés d'écouter la radio, hein ?

— Ma foi, oui, mais on ne se considérait pas comme *obligés*. »

Hors de la chambre, à l'autre bout du couloir, s'élevait la voix amplifiée de la responsable des divertissements de la maison de retraite (ou d'une de ses assistantes) qui annonçait des numéros de loto. Rhett se réjouissait de ne pas être là-bas, même s'il savait qu'il s'y retrouverait probablement le lendemain. Il ne mesurait pas les dernières années de sa vie – peut-être les derniers mois, compte tenu du sang qu'il commençait à trouver dans la cuvette quand il chiait – en cuillers à café, mais en jeux de société.

« Ah non ? lança Dale.

— Absolument pas. Après le dîner, mon père et mes frères…

— Attends, attends, ne perds pas le fil. » Dale tira de la poche de son jean un iPhone. Il le manipula et l'écran s'alluma. Après l'avoir bidouillé encore un peu, il le posa sur le lit.

« Ça enregistre aussi, ce truc ? demanda Rhett.

— Ben oui.

— Il y a quelque chose que ça ne fait pas ?

— Ça lave pas les carreaux, chéri », répondit le garçon, et son arrière-grand-père éclata de rire. Le petit avait peut-être des lacunes en histoire du XXe siècle, mais il était vif. Et drôle.

Dale lui rendit son sourire, heureux qu'il ait compris la plaisanterie, voyant peut-être en lui un être humain, finalement, au moins en partie. Rhett pouvait espérer : même à quatre-vingt-dix ans, il restait assez optimiste – quoique cela lui fût difficile à trois heures du matin, quand, allongé sans trouver le sommeil, il sentait se détendre les fils qui le retenaient à la vie.

« Tu es sûr que ça m'entend ?

— Ouais, ce joujou a un micro génial. Et puis ta voix apparaît là. » Il leva l'appareil. « Dis quelque chose.

— Notre radio était un modèle de table Philco, dit Rhett, qui vit les ondes sonores rouler sur l'écran de l'iPhone.

— Tu vois ?

— Oui. Super gadget. Je ne sais pas comment on faisait pour s'en passer. »

Dale scruta le visage du vieillard pour s'assurer qu'il plaisantait.

« Elle est bien bonne, arrière-grand-papa.

— Non : elle est bien bonne, Rhett.

— Elle est bien bonne, Rhett. Allez, parle-moi de la radio. »

Dix minutes durant, Barrett expliqua comment, après le dîner, ses deux frères et lui s'étendaient sur le tapis du salon avec leurs livres de classe, tandis que leur père s'installait dans son fauteuil, les pieds sur un coussin, fumant la pipe – et tous écoutaient la Philco. Il évoqua pour Dale *The Shadow*, *The Jack Benny Program* – avec ce radin de Jack – et son émission favorite, *Major Bowes Amateur Hour*[1], dont le présentateur pressait les candidats bavards d'un « D'accord, d'accord » agacé, et tapait sur un gong en cas de mauvaise performance. Le flot de ses paroles ralentit quand des souvenirs plus vifs se glissèrent parmi les réminiscences. Les fameux trajets en bus avec Jack, par exemple. Et il songea : *Pourquoi ne pas le lui dire ? Tu n'en as jamais parlé à personne et tu seras mort bientôt. Le sang dans la cuvette, ça ne ment pas – pas à quatre-vingt-dix ans.*

« L'émission avec les chanteurs amateurs était vraiment sponsorisée par des cigarettes ? s'étonna Dale.

— Ouais, les Old Gold. "Pour que fumer soit un coup fumant, fumez Old Gold, la cigarette qui vous fait *du bien* !"

— Ils avaient vraiment le droit de dire ça ? » Les yeux du garçon luisaient de fascination.

« Eh oui. Allez, oublions la radio : j'ai d'autres souvenirs qui me reviennent.

— D'accord. Tout de même, c'est vachement intéressant, ces vieilles émissions.

---

1. *The Shadow* était une série policière, *The Jack Benny Program*, une série comique et *Major Bowes Amateur Hour*, une sorte de radio-crochet. *(N.d.T.)*

— Ce que je vais te dire maintenant l'est encore plus, mais éteins ton gadget. Je ne veux pas que tu enregistres ça.

— Vraiment ?

— Vraiment. »

Dale éteignit l'iPhone et le rangea dans sa poche. Il couvait à présent son arrière-grand-père d'un regard prudent, comme si Rhett était sur le point de lui annoncer qu'il avait dévalisé quelques banques ou pris plaisir à immoler les chiens par le feu quand il était adolescent.

« J'ai eu une enfance assez particulière, Dale, parce que ma mère l'était. Pas vraiment folle, pas assez pour être enfermée dans un asile, mais très, très particulière. J'étais le plus jeune de ses trois enfants. En 1927, deux ans après ma naissance, elle a quitté la maison avec armes et bagages et s'est installée dans un petit cottage à l'autre bout de la ville – celui où nous sommes, à vrai dire, pas très loin d'ici, bien qu'il y ait un centre commercial à cet endroit-là, de nos jours. La maison lui venait d'une vieille tante et n'était pas beaucoup plus grande qu'un garage. Ma mère a laissé mon père nous élever, Pete, Jack et moi. Et il s'en est acquitté, aidé par la femme qui venait faire le ménage et nous surveiller tant qu'on était trop jeunes pour être laissés seuls.

— Elle n'a jamais donné de raison ? demanda Dale.

— Elle disait que c'était pour nous protéger. Mon père veillait à ce qu'elle ait une bonne pension, et il payait sans se plaindre – les temps étaient durs, mais il était employé par la compagnie d'assurances American Eagle, et ma mère n'avait pas de gros besoins. Ils conservaient des rapports conviviaux. Tu sais ce que ça veut dire ?

— Qu'ils s'entendaient bien ?

— C'est exactement ça, bravo. Mon frère Jack et moi, on s'entendait bien avec elle aussi. On acceptait la situation comme le font fréquemment les jeunes enfants, sans trop se plaindre ni poser de questions. On lui rendait visite très souvent. Avec elle, on jouait au rami, au huit américain et au Monopoly. La maison était glaciale en hiver et plus chaude qu'un tuyau de poêle en été, même avec un ventilateur pour brasser l'air. On riait beaucoup. Elle avait un ukulélé. Des fois, on allait tous les trois sur le perron, derrière la maison, elle jouait et on chantait. Des trucs comme *Old Black Joe* et *Massa's in the cold, cold ground*.

— C'étaient vraiment des chansons[1] ? » Dale jeta un coup d'œil à la poche qui contenait l'iPhone. *Il doit regretter de l'avoir éteint,* songea Rhett. *Désolé, petit, mais tu ne feras écouter ça à personne. La folie est moins dangereuse quand elle n'est pas enregistrée.*

« Oui, c'en étaient. Pas très politiquement correctes selon les critères actuels, mais l'époque n'était pas la même. Le monde était vraiment différent. Ma mère, on l'aimait à la folie. Elle était pleine d'énergie, comme c'est souvent le cas des maniaco-dépressifs, et elle avait le rire facile, exubérant. Pour Pete, c'était autre chose. Il était le plus âgé, il avait presque sept ans quand elle a quitté la maison, et il est resté fâché

---

1. L'étonnement de Dale est dû au fait que les titres sont à consonance raciste. *(N.d.T.)*

contre elle jusqu'à ce qu'elle meure. Il refusait d'aller la voir si on ne l'y obligeait pas, et mon père a fini par y renoncer. »

Et puis Pete a craqué à son enterrement, songea Rhett. *Il a tellement pleuré qu'il s'est évanoui et qu'il a fallu le porter dehors pour que l'air frais le ranime.*

« Il a dû être blessé, dit Dale. Si ça se trouve, il a cru qu'elle était partie à cause de lui. »

Son arrière-grand-père sourit. « Tu as de la jugeote, fiston. Je suis sûr qu'il y avait tout ça, et d'autres raisons encore. Quoi qu'il en soit, il la voyait rarement. Jack et moi, au contraire... ce n'était pas seulement qu'on l'aimait : elle nous fascinait. Mille neuf cent trente-six a été sa dernière bonne année. Jack avait treize ans, moi onze, donc on était assez vieux pour traverser la ville par l'interurbain, et on allait la voir une ou deux fois par semaine. Souvent le samedi, parfois après l'école.

— Maman m'a interdit de te poser des questions sur ta mère, dit le garçon.

— Parce qu'elle s'est suicidée ?

— Ouais. Maman dit que, pour moi, c'est un personnage historique, mais qu'elle était beaucoup plus que ça pour toi. Quand elle me demandera comment ça s'est passé – et elle le fera –, il faudra que je lui dise que c'est toi qui en as parlé le premier.

— C'est très bien, acquiesça Rhett. Et ç'a été douloureux. Très douloureux. Ça l'est toujours de perdre sa mère, j'imagine, mais le suicide est un cas à part. Jack en a été plus marqué que moi, parce qu'il s'en est voulu. Il a cru qu'étant plus âgé, il aurait dû voir que l'état de notre mère empirait. Sauf que c'était difficile : elle était tellement pleine de vie, et tellement… intéressante. Elle virevoltait à travers la maison, sortant des cartes, des jeux de société ou des puzzles Tuco de cinq cents pièces pour qu'on les fasse tous les trois. Parfois, elle remontait son Victrola pour nous apprendre à danser le charleston et, comme on ne voulait pas, elle dansait toute seule, ou avec son ombre sur le mur. Elle racontait des histoires drôles… Elle jouait du ukulélé… Elle nous apprenait des tours de magie comme la Pièce qui disparaît et le Mouchoir flottant. Et – détail important – elle gardait en haut d'un placard un grand pot en céramique bleue où était inscrit en rouge le mot "Biscuits". Comme il était toujours plein, on se gavait de gâteaux secs. Un tas de variétés différentes, toutes bonnes. La maison n'était peut-être pas plus grande qu'un garage, mais on s'y amusait bien. Ma mère y veillait, et je ne suis pas sûr que même un adulte aurait vu la vérité sous autant de camouflage.

— Quelle vérité ? interrogea Dale.

— Son état empirait. Elle parlait d'autres mondes, juste à côté du nôtre, et des races étrangères qui y vivaient. Elle racontait que quelque chose la cherchait pour lui faire du mal. Cela s'adressait à elle par l'intermédiaire de l'installation électrique, à l'en croire : la nuit, elle dévissait toutes les ampoules et posait des cartes à jouer contre les prises. Elle disait que leur dos en celluloïd était très efficace pour arrêter la voix. Mais, ensuite, elle éclatait de rire, comme si tout ça n'était qu'une grosse blague.

— Waouh, fit Dale. Génial !

— Elle avait tracé sur un mur un plan qu'elle complétait petit à petit. Un pays d'un de ces autres mondes. Elle l'appelait Lalanka et le disait empli d'*entités*. Tu sais ce que c'est ? »

Dale secoua la tête.

« Des créatures qui voulaient pénétrer dans notre monde, mais ne le pouvaient pas. Du moins pas encore. Une sorte de force les retenait, ce qui valait mieux car elles étaient affamées. Selon ma mère, si elles nous rejoignaient un jour, elles dévoreraient tout – pas seulement les gens et les animaux, mais aussi les pelouses, les voitures, les immeubles et même le ciel. Sur d'autres sujets, elle était tout à fait rationnelle. Elle faisait ses courses, elle restait propre, bien habillée, elle était très affectueuse avec Jack et moi et ne manquait jamais de s'enquérir de Pete. Avant que nous partions, elle nous demandait toujours de lui répéter qu'il serait le bienvenu quand il le voudrait. "J'ai déménagé parce que votre père et vous n'auriez pas été en sécurité si j'étais restée", elle disait.

— C'est dingue. »

Rhett haussa les épaules et écarta ses mains mouchetées de taches brunes.

« Nous, on ne trouvait pas ça dingue. On acceptait, voilà tout. Les enfants sont comme ça, Dale. Mais ce plan, cette carte… ça, c'était dingue. Dans les dernières années de sa vie, il y avait de nouveaux trucs dessus à chacune de nos visites : des chaînes de montagnes, des lacs, des villages, des châteaux, des forêts, des routes.

— Et ton père l'a vue ?

— Oh, oui, souvent. Il considérait ça comme une véritable œuvre d'art qu'il aurait fallu exposer dans une galerie. Je crois que, d'après lui, ça faisait partie des rares choses qui la gardaient sur les rails. Avec nos visites, bien sûr. Aujourd'hui, je pense que des intellectuels appelleraient ça un mécanisme de défense. On restait parfois juste assis dans sa petite cuisine, à manger des sandwichs de pain de mie, et elle nous posait des questions sur l'école, sur nos copains, ou bien nous faisait réciter nos leçons comme si on avait une interrogation à venir. Jack entamait l'étude de l'algèbre et n'y comprenait goutte : elle lui a expliqué le principe en se servant de biscuits tirés du pot. Elle traçait un signe égal sur une feuille et posait trois biscuits d'un côté, sept de l'autre. Près des trois, elle dessinait un x, et disait à Jack d'entasser dessus d'autres biscuits jusqu'à ce que les deux côtés du signe égal soient identiques.

— Hé, cool.

— Mais, entre ces activités normales, rationnelles, elle nous parlait de Lalanka, où les gobbits – les créatures des forêts profondes – produisaient une terrible brume blanche qui tuait les petits animaux et donnait des convulsions aux plus grands, et où une guerre opposait Henry le Rouge à son frère jumeau renégat, John le Noir. Un jour où on lui rendait visite, elle a barbouillé de noir les forêts autour du plus grand château – celui de Henry le Rouge. Parce que, disait-elle, John le Noir avait "incendié la Forêt Longue". Et il y avait une histoire de temps arrêté au sein des Royaumes de l'Ouest qui ouvrait des brèches dans le matériau de l'existence. "Si l'arrêt du temps se répand chez nous, mes enfants, nous sommes perdus", répétait-elle. Ça me donnait des cauchemars.

— Pas étonnant, dit Dale. Ça m'en aurait sans doute donné aussi.

— Elle appelait la brume blanche *forza*, et disait que ça pourrait se propager par les fils électriques et ceux du téléphone si jamais ça arrivait jusqu'ici. Ça aussi, ça me donnait des cauchemars, et j'avais pris l'habitude de vérifier qu'il n'y avait pas de forza qui sortait des trous de l'écouteur de notre appareil. Seulement… » Il laissa sa phrase en suspens.

« Seulement quoi ?

— Je ne sais pas à quel point elle y croyait, dit enfin Rhett. Mais, à l'époque, je ne me posais pas la question… Tu comprends ? »

Le garçon affirma que oui.

« Comme elle y croyait, on y croyait aussi, mais, après sa mort, Jack a changé d'avis et il m'a convaincu. Selon lui, Lalanka n'était qu'une histoire qu'elle avait inventée pour se détourner d'un problème précis. Un problème réel, mais qui ne faisait pas partie de ce monde. Qui ne pouvait pas exister, mais existait cependant. Il disait ne pas croire qu'on puisse vivre avec quelque chose comme ça. Il appelait ça un trou dans la réalité. Lalanka et les gobbits, Henry le Rouge et John le Noir, la brume forza… ce n'étaient que des distractions servant à couvrir ce trou comme on couvre un puits avec des planches pour que personne ne tombe dedans. » Il réfléchit un instant, puis ajouta : « Je veux dire que ces histoires étaient sa manière de rester saine d'esprit. Du moins, c'est ce que pensait Jack. Moi, j'ai une conviction différente.

— C'est sérieux ? demanda Dale, les yeux brillants.

— Comme un pape, mon gars. Quoi qu'il en soit, toutes ses distractions ont fini par cesser d'opérer. Son ukulélé, la danse avec son ombre, le plan sur le mur, les cartes à jouer contre les prises murales. Ses histoires ont cessé de fonctionner pour elle aussi. Parce que ce dont elle avait peur était avec elle dans la maison depuis le début.

— Quoi ? De quoi avait-elle peur ?

— Elle avait peur du pot à biscuits. »

2

George Alderson, après les obsèques de sa femme, annonça à ses trois fils qu'il allait vider la petite maison – vendre ce qui pouvait l'être et jeter le reste. Avant, toutefois, il les y emmena et les invita à choisir chacun un objet en souvenir. Jack choisit le ukulélé et finit par savoir en jouer. Peter – bien plus calme et moins querelleur depuis la mort prématurée de sa mère – prit la montre que George avait donnée à son épouse quand elle était partie pour le cottage. Une montre d'homme, qu'elle portait autour du cou, tel un pendentif tictaquant. Rhett annexa le pot à biscuits en céramique bleue.

Il le rangea sous son lit et, chaque soir, Jack et lui mangeaient un ou deux biscuits – en souvenir d'elle, disait-il. Pete n'était pas invité à prendre part à ce rituel. Il n'en était pas même informé, car il avait alors sa chambre individuelle. Quoique ni l'un ni

l'autre de ses cadets ne l'aient dit tout haut, ils esti-
maient que Pete n'avait pas le droit de partager leur
communion aux biscuits. Il avait pleuré leur mère
après sa mort – abondamment –, mais lui avait tourné
le dos tant qu'elle vivait, ricanant des cartes à jouer
posées contre les prises, et qualifiant de « conneries
ridicules » la carte de Lalanka.

« Il l'aimait, assura Rhett à son arrière-petit-fils,
mais, nous, on trouvait qu'il ne l'aimait pas assez.
Rappelle-toi qu'on était enfants, et que les enfants
portent souvent des jugements catégoriques. » Il
marqua une pause, pensif. « Cela dit, d'une certaine
manière, je pense toujours qu'on avait raison. »

3

Vint une nuit – peut-être une semaine après le suicide de Moira Alderson, peut-être deux – où Rhett
et Jack eurent une prise de conscience qui aurait dû
leur venir plus tôt, ce qui aurait été le cas si leurs
facultés d'observation n'avaient pas été émoussées
par le chagrin. Ils étaient assis sur le lit de Rhett, le
pot à biscuits entre eux.

« Oh, dis donc, fit Jack. Il est encore plein. Comment c'est possible ? »

Son frère n'en avait aucune idée, mais le fait était là.
Ils avaient beaucoup communié aux biscuits depuis la
mort de leur mère, et le pot restait empli à ras bord.
Lors de cette soirée-là, les biscuits posés sur le dessus
étaient des macarons. Quand Rhett les écarta, il découvrit des cookies aux pépites de chocolat. Il voulut fouil-

ler plus profond, essayer de trouver ceux aux flocons d'avoine et aux raisins secs qui étaient ses préférés, mais Jack lui prit le poignet et tira sa main hors du pot.

« Ne fais pas ça.

— Pourquoi ?

— Parce que ça pourrait être dangereux. Remets le couvercle et range le pot sous ton lit. »

Rhett obéit sans discuter, et Jack éteignit la lumière. Ils restèrent allongés un moment en silence, n'ayant sommeil ni l'un ni l'autre. Le plus jeune sentait la présence du pot à biscuits sous son lit, telle une planète dense dotée de sa propre gravitation.

« C'est comme s'il y avait son fantôme là-dedans, dit-il enfin, tandis que ses yeux s'emplissaient des larmes qui couvaient sans cesse depuis la mort de leur mère.

— Ce n'est pas son fantôme, c'est idiot », affirma Jack. Rhett comprit au son de sa voix que son frère pleurait aussi.

« Alors quoi ? Est-ce que c'est en rapport avec Lalanka ? la forza ? les… » Il eut peine à achever, car c'était ce qui lui faisait le plus peur. « Les gobbits ?

— Le père Noël n'existe pas, les gobbits et la brume forza non plus, Rhett. Rien de tout ça n'est réel. La carte est sortie de son imagination. » Jack tentait de prendre un air dur, mais sa voix restait rauque. « Elle le savait, d'ailleurs. C'étaient des trucs qu'elle inventait pour éviter de penser au pot à biscuits.

— Alors, qu'est-ce qu'il y a, là-dedans ?

— Des biscuits. Et je n'en veux plus. Je ne veux plus manger un seul biscuit de ma vie, ni tiré de ce pot ni provenant d'une pâtisserie. »

4

Une semaine s'écoula. Le pot à biscuits resta sous le lit de Rhett, couvercle fermé. Puis, une nuit – un samedi –, le garçon fut arraché au seuil du sommeil par les pleurs de son frère.

« Jack ? fit-il en s'asseyant. Qu'est-ce qui ne va pas ?

— On serait allés là-bas aujourd'hui. On aurait mangé des sandwichs au jambon, et on aurait joué à des jeux de société. Elle me manque. Maman me manque.

— Elle me manque aussi. »

Jack sortit du lit, silhouette spectrale dans son pyjama blanc, et vint s'installer près de Rhett. « Je repensais à l'odeur de sa maison. Comme ça sentait bon.

— Les biscuits. C'était ce qu'on y sentait toujours. Pour ça, c'était comme une maison de conte de fées, hein ?

— Oui, sauf qu'elle, c'était une gentille sorcière, pas une méchante. »

Ils restèrent assis là un moment sans parler, à se rappeler l'odeur, et aussi l'ombre de leur mère qui dansait sur le mur. Ils venaient enfin de réaliser qu'elle avait bel et bien disparu. Même la carte avait disparu, avec la Forêt Longue, la Colline des Veilleurs, le Château Noir et le Château Rouge. Leur père avait beau dire du vivant de leur mère que la carte avait sa place dans une galerie, il l'avait grattée dès sa mort, à l'instar d'un boutiquier effaçant une obscénité de sa devanture pour ne pas choquer ses clients. Il ne pouvait pas vendre la maison avec

ce truc-là sur le mur, avait-il expliqué aux garçons.
La carte devait disparaître. Il l'avait d'abord prise en
photo, mais les clichés Kodak, ce n'était pas pareil.
Ça n'avait rien à voir.

« Sors le pot », lui enjoignit Jack.

Rhett le tira de sous son lit avec soulagement et le
posa sur ses genoux. Jack en souleva le couvercle. Le
pot était toujours plein à ras bord, mais les biscuits
sur le dessus n'étaient plus des macarons. Ce samedi-
là, c'étaient des palets au gingembre.

« Il y a presque un mois qu'elle est partie, dit Jack.
Ils vont être rances. »

Mais ils ne l'étaient pas : ils étaient aussi frais que
si on les avait sortis du four le jour même.

Moira s'était ouvert les veines et avait expiré dans
sa baignoire lors d'un chaud après-midi du mois
d'août. Les deux frères avaient découvert que le pot
à biscuits était toujours plein aux alentours de la rentrée scolaire. Halloween arriva, et Rhett partit faire
le tour du quartier tout seul pour la première fois.
Déguisé en pirate, il revint avec un sac plein de confi-
series, mais ce n'était pas très amusant sans Jack – qui
s'était déclaré trop vieux pour enfiler un costume et
écumer le voisinage en mendiant des bonbons. Ce fut
ensuite Thanksgiving[1], et leur père – qui avait désormais des mèches blanches sur les tempes – découpa
la dinde. La petite amie de Pete partagea leur déjeuner, et ce fut Pete qui mangea chez elle à Noël. Ils
se fiancèrent en 1939, le jour de la Saint-Valentin,

---

1. Le jour d'action de grâce, fête célébrée aux États-Unis le
quatrième jeudi de novembre. *(N.d.T.)*

peu après les dix-huit ans de l'aîné des garçons. L'été revint, et Rhett en passa la plus grande partie à jouer au baseball dans le terrain vague en bas de la rue. Il lui arrivait de lancer, alors que l'équipe accueillait des joueurs plus grands : sa balle rapide était exceptionnelle.

Jack venait parfois le voir, mais jouait rarement lui-même. La plupart du temps, il se promenait seul, en général avec un carnet à croquis sous le bras : il avait hérité les talents artistiques de leur mère, et même plus que cela.

« Ç'aurait peut-être été un grand artiste, dit Rhett à Dale. Sans doute pas, parce que la plupart des gens ne réalisent jamais leur potentiel, mais on ne le saura jamais. »

Les deux plus jeunes garçons commencèrent à s'éloigner – lentement, subtilement, mais sûrement. Pourtant, ils dormaient encore dans la même chambre, ils partageaient leur rituel du soir, et le pot en céramique bleue était toujours plein, les biscuits qu'il contenait toujours frais. Parfois, c'étaient des gâteaux à la farine complète nappés de chocolat, parfois des sablés, parfois des macarons ou des cookies aux pépites de chocolat. Ils en mangeaient un ou deux chacun, assis sur le lit de Rhett, si bien qu'ils en dévorèrent ainsi plus de mille durant la longue année qui précéda le mariage de Pete et le déménagement de Jack dans la chambre de son aîné.

Hitler commençait alors à dominer l'actualité, et la carte publiée à la une du journal semblait chaque jour comporter plus de croix gammées nazies. L'Europe avait presque disparu, l'Angleterre allait suivre.

« Ça ne peut pas durer », disait George Alderson en tirant sur sa pipe. Il n'y avait plus que deux garçons pour écouter la Philco avec lui désormais. Pete habitait neuf pâtés de maisons plus loin avec sa jeune épouse, et il était la plupart du temps sur la route, à vendre de la bière ou des cigarettes, et à garnir les juke-box de nouveaux disques. « Dieu merci, il y a un grand océan entre le cinglé à la moustache et nous. »

Tandis que les croix gammées continuaient de se multiplier à la une (l'Angleterre tenait encore, la Russie chancelait), Rhett songeait souvent à la carte de sa mère. *Hitler, en fait, c'est John le Noir*, pensait-il, *et il est en train de changer l'Europe en Lalanka.* Un jour, alors qu'il était en ville pour acheter des cadeaux de Noël, un commerçant lui apprit que les Japonais avaient bombardé Pearl Harbor.

5

Moira Alderson avait parfois considéré son aîné comme le laborieux de la famille – lenteur et régularité gagnent la course –, mais Pete se mua en comprimé d'Alka-Seltzer après Pearl Harbor. Dès le lendemain, les cheveux fraîchement coupés, il enfila son plus beau costume pour se rendre au bureau de recrutement de l'U.S. Navy. Sa femme l'y encourageait, estimant qu'il serait plus en sécurité à bord d'un grand vaisseau de guerre qu'à affronter les Japonais au corps à corps dans le Pacifique. Le jour où il partit pour Newport News, en Virginie, Pete donna à

Jack la montre Bulova que leur mère avait portée en
pendentif, avec pour mission de la mettre en lieu sûr.
« Parce que je la récupérerai en rentrant », disait-il.

Jack, l'artiste de la famille, s'engagea dans l'U.S.
Air Force début 1942, à ses dix-huit ans. La veille
de son départ pour l'aérodrome militaire de Hillsbo-
rough, en Floride, où il apprendrait à piloter le P-47
Thunderbolt, il donna la montre à son cadet.

« Et le ukulélé ? demanda Rhett.

— T'occupe pas du ukulélé, espèce de gourmand :
je le prends avec moi. Porte la montre et remonte-la
tous les jours, sinon elle ne sera plus à l'heure. »

Rhett promit. Assis sur son lit, ils mangèrent chacun deux biscuits tirés du pot bleu. Le pot était
toujours plein, et les biscuits – du pain d'épice, ce
soir-là –, toujours aussi savoureux.

Rhett, devançant un peu l'appel, s'engagea dans
l'armée un an et demi plus tard. L'idée de partir à
la guerre ne l'exaltait pas, ne lui inspirait aucun frisson, seulement un pessimisme qui confinait à la prémonition. Il était sûr d'être envoyé outre-mer, puis,
quand l'inévitable débarquement aurait lieu – peut-
être en 1944, peut-être pas avant 1945 ou 1946 –,
d'être affecté à la toute première vague d'assaut et
fauché par les mitrailleuses ennemies avant d'avoir
même cessé de patauger. Il voyait pour de bon son
corps se balancer d'avant en arrière entre les vagues,
flottant sur le ventre, les bras écartés.

Ce fut dans cet état d'esprit fataliste que, lors de
son ultime soir à la maison, il ouvrit le pot à biscuits
pour la dernière fois avant presque trois ans. Il n'osa
pas le retourner – il s'imaginait enfoui sous une ava-

lanche éternelle de macarons et de sablés –, mais il y plongea les mains, sortit les gâteaux par poignées et les jeta sur son lit : des sablés, des cookies aux pépites de chocolat, d'autres aux flocons d'avoine et aux raisins secs, des boudoirs, des biscuits fourrés aux dattes. Lorsqu'une colline pâtissière se fut formée à sa droite et à sa gauche, il arrêta de piocher et regarda à l'intérieur du pot ventru.

Il l'avait vidé plus qu'à moitié, mais le niveau remontait déjà : les biscuits se soulevaient au centre puis retombaient sur les côtés. Cela rappela à Rhett un cours de sciences naturelles sur la naissance des volcans, suivi au lycée. Bientôt, le pot serait de nouveau plein. Qu'allait-il faire des gâteaux qu'il en avait sortis ? Il y en avait des centaines. Il commençait à les remettre à l'intérieur quand il observa un phénomène qui le laissa figé : dès que son poignet gauche franchit le bord du pot, la trotteuse de la Bulova s'arrêta. Il retira sa main et la plongea à nouveau pour être sûr. Oui. Hors du pot, la trotteuse bougeait ; à l'intérieur, elle demeurait immobile.

Parce que Lalanka est réel, songea-t-il, *et que le pot à biscuits est une porte. Qui ouvre sur les Royaumes de l'Ouest, où le temps s'est arrêté.*

Quand le pot fut de nouveau empli à ras bord (des sablés à la noix de pécan au sommet, ce soir-là), Rhett lui remit son couvercle et le glissa sous son lit. Les biscuits restants, il les fourra dans un sac en papier qu'il prévoyait de jeter le lendemain matin – une dernière corvée avant de partir pour ce qu'il supposait être sa propre élimination. Il se répéta que les Royaumes de l'Ouest n'existaient pas, qu'il était trop vieux pour croire à de telles fables. Le pot à biscuits était prodigieux, on ne pouvait le nier, mais les prodiges sont effrayants, et celui-là avait été assez puissant pour faire perdre l'esprit à sa mère. Si Rhett le permettait, il en irait de même pour lui, particulièrement alors que la guerre était sur le point de l'avaler.

« Je me suis dit que c'était un champ magnétique qui avait arrêté la trotteuse, expliqua-t-il à Dale. Je me suis promis aussi que je n'y penserais plus jamais, point final. Et puis je suis resté bien réveillé jusqu'à plus de minuit sans réfléchir à rien d'autre. Alors je me suis levé et j'ai porté ce fichu pot au grenier. Où il est resté jusqu'à ce que je revienne d'outre-mer. »

6

Pete Alderson livra sa Seconde Guerre mondiale assis à un bureau de Hampton Roads, en Virginie, et acheva sa carrière avec le grade de capitaine de corvette. Il envoya beaucoup d'hommes au combat, mais n'entendit jamais un coup de feu. Jack apprit à piloter et emporta le ukulélé de sa mère à Guadalcanal. De là, il accomplit des dizaines de missions avant que son chasseur ne soit abattu pendant la bataille d'Iwo Jima. Un camarade écrivit à George Alderson pour lui annoncer que la verrière de son fils s'était coincée, si bien qu'il n'avait pu sauter en parachute dans l'océan. Ce qu'il passa sous silence (et qui allait peut-être sans dire), ce fut que Jack, l'artiste de la famille, avait brûlé comme une torche dans son cockpit avant que les eaux infestées de requins ne puissent avoir raison de lui.

Rhett prit bien part au débarquement en Normandie, mais, si des hommes furent abattus tout autour de lui (leurs cadavres se balançant d'avant en arrière entre les vagues, comme il l'avait imaginé), il survécut à ce jour-là et à la nuit retentissante, sismique, qui suivit. Il se battit en France et en Allemagne, avec à son poignet la montre vagabonde qui s'était transmise à travers toute la famille Alderson. Il souffrit d'ampoules et de pieds des tranchées, il fut lacéré par des ronces un après-midi, quand son escouade rencontra une poche de résistance boche sur un pont non loin de la frontière allemande, mais il ne fut jamais blessé par le feu ennemi et ne manqua pas un seul jour de remonter la montre.

Parfois, les rations du mess comprenaient des biscuits, en général durs comme du bois et toujours rances. Il les mangeait dans son bivouac, son trou d'homme ou sa tranchée en songeant au pot à biscuits bleu de sa mère.

En avril 1945, Rhett fit partie de la force alliée qui, après n'avoir affronté qu'une résistance minimale, libéra un camp de concentration tenant son nom des forêts de hêtres alentour. La journée était humide et couverte, avec au ras du sol une lourde brume qui parfois cachait les cadavres entassés, parfois les révélait. Des squelettes vivants, debout près des clôtures et devant les fours crématoires, contemplaient les Américains. Certains étaient atrocement brûlés par le phosphore blanc.

« Dans quoi est-ce qu'on s'est fourrés, merde ? » demanda un soldat au côté de Rhett.

Le cadet des Alderson ne répondit pas, car ce qu'il avait en tête – ce qu'il *savait* – aurait paru fou. Ils s'étaient fourrés en Lalanka, bien sûr. La brume rampante était la forza, les corps entassés dans ce charnier humide étaient les victimes des gobbits et, quelque part – sans doute à Berlin –, Adolf le Noir, désormais fou à lier, était déterminé à poursuivre le massacre.

Deux semaines après Buchenwald vint Dachau. Trente-deux mille morts, dont beaucoup encore étendus dans les tranchées qu'on les avait contraints de creuser, leurs corps émaciés pourrissant sous la pluie, leurs cheveux tombés gisant près de leurs têtes. Tels furent les souvenirs que Rhett Alderson emporta d'Europe, sauf qu'il ne s'agissait pas tout à fait de souvenirs parce qu'ils n'étaient pas réellement terminés. Il en avait trop vu pour qu'ils se terminent jamais, et, en conséquence, il rapporta à la maison les Royaumes de l'Ouest de Lalanka. Ces Royaumes de l'Ouest où le temps s'était arrêté, tout comme la trotteuse de la montre Bulova quand il l'avait plongée à l'intérieur du pot à biscuits.

7

Rien de tout cela ne pouvait être dit à un garçon de treize ans, aussi se contenta-t-il de déclarer : « J'étais avec les Américains qui ont libéré deux des camps de la mort allemands, vers la fin. C'était assez atroce. »

Il fut soulagé que Dale n'insiste pas sur le sujet. Son arrière-petit-fils avait autre chose en tête : « Est-ce que tu as sorti le pot de biscuits du grenier quand tu es rentré à la maison ?

— J'ai fini par en arriver là. » Rhett sourit. « Mais le tout premier truc que j'ai fait, ç'a été de rendre la montre à mon frère Pete, parce que c'est le premier truc qu'il m'a demandé.

— C'était un vrai connard, on dirait, fit Dale, qui ajouta aussitôt : Si je peux me permettre…

— Tu peux, c'en était un, mais il s'est adouci avec l'âge. Ç'a été un bon mari et un bon père. »

Et puis il n'a jamais su pour le pot à biscuits, songea Rhett sans le dire. *Il n'a jamais vu ce que j'ai vu, d'Omaha Beach en Normandie à Dachau, où les morts étaient restés à l'air libre assez longtemps pour perdre leurs cheveux.*

8

Rhett habita d'abord avec son père prématurément vieilli, qui se déplaçait avec lenteur, son dos voûté évoquant une carapace de tortue. Pete commençait à parler de l'envoyer en maison de retraite, et sans doute serait-ce le mieux, même si cela paraissait cruel – comme de le sortir avec les poubelles. En attendant, le père et le fils s'entendaient assez bien, le second faisant les courses et la plus grande partie du ménage après sa journée au garage automobile où on l'avait engagé comme mécanicien (et dont il deviendrait plus tard propriétaire).

Il travaillait dur, mais dormait mal.

Un soir de mars 1946, après que son père fut allé se coucher, alors qu'un vent chargé de grésil giflait la maison, Rhett monta au grenier. Le pot à biscuits était là où il l'avait laissé, derrière un carton de verrerie datant de l'époque où une mère saine d'esprit habitait la maison. Le jeune homme le souleva, s'attendant plus ou moins à le trouver léger, sa magie disparue, mais il était encore plein.

Il le porta en bas de l'escalier étroit, serré contre son abdomen, et s'assit sur le lit, là où Jack s'était si souvent installé près de lui. Ôtant le couvercle, il inspira profondément, sentit le chocolat, la vanille, la cannelle et le beurre. De bonnes odeurs. Fraîches. Des odeurs dont il s'était souvenu avec regret dans la chaleur d'un été français et le froid d'un hiver allemand. L'odeur des biscuits tout juste sortis du four qui avait toujours empli la petite maison de sa mère, où elle dansait au son du Victrola et leur servait de la crème dans de petites tasses vertes.

Ma mère, la gentille sorcière, songea Rhett, *et cette saloperie l'a rendue folle. Comme les souvenirs de la guerre me rendraient fou, moi, si je les laissais faire. Y a-t-il toujours un Henry le Rouge, un Adolf le Noir ? Est-ce obligatoire ? Pourquoi est-ce ainsi ?*

La colère qui flottait en lui depuis Buchenwald – sa propre forza – se concentra en un nuage noir, et il retourna le pot, déversant une marée de biscuits qui déborda du lit et forma une montagne sur le sol. Enfin, alors qu'il commençait à se dire que cela continuerait jusqu'à ce qu'il se noie dans les sablés au gingembre ou au beurre de cacahuète, cela cessa. Il souleva le pot, le braqua vers le plafond tel un téles-cope, et regarda à l'intérieur.

« Qu'est-ce que tu as vu ? demanda Dale. Est-ce que c'était seulement le fond ?

— Non, dit Rhett. Pas le fond. »

Un jour, fin 1944, durant une accalmie dans les combats entre Thanksgiving et Noël, les USO[1] étaient arrivés avec un projecteur et une pile de boîtes de films. Il y avait du pop-corn, des bouteilles de soda, et les soldats, fascinés, avaient eu droit à un double programme projeté sur un drap. D'abord un dessin animé en couleur (« Hééé... quoi de neuf, docteur ? »), un documentaire sur Bali, ou le Mali, ou un endroit comme ça, puis *Le Faucon maltais* et *La Glorieuse Parade*. Mais ce dont Rhett se souvint lorsqu'il regarda à l'intérieur du pot à biscuits, ce fut de la bande d'actualités Movietone projetée entre le dessin animé et le documentaire. Un de ses sujets traitait d'une merveille scientifique de l'armée de l'air, le viseur de bombardement Norden. Ce qu'il vit à travers le fond du pot à biscuits était tout à fait semblable, moins la mire.

C'était un peu perturbant, parce qu'il avait une vue *de haut en bas* alors que le pot entre ses mains était incliné *de bas en haut*. Ce qu'il voyait était flou sur les bords, mais douloureusement clair au centre. Il distinguait chaque arbre tordu, noirci, de la Forêt Longue brûlée par les pillards de John le Noir. Il ne

---

1. United Service Organizations, structure non gouvernemen-tale qui fournissait des divertissements et autres services destinés à soutenir le moral des troupes américaines. *(N.d.T.)*

voyait que le sommet de la Colline des Veilleurs : le reste était obscurci par des nappes blanches de forza à la dérive, et tout ce que recouvrait cette brume – chaque animal, chaque être humain – était mort, il le savait. Lorsqu'il déplaça un peu le pot à biscuits (« Moins de cinq centimètres à gauche », dit-il à Dale), des lieues et des lieues défilèrent, floues, lui donnant la nausée. De nouveau immobile, il vit la Route de la Régence qui s'incurvait tel un serpent entre Château Noir et Château Rouge, comme sur la carte murale de sa mère, bien des années plus tôt, avant que le monde ne sombre dans la folie pour la seconde fois en un même siècle.

« J'ai vu un cheval tirer un chariot couvert, dit-il à Dale. Un chariot de colporteur. L'image était aussi nette que possible. L'avant du véhicule avait été décoré de charmes pour chasser les maléfices, mais ils ne servaient à rien, car deux monstres blancs colossaux ont jailli des carcasses carbonisées des arbres et l'ont attaqué.

— Des gobbits, souffla Dale.

— Oui. Des gobbits. Aussi gros que des loups du Canada, mais sans poils et sans tête. Ils n'arrêtaient pas de changer de forme, et semblaient faits de gelée et non de chair. J'ai vu le conducteur du chariot lâcher les rênes et se couvrir le visage de ses mains, comme s'il voulait mourir sans voir les horreurs qui allaient le tuer. La force a déserté mes bras et j'ai laissé tomber le pot.

— Il s'est cassé ? Il s'est cassé, hein ?

— Non. Il se serait sûrement cassé s'il était tombé par terre, mais, au lieu de ça, il a atterri sur des biscuits. La montagne de biscuits. Toute la chambre en était empuantie. »

Le loto était achevé. Les pensionnaires de la Maison de retraite de Bonne Vie passaient lentement devant la porte ouverte de Rhett pour gagner la station suivante de leur chemin de croix, à savoir le déjeuner – on pouvait s'attendre à des nouilles en sauce. Il était temps d'en terminer, mais le vieillard ne regrettait pas d'avoir parlé à son arrière-petit-fils du pot à biscuits de sa mère. Dans le meilleur des cas, Dale considérerait cela comme une fable. Dans le pire, il estimerait que son arrière-grand-papa était gaga. Et était-ce si loin de la vérité ? Le coup que lui avaient donné Buchenwald et Dachau l'avait laissé tout tordu, et il ne s'était jamais vraiment remis. Pourtant, il avait fait de son mieux à sa petite échelle : se porter volontaire pour travailler à la soupe populaire municipale, aider des enfants issus de foyers pauvres ou brisés – ou les deux –, afin de redresser quelques torts. Il pensait toujours que ces choses-là avaient compté ; même deux piécettes dans le chapeau retourné d'un clochard comptaient. Le monde était peut-être atroce comme jamais, mais, à tout le moins, Rhett ne s'était pas engagé dans les armées perpétuellement en guerre de John le Noir et de Henry le Rouge. L'armée de l'Oncle Sam lui avait suffi. Lorsqu'il était sorti de celle-là, il en était sorti pour de bon.

« Vers la fin de la guerre, mon père – ton arrière-arrière-grand-père – a commencé à souffrir d'arthrite dans les hanches, les genoux et les chevilles. Monter l'escalier tous les soirs pour aller se coucher était une épreuve longue et douloureuse, qui faisait peine à voir. C'était en outre dangereux, étant donné son sens de l'équilibre précaire. J'ai fini par téléphoner à mon frère et, à nous deux, on a converti le bureau de papa, au rez-de-chaussée, en chambre à coucher. Je disposais donc désormais de l'étage pour moi seul – et, vu la mer de biscuits qui inondait ma chambre, c'était une bonne chose. Il m'a fallu trois jours pour m'en débarrasser. Le deuxième soir, mon père m'a demandé ce que c'était que ce parfum de vanille qui provenait de l'étage.

— Qu'est-ce que tu as répondu ? »

Rhett sourit. « Que je ne sentais rien, bien sûr. Lui, ça lui rappelait ma mère. "Elle faisait tellement de pâtisserie qu'on aurait cru qu'elle se parfumait à la vanille", il m'a dit. »

Ce détail n'intéressait pas tellement Dale. « Comment t'en es-tu débarrassé, Rhett ? Comment t'es-tu débarrassé de tous ces biscuits ?

— Je les ai fourrés dans des poubelles galvanisées achetées à la quincaillerie. Je m'en suis occupé pendant que mon père dormait, si bien que je me faisais l'effet d'être un cambrioleur. J'ai rangé les poubelles derrière la maison et, le troisième soir, j'ai emprunté un pick-up à mon travail pour les porter jusqu'au fleuve. Je comptais les y jeter, mais, finalement, je n'ai pas pu.

— Qu'est-ce qui t'a arrêté ? »

Le souvenir des squelettes en marche, songea Rhett. *Les squelettes environnés de brume qui nous fixaient à travers les barbelés. Comment aurais-je pu, en me rappelant ces êtres affamés, jeter à l'eau quatre boîtes en acier bourrées de nourriture ?*

« Je savais que des pauvres venaient pêcher dans le fleuve. À l'époque, l'eau était encore assez propre pour qu'on mange ses prises. Et il y avait aussi des gens à la rue. Ils habitaient ces camps qu'on appelait des hoovervilles[1] et qui ont heureusement disparu vers 1950. »

Juste à temps pour la guerre suivante, songea-t-il. *La Corée du Nord et la Corée du Sud, John le Noir et Henry le Rouge.*

« Je suis sûr que ces gens-là ont… » Il laissa mourir sa voix.

« Rhett ? Ça va ?

— Ouais. C'était juste un de ces moments qu'ont les vieux. J'allais dire que tous ces gens ont dû faire un vrai festin avec les biscuits.

— À quatre-vingt-dix ans, tu as droit à tous les moments de vieux que tu veux, je crois », commenta Dale, ce qui fit rire son arrière-grand-père. Un bon garçon, et l'esprit vif. Allait-il poser la question la plus évidente ? Rhett aurait parié que oui. Et ce fut le cas.

9

Oui, il avait songé à jeter le pot en céramique bleue, mais, au bout du compte, il n'avait pu s'y résoudre. Déposer des biscuits près du fleuve dans des poubelles galvanisées était une chose ; jeter un

---

1. Bidonvilles. Du nom du président Herbert Hoover qui dirigeait le pays au moment de la Grande Dépression. *(N.d.T.)*

objet miraculeux qui avait appartenu à sa mère en était une autre.

Parfois – souvent –, il se demandait comment elle était entrée en sa possession. Interrogé, George Alderson s'était contenté de secouer la tête. « Le vieux pot à biscuits bleu ? Aucune idée. Mais elle hantait les brocantes et les vide-greniers, c'était ce qui l'amusait le plus au monde, et il lui arrivait de rapporter des trucs à la maison. Dont ce pot, probablement. » Il avait tiré sur sa pipe et soufflé un nuage odorant de tabac à la cerise. « C'était l'époque où elle allait encore bien. Avant toutes ces bêtises de carte au mur. »

Une semaine après avoir disposé du Mont des Biscuits, Rhett avait de nouveau rangé le trésor de sa mère dans le grenier, mais il en avait soulevé le couvercle une dernière fois avant de redescendre. Le pot, plein à ras bord, dégageait d'alléchants parfums de vanille et de chocolat. Des biscuits toujours frais, la douceur masquant une fenêtre sur un monde noirci, brûlé, en guerre perpétuelle. Il songea : *Si je portais la montre Bulova et la mettais dedans, la trotteuse s'arrêterait. Elle cesserait peut-être même de fonctionner si je la posais sur la terre vernissée bleue, à l'extérieur.* Mais la montre était retournée à Pete.

Il hésita à manger un dernier biscuit – communier une dernière fois –, mais résista à la tentation : ayant remis le couvercle en place, il quitta le grenier.

Trop de sucreries nuisaient à la santé.

10

« On a fini par mettre papa en maison de retraite, reprit Rhett. Un établissement correct, mais pas aussi agréable qu'ici. Ça ne l'a pas dérangé parce que ses idées commençaient à se brouiller, alors qu'il n'avait pas encore soixante ans. On aurait dit qu'il avait vieilli d'un coup. C'était injuste, mais on a vendu la maison – Pete et moi – et partagé l'argent. J'ai déménagé à l'autre bout de la ville et me suis acheté mon propre chez-moi. J'y ai apporté quelques meubles auxquels j'étais attaché… et puis le pot à biscuits. Je l'ai gardé, mais je ne l'ai plus jamais ouvert.

— Jamais ? » Le garçon ne semblait pas réussir à y croire tout à fait.

« Jamais. J'ai rencontré une fille, je me suis marié, j'ai eu des enfants – dont ton grand-père – et j'ai acheté l'entreprise dans laquelle je travaillais. À présent, il y a des Garages Alderson dans tout le Midwest et même quelques-uns dans le Sud.

— Waouh ! Et tu vis ici ?

— On n'y est pas plus mal qu'ailleurs », dit Rhett, sincère. Il mesurait la fin de sa vie en jeux de société, et alors ? Il avait des amis, et il fallait bien mesurer la fin de sa vie en quelque chose. « J'ai habité un moment avec le petit-fils de Pete – ton oncle ou ton grand-oncle, je me perds dans ces trucs-là –, mais, quand j'ai senti que je devenais un poids, je suis venu ici. Comme dit l'autre, le poisson et les invités commencent à puer au bout de trois jours, et j'étais resté plus longtemps que ça chez Bill. C'est une manière détournée de répondre à ta question, Dale, mais laisse-moi d'abord t'en poser une. Dans quelle mesure crois-tu tout ce que je t'ai dit ? »

Le garçon demeura muet un long moment, et Rhett respecta son silence. Enfin, il déclara : « Je ne sais pas trop.

— Réponse correcte, mais tu dois pouvoir faire mieux. Si tu en as envie. Mes affaires sont encore entreposées dans le grenier de Bill Alderson. » Rendait-il service à ce gamin aux grands yeux et à la peau pâle en lui disant cela ? Ou bien jetait-il sur lui une malédiction ? Quoi qu'il en fût, c'était à présent sorti. « Il y a quelques costards tellement vieux qu'ils sont peut-être revenus à la mode, des médailles que j'ai gagnées à la guerre – dont une Étoile d'Argent[1], crois-le ou non – et le pot à biscuits.

— Vraiment ? » Dale, impressionné, parlait d'une voix très douce, les yeux si écarquillés qu'il paraissait plus près d'avoir six ans que treize.

« À moins qu'il n'ait été cassé, oui. Tu peux aller voir. En fait, je te le donne – considère ça comme un héritage avant l'heure, et je serai parti bientôt. Mange quelques biscuits. Je suis sûr qu'ils sont encore frais. Seulement… sois prudent.

— Oh, oui ! Oh, oui ! »

Oh, non, songea Rhett. *Tu ne réussiras pas à être prudent, pas plus que ne l'a été ma mère. Ou moi. Pas plus que ne l'aurait été Jack s'il avait vécu. Au bout du compte, nous préférons tous l'amer au sucré. C'est*

---

1. *Silver Star*, médaille décernée pour acte de bravoure face à l'ennemi. *(N.d.T.)*

*notre malédiction. Donc, tu vas retourner le pot à bis-
cuits, le vider et regarder cet autre monde. Ensuite…*

« Merci, Rhett ! Merci ! »

Le vieillard, souriant, tapota de sa main noueuse
l'épaule de son arrière-petit-fils et songea : *Ensuite,
tu devras te débrouiller tout seul.*

Pour Chuck Verrill

Table

LA TEMPÊTE DU SIÈCLE
SAC D'OS
LA PETITE FILLE QUI AIMAIT TOM GORDON
CŒURS PERDUS EN ATLANTIDE
ÉCRITURE
DREAMCATCHER
TOUT EST FATAL
ROADMASTER
CELLULAIRE
HISTOIRE DE LISEY
DUMA KEY

JUSTE AVANT LE CRÉPUSCULE
DÔME, tomes 1 et 2
NUIT NOIRE, ÉTOILES MORTES
22/11/63
DOCTEUR SLEEP
JOYLAND
MR MERCEDES
REVIVAL
CARNETS NOIRS
FIN DE RONDE

Sous le nom de Richard Bachman

LA PEAU SUR LES OS
CHANTIER
RUNNING MAN
MARCHE OU CRÈVE
RAGE
LES RÉGULATEURS
BLAZE

Le Livre de Poche s'engage pour
l'environnement en réduisant
l'empreinte carbone de ses livres.
Celle de cet exemplaire est de :
650 g éq. CO_2
Rendez-vous sur
www.livredepoche-durable.fr

PAPIER À BASE DE
FIBRES CERTIFIÉES

Composition réalisée par NORD COMPO

Imprimé en France par CPI
en décembre 2017
N° d'impression : 3026375
Dépôt légal 1re publication : février 2018
LIBRAIRIE GÉNÉRALE FRANÇAISE
21, rue du Montparnasse - 75298 Paris Cedex 06

27/1063/9